竞争皇座
服从命运
帝国危机
外交变局
平分大权
议政王业

恭亲王奕䜣

董守义 —— 著

人民文学出版社

图书在版编目(CIP)数据

恭亲王奕䜣 / 董守义著. -- 北京：人民文学出版社，2025. -- ISBN 978-7-02-019241-0

Ⅰ. K827=49

中国国家版本馆 CIP 数据核字第 20253YD734 号

责任编辑	李　昭
装帧设计	刘　静
责任印制	王重艺

出版发行	人民文学出版社
社　　址	北京市朝内大街 166 号
邮政编码	100705

印　　刷	三河市宏盛印务有限公司
经　　销	全国新华书店等

字　　数	380 千字
开　　本	710 毫米×1000 毫米　1/16
印　　张	25.75　插页 9
印　　数	1—4000
版　　次	2010 年 7 月北京第 1 版
印　　次	2025 年 6 月第 1 次印刷

书　　号	978-7-02-019241-0
定　　价	68.00 元

如有印装质量问题,请与本社图书销售中心调换。电话:010-65233595

恭亲王奕䜣

恭亲王奕䜣（中年）

恭亲王奕䜣（晚年）

道光帝朝服像·清

道光皇帝行乐图·清

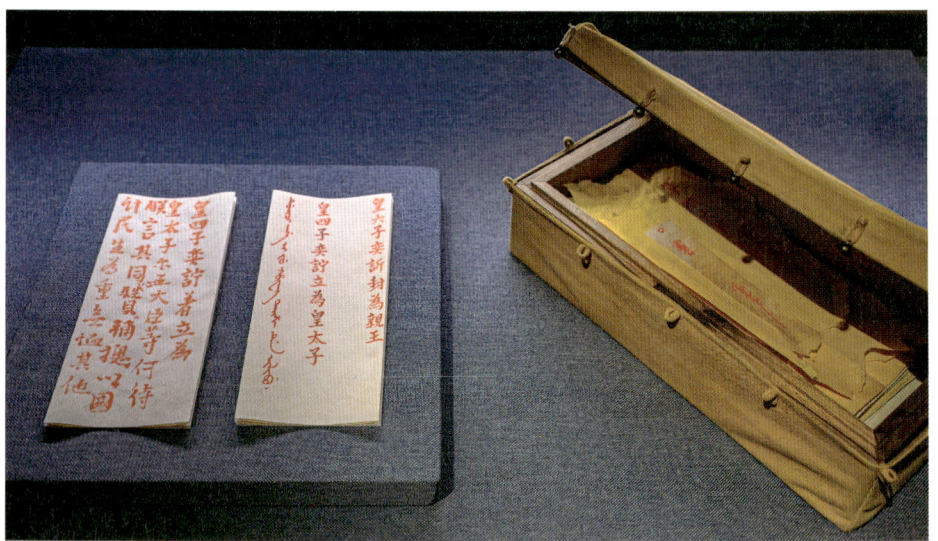

道光帝秘密立储谕旨开匣·清

总理各国事务衙门

白虹刀

滌生中堂閣下四月廿三日及五月望日兩接
手書備悉
漢論
閣下雄才顧盡當世所希而久知人善任是以將士用命所向先
捷現在督師東下已有風利不泊之勢指日金陵恢復吳楚焉
平江左憲吾舍
君莫屬矣慰之所論輪船七隻三勇沿海之用必見
卓戴嗤此李前因薛煥奏有賊亟需銀向美國買船之

舉因思与女為賊所待行如自裁時來復備文咨會勞革貽
薛親唐英劍行共稅目各女持向美國購買船以杜濟賊
之獎現各震均未覆到一俟覆到再行奉
聞昨接宮秀峰節相來文岀漢口洋商与勇船互鬭究
有擄燒勇船至燒勇丁之事當卽與會英國查辦稽核
照復与雨湖来文而言發於各執一詞而以會末復有中國北岸
不聞定當會函致該閩水師提特本文隨事自爲施行以資偶議
之語又經聯會辦敵為亦血一復本衙門查此案勇丁鎮有不

恭亲王等致曾国藩到函（二）

照夜白图·唐 韩干

（见皇六子恭亲王钤印）

松溪楼阁图·恭亲王孙 溥儒

目 录

写在前面   1

第一章 竞争皇帝的宝座
   一、道光皇帝的宠儿   1
   二、上书房里文武双全的学生   3
   三、大贵族桂良的高婿   9
   四、咸丰帝奕詝的帝位竞争者   12

第二章 服从命运的安排
   一、"今日之协力非昔日之协力也"
      ——调整兄弟关系   21
   二、"承恩弼直抒愚诚"
      ——第一次出任军机大臣   29
   三、"上责礼仪疏略"
      ——第一次遭罢黜   33
   四、"帝子才华旧著声"
      ——重回上书房读书   37
   五、"扫除氛祲莫皇州"
      ——关心御侮大业   43

第三章 挽救帝国的危机
   一、静观事变，败军之际膺重寄   52
   二、阻遏联军，坚持先退兵后释俘   58
   三、送还人质，决定无条件投降   66

  四、谈判细节,力争英法早日退兵 73
  五、应付沙俄,签订《中俄北京条约》 80

第四章 发起第一次近代化运动
  一、克服摩擦,站稳脚跟 86
  二、统筹全局,首倡"自强" 89
  三、主持新政,创立总署 91
  四、落实条约,对外开放 94
  五、借师助剿,议订原则 102

第五章 平分最高统治的大权
  一、恳请回銮,备受猜忌 107
  二、未列顾命,等待时机 111
  三、密谋政变,一举成功 117
  四、稳定大局,不肆株连 125
  五、"垂帘""议政",联合掌权 128

第六章 建立"议政王"的功业
  一、首批智囊团的组成和作用 136
  二、平反冤狱所带动的人才选拔 140
  三、汉族地主武装的进一步重用 142
  四、第一次京察前后的吏治整顿 145
  五、"外敦信睦,隐示羁縻"外交路线的实施 150
  六、第一批外国武器的引进与拒绝 152
  七、第一份近代化练兵计划的实施与推广 154
  八、第一支近代化海军舰队的购置与遣散 156
  九、第一所近代学校的开办与推广 162
  十、"借师助剿"的实施与停止 165
  十一、江南底定与战略转移 169

第七章　二遭严谴

一、"联合主政"破裂　　175
二、破裂根源　　177
三、"议政王"号被削　　182

第八章　推出"自强"的第二目标

一、廓清中原：运筹帷幄与依恃近代武器　　189
二、第一次派遣考察团了解西方　　195
三、冲击波：推出"自强"第二目标　　196
四、第一次开展教育大辩论　　199
五、第一次派遣巡回大使团　　206
六、"修约"：要近代化，更要独立自主　　209
七、幕后操纵：诛杀宠监安德海　　213
八、教案问题：有限的让步　　216
九、七弟密折：来自手足的政治攻击　　222
十、第一次组织工业化大辩论　　224

第九章　三遭严谴与再佐新皇

一、同治帝大婚亲政，恭亲王三遭严谴　　230
二、草率议结台湾问题　　237
三、同治帝纵欲驾崩，恭亲王再佐新皇　　240

第十章　决策内政外交的大计

一、近代化道路的总体设想　　250
二、国防建设："海防"与"塞防"兼顾　　251
三、信息手段近代化初议　　254
四、棘手的"马嘉里案"交涉　　256
五、支持左宗棠收复新疆　　263
六、二批智囊团的构成及内部关系　　265
七、坚持主权，拓宽大机器生产领域　　267

八、改革遇到了阻力　　272
九、版图交涉与筹建海防　　277
十、铁路与留学：平生豪气消磨尽　　294
十一、越南和朝鲜：中华文化圈上的重要环节　　299
十二、电报和铜政：防止利权外流　　302

第十一章　四遭罢黜与十年赋闲
一、被迫言战　　309
二、替罪羔羊　　313
三、太后宿怨　　318
四、闲散亲王　　321

第十二章　重返政治舞台
一、甲午战争之际　　330
二、归还辽东前后　　339
三、戊戌变法之前　　344

第十三章　总结
一、亲王风范　　355
二、实用主义典型　　365
三、身后评价　　374

附　恭亲王奕䜣生平大事年表　　381
后记　　401
再版后记　　403

写 在 前 面

据说,电影界在经历了三十几年描写人物的单一性之后,正在转向描写人物性格的多元化和人物行为的立体化。我们的史学传记是不是也应如此呢?

历史人物当然也是人,他也有多元的性格和立体的行为。

奕䜣,清朝道光皇帝的第六子,大名鼎鼎的恭亲王,既是当日中国最反动最保守的社会集团——皇室的骄子,又是新时代的弄潮儿;他既在竭力地扶植和挽救大清江山,又在瓦解和破坏它的根基;他既忠于咸丰帝和慈禧太后,又经常与他们抵牾和争吵;他标榜礼义,却又疏于礼仪;他热爱并精通中华文化,却又热情地迎接世界工业浪潮的到来;他深深地热爱祖国,却有时又放手出卖主权。

在他的性格中,有傲岸,谦卑,坚强,妥协,狡猾,幼稚,诚恳,好奇,平易和孤独。他喜欢迂回曲折,却又百折不回。

单一性的主题固然能给人以明快的感觉,但生活中的人本来就具有多侧面,怎么能一言以蔽之曰:好或坏?

我不想充当历史的判定者,只是尽我所知,把他的历史呈献于亲爱的读者面前。

不能说我写的都是他的真实的历史,因为,对于他的研究刚刚开始。

董守义

第一章　竞争皇帝的宝座

奕䜣生长于帝王之家,深得父皇的喜爱。由于满洲的习俗,他不但佑文,而且尚武,可以说是文武兼备。如果根据个人才质,他很有可能被确定为帝位继承人。然而,在那讲究作伪的时代,他落选了。

一、道光皇帝的宠儿

爱新觉罗氏家族自从世祖顺治帝元年入主中原以来,在北京紫禁城内居住已历二百余年了。这是中国历史上最后一个封建王朝——"大清帝国"的帝王之家,天下第一家。

这个大家族仅在紫禁城一处就占地七十二万多平方米;有房屋九千多间,建筑面积达十五万平方米。这还不算圆明园的别墅,热河、沈阳、南京的行宫,遍布于各地的皇庄……从原则上可以说,整个中国都成了这个家族的私产。

道光十二年十一月二十一日丑时(1833年1月11日),是黎明前最黑暗的时刻。紫禁城内启祥宫后院的乐道堂却灯火辉煌,宫女们的忙乱和一个新生儿的啼叫冲破了夜的寂静——静妃博尔济吉特氏为道光帝诞育了一个男孩。①

这就是道光帝的第六子,在以后几十年的政治生涯中曾对皇朝的统治秩序,对皇朝的兴衰命运,甚至对中国近代的历史进程都产生过重要影响的人——奕䜣。

道光帝当时不可能预见这个新生儿以后会遇到哪些政治风云,会对历史发生哪些重要影响;但是从宗室繁盛,延续皇统的角度,对于他的降生肯定是高兴的。

道光帝一生共得子九人,得女十人。众所周知,在中国封建君主世袭制度下,对于皇统的延续,皇女的诞生并无意义,而皇子的诞生却至关重要。因此,要研究道光帝对奕訢的重视程度,不能不先分析奕訢在诸皇子中的地位。

作为皇六子,当然意味着在他之前已经有了五位皇兄。但是,当他来到世间的时候,皇长子奕纬已经死去一年多了,卒年二十四岁,这对道光帝是个很大的打击;皇二子奕纲更在四年前就已经早殇,死时年仅两岁;皇三子奕继死去也将及一年,死时年仅三岁。因此,初生的奕訢前面健在的只有两个皇兄,一是皇四子奕詝,一是皇五子奕誴。此三人是相继出世:奕詝是道光十一年六月初九日生;奕誴是道光十一年六月十五日生。② 奕訢比起这两位皇兄,都只小一岁多。

这意味着,道光帝在将及天命之年,连丧三子,③ 特别是丧失了已经成年的皇长子,其盼子之心十分殷切。因此,四子、五子、六子的接踵降生给了他莫大的安慰,而此三子同处于婴幼时期,他对于他们的宠爱和期望也就难分轩轾。

宫中档案记载道:"道光十二年抓碎,惇亲王;道光十三年抓碎,恭亲王。"从文内称亲王来看,这是后来追记的,不是当时的记录。不过我们据此可知,宫内也同民家一样,在婴儿满周岁时,让他们在许多物件中抓取,以试测其日后的志向和兴趣。可惜,上件档案文字过于简略,我们无从知道奕訢抓取的是什么,也无从知道通过"抓碎"的测试,道光帝对于五子奕誴和六子奕訢的喜爱有了何种不同。④

几岁以后,奕訢就开始得到进一步的宠爱了。皇帝对于皇子的爱憎是不轻易宣示的,但从一些宫内人事关系的微妙变化中仍然能够流露出来。

按宫内规制,皇后以下,妃嫔位次共分七级,分别为皇贵妃、贵妃、妃、嫔、贵人、常在、答应。奕訢的生母博尔济吉特氏在这个宫内等级阶梯上是晋升颇快的。她入宫时被赐号为静贵人,是第五级。道光六年因诞生了皇二子,晋升为嫔,成为第四级,她这时年方十五,比道光帝小三十岁,可能是因为妙龄美貌而获宠幸。道光七年又晋升为妃,已经是第三级了。道光九年,她诞生了皇三子,道光十年又诞生了皇六女。这样,到道光十年,她虽然仍属于第三级名号——妃,可是在道光帝当时具有后妃名号的十二名妃子中,她已经居于第五位了,除皇后外,她仅次于全贵妃、和妃、祥妃。⑤又过了五年,也就是奕䜣两周岁的时候,她又超越了和妃、祥妃,被晋封为贵妃。这时原来的孝慎皇后已经去世,皇四子奕詝的母亲循序晋升为皇后,奕䜣的生母作为静贵妃,在后妃中仅次于皇后,居于第二位。⑥

在等级森严的皇宫内,位次的变化绝非小事。它说明:第一,奕䜣的生母所获得的宠幸有增无减;第二,在母以子贵的常情中,这正是道光帝钟爱皇六子的体现。有记载显示,道光帝曾在太监们所拟的阿哥及公主乳母项下,亲自用御笔补写了"六阿哥下乳母一人"的字样,以纠正原拟赏给宫分的疏漏。⑦一个皇帝对于一个乳母的宫分小事如此关心,不能不说是出于对皇六子奕䜣格外留意,爱屋及乌的缘故。到奕䜣九岁(虚岁)的时候,皇四子奕詝的生母孝全皇后暴卒,道光帝因为祖制规定于三位皇后之外不再立后,命祥妃总摄六宫事情,但不久祥妃犯错误被降为贵妃,改命奕䜣的生母静贵妃总摄六宫事情,并兼抚育皇四子奕詝。⑧

形势的发展对奕䜣极为有利。在勾心斗角的后宫里,母子命运相关,这是尽人皆知的奥秘。自从奕䜣的母亲晋为皇贵妃以后,奕䜣就备受宠爱了。一则因为五兄奕誴生得"状貌粗拙",平日"动止率略",已经失去父皇的欢心;⑨二则就是皇四兄奕詝也是与其平起平坐了。奕詝虽是继皇后所生,但这位继皇后已死,奕詝又是由奕䜣的母亲抚育的,而奕䜣的母亲现在是事实上的皇后呀!当然,时当八九岁的奕䜣对这些还不可能想得太透彻,可是周围的人们都很自然地认定他是道光帝最宠爱的儿子,人们都认为道光帝对奕䜣"最钟爱"。

二、上书房里文武双全的学生

道光十七年(1837),奕䜣年甫六岁。

这年元旦刚过,在一个钦天监选定的"良辰吉日"里,奕䜣由宫内总管太监陪同,在熹微的晨光中穿过乾清宫侧的过道,走过隆宗门内的小空场,进入位于乾清门北侧的上书房。

上书房的师傅翁心存等人早已在此恭候这个新学生的到来了。

奕䜣入学第一天的具体情形,史册未见。不过清代是按成例办事的,我们可以根据以往成例推测出来。

在上书房最东头,即日精门往南走至与南屋相接的地方,是祀孔处。皇子读书前都要先在这里祭拜孔子,想必奕䜣也经历了这个过程。

乾隆年间送皇长子和皇次子读书的程序是,总管太监传旨,皇子行拜师礼,各位师傅起立固辞,遂以长揖礼拜师;其次赏文绮笔砚;再次,乾隆帝亲自召见皇子及师傅,当面嘱托说:"皇子年龄虽幼,然陶淑涵养之功,必自幼龄始,卿等可殚心教导之。倘不率教,卿不妨过于严厉。从来设教之道,严有益而宽多损,将来皇子长成,自知之也。"最后再谆谆告诫皇子说:"师傅之教,当听受无遗。"[⑩]奕䜣入学那天,大概也是如此。

奕䜣的学习地点不只是大内的这个上书房,还有位于西郊圆明园之一澄怀园的"上斋三天"。这是因为清代统治者自关外而来,怕热,所以每于春暖花开的季节,移住圆明园,至秋末方归。在这期间皇子的读书处也就随着迁入园内了。

"上斋三天"又简称为"三天",是皇子及王公们在圆明园内的读书处所,共分三层大殿,每层都有清世宗雍正帝的御书题额,前为"前垂天貺"(按:一作"先天不违"),谓之前天;中曰"中天景运"(按:一作"中天立极"),简作中天;后曰"后天不老",简作后天。[⑪]"上斋三天"一组建筑后来毁于英法联军之役。但奕䜣读书时代曾经使用过,当没有疑问。奕䜣也曾自言在"三天"亲聆先帝教诲,更是直接的证据。

上书房里的授课方式是:"皇子与诸王世子同学于上书房,选词臣教之,与民间延师无异。"[⑫]这是自清高宗乾隆帝以来通行已久的成法。学生们的课程进度无一定要求,随个人接受能力而分别教授。因此,奕䜣虽然比四兄奕詝、五兄奕誴都晚入学一年,但由于奕䜣聪颖,这个差距很快就消失了。在奕䜣的生活圈子中,除了原来所熟悉的父皇、生母、保姆、太监等外,还有一群年龄相仿的小朋友,他们共同学习,共同游戏。这对儿童时期的奕䜣是必要的,他的身心由此而得以健康地发展。

教学的质量取决于教师水平的高低。上书房的学生们在这一点上得天独厚。因为,他们的老师都是经过皇帝亲自从翰林院里挑选出来的优秀学者。这种教育就是所谓"耆儒教胄、龙种传经,古元子入学遗法也"。[13]

奕䜣的第一个授业老师是翁心存。翁心存(？—1862),字二铭,号邃庵,江苏省常熟人,道光二年(1822)中进士,入翰林院为庶吉士,三年散馆后,授为编修。在以后的仕途中,曾任福建乡试正考官,提督广东学政;道光九年回京任上书房师傅,为惠郡王绵愉授读,又充日讲起居注官,翰林院侍讲;道光十一年以后,又先后外放为顺天乡试同考官,四川乡试正考官,提督江西学政;道光十三年再调京任右春坊左、右庶子,国子监祭酒;道光十五年,又外出充浙江乡试正考官,奉天府府丞兼学政;道光十六年,补授大理寺少卿。

从上述经历看,翁心存走上仕途后,屡膺衡文之任,并主学政,还有过在上书房任教的经历,是一个教育家。此外,他的三个儿子也都很有出息,其中尤以翁同龢最为著名。翁同龢在咸丰六年中状元,后来做了光绪帝的师傅。

道光帝给奕䜣选择这样一位师傅,意味着对奕䜣的成长寄予了厚望。

可惜,次年翁心存便因老母年迈,乞回籍,直至为其母发丧,丁忧毕,于道光二十九年才重新回到上书房,去授八阿哥读。[14]

翁心存走后,道光帝为奕䜣选择的师傅是贾桢。贾桢(1798—1874),号筠堂,山东黄县人。道光六年中一甲二名进士。在科举制度下,最高级考试为殿试(或称廷试),由天子亲自主持,将会试中式者分别为三等,称为一、二、三甲。一甲计三名,依次为状元、榜眼、探花,赐进士及第。二甲若干名,赐进士出身,其二甲第一名称传胪。三甲若干名,赐为同进士出身。会试为殿试的基础,是国家级考试,其第一名为会元。乡试为省级考试,中式者为举人,其第一名为解元。最低级考试为府试,中式者为生员,俗称秀才。贾桢的科考名次,是榜眼,不但比他的前任翁心存高,而且比早两年入直上书房为皇四子奕詝授读的杜受田科甲等第也高,因为杜受田在殿试中只是二甲第一(传胪)。为皇子择师中的这种情

况进一步透露出道光帝对奕䜣的偏爱。

贾桢自任皇六子奕䜣师傅后,其间虽小有外出,大部分时间都是在与奕䜣朝夕讲肄中度过的,[15]师生感情颇为融洽。后来奕䜣每次提及贾桢,都表现出深厚的感激之情。

贾桢擅长诗文。在他的影响下,奕䜣很快对文学产生了浓厚兴趣。在课堂上,"治经读史之外,粗习声律"。[16]而且在课外,他也以大量的时间学作诗词:"诵读之余,间习试帖及古近诸体。每于花朝月夕,令序嘉辰,景之所遇,无非诗者。"[17]

紫禁城巍峨的宫阙造成了与世隔绝的条件,使奕䜣难以深入了解民间疾苦,这使他的诗作呈现出严重的先天不足。不过,他经常随同父皇住居圆明园,在那"上斋三天"里,他不但可以照常读书,而且可以充分地利用优美的环境,去观察大自然的无限生机,陶醉于大自然的清新和壮美的景色中。正是在这座天工与人力巧妙构成的皇家园苑里,他被激发出诗情,而且如同泉水一样奔涌。新柳、蕉叶、早梅、红叶均能随意入诗。虽然不免流于歌花咏月,但到底可以摆脱一点宫廷的浊重气息。

例如《秋柳》:

> 秋深花事尽池塘,萧飒犹余柳几行。忆昔依依环嫩绿,只今落落散疏黄。淡容远岸朝含雨,寒色平林晓带霜。转瞬东风回陌上,千条万缕驻韶光。[18]

从眼前秋日的柳色,追忆到它昔日的姿容,又预言来春的光景,思路是开阔的,格调是清新的。

在另一些诗作中,他抒发了朴素的关心农事的思想。一次天降大雪,师傅出题,让他依苏东坡《北台》诗的原韵咏雪。他写道:

> 傍晚犹看月影纤,寒光顿觉五更严。隔窗玉液疑霏屑,卷幔琼英似撒盐。一片清辉低映户,几分晓色冷侵檐。田家喜得丰年兆,来岁登场万庾尖。

> 侵晓寒光噪冻鸦,占丰瑞雪祝篝车。霏霏似护千畦麦,晶晶欣飞六出花。送腊欢腾喧里俗,同云歌舞乐田家。不须授简相如赋,志喜诗成拟八叉。[19]

奕䜣这时的诗作还谈不上成熟圆润,但对于一个学童来说,已属难能可贵了。难怪道光帝欣赏他才思敏捷,为政之余,常常抽暇去亲自指教了。因为喜欢他,所以在他入学的前一年为他择师时,虽已预赐其书室匾额"正谊书屋"[20],这时又为他的书房题字"乐道书屋",足见殷殷舐犊之情。

贾桢工于书法,写得一手漂亮的馆阁体端楷。他在授课之余,曾为奕䜣手录一部《孝经》读本。奕䜣对于这份手抄读本很珍重,邀请上书房里其他师傅题词其上,然后装裱成册,日夕展诵把玩。[21]此后奕䜣的书法也日见工力。奕䜣成年以后的手迹并不难见,由朱智重修的记载军机处沿革情况的《枢垣记略》一书的前言,以及奕䜣本人的诗文集内,均有手书雕印。其字迹之圆润流转,成熟老到,端雅大方,均已超过咸丰,不让道光,亦不在嘉庆之下。其书法方面的造诣实得力于贾桢的影响。

重要的是,贾桢通过讲解这个读本,向奕䜣灌输了传统儒家的纲常道德。通过这本《孝经》读本,奕䜣对"孝"的思想作了较深入的理解,这使他日后在处理与道光帝的关系,以及处理与诸兄弟间的关系问题时,基本都能遵从"孝"的道德戒律行事。

贾桢所授的课程还有《通鉴》,就是司马光负责纂修的《资治通鉴》,它是专供统治者研究历代政治得失的教科书。清代早期的帝王都重视皇子教育的实用性,因为皇子们不参加科举,所以不令他们以制艺时文为重,唯独对于研究历代政治得失的《通鉴》却极重视,《清稗类钞·教育类》上记载道:"大学士贾文端公桢,宣宗时傅恭王,甚严密,尝课读《通鉴》三过。及主试江南,宣宗手书与之曰:'自汝出京,六阿哥在书房,又胡闹矣',后恭王翌辅穆宗,成中兴之美,皆由此也。"[22]这段记载虽出自野史,却并非无稽之谈。分析起来,此段记载大体叙说了三个层次的内容:(一)贾桢教授奕䜣严而得法,奕䜣服其管教;(二)少年奕䜣性格活泼好动,离开了贾桢的督课,便又淘气;(三)也是最主要的,是奕䜣在贾桢的督课下,反复通读了《通鉴》这部重要的政治历史著作,为以后成为王佐之才奠定了坚实的基础。

上书房里的课程安排大体是:早课相当早,冬天常于纱灯的照引下上学读书,课程是汉字诗词文章,儒家经典以及历代政治史迹。午休之后,未刻由满洲师傅教授满语满文、蒙族师傅教授蒙语蒙文。然后学习骑射、技勇,至薄暮方休。

关于主课,前面已叙。下面对语言课和武功课的情况略作补叙。

清室入关后,虽早于康熙、雍正和乾隆三朝就已经完全掌握了汉文化。但是为了加强对蒙古贵族的笼络,仍然坚持满蒙的政治联姻,皇子们也还学习蒙古语文。至于奕䜣对蒙语掌握到何种程度,尚未可知。另一方面,为了保持满族的民族特色,清朝列帝都曾经强调要加强对满文化的学习和运用。据说,乾隆帝在召见宗室王公时,曾发现这些人中已经有很多人不能使用满语奏对,十分不满,降旨强调满语是"国家根本","风俗攸关",特命嗣后增设宗室子弟十岁以上者小考之例,在每年十月,派皇子、王公、军机大臣等去考试宗室子弟,并命皇子率先较射,为宗室子弟做出示范,然后考试开始。[23]皇子能够给宗室子弟做示范,说明他们对满语和弓马的掌握在宗室人员之上。奕䜣对于满语、满文的掌握肯定是好的。多年以后,当同治帝病重之时,曾经指定由奕䜣代阅满文奏章,是为明显的例证。

少年奕䜣对武功的学习也饶有兴致。上书房前的阶下就是宽阔的运动场。他和四皇兄以及上书房的其他伙伴在正课之余,常常出来舞刀弄枪,学习骑射。有时父皇道光帝得暇,还招呼他们共同较射,道光帝经常给予奖赏。[24]有两条例证可以说明奕䜣对武功课进行了钻研,并卓有成效。其一是道光二十九年(1849),他与四皇兄奕詝共同切磋研究,制成枪法二十八势、刀法十八势。这不仅说明他们娴于刀枪,而且钻研有得;又说明他们兄弟二人能够同心协力。父皇道光帝为此大感欣慰,特御赐枪法为"棣华协力",御赐刀法为"宝锷宣威"。此外,也许道光帝认为在这两项研究成果中奕䜣的贡献更大些,因此,又特意赐给奕䜣一柄金桃皮鞘白虹刀,准许他永远佩带,以示"殊恩"。[25]其二是咸丰元年四月,由登极称帝的奕詝亲授奕䜣为十五善射大臣。清初定制,选王公大臣和满洲武官中善射者十五人,充当禁庭射者,赏戴花翎,凡皇上御射,皆侍其侧,皇上常命这些人依次递射,以状行色。因奕䜣贵为皇子,自然与普通善射者不同,故称十五善射大臣。十五善射大臣虽然没有什么实际的职权,却是很高的荣誉。因为它意味着皇帝承认该人为"善射",这在崇尚骑射的满族中,是令人赞佩的。

综上所述,奕䜣通过上书房的学习,熟读经史,精研《通鉴》,兼擅诗文,善舞刀,工骑射,是一个文武双全的皇子,同时也是未来皇位的一个有力竞争者。

在后面的叙述中,我们将结合帝位继承的形势,进一步展示奕䜣在文和武两个方面均已超越乃兄奕詝的事实。

三、大贵族桂良的高婿

道光二十八年(1848),道光帝召热河都统桂良进京,二月十四日,指其女为奕䜣嫡福晋。这年内还为皇四子奕詝成婚。

按照清代皇子婚制的规定,道光帝要先派大臣之命妇偕老者襄办,到桂良府传达皇帝提婚之意。然后桂良要穿蟒服到乾清门,向北跪拜。指婚大臣立东面西郑重宣布上谕:"今以桂良之女作配皇六子奕䜣为福晋。"桂良行三跪九拜礼,谢恩而退。

第二步是举行文定礼和纳彩礼。先由钦天监择定吉日,奕䜣在内大臣及侍卫陪同下,至桂良府行礼。这时岳丈桂良要身着彩服迎于府门外,皇子奕䜣入室作拜,岳丈答拜,三拜而起。然后见桂良妻,同样答拜。辞别时,岳丈桂良送至府门外。接着进行纳彩礼。

按规定,举行初定礼这天应该筵宴所有大臣侍卫官员等,并由鸿胪寺及内务府传奏音乐。可是,道光皇帝谕令一概免去,连按例应赏给皇子福晋的嵌珊瑚东珠金项圈也没有赏给。这时宫内并未见有不幸之事,所以这种做法可能与道光帝一向反对铺张、主张节俭有关。在日后的其他皇子如奕譞行订婚时就是比照此例进行的。㉖

道光二十九年三月初三日,奕䜣行成婚礼。这一天,按制皇子须先偕生母同至皇帝皇后面前行礼。因奕䜣之母已晋为皇贵妃,总摄六宫事,所以奕䜣是同时拜谒道光帝及自己的生母。届至吉时,由宫廷銮仪卫发彩舆,即花轿一乘,由内务府大臣率属员二十人,护军四名及女官若干名前往桂良府迎娶。花轿一直抬新娘于奕䜣居处,举行合卺礼,对拜之后,按制应于皇宫内大排宴筵,使新娘的父母、亲族以及王公大臣的命妇均得入

筵。但是道光帝又出旨停止筵宴音乐。㉗作为天下第一家的婚礼举办得如此简率,再次显示了道光帝的性格。

次日,奕䜣及嫡福晋夙兴即起,拜见道光帝及孝静皇贵妃,行三跪九叩头大礼。然后拜见祖母孝和皇太后以及道光帝诸妃嫔。

初七日,归宁,俗称回门。奕䜣陪同嫡福晋清晨前往桂良府,已刻用宴。然后赶回圆明园,向住在那里的皇太后、道光帝及皇贵妃行礼。

至此,全部结婚礼仪都进行完毕了。

这一年奕䜣虚岁十八,实足年龄为十六岁。虽然没有文字记载能说明奕䜣此时作何感想?但从全部订婚到娶亲过程来看,道光帝的俭办婚事和破除旧制的精神可能给了他一个较深的印象。不过,道光帝的节俭已到了吝啬的程度。

帝王之家的婚姻往往含有政治婚媾的性质。道光帝也不例外,他指令桂良与奕䜣结成翁婿关系正具有这种意义。

桂良(1785—1862),满洲正红旗人,姓瓜尔佳氏,字燕山。瓜尔佳氏,是满洲贵族八大姓之一。㉘桂良之父,名玉德,曾经任闽浙总督,所以桂良又是宦门子弟。桂良自嘉庆十三年(1808)由贡生捐纳为主事,步入仕途,一帆风顺。十年后,即嘉庆二十四年经京察记名一等,以道府级外放为地方官;又八年,即升任掌一省司法诉讼大权的按察使和掌一省财政经济大权的布政使;再二三年,即道光十四年二月,以江西布政使而护理巡抚之职,从此跻身于清政府方面大员之列。

桂良并非平庸之辈,在督抚大员之中,是比较有建树的。护理江西巡抚时,曾以增粜减价或平价的措施解决省城及南昌等县的缺粮问题,"以裕民食";当年七月实授为河南巡抚,曾多次踏勘黄河及支河堤堰,筹办河工,以利国计民生;严办私硝偷漏,以利政府税收;弹劾纵容并隐瞒白莲教活动的地方官,并查禁白莲教秘密活动。道光十九年六月调为闽浙总督,旋改为云贵总督,兼署云南巡抚,致力于剿苗,曾议订滇省各属捕盗事宜,整饬稽察营伍章程,强化地方秩序;同时,令地方官将汉民佃种土司田地及田租情况,造册立案,勒令照数交收,以调整苗汉关系。桂良外任督抚大员的政绩使道光帝颇为满意,二十五年四月,当桂良入京觐见时,道光帝连日召见,并谕称:桂良年甫六旬,精力大逊于前,难胜两省之任,着留京当差,旋即令署理镶黄旗蒙古都统,兵部尚书,又授正白旗汉军都统,十一月调热河都统。㉙体现了皇帝体恤功臣,使其摆脱边远繁重之苦的好意。现在将桂良之女指配给皇六子为嫡福晋,进一步表示了对于功臣的酬答和信赖。

反过来,桂良能够攀得天字第一号的高亲,亦使他的政治生命老而弥坚,并于老耄之年在几次重大事件中发挥了举足轻重的作用:(一)咸丰八年(1858),英法联军北犯,清军于大沽口战败,桂良受命以大学士身份和尚书花沙纳与英法订立《天津条约》,其中包括应允公使驻京要求。事后,咸丰帝反悔,谕令桂良于八月上海换约并议定税则时,以全免英法商品入口税换回公使驻京等有损皇室体面的条款。然而桂良至上海后,赞成两江总督何桂清意见,抓住税权不放,而不谈罢公使驻京诸事;并建议咸丰帝解除黄宗汉通商大臣职务,改授两江总督何桂清,开晚清两江总督兼任南洋通商事务大臣的先例。(二)咸丰十年,桂良于清军再次战败后,奉命去天津议和,后来又辅助自己的高婿恭亲王奕䜣办理和局,签订《北京条约》。(三)支持慈禧、奕䜣进行辛酉政变。(四)帮助奕䜣开创洋务运动新局面。㉚这样,桂良就作为洋务派在中央的重要代表而载入史册。

同样,年轻的皇子奕䜣在这项婚媾中也是受益者,这使他日后驰骋于政治舞台时多了一个坚强的支持者和忠实的追随者。桂良在关键性的事务上,以自己丰富的政治阅历而谋划赞襄,当然,其中也会有一些是馊主意的。不过,这都是后话。

值得指出的是,皇四子奕詝在同时期订婚时,道光帝为其选择的是太常寺少卿富泰的女儿。富泰的家族地位远逊桂良,其太常寺少卿的现职更无法与桂良的总督、都统之职相比。而且富泰之女于两年后即死去,富泰本人对奕詝的政治生活没有产生什么影响,甚至在《清代七百名人传》这部大型人物传稿上也没有他的地位,显然是不见经传的无名之辈。不过待咸丰帝即位后,依制追谥原嫡福晋为孝德皇后的时候,顺便追封富泰为三等公罢了。

指婚对象门第上的差异,反映出道光帝对奕䜣似有所偏爱。

四、咸丰帝奕詝的帝位竞争者

清朝取代明朝而成为中国的最后一个封建王朝,其各项制度既承明制,又有创新。如在帝位继承法上,就改变了嫡长子继承制,实行立储以贤的制度,因为长未必贤。但是,却仍然不能保证政权的平稳交接,因为"贤"是个模糊概念,每个皇子都可以自称为贤而竭力争位。据说雍正帝就是以特殊手段夺嫡称帝的,他为了防止后人夺嫡称帝,决定实行锦匣封名办法,即由在位皇帝对全体皇子作长期默察考验,当其圣意已定,则以朱笔书名,密定为储,藏之锦匣,悬置于紫禁城乾清宫内世祖顺治帝御书的"正大光明"匾额之后,至该帝临终才由御前重臣共同拆启,当众宣布并传阅,获得书名的皇子随即遵遗旨践祚称帝。雍正帝是否以非常手段夺嫡称帝的,并非本书范围,恕不论列。但是乾隆、嘉庆、道光各朝确实是实行了锦匣书名制度的。实行锦匣书名制度,的确减轻了帝位竞争的激烈程度。因为,不过早地宣布立储结果,则竞争者不会因失望去铤而走险;相反,竞争者在不知帝心好恶的情况下,只好按照自己心中的帝王标准来塑造自己的形象,争取将自己的名字"简在帝心",封名于锦匣,至于能否如愿,那就要听凭命运的安排了。

这也是一种竞争,其表现形式是勾心斗角,而不可能是公开的剑拔弩张。涉及范围可能包括一些与竞争者关系密切的宫廷或师保人员,但不大可能形成规模庞大的集团。

道光二十六年(1846),奕訢十五岁,四兄奕詝十六岁,五兄奕誴也十六岁,七弟奕譞七岁,八弟奕詥三岁,九弟奕譓二岁。就是说,七弟、八弟、九弟年龄都小,不足以构成竞争力量。有条件参与帝位竞争的是奕訢、奕詝和奕誴三人。

但这年正月初五日,道光帝降旨把奕誴过继给嘉庆帝的第三子,即和硕惇恪亲王绵恺为嗣子。这就意味着命令奕誴退出竞争圈了。

帝位的竞争于是就在皇四子奕詝和皇六子奕訢中间展开了。

这真是不幸。奕訢与奕詝的关系,在各皇子间本来是最亲密的。奕诉的生母孝全成皇后突然死去的时候,奕诉才十岁,道光帝将他交付静贵妃抚育。从此,奕诉与奕詝便如同一母同胞,亲密无比。这种关系就决定了发生于他们之间的帝位竞争的隐蔽性和温和性。

竞争在正史中不可能大量记载,这主要还是出于为尊者讳,但是仍有蛛丝马迹可寻。《清史稿·杜受田传》中说:"至宣宗晚年,以文宗长且贤,欲付大业,犹未决。"㉛既然说奕詝"长且贤",为什么还犹豫不决呢?显然道光帝另有属意的人选。这个人选就是奕诉。

野史中对此二人争位的情况倒是津津乐道,绘声绘色,但又未尽确切,可能得自道听途说。今抄录数则,以与正史互相参照。其一云:

> 宣宗晚年最钟爱恭忠亲王,欲以大业付之。金合(即锦匣——笔者)缄名时几书恭王名者数矣。以文宗贤且居长,故逡巡未决。㉜

这里说道光帝"最钟爱"奕诉,曾多次想书名奕诉为储。其二云:

> 恭王为宣宗第六子,天姿颖异,宣宗极钟爱之,恩宠为皇子冠,几夺嫡者数。宣宗将崩,忽命内侍宣六阿哥。适文宗入宫,至寝门请安,闻命惶惑,疾入侍。宣宗见之微叹,昏迷中,犹问"六阿哥到否"。迨王致,驾已崩矣。文宗即位,恭王被嫌,命居圆明园读书……㉝

这里说奕诉"天姿颖异",是道光帝"极钟爱之,恩宠为皇子冠,几夺嫡者数"的原因,也正是道光帝在定储问题上"意犹未决"的根本原因。但说道光帝临终时急宣奕诉入见,奕诉不在,适值奕詝偶然在侧入见,宣宗看到非所宣之六子,"微叹",并在昏迷中还问"六阿哥到否",都只能理解为道光帝对奕诉的特殊眷恋,而不应理解为在奕诉宣而不到的情况下不得已而将大位交付给奕詝。但原意究竟如何?含混不清。其三云:

> 宣宗倦勤时,以恭王奕诉最为成皇后(指孝静皇贵妃——笔者)所宠,尝预书其名,置诸殿内,有内监在阶下窥伺,见其末笔甚长,疑所书者为奕诉,故其事稍闻于外。宣宗知而恶之,乃更立文宗。㉞

皇帝朱笔书名,是宫廷大事,内监无权过问,甚至也不得正视,但是站在远处遥望还是可能的。内监将遥望的结果加以忖测,偷偷传播于外也是可能的。道光帝得知泄露了消息后,既可能坚持不改,也可能重新更改。这样看来,不能排除这则记载的真实性。

上述几则记载,虽出自野史,但都有一定的合理性。它们表明,在竞争中,奕䜣的优势是"天姿颖异",奕詝的优势是年龄居长。而清室立储并不是以长的,所以,皇储之位几乎为奕䜣所得。但奕詝最终得到储位,这是为什么?必定在年长之外,另有他故。

《清稗类钞·礼制类》记载说:奕詝的生母由皇贵妃晋升为皇后,"数年暴崩,时孝和睿皇后尚在,家法森严,宣宗亦不敢违命也,故特谥之曰:'全'。宣宗既痛孝全之逝,遂不立她妃嫔之子,而立文宗,以其于诸子中年龄较长也"。㉟这里似乎有难言之隐,奕詝生母的暴崩与道光帝母亲孝和睿皇后有关。恰好《清宫词》中有一则云:"如意多因少小怜,蚁杯鸩毒兆当筵;温成贵宠伤盘水,天语亲褒有孝全。"㊱诗注与《清稗类钞》记载相同。寥寥数语,透露了个中消息,道光帝之所以传位于奕詝,不仅在于他"年龄较长",主要是以此告慰非正常死亡的爱妻孝全皇后的亡灵。

这也正是奕䜣虽然是帝位的有力竞争者而最终败于四兄奕詝的客观原因。

下面我们再从兄弟二人的主观努力直接叙述这场竞争。

道光二十八年春天,道光帝命诸皇子随他校猎于南苑。围猎,是奕䜣得心应手的事情。这一天他猎获的禽兽最多,不免"顾盼自喜"。休息时,他以兴奋而自信的心情吟成一首古体:

> 扈随御跸临南苑,小猎行围谷雨春。柳色千条青结带,花阴一路翠成茵。羽林骑合星摇勒,翊仗弓开月满轮。纶綍叠承恩泽沛,应知时狩迈虞巡。

迎着郊外的柳色,穿越芳菲的花阴,张满如月的银弓,猎取大自然恩赐的禽兽,奕䜣觉得这是超越唐尧虞舜等古圣先人的壮举。

忽然他发现四皇兄奕詝坐在一旁,连手下的从人也都垂手侍立,心中纳闷。问其缘故,奕詝回答,今天不舒服,所以不敢驰逐。及至日暮,到父皇面前去报告战果,奕䜣本来最称道光帝之意,但当奕詝说出一番话来,却使道光帝转而认为奕詝"是真有人君之度矣",就在这一转念之间,"立储之议遂决"。㊲

原来奕詝听到父皇令其随扈的旨意后,深知自己武功不如奕䜣,很紧张,去上书房问计于师傅杜受田。杜受田长于猜摩之术,"欲拥戴文宗以建非常之勋",因而授以密计,说:"阿哥至围场中,但坐观他人骑射,万勿发一枪一矢,并当约束从人不得捕一生物。复命时上若问及,但对以时方春和,鸟兽孕育,不忍伤生命以干天和,且不欲以弓马一日之长与诸弟竞争也。阿哥以此对,必能上契圣心,此一生荣枯关头,当切记勿忽也。"㊳奕詝正是如计而行,藏拙示仁,取得了道光帝的好感。

这则记载同时见于正史和野史,可证确有其事。㊴

这一次的校猎活动,胜利本来属于奕䜣。他有充分的理由说:自己真正继承了列祖列宗尚武的传统。道光帝如果真想通过这次校猎确定"逡巡未决"的储位,就应该毫不犹豫地选定继承了尚武精神的奕䜣。道光帝不会不知道,自己的爷爷乾隆帝十二岁围猎得熊;而自己因为十岁时参与围猎而得鹿,受到祖父乾隆帝的青睐。㊵甚至道光帝后来得承大统,也是因为在做皇子期间,亲手操枪,击毙林清起义者而赢得嘉庆帝信任,最终获金匮缄名的。那么,皇六子按照自己的要求,取得最佳成绩,为什么却不将大业付之呢?

这正是道光帝的优柔之处,他是容易被感情影响的。他没有在意奕詝的不射是掩饰自己的低能,而是感慨于长子心怀善念;他没有深入地想想,如果不射就是仁君之所为,那么自己以及列祖列宗岂不都成了不仁之君?

道光帝做出了抉择。但这抉择究竟在何时?《清史稿·文宗本纪》说:"二十六年,用立储家法,书名缄藏。"㊶《清皇室四谱》说:"二十六年六月,宣宗密定皇储,缄其名于镮匣。"㊷今中国第一历史档案馆藏道光皇帝立储密诏及建储匣,正面封条上有道光皇帝书写的"道光二十六年立秋"字样。由此看来是道光二十六年(1846)了。

可是,奕䜣自己记载这次校猎的诗编排于另一首诗《除夕立春》之后,按历表可查得除夕日立春的是丁未年,即道光二十七年。那么,紧接其后的这次校猎就应该是道光二十八年了。进一步看,奕䜣诗中说这次随扈父皇行围是在"谷雨"这个节令,经查:道光二十六年春皇帝行围是三月十六日至十八日,十九日去安佑宫拈香,谷雨是此后的二十五日,与行围无涉；而道光二十八年三月十六日皇帝在圆明园，十八日去安佑宫，中间十七日恰好是"谷雨"，未记行止，可能就在南苑行围。㊸所以，"立储于二十六年"之说，在当时密封不宣。野史不知，故多据时人闻见揣摩上意，以为"立储之意遂决"是在这次校猎后，实际要更早。

尽管道光帝决定立皇四子为储，但对六子奕䜣也还是爱护的。他看到奕䜣读书能得大旨，很高兴，亲自为之题写"乐道书屋"的匾额。后来，奕䜣自号"乐道主人"，就是源于此的。㊹

当然在两个竞争者的背后，都有策划者。不过他们的指导方针和内容很不相同。

这时奕䜣的授读师傅是卓秉恬。卓秉恬（1782—1855），字静远，四川华阳人，嘉庆七年中进士，改庶吉士，年甫逾冠即授翰林院检讨。他属于少年得第类型的知识分子，喜治经世致用之学，反对空疏的学风。曾经参与宣南诗社的前身"消寒诗会"的活动。他步入仕途后，体察民生、多所兴革。道光二十五年，他充任经筵直讲，授体仁阁大学士。大约在此时，他受道光帝之命为六皇子奕䜣授读。他一秉初衷，恪尽职守，致力于对奕䜣知识和能力的提高。在他看来，奕䜣有了超人的知识和能力，道光帝就会委以经营天下的大任。

奕詝的授读师傅仍旧是杜受田。杜受田看出奕詝在知识和能力方面已经不易取胜，如果不施展巧计，就很难取得道光帝的好感。而培养好感的方法，莫过于表示"孝心"。

道光二十八九年，道光帝病体缠绵，久治不愈。一个阴影笼罩着竞争者双方的心头，双方对于帝位的角逐也就更加激烈和公开化了。

一天，内侍忽然来上书房传旨，召皇四子和皇六子入对。奕詝和奕䜣都以为这将是决定命运的时刻了，忙分别去向自己的师傅问应付之方。卓秉恬鉴于奕䜣头脑清晰，口齿伶俐，学识丰富等特点，确定了示才见长的方针，告诉奕䜣："上如有所垂询，当知无不言，言无不尽。"

而杜受田则再次授以示孝藏拙的方针，他对奕詝说得很直接："阿哥如条陈时政，知识万不敌六爷，惟有一策，皇上若自言老病，将不久于此位。阿哥惟伏地流涕，以表孺慕之诚而已。"

双方都使出了浑身解数，按照各自的方针作了充分的表演。结果，据说道光进一步认为"皇四子仁孝,储位遂定"㊺。此处"储位遂定"四字与前述已经于南苑校猎后密定储位之说,稍有抵触,亦见野史记载不甚准确。

可以这样理解,道光二十六年后,虽已密定储位,但道光帝对于奕䜣的钟爱,对奕䜣才智的欣赏,以及道光帝本人的优柔,都使他还处于犹豫之中,重新更名的可能性是存在的。但经过这次病榻前的问话,奕詝伏地流涕痛哭所表现的"孝心"再次征服了他,遂决定不再改变所书皇储的名字。

奕詝在道光帝病榻前,没有用眼泪去回答问题,并不是因为对道光帝没有感情或感情不深,而是因为对父皇的问题,是不可不答的。他这样做,并无错误。他是用真实的成绩回答问题,并没有采取打感情牌的方式。至于他为什么不用这一方式去谋取父皇的信任?也许是他的确比咸丰帝幼稚,没有想到;也许是他一贯的轻礼,压根就不屑虚伪。当然,其中也有其师傅卓秉恬对道光帝忖摸不透的指导因素。

无论如何,对于统治者而言,纲常礼法本身就具有权威性,道光帝立储择长无可厚非,所以储位的实际归向不应视为意外。不过,道光帝从道光二十九年的夏天起,直至深冬,仍然力疾视事,不稍松懈,根本不提立储的事。

奕䜣和奕詝的帝位竞争状态也仍然没有解除。不过平日还是保持着表面的亲密的样子。就是在这一年,他们共同研制的枪法二十八势,刀法十八势呈请父皇御览。这使道光帝大为欣慰,他将枪法和刀法分别赐名为"棣华协力""宝锷宣威"。

转过年,是道光最后一年,到正月初四日,道光帝实在支持不住了,才让皇四子奕詝代阅奏章。现在,皇储问题明朗化了。但他每天仍在

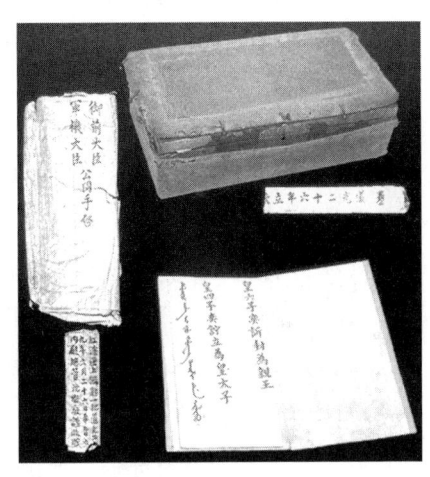

道光皇帝立储密诏及建储匣 中国第一历史档案馆藏

圆明园奉三无私殿召见臣工。

正月十三日,道光帝病势沉重,于圆明园寝宫慎德堂召见军机大臣大学士祁寯藻,杜受田;尚书何汝霖;侍郎陈孚恩,季芝昌等五人,谈话许久。

十四日,卯刻,再次召见十重臣,内有军机大臣五人,以及定郡王载铨,御前大臣怡亲王载垣,郑亲王端华,科尔沁郡王僧格林沁,内务府大臣步军统领尚书文庆,郑重宣布立皇四子奕詝为皇太子。事先,已命人将锦匣取来,这时命奕詝入殿,当众公启锦匣,传示给各重臣阅看朱笔。竟是一匣两谕,第一谕为:

皇四子奕詝立为皇太子。

第二谕为:

皇六子奕䜣封为亲王。

阅旨完毕,道光帝谕勉诸臣要尽心辅佐奕詝共治天下。然后,令人尽退。

自从立储实行锦匣书名制度以来,一匣两谕,这是绝无仅有的一次。其中大有深意。

第一,在册立皇四子奕詝为皇太子的同时,为什么只封皇六子奕䜣为亲王,而不将五子、七子、八子和九子同时封为亲王?这的确意味着只有六子奕䜣能与四子奕詝相提并论,有力地证实关于六子和四子竞争帝位的种种传闻是事出有因的。

第二,特旨御封六子奕䜣为亲王,有保护之意。历史上不乏兄弟争位,得位者对未得位者进行迫害的先例。由遗旨封奕䜣为亲王,等于安慰奕䜣,虽不能令其继承帝位,也让他得到清室的最高级王号。同时也是示意四子奕詝,使其不好贬低奕䜣的地位。

究竟一匣两谕有多少含意,军机大臣们还无暇思考,在他们刚刚返回直庐的时候,内侍就又来宣召——道光帝彻底甩开他的爱子,他的大清江山,"龙驭上宾"了。随之,奕詝即位,年号咸丰。

存在于奕詝与奕䜣之间的帝位竞争彻底结束了。然而,他们之间的关系却不会有长久的平静。

【注释】

① 关于奕䜣生日,现存 1832 年与 1833 年两种说法。道光十二年,按习惯诚然可换算为 1832 年,但对年末出生者应慎重。据中国第一历史档案馆藏皇族档案《星源集庆》第 6 号、92 号、8 号等档册,以及唐邦治《清皇室四谱》所载,均为道光十二年十一月二十一日丑时,按,此日即公历 1833 年 1 月 11 日。故应以 1833 年为正确。

② 各皇子生卒情况均见唐邦治《清皇室四谱》卷三。

③ 道光帝生于 1782 年,道光十二年届五十岁。在此之前连丧三子,故称将及天命之年。天命之年,五十岁之谓。——笔者。

④ 中国第一历史档案馆藏宫中档,宫中杂件(人事后妃类)第 1255 包内字条。

⑤ 道光十年静妃在内宫的位次,见中国第一历史档案馆藏宫中杂件(人事后妃类)第 1248 包内的一件该年御赏干果年分。——笔者。

⑥ 奕䜣生母地位的变化,见《清皇室四谱》卷二,第 29 页。

⑦ 中国第一历史档案馆藏宫中杂件(人事后妃类),第 1246 包。

⑧ 吴语亭:《越缦堂国事日记》第一册,第 63 页。

⑨ 费行简:《近代名人小传》,载《清代传记丛刊》第 202 种,第 384 页。

⑩ 徐珂:《清稗类钞·礼制类》,第 477—478 页。又见《清宫遗闻》卷一,第 40 页。

⑪ 《清宫遗闻》卷一,第 68 页。

⑫ 徐珂:《清稗类钞·礼制类》,第 478 页。

⑬ 《清宫遗闻》卷一,第 68 页。

⑭ 蔡丏因:《翁心存》,《清代七百名人传》,第 339 页。

⑮ 《贾桢传》,《清史稿》第三十八册,第 11727—11728 页。

⑯ 奕䜣:《庚献集自序》,《乐道堂诗钞》沈丛刊本,第 425 页。

⑰ 奕䜣:《古近体诗·自序》,《乐道堂诗钞》沈丛刊本,第 777 页。

⑱ 奕䜣:《古近体诗》,《乐道堂诗钞》沈丛刊本,第 786 页。

⑲ 奕䜣:《古近体诗》,《乐道堂诗钞》沈丛刊本,第 787 页。

⑳ 奕䜣:《正谊书屋试帖诗存·自序》,《乐道堂诗钞》沈丛刊本,第 649 页。

㉑ 奕䜣:《贾筠堂相国夫子手书孝经读本识语》,《乐道堂文钞·续钞》沈丛刊本,第 326 页。

㉒ 徐珂:《清稗类钞》,第 573 页。

㉓ 徐珂:《清稗类钞·考试类》,第 600 页。

㉔ 《清稗类钞·礼制类》,第 478 页载:"文宗及恭王、醇王,皆善舞刀,有御制

刀铭。上书房阶下,为习射之所,帝于政暇,辄呼皇子、王子习射,诸师善射者与焉,辄赐帛或翎技以为常课。"

㉕ 《诸王列传·奕䜣》,《清史稿》第三十册,第9105页。

㉖ 掌仪司西档房:《恭办醇郡王婚礼事宜》,此件系稿本,藏辽宁大学图书馆。

㉗ 掌仪司西档房:《恭办醇郡王婚礼事宜》,此件系稿本,藏辽宁大学图书馆。

㉘ 据继昌著《行素斋杂记》卷十,页二十六载:八大姓为瓜尔佳氏、钮祜禄氏、舒穆禄氏、那拉氏、栋(董)鄂氏、马佳氏、伊尔根觉罗氏、辉发氏。瓜尔佳氏为第一大姓。

㉙ 蔡丏因:《桂良》,《清代七百名人传》,第346—350页;《清史稿》第三十八册,第11708页。

㉚ 《桂良传》,《清史稿》第三十八册,第11708页。

㉛ 《杜受田传》,《清史稿》第三十八册,第11673页。

㉜ 《清人逸事》,《清朝野史大观》卷七,第46页。

㉝ 徐珂:《清稗类钞·宫闱类》,第367页。

㉞ 徐珂:《清稗类钞·宫闱类》,第367页。

㉟ 徐珂:《清稗类钞·礼制类》,第505页。

㊱ 《清宫遗闻》卷二,第67页。

㊲ 《清人逸事》,《清朝野史大观》卷七,第46—47页。

㊳ 《清人逸事》,《清朝野史大观》卷七,第46页。

㊴ 《清史稿·杜受田传》,可以印证。见第11673页。

㊵ 乾隆即兴诗为:"老我策骢尚武服,幼孙中鹿赐花翎,是宜志事成七律,所喜争先早二龄";又说"家法永遵绵奕叶,承天恩贶慎仪刑"。见《清宫遗闻》卷一,第60页。

㊶ 《文宗本纪》,《清史稿》第四册,第711页。

㊷ 唐邦治:《清皇室四谱》卷一,第11页。

㊸ 《道光起居注》,第八十一册,总第047391—047400页;第八十九册,总第052317—052326页。

㊹ 奕䜣:《古近体诗·自序》中说:"乐道堂者,道光戊申(二十八年)宣宗成皇帝御书所赐额也。因自号曰乐道堂主人。"

㊺ 《清宫遗闻》卷一,第64页。

第二章　服从命运的安排

奕䜣竭力掩饰并克制失意心情,力图为列祖列宗传下来的社稷报效才智。但是,他与咸丰帝之间仍不能避免兄弟龃龉。他不是曹子建第二,他要摆脱曹子建式的命运。

一、"今日之协力非昔日之协力也"
——调整兄弟关系

在帝位竞争中,奕詝以"仁孝"而立为皇储,继位为君。他需要继续做出"仁孝"的姿态以团结皇族,巩固统治。奕䜣虽以"才智"见长,但因未能迎合父皇心意,终于落选,只好称臣。他必须吸取教训,竭力做出"忠顺"的姿态,以求自保。咸丰初年,兄弟二人在这种利害相关的基础上,都竭力缔造良好的兄弟团结关系。

咸丰帝于道光三十年(1850)正月即帝位,随即封奕䜣为恭亲王;准许戴用红绒结顶冠,朝服穿用蟒袍,许可使用金黄颜色。服饰冠戴上的特许,并不是仅向奕䜣一人示惠,其他诸弟也均得到此项恩惠。按照清朝服饰制度,皇子皇孙皆可以如此戴用,而王公贝勒等人则只有经皇帝特赐始可服用。但是封给诸弟的爵号,则只有奕䜣为亲王,其他诸弟都为郡王,比奕䜣低一等。这是因为奕䜣已经由道光帝遗旨封定,咸丰帝要表示恪遵父皇遗旨,必须予以承认。但封奕䜣为恭亲王,有告诫之意。兄友弟恭,一个"恭"字,表明他希望奕䜣能够恭慎行事,能够敬重、服从并拥护兄长的皇权统治。

奕䜣则利用一切机会对践祚称帝的四兄进行颂扬,同时一再贬抑自己,使自己与当今天子之间显出天壤之别。

　　这年仲秋月初八日,咸丰帝去至圣先师孔庙瞻礼后,以长律二章见示五弟和六弟。奕䜣立即和诗二章,诗中赞美咸丰帝在"旰宵勤政"之余,瞻礼"素王"孔子;称颂咸丰帝不忘亲贤,笃亲情渥;表示要继续"常聆训示",不敢忘恩;承认自己"疏庸",今后须努力读书,"午风展卷","晓日濡毫"。此诗内容枯燥,感情干瘪,显然是奉承应制之作。

　　孟冬月十七日,降雪,咸丰帝得诗一首,奕䜣作《恭和御制孟冬十有七日雪元韵》;咸丰帝在一幅名画"宋徽宗鹳鸰图"上题诗,奕䜣也立即作和诗二首;咸丰帝自己弄笔画"先春写意图"一幅,奕䜣便赋应制诗一章。

　　奕䜣回忆这一段生活时说:"迨庚戌(道光三十年,1850)以后,文宗显皇帝推恩同气,训迪有加,御制诗成,辄蒙特旨宣示,或命和韵以进。"可见在这一时期的兄弟酬唱之中,咸丰帝多是主动示意,而奕䜣则是积极响应。因此,尽管诗句并不甚佳,也未必有多少真情实感,但毕竟造成了兄弟和谐的表面现象,掩饰并冲淡了奕䜣因争帝位未遂而产生的失意情绪。他与咸丰帝的唱和之作,后来于同治元年仲秋编为《赓献集》,共得五十首左右。

　　奕䜣在咸丰初年的生活除了极力表示豁达、安命和忠实于咸丰帝之外,还有另一个侧面,即抑郁、伤感和追念道光帝。

　　咸丰元年(1851)正月十四日,是道光帝晏驾一周年纪念日。以"仁孝"得位的奕䇲却没有亲诣道光帝陵寝——慕陵致祭,他指令奕䜣前往。

　　一年来,奕䜣心中充满了抑郁和伤感,却又无处吐露。这时他可以一吐胸中块垒了。在奔赴慕陵途中,他多次即景吟咏。

　　慕陵在清西陵,道经卢沟桥,去往房山、易州一线。过卢沟桥时,奕䜣伤感地咏道:

　　　　初春奉命谒松楸,岁月惊逢倏一周。计日行鞍临易水,响晨轻骑渡卢沟。陇头馀雪痕犹积,峰角闻云影故留。惟愿河流常顺轨,安澜普庆仰神庥。①

前往房山的途中,他作《房山道中》:

村墅起炊烟,苍茫万壑连。一鞭扬广陌,几曲听寒泉。旭日辉银勒,轻风送锦鞯。荆轲山远望,慷慨笑当年。②

房山地区有一座山,名为荆轲山,山上有墓,传说为荆轲墓。奕䜣讴歌古代英雄的慷慨,是在宣泄他此刻处于无为地位的悒郁和哀怨。

这次祭陵途中,还有《晓行感述》二首,真实地写照了他此时的心境:

远村隐隐起晨炊,展谒心殷觉马迟。去岁今朝承色笑,春风触目不胜悲。

转瞬风光一岁更,四周山色近相迎。年来易水经行熟,何似今年倍怆情。③

过去,他曾是父皇的爱子,膝前承欢。如今,父皇撒手而去,并没有把天下留给他,只留下一个御封"恭亲王"的名号。今天他又来到这熟悉的旧地,倍感凄怆。一年来的失意,怅惘,悲哀,孤寂的心情,都由这最后一句尽情地表露出来了。

一年来,他小心翼翼地恭维四兄奕䜣。曹植(曹子建)之于曹丕(曹子桓)的故事,是他的前车之鉴。他用"颂圣"表示服从,用隐忍换取安全,以图当今圣上能够"念笃亲情"。今后的日子更长,他还要不断地这样做下去。

咸丰元年,春风和煦的日子,咸丰帝有御制"静怡轩元韵"一首,他立即恭和:

春光盎盎日迟迟,茂对天颜静自怡。轩外林阴含瑞霭,和风徐拂两三枝。欣逢令节庆韶华,几暇临轩淑气佳。沐泽书斋勤讲习,寸心自勖戒浮夸。④

尽管这个当了天子的四兄的才华不及他,但他乖巧地承认,自己只是小聪明,需要勤读书,戒浮华。

咸丰帝在国内农民造反的严重局面下,仍不断挥毫作画,以示闲逸。奕䜣也就写作了不少题画诗,诸如《题御笔山水应制》《题御笔云龙画轴应制》《题御笔画马应制》等。在这些应制诗中,他只是反复地粉饰太平,例如在《恭题御笔山水》中,他写道:

> 云树郁青葱,山家碧霭笼。升平无限景,写入画图中。⑤

咸丰帝找出一本内务府珍藏多年的王羲之真迹《快雪时晴帖》,赐其鉴赏并索题诗。他便表示受宠若惊:

> 真迹多年内府藏,钦瞻炳焕耀天章。前人遗跋成细帙,臣下濡毫付锦束。神品流传千百载,法书珍重两三行。疏庸蠡测惭宸鉴,奉命赓歌荷宠光。⑥

当然,他也没有忘记适当地向咸丰帝表示他也在关心皇朝命运。咸丰元年九月九日,是重阳佳节,咸丰帝登上延春阁作述怀诗一首,以之出示诸弟,以表念切手足之情。于是,奕䜣又有唱和:

> 屈指高秋佳节届,追思廿载不胜悲。万几挥翰承平日,重九登临茂对时。庶政惟和隆郅治,群工无旷共驱驰。会看桂岭尘氛净,乐育均沾雨露滋。⑦

从他们共同的阶级利益上说,奕䜣也自然地期望大政隆和,大小臣工驰驱效命,共同肃清岭南广西的太平天国起义,而使爱新觉罗氏皇朝归于"郅治"。

大概咸丰帝对于奕䜣的表现是比较满意的,遂于此时决定将城外圆明园里的"春和园"拨给奕䜣。

冬天到了,咸丰帝指令奕䜣前往慕陵检查工程进度并致祭。

奕䜣便又冒着凛冽的寒风,策马出阜成门。他知道,咸丰帝此时正去大高殿拈香祈雪,这个遥远而辛苦的差使当然就非自己莫属了,但他并无怨言,一路吟道:

> 响晨策马出城闉,孺慕心殷易水滨。曙色苍茫含宿霭,云容暗淡送行人。声喧腊鼓情何怆,影指春幡岁又新。敬吁天恩符圣念,祥英续沛慰枫宸。⑧

行至琉璃河,小憩于恩惠寺。这时,寒云和冬风的物象、寺钟和梵贝的声响却使他不由自主地感伤了:

> 日午暂停骖,天光净蔚蓝。钟声尘外远,梵贝静中参。积雪明瑶

屿,寒云隐翠岚。冬风无限恨,翘首望西风。⑨

诗中意境的肃穆,烘托出心境的凄凉,要比那些为恭维咸丰帝而作的应制诗,多了一些真情实感。

十月十六日,是农历节气的"大雪"之日。连日来大雪纷纷扬扬,平地积雪盈尺,可以说天象十分符应节气。十九日,咸丰帝在养心殿置酒赏雪,奕䜣应召出席。席间,君臣吟诗作赋,各抒胸臆。

这时太平天国起义已经爆发一年了,咸丰帝调兵遣将,连换三任钦差大臣都没有扑灭这场起义烈火,反而愈燃愈炽,大有蔓延之势。腐朽没落的清廷君臣们在武力不能战胜起义军的情况下,便自欺欺人地寄希望于神灵,乞求上苍会保佑他们的统治重归安宁。

咸丰二年,是道光帝晏驾第三年。三月,奕䜣奉命随扈咸丰帝赴陵寝奉安道光帝梓宫。四月初二日,奕䜣又随扈去天坛祀天,将道光帝灵牌以"宣宗"庙号升配入殿。初五日,举行释服礼。

至此,他们为皇考道光帝所办的丧礼全部结束。咸丰帝当此事毕之日,制诗一律。奕䜣于十一日呈进和诗。他感念"眷顾",颂扬"圣明",斥起义军为"洪流",对咸丰帝惨淡经营的"安内"事业寄予同情。诗云:

升配圜丘崇祀事,八埏共睹帝虔诚。甘霖优渥邀天眷,年稔昌期仰圣明。堵合洪流廑轸念,肃清氛祲屡经营。逎蠲红粟恩纶沛,德泽均霑乐野氓。⑩

四月,刚刚忙完道光帝的奉安大典,咸丰帝就将奕䜣分府出宫——奕䜣年已二十岁,娶有妻室,既然他不是皇上,就没有理由再留在大内的皇宫里。咸丰帝指给奕䜣的府宅原是乾隆年间大学士和珅的府第,和珅被嘉庆帝抄家后,此宅赏予庆郡王永璘和乾隆帝钟爱的十公主及额驸丰绅殷德。公主死后,此宅完全归庆郡王府。庆郡王永璘死后,他的后人住用一段时间,又因罪夺爵。此宅遂于道光二十二年没入内务府,空闲至今。⑪从此以后,奕䜣及其后人在这里生活了八十五个寒暑,这里至今一直被称为恭王府。

恭王府的建筑分为中、东、西三路,均为多进四合院。中路为三开间大门,门前有石狮一对,东西各有房门三间。中路的正殿称银安殿,复以王府特用的绿琉璃瓦、吻兽,以象征王爷气魄。后院的正厅是奕䜣起居处,堂额为乐道堂,与紫禁城内的启祥宫乐道堂同名。在府邸后面,便是王府花园。

有趣的是,恭王府的建筑构图酷似小说《红楼梦》里的大观园。建筑是宏伟而精美的,在当日的诸王府邸中,它堪称"邸园精华"。

六月,咸丰帝遣使册封奕䜣为恭亲王。奕䜣的"恭亲王"是道光帝遗旨所封,咸丰帝即位之初就已认定了的,为什么迟至三年后才正式颁册封定呢?⑫这的确是个问题。

如果想得好一点,可能因先帝大丧期间停止一切封授。但是我们知道此间实际并未停止一切封授,册封之举不止一见。所以不能排除另一种可能性,即咸丰帝还要亲自观察和考验,视奕䜣能否忠顺再定弃取。这次遣使册封,说明奕䜣两三年来曲意承欢,取得了咸丰帝初步的谅解和信任。

这年七月,咸丰帝的师傅、协办大学士杜受田死。咸丰帝深为震悼,追授太师名号,晋大学士职衔,赐予文官最高谥号"文正公",并亲自抚棺哭奠。此外又晋杜受田老父礼部尚书衔,将杜受田之子杜翰由一般京官"庶子"破格提拔为工部侍郎,后来更晋至军机大臣上行走。

当杜受田灵柩归籍时,奕䜣以恭亲王身份受咸丰帝委托前往奠送。

对一个大臣之死,天子哭奠、亲王奠送,这在清代是罕见的。史称:"饰终之典,一时无比。"⑬究其原因,完全是杜受田有辅导咸丰帝成人得位之功。奕䜣奉命奠送,触目伤情,想到自己竞争失败,不会不迁怒于当日的师傅卓秉恬。日后,奕䜣经常怀念蒙师贾桢,而于卓秉恬则讳莫如深,恐怕就是这个原因。

奕䜣替咸丰帝料理完毕杜受田的丧事,就移住到圆明园的春和园去了。咸丰帝之所以赏给他此处园林为别墅,一则示以特别恩宠,再则是使其远离诸王公大臣。因为自雍正朝以来,就已经形成一条不成文法:皇子不得参与大政,不得与王公大臣交接。这正是御榻之侧,岂容他人酣睡的意思。

奕䜣并不挑剔,他倒以简为乐,自述说:"不尚其华尚其朴,不称其富称其幽,而轩墀亭榭,凸山凹水,悉仍其旧。"这里的房舍没有皇家所用的丹艧雕甍,也没有显示帝王气象的明黄琉璃瓦。奕䜣对政权已无奢望,乐得利用这里的自然古朴来荡涤俗念杂想。他怀着宽慰的心情赞美这座园林,写道:"乐蕃植则有灌木丛花,青翠交加也;学耕耔则有田畦蔬圃,量雨较晴也;松风水月入襟怀,而妙道自生也;仙露甘膏常沾润,而俗虑自涤也。"

他的日常起居就在这一座小园林之内。他努力涵养性情,陶醉于自然。时而在园前的清溪上弄水,荷池赏花;时而在园后山腰竹林里吟诗嘱文;时而在亭、榭、庐、厦之内诵习经史。他的一颗几年前还十分热衷朝政的心正在冷却,他不再觊觎天子宝座,只是"观风月之清朗,林池之秀润"。⑭

为了让奕䜣感到兄长的友爱,咸丰帝特地选择了上好的日子,在仲秋佳节的时候,驾幸这座园子,看望奕䜣。他将此园御书易名为"朗润园",御题园内池水为"水共心池""月同明池";御题各室分别为"明道斋""棣华轩""萃赏轩"。最后还示以手足之情,亲赋《赐恭亲王》一首。奕䜣深为天子兄长这番题字改名赠诗所感动,答诗一首称:

  銮舆临莅日晴明,常棣恩周念弟兄。更幸赐诗承渥泽,勉输愚悃颂升平。⑮

奕䜣是乖觉的,他表示感念兄长的亲切关怀,今后要在此安心读书。为此,他把父亲道光帝当年御赐的匾额"乐道书屋""正谊书屋"高悬于朗润园内正堂之上。⑯

事实上他并不能安心读书。他毕竟是热衷政治的。他身在书房,心忧社稷。咸丰三年正月初一日(1853年2月8日),他在答咸丰帝书赠的元旦试笔诗作中,写道:

  首祚联吟循旧典,迎韶挥翰纪新篇。年年有庆宸心悦,圣圣相承祖训传。愽载寰区欣德被,抚临众庶主恩延。南疆不日兵戎弭,喜看红旗报捷先。⑰

他为咸丰帝治下的动荡不安的清王朝祈祷,诅咒太平天国起义军早日被荡平扑灭。

然而,事与愿违,这一年从南疆传来的非但不是捷报,反而是一个个令人心惊的败报:九省通衢的武汉陷落;江南第一名城南京沦丧;太平天国政权定南京为国都天京,命将出师,分别北伐和西征。对此,咸丰帝夙夜难寐,魂魄屡惊,不得不乞求神灵保佑,这年春天他到斋宫去祀神了。

奕䜣对这位忧患天子的处境大感休戚相关,因为他毕竟是自己的四皇兄。在一首献给咸丰帝的诗作中,他进一步表示了对于皇朝命运的深切关心。不过,他完全颠倒了是非功过,把咸丰帝的无能统治说成是"德政",把其六神无主、一筹莫展的丑态美化为"神算""圣武";把清军的节节败退说成"捷音屡奏",并祝愿这支军队早奏凯旋。《恭和御制诣斋宫作元韵》全诗如下:

> 德政频颁拯万姓,捷音屡奏靖民瘝。更瞻雩祀皇仪肃,跸路平平日影迟。膏泽优沾庆有年,民依轸念敬承天。虔祈甘澍因时沛,多嫁如云万顷连。行师劲旅喜增增,步伐熊罴靡不胜。指示皆劳神算运,仰瞻圣武共钦承。待看凯撤伍归营,风雨均调瑞霭萦。于万斯年天佑庇,升平歌舞乐愚氓。[18]

四月初十日(5月17日),咸丰帝交给奕䜣一项差事,让他验看内务府所存金钟,这是根据奕䜣的岳父、兵部尚书桂良三月二十四日奏议作出的安排。原奏说内务府广储司银库现存大金钟三口,应通融变折,以济军需;另外,历年查抄获罪官僚家产亦应核实确数。经内务府回奏说,历年查抄家产所得款项已陆续用光,库内无存;只有金钟三口,约重三万三千余两,未经传用。现在咸丰帝令奕䜣负责此项金钟熔铸化钱事宜。[19]

这是几年来咸丰帝与奕䜣之间,双方共同致力于调整兄弟关系后的第一个实际结果,也是咸丰帝第一次派给奕䜣对军国大计有实际裨益的工作。奕䜣十分感激咸丰帝的信任,他向咸丰帝表示说:"臣等惟有督率司员,始终奋勉,勤慎奉公,以期无负圣主委任之至意。"[20]

帮助奕䜣进行此事的是他的第一位师傅翁心存,他于归养老母、丁忧守制,已历十余年,如今,孝道已尽,起复晋官,现任工部尚书。所以熔化金钟属其分内的事情。

奕䜣会同翁心存和内务府大臣亲赴广储司内库检验金钟,然后奏请将金钟锥凿熔化,铸成金条,作为朝廷颁赏之用。经咸丰帝批准后,于六月初六日开工熔铸。为防止工匠掺和偷漏等弊窦,又议定了工作条规,使工料、炉炭、棚座等项用费尽力节省。㉑奕䜣在这次工作中,"博访旁咨"、"实力讲求",严防欺隐作弊,第一次表现出他作风的干练。

由于奕䜣不断地示谦卑,表愚悃,勤劳王事,他与咸丰帝之间的关系更进一步地亲密起来了。而奠定亲密关系的基础是对于太平天国起义的共同恐惧与仇视,使关系进一步发展的直接原因是太平军的北伐。

九月,太平天国北伐部队逼近畿辅地区,咸丰帝命令恭亲王奕䜣署理领侍卫内大臣之职,仍令佩带白虹刀,会同定郡王载铨,内大臣璧昌办理京城巡防事务。

十月,咸丰帝又将与奕䜣在上书房读书时共同研制的枪法《棣华协力》和刀法《宝锷宣威》合编起来,亲自作序,并令奕䜣为之分别作跋,大有手足情深之意。咸丰帝还亲切地告诫他说:"分虽君臣,情原一体,惟期交劝交儆,莫负深恩,今日之协力非昔日之协力也。"

所谓"今日之协力非昔日之协力也",简单说来,是说过去是兄弟之间的团结协力,今天却是君臣之间的上下一心。

奕䜣当然明白咸丰帝的意思,所以他在跋语里写道:

> 圣意谆谆亲爱与箴规兼至。臣蒙皇上友谊之笃,期望之殷,回忆向岁枪法刀法,幸得随大圣人及时讲肄,常聆训言,而神武之莫能名,非臣所得窥于万一也。㉒

把两人共同研究的成果尽归于咸丰帝,而说自己仅处于追随皇兄并承其"大圣人及时讲肄,常聆训言"的地位,这在奕䜣的内心该是够委屈的了,但只有这样,才能以曲求伸呀。

就在这时,咸丰帝决定交给奕䜣更重要的职务,他要用事实解释,"今日之协力非昔日之协力"还有更深的含义,那就是在镇压太平天国的"保江山"事业中,君兄弟臣之间要进一步地携手同心!

二、"承恩弼直抒愚诚"
——第一次出任军机大臣

咸丰三年十月初七日(1853年11月7日),咸丰帝特命恭亲王奕䜣在军机大臣上行走。这是一项重大决定。一个月前,九月九日(10月11日),咸丰帝作出的另一项重大决定是命惠亲王绵愉为奉命大将军,坐镇京师,命科尔沁郡王僧格林沁为参赞大臣,出驻河间、涿州,统健锐、火器、前锋、护军、巡捕诸营及察哈尔及哲里木、卓索图、昭乌达等东三盟蒙古兵抵御太平军北伐部队。㉓

按清朝祖制,亲王及皇子等皇族亲贵可以挂大将军印,表示代御驾亲征之意。但这是非常时期的权宜措施,战事一结束,就须奉还大将军印。惠亲王绵愉是仁宗嘉庆帝第五子,为咸丰帝的皇五叔,任命绵愉为大将军是不违背祖制的。

而亲王及皇子按祖制是不可任军机大臣的。军机处是雍正年间因西北用兵而特设的,以其近在宫掖,比起内阁在太和门外办事,不但便于宣召,而且更易于保守机密。自军机处设立以后,不但逐渐取代了清朝建国以来的亲王、贝勒议政制度,而且还削弱了内阁参与处理国政的权力。据《光绪会典》记:军机处的职权是:(一)负责为皇帝拟写谕旨,协助皇帝处理批答臣下奏折文书;(二)对国家的施政方针,军事谋略提供方案,供皇帝裁夺;(三)对国防用兵之事,掌握山川道里、兵马钱粮之数,为皇帝提供咨询;(四)审理某些皇帝交办的重大案件;(五)掌握文武官员的任免、考核及奖惩。㉔总之,军机处对"军国大计,罔不总揽",㉕成为凌驾于内阁、部、院之上的全国政务总汇机关,是宰辅之区。正因为这样,自雍正以后就形成一条定制,不准亲王及皇子入军机,此为不准干预政事之意,目的在于防止宗藩势盛削弱皇室。后来,嘉庆四年正月,成亲王永瑆曾一度受命入军机处,但当年十月就以与定制不符,嘉庆帝谕令其退出。㉖现在咸丰帝让皇六弟奕䜣进入军机处,明显地违背祖制。

联系到这两项重要任命的承担者,绵愉是皇五叔,奕䜣是皇六弟,僧格林沁也是皇亲。可以看出咸丰帝已认定时局是到了危急存亡之秋,不利用亲缘关系作负隅顽抗就无法渡过难关了。

奕䜣为咸丰帝在此多事之秋能有此倚畀手足的重托,冲破祖制的"豪举"而感激涕零。他接受委任后,写道:

> 顷因余孽未平,聿彰天讨,特畀臣巡防之任,枢密之司,臣末艺抱惭,机宜未悉,窃恐材质鲁钝,陨越贻羞,无以副圣主之迪简。惟思凤

夜匪懈,矢慎矢勤,与诸王大臣同心襄赞,各竭股肱之力,于以扫群丑而奏肤功,期无负先帝之深恩,而亦答皇上勖臣协力之至意云尔。㉗

在另一首恭和咸丰帝的御制诗中,奕䜣再次表示要与同僚共勉,向皇帝尽忠:"职事愿偕僚采勉,承恩弼直抒愚诚。"㉘

奕䜣虽然初次参政,并自言"机宜未悉",但是咸丰帝对他的能力毫不怀疑,甚至期望着他以皇弟的特殊身份赞画军政大计可收加强皇室的大功。转过年,又命奕䜣为领班军机大臣。二月二十六日,颁赐奕䜣一幅御笔亲书的"屏翰宣勤"堂额。

领班军机大臣又称军机领袖,或称首揆,通常都由军机大臣中资深望重者担任。奕䜣进入枢庭才两个月,即成为领袖军机,堪称异数。分析其中原因,似为下面几个因素所致:第一,奕䜣虽然年轻,但他是以亲王身份参政的,其地位之高,无人可与匹敌;第二,奕䜣虽然入枢不久,资格不深,但原军机处的状况是疲老无力,全体枢臣为祁寯藻、麟魁、彭蕴章、邵灿四位军机大臣,另有穆荫为学习行走,十月七日,咸丰帝将其中的麟魁罢去军机大臣之职、晋穆荫为军机大臣,同时令奕䜣、瑞麟、杜翰进入军机为大臣。因此,在穆、奕、瑞、杜之间,便没有资望深浅之别了。按照一般习惯,最后入军机者,称为挑帘子军机,即要在觐见皇帝时,为走在前面的所有军机大臣掀开殿帘。而奕䜣身为亲王,纵然是最后入枢,也绝无为人挑帘子之理。可以说奕䜣成为领袖军机,主要得力于"恭亲王"的特殊地位,何况不久老臣邵灿和祁寯藻又先后都离开了军机处,原枢臣仅余彭蕴章,而彭只是侍郎衔,所以,奕䜣就在资深望重方面也无人出其右了。

其实,咸丰帝指定奕䜣进入军机处并居领袖地位,是破除定制的果断决定;此次指定奕䜣等四人同入军机实际又是用少壮派取代老朽派的人事改革。这是以咸丰帝为首的清政府最高统治阶层为了对付国内起义军而做出的许多自我调节决策中的重要一项。

奕䜣担任领袖军机后,兢兢业业而又小心翼翼,完全按照军机大臣的职权,"承旨出政",赞襄策画,不敢稍有逾越。其原因,一则因自己初次参政,需要学习并积累经验,二则因咸丰帝已经临政三四年之久,对一切军政大事均已稔熟,三则由军机处的性质所决定。军机处虽有宰辅之区的雅号,军机领袖又有首揆之称,实际上他们都是"君权附庸",是高度君主专制的产物。军机处的出现,是中国几千年来君权与相权关系消长的结果,军机处完全是承旨办事,它是皇帝的最高参谋班子。大学士而兼首席军机大臣的人,通常被称为"真宰相",但即使这样的人,也完全是要对皇帝个人负责,他的大量工作也都淹没在皇帝的巨大身影中。

从咸丰三年十月初七日(1853年11月7日)至咸丰五年七月二十一日(1855年9月2日),共一年零九个月时间内,奕䜣协助咸丰帝处理了如下几件大事:

(一)彻底击垮太平军北伐部队。清廷虽然拜惠亲王绵愉为奉命大将军,其实是依靠僧格林沁和胜保两支部队。僧格林沁和胜保不和,这就需要朝廷从中调停。胜保先把北伐军阻扼于杨柳青,并驱向山东;后以久攻高唐州不下被议罪。僧格林沁靠决堤灌水攻破北伐军营垒,最后全歼北伐军将士。咸丰五年五月初一日(1855年6月14日),咸丰帝在养心殿召见僧格林沁,行满族抱见礼,赏团龙补褂及朝珠;初十日(23日),在乾清宫举行盛大的凯撒典礼,大将军绵愉及参赞大臣僧格林沁率从征将士恭缴关防印信,同时撤销京城巡防局。奕䜣以赞襄枢务受赏。

(二)重用汉族地主武装。指示湖南团练大臣曾国藩赶办船只炮位,统带六千名湘勇到安徽江面与江忠源部会攻安庆。自此,曾国藩大治水师,监造战船,并于咸丰四年正月二十二日(1854年2月25日)率炮船出击衡州太平军。

(三)开浚财源。自从调兵堵剿太平军以来,清政府库款支绌,兵饷奇缺,甚至王公以下文武大员的俸饷也无款可支。国家急需开拓财源。于是,咸丰三年即推行江北大营军务帮办、刑部侍郎雷以諴创立的厘金制。从此,厘金成为晚清政府的一项重要财政收入。十二月初二日(12月31日),政府发行宝钞官票,以补市面货币的不足,这是近代中国最初的纸币。次年初,奕䜣又会同惠亲王绵愉、定郡王载铨奏请铸铁钱以补铜钱的不足㉙,经讨论后,于二月二十五日(1854年3月23日),由户部正式发行劣质当百、当五百、当千大钱。这种劣质大钱冲击市场后,立即引起物价飞涨,官民都不愿使用,奕䜣动用银库存银,交铁钱局换取铁钱支放官吏薪俸,以此强制推行铁钱。这项币制改革受到官民的反对,但在短期内还是起到了缓解货币不足的作用。

(四)镇压上海小刀会起义。查办了勾通洋人及小刀会的上海道台吴健彰,革除了剿办小刀会不力的江苏巡抚许乃钊之职,代之以吉尔杭阿,使之收复上海。

(五)拒绝英美法等国的第一次修约要求。道光二十四年(1844)中美望厦条约签订时,曾有俟十二年后稍为变通的说法。据此,西方各国自咸丰四年起就不断要求全面"修约",以图进一步扩大侵华权益。奕䜣此时对西方各国心怀疑忌,他支持咸丰帝的对外政策,指示江苏巡抚吉尔杭阿在上海,后又指示现任及前任长芦盐政文谦和崇纶等在天津断然拒绝英美使者所递节略。

三、"上责礼仪疏略"
——第一次遭罢黜

奕䜣与咸丰帝亲密合作的时间并不是很长,即奕䜣入参大政总计还不到两年的时间。清朝政府军全歼太平军北伐部队后,不到两个月,奕䜣便被逐出军机处。

事情的起因,并非国事,而是家事。

前章已经述及,咸丰帝自从十岁丧母后,就一直由奕䜣的生母孝静皇贵妃抚育。清人王闿运搜集掌故编写的《祺祥故事》说:

> 恭亲王母,文宗慈母也。全太后以托康慈贵妃,贵妃舍其子而乳文宗,故与王如亲昆弟。

"康慈贵妃"就是奕䜣生母孝静皇贵妃,说她舍奕䜣而乳奕詝,是过甚其辞。第一,那时文宗已十岁,不需哺乳;第二,即使年幼待哺时,宫中皆用乳母,何用贵妃哺乳?但是上文却也说明两个问题:

其一,文宗生母孝全皇后生前与奕䜣生母孝静皇贵妃交谊不错,所以临终时将亲生子"相托"。

其二,奕䜣生母没有辜负委托,认真地照料了文宗奕詝,所以奕詝与奕䜣就曾经如一母同胞的亲兄弟一样。

孝静皇贵妃抚育奕䜣达十年之久。

道光三十年(1850),开启锦匣,虽然她的生子奕䜣落选,但由她一手抚育的奕詝即位称帝,她也算居了"抚圣"之功。所以,当年咸丰帝给她上尊号为"皇考康慈皇贵太妃",请她迁居寿康宫,㉚那里是当年道光帝奉养老母孝和皇太后的地方。同时,指定圆明园的绮春园为她的园居之处。绮春园也是当年道光帝颐养母亲孝和皇太后的地方。这里北距奕䜣的朗润园不过半里之遥,因此,母子得以经常见面,而咸丰帝也经常来"问安视膳,一如道光间礼"。㉛

总之,咸丰帝对于这位抚育了自己的母亲是遵照成例,尽到了孝心。他让她享受到了一个太后能够享受到的生活。

但是,人的生活内容不只是物质方面,在物质生活有保证的前提下,更要追求精神内容。

孝静皇贵妃也是这样。她在道光最后十年里,成为事实上的皇后,但却未得册封。现在自己亲手抚育的孩子当了皇帝,难道还不能晋为太后吗?

奕䜣当然也有这个愿望。何况,这样的事在先朝是有例可循的。

封建礼仪是进行封建统治的法宝,它可以抬举人,也可以打击人。奕詝当了皇帝,他要充分地利用"礼仪",捍卫"礼仪",以突出自己的皇权。

咸丰帝屡次以"失礼"的罪名责罚五弟奕誴,可能是奕誴很不拘礼节,也可能是咸丰帝过于吹毛求疵了。有一次奕誴在咸丰帝前论事,咸丰帝怪他"语杂市井",居然手掷茶盂,中伤其颧骨。㉜咸丰五年三月,咸丰帝一怒之下,竟然罢免奕誴一切职事,将其郡王爵削去,降为贝勒,罚回上书房读书。直到咸丰六年才恢复郡王爵号。㉝

奕䜣并没有从五兄奕誴被黜事件中吸取教训,他仗着自己与咸丰帝之间的特殊的兄弟关系,多次要求咸丰帝晋孝静皇贵太妃为皇太后名号。但咸丰帝坚决不答应。

咸丰帝不答应将太妃晋太后,似乎是坚持原则,维护"礼仪"。但在宫廷史上,太妃晋封为太后的事例是屡见不鲜的,能否晋位只在当今天子一句话。咸丰帝之所以坚持不晋位,情有可原,他有意强调自己与诸弟特别是奕䜣的出身有所不同。他搬出明朝的旧例来反对晋封。

奕䜣反对引用明朝旧例,他认为,不按清朝先例办,而按明朝先例办,是有意压抑。他生气,他埋怨咸丰帝不念母亲十年抚育之恩,是忘本无情。

在这场晋位之争中,咸丰帝以礼的维护者姿态出现;奕䜣以礼的蔑视者的形象出现。其实,他们都出于私意。但如果以传统的"孝"道来分析,则显得奕䜣是出于对生母的孝道,而咸丰帝则是对养母的不孝了。在奕䜣看来,尊养母为太后,并不妨碍他对自己的生母孝全皇太后的尊崇。但对咸丰帝而言,毕竟生养有别,其生母孝全皇太后死前即是皇后,位尊于养母静太妃,因而不答应奕䜣母子要求,也在情理之中。

另外可能还有一些奕䜣并未注意的原因。据说,他们小时一起玩耍,在因事争吵时,有时皇贵妃是偏向自己的亲子奕䜣的。这也合乎人之常情。但是,在奕詝的心里却留下了永久的伤痕,造成拒不晋封的原因。可以想见,在长达十年的时间里,孝静皇妃纵然十分贤惠,也很难事事都能顺遂奕詝的。奕詝怀小嫌而不念抚育之恩,做不到"仁君""孝子"之所当为了。

另一个不可否认的原因是,奕䜣与奕詝曾经进行过的帝位角逐,虽然不是激烈的,但也不能不在咸丰帝的头脑里投下一个阴影,并进而迁怒于奕䜣生母孝静皇贵太妃。据说,咸丰五年,太妃病重。奕䜣和咸丰帝均每日前来看视。有一天,咸丰帝前来问安,太妃病势沉重,朦胧中以为是亲子奕䜣在旁,遂拉其手说:"(你)阿玛本意立汝,今若此,命也。汝宜自爱。""阿玛"是满语爸爸之意,这是要向奕䜣说体己话,忽然发觉身旁之人是文宗,非常尴尬。文宗当即叩头发誓,必当保全奕䜣。㉞不难看出,尽管咸丰帝日日问疾请安,太妃与皇帝之间还是有芥蒂的,如果一向无话不说,就不会尴尬了。

种种不可名状的原因使咸丰帝始终不肯晋封太妃为太后。不符礼仪,只是其冠冕堂皇的借口而已。

奕䜣比起咸丰帝来,更是铁了心不放弃,明知皇兄不允,仍一再请求晋封。

七月的一天,奕䜣匆匆地从太妃寝宫走出来,恰巧碰上也来探病的咸丰帝。奕䜣忙跪施礼,咸丰帝问道:

"额娘病势如何?"额娘是满语妈妈之意。

"已笃！意似等待晋封号方能瞑目。"说着，奕訢伤心地抽泣起来。

"哦！哦！"咸丰帝边答应着边走进室内。

奕訢听罢，大喜望外。立即赶至军机处，传达咸丰帝"旨意"，礼部依礼制具奏请尊封皇贵太妃为康慈皇太后。㉟

咸丰帝发觉自己随意"哦"的两声，竟被奕訢当作允准之意了，但如果说明此系随意而言之，则又有轻于言诺之嫌，于尊为帝王的身份大不相宜，只好批准，但心里大为恼火。此时为七月初一日(8月13日)。

九天以后，康慈皇太后逝世，享年四十四岁。

七月二十日(9月1日)，咸丰帝及奕訢殡葬康慈皇太后。

第二天，奕訢便被咸丰帝以办理皇太后丧仪"疏略"的罪名逐出军机处，并罢黜了其他一切职事，罚回到上书房读书。㊱

奕訢怎么会办理自己生母的丧仪有所"疏略"呢？是不是咸丰帝比奕訢更重视康慈皇太后的丧仪呢？

不久就真相大白了。九月，咸丰帝为奕訢生母、自己的养母上尊号为孝静康慈弼天辅圣皇后，不升附太庙，故不称成皇后。咸丰七年四月，移葬于道光帝慕陵之东，称慕东陵，而不得合入慕陵。㊲凡此种种，都是表示比真正太后葬礼减杀一等之意。

原来，并不是咸丰帝比奕訢看重康慈皇太妃，相反，恰恰是奕訢有意抬高生母的地位，违逆了咸丰帝的本意。所以，说奕訢于办理丧仪有所"疏略"，是不实之词；正确地说，应是在办理为生母晋封太后的过程中，过于"疏略"了。

咸丰帝之所以张冠李戴，实际表明了自己对养母的态度。

但是，客观地分析，奕訢受到处罚，也是咎由自取。原因是，奕訢在等级森严的皇权礼制下，犯了举止轻狂的大忌。

那么，奕訢去传旨意晋生母位号，究竟是误会咸丰帝之意，还是有意为之呢？以当时生母病危的情况看，奕訢可能心情很不平稳，忙乱中也许错误地理解了咸丰帝的意思。即使如此，奕訢也应负办事草率之咎。

但是，从奕訢一贯地轻视礼制，好弄些小聪明来看，他也可能是有意地歪曲帝意，利用咸丰帝的含混而达到晋封自己生母位号的目的。如真是这样，那可是"矫旨"了。此次晋封号，不论是奕訢误解，还是矫旨，均使咸丰帝很被动,他恼怒奕䜣,是必然的;对奕䜣生母不按太后礼葬,也是可以理解的报复。更何况,促使其兄弟亲密团结的外力——太平军北伐部队已经不复存在了呢!

前一天,奕䜣还是全国军政中枢的领袖军机。从这一天起,他又是一名普通的闲散亲王了。

四、"帝子才华旧著声"
——重回上书房读书

> 檀心标素质,数朵殿芳春。玉树亭亭立,银花片片新。琼葩谁与伍,明月是前身。洁白同冰雪,清芬不染尘。㊳

这是奕䜣以《玉兰花》为题作的一首自励诗。正当他准备为皇朝救弊补偏敉平各地人民起义而运筹帷幄、赞襄大计的时候,咸丰帝突然将他以"疏于礼仪"的罪名逐出军机处,罚回上书房读书。可以想见,这对于他,真如冷水浇头,周身寒彻。他的积极用世思想顷刻瓦解,他悲观,他消极,都是很自然的。历史上不乏帝王之家手足相残的前例。曹子建的《七步诗》是妇孺皆知的,奕䜣不可能没有读过。曹操在立世子问题上长时间犹豫不决,最后才不出众但善于谋划的曹丕得位,才华横溢但赋性率真的曹植不但未能得位,反而受到乃兄无休止的压抑摧折。奕䜣通过切身的体验,也感觉出在这天下第一家的森严礼教下,笼罩着最龌龊的空气和最冷酷的人情。他是一个失败者,他便对这一套冰冷的礼教人情有所憎恶,因为,他已经痛感到礼是可以杀人的。他如果是胜利者,大概率也会颐指气使地以礼去摧残别人;唯其是失败者,才来与超凡脱俗的玉兰为伍,赞美玉兰花的冰洁与芬芳。

重回上书房的生活是苦涩的,枯燥的。每天只是读读经史,书写一些心得笔记;或者与上书房里其他的皇子皇孙,王公大臣们吟诗作赋。

奕䜣在这个时期的经史论文后来被收入《乐道堂文钞》,各种题材的诗作分别编入他的各诗集中。

咸丰六年冬十月,他把一年来的诗作编定为《广四时读书乐诗试帖》

一集。集名源于宋代诗人翁森(秀卿)的诗作,翁森的诗本不多见,唯有"四时读书乐"最脍炙人口。奕䜣收入此集的诗作都表现了他闲逸旷达的心情,他不再奢望参政,但也不敢流露半点疏远君王的意向。看得出来,他极力以读书之乐来掩饰失意之苦。

他的诗作得到翰林学士们的高度赞赏。朱凤标说"恭邸以明敏之资,渊雅之学,孜孜焉读书不倦";匡源说"以吟风弄月之怀,写葄史枕经之趣,信乎乐在其中矣",这是如实的评断。潘祖荫说"帝子才华旧著声,风流千古轶间平",给予了充分肯定。而张桐说"卅二骊珠颗颗圆,吟来好句总如仙",则有些过誉了。㊴

此集诗作共三十二首,每首都以翁森原诗中的一句为题,实在是一种文字游戏,只见纤巧,难见深情。

倒是他的一些古近体诗情景交融,哀转动人。《岁暮书斋即事》《晴窗临帖》《消夏八咏》《九日登高用杜牧之韵》《望西山积雪》《文房四咏》以及用蝉联体写作的《春咏三十首》都是这个时期的作品。其中一首《夏日闲咏》咏道:

> 芳树葱茏绕画廊,四周浓荫合千章。林端幂幂阴成绿,暑影迟迟日正长。疑是层云留宿霭,偏教永昼纳微凉。池塘更喜楼台映,销夏月临曲沼旁。㊵

圆明园号称是东方的艺术之宫,它将秀丽的自然风光与精巧的人工建筑浑然融为一体,确实是消暑避夏的胜地,这是只有天潢贵胄才有权利享受的地方。但奕䜣是一个活跃、好动、喜欢有所建树的人,面对这芳草画廊,成荫的绿树和池塘中倒映的亭台楼阁,他却感到这永昼的难耐,一个"闲"字活画出了一种躁切而又闲极无聊的心境。

咸丰帝来游玉泉山,令他随行。他即景生情,写道:

> 叠嶂深藏树霭间,隔林不辨四围山。忽经霜落空尘障,顿觉岚霏出翠鬟。远坞无嫌容暗淡,群峰尽露势屏颜。御园佳景邀宸赏,万笏如随侍从班。㊶

身为天子的四兄来欣赏这御园佳景,而他仅是这大批扈从人员中的普通一员。作为皇考道光帝御笔亲封的恭亲王,如今等同于一般皇子皇孙,这令他感慨万端。当然,这种感慨只能写在自己的诗集中,而且是含而不露,更不敢以此进呈御览。

咸丰六年正月十一日(1856年2月16日)至十四日(19日),奕訢进谒慕陵。联系到自己的遭遇,倍觉凄怆难忍:

> 展谒重申敬,星轺此暂停。泉声鸣石涧,云影罨茅亭。雪拥千山白,松排万树青。一行春雁唳,凄怆不堪听。㊷

"星轺",是皇帝使者的车子。这是说这一次展谒先帝陵墓,以"仁孝"而得天下的咸丰帝又没来,奕訢又兼做了他的使者而代行其"孝"。而未被认为"仁孝"的奕訢,却能每年奉行不辍地前来展谒,深切怀念,一行春雁的啼叫也引起他的无限凄怆的感情。

春天到了,喜欢寻欢作乐的咸丰帝不顾江南大局的糜烂,仍照例举行郊猎。奕訢奉命随扈圣驾。按着他率直的性格,对于这种不适时宜的寻欢作乐应当有所讽谏。可是,他一想到古人的前车之鉴,便决计要谨言慎行,守口如瓶,他已经痛感在帝王面前,哪怕是亲兄弟也会因多言而贾祸。一路上,他手抚先父道光帝亲赐的白虹刀,低吟:

> 行营趋职侍龙辀,晓仗遥开玉露繁。赤骥骧腾嘶远道,白虹环佩感殊恩。学惭对鉴勒稽古,铭切如瓶矢寡言。扈跸习劳聊写照,寸心兢惕勖存存。㊸

诗中,他告诫自己,今后对于咸丰帝要兢兢惕惕,小心趋奉;而对于给他铸成痛苦的道光帝,他也毫无怨言,他只忆念着他赐予白虹刀的"殊恩"。在"殊恩"句下,奕訢注道:"道光己酉,宣宗成皇帝特恩赐金挑皮鞘白虹刀,并谕准永远佩带。"回忆此事,多少使他感到一点慰藉。

七月初九日,是孝静皇后逝世周年纪念日。咸丰帝如果感念她的十年鞠育之恩,应当亲去祭奠,然而他没有去,只令奕訢代劳。奕訢在《起程感赋》中悲凉地写道:

> 愁云浮田野,暗淡众山昏。飒飒秋风起,潇潇暮雨繁。凄凉悲忌日,节序近中元。欲报如天德,终衔鞠育恩。㊹

从文学技巧的角度评论,可以说奕訢运用五言的技巧要比用七言的技巧更圆熟,写得更加清新俊逸,情景交融。

夏去秋来,奕䜣写了《秋咏三十首》,从文人墨客笔下的秋月、秋云、秋风、秋雨、秋露、秋霜、秋阳、秋山、秋水、秋菊、秋葵、秋桂、秋兰、秋荷、秋声、秋叶、秋色,写到劳动者的秋渔、秋樵、秋获,学士们的秋吟、秋社,武士们的秋狝、秋射,乃至于顽童们所关注的秋鸿、秋鹰、秋蛩、秋燕。看来重回上书房虽然使他暂时脱离了政治中心,却为他进一步提高文学修养创造了条件。他触景皆诗,涉笔成趣。其中一首《秋吟》,写出了读书人苦中求乐的清高:

> 斗室快秋光,高吟兴欲狂。韵同兰气馥,句入菊花香。倚树怡情旷,挥毫逸趣长。夜深肩更耸,影短月痕凉。㊺

大约从咸丰六年底开始,奕䜣摆脱了失意的痛苦心境,努力从经典中去寻求治国思想。当然,这只能给他的思想打上传统的深刻烙印。从现存的一卷《豳风咏》看来,他仍是一个重农主义者。他说,"我朝爱民敦俗,首重农桑"。他在课读《诗经》时,格外重视"意详语质"的《七月》篇。对于《七月》篇,宋末元初阎立本、赵孟頫曾经根据诗意绘出图画。现在奕䜣反其道而行,"仿昔人作图之意,句系以诗,务使田家风景如对丹青",将原诗的每一句衍为一章,共得八十五章。这样,以诗配图,诗中有画,文图并茂,一幅被他美化了的自给自足的自然经济下的小农耕织图就出现了。例如:

《田畯至喜》

> 国本民天重,三时稼事勤。野氓相矻矻,田畯亦欣欣。志喜含哺颂,应怜曝背耘。尔耕频劝慰,保介共尝芹。㊻

《豳风咏》于咸丰七年编定之日,得到了名士大儒的高度赞赏。沈兆霖评道:"建安才不数陈思,卓尔河间今见之。四韵能兼风雅颂,三长欲综画书诗。"匡源评说:"河间经纷纶,陈思文华绮。兼得古人长,于此叹观止。"这里所说的"河间"和"陈思"指曾为河间相的东汉张衡以及世称陈思王的曹植(曹子建)。张衡不仅是一位自然科学家,而且是一位经学家,著有《周官训诂》,又著《灵宪》《算罔论》,阐述浑天说;曹植以卓越的才华在文学史上放射异彩。以张衡与曹植比照奕䜣,是说奕䜣在研究的浩博精深与文辞的绮丽多彩方面兼得二人之长,这当然是溢美之词了。

还有更高的评价。黄倬(树皆)说:"伟哉帝子负天下,词章训诂两兼该。"许彭寿(仁山)说:"帝子才华绝世无。"钟启峋(伯平)说:"匀裁茧纸界乌丝,写出琳琅绝妙词。稼穑艰难如在目,不须园拟马和之。"孙衣言(琴西)说:"周公,圣人,成王周之令主。……恭邸日课一诗,词翰之美,无以复加,然吾以谓此数十篇者,其用心为尤不可及也。"㊼

这些评价虽有些溢美,但既经与身遭厄运的陈思王曹植相联系,总会使人感受到较强烈的同情味道;一经与辅佐周成王治理天下的周公姬旦相联系,则又让人体会到要求奕䜣出来辅政的弦外之音。

上书房里许多师傅都成了他的同情者或追随者,例如匡源(鹤泉)、沈兆霖(朗亭)、朱凤标(桐轩)、殷兆镛(谱经)、李德仪(小麐)、张桐(怡琴)、孙衣言(琴西)、张之万(子青)、许彭寿(仁山)等,都被奕䜣称为"书斋诸友"。按照清朝祖制规定亲王皇子等应尊称上书房各老师为师傅或老师,自称门生或晚生。但奕䜣重返上书房的情形与以往不同,他是由全国军政中枢的军机处来的,因此与兼任上书房职务的各品官以僚友相待。他们每日除课读经史以外,或共同欣赏碑帖真迹,或者把玩名人字画,是师生关系,更是朋友关系。奕䜣在《再题二律仍用前韵酬书斋诸友》一诗中对书斋生活作了如实的记叙:

> 题句方家赏鉴真,佳篇咏出笔神通。三天翰墨辉珠玉,八㒞才华式士民。图书珍藏留古迹,文章大雅振芳尘。焚香展读参微妙,身问心今心问身。㊽

奕䜣作为咸丰帝的异母弟,首先是统治阶级中的一员。所以,即使在他被贬回上书房的日子里,也从来没放松对皇朝安危的关切。只要是咸丰帝向他稍示恩遇,他就立即以无限感念作答,同时,又反复表示他与咸丰帝休戚与共。

咸丰六年十二月十六日,咸丰帝按向例于腊月底向王公大臣赐福寿字。奕䜣是这为数众多的受赐者中的普通一员,但他立即献诗作谢。这年夏末,太平天国政权内部发生内讧,奕䜣诗中喜闻乐见道"南疆从此销兵气",⁴⁹鲜明地表示了他的统治阶级立场。

咸丰七年以来,奕䜣与咸丰帝之间的关系又有明显的改善。正月十四日,咸丰帝与奕䜣同去圆明园安祐宫向道光帝神位行礼,祭奠道光帝宴驾七周年。五月,咸丰帝授予奕䜣以蒙古都统,这并非给予实权。但是,这已使奕䜣积极用世的思想又复活了。这种思想在他冬季去慕陵祭祀所作的怀古诗中强烈地表露出来。《易州道中咏怀古迹》之二写道:

> 黄金台畔足伤悲,盛礼当年比事师。市骏按图来异种,翘材挟策萃同时。卑身厚币殷勤致,雪耻亲贤凤夜思。一陷临淄城七十,垂成功业误多疑。⁵⁰

来到相传为战国时代燕昭王延揽天下贤士的黄金台,奕䜣心中升起无限感慨。他既赞美燕昭王此举使天下翘楚之才挟良策而荟萃,又惋惜乐毅伐齐功败于垂成,发出用人不当多疑的呼声。其四写道:

> 荆客轻生辞故国,就车慷慨向秦宫。咸阳设险三关上,督亢全抛半幅中。酒市高歌空侠士,花源避世说渔翁。未能拔剑如曹刿,胜负兴亡一梦同。⁵¹

荆轲山相传为荆轲葬身之地。奕䜣由此而怀念这位为国家存亡而慷慨出使秦国、准备行刺秦王嬴政(即秦始皇)的壮士。在感伤的情调中更强烈地烘托了他渴望人才和要求对人才要用而不疑的思想。

咸丰八年(1858),发生了英法联军第一次炮击大沽口事件。这一年内,奕䜣从为咸丰帝分忧的角度替他主持了一系列例行的祭祀大典,他们之间正在改善的关系因这次外患威胁而得到发展。

正月初九日(2月22日),奕䜣去太庙代替咸丰帝恭行祭祖大礼。正月十四日(2月27日),又去天坛祈谷坛祭天,事前先在紫禁城内斋宿,行礼前一日至天坛内斋宫斋宿,以申敬天之诚。七月初四日(8月12日),代表天子举行常雩大祀,到天坛祈求上天普降甘露:"感荷昊穹廑渴望,应时敷泽沛甘霖。"因为这一年始终未降透雨,农事不利。冬至日他又奉命去天坛圜丘代行大祀,感谢上苍于冬至前降临瑞雪。一年内三至天坛,都是代天子行礼的。⁵²虽说这不是实质性的政治活动,但毕竟是庄严而神圣的使命,是皇族以外的人所不能取代的。

七月初九日(8月17日),是奕訢生母三周年祭日,他没有去陵前祭奠,奉命在宫禁内斋戒,斋舍就设在孝静太妃生前居住过的寿康宫。奕訢触景生情,写了《禁中寓直泣述》,说:"咫尺寿康宫禁地,直庐翘首泪交流。"㊳

八月初四日(9月10日),奕訢喜得长子,报咸丰帝。九月初一日(10月7日),奉旨命名为载澂。奕訢本年二十七岁了,早就盼望着能有个儿子。咸丰帝已在六年三月二十三日(1856年4月27日)由懿嫔那拉氏生育了儿子载淳。他也希望自己的手足后继有人,曾为奕訢赐字"祥开朱邸庆多男",后又为奕訢请过神卦。现在居然应验,奕訢不由得衷心感谢这位"仁兄"之情,他呈进谢恩诗:

三多合共华封闻,友爱情殷仰圣君。一索震占男子卦,中秋天霁吉祥云。佛图切盼心同洗,帝命非关手有文。愿现如来金粟影,常华鄂棣兢清芬。㊴

岁暮,咸丰帝除按例赐予福寿字外,又赐予御笔朱墨拓匾额三帧,一为"九如天保";二为"齐庄中正";三为"桂林一枝"。看到这些吉祥的祝语,奕訢十分欣慰了。他觉得四兄奕詝毕竟不是曹丕,自己也终于没有落得曹子建那样的结局。

五、"扫除氛祲奠皇州"
——关心御侮大业

继咸丰六年(1856)末的攻取广州城之后,咸丰八年(1858)英法联军连番北上,又攻占了大沽口,进逼天津,以武力威胁提出"修约"要求。"修约"的目的在于迫使中国进一步对外开放。对外开放虽未必是坏事,但资本主义各国的恶毒用心是为了把侵略魔爪无孔不入地伸进中国,而且他们采取了野蛮粗暴的要挟手段,这不能不引起全国人民的反抗。

奕訢此时对于世界发展潮流和国家关系准则尚无所动,他站在清王室统治阶级立场,追随咸丰帝推行的闭关自守政策。

四月二十日（6月1日），咸丰帝发下廉兆纶奏折一件，令近支王公讨论。这时的形势是：英法联军已经北上，攻陷清军大沽口炮台，逼近天津，京畿震惊；咸丰帝派桂良、花沙纳前往天津求和。奕䜣与五叔惠亲王绵愉、五兄惇郡王奕誴协商之后，于二十一日（6月2日）联名复奏，提出五点意见：

（一）原则上同意议和，但强调指出，对于各国无理要求"仍不便曲从"；

（二）要求加强御敌兵力，在原派僧格林沁防兵之外，建议再派国瑞、珠勒亨、富勒敦泰、托明阿的八旗马步各队以及张殿元等人的绿营官兵，统归僧格林沁节制调遣；

（三）赞同于运河沉船泄水，以防英法联军沿运河进犯京师，同时请各旗预选八旗京兵部署于通州防守陆路咽喉要地；

（四）反对在京师多设粥厂使兵民就食的建议，理由是这样做易于给反对清朝统治的所谓"奸民""匪类"以可乘之机；

（五）指出原折所议奖谕广东绅民急捣香港以牵制英法为无必胜把握，不如密谕黄宗汉（新任两广总督）督练兵勇，配合广东绅民，相机把英法联军驱逐出广州。[55]

这件复奏表明，在外敌入侵面前，奕䜣的基本态度是：

（一）主张抵抗英法联军可能施行的进一步侵略；

（二）反对大言、空言，而主张以切实可行的战略去打击敌人；

（三）仍旧没有放松对人民的戒备和敌视。

后来，宣泄河水一项因得到诸王、大臣的一致通过而付诸实施，从而使英法联军的蒸汽军舰无法上驶。

与奕䜣具奏的同时，咸丰帝又起用卖国老手耆英。两天以后派耆英赴天津协助桂良和花沙纳办理和局。

奕䜣对咸丰帝起用耆英大不以为然。二十五日（6月6日），奕䜣具奏，表示自己的不同意见，说：

> 然臣谓耆英从前办理夷务，非委曲顺从，即含糊答应。畏夷如虎，视民如草，以致酿成巨患，流毒至今。此次若仍照从前办法，所求悉允，桂良、花沙纳亦所能为；若不照从前办法，则耆英畏葸于前，未

必能振作于后。是在皇上乾纲独断,凡必不可允之条,即百计要求,不能因耆英代为乞怜,而稍涉迁就;其可准之条,如果该夷俯首听命,则羁縻勿绝,原不妨予以转圜。应请严敕耆英,务须正名问罪,先责其滋扰粤省、扑犯津门之举,后告以中国虽连年不靖,亦断不能受外夷如此挟制,若坚执不从,则闭关罢市,纠合兵勇,以决胜负。如此先折其气,而后俯顺其情,庶抚议既定,不至蹈从前覆辙。倘一味示弱,或致敷衍了局,则惟耆英是问。

同时,奕䜣主张在津京立足于防,不仅泄水遏流,而且"如该夷敢于登岸",即令"兵勇合击";在广东则取釜底抽薪之策,密令罗惇衍激励乡兵会攻省城,命令廉兆纶直捣香港。

在派遣耆英问题上,奕䜣与咸丰帝的观点分歧在于:其一,咸丰帝认为耆英在粤多年,有办理夷务经验;奕䜣认为耆英的经验是卖国经验,指责他"畏夷如虎,视民如草,以致酿成巨患,流毒至今"。其二,咸丰帝既已派桂良、花沙纳为议和钦差大臣,却又谕令"所有议抚事宜,专归耆英办理",是指挥错乱;奕䜣认为大可不必加派耆英,如果对侵略者"所求悉允,桂良、花沙纳亦所能为",如果不想尽允,加派耆英又根本无用。㊱两相比较,可知奕䜣的观点是正确的。

接到奕䜣的奏折,咸丰帝通过军机处廷寄谕旨,训令耆英不可一味示弱。

咸丰帝原以为第一批不平等条约如《中英南京条约》《中美望厦条约》《中法黄埔条约》等均由耆英经手,此次即派耆英谈判,驾轻就熟,易于措手。不想英法联军攻陷广州,从档案中发现从前耆英办理交涉的奏报文稿内多有侮辱洋人字样,以及外欺洋人内瞒朝廷等欺瞒手段。这样,耆英到津后,不但未获英法方面的信任,反而百般被辱,无计可施,乃擅自回京。

初四日(6月14日),惠亲王绵愉视察僧格林沁军营完毕,在回京途中,接到僧格林沁专差致送的一封耆英近函,说即将回京述职,大感骇异。因朝中并无令其回京之旨。耆英办理夷务,未有头绪,却借词卸肩,作为原保举人的惠亲王绵愉、怡亲王载垣及郑亲王端华都有"滥行保举"之咎,因此于初五日(15日)上折请将耆英正法,并自请议罪。

当日，咸丰帝将惠亲王奏折及耆英信函一并交恭亲王奕䜣、惇郡王奕誴及军机处大臣讨论。奕䜣完全赞同严惩耆英，并建议将耆英锁拿进京，交宗人府会同刑部严讯议罪。

会审在五月十一日前连日进行，奕䜣参加了会审。而审讯的原则结果早由咸丰帝定了"死罪"的基调。会审只在审定犯罪的具体情节，以便确定行刑方式的迟速轻重。

耆英在审讯中反复强调深受英夷忌恨和羞辱，后经与花沙纳相商，与其在津致碍和谈大局不如回京述职，至于回京方式乃系比照从前崇纶于拜折后即行起身的先例。崇纶，以前曾以仓场侍郎去大沽口与英法接洽谈判，英法方面拒绝与谈，崇纶不得不回京述职。

奕䜣觉得耆英虽然擅自回京是错误的，但是情有可原，因为他确实已无法与外人进行谈判，而且既然已有崇纶的先例就不应定为死罪。但是咸丰帝已定下"死罪"基调，所以，他努力在减刑上做文章，主张拟为绞监候，理由是：

> 查耆英系获咎之员，蒙恩弃瑕录用，宜如何激发天良，力图报效。虽系供称回京系为面陈机宜，且经桂良等另片奏明，并非借词脱卸。第不候谕旨即行起程，其冒昧糊涂，殊出情理之外，诚如圣谕：实属自速其死。惟该员究非统兵将帅，且回京系恐抚局决裂，与无故擅离者亦觉有间。遍查律例，并无大员奉使擅自回京，作何治罪专条……臣等就所犯情节公同酌议，应请将耆英于惠亲王等所拟即行正法罪上，量予末减，定为绞监候。仍照例交宗人府暂行圈禁，俟朝审时入于情实办理，是否有当，恭候钦定。㊼

定绞监候，就是给耆英留一线生路。之所以这样做，是因为奕䜣认为当初就不应该起用耆英，这用人不当，并不是耆英个人的问题。

但理藩院尚书肃顺反对奕䜣意见，主张立即正法。他坚持说：

> 若不即行正法，仅议绞候，转令苟延岁月，遂其偷生之私。倘偕以病亡，获保首领，国法何伸？官邪何儆？况今尚有办理夷务之臣，若皆相率效尤，畏葸潜奔，成何事体？㊽

咸丰帝将奕䜣与肃顺两种意见同时交诸王大臣会议，定于十九日在圆明园发布裁决谕旨。

咸丰帝于十九日(6月29日)所做的处理是折中,传旨令耆英自尽。

奕䜣主张将耆英从轻处以绞监候,并不是袒护耆英,而是鉴于朝廷内人事关系的新变化。他知道,在他被勒令回上书房期间,咸丰帝的近臣空间已被载垣、端华和肃顺占领了。而此次起用耆英恰恰是载垣、端华和惠亲王绵愉的主意。奕䜣主张从轻处理,正是为了不结怨于他们。而肃顺主张从重处理,也正有引咎自责之意。因此,双方在处分耆英之后,保持相安无事。

逮问耆英期间,在天津议和的桂良和花沙纳不断有折报入京,备述英法联军恃强要挟,请求清廷应允英法关于开放长江沿岸诸口的要求,甚至应允英法关于公使驻京的要求。

奕䜣于五月十三日(6月23日),单独入奏,坚决反对开放长江口岸通商。理由之一:长江关系到四川、湖北、江西、安徽、江南,甚至中原大局的安危;理由之二:长江还是关税、场盐、漕运诸大利源之所在。奕䜣重申以战迫和、釜底抽薪之策,请咸丰帝饬令天津地方简选能员训练兵勇,水陆设谋;饬令广东地方分兵进攻省城及香港。他是主张抵抗的。

他反对外交上的一味示弱,主张以战迫和的方针,是可取的。但是他又反对开放长江通商口岸,这说明他仍旧是闭关自守政策的维护者。

下面的这条奏报表明奕䜣此时跟其他诸王大臣一样被无知的谣言所包围,以致所提的建议竟达到荒唐可笑的程度。他在奏折中写道:

> 闻哖嗦咽系广东民人,世为通使,市井无赖之徒,胆敢与钦差大臣睹面肆争,毫无畏惮。

他建议敕令桂良等当李泰国再"无礼肆闹时,立即拿下,或当场正法,或解京治罪"[59]。把一个外国翻译当作中国人,并企图单方面治罪,这是多么无知而又鲁莽!可见,奕䜣此时的外交思想是冥顽愚昧的。

桂良和花沙纳所订的条款在其他王公大臣中也引起了强烈不满。但是这些人,从吏部尚书周祖培、宗人府丞钱宝青、内阁学士段晴川到翰林院侍讲许彭寿,都更着眼于强烈地反对公使驻京条款。这说明他们比奕䜣更加重视空洞的体面和尊严,而奕䜣则注重实际的利权。

但是，奕䜣和其他王公大臣对于《天津条约》条款的不满都是无补实际的空言。在英法联军兵临津门的情况下，咸丰帝还是批准了《天津条约》。他准备待联军退兵以后，让桂良等到上海去再相机取消一些已经许诺但有碍帝国尊严的条款。对待咸丰帝的这一搪塞做法，奕䜣持何态度，尚未见到足以说明问题的史料。

咸丰九年(1859)，咸丰帝命令僧格林沁在大沽口设防。

同年，奕䜣又被授予内大臣。内大臣属于领侍卫内大臣之下，其职掌是统率满洲上三旗和蒙古八旗中的优秀子弟组成的侍卫，其具体责任是警卫禁城，扈从警卫以及御前带领引见，仍是从一品武官。这可能是对于上一年奕䜣在御侮大业中的积极表现所给予的奖励，也可能是为在这一年的外敌入侵之前加强皇室团结的表示。

五月中旬(6月末)中外开战，中国守军战胜英法联军。六月十二日(7月11日)，外国军舰完全离开大沽口海面。目前尚未见到奕䜣关于大沽口之战的直接言论。不过，从他此时所作的诗文来看，他似乎不认为外患已经解除。

六月十二日这一天，上书房内三年前丁忧回籍的师傅贾桢期满回京，被授予大学士之职。奕䜣致贺诗二首，其中有："能令边徼钦中国，定有嘉猷告至尊"之句，表示对贾桢寄予厚望，希望他在外侮日逼的时刻，能拿出退敌妙策。

在此前后，他在《读屈原传》一诗中写道：

> 牢落天涯客，伤哉志未伸。独醒空感世，直道不容身。忠荩遗骚雅，高风问楚滨。怀沙数行泪，饮恨汨罗津。⑩

咏史诗一般都是感时之作。"独醒空感世，直道不容身"，表现了他在举国陶醉于大沽口之战胜利的时候，独能保持比较冷静的头脑。他越是感到自己是孤立的，就越是同情屈原的忠直。诗句中弥漫着他对国家前途的忧虑，看得出来，他比咸丰帝以及一般王公大臣更多一些远见。

七月十五日(8月13日)，奕䜣去慕陵祭奠道光帝，路过涿鹿张飞庙时，他下马凭吊了这位古代传奇式的英雄，口占一律：

> 西行涿鹿谒桓侯，庙宇巍峨古树秋。恍若威容开虎帐，凛然劲气

挟蛇矛。壮心未泯孙曹恨,故里犹称姓字留。安得将军奋雄武,扫除氛祲奠皇州。㉛

他希望能够得到张飞那样神武的猛将,扫除夷氛,奠安皇州。

"氛祲"这个词,在奕䜣的诗句中不止一次出现,每次都因不同的历史背景而有不同的含义。咸丰元年(1851),他在诗中说:"寰区佳气祯祥集,粤岭余烽氛祲消",那里的氛祲是革命的代称,那是在为皇朝祈祷祯祥,咒愿太平天国农民大起义的革命烽火早日消灭。这次是在皇朝经受英法联军的侵略威胁下发出的呼声,氛祲是侵略气焰的代名词,这是在期望着彻底扫除侵略者的嚣张气焰。

【注释】

① 奕䜣:《祜祀怀音》,《乐道堂诗钞》,第 507 页。
② 奕䜣:《祜祀怀音》,《乐道堂诗钞》,第 508 页。
③ 奕䜣:《祜祀怀音》,《乐道堂诗钞》,第 510 页。
④ 奕䜣:《赓献集》,《乐道堂诗钞》,第 436 页。
⑤ 奕䜣:《赓献集》,《乐道堂诗钞》,第 438 页。
⑥ 奕䜣:《赓献集》,《乐道堂诗钞》,第 439 页。
⑦ 奕䜣:《朗润园记》,《乐道堂文钞》,第 326 页。
⑧ 奕䜣:《祜祀怀音》,《乐道堂诗钞》,第 511 页。
⑨ 奕䜣:《祜祀怀音》,《乐道堂诗钞》,第 511 页。
⑩ 奕䜣:《赓献集》,《乐道堂诗钞》,第 454—455 页。
⑪ 此说从周汝昌《恭王府考》,其第 64 页,说此宅自道光二十二年空闲至咸丰二年四月。吕英凡《邸园精华恭王府》一文说永璘孙子辅国将军奕勋于奕䜣分府时才由这里迁出。见《近代京华史迹》,第 82 页。
⑫ 梁章钜、朱智:《枢垣记略》卷二十四,第 4 页。
⑬ 《杜受田传》,《清史稿》第三十八册,第 11673—11675 页。
⑭ 奕䜣:《乐道堂文钞·续钞》沈丛刊本,第 326—333 页。
⑮ 奕䜣:《赓献集》,《乐道堂诗钞》沈丛刊本,第 456 页。
⑯ "正谊书屋",丙申年(1836)题;"乐道书屋",戊申年(1848)题。
⑰ 奕䜣:《赓献集》,《乐道堂诗钞》沈丛刊本,第 469—470 页。
⑱ 奕䜣:《赓献集》,《乐道堂诗钞》沈丛刊本,第 474 页。

⑲ 《内务府奏查明库存金钟分量及抄产变价银无存折》,《清史档案史料丛编》第一辑,第 5 页。

⑳ 《奕䜣等奏密陈金钟含金成数及严防工匠偷漏片》,《清史档案史料丛编》第一辑,第 11 页。

㉑ 《奕䜣等奏查验金钟情形并拟熔成金条办法折》及《奕䜣等奏密陈金钟含金成数及严防工匠偷漏片》,《清史档案史料丛编》第一辑,第 9 页。

㉒ 奕䜣:《麐献集》,《乐道堂诗钞》沈丛刊本,第 482—483 页。

㉓ 《文宗本纪》,《清史稿》第四册,第 727 页;《诸王传七》,《清史稿》第三十册,第 9102 页。

㉔ 《光绪会典》卷三。

㉕ 《军同大臣年表》,《清史稿》第二十一册,第 6229 页。

㉖ 梁章钜、朱智:《枢垣记略》卷十三,第 2 页。

㉗ 奕䜣:《麐献集》,《乐道堂诗钞》沈丛刊本,第 482—483 页。

㉘ 梁章钜、朱智:《枢垣记略》卷二十三,第 1 页。

㉙ 《诸王传·绵愉》,《清史稿》第三十册,第 9103 页。

㉚ 《列传一·后妃》,《清史稿》第三十册,第 8921 页。

㉛ 绮春园,原名含晖园,后名万春园,在圆明园东部。见《清稗类钞·宫苑类》,第 170 页。又,该园现在与朗润园同属北大校园家属区的一部分。

㉜ 费行简:《近代名人小传》,载《清代传记丛刊》第 202 册,第 384—385 页。

㉝ 《列传七·诸王》,《清史稿》第三十册,第 9100 页。

㉞ 徐珂:《清稗类钞·宫闱类》,第 367 页。

㉟ 王闿运:《祺祥故事》。

㊱ 《列传八·诸王》,《清史稿》第三十册,第 9105 页。

㊲ 唐邦治:《清皇室四谱》卷二,第 29—30 页。

㊳ 奕䜣:《古近体诗》,《乐道堂诗钞》沈丛刊本,第 858 页。

㊴ 奕䜣:《广四时读书乐诗试帖题词》,《乐道堂诗钞》沈丛刊本,第 549—556 页。

㊵ 奕䜣:《古近体诗》,《乐道堂诗钞》沈丛刊本,第 858 页。

㊶ 奕䜣:《古近体诗》,《乐道堂诗钞》沈丛刊本,第 859 页。

㊷ 奕䜣:《祜祀怀音》,《乐道堂诗钞》沈丛刊本,第 527 页。

㊸ 奕䜣:《古近体诗》,《乐道堂诗钞》沈丛刊本,第 865—866 页。

㊹ 奕䜣:《祜祀怀音》,《乐道堂诗钞》沈丛刊本,第 528 页。

㊺ 奕䜣:《古近体诗》,《乐道堂诗钞》沈丛刊本,第 875—876 页。

㊻ 奕䜣:《豳风咏》,《乐道堂诗钞》沈丛刊本,第 607 页。

㊼ 奕䜣:《豳风咏》序及跋,《乐道堂诗钞》沈丛刊本,第 589—600 页,641 页。

㊽ 奕䜣:《古近体诗》卷二,《乐道堂诗钞》沈丛刊本,第 881—889 页。

㊾ 奕䜣:《古近体诗》卷二,《乐道堂诗钞》沈丛刊本,第 880 页。

㊿ 奕䜣:《祜祀怀音》,《乐道堂诗钞》沈丛刊本,第 534 页。

(51) 奕䜣:《祜祀怀音》,《乐道堂诗钞》沈丛刊本,第 535 页。

(52) 奕䜣:《古近体诗》卷二,《乐道堂诗钞》沈丛刊本,第 917—918 页。

(53) 奕䜣:《祜祀怀音》,《乐道堂诗钞》沈丛刊本,第 536—537 页。

(54) 奕䜣:《古近体诗》卷二,《乐道堂诗钞》沈丛刊本,第 916—917 页。

(55) 《筹办夷务始末》(咸丰朝)第三册,第 858 页。

(56) 《奕䜣奏请敕耆英办理洋务不可一味示弱敷衍了事折》,见《筹办夷务始末》(咸丰朝)第三册,第 873—875 页。

(57) 《奕䜣等奏拟请将耆英定为绞监候折》,见《筹办夷务始末》(咸丰朝)第三册,第 968 页。

(58) 《筹办夷务始末》(咸丰朝)第三册,第 969 页。

(59) 《奕䜣又奏李泰国如无礼肆闹请饬桂良等立即拿办令》,《筹办夷务始末》(咸丰朝)第三册,第 952 页。

(60) 奕䜣:《古近体诗》,《乐道堂诗钞》沈丛刊本,第 928 页。

(61) 奕䜣:《赓献集》,《乐道堂诗钞》沈丛刊本,第 444 页。

第三章 挽救帝国的危机

咸丰帝以及肃顺、载垣、端华等对于英法联军的入侵,是先主战,后主和,和又不成,于是缚使,出逃。奕䜣本来也主战,后受命办理和局,他先力争折英法之气以体面求和,企图以人质安全迫使英法先行退兵,未成;乃审时度势,全面接受英法条件,促成英法及早退兵,使帝国度过了严重的危机。

一、静观事变,败军之际膺重寄

奕䜣忧虑的事情果然发生了。咸丰十年六月十三日(1860年7月30日),英法联军军舰数十艘再次闯入渤海,气势汹汹,要复上年战败之耻。

咸丰帝及其近臣闻讯大惊。自从奕䜣被逐出军机处后,咸丰帝的近臣空间为怡亲王载垣、郑亲王端华以及宗室肃顺所占据。这些人应敌无一定之方针,得报后命令直隶总督恒福前去向英法联军接洽和谈。英法联军决意报复,不予理睬,咸丰帝等人只好下令抗战。但负责大沽海防的僧格林沁自上年获胜后,骄傲轻敌,遂导致北塘、大沽先后失守。

大沽战败,朝内主和派势起。咸丰帝又谕令桂良为钦差大臣,许以便宜行事全权前往天津议和,因桂良是前年《天津条约》的中方议定人,熟知事情始末。桂良至津时,天津已经沦陷。他会同直隶总督恒福,几经周折,与英法议妥新的条件:除须在京批准《天津条约》外,另须开放天津,驻兵大沽,增赔军费,公使驻京并带兵而入等。桂良知道,这些条件是苛刻的,但是为防止大局决裂,他以奉有"全权"而"概为允许,以解目前危急"。

可是,朝臣们坚决反对。于是咸丰帝传旨严厉申斥桂良,深责其"概允"英法联军的无理要求。

在以后的谈判中,桂良和恒福就不敢当场叫定,而用"容再核议"的话来搪塞了。英法方面觉察出他们缺乏谈判全权,便中断谈判,离开天津向通州进军。

就在这时,一场"巡幸之议"把奕䜣牵入政治旋涡。

七月二十四日(9月9日),咸丰帝发表一道朱谕,声称要御驾亲征,直抵通州,"以伸天讨而张挞伐",要求内外大臣讨论定议。

他真的要亲自率领将士与侵略者作殊死决战吗?不是。随同朱谕一起交付朝臣阅看的僧格林沁密折给"亲征"作了注解——"亲征"是撤出北京,坐镇京北,随时准备逃往热河。

僧格林沁密折是请皇帝巡幸木兰的,木兰即热河。就是说,僧格林沁是赤裸裸地要求咸丰帝逃跑。而咸丰帝却摆出要么御驾亲征,要么"木兰巡幸"两条出路,要大臣们讨论的样子。明眼人看得出来,他已在考虑逃跑的问题了。

在讨论这项重大问题的王大臣会议上,朝臣们智穷虑短,一筹莫展。有人问:

"团防大臣有何准备?"

"没有。"

又有人问:"京城兵力可足敷坚守防堵否?"

没有人敢作肯定的答复。

有人提议请车驾还宫,以安定人心。因为咸丰帝还住在圆明园内,京城军民不知其去向。

郑亲王端华又断然反对,说:"既已毫无可守,如何请车驾还宫?"

于是,便不再有人献策。

尚书陈孚恩见人们都默然无声,倡言说:"无论如何,得为皇上筹一条路才是!"①其实,如果有办法也就不沉默了,所以这话等于没说。大家依旧唏嘘不已。

最后由宝鋆将会议一致认为既不应巡幸又不宜亲征的意思草成一稿,由大学士贾桢领衔奏上。大意是:

> 我皇上欲亲统六师,直抵通州,以殄丑类。具见圣天子义安寰宇之至意。惟池异澶渊,时无寇准,虽天威所临,海氛自应慑伏,然非万全之道也,臣等以为断不可轻于一试。至于僧格林沁所奏木兰之说,尤多窒碍,京师楼橹森严,拱卫周密,若以为不足守,岂木兰平川大野,毫无捍蔽,而反觉可恃?况一经迁徙,人心涣散,蜀道之行未〔未〕达,土木之变堪虞,夷人既能至津,亦何难至滦耶?种种情形,不堪设想。②

朝臣们知道所谓"御驾亲征"不过是一种姿态,让臣下们讨论"巡幸木兰"才是真意。所以这道共同奏上的折疏在轻轻地指出"亲征"之举"断不可轻于一试"之后,着重谈不可以离京巡幸的道理。

奏疏中所引用的典故"土木之变",出于明朝。明朝正统十四年(1449),蒙古瓦剌部首领也先率军进攻明朝,宦官王振挟持英宗朱祁镇御驾亲征。行军至土木堡,被瓦剌大军攻及,将士仓促应战,死伤过半,英宗兵败被俘。后来,在京城奉命监国的弟弟郕王朱祁钰受朝中大臣推戴,登极称帝,是为代宗,继续领导抗敌。

引用"土木之变"的故事来劝止咸丰帝迁避热河,这是警告他:迁避之举可能要带来失位的危险。

但咸丰帝拒不接受。当日传旨说:"巡幸之举,朕志已决。此时尚可从缓。惠亲王天潢近派,行辈又尊,自必以国事为重,着与惇亲王、恭亲王、端华等速行定议具奏。"同时委派载垣、穆荫迅速接替桂良和恒福的钦差大臣职务,前往议和。

次日,九卿科道又纷纷上疏,力言历代迁都之祸,反对咸丰帝作"木兰巡幸"之举。均因不合咸丰帝之意,又因内容涉及各亲王,故留中不发。当时有亲王位号的人屈指可数,即惠亲王绵愉、惇亲王奕誴、恭亲王奕䜣、郑亲王端华和肃亲王华丰。在这些人中谁被涉及了呢?不清楚。也可能上疏者只是笼统地说到如果皇帝巡幸木兰,势不能不留一亲王在京,那时后果将不堪设想。

七月二十六日(9月11日),九卿科道因没有见到咸丰帝的明白宣示,又联合上疏,严重指出:"若使乘舆一动,则大势涣散,夷人借口安民,必至立一人以主中国,若契丹之立石敬瑭,金人之立张邦昌,则二百余年祖宗经营缔造之天下，一旦授之他人，先帝托之谓何？皇上何以对列圣在天之灵乎？"词意极为沉痛恳挚。

侍郎潘祖荫单衔进密封奏折，警告咸丰帝巡幸之举可带来"七祸"，其中最严重的是失位。他提醒说："万一銮舆既出，竟有修笺劝进之人，彼谓幸则唐肃宗、明景泰，否则亦不失为张邦昌、刘豫耳。"意思说，由于皇帝出逃而造成的后果，侥幸言之，是出现唐肃宗或明景泰帝那样的人，虽然能率领军民御侮，却造成皇统的改易；如果弄不好的话，甚至会出现张邦昌和刘豫那样的汉奸政权。他最后竟激动地写道：

> 臣窃思赞成此议者，必力主和议之人，当此议和未定，剿抚两难，恐皇上因和不足恃而罪其计之失也，遂为此谋以图固宠，置皇上于危险之地而不顾，而以大清二百年之社稷轻于一掷。皇上试思为此谋者忠乎？佞乎？中外之人孰不切齿！明臣杨继盛有言"欲诛俺答，先斩严嵩"。今日之事非将误国诸臣立赐罢斥，不足以谢祖宗在天之灵，而作臣子同仇之忾。

那么究竟是谁劝皇帝逃避呢？是僧格林沁这个上一年抗敌的英雄；是谁主张和议呢？是桂良，也是载垣、端华等。在这些事情上，奕訢都没有参与，也没有明确表明态度。但是，如果皇帝出走，留守京城的人将是谁呢？奕訢不会不想到自己，这也许正是他没有明确表示态度的原因。此后的十几天内，他继续静观事变的发展。

既然群臣纷纷反对逃跑，咸丰帝也只好暂时作罢。是呀，"土木之变"所产生的严重后果他不会不知道。他一旦出走京师，会出现怎样的局面，的确不堪设想。因此，不到最严重的关头，他是不会走这步险棋的。

咸丰帝当日令惠亲王传谕给诸王大臣："即将巡幸之预备，作为亲征之举"，"若马头、通州一带见仗，朕仍带劲旅，在京北坐镇，共思奋兴鼓舞，不满万之夷兵，何患不能歼除耶？"③

原来，咸丰帝不仅是想到了逃跑，而且已经做了逃跑的准备。这件上谕是不谨慎的，竟然泄露了老底。因此，次日咸丰帝又亲笔写一篇长长的朱谕，列举历年来英人桀骜情形，向臣民宣布"惟有与之决战"。④

这时载垣和穆荫行抵通州,正在照会英法两使,说他们将接受由桂良等议妥的一切条件,并保证"盖印画押,绝无耽延"。⑤而联军仍然不理,继续向通州进军。

从二十四日至二十七日,京城内人心惶惶,纷纷外逃。原因有三:一是听说皇上要"木兰秋狩",逃往热河;二是从二十六日上谕中看出确实曾做过"巡幸之预备";三是近几天内官府仍不断增调车马。人们的推测不是没有根据的,造成混乱的根源就是咸丰帝。

所以,二十七日(9月12日),吏部左侍郎匡源、右侍郎文祥、工部右侍郎杜翰联名上疏,请求咸丰帝降旨宣告中外:绝无木兰巡幸之事;并请放还近日征用的民间车马,以安人心。次日,文祥又随同醇郡王奕𫍯面见咸丰帝,请求咸丰帝坚持抗战。奕𫍯在咸丰帝面前痛哭请战,要求以御弟身份,率领士卒,军前决战。惇亲王奕誴也不缄默,支持文祥,力争明令中外,宣示对敌一战。

咸丰帝在这些人的强烈要求下,只好再次明降谕旨,否认有巡幸之意,说:"朕为天下人主,当此时势艰难,岂暇乘时观省?果有此举,亦必明降谕旨预行宣示,断未有乘舆所落,不令天下闻知者!"同时命令放还民间车马。这道谕旨是二十八日日暮时颁布的。这时郑亲王端华也来入见咸丰帝,想说服咸丰帝坚持巡幸之举,但上谕已经发出,不能改变了。

如果局势就这样发展下去,是不会给奕䜣带来出政希望的。可是,随后的局势发展急转直下。

二十九日(9月14日),咸丰帝接到载垣发自通州的奏报,说是已允许按从前议妥的条件实行和议,但是法军坚持要携大队来通州。另奏夷人巴夏礼、威妥玛带从人二十一〔三〕名,前来通州求见。

咸丰帝认定英法兵抵通州是预伏"要盟根底",因此指示扣留巴夏礼等人:

> 夷情狡谲,必欲带队赴通,名为议和,实则预伏以兵要盟地步。况咈夷(指法国)所递照会,万分狂悖。和议必不能成,惟有与之决战。已谕令僧格林沁等相机截击,不得再令该夷一人北来。并谕胜保统带精兵,驻扎由通入京要隘矣。巴夏礼、威妥玛等系其谋主,闻明常亦暗随在内,即着将各夷及随从人等羁留在通,毋令折回,以杜

奸计:他日战后议抚,再行放回。⑥

可是,二十九日(9月14日)这天,载垣已与巴夏礼会谈,全面接受了英法方面的新条件。载垣又以钦差大臣身份写信给英法专使额尔金和葛罗。⑦

到了八月初四日(9月18日),载垣等接到关于扣押巴夏礼的上谕后,却突然以巴夏礼胆敢提出公使进京面呈国书以及要求清军撤退为理由,知照僧格林沁大营,将巴夏礼等人予以扣押。咸丰帝再次发布内阁明谕,宣告闭关绝市、与英法联军决战。

扣押巴夏礼,是第二次鸦片战争期间咸丰帝所作出的最严重的错误决策。一般人以为这个错误行动只是僧格林沁的鲁莽行动,其实,他只是一个执行者。怡亲王载垣也是一个执行者,真正起决定作用的是咸丰帝及当时在其身边而参与密勿的肃顺等人。他们以为缚使,闭关绝市,一战而将夷人驱逐出国,从此可以永固一统江山。完全是皇权顽固派昧于世界大势的梦想。

当日,英国专使额尔金下令联军进攻僧格林沁的张家湾大营,僧军大败。八月初七日(9月21日),联军追击至通惠河八里桥,这里距京城仅八里,再次与僧格林沁军交战,同时与胜保的部队激战。僧、胜两军俱溃败,胜保本人也被炮弹片打伤两处,用舆轿抬回城来。这样一来,北京城内,"市肆汹汹",官民"仓皇奔避",乱作一团。⑧

八里桥战败的消息还没有传来,咸丰帝就已在做逃跑的准备了,他早把"御驾亲征"的话丢到九霄云外去了。这时他做出的几个安排是:第一,派六弟恭亲王代替他祭大社大稷;第二,向前线的僧格林沁和胜保发去谕令,要求他们牵制联军,以便让皇上一行安全脱险。

当八里桥战败的消息一传来,咸丰帝就立即决定銮舆出走,并派奕䜣留守京师,办理善后。他给奕䜣的指示是以求和为名,实行缓兵之计,这也是为使他能安全脱险的。颁给奕䜣的朱谕全文是:

朱谕恭亲王:现在抚局难成,人所共晓,派汝出名与该夷照会,不过暂缓一步。将来往返面商,自有恒祺、蓝蔚雯等,汝不值与该首见面。若抚局仍不成,即在军营后路督剿;若实在不支,即全身而退,速赴行在。⑨

同时经内阁明发上谕,以载垣、穆荫办理和局不善的理由,撤销其钦差大臣之职;改授奕䜣"为钦差便宜行事全权大臣,督办和局"。同日,又谕令僧格林沁"即宣示夷人,并竖立白旗,令其停兵待抚"。⑩

奕䜣从咸丰五年(1855)以来的闲散状态一下子被重新推到历史的前台来。重新走上历史舞台,这是历史的机缘。试想,如果载垣和穆荫办理和局成功,而后又没有出现扣押巴夏礼那样的鲁莽行动;或者即使开战而清兵能够遏止联军前进,就都不会轮到奕䜣出面了。只是由于局面已到了欲和不成,欲战又不能的地步,咸丰帝才把奕䜣呼唤出来。

这可能正是十几天以前就考虑过的那步险棋,后来经过朝臣们提醒"土木之变"的前明教训,他也有所警惕了。但是,现在形势又严重恶化了,如果再不逃走,眼前就有身陷囹圄的可能。那么,咸丰帝怎么会选派奕䜣为留守负责人呢?因为,老五叔惠亲王绵愉不行,他年纪大了,而且没有办政治的经验;怡亲王载垣、郑亲王端华当然也不行,他们是刚刚使和谈破裂的责任者;惇亲王奕誴一向以鲁莽少文出名,更不行。此外尚有肃亲王华丰和豫亲王义道等人,均非近支。看起来,只有起用六弟奕䜣了,何况,他曾经做过领袖军机,有政治经验;而且,根据平日对他的了解,他喜读《孝经》,笃念亲情,相信他不会乘机做出"取而代之"的行动来。

这就是说,当历史机缘降临的时候,只有奕䜣有条件临危受命,肩负重任。

二、阻遏联军,坚持先退兵后释俘

八月初八日(9月22日),卯初,咸丰帝在颐和园召见惠亲王绵愉、怡亲王载垣、惇亲王奕誴、恭亲王奕䜣、郑亲王端华这些"家里人",同时被召见的还有御前大臣、军机大臣,做"秋狩木兰"——也就是逃往热河前的最后部署。就在这时,有个名叫瑞常的蒙古族廷臣跑出来,伏于御驾前失声痛哭,谏阻皇帝出京,说皇上出京将不利于宗庙社稷。

咸丰帝主意已定,不愿与他饶舌,可他一片愚悃,不便把他治罪,遂令侍卫将他哄了出去。

已正时分,"秋狩"御驾自圆明园后门出发。咸丰帝是个多情男子,京城可以放弃,臣民可以不顾,而对六宫粉黛却十分眷顾,不可以须臾离开。但令六宫眷属先行,自己则带领大臣们来到位于圆明园西北隅的安佑宫,叩别圣祖、世宗、高宗等祖宗神牌,然后,追赶大队。

这一次"秋狩"绝不如平日行围打猎那样轻松从容。因是仓促出逃,惶恐得竟连每次出游必备的御膳、帐篷和铺盖等生活用具都没有带出。当时人写道,"圣驾仓皇北巡,随行王公大臣皆狼狈莫可言状,若有数十万夷兵在后追及者"。⑪当日酉初,大队行至南石槽行宫,暂驻小憩,晚饭只以粳米粥和烧饼充饥,下人们只能吃老米膳。平日吃惯了山珍海味的人,这些粗食实在难以下咽,又兼心火上升,多是望食嗟叹。后来膳食供应才见肉和蛋类,食物供应逐渐丰富起来。⑫

随行大臣为素所亲信的怡亲王载垣、郑亲王端华、宗室肃顺,以及军机大臣匡源、穆荫、杜翰等。

剩下的一大堆事务,诸如留守京城,向联军求和,以及牵制联军使之不再向热河追击等重要任务便都交给恭亲王奕䜣、惇亲王奕誴、豫亲王义道、大学士桂良、周祖培、贾桢、尚书赵光、侍郎文祥等,以奕䜣负总责。

奕䜣自咸丰八年英法联军第一次侵犯大沽口以来,一直是慷慨主战的。现在接受咸丰帝关于议和的命令后,他想到的第一件事是要在不失国家体面的前提下要求英法允许和解。初八日(9月22日),英法联军接到奕䜣发出的首次照会,上写:

钦差便宜行事全权大臣和硕恭亲王为照会事。

现因怡亲王载垣,兵部尚书穆荫,办理不善,已奉旨撤去钦差大臣。本亲王奉命授为钦差便宜行事全权大臣,即派恒祺、蓝蔚雯等,前往面议和局,贵大臣暂息干戈,以敦和好。为此照会。⑬

额尔金和葛罗知道,这是清廷方面几个月以来所派出的第五位钦差了。第一、二个钦差桂良和恒福分别是大学士和直隶总督之职,第三、四名钦差载垣和穆荫分别是亲王和兵部尚书,这第五位钦差虽然也是亲王,却又是皇上的六弟,显见得清廷方面求和心切了,所派钦差的地位越改越高了。但是,额尔金、葛罗坚持清廷方面不将巴夏礼等人全部放回,绝不接受和谈。

奕䜣做的第二件事是着手实施利用巴夏礼等人质作为劝阻英法进兵的筹码的方针。奕䜣派曾与巴夏礼在广东有过公务往来的武备院卿恒祺去要求巴夏礼给额尔金写信,但巴夏礼以被俘受辱为口实,拒绝写信。后来,虽然勉强同意,又坚持要用英文写信,但中国官员没有人认识英文,为防止巴夏礼信内作祟,只好作罢。

第三件事是弹压地方,安定秩序。送走銮舆后,奕䜣派文祥登城视察守城部队,方知守城士兵不满万人,已有好几天没有领到口粮了,而且守城器具残缺不全,部队行将瓦解。于是,文祥力任开仓放米,宝鋆力任开库放银,以勉强维持局面。⑭鉴于城内时有抢劫发生,文祥等又传令五营巡防部队拿获抢劫者立即正法,这样到半夜后秩序稍为安定下来。

第四件事是催兵。时至这夜五鼓,奕䜣还在与文祥等拟定催令各地将帅火速勤王文书。

初九日(9月23日),奕䜣接到额尔金和葛罗要求释俘的照会。这时朝臣中有许多人要求将巴夏礼处死,如焦祐瀛、袁希祖、何璟等。很多人主张与英法决一死战,如张之万、陈鸿翊与焦祐瀛合奏利用天津绅商张锦文等组织民团明攻暗袭,袁希祖请命僧格林沁督大队进逼大沽口英法联军老巢,朱潮献破敌九策,殷兆镛献湿棉被防避枪弹法,沈兆霖反对汲汲言和。⑮

但是,这些人除了沈兆霖属兵部尚书之职,其余尽皆属于言官,没有任何军权,就是沈兆霖本人,手中也没有一兵一卒。而重兵在握的统兵大员如僧格林沁、瑞麟俱已心惊胆破,胜保被洋炮伤中左颊只好养伤。现在是统兵大员不能也不愿出战,求战者俱为书生言官。京城的秩序虽经初八日的弹压,稍见安定,但因人心恐慌,"薪米诸物皆骤贵数倍"。⑯所以官民仍大量逃亡,车马驴驼已难以雇用。

当前重要的是阻止联军前进和稳定秩序。初十日,奕䜣奏报已用暴力手段对付市面上乘机而起的抢劫者,准许各铺户格杀勿论,如被铺户扭送官府,官府可当即将抢劫者斩首示众。同时,照复额尔金和葛罗,答复他们初九日的要求说,贵国员弁巴夏礼等人与前钦差大臣怡亲王等已议和,只差公使亲递国书一条未达成一致意见,则"负气而走",而在双方交战中"冲散","间有被获,并非我国不敦和好";提出释俘条件:英法将"兵船退出大沽海口","我国将所求各款商定后"即送回员弁。对于额尔金等捎给巴夏礼的外文书信,也以"和议未成,碍难转达"为理由予以拒绝。表示了以俘虏作人质的强硬不屈的态度;其中,也有为载垣和僧格林沁开脱责任的意思。

同日将此照复另抄一件给咸丰帝御览,同时密奏:巴夏礼是联军中出谋划策之人,"幸而获擒,岂可遽令生还"。咸丰帝见到这一包奏件后,极力赞成,在不令"生还"一句旁批道:"甚是。"对全折的批示是:"以后情形,实难逆料,亦不便遥为指示,只有相机而行。"⑰

表面看,奕䜣与咸丰帝都不愿任令巴夏礼生还,但实际上从初八日开始他已指示改善巴夏礼等人的待遇了,所以奕䜣的说法可能是对咸丰帝的应付之辞。

这时的形势更紧张了。大学士桂良和惠亲王绵愉、惇亲王奕誴等辅助奕䜣在圆明园如意门外善绿庵内设立钦差公所,督办一切。留京办事王大臣中,豫亲王义道和吏部尚书全庆等八名满族大员奉命枯坐内城,协办大学士户部尚书团防大臣周祖培等四人守外城。户部左侍郎文祥署理步军统领,俗称九门提督,会同左翼总兵西凌阿,负责维持治安,更有守城之责,因实任提督和右翼总兵都已随驾扈行,不能不十分忙碌,遂夜间进城督理守城,白日出城帮助办理抚局。据说守城的数名朝官在初十日这天曾面见恭亲王奕䜣,请求他入城居守。奕䜣表示同意,以为这样可起一点安定人心的作用。后来因接到咸丰帝不许入城的朱谕而作罢,仍驻于圆明园。⑱十一日(9月25日),奕䜣命令把巴夏礼等人从刑部监狱中释放出来,用八人肩舆移送至积水潭高庙,优给膳食,再令恒祺劝导他作和谈媒介,巴夏礼仍旧负气绝食,后来腹痛又不肯就医,表现出不肯合作的恶劣态度。

此时的巴夏礼,真是个刺猬。放了他,太丢面子;不放他,又怕他死了,更增洋人进兵的借口。奕䜣指示成琦(魏卿)带士兵三百人环守高庙,嘱令万一城破,即将这批人质全部处死。⑲

就在这天,即十一日,额尔金和葛罗联名来函说,三天之内如能将俘房全数交回,则中外双方可以在通州进行和谈,在北京交换1858年《天津条约》批准书,然后联军退至天津,过冬后返回南方;如果不接受这些条件,联军定将继续向北京推进。[20]

事情很是棘手。由于扣押巴夏礼,中外之间的接触受到很大影响,原拟派往联军去和谈的恒祺和蓝蔚雯一直不曾出京;由僧格林沁办给联军的照会,中途遇阻收回。英国方面送给清廷的有关照会信件也不能畅达,有些是通过威妥玛派人从门缝递至通州官府转送的,法国通事爱嘉略欲进京城面见钦差大臣奕䜣,也因心怀疑虑,不敢贸然进城。当然他还不知道,恭亲王并不在城内。这样,由于双方不能及时交换意见,局势益发紧张。上项英法联军的强硬照会就是在巴夏礼生死不明的情况下发出的。十二日,恭亲王奕䜣见到这两份照会,为照会"词意狂悖"而激怒,但又无可奈何。

这天惠亲王绵愉和惇亲王奕誴也都奔赴热河。现在奕䜣所依靠的主要官员是桂良和文祥。桂良与夷人多次接触,但年逾古稀;文祥有丰富的中上层官场生活经验,四十三岁,正当壮年,肯吃苦。

十三日(9月27日),他们发给英法两使照会,第一次公开承认巴夏礼等人确系为前钦差大臣等"拘系监押",不再诡称为军队所"冲散"了;同时,说明这些俘虏现在均已被释放并受到妥善安置,其中受伤者正在医治,另把巴夏礼约恒祺交谈时所用名片传去,以示该人未被加害而释英方之疑。对于英法方面的总要求,也作了切实答复:所有在天津议定的和约,一一皆准,至于亲递国书,虽因中国体制所碍,外国使臣仍不得面见中国皇帝,但拟由恭亲王代接国书。然后,对于来照所称即将进兵京师、毁城改朝的事,则郑重质问道:"贵大臣既云心存和好,岂应有此言?若必至穷兵黩武,争战不息,贵国虽有现在军士,中国除现在各营劲旅,亦尚有口外及各省应调之兵。"在致法使照会中,这种愿望和平而不卑微的抗议之声表示得更强烈,内称:

> 此次贵国照会内,有亡无日矣等语,未免出言失当。况来文内称,既以三日为期,何以贵国之兵,仍复列队前来,殊非和好之道。本亲王乃大皇帝之亲弟,素秉忠信,向不欺天,亦不欺人,不妨明白告知,现在和约将成,若一旦罢论,岂不可惜?贵国如必欲攻城,我京兵

之家口均在城内,必拼命死战,非在外打仗可比。况京外所谓〔调〕兵勇,尚属强众,攻城时不独贵国被获之人先行受害,即贵国大队后路,亦难保全。

这两份照会的精神是一致的——即针锋相对,如果联军方面"穷兵黩武",中国亦当奉陪;如果和平定约,中国"必定送还俘虏"。㉑

照会于十三日发出。但是,奕䜣、桂良和文祥等分析联军方面进军的主要借口是索还被捕的巴夏礼等俘虏,如果坚持先议和后释俘,联军势必不能罢休。反复筹商的结果,决定请示先放还巴夏礼等人。奏道:"揆度情势,该夷意欲索还巴夏礼等,而巴夏礼亦希冀放还,从此着手,或有转机。"写好后,将上两件照会做为此折附件,于十四日(9月28日)一并报至热河。

额尔金和葛罗于十四日照复,警告恭亲王要注意他们9月25日,即十一日照会中所限定的三日释俘的期限,这说明他们根本没有理睬恭亲王十三日的照会。来照表示可以不再要求向中国皇帝面递国书,但中国方面必须言明何时何地画押换约,来照强硬指出,只要被俘人员不能按期送回,联军"必即拔营前进"。㉒联军之所以有这个强硬的来照,是由于他们"认为恭亲王的外交来函是重施狡计,旨在使极端主战派僧格林沁将军得以在北京城下聚集更多的力量"。㉓这个判断符合八月初八日以来恭亲王奕䜣的思想实际。但是现在奕䜣鉴于清军在十几天内仍未能有效地集结,他的思想已经开始松劲,只是还没有向英法方面透露而已,因为尚未接到咸丰帝对十四日奏折的批示意见。这样,对英法照会就只好保持着强硬,宣称只有联军退兵才能释俘签约。㉔

奕䜣之所以思想上有所松劲,建议放弃先议和后释俘的要求,变为先释俘后议和的主张,是基于他对清军腐败状况的认识。奕䜣在十六日的奏报中指出:

> 自八里桥直至通州以南,夷人皆占据我兵帐房,连营数十里,探报亦几至不通。而僧格林沁及瑞麟所带之兵,败衄之余,为数甚少,率皆疲馁不堪。城内守具本未预备,仓猝之间,无从下手。守堵之兵,人无斗志,大约一闻炮声,立即惊溃,战守两者皆不足恃。㉕

前敌统帅僧格林沁又更加具体地道破了清军惊人的腐朽,奏说:

> 至奴才所带马步官兵……枪箭刀矛,焉能抵敌炮火?现在人心涣散,难以收拾,京城防守,是以尚有未散之兵,设有疏失,势将全行溃散。㉖

十六日(9月30日),僧格林沁部队退至齐化门外,所部蒙古兵因粮饷不继,饥甚。尽管有刑部侍郎麟魁等人捐助数万斤饼充作军粮,仍不能振作士气。

联军大部队继续进兵至定福庄慈云寺等处,其先遣哨探已三五成群游弋至城左近。清军无人敢于阻挡。十七日,僧格林沁命令部队再撤退到安定门外黄寺、黑寺一带;瑞麟的部队撤退至德胜门外。京北,清军逃兵溃勇沿途抢劫,道路梗塞;京内各处办公人员多半擅离职守,如鸟兽散,以致留守大臣办事差委都难以找到应手的人。

既然清兵已不可依恃,奕䜣为什么还不果断地使用他的"全权"求和呢?看来政治经验丰富的桂良可能起过参谋作用。桂良月前去天津议和也奉有"全权",但议妥以后,朝臣不满,咸丰帝严旨申斥,可见对皇帝给予的全权是不能信以为真的。奕䜣可能是汲取了岳父桂良的教训,尽量不自作主张。他的这个态度被豫亲王义道看出,并奏报咸丰,说他办理抚局"心不坚定""有迁避之意"。㉗

奕䜣还在焦急地等待对于放还巴夏礼的请示折的批示,而英法使臣额尔金、葛罗又来照会相逼,以限期已满,未见释放人质,宣告即将武力解决。

在新的武力威胁面前,奕䜣仍不敢擅自放还人质。在给英法联军的照复中,他以人质的生命安全进行反威胁,坚持英法联军先退兵后换约最后释放人质。同时他还要求咸丰帝发布谕旨要求军队克服求和幻想,以战迫和。

恰在这时,恒祺多日对巴夏礼的"劝导"有了结果。巴夏礼终于写给英使额尔金一张字条,代为说和。条文如下:

> 现在中国官员,以礼相待,我两人(指与洛奇——笔者)闻得是恭亲王令其如此。据云:恭亲王人甚明,能作主意。既能如此,伏谅

暂可免战议和。

奕䜣派人将这张亲笔字条送交僧王大营,遣员弁送至联军,同时照复前项英法用兵照会,质问英法:既然我中国已允准《天津条约》及此次天津所议的和约,为什么还说"办理各件,皆不得允许"呢? 然后以委婉语气告称:巴夏礼现因能汉文汉语,正与本亲王所派之员商议与该两国和约画押用印事宜,此时和约未经议定,如果草草送还,转非以礼相待之意。㉘

八月十四日,上谕命令文祥仍署理步军统领,留驻北京城内布置一切,遇有恭亲王需要商办事件,再赴圆明园,而晚间仍须回城防御。奕䜣看出文祥这些日子里着实辛苦,已经在咳血气喘了。所以忙上一奏折,要求收回有关文祥留驻城内的成命,令其专驻圆明园,襄理抚局。这一半是因为文祥熟悉夷务,办理抚局须臾不可离开;一半也是体恤他的身体。这项建议得到咸丰帝批准,改派瑞常署理步军统领,接办巡防,而令文祥专办抚局。

联军近在咫尺,巴夏礼的字条及恭亲王的照复于次日(十八日)就有了反应。英法联军强硬声称,任何进一步的议和都必须随着俘虏的遣返才能实现。

而热河方面,由于驿递传讯的不便,虽然是用六百里加急传递,仍是着着迟误。奕䜣十四日要求放还巴夏礼的奏折,十六日经咸丰帝批答为"现在事机紧迫,间不容发,朕亦不为遥制","总期抚局速成"。㉙十八日才传回来。

但是,现在奕䜣又不急于议成和局,他不甘心无条件地释俘。十九日,他重申战为和之本的思想,认为自初七日以来,联军搬运大炮、云梯、弹药,络绎不绝,而不敢攻城,是因为顾虑到被俘者的安全,因此,对于巴夏礼等的操纵,与和局大有关系;再次强调,如果没有战斗及守御的能力,则求和局也不可能,请求皇帝谕令各王大臣悉心讲求守御之方。㉚这个要求反映了他企图取得体面和平的愿望,但同时也反映他对敌情的估计错误,其实联军没有攻城的主要原因是等待军火补给。

奕䜣十六日关于抚局难成情形危迫的奏报,至二十日(10月4日)才传来咸丰帝的批复,指示放还全部俘虏。

与此同时,咸丰帝发出的其他廷寄是调都兴阿骑兵归僧格林沁大营,盛京将军玉明赴热河护驾;调绥远城将军成凯,山东巡抚文煜,河南巡抚庆廉,陕甘总督乐斌以及山西巡抚英桂迅速带兵星夜前来保护京师。

这就是说,咸丰帝要求奕䜣尽速达成和议,并无条件释放俘虏;同时唯恐和议不成,另派各路勤王之师分别保护热河和北京。

同日,奕䜣再次照会额尔金,要求彼此退兵,选择适当地点派人会谈,而对释俘问题避而不谈。这里面,要求择地会谈是符合廷寄精神的,而不谈释俘问题显然是与之相悖。看来他还对以人质迫和抱一线希望。

次日,额尔金照复他,就直截指出他没有言及释俘,是所言不得要领。

二十一日(10月5日),奕䜣向额尔金解释说:巴夏礼熟精汉文汉语,本年在津所议各事,都由他经手,现在由中国方面以礼相待,在京议事,并不是扣押,请勿"多疑"。最后的落脚点,还是要求联军退兵以示友好。㉛

奕䜣十九日关于战为和之本的奏折二十一日传至热河,咸丰帝接受他的意见,寄谕僧格林沁、瑞麟,以及绵勋、伊勒东阿,令他们振作士气,力求制胜,转败为功;寄谕胜保暂时入城布防守御,但准其本人仍驻城外;令文祥驻城外协助恭亲王办理抚局。另谕庆惠传知城内外防守王大臣镇定人心,严加守御;派瑞常接替文祥为京城步军统领;谕宝山将吉林所调来之军布置于要隘。

三、送还人质,决定无条件投降

所有这些调兵遣将,均属缓不济急。京城内的局面已经控制不住了,人们不相信官兵能真正起保护作用。能逃的官员人等早已避居远处,剩下的人为了活命便开始了私下的投降活动。十九日(10月3日),北京城内的王大臣就商议派同仁堂老药店的乐宏宾(一作骆宏宾)和恒利木厂的王海邀集京内商贾千余人备牛羊酒果等各类食品去英法联军营地犒军,企图以此乞求免于蹂躏。二十日,这些人刚刚进入营盘,就被联军将食品蜂拥抢光,然后受辱而回。这一天,还有商人梁某等人也去犒军,被僧格林沁的部队扣留。㉜

二十一日(10月5日),英法联军误闻中国皇帝驻于圆明园,发起进攻。僧格林沁部队在海淀并未认真抵抗,即撤退。恒祺受命去通知将巴夏礼处以死刑,给他们两小时写遗书,宣告中国将作战到底。但巴夏礼等俘虏刚写完遗书,恒祺又来通知死刑将展至明天,等候进一步交涉的结果。[33]

奕䜣本日及次日发给联军紧急照会,强调指出联军不经照复即行进攻,"非和好之道",要求联军撤退数里,并订于二十四日会谈并送还巴夏礼等俘虏。随同照会还一道送去巴夏礼致英国参赞官威妥玛的信件,企图通过巴夏礼的印象证实中国是真心求和,[34]以阻止联军的推进。稍后,又向咸丰帝发出一份要求释放巴夏礼的奏折。

此时的奕䜣,左右为难。他既怕决裂,又怕议和成功受人指责。这种进退两难的心情确是他办理和局一再延宕的主要原因。他曾企图通过拖延来作缓兵之计,以待各路勤王大军到来重新反攻。但是,现在他既然已经将释放巴夏礼的照会发往联军,这说明他在清军二十一日的溃败之后,已经作出了求和的决断。不过,他又很在意热河方面的反应,怕落个"稍涉轻率"之咎。其实,这是他的多虑了。在这之前,上谕已两次明确指示他先行释放以示大方了。

但是,发给联军的紧急照会交到僧格林沁部将守备廖承恩后,廖却因害怕洋人,未入联军营地即回,并谎称"该夷不给照复"。联军因不知奕䜣有放还照会,遂发起进攻。僧格林沁部队在城东北六里许的地方迎战联军,再次溃败,"士兵溃去者三万"。瑞麟将所部带至安定门外三里许的黄寺一带拒敌,两军交战,也是溃退。接着,联军大队人马沿京城东北路直趋西北的圆明园,分出余股直奔京城德胜门外,牵制清军。城内清军根本不敢出城,去往圆明园必经的海淀又没有清军后备部队。因此,联军所至,畅通无阻,傍晚即冲进圆明园,并焚烧附近街市。北京城内居民看见海淀圆明园方向火光冲天,大恐,达官贵人多改易民服率家属"四出求窜",普通居民也争相逃命,"号哭之声闻于远近"。[35]

这一天,僧格林沁与瑞麟所部兵丁逃散一空。恭亲王奕䜣、桂良、文祥,还有胜保等全都被英法联军隔在南路。奕䜣、桂良、文祥见身边无兵可保卫圆明园,而且北京城门皆已关闭,只得从园内南逃至万寿寺,见到胜保带队前来,暂驻休息。奕䜣向咸丰帝报告议和已经失败,"万不能再

议抚局",他声明:欲奔赴皇帝行在,但因东北路受阻,现在只得奔卢沟桥,以便乘间截南方各省清军反攻夺回圆明园。㊱

二十三日(10月7日)午后,圆明园方向再次火光冲天。奕䜣重新把建议联军撤退,以便释放巴夏礼等人质的照会发到英法联军大营。这次是派恒祺前去的,他于午后约见了英方代表威妥玛。㊲

据报,连日来英法联军在圆明园里狂欢、奏乐,彻夜不息。他们先伐树木,随即抢掠、奸淫,放火焚烧宫室殿宇。园内尚未逃走的道光皇帝的常嫔受惊而死,总管内务府大臣文丰举身投福海殉节。苦心经营一百五十年的规模宏伟的东方艺术之宫遭受了历史性浩劫。

这座圆明园,我们在前面二章已经提到,它是西郊皇家诸园的总称,最初为明代皇戚徐伟的别墅。清入关后,康熙年间命名为畅春园。清世宗雍正皇帝作皇子的时候,圣祖康熙皇帝命人在畅春园以北辟地筑室,作雍正读书处所,并赐名为圆明园。雍正即位以后,进一步扩建,以后又经高宗乾隆年间,增修了玉泉山、香山和万寿山,号称"三山";扩建了主园圆明园,与新建的绮春园(万寿园)、长春园,合称圆明三园。后来仁宗嘉庆年间、宣宗道光年间及文宗咸丰年间仍不断踵事增华,穷治土木,所费工本以亿万两白银计。在这一座巨大的皇家园林中,包括着一百四十余所宫殿楼阁和一百多处景色秀丽的园林。就其建筑风格而言,可谓集中西之大成,中式建筑有的仿海宁安澜园,有的仿江宁瞻园,有的仿苏州狮子林,有的仿杭州小有天园,造成一大批像"方壶胜境""海岳开襟""曲院风荷""双鹤斋"等优美的景点;又有吸收了西方建筑形式和内容的"海晏堂""远瀛观""方外观"等中西合璧的"西洋楼"。这些各具特色的建筑群错落参差地布置于山石湖溪之间,以长廊,桥梁,曲径,墙垣勾连成和谐的整体。所以,圆明园的盛名早已名传遐迩,被西方人誉为"万园之园"。

圆明园还是一座大型国家博物馆。园内收藏历代大量的稀世文物、绘画和图书珍品,园中的文源阁又是当时全国四大皇家藏书楼之一。

圆明园又是雍正以后各代清帝日常起居治政的政治中心。这里不仅有皇帝处理大事的正大光明殿,还有各部侍直大臣们的朝房。皇帝们每年差不多有三分之二的时间是在圆明园内度过的,从康熙到咸丰这六代皇帝中,死于紫禁城大内的只有乾隆帝一人。

指挥联军践踏这座艺术之宫的法国将军孟德邦称赞圆明园的建筑艺术是"令人迷眩的奇迹"。

世界著名文学大师雨果对英法联军破坏文化,践踏艺术的暴行,进行了愤怒的声讨。

面对圆明园被攻占焚毁,奕䜣焦虑、憎恨、痛苦、恐惧、内疚,总之,百感交集。当然,他知道,这场浩劫首先是由于咸丰帝和怡亲王载垣等囚禁巴夏礼等人质造成的,但其中他自己也应负有拖延释俘的责任。如今为了避免进一步的破裂,就得当机立断,立即释俘了。二十四日(10月8日),奕䜣命令恒祺带人手执白旗,到联军大营送还巴夏礼等八名生存俘虏,以应最后通牒,免被攻城。㊳但是此时他仍不相信能够议和,在他看来,英法联军是一伙灭绝文化、不可理喻的强盗,他向咸丰帝发出"事机如此,万不能再议抚局"的奏折后,当日又率领桂良、文祥等从万寿寺转移到卢沟桥。

二十四日(10月8日)这一天,咸丰帝发出旨意,称释放巴夏礼,彼"必另生诡计";而不释放,则"照常情形,无决裂之事"。㊴这是热河方面做出的错误推断。但这件谕旨传到奕䜣手里时,巴夏礼已经释放,所以这个朱批没有发生实际作用。

据巴夏礼报告,10月8日,即八月二十四日,恒祺为了挽救巴夏礼等人质的生命,做出一项特别而成功的努力,在皇帝紧急谕旨——把他们和其他俘虏一律处死——到达以前不到一小时的时间,把他们从那个寺庙的大门送出去,恒祺是通过他在宫中的朋友们听到这一上谕,遂劝使恭亲王仓促地把他们释放的。㊵这就是说奕䜣及恒祺是有意赶在上谕到来之前释俘的,如果真是这样,就意味着奕䜣与咸丰帝及其周围对释俘问题早就存在不同意见,此前所做的拖延释俘的努力是迁就咸丰帝及其周围的情绪。

《慈禧外纪》一书叙述这段事情说:"二十日,诸臣仍主开战,复下一谕云:洋兵胆敢占据圆明园,已捉洋人,不许恭王释放。恭王复奏云:安定门已为洋兵所有,不能抗拒,只得独断而行,而帝亦不能不听从诸臣,与外人议和矣。"㊶上文除时间讹误外,基本精神是符合实际的。就是说,在圆明园被攻占之后,奕䜣以及在京王大臣在很多重大问题上均独断而行,先行后奏,这是形势所迫,不得不然。也是他们在远离皇帝,文报迟误等情况下早就应该履行的"全权"。

巴夏礼等人于二十四日(10月8日)交还,二十五日(10月9日)联军撤出圆明园。

但是危机仍未结束。英法方面发现此次被扣三十九名人质内,只有十八人生还,而另外二十一人已在中国各级官牢中死去。[42]因此,联军于二十六日(10月10日),进一步照会,限清军守城部队于二十九日(10月13日)正午,将安定门交出,以作为入城实现安全换约的保障;声称否则必将攻城,致令玉石俱焚。除照会之外,还遍贴告示于各处,并构筑炮台,作出准备攻城的姿态。

奕䜣立即复照联军,除对焚毁圆明园表示强烈抗议外,同意联军占据安定门,但要求议定一项妥善章程。随后他对守城王大臣豫亲王义道等人却一再函告,此照复只"系令其将把守之法,明定章程,照复后再定办法,并未准于明日开门",示意他们不可"开门纳敌"。[43]显然,奕䜣的照复是缓兵之计。

他向行在报告说:"刻下夷情愈急,援兵未齐","惟有姑给照复,再为羁縻,稍宽时日,一俟各省官兵到来,兵力稍厚,设法攻剿,以图歼灭"。折内建议以积极主战的胜保代替僧林格沁为统帅。[44]

然而联军方面在发来照会的同时,又由威妥玛致送内务府大臣武备院卿恒祺一封公函,解释占领一门的要求,系为保证两国公使换约的安全,"俾免受害",并保证如果中国兵将暂时退避,则必使京城官民照天津和通州先例,"安居无事"。这件公函对守城王大臣起了相当大的瓦解作用。他们竟然不待中外议妥章程,先就出示安民,通告居民说,外国公使将入城换约并分驻安定门内,各铺户居民勿相惊恐。

而联军方面对于奕䜣的指责和议立章程的要求又一概置若罔闻,他们要用大炮来说话。奕䜣痛苦地体验到没有实力后盾的要求是多么软弱无力。

二十九日(10月13日)正午即将到来,安定门城楼内外,死一般的寂静。英法联军的黑洞洞的炮口对准了坚厚的城墙和高大的城楼。

午刻,英法联军进安定门,占据城楼,一门大炮,四门小炮,口俱向南,对准城内。㊺英使额尔金,法使葛罗,在巴夏礼、威妥玛等陪同下,分四批进入安定门,由骑兵随扈进入国子监等处驻扎。可悲的是清军士兵沿途"跪迎",京城的居民"观者如市",军民人等一派麻木而复可鄙的景象!

主持交出安定门的是庆惠、义道等守城王大臣。他们不等待奕䜣的命令,而于前一天派恒祺至联军营内向巴夏礼通知于二十九日午刻开放安定门。㊻事后奕䜣责问,他们又以"不能禁止兵丁,别无把握"搪塞。奕䜣对这种开门揖盗行为极为气愤,揭露说:"可见该王大臣等被夷人虚声恫喝,为一身自全之计,初非为大局起见也。""京城立四方之极,周围四十余里,既高且固,该夷以数千远来之众,岂能遽行围城。城中王大臣各有专责,自应预为布置,严密城守,不料怵于夷人恫疑虚喝,声言攻城,即开门纳敌,在逆夷未折一矢,已安然入城,其将来骄恣要挟,何所底止?"㊼

联军进城,是对奕䜣巨大的打击,他的拒敌思想就此完全崩溃。出于投鼠忌器的顾虑,他认为在今后的谈判中已不能再讨价还价,审时度势,现在到了必须无条件求和的时候了。他向咸丰帝奏报说:

> 此时藩篱已破,设有决裂,既无以为却敌之方,若再有意外要挟,臣等更何以自处。臣奕䜣义则君臣,情则骨肉,苟能以一死而安大局,亦复何所顾惜。惟抚议尚无就绪,而腥膻已满都城。睹园庭之被

1860年10月英法联军占领安定门

第三章 挽救帝国的危机

毁,修葺为难;念行在之苦寒,迎銮莫遂。此所以彷徨中夜,泣下沾襟。现仍饬恒祺等将条约退兵各层,设法挽回,但使别无枝节,即行盖印画押换约,以期保全大局而慰宸怀。"㊽

这时,守城诸王大臣来函,声称英法士兵占据城门后秩序良好,请恭亲王早日入城与英法议和。

奕訢拒绝。复函质问他们:"贵王大臣恃何为凭? 倘仍有反复,另生枝节,谁能当此重咎?"㊾

后来,奕訢接到军机处二十六日寄谕,要求他绕至圆明园东北一带驻扎。于是,奕訢等人把钦差公所从长辛店、卢沟桥一带迁至西便门外天宁寺驻扎。

咸丰帝本来也反对奕訢进城与英法公使直接换约,但接到奕訢关于英法联军已经入城的奏报后,急忙于九月初四,初六两次谕令奕訢"迅即入城",及早与英法将本年所议续约盖印,并互换咸丰八年(1858)《天津条约》批准书。

奕訢在英法联军的侵略威逼面前,是有抵抗意识的,但是很脆弱。当利用人质逼和的方针失败后,他决定先释放人质以便换取和平。只是由于文报的迟误以及联军的威逼,他又犹豫起来。现在联军已经占领安定门,他遵照咸丰帝谕令,无条件投降,入城签约。他自称这是以个人的安危毁誉换取宗庙社稷的安全。

但他如果是一个坚强的爱国者,并且敢于依靠本国人民群众,是可以演出中国的威武雄壮的抗战凯歌的。就像当年俄军统帅库图佐夫曾经率领俄国军民自焚莫斯科城,实行坚壁清野,然后以群众性游击战争拖垮拿破仑的侵俄法军那样,或者像中国后来在抗日战争中所进行的艰苦卓绝的全民抗战那样。

奕訢没有扮演这样一个坚强的爱国者的角色,是由于主客观两方面原因决定的。主观上,他是一个贵胄亲王,在本质上他与人民群众是对立的,所以,当外敌入侵时,他首先想到的是要防备人民群众乘时而起危及清廷统治,他不敢也不想与人民合作去共同对付外来侵略者。在客观上,当时国内阶级斗争正处于激烈尖锐的时期,确实不具有枪口一致对外的社会政治基础;同时,从统治阶级内部来说,咸丰帝交给他办理抚局的命令是游移的,只希望他能起缓兵之计的作用,根本点是命令他保全宗庙,如果北京城不能保全,数百年来营建的金碧辉煌的宫殿毁于炮火,那么无论奕䜣怎样组织抵抗,都会以失职的罪名遭到谴责和处罚。因此,奕䜣只能选择投降了。

四、谈判细节,力争英法早日退兵

清政府既然原则上已决定无条件求和,余下的工作就只是在细节上进行商榷,并力争英法早日退兵,结束被占领状态。

而英法联军认为,最重要的惩罚是赔款,但赔款数目已经达到了原来对法赔款的四倍,如果再增加就超出了中国政府的支付能力。

提出割让领土,但是英法担心这会引起国际纠纷。他们不知道在此不久俄国已向中国提出了领土要求。

对于英法双方因被扣人质而造成的损害进行抚恤性赔款,联军很快达成了一致意见:英国要求给被害人抚恤银三十万两;法国要求抚恤银二十万两。

还要给中国人留下一项痛苦的记忆。关于这一点,联军内部从来没有取得一致意见:英国专使额尔金要求建立一座纪念碑以记录中国政府的"背信行为",法国专使葛罗反对;英国专使额尔金要求再次破坏圆明园,以作为人质被扣押并遭受虐待的报复,法国专使葛罗认为,如果实行一次破坏,应当选择皇宫。㊿

此外,按一般规律设想,英法联军是不会乐于在中国北方过冬的,退兵是情理中的事情。可是,英法两军已经在分别向中国地方当局勒索皮袄等过冬物资了。这就说明,他们也存在着不遂所欲即赖着不走的可能性。

因此,奕䜣此时所做的一切都是致力于减轻联军的报复程度和争取联军早日退兵。这两个目标是通过同一方法实现的,那就是尽一切可能满足英法联军的要求。

九月初二日(10月15日),奕䜣派恒祺持照会询问英法何日进城换

约？实际是催促迅速解决问题。

初四日(10月17日)亥刻，奕䜣接到英使额尔金、陆军中将格兰特(又译为克灵顿)以及法使葛罗的照会。格兰特的照会要求中国继续寻找并放还五名未归英方被俘人员。额尔金的照会以强硬的口气威胁说，即将派兵对圆明园作进一步的破坏和拆毁，要求中国对“受害”英方赔抚恤白银计三十万两，并交换和约。

法使葛罗的照会是为受害的法方人员赔抚恤二十万两白银，并全部退还自康熙年间以来各省所建天主堂教产。当然，此外也要求立即交换《天津和约批准书》，签订《北京续约》。葛罗的退兵条件很明确：上述诸事完毕，即饬令兵丁退回天津过冬。他严重警告说：

> 若贵亲王再来照复，无一定允准之确据，或含糊不明，必致立动非常干戈之灾。(51)

英、法两使照会一致要求清政府于初七日照复，初九日给银，初十日画押换约。措辞强硬，“情词狂悖”，接受他们的要求，无疑将大失国家尊严，形势迫使奕䜣在利害与荣辱之间作出选择。看看咸丰六年以来中外交涉的过程，哪一次不是英法方面提出强硬要求，而清政府则先出以镇静，以为彼等不过“虚声恫吓”，继之以丧师失地，广州失陷，天津失陷，北京失陷。可见，在英法方面，凭借其船坚炮利，是说得出，做得到的，绝非“虚声恫吓”。如果皇宫被真的攻占，或者联军窜至各省，截粮船，掠税饷，那损失可就不堪设想了。反过来想想，联军在攻下广州后，并未收缴中国税项，也没有截留南方漕粮，反而帮助清军对付太平军向上海的进攻，可见这些洋人虽然与太平军同为信仰上帝，在利害关系上倒势同水火，对于清王朝来说，还是“可为我用”的呢！

初五日(10月18日)，守城大臣庆惠、周祖培、陈孚恩、赵光、宝鋆、麟魁等出城面见奕䜣，共同恳请他全面接受英法照会要求。

奕䜣遂决定完全接受英法要求。但是他仍然害怕洋人有诈，指示要做两手准备，“如果别无枝节，尚可届期换约”；“设有反复，即将允给银两暂缓给予，以免堕其奸计”。(52)同时另行札令天津著名绅商张锦文星速入都议事。(53)

但是就在这一天,英使额尔金下令对圆明园施行彻底破坏,数千名英军士兵对已经过初步掳掠的二百多个华丽建筑物再次进行焚毁。

奕䜣登高瞭望,看到西北圆明园一带烟焰再次炽烈起来,心情万分沉痛,也很恐惧,感到咸丰帝交给他的求和任务已经不可能完成,他想到了逃跑。

但是守城王大臣再次找到了他,向他传达了俄国公使伊格那提业幅的"忠告"。俄使说,如果拒绝和约或进行抵抗,英法联军完全可以炮轰北京城,轻而易举地焚毁皇宫和全城;而如果恭亲王能以御弟身份带领自己的重要随员进城签约,英法方面是不会找他的麻烦的,也不会再来攻打北京。

奕䜣早就了解到俄国公使实为此次英法联军入侵北京的同谋者,所以曾一再拒绝俄使的多次插手。现在俄国公使伊格那提业幅居然不待清廷邀请,径行进城,暂住于北馆,并一再自请赴英法联军去代为调停。

奕䜣对于俄使的调解目的是有所警惕的。所以听说俄使愿说合英法,使中国不赔五十万两时,奕䜣表示:"此事即使说合,亦不过少十万八万,又俄国一大人情矣。随托言已许,不能复改,谢之。"俄使见奕䜣没有领情,又提出英国愿赔偿圆明园损失一百万两,从而使向中国索要的另外二百万两现银只需一百万两就算结清。[54]这本是英使自行决定的事情,与俄使无关。但是奕䜣鉴于俄使从中传话的"热心",忽又觉得不便于冷落了他,遂决定接受他的调处。

这一下他就走进了俄使的圈套里。在给咸丰帝的奏报中,奕䜣申述说:

> 臣等明知此事(指英法入侵北京)系俄使怂恿,今为此言,何可尽信,然解铃系铃究出一手,若不允其前往,难保不加倍作祟。因给与照复,令其前赴劝阻,设能如其所言,于抚局不无裨益,而伊首事后如有要求,再作理论。[55]

取得了奕䜣的同意,初七日(10月20日)清晨,伊格那提业幅写信给法使葛罗男爵,说他已经说服了恭亲王奕䜣及其他大臣,接受和议条件;同时告诫联军方面不要对满洲人的皇朝给予过重的撼动。[56]

从当时的一些文件看,伊格那提业幅的劝告并非无的放矢。是否让清王朝继续存在下去,确实曾经是联军方面考虑的一个问题。法使葛罗认为英使额尔金之所以命令再焚圆明园,是他对谈判破裂的前景"感到高兴"[57],他甚至接到秘密训令,被允许把"现今统治的皇朝弄垮掉"[58]。俄使伊格那提业幅也说额尔金希望中国拒绝最后通牒,那样英国就可以捣毁北京皇宫,然后从叛乱分子中拥立王位的觊觎者,把京城搬到南京去,"从那里英国就可以用四艘炮艇操纵庞大中华帝国的命运"[59]。

这些文件表明,英国在当时情况下存在着对北京进行毁灭性破坏,然后退到长江流域去,通过支持太平天国政权来操纵中国命运的设想。这种设想同英国一直在长江以南地区发展对华侵略的传统政策是不矛盾的,但是与从中国北部发展对华侵略政策的沙俄的利益相抵触。法国在这次战争中力图摆脱附庸英国的地位,所以也不赞成额尔金的这一设想。

奕䜣对于各国侵华政策之间的矛盾不甚清楚,但是从传统的"以夷制夷"的策略思想出发,他意识到此时英国是最主要的敌国,应该把俄国和法国拉过来,使英国势孤力单,不便于提出新的无理要求。

初六日(10月19日),庆英、成琦、崇纶等来见奕䜣。报告法国将军孟德邦曾透露英法两军之间有矛盾,法军"不愿与该夷(指英军等)同在一处。"奕䜣心中不免高兴,当即派庆英前往"相机开导",分化联盟,使法军肯于先退。同时再派恒祺去联军总部当面议定英法最后通牒内所议各事及实施日期。[60]

初九日(10月22日),奕䜣接到热河寄谕,完全批准他关于已定换约日期以及接受俄国从中说和的奏报。

但是他对英法方面仍有疑虑。这一天他接见天津绅商张锦文时,问道:"现今海淀被扰,将何以处之?"张答:"宜维持大局。"他又问:"联军方面说议和,可靠否?"张答:"应为之探听实虚。"[61]

事实上,奕䜣等于初七日接到咸丰帝密旨以来,已经放手订约:遣还五名遗失的英方被俘人员,交割英法抚恤银两,确定换约画押仪式、程序、时间等,进度颇快。

九月十一日(10月24日)午刻,奕䜣等王大臣由胜保的部队四百人护卫来到礼部大堂。然后,为了示中国以至诚无欺,胜保将这些人退扎于正阳门外。少顷,英国参赞官巴夏礼带从人来到礼部衙门,沿周围仔细察看一遍,并面见奕䜣等人,索取邀请并保证安全字据。此间,自安定门大街至礼部,英军节节设置兵哨,约计三四千名。未刻,额尔金在千名卫队簇拥下,威风张扬地来到礼部大堂。恭亲王奕䜣率同其他王大臣出厅相迎,额尔金见中国方面恭亲王等人身边只有护卫及善扑兵士各十余名,"其疑始释","桀骜情状为之顿减",按照西方人的习惯,对恭亲王奕䜣等人远远地脱帽行礼。会谈之前,为表示友好,额尔金主动把原议交付赔款现银一百万两减改为五十万两,定于十月十九日在天津交付。正式议约时,双方首先互验全权敕书,然后将《续增条约》(即《中英北京条约》)签字画押,最后交换咸丰八年(1858)《天津条约》批准书。

《续增条约》即《中英北京条约》,共九款:

第一款,由大清大皇帝对英军在大沽口被炮击受阻,未能换约表示"惋惜"。

第二款,声明英国暂不提出英使驻京问题。

第三款,将原天津条约内所订赔款数改为八百万两,其中二百万两仍为赔偿在粤英商损失,另六百万两为赔偿英军兵费。

第四款,在天津条约之外,另加开放天津为通商口岸。

第五款,承认华工出国为合法,中国不得禁阻。

第六款,将本年内两广总督永租给英国的九龙司地方割让给英国,归入香港界内。

第七款,天津条约凡不与北京条约抵触者,均有效,"无不尅日尽行";北京条约立即生效,不须另行批准。

第八款,将天津条约及此北京条约刊刻,使各省皆知。

第九款,一俟大清皇帝批准两个条约之谕旨宣布后,英军即由舟山撤军;北京附近的英军即撤至天津及大沽口;登州、北海、广州等处英军俟八百万两赔款交完后方能回国。

在签约仪式上,奕䜣代表清政府在和约上钤盖钦差大臣关防。当按照西方习惯摄影的时候,"额尔金勋爵一点也不考虑到中国亲王的在场,竟下令全体肃立不动。他的话突然一出口,把那些不懂其意的中国人都吓得半死,在英国摄影师的机头转动下他们连动都不敢动一动"[62]。额尔金的无礼行为严重地伤害了奕䜣的自尊心,他的脸上露出"一种厌恶的情绪"。[63]换约仪式完毕,额尔金回怡亲王府下榻,恭亲王奕䜣下榻于法源寺。是日,"观者万余人","西北隅仍有黑烟冲天"[64],这就是说,和约是在侵略者的枪口下签订的,这是中华民族的奇耻大辱,上万名无权而善良的北京军民制止不了这个卖国举动,有权而无力的奕䜣也无法回避这次屈辱的签约。一想到自己原来也曾擦拳摩掌,主张将外夷一举剿灭,现在办理的却是投降事宜,将成为史册上的一个不光彩的角色,奕䜣不能不心怀歉疚。

次日午刻(正午十二点),法国特命全权大使葛罗来到礼部大堂。

在与对英签约相同的仪式中,双方签署了《北京条约》,交换了《天津条约》批准书。《中法北京条约》基本内容与英约相同。

与额尔金相比,葛罗的表现要温和得多。这使奕䜣的自尊心稍为得到一点安慰。他在向咸丰帝所作的奏报中说:法夷"较英夷更为恭顺"。[65]

奕䜣对英法看法及感情不同,还由于英法两使在索要居住公馆上的态度不同。九月初九日,英法两国使臣要求中国方面为之预备进城换约所用的公馆。法使指要肃亲王府,经过中国办事官员恒祺拦说,就改定金鱼胡同贤良祠居住。而英国则未明定住于何处,中国方面顺天府尹董醇指出三个住所,英方均不满意,最后拿出自绘京师详图,装模作样地选了一下,就自行往朝阳门东小街走去,原来早就蓄意指要怡亲王载垣的府第居住,并于九月十四日申刻,派英兵八百余人前往占住。奕䜣认为,这显系对怡亲王载垣,"心怀旧怨"。他以夷人居住亲王府第,实属"国体攸关"为名,命令恒祺赶紧设法开导。但后来仍未见效,只得听之任之了。由此,奕䜣进一步认为法使比英使稍可理喻。

关于须先付英法两国共现银一百万两一事。为了使英法早日退兵,奕䜣主张"亟应照数筹拨""免滋借口"。他奏请饬直隶、山东、河南各解二十万两,山西、陕西各解三十万两,湖北、湖南、四川各解十数万两,急速解京,以济眉急。[66]后经上谕指示,先于宗人府所存工程用银内拨给四十万,其余六十万两饬令由户部催附近各省凑拨,如限期内不能赶到,先由内库垫拨,俟各省解到,再行归还。

尽管这一切都是为了皇朝在虎口获得余生,但在宫廷的险恶政治斗争中还是容易授人以柄。所以,奕䜣在办理这些事情的同时,再次强调此次签约议和是遵照最近的廷寄"俟夷酋进城,即行前往画押换约,保全大局,毋再耽延,致生枝节"的指示进行的,以此辩明责任;同时又解释说,之所以对英法要求全盘接受,是由于"我之藩篱既失,彼之气焰方张,一经驳辩,难保不借生事端"⑥⑦,以此申诉不得已之苦衷。

他又考虑到,政敌肃顺等人就在咸丰帝身边,自己如果明显地推卸责任,难保不遭到挑拨离间,因此另外具折以沉痛语气说:"种种错误,虽由顾全大局,而扪心自问,目前之所失既多,日后之贻害无已,实属办理未臻完善。"⑥⑧ 自请议处,以封政敌之口。

缴兑抚恤银之后,奕䜣即着手劝诱联军退兵。法使表示信任中国,承允于九月十七日始陆续退兵,至十九日退完。而英国却必欲俟谕旨到后方肯撤兵,而且自行拟定一封谕旨,要求清廷照所拟宣布,声称如若不从,即将城外夷兵全扎城内。崇纶、恒祺等都认为不能因此等小事而激成他变,不如照所拟先行宣布,乃于十七日具奏咸丰。恰好十八日接到热河的明发上谕,于是按英人语气略作润色,即令恒祺前往向英使额尔金宣布,并交由内阁发抄全国各省督抚。经过奕䜣等人润饰的谕旨如下:

> 咸丰十年九月十五日内阁奉上谕:恭亲王奕䜣奏互换和约一折。本月十一、十二等日,业经恭亲王奕䜣将八年所定和约及本年续约,与英、法两国互换。所有和约内所定各条,均著逐款允准,行诸久远。从此永息干戈,共敦和好,彼此相安以信,各无猜疑。其和约内应行各事宜,即著通行各省督抚大吏,一体按照办理。钦此。⑥⑨

法国撤兵后,葛罗身边还留有三四百人,说是准备最后与英使额尔金同行。

和约签订后,有两个法国传教士曾谒见奕䜣,申谢赏还天主教堂;⑦⑩法国公使葛罗也曾到广化寺面见恭亲王,表示愿意帮助清政府攻剿太平军。恭亲王恐怕"启其窥伺之意",以剿匪系中国内部事务,不便与外人议论,婉言拒绝。他对英法尚存疑虑,还不敢采用借师助剿的政策。⑦⑪

二十一日(11月3日),英使额尔金带领巴夏礼、威妥玛也到广化寺谒见恭亲王奕䜣,要求向中国皇帝面交国书,说此乃"该国至诚美意,若不亲觐,难回本国复命"。奕䜣坚持说,条约已定,"两国美意,原不在此",额尔金至此"亦无他词"。事后,额尔金通过恒祺向奕䜣交来撤兵日期约单,定于二十六日起将英军陆续撤至天津,于月底全行出京。

此次英法联军能够尽早撤兵,是由几个因素促成的。第一个原因是冬季已至,联军内部也想撤出北方寒冷地区;但是寒冬并不是撤兵的决定性原因,所以,第二个原因是主要的,即奕䜣确实运用了"全权",迅速、有效、守信地履行了条约,改变了以往办理外交的拖沓、低效和欺诈作风,使联军方面无所借口,只得按约退兵。第三个原因是奕䜣对英法所作的分化工作,促使法军先行退兵,造成英军不好单独留驻的局势。

随着英法联军撤出北京,大清皇朝总算度过了危机,华北大地避免了一次外国侵略军的武装蹂躏。

五、应付沙俄,签订《中俄北京条约》

在促成英法联军早日退出北京的过程中,奕䜣还必须小心处理沙俄的趁火打劫。

沙皇俄国在咸丰八年(1858)的《中俄瑷珲条约》中,已经把中国黑龙江以北六十万平方公里的土地攫为己有,并把乌苏里江以东四十万平方公里划为中俄共管,但是沙俄的扩张野心并没有满足。据记载,咸丰十年初(1860年3月),俄国公使伊格那提业幅一方面以提供大炮和小型武器相引诱,一方面以一支俄国舰队将奉命到达北塘相威胁,企图迫使清政府正式割让乌苏里江以东四十万平方公里土地,但未能实现。

此次中英、中法之间交换《天津条约》并续订《北京条约》完毕,俄使伊格那提业幅即居说合之功,进行要挟。

九月初六日(10月19日),俄使伊格那提业幅照会奕䜣,表示愿对中国与英法联军进行调处,并乘机提出解决"几件未定之事"作为条件。奕䜣考虑不应冷落俄使,至少也希望他不倒向英法,遂答道:如果调处得好,"其贵国未定之件,自易速议办理"。十二日(25日),英法和约刚刚订毕,伊格那提业幅又致恭亲王一封照会,在一番大肆恭维之后,再次要求解决所要求之事,但仍不明言何事。奕䜣于十三日(26日)派曾办俄国事务的理藩院郎中文廉及尚书瑞常,侍郎麟魁、成琦、宝鋆前往会商。十五日(28日),奕䜣向咸丰帝奏陈俄使伊格那提业幅当日照会有以动武相威胁之意。

而同日,咸丰帝令军机处寄谕奕䜣,要求奕䜣明确将乌苏里江绥芬河等处借与沙俄,实则割让给沙俄,以免沙俄提出更多需索。

二十日(11月2日),奕䜣等奏报:俄使的需索比预料的还要多两项:第一,划定边界,东由乌苏里江南溯至兴凯湖、绥芬河、图们江;西由沙宾达巴哈界牌末处往西至斋桑淖尔湖;西南顺天山地区的特穆尔图淖尔向南划到浩罕边界。这样则使中国同时在东方和西方失去大片领土。第二,开放商埠,要求北京、张家口、库伦(今蒙古国首都乌兰巴托)、齐齐哈尔、喀什噶尔五处对俄开放,并要求设立领事馆。这份奏报于二十三日传递到咸丰帝面前。⑫

二十三日,奕䜣把谈判情形汇总为全面奏报,说明谈判结果较之俄方提案,略有修改从轻者有四项:(一)虽同意东部毗连地区以乌苏里江为界,以东让与沙俄,但加入"空旷之地,遇有中国人住之处,及中国所占渔猎之地,俄国均不得占,仍准中国人照常渔猎"字样;(二)俄人来往通商处所,每次不得超过二百人,以免滋生事端;(三)张家口地近蒙古,不准设领事馆,不准设行栈,只准行销零星货物,以免妨碍蒙古生计;(四)只准将喀什噶尔、库伦开为商埠,北京、张家口、齐齐哈尔三处则不能开放,同时呈送的条约还订明两国西部边界暂且未定;中国商人如愿往俄罗斯内地行商亦可。⑬

奕䜣同时承认这个条约严重地损害了中国主权,但是,为了大清皇朝国祚不绝,为了咸丰帝及早回銮,奕䜣恳请咸丰帝放弃东北滨海一带领土主权,与俄人定期画押盖印互换条约批准书。

俄使在促请英法不要对清王朝做进一步的打击,以及早日退兵方面,的确起了一些劝说作用;但是如果没有俄使的劝说,联军内部也有不少人是不打算在北京过冬的。所以俄使的做法等于顺水推舟。

奕䜣过高估计了俄国的居间"说合"作用,他也过分担心如果不满足俄使的要求,会使俄国重新勾结英法,合以谋我,造成更大损失,所以不惜割地以满足其所欲。在这里,他忘记了俄国谋占中国土地的行动是与英法利益相矛盾的,不会得到它们的支持的。事实上,中俄之间的谈判完全是在背着英法两使的状态下秘密进行的。因为这种秘密谈判,主要是对于实现俄国阴谋有利。

奕䜣割弃乌苏里江以东广大领土,还由于他对这块土地的重要性认识不足。他认为这块土地微不足道,是一块"盗贼麇集、虎狼猖獗的荒芜地区","只适宜作为囚犯流放之用","虽且有崎岖的海岸线,但中国船舶却从未来临过"。而这块被奕䜣遗弃了的土地却拥有六百英里海岸线,俄国在这里建立了它的滨海省,建成了它的东方良港符拉迪沃斯托克,成为日后在远东推行侵略政策的主要基地。

一年以后,奕䜣在与一位外国外交家谈话时,偶然听说:英法联军在签订了条约之后,丝毫也没有在中国留下一兵一卒的意思。他吃惊地追问:"你是不是说我们被欺骗了吗?"对方回答说:"完完全全的被欺骗了。"奕䜣现出一副因吃亏上当而灰心丧气的样子。他这时才深为自己的不慎而悔恨。[74]

奕䜣应当明白,这位外交家的说法多少具有一些后悔药的含义。事实上,在上一年当英法联军占领京城,并存在着摧毁皇朝的威胁时,在皇室心目中,只要能摆脱毁灭,任何其他牺牲都是在所不惜的。俄国在这个时刻确实对中国和联军双方都做了一些劝说工作,只是这报酬要得太多,成了十足的趁火打劫。

【注释】

① 《翁文恭公日记》第一册,第32—33页。对话略有变动。
② 《筹办夷务始末》(咸丰朝)第六册,第2255页。
③ 《筹办夷务始末》(咸丰朝)第七册,第2269页。
④ 《筹办夷务始末》(咸丰朝)第七册,第2270—2272页。
⑤ 《筹办夷务始末》(咸丰朝)第七册,第2284页。
⑥ 《筹办夷务始末》(咸丰朝)第七册,第2290页。
⑦ 马士:《中华帝国对外关系史》第一卷,第675页。

⑧ 吴语亭:《越缦堂国事日记》第一册,第381页。
⑨ 《筹办夷务始末》(咸丰朝)第七册,第2334页。
⑩ 《筹办夷务始末》(咸丰朝)第七册,第2337页。
⑪ 《吴可读日记》,载《慈禧外纪》,第12页。
⑫ 故宫博物院膳档,见吴相湘《晚清宫廷实纪》第一辑,第36页。
⑬ 《第二次鸦片战争》丛刊第五册,第113页。
⑭ 《翁文恭公日记》第一册,第38页。
⑮ 《第二次鸦片战争》丛刊第五册,第95、97、116、117页。《筹办夷务始末》(咸丰朝)第七册,第2328、2340、2343、2347、2354页。
⑯ 吴语亭:《越缦堂国事日记》第一册,第382页。
⑰ 《筹办夷务始末》(咸丰朝)第七册,第2358、2356页。
⑱ 吴语亭:《越缦堂国事日记》第一册,第382、383页。
⑲ 《殷(兆镛)谱经侍郎自叙年谱》,沈丛刊本,第76页,唯记迁巴夏礼等人至高庙为中秋(十五日)。
⑳ 《1859—1860年中国事务有关通信汇编》,见马士《中华帝国对外关系史》第一卷,第682页注③。
㉑ 《第二次鸦片战争》丛刊第五册,第132—134页。
㉒ 《第二次鸦片战争》丛刊第五册,第140—141页。
㉓ 《孟托班将军,八里桥伯爵回忆录》,《第二次鸦片战争》丛刊第六册,第294页。
㉔ 《第二次鸦片战争》丛刊第五册,第141页。
㉕ 《第二次鸦片战争》丛刊第五册,第139页。
㉖ 《第二次鸦片战争》丛刊第五册,第138页。
㉗ 《筹办夷务始末》(咸丰朝)第七册,第2378页。
㉘ 《筹办夷务始末》(咸丰朝)第七册,第2401页。
㉙ 《筹办夷务始末》(咸丰朝)第七册,第2375页。
㉚ 《第二次鸦片战争》丛刊第五册,第153页。
㉛ 《第二次鸦片战争》丛刊第五册,第158页。
㉜ 吴语亭:《越缦堂国事日记》第一册,第386页。
㉝ 洛奇:《中国事变实记》,第139页,引自蒋孟引《第二次鸦片战争》,1965年版,第209页。
㉞ 《第二次鸦片战争》丛刊第五册,第164页。
㉟ 吴语亭:《越缦堂国事日记》第一册,第387页。

㊱《第二次鸦片战争》丛刊第五册,第166、167、168页。

㊲《筹办夷务始末》(咸丰朝)第七册,第2421页。

㊳洛奇:《中国事变实记》,第146页,引自蒋孟引《第二次鸦片战争》,第210页。

㊴《筹办夷务始末》(咸丰朝)第七册,总第2411页。

㊵《额尔金伯爵第二次使华记》,载马士《中华帝国对外关系史》第一卷,第680页。

㊶濮兰德、白克好司著,陈冷汰译:《慈禧外纪》,第21页。

㊷马士:《中华帝国对外关系史》第一卷,第685—686页。

㊸《四国新档·办理抚局》,台北1966年版,第348页。

㊹《第二次鸦片战争》丛刊第五册,第175页。

㊺《吴可读日记》,载陈冷汰译:《慈禧外纪》,第16页。

㊻《筹办夷务始末》(咸丰朝)第七册,第2452页。

㊼《第二次鸦片战争》丛刊第五册,第186、182页。

㊽《第二次鸦片战争》丛刊第五册,第182页。

㊾《四国新档·办理抚局》,第354页。

㊿马士:《中华帝国对外关系史》第一卷,第688—689页。

(51)《第二次鸦片战争》丛刊第五册,第191—192页。

(52)《第二次鸦片战争》丛刊第五册,第186页。

(53)不著撰人:《襄理军务纪略》,引自《第二次鸦片战争》丛刊第一册,第551页。

(54)《吴可读日记》,《慈禧外纪》,第18页。

(55)《第二次鸦片战争》丛刊第五册,第186页。

(56)马士:《中华帝国对外关系史》第一卷,第692页。

(57)《葛罗男爵致函外交大臣》,《第二次鸦片战争》丛刊第六册,第300页。

(58)《葛罗男爵致外交大臣的密函》,《第二次鸦片战争》丛刊第六册,第298页。

(59)《伊格那提业幅给外交部的报告》,《第二次鸦片战争》丛刊第六册,第538页。

(60)《第二次鸦片战争》丛刊第五册,第184页。

(61)不著撰人:《襄理军务纪略》,《第二次鸦片战争》丛刊第一册,第551页。

(62)保尔·瓦兰:《征华记》,《第二次鸦片战争》丛刊第六册,第306页。

(63)德巴赞古:《远征中国和交趾支那》第二卷,第310—311页。

(64)吴相湘:《晚清宫廷实纪》第一辑,第39页。

㉕ 《第二次鸦片战争》丛刊第五册,第 223 页。
㉖ 《第二次鸦片战争》丛刊第五册,第 221 页。
㉗ 《第二次鸦片战争》丛刊第五册,第 199 页。
㉘ 《筹办夷务始末》(咸丰朝)第七册,第 2499 页。
㉙ 《第二次鸦片战争》丛刊第五册,第 235—236 页。
㉚ 不著撰人:《襄理军务纪略》,《第二次鸦片战争》丛刊第一册,第 553 页。
㉛ 《第二次鸦片战争》丛刊第五册,第 234 页。
㉜ 《第二次鸦片战争》丛刊第五册,第 234—235 页;《筹办夷务始末》(咸丰朝)第七册,第 2541 页。
㉝ 《筹办夷务始末》(咸丰朝)第七册,总第 2555 页,第 2560—2567 页;《第二次鸦片战争》丛刊第五册,第 245 页。
㉞ 米歇:《阿利国传》第一卷,《第二次鸦片战争》丛刊第六册,第 545 页。

第四章　发起第一次近代化运动

西方资本主义国家与中国传统的帝王专制统治发生强烈碰撞,这是几千年未有的大变局。由此,中国开始了新的时代。新的时代需要头脑敏锐、顺应趋势、勇于兴革的改革家。奕䜣适逢其会,成为满洲皇族中倡议走近代化道路的第一人。他开始放弃"天朝大国"的虚骄作风,以平等礼节与外人交接;他把国内问题与国际问题作综合研究和考察,制定实用主义的"自强"国策;他顺应世界大势,发起了中国第一次近代化运动。

一、克服摩擦,站稳脚跟

咸丰帝作为道光帝的后代,他身上多少有一点道光帝那种反复和寡断的性格。早在咸丰八年(1858)签订《天津条约》之后,他就指示桂良和花沙纳到上海去撤掉有碍天朝体面的条款,随后又有了咸丰九年(1859)的战事再起。大沽口之战因英法轻敌而获胜后,咸丰帝再次因胜利而企图毁掉前约,"冀英法二国或可就范围也"。[①]没想到这次英法决心报复,于是在咸丰十年(1860)发生了空前外患。

即使在这次战败求和的情况下,咸丰帝仍然企图敷衍了事。他给奕䜣的《剿抚机宜》上谕就说:"派汝出名与该夷照会,不过暂缓一步。"[②]从该谕的文字表面看是爱护奕䜣,其实大有深意:第一是预示着议和实为缓兵之计,第二又潜伏着抚局完成之后撤销奕䜣的钦差,使之复归于无权的动机。

现在,奕䜣总算办成了抚局,促成了联军退兵,帝国的危机已经度过。

咸丰帝的态度忽又强硬起来,再不是英法联军入城那时急如星火催促奕䜣入城与之签约的情景了。九月二十五日(11月7日)咸丰帝在热河接到奕䜣寄自北京报告英兵已经定期退兵回津以及接见英使等情形的奏折后,反而不悦。他把奕䜣训了一顿。朱批全文如下:

  咸丰十年九月二十五日奉朱批:览奏已悉。二夷虽已换约,难保其明春必不反复。若不能将亲递国书一层消弭,祸将未艾。即或暂时允许作为罢论,回銮后复自津至京,要挟无已,朕惟尔等是问。此次夷务步步不得手,致令夷首面见朕弟,已属不成事体。若复任其肆行无忌,我大清尚有人耶! 钦此。③

据当时留京官员吴可读的日记说:"懿贵妃闻恭亲王与洋人和,深以为耻,劝帝再开衅端。会帝病危,不愿离热河,于是报复之议遂寝矣。"④我们不知道吴可读的根据是什么? 也不知道上述朱批是否体现了懿贵妃那拉氏的意思? 总之,局外人不谅局内人的苦衷,当战火燃烧的时候,热河方面勒令留京王大臣迅速议和;当议和之后,他们又深以为耻。但是他们也深知,正是他们自己催令奕䜣入城换约,又是他们自己批准了条约。所以,还不能以签约问题责难奕䜣。这一点,咸丰帝自己是明白的。

从批文可以看出,责难只在两点,一是没有明确地取消公使亲递国书的要求,二是奕䜣身为皇弟却面见了洋人。这两点是一个问题,奕䜣没有坚持"唯我独尊"的"天朝"礼制。

奕䜣见到这份朱批后,不以为然。他通过此次签约过程,对礼节问题有了不同的看法。

关于亲递国书,奕䜣于二十九日(11月11日)折中转述英使额尔金的话说:"(呈递国书)系两国真心和好之据,非此不足以昭美意,若不呈递,难以复命。"然后奕䜣推测说:"察其情词,似无诡谋。"⑤这种认识是正确的,符合西方国家以亲递国书表示友好的国际关系惯例。虽然他此时对西方国家关系惯例还不完全清楚,但是以这种认识为基础,是能够导致他作出理顺中外关系的努力的。

不过,既然咸丰帝怪罪下来了,奕䜣就打算首先照顾皇帝的传统心理,他派恒祺去天津"设法消弭"英法亲递国书的要求,并且向咸丰帝保证此项不能解决,"亦不致因此复起兵端"。

关于恭亲王不应面见夷酋一事,奕䜣认为,外国人需要与中国的权威政治家办事;而自己虽也想要"自崇体制",设法避见,但是为了不贻外国人以要求面见皇帝的借口,只好破例接见了。

最初,在与英使额尔金换约的时候,奕䜣也曾强烈地感到自己的尊严受到了伤害。因为额尔金姗姗来迟,要奕䜣等中方代表等了两个半小时才以战胜者的姿态就座。尽管外国人很赞许奕䜣这位恭亲王"相貌端正且又高雅出众",但是额尔金却"表现得傲慢、严厉和过分的放肆",这使奕䜣"异常激动不安"。⑥外国方面的这些记载反映了奕䜣在备受屈辱的情况下签约求和的烦恼与嫌恶心情。当时他忍受这一切,完全是为了忍辱负重,以一身的委屈而换取大局的和平。

次日与法使葛罗换约时候,奕䜣看到葛罗态度比较好,"言词颇近情理",心境得到了平复。他对葛罗报以"随机酬答,不卑不亢"的态度。⑦这一天,葛罗还向奕䜣馈送法国金、银、铜三种货币以及一张纸币。奕䜣接受了,表示接受法国的好意。

奕䜣以平等礼节接见外使,是进步的,有益的。带兵大员胜保曾在奏折中正式报告说:"恭亲王等近与往来答拜,该夷等尚称驯服。"⑧

奕䜣自信在接见外使方面,自己的做法不仅是正确的,而且是必要的。

咸丰帝虽然不满意奕䜣的所作所为,但实际上又离不开奕䜣。次日,他见到奕䜣奏请简派恒祺和崇厚去天津就近办理夷务的奏折,以为奕䜣要摆脱夷务,急批示道:"万不可轻惑浮言,避居怨府。以后夷务应办之事尚多,恭亲王等岂能因兵退回銮,即可卸责?"⑨同日寄谕指出,今后遇有应办奏折仍由奕䜣出面,恒祺和崇厚无奏事权。

奕䜣接到这两件批谕后,大感欣慰,皇帝向他表示了绝无议和成功、收回权力之意,这是自己的以退为进策略的成功。当下,他具折表示决不推卸责任,并盼望皇帝早日回京,暗示自己既不卸责也无乘机揽权之心。这件奏折写得十分得体。兄弟之间在议和成功之后的权力摩擦上,初步达成了谅解。

同时,奕䜣在另一件奏折中向咸丰帝保证英法已如愿以偿,不致重启战端。同时他指示恒祺等在天津消弭亲递国书和公使驻京带兵两事,⑩他决心在这方面向咸丰帝让步,让咸丰帝的自尊心得到满足。

几天后,英使与法使分别照复奕䜣,对清帝接见与否,"断不勉强"。

奕䜣在消弭"亲递国书"一事上的努力,并非进步之举,但是有利于加强他在清朝统治阶级中的政治地位。

关于另一个问题,即"公使带兵驻京"也得到解决,说来年英法使臣进京,各方只带兵数十名,为自卫用。这个结果,使咸丰帝同样得以慰藉"宸怀"。⑪奕䜣的地位因此而更加巩固了。

现在,再来补叙一下奕䜣的国际声望。由于奕䜣在议和、偿银、开办使馆等问题上的守信用、讲效率,在北京的英、法、俄等外交使节改变了对他的初始印象。先前,奕䜣因英法联军火烧圆明园而逃跑的时候,这些外国人说他胆怯,怕报复,举棋不定和思想混乱不堪。而今则认为他不像载垣那样无能和排外,倒是有能力和开明的,即使奕䜣竭力向他们要求消弭亲递国书和带兵驻京二事,他们也表示理解奕䜣的难处和清朝的国情。英使额尔金出京时,给奕䜣辞别照会说:希望今后中国外交事务,"仍归贵亲王专办";法使葛罗也表示过类似的祝愿,希望在今后的外交活动中,能与奕䜣这样的人打交道。

奕䜣取得的良好的国际声望,对清朝统治阶级力争一个和平的国际环境以及他个人进一步攫取更大的统治权力都发生着潜在的影响。

二、统筹全局,首倡"自强"

奕䜣是一个有理想有抱负的亲王,他要用已经赢得的声望去谋皇朝的长治久安,谋国家的振兴富强。

从受命于败军之际担负议和退兵重任以来,他的确是很辛苦的。他后来追忆说:"迨咸丰庚申、辛酉,公务纷纭,刻无暇晷,几不知世间有吟咏事。"⑫对于诗词,到了无暇顾及的地步了。

条约订立后,奕䜣、桂良和文祥等人在指导落实条约诸项事宜的同时,就长治久安问题进行了深入的探讨。他们一致认为必须对历史进行深刻的反思,对现实进行统筹兼顾的安排,还要吸取士大夫中有识之士的正确意见。

僧格林沁亲王的幕僚郭嵩焘"学问极博","尤详究海外形势",对西方资本主义国家有所认识。他在大沽口之战前,曾说:"洋务一办便了,必与言战,终无了期。"[13]

另一幕府人物薛福成指出八旗劲旅在西方枪炮面前已无能为力。他说:"近世火器日精,临阵者以俯伏猱进为避击之术;骑兵人马相依,占地愈多且高,遂为众枪之的。然后知枪炮既兴,骑兵难以必胜,或反足为累也。"他披露说,僧格林沁军在新河一战,上阵三千名骑兵,战败,只余七人。[14]

兵部尚书沈兆霖认为,英法联军入城,就是只在以兵要约,并不在占据土地城池,这是一群"专于牟利"的人;但"通商一层,本与中国两有利益";至于亲递国书一节,"亦可姑允所请"。他的见解很开明,已经由英法入城之前的深拒故闭的态度,一变而为主张同西方国家可以全面交往的人了。

光禄寺少卿焦祐瀛、翰林院侍讲学士张之万、掌山西道监察御史陈鸿翊、长芦盐政宽惠联衔上折片,建议办理通商处,分为各司,办理各国事务。[15]

上述议论对奕䜣形成自己的一整套外交思想、方针和方案很有促进作用,而这项具有深远意义的工作是在桂良和文祥的具体协助下完成的。[16]

十二月初一日(1861年1月11日),奕䜣、桂良和文祥将多日深思熟虑的全局设想以《通筹夷务全局酌拟章程六条》为题,缮清拜发。这既是新时期的外交总方针,又是"自图振兴"的基本国策的组成部分。

这封奏折呈上之后,奕䜣等意犹未尽。因为那还是从御敌防边的角度来策划的,"治其标而未探其源也"。十四日(1月24日),他们又在《奏请八旗禁军训练枪炮片》中提出"探源之策,在于自强"。那么,究竟怎样实现"自强"呢?折片内说:

> 探源之策,在于自强,自强之术,必先练兵。现在国威未振,亟宜力图振兴,使该夷顺则可以相安,逆则可以有备,以期经久无患。况

发捻等尤宜迅图剿办,内患除则外侮自泯。[17]

这一段短短的文字,提出了极丰富的内容。它包括:治国总纲是"自强",自强的目的是"御侮","使该夷顺则可以相安,逆则可以有备,以期经久无患";自强的程序是先平内患,后御外侮,"内患除则外侮自泯";自强的关键是军事近代化,"必先练兵"。

这份纲领提出自强的目的是御侮,有爱国意义。虽然奕䜣等人所追求的是清廷王权的自强,但在最终要抗御外侮这一点上,是与中华民族的利益相一致的。他们认为自强必须先平内患,却是反动的,"内患除则外侮自泯"成了中国近代史上历届临时政府所实行的"攘外必先安内"的反人民政策的先河。

上述两件折片经过咸丰帝转发给惠亲王绵愉、总理行营王大臣、御前大臣、军机大臣等审议通过,遂成定论。

这两件折片在内容上是互为补充的,构成了包括外交、内政、军事诸方面的方针、政策和策略在内的全面的治国大纲。尽管它的规划还不够细致,尚需日后不断地完善和修正,但它无疑是具有近代化色彩的纲领,今后三十五年内外的中国历史基本就是沿着这个纲领所指引的近代化的方向行进的。奕䜣在这个纲领中首倡的"自强",[18]不仅开创了洋务运动历史的新时期,而且对近百年中国历史发生着深远影响。

三、主持新政,创立总署

在咸丰十年末,奕䜣除了制定并提出新时期的治国大纲和外交思想、方针、政策以外,还把更多的精力倾注于新政领导机关的创建工作上。

十二月初一日(1861年1月11日)所拟定的善后章程六条,是为着切实推行新政而筹划的,六条要点如下:(一)设立总理各国事务衙门于北京,以王大臣领导,专办涉外事务。(二)设三口通商大臣,专管北方新开口岸天津、登州、牛庄(后改为营口),驻扎于天津;其余新增内江三口及潮州、琼州、台湾、淡水以及原来的广州、福州、厦门、宁波、上海五口仍归五口通商大臣办理,驻地在上海。(三)新开各口关税,请由各省就近派官管理收税。(四)各省办理外国事件,请敕令各该省之将军督抚互相知照,以免歧误。(五)请开设外国语学校。(六)请收集各海口中外商情信息,及各国报纸,按月咨报总理处。[19]

这六条章程就是六项新政。所谓新政,是相对于闭关时代的内向型政务而言的。例如第一项,设总理衙门管理外国事务,是因为放弃了传统的华夷观,闭关时代已经一去不复返,中国已无法再视各国为属国了。所以,以理藩院和礼部办理各国事务的老办法不得不改变,需另设新衙门,以平等礼节专办外国事务。又如第二项,第一次鸦片战争后,清政府派设了五口通商大臣一职,经办五口对外贸易事宜,先由两广总督兼任,咸丰九年(1859)改由两江总督兼任。现在因新开放十几个口岸,增设三口通商大臣(以后改称北洋通商大臣),五口通商大臣改由江苏巡抚在上海兼任,这也是改革。

奕訢深知中国重传统,重成例,反对标新立异。所以他声明这些新的设施都是权宜之计,如三口通商大臣,将来如果只有进口,而没有大宗出口货物,外国人必然因无利可图而"废然思返",那时可以裁撤;即使总理衙门,也是暂设机构,"俟军务肃清,外国事务较简,即行裁撤,仍归军机处办理,以符旧制"。

"以符旧制"一句,很狡猾,从中可以看出奕訢在创设新机构的时候做了两点考虑:第一,他考虑到了中国士大夫以及咸丰帝等人对于革故鼎新的心理承受力,许以将来还要恢复旧制,容易获得谅解,得到通过;第二,他考虑到咸丰帝等人对权力问题的敏感,设置总理衙门,将原属军机处和礼部管理的对外事务集中起来专管,恐怕要引起人们的怀疑和嫉恨,现在声明俟外国事务较简时,仍将归于军机处办理,而自己又不是军机大臣,这是作一种异日将功成身退,绝不恋栈的姿态。

成立总理衙门,以王大臣总理其事,以军机大臣兼领其事,这虽然主要是工作的需要,但也不能说没有争权夺利的因素在内。奕訢是亲王,桂良和文祥都是在京的军机大臣,所以,他们都是当然的人选,这是他们的本意,或许自认为责无旁贷。而在此之前,焦祐瀛于九月就提出设立通商处,以王大臣领之,所以奕訢等人的建议并不突然,倒是顺理成章的。在一个重成例的国度里,也并非完全没有创新,当初雍正帝创设军机处时,也说是临时机构,不是一直沿袭下来了吗?现在奕䜣等人说俟外国事务较简时当裁归于军机处,是策略,因为开放之后外国事务只会越来越多,这一点奕䜣不会不知道。"以符旧制",是既要谋求新权力又要掩饰争权迹象的一笔。

热河方面果然对权力问题比较重视。初十日(1月20日),上谕批准筹办夷务全局章程,同意于京师设总理各国通商事务衙门,即派奕䜣、桂良、文祥管理;同时于奕䜣原荐崇厚和崇纶二人内简放崇厚为三口通商大臣。但是,上谕和同日的军机处寄谕关于新设的总理衙门的名称,都比原奏多出"通商"二字。[20]这种歧误可能是因咸丰帝及其周围的军机大臣对设置新衙门的理解着眼于外贸通商问题,"但军机大臣或皇帝本人也可能有意对这个机关故予限制,使它的职权不逾越通商的范围"。[21]

不论是有意的限制还是无意的歧误,都是奕䜣所不能接受的。他认为这"通商"二字的有无是原则问题,不仅关系个人职权范围的宽狭,而且涉及对外交事务的理解,甚至会影响中外关系。所以立即奏说:"今既知设有总理衙门,则各国与中国交涉事件,该夷皆恃臣等为之总理,借以通达其情,若见照会、文移内有'通商'二字,必疑臣等专办通商,不与理事,饶舌必多,又滋疑虑。……拟节去'通商'二字。嗣后各处行文,亦不用此二字,免致该夷有所借口。"[22]最后,咸丰帝"依议"。

经过这样一番争执坚持,总理衙门成为一个领导各项向西方学习的新政事业的总汇机构。举凡对外交涉、通商、关税、招募华工、边防划界、水师练兵、购船造械、创办机器工厂、电报、铁路、矿务和近代教育事业等,都由这个衙门主持。这样一来,军机处就只处理对内事务,总理衙门处理一切涉外新政,其地位虽无军机处高,但已经俨然是另一个具体而微的政府了。

总理衙门的内部机构设置后来随着新政的展开而不断有所增加。据张德泽编著《清代国家机关考略》可知,内设机构大致有:(1)英国股;(2)法国股;(3)俄国股;(4)美国股;(5)海防股,是光绪九年(1883)增设的,掌南北洋海防之事,这是具体而微的海军部;(6)司务厅,先为收掌处,同治三年(1864)八月,改设司务厅,掌办来往文书及一切杂务;(7)清档房,犹如现在的档案室,掌档案文件的抄录、编辑、校勘等事。初由各股自行办理,同治三年(1864)八月设清档房专管。

对总理衙门的设立,历来褒贬不一。应该看到,从常观角度说,总理衙门诚然办了不少为西方资本主义所需要的事情,但它主要是抵制外国侵略要求的;而从宏观角度说,总理衙门开展并领导了中国第一次近代化运动,它所进行的是向资本主义学习外交、军事、经济、科学和技术的进步事业,只是由于领导者本身的局限性、反对派的干扰破坏以及帝国主义的侵略打击,这种进步事业被扭曲变形,效果不能令人满意罢了。

四、落实条约,对外开放

奕䜣决心信守条约。信守条约的目的是维持和局,意义则是实现对外开放。

落实条约的工作,英法催逼很紧;又是十分烦琐的,它包括条约宣布、使馆建立、通商设领、税章议立诸多问题。在这些问题上,几乎都不是一帆风顺的。

咸丰十年九月底,英法两使将其所刊印的订约告示和条约文本送到抚局公所,要求钤盖钦差大臣关防,并须另备公文咨照各省,然后由英法自行带往各通商省份交督抚府道公布。他们唯恐清政府稽迟条约的公布,因此越俎代庖。奕䜣认为英法这种行为是侵犯主权,"实堪痛恨",但是为了维护刚刚达成的和局,他还是钤盖关防并咨照各省了。[23]

但热河军机处向各省所发的廷寄却鼓动各地对条约做某些抵制。

不久,担任盛京户部侍郎的倭仁和奉天府尹的景霖上奏,对奕䜣允准英法自行携带条约到各省宣布表示不满,担心英法另行捏造条款,真伪难辨,请求咸丰帝另敕奕䜣等将条约秘密封寄各省,以便核对。[24]

实际上,奕䜣已经将中国对英法的《天津条约》和《北京条约》于十月初五日、初七日分别咨送奉天等沿海七省,是交由兵部驿递各省的。上海新定税则章程也已交由户部转行沿海各通商省份,发至督抚并转各关监督道员,查照办理。至于中俄天津和北京条约,也于初十日、十一日印刷成册,交理藩院转恰克图,另备文交兵部咨送内地各通商地点及沿海各通商口岸。不能说奕䜣等人办事不周密,问题可能出在经手转送的兵部、户部和理藩院,是他们拖延了传送时间,以致倭仁等人没有尽快见到内部文件。

但条约的宣布,在福建省厦门受到地方官的消极抵制。十月二十八日(12月10日),英国驻厦门领事请宣示条约,厦门道以未奉督宪指示推脱。十二月初九日(1861年1月19日),该道台又说虽已接恭王爷告示,但不是由户部发来,与定约不符,亦不能宣示。后在英领一再催促下,勉强张贴于道署大门,而于未挂之前,故意裁开三四段,然后错乱黏合,使读者无法通阅。厦门道的做法,不只是对条约,而且也是对议定条约的恭亲王的不满。奕䜣见到英使照会后,立即指示闽浙总督查办。㉕

公使驻京问题是《天津条约》所规定的。

在选择使馆过程中,奕䜣对于外使的要求进行了一些抵制。英国专使额尔金入城时,强行占驻了怡亲王府。后来,英国就打算把怡亲王府永久作为公使馆。奕䜣坚决反对。英国又想租用肃亲王府,奕䜣仍劝告说,所有王府皆系皇帝所赐,不便照民间房产议租。英使馆人员向奕䜣所派协商此事的恒祺"躁跃","反复要求",奕䜣等人仍坚持王府不能租用。英使馆又要求东城长安街的继公府,愿纳地租银每年一千五百两,奕䜣仍不同意。㉖最后英使馆要租梁公府。梁公府是宗室奕梁的府第,奕梁外出,只留零星物品占据该处,即迁移问题亦不大。九月二十三日,英使馆参赞威妥玛和巴夏礼踏勘,二十四日议定租价为每年一千两,使用"久暂任便",第一年和第二年的租金扣作修缮费。二十七日,奕䜣照会英使表示同意租给,同时向咸丰帝发去奏报。㉗

法国设立使馆也曾指租肃亲王府,奕䜣以肃亲王府既未租给英国,也不能租给法国作答。法使便要求给予的房宅须与英国相等,于是奕䜣给予东交民巷景崇的府第。景崇也是满族贵族,因获罪,早经迁出,现府第由其子纯堪留用,所以该府又称纯公府。但纯堪也不在京,另有私宅居住。法使初不乐于接受,后来允许其自行修葺,并准许于府宅西花园自盖房屋,议定租金也是每年一千两方才同意。㉘十一月初五日,奕䜣正式照会法使,准予租用。

咸丰十一年春,梁公府和纯公府修缮一新,准备迎接新主人。

这时,京城谣言大起。人们哄传英法公使将带兵三千进京,形成了巨大的威胁感。奕䜣为避免因公使驻京而发生意外之举,饬令二月十五日和十六日,沿使团所经路线派兵弹压,维持治安,意在防止反对公使驻京的人们闹事。

十五日(3月25日),法国公使布尔布隆乘坐官轿,他的正在患病的夫人乘坐法国四轮大马车,随带役从三十余人至京。十六日(3月26日),英国公使卜鲁斯乘官轿,也携三十余名役从至京。至此,所谓公使带兵进京的谣言不攻自破。[29]

十八日(3月28日),法国公使布尔布隆到总理衙门拜谒恭亲王奕䜣;二十三日(4月2日),英国公使卜鲁斯也来拜谒。接见都在友好气氛中进行,然后奕䜣择时分别回拜。在这期间,法国使馆确定只留士兵八名;英国拟只留八至十二名。[30]

从咸丰十一年(1861)春天起,中国土地上第一次出现外国使馆,东交民巷路北的是法国使馆,北侧御河西是英国使馆。

奕䜣为英法公使正式驻京做出了努力,可是不久以后,当普鲁士国(时称布鲁西亚国)要求进京换约时,他却极力拒绝,只令崇厚在天津与之订立通商条约。他向咸丰帝奏报时表述了此时的思想认识,说:"至各国纷纷换约,亦属不成事体,其应如何拒绝,臣等自当悉心筹画,以慰宸廑。"[31]分析这种思想,可发现它包括两个层次,其浅层意识为:与英法这类强国建立外交关系,是正常的,因为是条约已经规定了的,但是与其他"各国纷纷换约",就"不成事体"了,是有损于中国尊严的。这是其守定条约思想的反映,即对条约内规定不推诿,对条约外要求不轻允。其深层意识为:抱定天朝上邦主义观念,不甘心与各国普遍建立对等外交关系。

可是,随着他对于近代外交认识的深化,在他主持总理衙门期间,对于外国遣使驻京问题逐渐放宽限制,先后又允许俄国、美国、德国、比利时、西班牙、意大利、奥地利、日本、荷兰等在东交民巷设立使馆。东交民巷遂成为中外闻名的使馆区。

通商设领问题与税务问题同样是交织在一起的。

《北京条约》签订一个月后,即咸丰十年十月十五日(1860年11月27日),英国公使卜鲁斯照会奕䜣,要按照条约于奉天府牛庄、直隶天津、山东登州、江苏镇江、福建台湾、广东琼州等处分驻领事官,这就涉及设领的具体事宜;还要求在按约应于长江开放的口岸中先行开放九江和汉口,这又涉及税务、栈房、护照等问题。

奕䜣见到照复后,当日照复英使,完全同意在上述各口设领以及在九江、汉口先行通商;同时说明:长江一带军务尚未肃清;有关进出口税章应与上海关具体商定。随后把此事报告热河,请求批准。㉜

二十日(12月2日),热河军机处廷寄长江开放口岸官员,要求按照奕䜣所允办理,"毋得滋生疑虑,以致别起衅端"。㉝

第一个作出反应的是江苏巡抚薛焕,他关心的是税务问题。他预料说,由于同时增开十余口岸,分散了上海关的进出口货量,必使上海关税"立形短绌";更重要的是,由于条约规定洋商只一次性地完纳母口和子口税,即不再交纳内地税,而华商却照旧过一关纳一关之税,洋商与华商之间如此畸轻畸重,将会使普通华商吃亏太甚,而刁滑奸商又必然与洋商勾结,"华商固易假名偷漏,洋商尤必包揽牟利"。㉞

薛焕的见解是正确的,他预见到天津和北京条约将不仅使中国蒙受重大关税损失,而且将导致本国商人受外商的排挤压抑。

但是薛焕并不是反对这两个条约的,他只是为上海关即将面临的问题预作辩解。为了提高海关行政效率和税收实数,他在同日所上的附片中推荐英国人李泰国为全国海关总税司。李泰国(Horatio Nelson lay, 1832—1898),咸丰五年任上海江海关税务司,咸丰八年曾随英法联军北上议订《天津条约》,咸丰九年被当时兼任上海通商钦差大臣的两江总督何桂清聘任为总税务司,凡各通商海关所用外国人,均由他选募。现在薛焕鉴于他对于外籍海关人员的熟悉,以及条约中有须聘用外国人帮办税务的规定,请咸丰帝饬令由奕䜣等发给李泰国札谕。㉟奕䜣接到咸丰帝十二月初六日的谕令,即颁给李泰国的委任札谕,聘他为中国海关第一任总税务司。他在札谕中对李泰国的工作提出了原则要求,并坚持中国的任免权利。札谕中说:

> 该总税务司务须帮同各口监督委员,按照新约认真办理。不得

任外国商人代华商销货,亦不准任华商之货,暗附外国船只影射偷漏。并务将出入口各货,分析清楚,勿得牵混。……李泰国向来安慎可靠,是以派令经理,此后该总税务司膺此重任,务宜秉公尽力,始终勤慎,不准该税务司及所用各项外国人自作买卖,倘有办理不善之处,即行裁撤。㊱

十二月十六日,薛焕又奏报按照新章纳税,各国皆一律照办,唯有英国驻上海领事密迪乐"最为刁诈",故意对中国征收华商鸦片货税进行干预阻挠;另欲将洋轮应纳船钞及海关所收罚款加入洋税款项之内一并扣为赔款。这两件事都直接影响了海关收入,请转饬恭亲王力争。㊲

在这之前,奕䜣正在处理九江问题。那里的江西巡抚毓科和布政使张集馨同心协力地对九江通商一事进行拖延。十二月十四日,军机处将他们的奏折转发给奕䜣,要求奕䜣照会英使,告以九江一带正值交战,应暂缓通商。奕䜣考虑到英国人本来就疑心清政府允许通商的诚意,因而没有直接要求暂缓,只是把毓科等人所说的太平军逼近九江,因而地方不静,难保安全等情况叙述明白,意在使其"自行酌量","知难而返"。㊳这是婉转地要求暂缓九江通商。

但是英国丝毫没有"知难而返"的意思,相反,派遣舰队去扫清道路。在新年正月初二日(2月11日),即由海军司令霍(贺布)率大小战舰五支,载兵八百余名,配合数名洋商从吴淞口起椗内驶,声称前往九江、汉口等处察看通商情形,但并未正式知照中国地方官厅。上海的薛焕对此表示惊诧。

与舰队行动相配合的是英国使馆参赞威妥玛在京向奕䜣递交四件控告禀帖,这是针对薛焕及上海道吴煦等人控告英国沪领破坏税收所作的反控。正月初九日(2月18日),奕䜣答复他:"查以上各情,本爵无从悬断。转饬该道将本爵文内指出各情,秉公查办。"这些答复之所以语意模棱,是由于他担心英方捏造事实,另有诡谋,因而有意把这些问题推到上海去据实查办。然后,奕䜣乘机提起薛焕上年十二月十六日提出的英国沪领密迪乐在执行扣款时企图将洋商入口船钞和海关所收罚款一并核扣二成入赔款一事,他正式照会英使卜鲁斯,指出:此二项皆与关税无涉,若扣为赔款,与条约不符。照会明确要求英使卜鲁斯通知沪领:"其船钞、罚款不在扣数之内,以免纷争而昭信守。"㊴此时,他也开始学会利用条约来达到自己的目的了。

不过,对于英国舰队驶至内江耀武扬威,奕䜣以及咸丰帝等人均未做任何正面抗议,他们倒是饬令地方官命令水师尾随监视。所谓"监视"也绝非阻挠其去向,只是看其有无勾结太平军的行动而已。

与英舰行动相配合的另一行动是,初十日(2月19日),英使卜鲁斯照会奕䜣,以表示对奕䜣上年十二月关于暂缓九江通商的照会不满。

接到这份照会后,奕䜣接见英参赞威妥玛,解释说,并非中国政府阻挠九江通商,实因"贼氛逼近,商贾稀少,徒往无益"。他更指出,咸丰八年额尔金乘舰至汉口,经过金陵,曾与太平军往来。暗示清政府担心此次英人再与太平军往来。最后,奕䜣与威妥玛口头相约:不准英人帮助太平军,而没有诉诸文字照会,以防"激成事端"。㊵总之,他撤回了暂缓通商的要求,回到了原来准许通商的立场。

奉天方面对于开放的态度也是抵制的。由盛京将军玉明、户部侍郎倭仁及奉天府尹景霖奏呈的《牛庄通商思患预防筹拟办法折》中,对于开放设置了重重限制。大致为对外贸易不准用银、栈店民房不许租与洋人等几条,被热河军机处看出它不具可行性而予以驳回。

天津的三口通商大臣崇厚和武汉的湖广总督官文及鄂抚胡林翼等人对于落实条约的必要性是比较理解的,因此崇厚呈递的通商章程条陈基本符合条约精神。二月十五日,朱批交户部核议。官文等人对于英国商人及后来的英国舰队都极力"以礼相待",对于设领、租房、勘地、通商均给以种种方便,因而汉口地区中外"公平交易,商民安堵如常"。㊶二月内,解决通商设领问题的不只是汉口,还有镇江。㊷

三月十四日(4月23日),法国使馆参赞哥士耆来见奕䜣,指出广东藩司衙门已经由法国出钱修盖了房屋,所以要求中国租赁给法国领事馆使用。奕䜣分析,这仍是隐示控制之用意,乃反复辩驳说:赁居衙署,并无条约根据。哥士耆进一步保证说,如能租给法国使馆,则法国感谢中国好意,必能劝阻英国提出类似要求,并能使英军与法军一道提前撤军。

租用衙署是约外要求,本应拒绝。可是奕䜣等人考虑到满足法方的这项要求就可以提前收复省城,还是决定接受这个要求。十七日(27

日),法国公使布尔布隆将提前退兵照会正式送到总理衙门;同时英国公使卜鲁斯也送来了提前撤兵广州的照会。㊸

热河军机处对奕䜣的这个做法本来是通过了的,他们寄谕两广总督劳崇光:着照奕䜣等所议将藩署暂租给法国领事馆。但后来由于福建道监察御史许其光专折奏说"夷人僭居衙署,于事势不便,与新约不符",便又犹豫了,寄谕奕䜣,令他重新商酌此事。

许其光的奏议堂堂正正,奕䜣无法正面反对。于是说:若论是非,"法国求租藩署,其事本骇听闻";但是,若论得失,"惟以藩署与省城相较,似省城为重,藩署为轻,设使不与租住,而省城竟不交还,则省城且不能与之较论,何在藩署?"这是典型的实用主义。如果呆板地信守条约,对法方的要求是要坚决拒绝的,但因他是讲实际的,他看到舍一藩署而收回省城是合算的,就不再墨守条约了,何况藩署的租用是暂时的。他在复奏中说,为了早日收复广州,"只能权利害之轻重,不能忌众口之是非"㊹,表现出一派敢作敢当的勇气。

由于奕䜣等坚持原议,广州城于八月二十七日(10月1日)交还清政府,结束了四年来的被占领状态。

但九江由于地方官对通商开放持拖延和消极态度,终于酿成事端,发生了抗英事件。他们纵容并煽动群众闹事,然后再惩处几个参与人,给中央施加压力。

九江抗英事件的经过大体是,二月十八日,有人用石块打伤英领事馆门前的"番役",被英领事官扭交清地方当局"枷责示众"。不久,英领会同九江各级地方官前往西门外,勘地钉桩,竖石定界。群众相传洋人将不给租金并立即驱逐原有住户,因而纷纷抛掷石块,殴打英领事官及英水军军官,勘地工作只好改期。二十七日和三月初三日,九江群众再次到英领事馆抗议,并于初三日击碎大门,闯进卧室。但他们"并未攫取衣物",这些群众的动机是可以理解的,他们只是反对洋人霸占家园。事件发生后,署理布政使张集馨立即出面,亲诣英领事官许士之处慰问,同时饬令府县查拿肇事首犯,处以杖责。初七日,是议订租价的日期,九江府县官吏推说此事须由领事官直接与当地绅士商办,而绅士偏将租价抬高。英领事馆认为,此事为国家间关系,不应令其向绅士们自行"较论"。因此于四

月十九日(5月28日),由卜鲁斯公使在京向奕䜣照会。㊺

奕䜣等人认为发生这类事件是可能破坏大局的。两天后,他照复英使:此事"如系匪徒滋扰,定必从严惩办,决不宽贷;如系地方官办理未协,致民情不顺,并将地方官击伤,自应由该地方官晓谕百姓,妥为办理"。㊻同时他咨照江西弹压群众,不可姑息此风。

在四五月间,奕䜣又遇到了新的问题,总税务司李泰国要回国医病。这倒不是什么坏事,李泰国就任总税务司后,没有什么建树。他离职之前推荐英国人赫德接替他的职务。于是奕䜣邀请赫德到天津与恒祺会商税章,后来又请至北京议订了详细的海关章程。奕䜣亲自与之逐层辩论后,认为"其言尚不无可采",遂整理成九条上报热河。

从四月至六月,还发生了潮州问题。四月二十三日(6月1日),英使卜鲁斯亲至总署,诉说潮州虽经条约定为开放口岸,但两广总督劳崇光只派一员同知驻于汕头,英领事官要求进入潮州城拜谒惠潮嘉道,而道台却以潮州民情不顺为借口,亲去汕头与英领会晤,致使英领始终不得进城;又声称广东巡抚远避,对外国事"用言失宜"。两天后,又递交正式照会。

这次奕䜣没有明确表示态度,他奏请热河行在,请饬令广东督抚办理。㊼虽然两个月前他驳斥了许其光的议论,但此时对于"媚夷"的谤言又有点畏惧了。

潮州事态继续严重起来。五月十二日,厦门英领照会署理道台邱景湘,声称将于次日乘炮舰至府城。这是英国方面见清政府没有解决问题的表示,再次以炮舰相威胁。至此,邱景湘不得不饬令县衙备轿相迎,同时又饬令府城内外居民不得滋事。不料,城厢内外群众认为邱道台勾结英人入城,遂再次遍张揭帖,攻击道台。邱景湘恐怕英领此时入城会激出事端,只好再次阻止英领进城。另外,英领曾为英国商民签发进入潮州府的空白护照,邱景湘也未予钤印。因此,英领对邱道很不满,再次照会总署,要求查办。照会指出,潮州事件乃是由于广东巡抚耆龄不驻省城,示地方官及绅民人等以决不与外国人往来的傲岸姿态所致。

奕䜣等人斟酌,按约潮州本应开放,不让英人进城是不行的;但是对于群众的抵触情绪也应该采取"开导"的办法,"庶安内驭外,两得其宜"。同时,他们感觉到潮州问题的根本症结是督抚异心。耆龄是反对对外开放的地方顽固派,他曾狠狠地弹劾他的顶头上司劳崇光"与洋人亲密"呢!不过,这一点不能告诉洋人。文祥亲自向卜鲁斯解释说:耆龄现因剿办土匪而不能驻省城,并非不与闻外国事务。而他们给咸丰帝的奏折中,却建议:此时虽不能因洋人指责即令耆龄返回省城,也应谕令督抚联衔办事,以便向英人,也向广东官民表示团结一心。㊽这是釜底抽薪解决潮州问题的办法。

上述落实条约过程中所出现的一系列问题表明,在清政府被迫实行对外开放政策的时候,中央与地方出现了严重的行政脱节,一部分督抚能够理解实行新政策的必要性,而另一部分督抚及地方官则怀疑或抵制新政策。由于奕䜣已经牢牢地控制了外交大权,咸丰帝及热河军机大臣们对奕䜣及总理衙门的外事活动和部署给予了必要的认可和支持,显示了中央政府的一致,使风波渐趋平静。

五、借师助剿,议订原则

十月初三日(11月15日),即《中俄北京条约》签字次日,俄使伊格那提业幅来到奕䜣暂驻的广化寺办事公所。拜会中间,他送给奕䜣一支转轮手枪和两支西式步枪。耳听为虚,眼见为实,奕䜣对这几件西式武器的精巧和适用由衷地赞赏。在随后的回拜中,奕䜣对清廷在咸丰八年(1858)曾拒绝得到普提雅廷提供武器和教官一事深表遗憾,他向俄使伊格那提业幅解释说:"当时环境不允许本国接受俄国政府的建议,而现在,当中国备尝和欧洲军队作战的痛苦教训后,本政府就会另眼看待这类建议,并有心接受这些武器。"㊾

初七日(11月19日)午后,伊格那提业幅来到广化寺向奕䜣等辞行,在座的中方官员还有宝鋆、麟魁、成琦等,谈话间再次提及咸丰八年俄国曾欲赠送中国的武器由于某种原因未能实现的问题。㊿现在由于奕䜣明确表示了兴趣,所以伊格那提业幅说,这一次可以由俄国派数名官员,带领匠役来中国具体教导枪支、炸炮、水雷、地雷、火药等武器的制造方法和使用方法,但应对英、法两国保密,在中国西部或北部距京较远地方进行。他同时又提出两项另外的建议:(一)派三四百名俄国水兵与清军的陆路进攻相配合,会击太平军;(二)明年漕粮北运的时候,为防备沿途阻劫,可以让中国粮船悬挂俄、美旗帜。

奕䜣表示,武器问题及保护漕粮问题可以考虑,至于"协剿"太平军一事,暂不能答应。

送别俄使之后,奕䜣与桂良、文祥等人对于俄使的建议进行通盘分析,觉得不独可以接受并使用西方近代武器,允许保护漕粮,而且借用洋兵助剿也是合算的。[51]

后者是奕䜣新近产生的想法。九月中,与法国签约时,法方提出帮助剿杀太平军,那时奕䜣还不同意,他把擅自应允法国要求的胜保批评了一顿,嘱其"未可轻信",以免"堕其术中"。现在,奕䜣完全变化了,他认为借师助剿可收以毒攻毒,大局早平之功。他把这次会见的内容以及自己的想法作成奏折,报至热河,但关于借师助剿的可行性,他没有肯定,只说:"如逆匪一日不平,非独地方不能完善,即欲制御外侮,亦属力有不逮。""如借夷兵之力驱除逆贼,则我之元气渐复,而彼胜则不免折损,败则亦足消其桀骜之气。但恐该夷所贪在利,借口协同剿贼,肆其狼贪豕突之心,则有害无利,所失尤多。"[52]

奕䜣已经表示了使用西方武器,并借用西方兵力的意向,但为什么写出来的奏折又这样模棱两可呢?多年以后,梁启超对此有过正确的分析,他说,当时,清政府与外人虽已订结和约,而"猜忌之心犹盛",所以奕䜣于此事"不敢专断,一面请之行在,一面询之江南江北钦差大臣"。[53]

热河方面于十一日(11月23日)发出廷寄,接受俄国关于馈赠武器的要求,指令奕䜣将此意知照俄国,要求将枪炮运至恰克图,然后由内地派兵弁运回京师,另外派熟悉火器的官兵到恰克图向俄人学习制造和使用方法。

奕䜣的奏折也遭到了一些地方官员的反对,理由是夷人肯于借我兵力,必然"包藏祸心"。曾国藩虽没有直接反对借师助剿,但主张"俟官军陆路得手后,再约其水路会剿",实际上是推迟俄法助剿要求的实现。不过他不反对由美商和广东商人运送漕粮。看得出来,他对奕䜣的军事近代化的思想是充分理解的,只是为了防止被洋人攘夺大功,才主张暂缓会剿日期。[54]

在这期间,奕䜣曾向英国参赞威妥玛征询意见。威妥玛鉴于本国政府不准出兵助剿,所以也不希望法俄助剿,对奕䜣答复说:如果外国军队攻克城池,按照国际惯例,是要占据该城的。

奕䜣十月的原奏等于一个试探气球,在遭遇到前敌多数官员的反对以及英国的警告以后,他收回了立即接受法俄助剿要求的建议,奏称:"(南方各省)为贼据则尚有攻克之日,为夷据则无归还之理",同时又指出,为防止洋人与太平军勾结,应向之表示友好和信任。为此,他确定了下述原则:(一)不进行大规模借兵助剿。(二)可以小规模借用洋人兵力。(三)陆路战场绝不借助洋兵,尤其是俄国士兵。(四)筹款购买西方枪炮船只。或者雇用西式军舰,"以济(我)兵船之不足",或者聘用西方技术人员在上海制造军火。(五)不以国家名义招用外轮,运送漕粮,而以招商贩米,不分华洋商人一律按时价贩运至津的办法去解决,避免因发生国家关系而为其"所制"。

这封奏折所确定的借师助剿原则,[55]经过咸丰帝裁可以后,成为清政府勾结外国力量,联合镇压国内起义的基本原则,即不大量借用外国军队;而聘请西方教官训练中国军队,购买并仿照新式武器用以装备中国部队。在后来出现的几支洋枪队中,也只是以西方军官为指挥,以华人或东南亚土人为基本成员的混合部队。

借师助剿的建议本是奕䜣提出的,现在又由他制定了几条原则加以限制。这其中变化的原因除了前述地方大员的反对外,还在于朝内微妙的人事关系。

【注释】

① 薛福成:《书科尔沁忠亲王大沽之败》,《庸庵海外文编》卷四,沈云龙丛刊本,第1462页。

② 《筹办夷务始末》(咸丰朝)第七册,第2334页。

③ 《筹办夷务始末》(咸丰朝)第七册,第2547页;《第二次鸦片战争》丛刊第五册,第238—239页。

④ 《吴可读日记》,载陈冷汰译:《慈禧外纪》,第 18 页。

⑤ 《第二次鸦片战争》丛刊第五册,第 269 页。

⑥ 《第二次鸦片战争》丛刊第六册,第 305—306 页。

⑦ 《第二次鸦片战争》丛刊第五册,第 223 页。

⑧ 《筹办夷务始末》(咸丰朝)第七册,第 2548 页。

⑨ 《第二次鸦片战争》丛刊第五册,第 248 页。

⑩ 《第二次鸦片战争》丛刊第五册,第 274、273 页。

⑪ 《第二次鸦片战争》丛刊第五册,第 323 页。

⑫ 奕䜣:《古近体诗》,《乐道堂诗钞》沈丛刊本,第 777 页。

⑬ 郭廷以:《郭嵩焘先生年谱》,台北版,上册,第 126 页。

⑭ 薛福成:《庸庵海外文编》卷四,沈云龙丛刊本,第 1466 页。

⑮ 《第二次鸦片战争》丛刊第五册,第 228 页。

⑯ 洪良品校:《文文忠公事略》卷一,丛刊本第 20 页载:"十二月,偕恭亲王等通筹夷务全局。奏言……因拟善后章程六条。"

⑰ 《筹办夷务始末》(咸丰朝)第八册,第 2700 页。

⑱ 奕䜣提出"自强"是在 1861 年 1 月 24 日,比郭嵩焘稍晚,但郭氏的"自强"没有形成文字。《剑桥中国晚清史》第 466 页说李鸿章最先使用了"自强"一词,而他是 1862 年始任苏抚的,所以应认定奕䜣首倡"自强"。——笔者。

⑲ 《筹办夷务始末》(咸丰朝)第八册,第 2675—2680 页。

⑳ 《筹办夷务始末》(咸丰朝)第八册,第 2691—2693 页。

㉑ 钱实甫:《清代外交机关》。

㉒ 《筹办夷务始末》(咸丰朝)第八册,第 2710 页。

㉓ 《第二次鸦片战争》丛刊第五册,第 267—268 页。

㉔ 《筹办夷务始末》(咸丰朝)第七册,第 2621 页。

㉕ 《第二次鸦片战争》丛刊第五册,第 444—445 页。

㉖ 《第二次鸦片战争》丛刊第五册,第 238 页。

㉗ 《第二次鸦片战争》丛刊第五册,第 265 页。

㉘ 《第二次鸦片战争》丛刊第五册,第 329—330 页。

㉙ 《第二次鸦片战争》丛刊第五册,第 425 页。

㉚ 《第二次鸦片战争》丛刊第五册,第 428 页。

㉛ 《筹办夷务始末》(咸丰朝)第八册,第 2796 页。

㉜ 《第二次鸦片战争》丛刊第五册,第 302—303 页。

㉝ 《第二次鸦片战争》丛刊第五册,第 307—308 页;《筹办夷务始末》(咸丰朝)

第七册,第2628页。

㉞ 《第二次鸦片战争》丛刊第五册,第336—337页。

㉟ 《第二次鸦片战争》丛刊第五册,第337页。

㊱ 《筹办夷务始末》(咸丰朝)第八册,第2706页。

㊲ 《第二次鸦片战争》丛刊第五册,第360—362页;《筹办夷务始末》(咸丰朝)第八册,第2725—2730页。

㊳ 《筹办夷务始末》(咸丰朝)第八册,第2706—2708页,第2722页。

㊴ 《第二次鸦片战争》丛刊第五册,第383、384页。

㊵ 《第二次鸦片战争》丛刊第五册,第387—388页,第399页。

㊶ 《第二次鸦片战争》丛刊第五册,第422—424页。

㊷ 《第二次鸦片战争》丛刊第五册,第441页。

㊸ 《第二次鸦片战争》丛刊第五册,第450—451页。

㊹ 《第二次鸦片战争》丛刊第五册,第461—462页。

㊺ 《第二次鸦片战争》丛刊第五册,第466—468页,第479—480页。

㊻ 《第二次鸦片战争》丛刊第五册,第480页。

㊼ 《第二次鸦片战争》丛刊第五册,第481—483页。

㊽ 《第二次鸦片战争》丛刊第五册,第528—542页。

㊾ A.布克斯盖夫登:《1860年〈北京条约〉》,第146页。

㊿ 未能实现的原因,中国方面说当时已由理藩院决定可运至库伦,而俄方坚持运至京城,是以未能成议;俄方说并未见到理藩院的照会,认为责任在中国。——笔者。

㉑ 《筹办夷务始末》(咸丰朝)第七册,第2607—2608页。

㉒ 《筹办夷务始末》(咸丰朝)第七册,第2608页。

㉓ 梁启超:《李鸿章》。

㉔ 《第二次鸦片战争》丛刊第五册,第330页。

㉕ 《第二次鸦片战争》丛刊第五册,第350页。

第五章　平分最高统治的大权

议和后不久,咸丰帝病死于热河,奕訢被排斥在顾命大臣之外。但他不甘心退出政治舞台,他沉着、镇定,示人以无为,暗中却加紧与慈禧太后进行密谋,组织动员反肃顺力量,终于一举扳倒肃顺集团,造成"太后垂帘,亲王议政"的新政局。

一、恳请回銮,备受猜忌

以善于知人而著称的曾国藩在咸丰十年(1860)就评论说:"恭亲王之贤,吾亦屡见之而熟闻之,然其举止轻浮,聪明太露,多谋多改。若驻京太久,圣驾远离,恐日久亦难尽惬人心。"①

这时的曾国藩正在皖南战场,在他因丁忧而回籍之前是否见到过奕訢,我们不得而知。从这段评论看,他认为奕訢是聪明的,但对其"多谋多改"则表示担心,担心的原因是奕訢远离皇帝,恐日久生隙。曾国藩可谓对君主专制制度以及咸丰朝的政治内幕知之颇深,后来的历史证明曾国藩完全言中了。

奕訢也注意到远离皇帝可能造成的后果。就在签订和约,英法陆续退兵的时候,曾率先要求咸丰帝回銮。九月二十六日(11月8日),他与桂良、文祥和胜保联名奏道,自从皇帝驻跸木兰,"迄今五旬,五中依恋,梦寐难忘",为了皇上龙体健康,为了京内人心安定,也为了天下人心安定,他们请咸丰帝早定回銮日期,离开塞外苦寒之地。

二十九日(11月11日),这封奏折传到咸丰帝前,咸丰帝朱批:"览奏具见惆忱,惟此时尚早,况胜保系带兵大员,抚局亦不应干涉。"②不但不接受奕䜣等人的请求,而且对胜保参与此事表示不满。

但这个批示当日不可能到京,所以奕䜣在未见批示的情况下,又会同在京所有王大臣集体请求皇帝回銮。

奕䜣此时对促成回銮特别心切。三十日(11月12日),在未见到上述两折的批示的情况下,他又单独奏请咸丰帝回銮,并保证说:"为今之计,惟有仰恳圣驾回銮,俾臣得早抒依恋之忱,将来如果示以诚信,该夷即明春来京,亦决不致别启争端。"③奕䜣把回銮问题与对英法的认识问题联系起来。

很快就看到了热河方面由载垣、肃顺等人拟定的廷寄,对于奕䜣与王大臣的集体请求全行驳斥,理由是如果皇帝回銮,夷人可能再来挟制。

一方面要求皇帝回銮,认为英法不会再有反复;另一方面拒绝回銮要求,恐怕英法再次威胁。京热双方对于英法在华力量今后动向的估计,相去甚远。留京王大臣通过亲自观察体验,多数支持奕䜣的观点,认为洋人来华专为通商牟利,目前已遂所欲,不至再有反复。热河方面却不论北京方面怎样解释,硬是不相信英法能够相安无事,他们对英法保持着深深的疑虑。咸丰帝反复谕令奕䜣向英法言明将"亲递国书"的要求作为罢论,指责奕䜣没有将拒收国书和公使驻京所带人数说妥,又嗔怪奕䜣在京与"夷酋"会见,等等。

奕䜣对这些指责不服气。他在致七弟奕譞函中叙述办理夷务的艰难说:"兄与桂、文诸公日日楚囚相对,公事万分棘手,不能仰慰圣心,无能之咎,敢不自认。然若以亲递国书一层,未能说妥,致稽圣驾回銮,实不敢当此重咎。彼屯兵城内之时,虽苏、张复出,有不能尽以口舌争辩者。若夷兵日久不退,城中匪类因而窃发,其变可立而待也。"④就是说,在那种被占领的状态下,就是纵横家苏秦、张仪再生也无法完全圆满,尽如人意。他希望咸丰帝能"收回成命,即早回銮",这可能是他有意让七弟直接向皇帝转述的要求。

十月中,山西巡抚英桂入京与奕䜣等密商回銮问题。考虑到咸丰帝担心回銮后,夷人再次入都威胁安全,他们建议咸丰帝西幸西安,并且,他们会同桂良、文祥和胜保拟订了西巡方案(称《西巡事宜条款十条》)。但是热河方面也不准备西巡,批答说:"现在不过先事预备,须俟明年二三月间,察看夷人如何举动,再行酌量办理。"⑤

鉴于夷务难办,容易招致旁观者指责,奕䜣多次表示希望卸责息肩。但是这也不行,热河方面又非要奕䜣全面办理夷务不可。奕䜣只好硬着头皮,顶着各种浮议,按照他自己的信守条约、缓和中外关系的方针继续干下去。他渴望他的方针和行动得到广泛的谅解。

咸丰帝八月八日巡幸时,扈从到热河行在的只有载垣、端华等诸王勋戚,满协办大学士肃顺,翰林院讲官许彭寿,军机大臣穆荫、匡源、杜翰,以及后来赶到的焦祐瀛,另加数名军机章京,而把大部分朝臣置于中外冲突的炮火锋镝之中。这些被留京师的官员们,不能不产生一点被遗弃感。因此,他们很容易理解奕䜣的苦衷,而对热河方面因远离中外交涉实际,不顾大局而作出的吹毛求疵的指责表示不满,纷纷站在奕䜣一边,催请皇帝回銮。这些人把矛头指向咸丰帝周围的权臣。

他们认为,"上在木兰,政一出于怡、郑二邸及肃顺"⑥,咸丰帝是被这几个权臣控制着,而这几个权臣不让皇帝回銮北京,完全是出于"挟天子而令诸侯"、独揽大权的私心。手握京畿重兵的胜保虽然屡次遭到热河对他参与议政的训斥,仍然锋芒毕露地直指肃顺集团,他说:"我皇上仁明英武,奈何曲徇数人自便之私,而不慰亿万来苏之望乎?"敦请咸丰帝于年内回銮。胜保的折子全文千余字,洋溢着对皇帝的忠爱之意,被士大夫称赞为"近年有数文字"。此外,还有许多官员或联衔,或专折,请求回銮,咸丰帝仍一概拒绝。因此士大夫之间对肃顺等权臣不满日深,纷纷叹道:"主上虽明,无如内臣营私自便,粉饰太平,以致大局决裂如此,深堪痛恨。"⑦

无形之中,肃顺等人因阻止回銮而降低了威信;反之,奕䜣则因强烈要求回銮而增强了威信。肃顺等以为拒绝回銮,可以收揽天子以令诸侯之功,却不料造成了如此结果,这是他始料不及的。薛福成记载说:咸丰帝在热河呕血便泄,而肃顺等人仍如在京之日经常引导他围猎和观剧,和议刚成,即召京师升平署人员到热河行在唱戏,使咸丰帝乐不思蜀。⑧而肃顺本人也建筑私寓作久居热河计。这样,怡、郑二王和肃顺就成了引导皇帝大兴土木,娱情声色,不顾社稷的权奸集团,奕䜣反对皇帝久居热河就具有回护王权,努力使皇帝摆脱权奸控制的正义性。

当然,在京的王大臣并没有都成为奕䜣的同情者。例如,吏部尚书陈孚恩上疏的内容是,如果圣驾日久在外,"当有甚于八月八日之事者"。八月八日之事是皇帝仓皇出逃,甚于此事者暗示将有失位的危险。据记载,咸丰帝见到此折,"上怒,有旨诘责"。⑨ 其实是做作,咸丰帝心里应该明白,这封奏折的锋芒是指向奕䜣的。

咸丰十一年的元旦,咸丰帝是在热河行宫度过的。尽管肃顺等人努力粉饰太平,铺张仪典,但比起往年在京过年仍是不可同日而语。这使咸丰帝伤心了。

初二日(1861年2月11日),咸丰帝毅然决定二月十三日回銮。后来又修正为二月十三日在热河启銮,十九日还至京城,三月初二日再由北京启銮,初六日抵达东陵谒祖,十四日重新回热河避暑山庄。从这个部署看,咸丰帝仍是不敢长住北京,恐怕洋人再来找麻烦。

但毕竟皇帝作一下回京的表示,可以向全国臣民宣告非常时期已经过去,有利于稳定大局。所以奕䜣在京布置各部司紧张地赶办回銮准备事宜。

京城听到这个消息后,以"回銮在即,闾巷欢然",沉浸在几个月来所未有的热烈气氛中。可是,过了几天,人们见皇帝"仍驻跸山庄,未免失望"。⑩

奕䜣于二月初十日(3月20日),向咸丰帝报告英法两国公使卜鲁斯和布尔布隆分别由天津起程,按照条约赴京常驻,并不带兵。他安排届期由桂良带领恒祺、崇纶督率有关司员接待,而自己则准备带领留京主要官员赶赴密云县"恭迎圣驾"。⑪ 在他看来皇帝回銮和外使驻京这两件事可以并行不悖,甚至由此可以造成一个中外倾心合好的新气象,这对稳定大局,推动已定的治国方略不是很有利吗?

没想到,咸丰帝见到这份折片十分反感,立即通知他"回銮改期",后又说:"暂缓回銮,俟秋间再降谕旨。"⑫

这次的推迟可太远了,有半年之遥。奕䜣明白,这意味着咸丰帝及其周围的肃顺集团对于进驻北京的英法使团仍不能开诚相待。联系到议和之后兄弟之间的种种不协调,奕䜣深感兄弟之间已经隔膜太深,他需要见到哥哥咸丰皇帝,向他一吐胸中闷气,解释存在于他们之间的误会,辩白一些谣诼风传,还要面诉手足依恋之情。他对阻挠他们兄弟相见的肃顺等人充满着痛恨,他企图冲破这种阻挠。

大约在二月下旬,奕䜣收到七弟奕譞寄自热河的一封手书及馈送给他的一匹青马。在回信中,他告诉七弟,已经为咸丰帝派去栾太医疗疾,并日夜都为咸丰帝早日恢复健康而"心祷",顺便诉说京中情形:"都中自英法两国公使驻京之后,幸均安谧如常。"最后他要求七弟随时提供热河的情报,掌握行在的动态。

咸丰帝的病情仍是时好时坏,京中多次谣传"帝躬濒危"。奕䜣在三月初,要求奔赴行在看望四兄,同时请求赴行在"请安"的还有文祥。

肃顺等人唯恐奕䜣与咸丰帝面述衷曲,消除隔阂,因此又在咸丰帝前进谗言,说奕䜣联合洋人挟制朝廷,而且权力太大,必须预防。⑬而惇亲王这时从北京回到热河,竟然也说奕䜣有反意。惇亲王奕誴是个没有政治头脑的人,"然性忌,对昆弟亦然"。⑭他的话本是无稽之谈,但因符合咸丰帝的疑忌心,所以发生了作用。三月初七日(4月16日),咸丰帝特谕奕䜣,告知为恐见面伤感,对身体恢复不利,要奕䜣和文祥不要来热河。这是既不愿见面,也不愿听他当面陈述意见的表示,奕䜣和文祥都受到了冷落。

这以后,奕䜣便不再要求回銮,也不愿再过多地献替兴革,对分担给他的外事工作也经常缩手缩脚。他害怕来自皇帝及其权臣们的猜忌,对此也感到心寒。

二、未列顾命,等待时机

七月十八日(8月23日),奕䜣等留京王大臣得到咸丰帝病危的确切消息,同时接到两件谕旨。⑮

其一:

咸丰十一年七月十六日 奉朱谕:
皇长子御名,着立为皇太子。特谕。

其二：

> 咸丰十一年七月十六日　奉朱笔
>
> 皇长子御名现立为皇太子,着派载垣、端华、景寿、肃顺、穆荫、匡源、杜翰、焦祐瀛尽心辅弼,赞襄一切政务。特谕。

次日,得到咸丰帝驾崩的噩耗及遗诏。⑯遗诏是由赞襄政务八大臣承写的,内称即位十一年以来,处理国事"未尝一日稍懈",把咸丰帝因沉溺声色而自戕美化为忧国忧民而亡,嘱托各路统兵大员和各省督抚,以及随扈王大臣、在京王大臣和衷共济,完成他的"未竟之志"。遗诏内只有数语述及奕䜣,说:"上年八月间举行秋狝,驻跸热河,旋经恭亲王奕䜣等将各国通商事宜妥为办理,都城内外安谧如常。"同日的另一道谕旨是:

> 咸丰十一年七月十七日,奉旨:
>
> 着派睿亲王仁寿、豫亲王义道、恭亲王奕䜣、醇郡王奕譞、大学士周祖培,协办大学士尚书肃顺、尚书全庆、陈孚恩、绵森、侍郎杜翰恭理丧仪。陈孚恩接奉此旨,即星速前来行在。豫亲王义道、恭亲王奕䜣、周祖培、全庆着在京办理一切事宜,无庸前赴行在。钦此。⑰

奕䜣沉浸在悲痛、恼恨和失望的情绪中。

奕䜣和咸丰帝之间,虽然一向存在着芥蒂,尤其是在咸丰帝生命的最后几个月里对他疑忌颇深,但是,他们毕竟是自幼一起长大的兄弟。在咸丰帝驾崩的日子里,奕䜣自然地产生有别于其他人的独特的眷念和回忆,那一起嬉戏玩耍的童年,共同习文练武的上书房同学生活,朗润园里兄君弟臣之间融洽唱和的情景……他不能不承认,咸丰三年指令他破例进入军机处,是对他真正的信任和倚重;也不能不承认去年八月在危难之际委任他督办和局也是信任和倚重。没想到自八月分别,至今竟成永诀,半年来的回銮要求和问疾请安终不得实现。想到这些,他跟一般遭逢丧事的人一样,只忆念着死者的好处,而把一切坏事略去或者转移到别人身上。

这别人自然就是肃顺集团。奕䜣清楚地知道阻挠皇帝回銮的就是肃顺集团。他早就说过热河苦寒,不宜于皇帝久居;他把皇帝生活的腐化归咎于肃顺及二王的引诱。他恼恨肃顺等人离间他们兄弟关系,在一些官绅中流行一种传说,说在咸丰帝临死前,曾经数次出旨召见奕䜣,都被郑、怡二王"隐秘不宣",⑱如果真是这样,他对怡、郑二王不会不愈加憎恨的。另外,李慈铭日记曾记载道:"闻上疾濒危,恭邸及诸司已赴行在。"⑲李慈铭是当时在京官员,为奕䜣主要支持者大学士周祖培的上宾,他的记载不会全无边际,虽然奕䜣并未赴热,但很可能做了这种准备。濮兰德和白克好司所撰《慈禧外纪》载:"七月初七日,慈禧密派一人赴京,告恭王以帝病危殆,速派旗兵一队来热,多叶赫族人。"⑳这本书中所述史实多有讹误,我们不必尽信,但是仅从这则记载来看,是与前两项记载有某种吻合的,即咸丰帝病危的消息确实曾不断地传至京城,奕䜣本人曾经想要亲赴热河问安,别人也曾经有过召奕䜣去热河的表示,只是由于肃顺等人的再次阻挠,才没有成行,造成了终生遗憾。

由于奕䜣没能及时赶到热河与咸丰帝消除隔阂,以致在临终顾命的时候,竟然未被列入其内。这无论是从他与咸丰帝的血缘关系上,还是从他对皇朝所作的贡献上说,都是极不合理的报偿。奕䜣极度地失望。这是他一生中第二次巨大的失望,第一次是父皇道光帝极其宠爱他,却没有将大位相传;这一次是咸丰帝依靠他度过了皇朝危机,临终时却未列顾命。不仅如此,而且连赴热河奔丧的权利都没有,而尚书陈孚恩倒被召去,可见奕䜣是被远远地排斥在一边,陈孚恩倒是八臣信任的人了。这又使他于失望之外,平添一层气愤。

十几天后热河寄来密函透露说,咸丰帝十六日遗诏系因皇帝手力已弱,不能执笔,由八大臣代为"承写"的。㉑王闿运的《麒祥故事》一文中也说:载垣、肃顺等知恭亲王奕䜣为咸丰帝所不悦,"故肃顺拟遗诏亦缘上意,不召王与顾命也"。㉒虽然都说奕䜣未能参与顾命之列是肃顺等人从中做了手脚,但是都不否认这是符合咸丰帝本人旨意的。然而奕䜣并不怨恨皇帝,他只把仇恨集中于肃顺集团身上。也许,这也是一种必要的政治策略。

对于肃顺集团憎恨和不满的,不只奕䜣,还有京师内外众多的官员。这些人普遍认为,新皇帝年仅六岁,正是当年顺治帝登基称帝的年龄,那时由太宗的兄弟济而哈朗和多尔衮摄政,现在也应在咸丰帝的兄弟中寻求摄政,才符合祖制。如果这样办,则"恭亲王奕䜣必可当摄政之任"。

奕䜣深孚众望的原因有二：一是平日待人处世，素称贤明；二是成功地扭转了由端华、肃顺和载垣等人导致的危局，实现了和平，并促成英法撤军，安定了社稷。现在，朝士们发现遗诏不任恭亲王为顾命大臣，甚至不许可赶赴行在治丧，群起大哗。[23]人们"骇惑"，怀疑遗旨的可靠性，"谓非圣意"；甚至认为批答奏章用军机处赞襄政务王大臣奉旨处分的字样都是违背祖法的。达到了吹毛求疵的地步。清代屡次有临终顾命之事，受顾命之人并不都是军机大臣，亦有亲王或御前大臣。那些人可以赞襄政务，为什么载垣等赞襄政务就是"乘间攥权"呢？军机大臣遵照遗旨与载垣等人共同赞襄政务又为什么是"阿附朋比"呢？这种指责是太过火了。不过，这些过火的议论反映了不可忽视的政治情绪。

由于肃顺等人所采取的垄断大权，不容奕䜣染指的做法，使北京留守部院各官迅速成为奕䜣的同情者和追随者。

奇怪的是，咸丰帝一死，热河方面除了寄来官方文书以外，几乎没有私人书信。这就是说，肃顺等人是进行着严密的封锁，他们限制热河的官员向京中通报信息。不过，奕䜣还是从官报上看出了热河政局的蛛丝马迹。

二十日收到的十七日文件中，除大行皇帝遗诏外，尚有关于赞襄政务王大臣拟旨缮递后，必须钤盖"御赏"和"同道堂"两方图章，以代表皇太后和皇上批准，方为有效。这意味着赞襄政务八大臣的权力是有限的，在他们的手脚上是有枷锁的。皇上年仅六岁，那么，所谓应由皇上掌握的同道堂印章实则是由他的生母那拉氏掌握了。就是说，只有皇后钮祜禄氏盖上"御赏"，皇帝生母那拉氏盖上"同道堂"，所发谕旨才是有效的。这种行政方式能说是单一的顾命制度吗？这种政权结构不意味着对顾命大臣的钳制吗？

而同一天收到的十八日内阁明发上谕，内容正是皇后钮祜禄氏与新皇帝的生母那拉氏均尊为皇太后。十七日谕旨与十八日明发同时到京，这说明十七日谕旨是有过争议的，很可能也是十八日拟定而将日期早署一天。这又进一步证明，八大臣是有意掩盖着什么？需要掩盖的可能恰恰是顾命八大臣与皇太后之间的某种争执。

奕䜣等人的推测是对的。

十八日,热河行在举行咸丰皇帝大殓奠礼,然后以小皇帝名义尊称那拉氏为皇太后,在此前一天已经尊称钮祜禄氏为皇太后。接着,肃顺八大臣面见两宫皇太后,议定诏谕章疏的处理方式。肃顺等主张中外臣工的奏章由八大臣共同处理,不呈太后阅览,谕旨由八大臣拟定,请太后钤印,代替应由皇帝行使的"朱批",但不得更改。这是尊崇皇权的表示,但是不给皇太后以否定权。两太后不同意,坚持所有奏章均应呈进,由太后阅览,谕旨由八大臣拟后,经太后认可方钤印生效。最后肃顺等人妥协。在事实上这就成为垂帘、顾命兼而有之的体制了。

接着议定了官员任免办法。八大臣主张由赞襄政务大臣共同拟定各省督抚要员的职务,经两太后裁可;其他官员的任命用掣签法,由军机处糊名签后,进呈御前,两太后坐于两旁监临,小皇帝居中抽签,先抽中者为正职,后抽中者为副职,之后发交各部抽签分定省份,最后揭名发表。㉔在这个问题上几乎没有异议。

在这之后的十几天内,八大臣面见两太后不过二三次。但他们八人内部意见完全一致,"共矢报效,极为和衷","诸事细心熟商,恐不入格故也",考虑到一向廷寄都写军机大臣字样,现在只写赞襄王大臣字样,觉得与旧制不合,"遂加三字于赞襄上,二者合而一之"。㉕

没想到却让细心的奕䜣从八大臣所办谕旨须钤两方御印和赞襄政务大臣之上加军机处三字,看出了热河有可以利用的矛盾以及八大臣的心虚之处。

奕䜣决心利用矛盾,与政敌进行一番殊死的较量。

二十一二日,热河行在密使到京。这是两宫太后派来征询恭亲王意见,约以共议大事的。

这个密使是何许人?众说纷纭。有的说是慈禧太后的亲信太监安德海;有的说是慈安太后以密旨交付侍卫恒起,送至京内的慈安之弟广科,由广科转达奕䜣;还有的说是奕䜣的七弟奕譞派手下人送往京城的。上述三种说法中哪一种可能性大些呢?一般人认为:肃顺一伙严密封锁消息,又对慈禧等人颇有戒心,所以太监或侍卫一类的人行动易于察觉,派出的可能性不大,只有第三种可能性大些。奕譞是咸丰帝七弟,因年龄轻,不为所重,在咸丰朝始终未授以实际职事,他对肃顺一伙也就没有什么好感。另一方面,他因是那拉氏的妹夫,可以出入宫禁,密使可能是他派的。

但是,这里要指出的是,在宫中咸丰十一年的奏事档上分明地记录着:"(八月)初七日醇王定郡王到行在。"就是说,七月下旬他不在热河,怎么能派遣密使呢?这个问题一直为前人所忽略。那么究竟是谁能派遣呢?比较合理的解释是,由奕𫍽的福晋即慈禧的亲妹派人。奕𫍽福晋以姐妹关系出入宫禁,是平常事,由她带出密信绝不会引起注意。然后她再派人送往京城,而奕𫍽不在热河,正好给人以传递家信的错觉。当然这些推测,今天均已很难验证了。

奕䜣见到密信,立即给以肯定的答复,并且再次正式具文奏请"奔谒梓宫"。同时请求奔谒梓宫的还有不少人,例如内务府大臣宝鋆等,均被肃顺等八大臣拒绝。㉖

七月二十五日(8月30日),奕䜣奉准赴热河叩谒梓宫。㉗这可能得力于两宫太后的特批。他立即进行动身前的准备。这种准备主要是确认党羽和寻求支持。能够完全信赖共谋大事的有贾桢,他是大学士而兼管兵部事务,与奕䜣有十几年的师生之谊;桂良,现与奕䜣同为总理各国事务衙门大臣,去年参与议和订约各事,他是奕䜣的岳父;文祥,现任军机大臣,兼总理各国事务衙门大臣,并任户部左侍郎,他在办理和局主持对外开放的工作中,与奕䜣同心协力,观点一致,不满意肃顺集团的错乱指挥;周祖培,现任大学士兼管户部事务;赵光,刑部尚书,这两个人过去都曾经受过肃顺等人的打击,因而积极支持扳倒肃顺集团。

此外,能够拥护奕䜣为其效力的尚有户部侍郎宝鋆,此人一直随同奕䜣办理和局。其时,咸丰帝受肃顺怂恿谕令将京中库存银两运至热河以供挥霍,他敢于拒不付银,并抗疏道:"守城需饷,库无存储,是无京城也。"以此,他遭到咸丰帝的打击,被借故降职为五品顶戴。㉘曹毓瑛,此人为军机章京,原来与肃顺关系不错,近来与焦祐瀛争宠不胜,倒向奕䜣。他是七月初七日去往热河轮值的,其后不断地向奕䜣提供行在的机密信息。其他如刑部尚书绵森、兵部尚书沈兆霖、刑部主事方鼎锐、内阁侍读许庚身、工部员外郎朱智、户部郎中朱学勤、大理寺卿朱梦元等也都成为奕䜣党羽,方鼎锐以下诸人同时兼军机章京,通过文祥正在从事秘密活动。㉙

在军队方面能够引为干城的是胜保和僧格林沁。胜保在京师八里桥之战受伤后,仍屡次要求再战,后经咸丰帝同意(由奕䜣推荐),陆续收容各路溃军,并吸收各省所派勤王军,共达一万多人,成为京畿一带最雄厚的武装力量。后来,奕䜣曾奏请胜保主持借用西法操练京兵。因此胜保对奕䜣颇有好感,而一再上书弹劾载垣、端华、肃顺。胜保的部队完全可以为奕䜣所用。

僧格林沁,是蒙古科尔沁亲王,又是清室皇亲,与奕䜣有亲戚之谊。僧格林沁在道光帝临终时被授为顾命大臣之一,咸丰朝他一直手握精锐禁军,卫戍京津。奕䜣相信僧格林沁与自己的关系更亲于他与载垣、端华的关系。

办大事必须谋定后动。在确信自己已有足够的力量击败肃顺集团后,奕䜣又派文祥去试探外国在华力量的态度。

英、法等外国势力通过一年来的观察,早就看出热河行在与北京留守政府之间的矛盾,并且看出二者在对外开放的态度上存在着很大距离,他们认为"只消朝廷不在北京,怡亲王、端华和肃顺继续掌权,我们就不能说中国人民确实承受了条约。各省当局看到国家重臣、实际掌权的人是偏向不友好的,他也就形成和我们为难的倾向"[30]。因此,他们正希望中国政局发生变动。

文祥在英国使馆会见了公使卜鲁斯,向他说明恭亲王此次赴热河的目的是要向两宫太后解释英法方面丝毫不存敌意,并要努力削弱妨碍回銮的势力。[31]这就暗示将要举行一次政变。而卜鲁斯则希望和祝愿最高权力能够落到太后和恭亲王的手里,当然这也是用隐晦的语言所做出的暗示。

现在奕䜣可以满怀信心,首途就道了。一路上他晓行夜宿,快马扬鞭,急急向热河奔去。

三、密谋政变,一举成功

八月初一日(9月5日)一大早,奕䜣到达行在。这里正举行殷奠礼。奕䜣奔到咸丰帝梓宫前,放声大哭,"声彻殿陛"。据一直守候在行在的

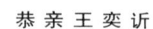

人说,自从七月十七日皇帝崩逝以后还没有人悲痛到如此地步呢!奕䜣的痛哭使"旁人无不下泪"。㉜

祭毕,两宫皇太后召见奕䜣。

如果径自单独进去,肃顺一伙也许会起疑心的吧?奕䜣遂故意做作一番,他请载垣、端华和肃顺等人跟他一起入见。果然肃顺等人原是准备要力阻他见太后的,但现在奕䜣主动请其相陪,遂放松了警惕。肃顺笑道:"老六,汝与两宫叔嫂耳,何必我辈陪哉?"㉝奕䜣正好单独进见两宫皇太后。

两太后即母后皇太后钮祜禄氏和圣母皇太后那拉氏。钮祜禄氏是广西右江道道员穆扬阿的女儿,咸丰帝登极前已入宫为皇子福晋,咸丰二年正式立为皇后。她性格温和,但善于规谏,据说她看到咸丰帝在热河行在,意志消退,自题"且乐道人",便正色劝告他不应如此,应以江山社稷为重。可见她在原则问题上是有见地的。她被尊为皇太后比那拉氏早一天,肃顺等有意抬她而压抑那拉氏,但她平日看不惯肃顺等出入宫闱不避嫔御的粗暴行为,同意了那拉氏的主意,决计扳倒肃顺,二人常常"俯巨缸而语,计议甚密"。

那拉氏是安徽省徽宁池太广道道员惠征的女儿,咸丰元年(1851)入宫,咸丰六年因生子载淳,进为懿妃。后又进为懿贵妃。她有才干,据说对咸丰帝处理政事时有干预,反对咸丰帝逃往热河,后又反对同英法议和,主张对外持强硬政策。她风闻肃顺等人向咸丰帝献计铲除她而仅留其子继位,又联系到肃顺等人一贯压抑后宫眷属的供应,因此对肃顺等人恨之入骨。

奕䜣与她们的谈话是在极秘密的情况下进行的。大体上,她们向奕䜣控诉了肃顺等人近日来有意以抑此扬彼的方式离间关系,以及其他各种跋

慈禧太后

扈不臣的情形,要求奕䜣设法诛灭之。奕䜣向她们陈述两点意见:(一)要下手,"非还京不可",并且要"速归",他对京城的人心和部署有绝对把握;(二)"外国无异议,如有难,唯奴才是问",他担保发动政变的时候,不会遇到外国势力的干扰和阻挠。㉞

这次召见用了"一时许",即两个小时左右。这是多日以来两宫皇太后召见王大臣时间最长的一次。这使肃顺等人"颇有惧心",开始警惕起来,"见恭王未尝不肃然改容"。㉟

奕䜣也很谨慎,这一天他只休息,不见客。

两宫太后也没有示意他何时返回。

但是他们的党羽已从这次召见时间之长,意识到奕䜣的到来已使两宫太后心里有了"主宰"。虽然为防备肃党耳目不能即时访晤恭王,但相互之间已互相勉励,要为恭亲王"尽心区画","随时保护",要做这一场政治变革中的"元祐正人"。其中代号为"樵客"的章京与被称为"竹翁"的人(据考证是曹毓瑛)计议,上策是"将斧柯得回",得到兵权;中策是"以早回銮为宜"。据樵客密札说,恭王听人说梓宫"归路"的桥道铺垫工程须俟"中秋后再办",立刻"大怒",显然是急于促成回京。《密札》还谈到了奕䜣与两宫太后谈话的内容,这可能是奕䜣见到了一个被称为"竹兄"的党羽并向他作了透露,这个竹兄大概就是代号为竹翁的曹毓瑛。㊱

奕䜣在热河盘桓期间,与肃顺等人相互周旋。在一次聚餐中,他的五兄惇亲王奕誴乘着酒酣,竟然手提肃顺的大辫子喊道:"人家要杀你哪!"奕䜣知道这位五兄因为没参与密谋,而又有所风闻,大发了醋意,但是奕䜣谈笑自若。肃顺也就没有介意,随口答道:"请杀,请杀。"㊲奕誴的行为等于预泄天机,据说此事后来被那拉氏得知,遂终生不让奕誴参与国家大事。

初五日,八大臣代奕䜣请示行止。太后命明日请安,将安排返回日期。这天,那个代号"樵客"的人登门造访,"坐谈一时许"(两小时左右),大约谈到肃顺等人七月二十四日以掣签法放了崇文门正副监督以及各省学政等八九十名差事;谈到肃顺等人不顾舆论,将户部左侍郎和太仆寺卿的职务未经掣签就安排给匡源和焦祐瀛,以"小利结之",而此二人"竟居之不疑,且有拜门生之说";还谈到肃顺对多数章京不信任;谈到长夜待旦的苦闷心情。

奕䜣通过这次谈话,对八大臣集团有了进一步了解。载垣、端华、肃顺当然是核心人物,穆荫、杜翰也早已是中坚骨干,匡源过去曾在上书房里与奕䜣有师生之谊,现在被肃顺拉过去了,那个焦祐瀛是有些见识的,成立总理衙门就是他最先提议的,但现在居然要向肃顺等人拜门生,也是卖身投靠了,只有一个景寿是自己的姊夫,可以争取的,但此时他与他们搅在了一处。

奕䜣劝这个亲信章京"稍安"勿躁,"且俟进城再说"。[38]该人深为感动,称"相待优厚,可感之至"。奕䜣的抚慰起了稳定情绪的作用,这个樵客为促成政变提供了许多重要情报。

初六日,奕䜣进见两宫皇太后,按照"樵客"的意见,他劝两宫"主持坚定",并尽早定下回京日期,"以杜奸谋"。

从这时肃顺一派的一个秘密人物的密札看,肃顺一伙对于奕䜣等人的密谋没有察觉,被表面现象所迷惑了。诸如说到,那拉氏等人"声势大减",对于她的诸多需求也可以抵制得住了;奕䜣来热,"虽然单起请见,谈之许久",但并未因此而与同辈反目等等。他们甚至以为"自顾命后,至今十余日,所行均惬人意",并且乐观地估计:"循此不改,且有蒸蒸日上之势。"[39]

大约就在同一天,两太后与八大臣商妥"早回"原则。

初七日(9月11日),奕䜣离开行在。

关于奕䜣离热赴京,有两个传奇性的说法。惇王之孙溥雪斋回忆说:当咸丰帝未死时,一天秘密地对奕䜣说:"你在这里不妥,他们(指肃顺等)将不利于你,赶快秘密地回京罢!"奕䜣退出之后,一面密令他的护卫和随从先到布塔拉庙后门去等他;一面向怡、郑二王说:"我就要回京了,打算先逛一下布塔拉庙再走。可是我的底下人们还没有来。你们有轿子,让我坐一坐。"他们听说奕䜣要走,很高兴,遂连声说:"请爷坐,请爷坐!"奕䜣坐上他们的轿子,进了庙的正门,匆匆下轿步行到庙后门,带上随从就急回北京了。[40]这个说法虽然有失实之处,奕䜣是来奔丧的,怎么还能由咸丰帝向他示意逃走呢?但如果说两太后或者其他的同情者,示意他速归,倒有其可能性。我们再将薛福成的记载作为参证,他写道:奕䜣唯恐被肃顺派人追上行刺,遂一路"兼程而行,州县备尖宿处,皆不轻居"。㊶把两则记载综合起来看,奕䜣的归程还真有点刘邦智离鸿门宴的惊险气氛呢!

奕䜣还没有到达北京,由他所煽动的垂帘舆论就已经形成了。这是由其在热河行在的党人们不断将他在热河的行动及意见密传至京而掀起的。他的重要支持者、大学士周祖培于初四日嘱托门客李慈铭(字莼客),检索历代贤后临朝先例呈进。李慈铭遂列举汉代和帝皇后,顺帝皇后;晋代康帝皇后;辽代景宗皇后,兴宗皇后;宋代真宗皇后,仁宗皇后,英宗皇后等共计八个临朝皇后的事迹,以影射比附今日政局亦应当实行垂帘。㊷书名即为《临朝备考录》。

周祖培同时示意门弟子董元醇直接上疏,请求"太后垂帘,亲贤夹辅",㊸公然向八大臣顾命制度挑战。此折已于初五日发出。

剿捻前线手握重兵的胜保和谭廷襄在三天前上黄折为皇上及皇太后请安,并请求赴热河奔丧,折尾竟声称折子发出之日即起身,约于初十日可到京师,然后北上赴热。㊹折子表示出无视八大臣关于不准各路统兵大员奔丧的意向。

这一下热河可就有戏可看了。

初七日,即奕䜣离开热河这天,八大臣利用手中权力颁布次年建元为"祺祥"年号的诏书,同时接到胜保要求奔丧的奏折;奕䜣的七弟奕譞回到热河。

八大臣知道胜保是一员悍将,对他不敢怎么样,但为维持尊严,以明发上谕将胜保和谭廷襄交部议处,实际仍顺水推舟地准许胜保前来。同时向另一个统兵大员僧格林沁发去一函,示意他也可以例外地到热河来。企图拉拢僧格林沁以抵制胜保。

初九日,董元醇奏折递到热河,两太后将此留中不发。十一日(9月15日),就董元醇奏折进行激烈的争论,两太后明确表示准备接受董折要求。载垣等人坚决反对垂帘,并抗言道:"臣等系赞襄幼主,不能听命于皇太后,请皇太后看折亦为多事。"在这场事关根本权力的争吵中,双方都动了气,"声震殿陛,天子惊怖,至于啼泣,遗溺后衣"。㊺年幼的同治帝吓得把尿撒在慈安太后的衣服上了。

慈禧把董折发下,让八大臣去拟旨。初稿由军机章京吴某拟,一般地驳斥董折。八大臣审稿后,认为还不够劲,由绰号"麻翁"的焦祐瀛修改,加入"是诚何心？尤不可行",重点批驳董折关于"亲王辅政"的要求,把矛头指向了奕䜣,于是八大臣"诸君大赞"了。旨稿呈进后,两太后拒不钤印,拖至次日。八大臣以不钤发就不办公相威胁。最后是两太后妥协,将痛驳董折的谕旨发下。八大臣取得了暂时的胜利,慈禧太后和奕䜣联合掌权的要求理所当然地受到了遏制。八大臣逼迫钤发谕旨的行动使两宫皇太后对他们愈加痛恨。

胜保于十四日晚间抵达热河,并叩谒梓宫。开始他异乎寻常地驯顺,在此前十二天,他上折子承认向皇太后直接请安是违背体制的,这给了八大臣他认罪态度尚好的印象。

入夜,奕䜣安插在热河的代号为"守黑道人"的亲信密访胜保。胜保对他说:八大臣"罪状未著",不可实行兵谏,免落"恶名"。[46]该人觉得很对,"深以为然",并惊奇地感到胜保不那么鲁莽,倒是"颇有阅历"的了。为了稳妥起见,他还是再三叮嘱胜保道:肃顺辈颇畏大帅威名,大帅应蓄虎豹在山之势,不去惊动他们,免得被削夺兵权不好再办大事,"须俟进城,自有道理"。[47]这是怕胜保胡来,败坏大事。

胜保既未被两太后召见,也未要求召见。[48]八大臣从他身上看不出任何危险迹象。

胜保为何态度那样呢？可能奕䜣于初十(9月14日)回到北京后,向胜保面授"机宜"了,因此胜保到热河才有那样稳重的表现。

另一方面,奕䜣又努力制造出北京平静的假象,以进一步麻痹八大臣。

奕䜣通过在热河的亲信发来的密札掌握那里的动向。同时他防备京内有人为肃顺等人提供消息,因此实行韬晦之计。回京当天,廷臣们便纷纷"会谒于邸第",探听口风。奕䜣对他们只谈咸丰帝的"梓宫"即将还京,皇太后及新皇上圣体均甚健康,而绝口不提垂帘事,甚至对周祖培也守口如瓶。董元醇的上疏是周祖培授意的,现在董元醇受到朝旨申斥,周祖培从奕䜣这里又摸不到底细,便不敢再提起已让人撰写《临朝备考录》

一事。不久，已经退休的前大学士祁寯藻也从保定寄信给朝官，说垂帘本非清朝家法，董议不可行。于是，“朝野啧啧”，不再谈垂帘，甚至于有人还猜测回銮后董元醇必遭进一步严谴。

宗室恩承看到朝臣们噤若寒蝉，士气不振，劝奕䜣向大家宣告太后的决断。奕䜣说，不必着急，载垣等人正在志得意满，得到这些情况后更能促其麻痹，待他们还京以后，“执付狱吏可也，安用大声色哉？”㊾此时他已经成竹在胸了。

果然，京城消息风传至行在，肃顺等人“大喜”。

八大臣放手地做回京准备。十三日（9 月 17 日），发布上谕，定于十月初九日甲子卯时在京举行新帝登极颁诏大典。十四日（18 日），发布上谕，择定九月二十三日辰时咸丰帝梓宫离热回京。十八日（22 日），议定梓宫离热礼节，并决定皇太后及皇上届时恭送梓宫就道后即由间道先行回京等事宜。

九月初一日（10 月 4 日），奕䜣的支持者大学士桂良、贾桢、周祖培，以及身在湖北的官文共同与身在热河的协办大学士肃顺从内阁角度联衔拟定皇太后徽号，上钮祜禄氏为“慈安皇太后”，上那拉氏为“慈禧皇太后”。

在八大臣放心地准备回京的时候，肃党中也有人反对，例如吏部侍郎黄宗汉“以京师可虑遍告于人”。㊿还有人传说，奕䜣曾鼓动钦差大臣袁甲三和陕西巡抚瑛棨上疏，要求两宫听政，而肃顺等“心满志得，得疏亦漫不省览”，只有杜翰有所忧虑，在给友人的信中写道：“默考时局，变故正多。”逆料后来可能会发生武则天篡唐一类的事变。(51)

但总的说来，肃顺一伙缺乏警惕。奕䜣、那拉氏一伙却保持着内紧外松的备战状态。

九月四日（10 月 7 日），两宫皇太后谕令端华调补工部尚书，并补授步军统领，又暂时署理热河行在步军统领之职。这本来是一步错棋。但端华受命后，即与载垣、肃顺面见太后，以所兼差务繁忙，请将他们所担负的宫廷管理处所方面的职务改派给别人。他们的本意在于自谦，或者表功报苦，却被太后趁势将载垣的銮仪卫上虞备用处事务、端华的刚刚到手的步军统领职务和肃顺的管理理藩院及响导处等职务免去,仅将管理理藩院事务一职转给八大臣之一的穆荫。八大臣弄巧成拙,两太后趁势夺权,实现了奕䜣及其亲信早已规划的收回斧柯的上策。步军统领一职当即由慈禧委任给奕譞。

十八日(21日),奕䜣的七弟奕譞受慈禧密嘱,草拟了将肃顺等人革职拿问诏谕,然后由他的福晋携入宫中,交慈安太后藏在内衣中,以备回京使用。

嫔御们自从确定回銮日期后,就陆续先行。据说,当这些人来辞行的时候,两太后曾哭着说:"若曹幸自脱,我母子未知命在何所?得还京师相见否?"㊄对于未来前途,她们不敢过于乐观。

此时,奕䜣正在京内以两宫太后的名义命令步军统领仁寿、神机营都统德木楚克扎布、前锋护军统领存诚、恒祺进入战斗状态,复命胜保带兵迎驾。㊅

斗争着的双方,一方掉以轻心,一方严阵以待,其结果就可想而知了。

二十三日(10月26日),新皇帝载淳与两宫太后目送咸丰帝梓宫上路,然后分道而行。肃顺扈从梓宫走大道,陪同他的是奕譞和仁寿,实际是监视他。载垣和端华护送新皇和两宫皇太后间道而行。

二十九日(11月1日),奕䜣带领从人远迎皇上、皇太后于京郊道上。未正一刻,行至京城德胜门外,早有留京王大臣,文武官员身着素缟排班跪迎于道。銮驾回至大内皇宫,奕䜣立即密陈在京所布置的一切,两太后完全放心了。

三十日(11月2日),两宫太后正式召见恭亲王奕䜣,大学士周祖培、桂良、贾桢,侍郎文祥等。两太后向这些人哭诉载垣、端华、肃顺等人欺侮等罪。周祖培遂说:"何不重治其罪?"

慈禧故意问:"彼为赞襄王大臣,可径予治罪乎?"

周祖培再言:"皇太后可降旨先令解任,再予拿问。"

于是慈安将早已由奕譞草成的那份谕旨拿出,交给奕䜣,当众宣布。谕旨宣示肃顺等人三大罪状:(一)上年由其"筹画乖方",致使英法联军兵犯京津,火烧圆明园;(二)兵退后仍力阻回銮,致使咸丰帝"圣体违和"

"龙驭上宾";(三)矫旨痛驳董元醇奏折,是为"专擅"。谕令解除载垣、端华、肃顺一切职务;令景寿、穆荫、匡源、杜翰、焦祐瀛五人退出军机处,分别轻重,按律治罪。

这道谕旨承认清朝没有垂帘听政的先例,但是强调"事贵从权",不应"拘守常例",要求恭亲王会同大学士、六部、九卿、翰、詹、科、道等讨论如何实行垂帘体制。㊆

这时载垣、端华入宫,看太后面见这么多大臣,不明白发生了什么事,冒冒失失地喊道:"太后不应召见外臣!"

奕訢遂乘势宣读谕旨,历数载垣、端华、肃顺三人的罪行,将他们革职。随后,命数名侍卫摘去载垣、端华的顶戴,推出隆宗门,锁禁于宗人府。㊄

接着奕訢派人火速传谕正在京热大道上监视肃顺的睿亲王仁寿和醇郡王奕譞,命令他们相机擒拿肃顺。

内阁大学士贾桢、周祖培,尚书沈兆霖、赵光等共同疏请皇太后亲操政权以振纲纪。

这一天,胜保在奕訢授意下于二十八日呈出的请皇太后亲理大政并简近支亲王辅政的折子也已到京,僧格林沁在几天前也正式函告他不能听命于八大臣的约束。

近畿满蒙武装部队已公开站到太后和恭亲王一边,朝臣的劝进奏疏也已呈上,八大臣已经落网,两宫太后遂命令廷臣会议,讨论皇太后亲理大政及另简近支亲王辅政问题。

一场夺取最高统治权力的宫廷政变,就这样在奕訢的策划和指挥下,兵不血刃地结束了。

四、稳定大局,不肆株连

处理完八大臣的事后,两宫皇太后发出的第一件委任令就是授奕訢为议政王,指令他在军机处负责。整个政变在奕訢的周密部署下顺利成功,两宫皇太后以手无斧柯屡受欺压的地位一下取得了垂帘之主的地位,由衷地感激奕䜣,觉得无论怎么赏赐和信赖他都不过分;况且,她们明白必须让奕䜣掌握一切大权才能巩固政变成果。所以,军机处的人选就完全是由奕䜣挑定的,其中,只有文祥是以原军机大臣留任的,其余如大学士桂良、户部尚书沈兆霖、户部右侍郎宝鋆都是新入军机的;另外指定积极参与政变的军机章京曹毓瑛为"军机大臣上学习行走"。

然后奕䜣按国际惯例将中国政府改组情形通知在京英法公使,谋求支持。同时函告各封疆大吏:肃顺集团已经获罪被逮捕,谕令今后一切廷寄使用"议政王军机大臣"字样,并废除前赞襄政务王大臣所做的一切规定。这就等于宣告全部政权已移交到议政王手中。

此外,奕䜣还被补授宗人府宗令。宗令是宗人府最高长官,有了这个职衔,奕䜣就可名正言顺地处理肃顺、载垣、端华等宗室人员。接着,奕䜣又被补授为总管内务府大臣。这是内务府最高长官,据此,他掌握了全部皇族事务的管理大权,以及满洲上三旗军政事务、宫廷内部的人事、财务、礼仪、保卫、刑罚、工程、农林牧副渔和日常生活的一切巨细事务。同日还委任他管理宗人府银库,使之直接控制皇室财权。可以说是大权集于一身了。

新政权对于肃顺集团的处置采取了宽严结合原则。

十月初一日(11月3日)晨,奕譞和仁寿将肃顺从密云押回后,将逮捕经过详细奏明两宫太后及奕䜣。他们听说肃顺在行馆里携带两名姬妾,被捕时"咆哮狂肆","逮者以械击之犹不止",立即派西拉布前往肃顺府上查抄在京家产,派春佑查抄肃顺热河私寓。为防走漏风声,初一日下达谕令,初三日才交内阁明发,这时行动已经结束了。[56]

清律规定,满洲贵族享有法律特权,王公以及宗室人员非犯叛逆重罪,不得判死刑,不得监禁于刑部,仅入宗人府拘系,不上枷,以示优待。如果正常处理肃顺等人,也当如此。但是肃顺等人与慈禧结怨甚深,奕䜣也怕肃顺等人不死易成后患,所以必欲置之死地。

从初五日起,宗人府与内阁大学士等部臣开会拟定肃顺等人罪刑。因肃顺等人被授为顾命大臣以来,所行各事均符合"祖制""家法",无大出入,因而久议不决。最后是刑部尚书赵光主张以载垣、端华、肃顺等阻挠太后垂帘、亲王辅政,"矫诏"赞襄政务,构成大逆不道罪,应处以凌迟。

此议又有诸御史支持,遂定议。㊄

初六日(8日),由奕䜣领衔各部院大臣联合签名的奏折呈给皇太后和皇上案前,共拟肃顺等人六条罪状:

第一条,办理交涉不善,失信于各国,致使先帝北狩,圆明园被焚;

第二条,阻挡回銮,致使先帝圣体违和,病死行在;

第三条,假传谕旨,造作赞襄政务名目,诸事不请示,擅自主持;

第四条,暗用离间,声言太后不应召见亲王,对两宫皇太后也互有扬抑,居心叵测;

第五条,肃顺擅坐御位,自由出入内廷,对宫内传用物件,抗违不进;

第六条,肃顺拒捕,咆哮狂肆;恭送梓宫,携带眷属行走。

奏请定首恶肃顺凌迟处死,至于载垣、端华系宗室亲王爵号,景寿、穆荫、匡源、杜翰、焦祐瀛系随声附和,请予区别处理。按照当时惯例,把法外开恩的地步留给两宫太后。

其实处理意见奕䜣早与两太后定好,当日即发布上谕,判处肃顺为"斩,立决";勒令载恒、端华自尽。这样,所谓"三奸"就完全定为死罪。御前大臣景寿,因是公主额驸,仅革职务,保留公爵和额驸品级;兵部尚书穆荫革职,发往军台效力赎罪;户部左侍郎匡源、署理礼部右侍郎杜翰和太仆寺卿焦祐瀛均革职,免予发遣。㊅

需要指出,由奕䜣领衔共拟的六大罪状,虽然多数是可以指陈实据的,但第三条"假传谕旨,造作赞襄政务名目"却是有些牵强。当时,因咸丰帝临终手不能执笔而由八大臣承写顾命之谕,但确系帝意,并非"造作"和"假传"。慈禧和奕䜣为了打倒政敌硬是编造罪名,是不实事求是的。而满朝大臣为了在新政权中维持自己的仕途经济,也无人匡正。这一切都反映了统治阶级内部权力斗争的残酷性和无原则性。

批准谕旨下达后,立即派定肃亲王华丰和刑部尚书绵森两个满族大员到宗人府向载垣、端华宣布谕旨,令其以绢自缢;又派睿亲王仁寿和刑部右侍郎载龄在菜市口监斩肃顺。据当时记载,围观法场的人如山似海。当肃顺因车穿越人群时,不知谁大呼一声:"肃顺也有今日乎?"顿时,人们躁动起来,顷刻间,肃顺的白胖面孔就被纷纷掷去的砖瓦泥块打得模糊不可辨认。㊆

在处治八大臣的同时,展开了肃清肃党活动。根据揭发,吏部尚书陈孚恩于上年七月,迎合载垣等意,劝咸丰帝逃离京师;本年咸丰帝逝世,八大臣只召陈一人赴热,是为"心腹"。侍郎黄宗汉于本年春力阻皇帝回銮;迨至咸丰帝死,又阻止梓宫回京,显然也是肃党。此外如侍郎刘昆、成琦、太仆寺少卿德克津太、候补京堂富绩等均或与肃顺等往还密切,或由其保举起官,或向其拜认师生。这些情况是由奕訢带领军机大臣讯问御史许彭寿得到的,经初七日上谕认定,将以上诸人一律革职。

在这一封上谕里又强调,对于那些因公务关系与肃顺等人有所往来者,"不咎既往",这表明奕訢和慈禧、慈安都有不把问题扩大化的愿望。

但接着又传讯了宫内与肃顺等交往密切并主动投靠的太监杜双奎、袁添喜、王喜庆、张保桂、刘二寿等,将他们发往边远地区给官兵为奴,甚至连造办处匠役韩套儿等六人也因给肃顺私宅修钟上弦被杖责。⑥⁰看来,查办党援的事情还是有一点扩大化的趋势。

二十一日,奕訢和两宫太后看到睿亲王仁寿等人共同呈进的《前议郊祀配典并非附会载垣之意折》⑥¹,意识到如果继续大治肃党,牵连多人,将人人自危,不利于稳定局面。

但对查有实据的人又不能不办。例如,陈孚恩在道光朝官声甚好,道光帝赐予"清正良臣"匾额,临终被授为顾命之臣,但咸丰朝,受到怡、郑二王排挤后即转而依附之,且于肃顺家产内,查出许多陈孚恩书信,"中有暗昧不明之语",实属肃党。又如黄宗汉,有干才,屡任封疆之职,"清强敢为,有黄老虎之目",咸丰帝赐予"忠勤正直"匾额,但自入朝后,亦依附于肃顺等。二十二日,奕訢和两太后经由内阁明发上谕,将该二人所得匾额收缴,宣布该二人将永不叙用。⑥²后来又将他们发往边疆。

对于其余的人就不再追究了。二十九日,在军机处当众将所查抄的肃顺家产账目及往来书信,全部当众销毁。未出十月(11月),对肃顺集团的处理工作全部结束。

五、"垂帘""议政",联合掌权

十一月初一日(12月2日)这一天,是举行垂帘听政的日子。在养心殿内宽阔的御座上,坐着六岁的新帝载淳,他就是同治帝。在他的后面,隔着八扇黄色纱屏,一左一右坐着慈安皇太后和慈禧皇太后。恭亲王奕䜣率领内廷诸臣及王公大臣、六部、九卿在养心殿前行礼。然后,奕䜣进至殿内,站于御案左侧,以议政王身份接递奏疏,呈于御案,为两宫皇太后提供决策性处理意见。太后垂帘与亲王议政的新时期开始了。

在此之前的十月初五日(11月7日),内阁公布取消了肃顺等所定"祺祥"年号,代之以"同治",决定以明年为同治元年。十月初九日,新帝载淳于太极殿举行登基大典。随后,在一份内阁明发上谕中宣布了统治中枢的办事程序是:第一步,各省及各路军营折报均先呈两宫太后披览;第二步,交议政王、军机大臣等"详议",提出处理意见;第三步是请谕,即请两宫懿旨裁夺;第四步,按裁定意旨再由军机处拟旨;第五步,再呈请两宫皇太后审定正式颁发。⑬按照这五步程序,奕䜣取得的是议政和施政权,两宫皇太后取得的是审核和裁决权。

遵照上谕精神,王公大臣六部九卿用了十几天时间,反复讨论垂帘听政章程。朝臣们头脑中均有二百余年女人不干政的旧观念,因此几经磋商,御史杨秉璋等也各自试拟章程,都不能合乎慈禧太后之意。最后,总算是将十一条垂帘听政章程议妥,由礼亲王世铎领衔呈上。至此,垂帘听政的准备工作全部就绪。十天以后,两宫皇太后正式下诏,接受诸王大臣、大学士、六部、九卿、翰、詹、科、道关于恭请垂帘听政的要求。

严格说来,这个垂帘体制是一次联合政权,是反肃顺集团的两派力量对于政权的一种瓜分形式。

这两派反肃顺力量,一是太后派,即后党;二是奕䜣派,即恭党。

但是太后派势孤力单,他们的核心是慈禧太后。慈安太后只是一个陪衬,是被慈禧太后硬拉起来参加倒肃顺政变的,在政变之后,慈安仍然对政治并无兴趣,也并不擅长,她谨守后宫之德。慈禧太后倒是对政治饶有兴趣,但在政变前,她受到肃顺的封锁,不能接见外臣,手中无一兵一卒;政变后,她取得了军政大事的审批裁决权,又由于受到恭党的包围,兼对政事不熟,这种权力的行使在几年甚至十几年内只不过是一种例行公事。《慈禧外纪》说:"初次听政(同治元年至同治十三年即1862—1874年),可为太后试验之期,表面若无大权。"⑭是合乎事实的。不过,并不是无大权,是虽有而不常用。在这种情况下,两宫皇太后授予奕䜣为议政王,形式上是笼络他,实质上是不得不依靠他。

奕䜣派人多势众。拥护奕䜣掌权的人不仅有在京朝官,而且有一部分行在官员,还有统兵大员胜保和僧格林沁的支持。不论是董元醇的上疏,还是贾桢、周祖培等人的上疏,都于奏请垂帘听政之外,另要求简派亲王辅政,这是明显地为奕䜣掌权张本的。在后来的胜保第二封上疏中,更公开地要求一个新时代的周公。毫不夸张地说,当时朝官心目中理想的周公就是奕䜣;或者希望他作本朝的多尔衮。

但奕䜣却不作周公,也不作多尔衮。周公是古代周朝武王的兄弟,名姬旦,帮助武王推翻商殷的统治,被封于鲁,武王死后,子成王立,年幼,周公忠心辅佐,武王的另两个弟弟管叔和蔡叔不服,纠合亡殷残余分子武庚作乱,周公平定之,遂大治天下。多尔衮是清太宗皇太极的异母弟,太宗皇太极逝世后,多尔衮与诸王议立福临为帝,并与济尔哈朗同为摄政王,将国都由盛京迁往北京,然后去掉济尔哈朗,独自掌理全国军政大计,统一全国,曾得皇父摄政王称号,但死后被追夺爵号。奕䜣坚决不单独掌权,是其娴于历史经验的缘故。《慈禧外纪》的作者在这一点上的分析是有道理的:清代顺治年间的摄政王多尔衮和康熙初年的辅政大臣鳌拜等人,都曾经权势煊赫,不可一世,身后却皆不得善终,奕䜣怂恿太后垂帘,是希冀以垂帘之名,"而实权归己"。[65] 这既是他的聪明之处,又是他的简单之处。

所谓聪明,是他看出这时已是皇权高度集中的时代,非周公的时代可比,多尔衮和鳌拜等人下场不妙的根本原因是侵越了皇权。所以,他奕䜣要想掌握大权,就必须找皇权作为保护伞,在这伞下施展自己的治国思想。他以为自己是可以控制两宫皇太后的。

所谓简单,是他没有看出慈禧太后并非等闲之辈,她在利用慈安太后的谦和,与之共同掌握象征皇权的两枚钤印图章,也在利用奕䜣的力量以击败自己的政敌肃顺集团。她能屈能伸,在她统治经验不足时,能够完全依赖奕䜣;在她自感经验已足、羽翼丰满时则能够毫不手软地削除对自己并不驯服的人。这一切都是因为她既有才干,又有野心,是不肯听任别人摆布的人。可见,奕䜣低估了她。

奕䜣人多势众,为什么要拥戴两宫,促成垂帘局面呢?这是由高度发展的皇权集中主义决定的。如果仅以奕䜣本人的才能而论,他早在道光帝逝世时就当称帝,但道光帝从封建道德观念出发传位给咸丰帝了;现在如果奕䜣谋求自立也会得到外国势力的支持,但是在正统观念已深入人心的统治集团内他必然失去普遍的支持。他决不会走这步蠢棋的。那么,可否单独取代肃顺集团的顾命大臣地位呢?可行性极小。因为肃顺等八大臣确系咸丰帝临终托孤的顾命大臣,遗诏已发至全国,具有执政的合法性,独力扳倒肃顺即为非法。不得已,只有争取手握皇权象征的两枚大行皇帝遗章的两宫皇太后的支持。但是两太后已取得八大臣的让步,有了阅折和钤印权,如果奕䜣不进一步给以听政大权,两太后就没有必要舍彼就此。可见,争取皇太后的办法只有带动合朝文武,共上垂帘听政之请,满足她们的政治欲望,帮助她们摆脱肃顺等人的压抑了。一旦争取了两太后的支持,就可以利用皇权宣布肃顺等八大臣的掌权为非法,自己的掌权为合法了。

留京大臣对奕䜣的意图心领神会,又兼多视之如周公,所以虽着意于拥护奕䜣主政,却支持奕䜣的"垂帘"倡议,只是把"亲王辅政"作为附加条件提出来,这正是奕䜣的目标。当时的朝臣中,没有几个人能看到一二十年以后朝局竟会发展到恭王被黜,太后独裁的地步。

不过在政变之初,政权确实是"太后垂帘"与"亲王辅政"的联合政权,而且,从实际上说恭王的权力更大一些。

辛酉政变后,奕䜣获得两宫皇太后的支持,以廷寄、上谕、懿旨等形式来贯彻自己的治国思想和主张;两宫皇太后操持君上大权,携幼帝而君临全国。双方均是政变的获益者。肃顺、载垣、端华被称为"三奸"而处死,是政变的牺牲品。

这一年,奕䜣三十岁,慈禧二十七岁,慈安二十六岁。政敌方面,肃顺四十七岁,端华是肃顺之兄,当更大;载垣比端华似乎更大,且同为道光帝临终的顾命大臣。政变客观上促成了最高统治集团的人事更新,新的统治者是几个精力充沛、头脑敏捷、思想较新的人。

政变调节了最高统治集团内部的关系。一些朝臣之所以支持政变是由于在肃顺政权下有惴惴不安之感,肃顺擅作威福,骄横跋扈,执法过猛,其亲信也预料他必败,可想而知肃顺等人与一般朝臣的关系是紧张的。政变前,虽然八大臣已给两太后钤印权,诚如《密札》所说,已经是"垂帘辅政,盖兼有之"了,毕竟双方深怀宿怨,太后与八大臣间频繁摩擦,殆无宁日。政变解决了这些矛盾,避免了统治集团过多地内耗,有利于集中力量治理国内人民。所以政变得到京内外官绅比较普遍的拥护,例如,曾国藩、李鸿章叹服恭亲王与太后发动政变为"自古帝王所仅见"之"英断";⑯吴云说政变后,"朝端肃清,政化一新";⑰李慈铭兴奋地填词一首,祝愿清王朝"中兴"有日。⑱

政变也有利于进一步调整中外关系。政变前,热河行在与北京留守政府间在外事方针上的经常脱节,已被在华各国外交人士和清朝地方官员看得很清楚。政变后,对西方事务表示颇感兴趣,并乐于与西方国家打交道的奕䜣集团掌权,使中外接触有了更广阔的前景。所以英国公使卜鲁斯高兴地向其本国报告:"已故皇帝的亲信逮捕斥责后,接着就有一通上谕:宣示太后听政,任恭亲王为首揆。桂良、文祥等人并有任命。总之,大家认为其表现最有可能和外国人维持友好关系的那些政治家掌握政权了。"⑲

素有"中国通"称号的英国人赫德在政变前这样评论奕䜣:

> 这位亲王并不很聪明,他对于外国政治或政治经济学还没有十分精通;但是他是具有善良用意的人,只要能够知道什么是对的,并且被准许去做的话,他是急于要做对的事情的。他有很多的地方要去斗争,因为在许多措施当中他被排外的大员们所反对。在这些大员中有皇帝听从他们的话而又和皇帝一起在热河的那些主要宠臣们。⑳

赫德带着"高等民族"的优越感是难以对中国政治家作出较高评价的,何况奕䜣对资本主义社会知识的学习还刚刚开始。但他还是如实地肯定了奕䜣的开明和抱负,客观地指出了奕䜣的处境。

现在,盘踞于奕䜣头上的那个排外集团瓦解了,关心政局的中外人士遂把目光集中在奕䜣身上。

【注释】

① 《曾国藩全集·家书》第一册,岳麓书社1985年版,第581页。

② 《第二次鸦片战争》丛刊第五册,第255页;《筹办夷务始末》(咸丰朝)第七册,第2570页。

③ 《第二次鸦片战争》丛刊第五册,第272—273页;《筹办夷务始末》(咸丰朝)第七册,第2588—2589页。

④ 《奕䜣给奕譞信》,《第二次鸦片战争》丛刊第一册,第661—663页。

⑤ 《筹办夷务始末》(咸丰朝)第七册,第2555页。

⑥ 吴语亭:《越缦堂国事日记》第一册,第195页。

⑦ 吴相湘:《晚清宫廷实纪》第一辑,第48页。

⑧ 薛福成:《庸庵笔记》。

⑨ 吴语亭:《越缦堂国事日记》第一册,第190页。

⑩ 《胡家玉来函》,见张集馨《道咸宦海见闻录》,中华书局1981年版,第457页。

⑪ 《第二次鸦片战争》丛刊第五册,第414—415页。

⑫ 吴相湘:《晚清宫廷实纪》第一辑,第52页。

⑬ 陈冷汰译:《慈禧外纪》,第23页。

⑭ 费行简:《近代名人小传》,载《清代传记丛刊》第202册,第384页。

⑮ 十八日,京城得到皇帝病危确讯及两件特谕。此据《翁文恭公日记》咸丰十一年七月十八日条。

⑯ 关于咸丰帝崩逝时间,本书采七月十七日之说。另有《清代档案史料丛编》第一辑之"辛酉政变"编者按述为七月十六日之说;文廷式《闻尘偶记》述为"文宗龙驭上宾,或云在辛酉六月,肃顺等秘不发表,潜有异图,故迟至七月中始宣告天下"之说。查宫中档,七月十七日寅初,膳房仍"伺候上传冰糖煨燕窝",未及用,卯时崩,御医脉案为患虚痨以致命;敬事房日记档又云"十七日卯时大行皇帝在烟波致爽殿内殡天"。笔者以为十七日殡天一说有档案记载为依据,确凿可信,故不采后两说。——笔者。

⑰ 故宫博物院明清档案部编:《清代档案史料丛编》第一辑,第82—84页。

⑱ 不著撰人:《津门见闻录》,《第二次鸦片战争》丛刊第一册,第592页。

⑲ 吴语亭:《越缦堂国事日记》第一册,第421页。

⑳ 陈冷汰译:《慈禧外纪》,第24页。方式光《"祺祥政变"剖析》一文述此送信之人为安德海,所言(阳历)八月十二日正是阴历七月初七日,见《学术月刊》(沪)1986年第二期,第67页。

㉑ 《热河密札》第十二札,见《花随人圣庵摭忆》,第426页。

㉒ 王闿运:《祺祥故事》。
㉓ 吴相湘:《晚清宫廷实纪》第一辑,第58页。
㉔ 费行简:《慈禧传信录》,转引自《花随人圣庵摭忆补篇》,第5页。又见《热河密札》所述掣签过程,与此相符。——笔者。
㉕ 《热河密札》第十二札,见《花随人圣庵摭忆》,第426页。
㉖ 中国第一历史档案馆藏,内务府档(恭办丧礼类),第319页。
㉗ 《翁文恭公日记》,咸丰十一年七月二十六日条。《东华录》记于七月二十三日。
㉘ 《谏诤篇》,《清稗类钞》,第1508页。
㉙ 《热河密札》。
㉚ 严中平:《1861年北京政变前后中英反革命的勾结》,《历史教学》1952年4—5月号。
㉛ D. F. 芮内:《北京和北京人》下册,第30页。
㉜ 《热河密札》第七札,见黄濬《花随人圣庵摭忆》,第424页。
㉝ 《帝德篇》,《清稗类钞》,第255页。又有奕訢与载垣、肃顺共见太后一说,详黄濬《花随人圣庵补篇》。
㉞ 吴庆坻:《蕉廊脞录》;王闿运:《祺祥故事》;《密札》第八札。
㉟ 《热河密札》第七札。
㊱ 《热河密札》第七札,第八札。"竹翁"为曹毓瑛,这是吴庆坻的结论;邵循正则认为竹翁是满员绵森。
㊲ 溥雪斋(奕谅之孙)述:《慈禧第一次垂帘时的一些内幕》,《晚清宫廷生活见闻》,第68页。
㊳ 这番话是对署名"樵客"的章京说的,但"樵客"与"竹翁"不是一人,"竹翁"如是曹毓瑛,则"樵客"必非。《晚清宫廷实纪》第59页言奕訢对曹毓瑛讲这番话,似有误。——笔者。
㊴ 《热河密札》第十札,第十二札。
㊵ 溥雪斋:《慈禧第一次垂帘时的一些内幕》,《晚清宫廷生活见闻》,第68页。
㊶ 薛福成:《庸庵笔记》。
㊷ 黄濬:《花随人圣庵补篇》,第1页。
㊸ 关于首先请求垂帘之人,王闿运《祺祥故事》说是高延祜首先上疏,实误。吴相湘及黄濬均有考证。见黄濬《花随人圣庵摭忆补篇》,第5页。
㊹ 《清代档案史料丛编》第一辑,第88页。
㊺ 吴语亭:《越缦堂国事日记》第一册,第547、539页。
㊻ 关于胜保此次赴热的目的,世传为实行兵谏,言胜保带兵北上,扎兵于密云,

然后自己径赴热河向肃顺等进行示威。其说盖出自薛福成《庸庵笔记》和费行简《慈禧传信录》。今人任恒俊根本否定胜保有带兵北上“兵谏”之举(见《历史档案》1986年第二期),推论详悉,故本书不采兵谏之说。——笔者。

㊼ 《热河密札》第十一札。“守黑道人”,他本也有作“守愚道人”者。据《密札》研究者多人指出此人即军机章京许庚身。

㊽ 吴庆坻:《蕉廊脞录》。

㊾ 黄濬:《花随人圣庵摭忆补篇》,第6页。

㊿ 《黄宗汉》,《清史稿》第三十九册,第11768页。

(51) 黄濬:《花随人圣庵摭忆补篇》,第7页。

(52) 吴语亭:《越缦堂国事日记》第一册,第539页。

(53) 黄濬:《花随人圣庵摭忆补篇》,第7页。本文认为奕䜣虽命胜保迎驾,但不等于说胜保军已布满京热之间,此仍为从任恒俊之说。——作者。

(54) 《清代档案史料丛编》第一辑,第101—102页。

(55) 吴相湘:《晚清宫廷实纪》第一辑,第68页。

(56) 吴相湘:《晚清宫廷实纪》第一辑,第69页。《清代档案史料丛编》第一辑,第111页。

(57) 李慈铭:《越缦堂日记》第一册,第548页。

(58) 《清代档案史料丛编》第一辑,第115—116页。

(59) 《清史稿·肃顺传》;薛福成:《庸庵笔记》。

(60) 《清代档案史料丛编》第一辑,第127—130页。

(61) 《清代档案史料丛编》第一辑,第131—132页。

(62) 李慈铭:《越缦堂日记》咸丰十一年十月初八日,附识;《清代档案史料丛编》第一辑,第133页。

(63) 《军机处上谕档》,《清代档案史料丛编》第一辑,第119页。

(64) 陈冷汰译:《慈禧外纪》,第37页。

(65) 陈冷汰译:《慈禧外纪》,第26页。

(66) 《曾文正公手书日记》,咸丰十一年十一月十七日。

(67) 吴云:《两罍轩尺牍》卷一,第3页。

(68) 李慈铭:《越缦堂日记补》,同治元年正月。

(69) 严中平:《一八六一年北京政变前后中英反革命的勾结》,《历史教学》1952年第4—5号。

(70) 1861年8月9日赫德于天津致署上海税务司汉南(Hannen)函,引自马士《中华帝国对外关系史》第二卷,第57页注。

第六章 建立"议政王"的功业

奕䜣雄心勃勃,孜孜求治,对内实行没有肃顺的肃顺政策,参用大量具有近代化色彩的新式手段;对外则完全改变了肃顺外交的僵硬性,变得富有弹性,竭力把侵华的西方列强转化为可资借用的力量,以便实现镇压起义军,重振祖宗基业的目标。这是奕䜣全部治国纲领中的第一步,他实现了。

一、首批智囊团的组成和作用

刚到而立之年的奕䜣,不像肃顺那样有咄咄逼人的气概,而是给人以天潢贵胄所特有的那种出身不凡的高贵印象。他寡言少语,似乎总在对前途作着冷静的思考。的确,他面前的问题像山一样严峻:洪水猛兽般的起义者,需要手不停歇地镇压,否则将推翻他的大清江山;接踵而来的西方洋人,需要妥善处置,否则会再起衅端;孤儿寡母的最高皇权象征,既需要维护又需要尊重,否则会落下跋扈不臣的恶名;矛盾重重的统治集团,需要加强团结,否则就难以共渡难关。

搞事业需要权力。而奕䜣所取得的议政权,与清代历朝所出现的议政、摄政、辅政都有所不同。

议政,本为清初统治者刚刚执政时所实行的制度。清太祖努尔哈赤委任皇子八人为和硕贝勒,共议国政,是一种表现军事民主制遗风的制度。清太宗皇太极即位后,又加派总管旗务八大臣参与议政,实际上降低了原来议政王的权威地位,加强了皇权。清世宗雍正帝设置军机处,既削弱了内阁权力,也取代了议政王大臣制度。清高宗乾隆帝时,更明确地取消议政王大臣制度。皇权实现了高度集中。

至于摄政王,是当清太宗皇太极死后,由其弟弟济尔哈朗和多尔衮两个人担任辅政亲王,而后排挤了济尔哈朗改由多尔衮一人担任的。那时多尔衮的摄政地位已经等同于皇帝了。

辅政王大臣,康熙帝即位之初,有辅政四大臣鳌拜等人,也代行了皇权。

奕䜣担任议政王后,与前述这些人都不同。在他之上有垂帘听政的两宫皇太后,没有她们两人的同意,什么事也干不成,这就给他的施政增加了阻力。不过,在两宫太后年纪轻、经验少的时候,他仍然得以贯彻自己的思想和意志,而且比起清前期的数人议政、辅政和摄政,更是大权总揽的。即使这种权力在垂帘体制下被掩盖着,人们容易把中央所发布的谕旨、命令看作是出自两宫皇太后的,而熟悉清代历史的人早已如实指出其中的情况,曾担任十九年京官的何刚德就说:

两宫初政,春秋甚富,骤遇盘错,何能过问?所承之旨,即军机之旨,所书之谕,即军机之谕,此亦事实之不可掩者也。①

这种情况,说的主要是奕䜣担任议政王时期,但也包括被免议政王之后的一段相当长的时期。

奕䜣天潢贵胄的出身是值得骄傲的,但也因此使他天然地缺少了解实际,了解民间的机会。为了弥补这些不足,奕䜣养成了博采周咨、群策群力的施政风格。他充分重视智囊团的作用。

他有两个智囊团,一是军机处,二是总理衙门,分别对内外大政方针提出决策性意见,然后由他做主,向两宫太后汇报并请旨批准。在当时体制下,全班军机大臣虽然每天面见太后,但通常都只有奕䜣开口奏事,其他人是奉陪的。在总理衙门方面,奕䜣也是法定首席发言人。

由于奕䜣紧紧依靠这两个机构的集体智慧,在这两个机构工作的官员没有可有可无的伴食感,这是有别于清前期的某些军机处的情形的。曾经长期兼任这两处工作的宝鋆曾对人说:"恭邸聪明,却不可及,但生于深宫,长于阿保之手,民间疾苦,究未能周知,事遇疑难,还是我们几个人代为主持也。"② 这是一种自豪感,让属员产生自豪感,不得不说是一种政治艺术。

在奕䜣领导下的这两个机构,实际是处理所有提交中央决定的大小事务,真正是"日理万机";议政王只他一个人,没有与他比肩并坐的其他议政者,不必坐朝,只在小屋子里商议即可。这就更需要一些志同道合能够和衷共济的人了。

第一批智囊人物都是经过奕䜣亲自安排,且完全拥护奕䜣的人。现将这些人员的情况简单叙述如下。

军机处的正式大臣在一般情况下,同时期不超过五人,他们是:

桂良,前文已经言及,他作为奕䜣岳父,关系当然密切,但此时年事已高,除了给奕䜣出了一个提取门包的坏主意,使之得到"好货"的恶名外,几乎没有起到更好的作用,即于同治元年六月二十二日(1862年7月18日)死去。

文祥(1818—1876),瓜尔佳氏,满洲正红旗贵族出身,盛京(今称沈阳)人。道光进士,咸丰九年进入军机处,自从奉命参与议和以后,一直与奕䜣在一起,协助制定一系列方针、政策。他头脑"极其敏锐、机警"(赫德语)。

沈兆霖(1801—1862),汉族,浙江钱塘人,字尺生,又字郎亭,号雨亭。道光进士,曾任兵部尚书,议和之后调为户部尚书。他强烈反对肃顺等人阻挠回銮,积极参与政变。但他在军机处内时间很短,即派署陕甘总督,赴陕西查办回民仇杀事件,于同治元年七月在返归西安任所途中,被突发山洪冲没殉职。

文祥

宝鋆(1807—1891),满洲镶白旗人,索绰络氏,字佩蘅,道光进士。他出身比较贫寒,对民间疾苦有所了解。议和期间,他力主开库放银以稳定军民，又敢于抵制咸丰帝的不时之需。政变后，他进入军机处，并进入总理衙门，与来华西方学者接触较多，对西方科学表示一定的兴趣。他比奕䜣大二十多岁，两人为忘年交，对奕䜣影响很大。是满族大官僚中主张放弃民族压迫政策最得力的人之一，对奕䜣坚定地重用汉族人才有良好的促进作用。

曹毓瑛，汉族，江苏省江阴人，字子瑜，号琢如。此人政变前是汉军机领班章京，政变当中立了大功，政变后提升至军机大臣上学习行走。他的特点是长于心计，虑事周密，熟谙掌故，习知内外政令。他是奕䜣得力的足智多谋的智囊，可惜于同治元年十月转为正式大臣后，工作至同治五年即病死。

当桂良和沈兆霖先后死去后，军机处正式大臣只有三人，于是又调李棠阶入为军机大臣。

李棠阶（1798—1865），汉族，字树南，号文园，又号强斋，河南省河内（今沁阳）人，道光进士。李棠阶是一个理学家，有"正学名臣"的美称，他进入军机后，给这个机构增添了传统色彩。他对奕䜣的施政没有什么实际贡献，但在奕䜣遭到罢黜的时候，能出面为之大力辩护，表现出较强的正义感。

在总理各国事务衙门中，同时期担任大臣的除桂良、文祥外，还有崇纶、恒祺、宝鋆、董恂。

桂良和文祥是同奕䜣一起筹设总理衙门的，也是共同制定洋务运动方针政策的人。他们都于咸丰十年被任为管理大臣。

崇纶（1792—1875），汉军正白旗人，许氏，字沛如。咸丰十一年三月十六日（1861年4月25日）经由奕䜣推荐，被咸丰帝委任为总理衙门帮办大臣。他在就任这项职务之前，于咸丰四年曾奉命随桂良在天津办理英美两使关于修约的交涉，严辞拒绝公使驻京要求，将其余各项要求推至广州办理。咸丰八年英法联军侵犯天津时，他督办团练进行了实力防守。他办理外交有时采用哄骗手段，奕䜣对此不满。

恒祺（约1802—1866），满洲正白旗人，伊尔根觉罗氏，字子久。他与崇纶同时受奕䜣推荐，被任为总理衙门帮办。在就任此职前，曾多次受命接管广东粤海关税务，参与了咸丰十年议和的全部过程，奕䜣认为他办理外交比较得力,对西方在华外交使节人员比较熟悉。但他有时非常排外,奕䜣对他不太放心。

宝鋆,是在政变后以军机大臣身份兼任总理衙门事务的。

董恂(1810—1892),汉人,号韫卿,原名为醇,避同治帝名讳,改为恂。江苏省甘泉人,道光进士。咸丰十一年由奕䜣推荐入总署办事,他在议和期间留守京师,与奕䜣接触较多,颇受信任。此人年纪虽大,但思想不保守,主张中国应早向国外派遣公使,了解外情;又主张对沙俄的侵略应严加防范。但由于他反对某些官员的排外举动而被守旧人士视为"媚外"分子。

军机处和总理衙门内虽然都有办事司员——称为章京,有的章京也可以起草一些文件,但是最重要最机密的文件是由大臣亲自办理的。负责撰拟重要文件的被称为主笔,同治初年,文祥是这两个衙门的大主笔,许多重要的方针、计划、指令都出自他手。所以文祥是奕䜣智囊团中最重要的人物。

上述成员对奕䜣的影响各异,大小不同,好坏有别,在以后的叙述中还随时涉及。

二、平反冤狱所带动的人才选拔

大凡有头脑的政治家,在夺取政权之初都要平反前朝冤狱,整顿本朝吏治,以收揽人心。奕䜣对这项行之已久的传统统治术是精通的。

政变之初,作为肃顺等人"屡兴大狱,以示威权"的罪状而被考虑的有戊午科场案、工部彩绸库案和五宇官钱铺案。

少詹事许彭寿于政变第二天即上密折,请迅速将五宇钞票案(即五宇官钱铺案)结案并将无辜被株连者予以平反昭雪。

这个案子是咸丰九年(1859)肃顺为打击主管财政的大学士翁心存和户部尚书周祖培而兴办的。清政府为解决镇压起义的军费问题由户部设立了宝钞处和官钱总局,鼓铸劣质大钱,发行钞票。当时的钱局有"乾"字编号四处,"宇"字编号五处。肃顺曾奉旨检查财政,发现"宇"字五号局欠款与官钱总局账面不符,结果追究出一个贪污总额达数千两白银的巨额贪污集团,因此案而被查抄家产的达数十家,其中包括皇弟奕䜣的家人;被牵连入狱的达数百人,拘捕至两三年,长期未结案,这就是五宇官钱铺案。

奕䜣积极推动此案平反,一则因此案的打击对象周祖培是政变的积极参与者;二则因另一打击对象翁心存是自己可以用以号召士林的一面旗帜;三则也因为自己的家人也牵连在内,因而有痛痒相关之感。

十月十一日,由诏令指出查处和惩办贪污固属必要,但载垣、肃顺等人的立案思想及办案方针都是错误的,而且打击面太宽,要求刑部迅速结案并省释罚不当罪的人,以纾民苦。③十一月初三日,进一步下诏指出此案"株连太甚",应迅即发还被株连者的全部家产。④

接着御史任兆坚奏请昭雪在戊午科场案中被斩决的大学士柏葰。

大学士柏葰,蒙古人,素与肃顺不和。咸丰八年(1858),柏葰奉派为顺天乡试(北京考区)正主考官,因对家人参与舞弊失于察觉而受到牵连,被肃顺抓住把柄,并于次年二月判处正法。同时被判死刑的还有房官翰林浦安,兵部主事李鹤龄;有关举人罗鸿绎和副主考官程庭桂之子程炳采等多人。另将副主考官程庭桂、朱凤标以下十多名考试大员革职流放。纠正科举考试的舞弊行为本属应当,但此案处理畸重,弄得"上相弃市,卿式庶司,或放或死","士人满狱",大失知识分子和官僚们的本意。

奕䜣请旨将此案交礼部、刑部会同复审。同治元年正月二十四日,上谕根据复审结果宣布,柏葰听信家人之言取中试卷,确属"听受嘱托,罪无可辞",但载垣等人拟定"斩立决"是为罚不当罪,官报私仇,决定法外施恩,将柏葰之子候选员外郎钟濂由本旗带领引见,录为正式官员。⑤

在平反冤狱基础上,还起复有影响的官员。宣布起用被肃顺一伙打击陷害的前大学士祁寯藻、翁心存和前太常寺卿李棠阶等人。

祁寯藻,精通经学,曾位至军机首揆,因与载垣、端华等亲王意见不合而退休。翁心存,粹然学者,不仅曾为奕䜣启蒙,而且曾为惠亲王绵愉和钟郡王奕䜣授读,只因在户部尚书任内,反对鸦片以洋药名义征税进口,遂与肃顺等意见相违,被排挤而要求引退;肃顺又恨其不为己用,借五宇钞票案欲置之死地,经咸丰帝力保,获革职留任处分。李棠阶,学养弥邃,是一时名士,也受到打击。

实际上,这些人既无新思想,也无经世本领,但因为是耆硕旧勋,对他们的起用有着收揽人心的作用。

政变后的几个月内,奕訢多次通过上谕要求各省各军荐举"贤才""真才"并表彰了一批荐主,如保举罗泽南、江忠源、李续宜、李续宾、刘长佑的曾国藩和胡林翼;保举王鑫、左宗棠、田兴恕的骆秉章;保举张国樑的劳崇光等,要求内外各臣要以这些荐主为榜样,为国保举效命疆场、擅长屠杀起义人民的将才。

同治元年十二月发布的一道谕令要求各省选举"孝廉方正",不论"绅士布衣",有切实堪膺此选者,即应予以举荐。⑥这是以推荐的方法选拔人才。同治初年多次举行过这类恩拔、特科,以图扩大知识分子的仕进之路,团结满汉有志之士为我所用。这种手段是恢复清王朝凝聚力的治本方法。但是据说由于社会不正之风的干扰,使这项所谓的良法美政大打折扣。

三、汉族地主武装的进一步重用

政变十八天后,奕訢请两宫皇太后正式委任两江总督曾国藩节制江南四省军务。将江南军务委之于曾国藩,这是咸丰时期就决定了的事。现在奕訢明确委江南四省军务于曾国藩,是要表示新政权对于曾氏的信任,比之肃顺时代将有过之无不及。人称肃顺推重"湘贤",即湘楚地方团练,此事不假。但肃顺当政时,同时也设江南、江北大营以与湘军分功。奕訢当政后,不再重建江南、江北大营,而令曾国藩节制四省军务,这说明他承认正规的八旗、绿营军已不堪大用,看到了汉族军备力量中蕴藏着的巨大的战斗潜力,决心将它发掘出来。

之所以令曾国藩节制江南四省军务,还在于奕訢认识到中南战场的严重性。在那里,太平军占据着江北重镇庐州,并与捻军张乐行部、苗沛霖部协同作战。在江南,太平军正谋求向财赋之区的苏浙发展,在已占领苏州、常州的情况下,又新克名城严州、绍兴、宁波和杭州;上海附近的吴淞口和松江等地也警报频传。因此，尽管于咸丰帝大丧期间由湘军占领了长江中游的安庆，但形势仍不能掉以轻心，前敌各军必须统筹兼顾，改变以往不相统属，互不救援的积习。令曾国藩节制四省军务，就是授以前敌指挥大权，扭转这种情况。

咸丰十一年十二月二十四日（1862年1月23日），上谕发表一批重要任命：左宗棠任浙江巡抚，郑元善为河南巡抚，张曜为河南布政使，李续宜为安徽巡抚，严树森为湖北巡抚。在此前后，还任命沈葆桢为江西巡抚，骆秉章为四川总督，刘长佑为广西巡抚，毛鸿宾为湖南巡抚，另有刘蓉、李恒、蒋益澧、韩超为布政使。同时将这么多作战省区的行政大权交到汉族官员之手，赋予指挥所在地方部队的权力，有力地表示了奕𬣞与两位皇太后对汉族地主武装实力的倚重。其中皖抚一职原是授予湘军水师大将彭玉麟的，因彭奏称："向带水师，不习吏治"，坚辞不就，朝旨遂改授兵部侍郎衔，仍令管带水师。这项修正表现了奕𬣞等人不仅虚怀若谷，兼有用人以长的考量。

同治元年正月十二日（1862年2月10日），奕𬣞向前敌将帅表达了两宫皇太后及皇帝的关注，要求各将帅要及时将有裨军务的"胜算老谋"奏报朝廷。以此表示新政权密切关注着前方战场的动向，并给将帅们以必要的信赖感。

但是，曾国藩却连篇累牍地请求收回节制四省军务的成命，说"权位太重，恐开斯世争权竞势之风，并防他日外重内轻之渐"。曾国藩是理学家，又熟谙清代掌故，他知道爱新觉罗皇朝对汉族官员一直是限制使用的，以往汉官虽可任巡抚，可任总督，但身兼四省军务者还没有过。"权重足以贾祸"，他对此不但有深刻的理解，而且有过切肤之痛。咸丰四年（1854），湘军攻取武汉时，咸丰帝一度对曾国藩表示过欣赏，后来由于听信了祁寯藻、翁心存、彭蕴章等人的话而不敢重用了。

曾国藩有顾虑是可以理解的。但奕𬣞清楚，政变后起用祁寯藻、翁心存和彭蕴章，只是借用他们的声望而并未付以实权，没让他们回军机处；他真正想依靠的是汉臣以及地方团练，实行的是没有肃顺的肃顺政策。这个政策的底数应该交给曾国藩，以对他表示朝廷破例倚重的意思，使其感恩图报。奕𬣞特地请两宫皇太后钤发上谕慰勉说："若非曾国藩之悃忱真挚,亦岂能轻假事权?""望以军务为重,力图攻剿,以拯生民于水火",不许曾国藩再辞。⑦随后又批准他派李鸿章招募淮军的请示报告,并指示他可先拨湘军交李鸿章迅速出击,待淮军招练成后再行抽换;赞成他的浙东用兵计划。曾国藩用兵一贯主张稳扎稳打,为此有人讥其"用兵迂拙",奕䜣为了使曾国藩不再推却委任,在寄谕里说:"曾国藩所筹浙省进兵计划,虽办理稍形迟缓,然舍此别无可筹之策。"表示充分的理解。⑧

  二月中旬,曾国藩遵旨统筹全局的奏折到了军机处。此折主要阐释了他的缓进方针,内称:"与其急进金陵,无功而退,何如先清后路,再图进取。"附带解释他近来奏报稀少的原因,说:不欲以未定之事,预计之说,及谣传等件,遽行入告,今后拟十日奏事一次,以抒"朝廷廑念"。

  真是个道学家! 说他奏报稀至,解释一下也就可以了,何必又刻板地规定一个日期。奕䜣发给曾国藩廷寄,要他"力求实济",以提高效率为原则,"随时陆续入告","不必变更前辙,再定章程也"。⑨

  此日发出的上谕分别寄给曾国藩、袁甲三、都兴阿,给予他们对前敌战事会商进止的机动权;同时指示他们要先行攻取庐州、巢县、和州、含山等处,以便彻底击垮太平军陈玉成部实力。

  陆续奏陈进兵方略的还有湖广总督官文等人。二月二十日(3月20日)发出的议政王军机大臣字寄对官文所规划的东南大局用兵计划称赞说"极合机宜",要求官文迅速出兵,并与曾国藩具体商定战略部署。官文是满员总督,让他与曾国藩会商,明显地表现了对曾国藩的重视远过官文。

  两三个月来,奕䜣与他的军机处对内战战场进行全面部署调动的指导思想就是要把汉族地主武装摆在主要战场,现在大体已经布置妥当,长江中游有官文指挥原属胡林翼的楚军威胁太平天国西翼;浙江有左宗棠部逼住占据着几个重要城池的太平军,拖住太平天国的后路;江北有袁甲三和多隆阿部防止太平军向北发展,又有僧格林沁的蒙古兵及胜保的满洲兵与捻军纠缠,使之不能有效地支援太平军;至于四川,有骆秉章一支军队足以扼住已成强弩之末的石达开部太平军。在这个内战棋局上,清方部署已毕,只要再安放一个活子,就可以满盘皆活了。

  可是,李鸿章并不迅速进军。袁甲三弹劾李鸿章拥兵六千人,逗留不进。此时恰好又有人弹劾江苏巡抚薛焕"不洽舆情,玩视军务",在上海开设书画局,与同省布政使吴煦合开钱铺,进行经商活动。这是怎么回事呢?原来,李鸿章之所以逗留不进,是为了和薛焕争饷权,"兵马未动,粮草先行",作为将帅,争饷权是正常的。可是薛焕呢,奕䜣听说他虽然对外国事务较熟,却有些过于媚外了,在筹办借师助剿中过分地依赖洋兵,现今这个方面大员,竟然去经商牟利,真是乖谬。不过,坏事可以转化为好事,这就是正好可以先查办薛焕,然后把江苏大权交给李鸿章,让他以这里的税收作为淮军之饷。

三月十三日(4月11日),奕䜣发出廷寄,指令曾国藩对薛焕据实参奏,同时催促李鸿章迅速雇用外国轮船"顺流而下",进入指定战区。这是奕䜣第一次指令使用外国轮船运兵,也是中国第一次正式使用外国轮船运兵。

走了这一着,果然全局皆活了。在江浙,靠着洋兵的有力配合,清军攻取了嘉定城;在长江南北,清军也连克数城,"军务颇有起色",多年来萎靡不振的清军士气如今大振。奕䜣接到前敌捷报,情绪倍加昂奋,连连叫嚷"亟宜乘此声威,一气扫荡"。四月十六日(5月14日)他寄谕李鸿章,指示三点方略:第一步,先克复上海附近的青浦、太仓两城;第二步,收复上海附近各城;第三步,作规复苏常之计。同日,寄谕曾国藩,令其先饬水路各军将芜湖攻克,再取太平,作为进攻南京的基础;另寄谕江北多隆阿和李续宜等严密防堵庐州,防止陈玉成自围内逸出与张乐行和苗沛霖等捻众会合,力图斩断太平军江北侧翼。

奕䜣曾多次在廷寄中宣布朝廷对前敌战事"不为遥制",在进行了上述战略部署之后,他便不再进行具体的干预,使各路统帅得以创造性地建立自己的反动功业。

四、第一次京察前后的吏治整顿

同治元年,正逢三年一度的京察,这是新政权下的第一次京察,奕䜣认真领导了这次京察,并用它来推动全部吏治的整顿工作。

整顿吏治的工作在政变后即已实际进行了。那是咸丰十一年十一月二十六日(1861年12月27日),奕䜣结束了这一天繁忙的公务,离开军机处回到恭王府。这时,兵部满侍郎庆英求见。庆英先是吞吞吐吐说了些闲话,然后就从怀中取出两大包金钱,恳求奕䜣笑纳。作为恭亲王的奕䜣,感觉这无异于玷辱人格,坚决推却。而庆英误以为奕䜣之所以不收,是"无功不受禄"的意思,索性将来意全部亮出。原来,他因在兵部动用公款而被议罪,兵部拟给予降二级处分,特请恭亲王在两宫太后前议政时"格外开恩"。奕䜣念他是贪恋官职,遂多方开导。而庆英硬是长跪不起,哀求奕䜣答应替他开脱。

自嘉道以来,世风日坏。先后当国的曹振镛、穆彰阿之流,哪个不是长袖善舞,招权纳贿?偏偏他奕䜣就能大公无私?

没料到奕䜣竟真动了气,声色俱厉,斥责其胆大妄为。庆英才退出。

一封奏底,两包金钱,留在恭亲王眼前。他先是因羞愤而躁怒,渐渐地,转入了条理清晰的思考。目前遍布于全国的起义军固然是他认为的刁民"犯上作乱",但根本原因又何尝不是由于劣吏残民所致?救治这疮痍百孔的皇朝当然需要剿灭与皇朝不共戴天的"粤匪"和"捻匪",但是,不是也有必要抓一下官僚队伍的风气,整顿一下钻营取巧,贿赂公行,拖沓溺职和骄横不法等明显的时弊,以便加强帝国各级衙门及官吏的办事效率吗?如果说"剿匪"还是头痛医头、脚痛医脚的治标之策,那么整饬吏治才是治本之道。"好",他一拍桌案,一个计划在心中形成了。

第二天,奕䜣把庆英所作所为向两宫太后言明,同时把庆英所遗奏底和两包钱物呈出。当日,内阁发出的上谕就叙述了此事的始末并给庆英以严厉制裁。

庆英偷鸡不着,反蚀一把米,由降二级调用改为革职,并交部严行审办,为在廷臣工充当了前车之鉴。人们开始明白,今非昔比,恭亲王可不是好惹的。

不久,有人参劾直隶顺天府治蒋大镛纳贿受贿,把持专权;大兴县知县白维贪劣不良,积案滥押;永清县知县王锡琦加征苛派,贪酷害民。奕䜣派大学士周祖培前去秘密调查核实。于十二月二十三日请上谕将这三个劣员一齐撤职,交刑部审讯。

这期间,贵州田兴恕奏报:已将官军内部侵吞军饷的副将廷胜、临阵恇怯的候补都司姚复钺、侵渔厘捐的候补府经历周钟秀施行军前正法。奕䜣估计这类腐败现象前敌各军是普遍存在的,遂于十二月十九日通令说:"各路军营,此等情弊恐尚不少,着统兵大臣随时严查,按律惩办。"⑩

十一月十九日上谕将云贵总督福济革职。福济是政变不久派去做云贵总督的满族大员,但他面对西南地区反清起义,深感"棘手",坚请进京叩谒咸丰帝的梓宫,又说要当面陈述云南军情,以达脱离险地的目的。对于这种怯懦的庸员,奕䜣决定革职,而且不准回京,仍令他迅速去云南总督衙署供作繙绎差遣,让他回京是便宜了他。⑪

两个月后,奕䜣请示两宫太后,对于山西巡抚英桂、陕西巡抚瑛棨(原任河南巡抚)这样剿捻不力的庸员传旨申斥,并警告他们,如果再玩忽军情,唯有"执法从事",那时就不仅仅是革职罢斥所能了事的了。

为了整饬吏治,打击官场不正之风,他对满族封疆大吏毫不宽贷,这就预示着这一次京察将认真从事。

京察自上而下进行。首先考评包括议政王在内的全体军机大臣和内阁大学士,然后考核部院大臣。奕䜣提供考察依据,把奖惩大权归于两宫太后。正月十三日(1862年2月11日),两宫太后懿旨宣布对议政王、军机大臣、内阁大学士以及虽无大学士名号但极为重要的川督骆秉章均"从优议叙"。⑫

同一谕旨内,勒令仓场侍郎廉兆纶和福建巡抚瑞璸休致。理由是前者办事糊涂,声名甚劣;后者老朽多病,难期振作。

二十七日(2月25日),引见三品以下京堂官,分别给予考课。内阁学士巴彦春以"年力就衰"、光禄寺卿雷以諴以"声名平常"、光禄寺少卿范承典以"品行污下",同时勒令休致,其余堂官照旧供职。另将办事得力的潘祖荫补授为光禄寺卿,曹毓瑛补授为大理寺卿,林寿图补授为顺天府丞。

随后,根据河南省保荐,破格提拔知县朱光宇为知府补用,署理开封府知府,而免除其候补知州的经历。

综合起来,奕䜣在主持这次京察中实行了这样几条原则:(一)以官声、政绩取人,如成绩突出,给以破格提拔;(二)如平庸衰朽,不论"年已逾岁"或将近休龄者,都勒令退休;(三)进一步把年富力强的官员安排在重要岗位上。这次京察对于减少京官中尸位素餐、减轻官员老龄化、提高行政效率等产生了一定的积极作用。其中,在被勒令休致和降级使用的官员中有相当数量的满族官员。

在此同时,对京外官的考察也在进行。二月十一日以两宫皇太后懿旨形式对因剿杀起义军而丧生的江苏巡抚吉尔杭阿、湖北巡抚胡林翼等四十多个死难封疆将帅加恩予谥,赐祭一坛。二十二日,明发上谕批准江西省将韦恩霖等六名知县分别勒令退休或降调职务,理由分别为"性情疏懒""性尚虚华""年力衰颓"等;同一谕旨对于在建昌等城破围战中出力的知府王锡龄和守备张松昭赏予蓝翎。⑬有赏有惩,以昭赏罚分明。

事实上朝廷对于各省县州府级地方官的优劣,很难详知,只好交给各省督抚去处理。倒是处理那些众目睽睽的封疆大吏,对全局则更有震动力。

在四川,总督骆秉章妥善运筹,派提督胡中和克复丹棱城,阵斩农民起义领袖蓝朝鼎,大破蓝朝柱部。正月初八日,下诏表彰骆秉章督办川省军务连获大胜。⑭

安徽巡抚翁同书在咸丰九年六月失守定州,逃往寿州,然后又失守寿州,于奏报中又隐瞒实情,被曾国藩弹劾。为了严肃军律,奕䜣征得两宫太后同意,于正月二十四日出旨拿问翁同书,交付王大臣九卿会同刑部共同拟定罪名。对于翁同书,如按丧师失地论,应处以死刑,但考虑到他是刚刚被起用的大学士翁心存之子,而翁心存与己有师生之谊。因此二月初六日奕䜣请求颁布的上谕是"斩监候,秋后处决"。⑮这就预留了到秋后再加恩免死的地步。奕䜣在处理这类高级官吏时,考虑到上层关系,没有按法严办。

对于何桂清这类没有很多依靠的又有很大民愤的人可就一秉大公了。何桂清在咸丰年间镇压太平天国时是打过一些胜仗的,由大学士祁寯藻、彭蕴章援引,被擢升为两江总督。但后来因中了太平军李秀成的围魏救赵之计,分军援杭州,导致江南大营溃败。何桂清自常州逃出后,辗转逃生,逃入上海,得到江苏巡抚薛焕庇护。

同治元年春,清廷以李鸿章代薛焕,将何桂清逮解至京。

刑部秋审处承办郎中余光绰是常州人,痛切桑梓之苦,主张封疆大吏失守城池虽当处以斩监候,秋后处决,但何忍心击杀跪留父老,天理难容,罪当加重,处"斩立决"。该判决经大学士、六部、九卿、翰、詹、科、道会议通过。

奕䜣颇为何桂清惋惜,因何在办理洋务问题上常与自己契合。所以,又发出谕旨,示意朝臣对何桂清之量刑轻重,"如有疑义,不妨各陈所见"。⑯但曾国藩与何素有矛盾,要求速决何桂清,这使奕䜣左右为难。仔细推想,今后正待全力依靠曾国藩,不能不从其议。

杀人立威,是政治家特别是刚刚取得政权的政治家所常用的手段。同治元年,是大清皇朝与民更始之年,按例应该停止勾决,即不杀人。但是,唯其如此,这时杀了人才更显出朝廷的决心和军法的严肃。两宫太后批准奕䜣的想法,同治元年十月(1862年12月)下诏处决何桂清。

在处理胜保问题上,奕䜣更加被动。胜保在政变后继续去剿捻,他为了制造战绩,对于捻军苗沛霖部和宋景诗部不敢力战,设法招降,因此苗部及宋部实力均未受创。对此,两宫太后及军机处都深为担心,多次指示胜保对该二部要十分戒备。先是,要求胜保令苗沛霖"灭张乐行一股以自效"。后来,苗沛霖攻破捻首张乐行的颍州外围战线,张乐行脱险进入颍州城内。这时,奕䜣一面晋升胜保为兵部尚书衔;一面严厉训示胜保:苗沛霖所谓取胜,实为先将张乐行纵出而后攻取颍上之空城,狡诈已甚,你只有坚持令苗沛霖取下张乐行首级才能免于谤议。⑰不久,苗沛霖诱捕了太平军统帅之一陈玉成,胜保为苗沛霖请赏。直至这时,两宫太后及军机处仍对苗沛霖的投降诚意表示怀疑,对胜保庇护苗沛霖不满。趁陕西军情吃紧调胜保率本部前往堵剿太平军西北部队,而令苗部留驻原地,目的在使胜、苗脱钩。胜保部队西进途中骚扰过甚,随军宋景诗部又中途哗变,胜保擅自调集苗部赴陕。经两宫太后及军机处急令僧格林沁武力制止方罢。后苗沛霖见无法取信于清廷,复反。

既然苗、宋两大股捻众复叛,实行招降的胜保也就"罪责难逃"了。因此,潘祖荫、多隆阿等人群参胜保纵兵殃民,招降纳贿,侵饷渔色,奕䜣也只好同意将胜保拿问了。⑱胜保于同治二年二月初三日被逮至京。

审讯胜保,是奕䜣亲自主持进行的。奕䜣念及胜保在政变中有大功,"欲援议功之条",为其开脱。军机大臣们多数支持奕䜣意见,只有新进军机的李棠阶不赞成,但孤掌难鸣。一日,两宫太后召见完毕,帘内传旨:"无事,各直员皆散!"奕䜣等人刚刚离开养心殿,就接到赐死的懿旨。此旨大出奕䜣所料,这完全是两宫太后,实际是慈禧太后的主张。关于发出这道谕旨的背景,目前有两种说法:其一,说胜保曾经派人向奕䜣馈赠二万金,但手下人将其误投于惠亲王府,惠亲王绵愉欣然收留,并分一半给醇亲王奕譞。二王又联合控告奕䜣和胜保勾结,慈禧遂决计先除去胜保,翦除奕䜣的羽翼。正因如此,赐死胜保旨意下后,"恭、醇益切齿"。[19]从此奕䜣与七弟奕譞不和。另一说是李棠阶单独面见了两宫太后,据其河南同乡官员所见的胜保扰民情形"实陈"之,两宫"特旨赐自尽"。[20]

事实上,处死胜保这样一件大事,既不是奕䜣,也不是李棠阶所能左右的。主要是胜保本人依恃有拥戴大功,态度极为嚣张,在事实面前百般抵赖,反"欲坐参劾诸臣以重罪",招致众怒,这就使奕䜣无法继续袒护。慈禧太后趁势下令处死胜保,表面上顺应人心,实际上砍掉奕䜣羽翼,使奕䜣有苦难言。

诛胜保是同治初年两宫太后与议政王联合主政中偶尔出现的一次意见相左,而且这个矛盾并未公开,所以朝外官员对于奕䜣和两宫太后仍是作为一个整体表示拥护的。

五、"外敦信睦,隐示羁縻"外交路线的实施

同治元年二月初,在湖南省出现地方张贴的合省公檄,痛诋法国天主教堂的种种罪恶。檄文传入江西,被迅速翻印,遍贴通衢。十七日(1862年3月17日),南昌发生打教运动。接着,江西进贤,湖南湘潭、衡阳、清泉等处群众纷纷砸毁教堂、学堂、育婴堂及教民房屋。这就是湘赣豪绅们掀起的驱逐洋教运动。

这绝非偶然事件。一年前,贵州也发生了由巡抚何冠英、提督田兴恕发动的灭教运动。他们明定以驱逐洋教的成绩作为官吏考察的重要内容;田兴恕部下官兵焚毁教会学堂,处斩四名教民;开州知府捕杀法国传

教士文乃耳及教堂教师、教民四人。为此,法国公使曾提出严重交涉。

问题是严重的。这些教案都是地方士民甚至是地方大小官员煽动的,这说明中央与地方政府在政策上是严重脱节的。

奕䜣的思想深处也认为这些外来宗教是与皇廷的政教礼俗格格不入的"异端邪说",不过,当法国方面通过驻京公使提出赔偿要求时,他还是答应了法方要求。同时,他通过一份上谕,要求地方当局体谅朝廷的苦衷,不要滋生事端。但同时,他又认为群众能对外国教会的侵略扩张同仇敌忾,未尝不是民族正气的可贵表现,这又是应该爱护的。因此,上谕中又指示:"妥筹办理,既不可使洋人有所借口,亦不可稍失士民之心。务令中外相安,不生他变,方为妥善。"[21]这表明,奕䜣对于反洋教运动采取的是疏导瓦解的方针,而不是镇压,但最后落脚点仍是保护传教、信守条约。有了这个暗示,江西巡抚沈葆桢遂报告说,查办结果,"莫能查出何人所撰",[22]对于反洋教事件的煽动者和参加者均不予深究,仅以向法国教会方面赔偿了事。

同年,葡萄牙国公使来京与总理衙门谈判。奕䜣派定恒祺为中方代表。鉴于清军在内战战场上正处于紧张的鏖战中,不宜在外交方面造成纠葛,奕䜣指示恒祺给予葡萄牙以英法俄美等四国通过《天津条约》得到的同等特权。

奕䜣自幼受到传统的"天朝大国"思想的影响,故在外事活动中时有流露,不过,一旦发觉这可能影响中外关系,他立即纠正。

十二月初七日(1863年1月25日),奕䜣递交美国驻华公使蒲安臣一封中国皇帝致美国总统的信件,内写:

> 朕谨受天命,抚驭寰宇,中外一天,周有歧异。

这是中国大皇帝君临世界万国之上的含义。蒲安臣对这种措辞没有挑剔,他向美国总统转达这份信件时说:"这种傲慢的表示将使您发笑。"但他提醒总统注意:"我觉得我在这里是要取得实在的东西,并不要对不重要的事情引起问题。"[23]与注重实际利益的资产阶级外交家蒲安臣相比,奕䜣所追求的仍是毫无意义的清廷"天朝上邦"的尊严。

同治二年春(1863年5月),普鲁士(德国)新任驻华公使李福斯

(VonRehfues)在没有得到清廷允许的情况下,贸然进京,他企图谋取与英、法、俄、美同等的常驻北京的权利。奕訢对他故示冷淡,不去回访,他于6月底悻悻离京。同年,丹麦和荷兰分别与清政府订约,但公使未能驻京。过了六年,丹麦公使不满足于滞留天津的地位而撞进北京,奕訢表示愤怒,指责他背约,后来是英美公使从中斡旋,声称丹使是作为他们的宾客而进京的,方才作罢。[24]奕訢对西方小国的要求是始终抵制的。

同年夏(1863年6月),法、英、美、俄四国公使分别谒见并向恭亲王奕訢递交一份大意相同的备忘录。备忘录的第一点,对于三年来的条约执行情况表示不满;第二点,对于中国政府官员对待外国人的"那副神气"表示不满。他们警告说,如果中国政府不改善这种国际关系,将取消目前这种慷慨的援助和支持。奕訢明白,这种援助和支持包括杀敌致果的军火武器,训练部队的外国教官,以及冲锋陷阵的外国官兵,都是清军目前所急需的。他立即答应要对于任何查明属实的错误予以纠正。[25]

可是不久,奕訢却撤销了上一年给予葡萄牙国与四大国同等的外交特权,因为这时太平军已被击败。奕訢在西方强国面前克制着"天朝上邦"思想,而对于小国则仍然拒绝平等往来。这表现了他的根深蒂固的皇权思维,但也是他"信守条约""隐示羁縻"的外交思想的体现。

年底(1863年12月),奕訢在法国公使的战争恫吓下,允许将贵州教案中继任的巡抚韩超议处,将提督田兴恕发配新疆,将其公廨拨给法国天主教主教胡缚理为天主堂,赔款并销毁候补道缪焕章所撰鼓吹排教的《救世宝训》书版。为了平息法国人的愤怒,也是为了镇压起义所需要维持的中外合作的政权大局,奕訢忍痛作出了这个决定。

可以说,奕訢所推行的"外敦信睦,隐示羁縻"的外交路线,核心是实用主义,他在一切涉外问题上所作的处置都是服从于"安内"这个"大局"需要的。

六、第一批外国武器的引进与拒绝

政变后近一个月,库伦办事大臣报告,俄国已派人送来一些枪炮。这是按照上年奕䜣与俄国公使伊格纳提业幅的成议进行的。这是近代中国大规模引进外国武器的第一批。

不久,库伦方面报告,俄国商人不遵守两国间已签订的《北京条约》,擅自向蒙古各旗进行贸易,而且殴打地方管事官员,对本应继续送来的枪炮也故意推诿。奕䜣愤怒了,他以议政王军机大臣字寄指示库伦,若俄方再推脱,就停止引进。

奕䜣原是清政府上层统治者中主张引进西方先进武器最积极的人,比起咸丰、肃顺都更加迫切;比起曾国藩、李鸿章也更早一些。

但是,现在决定停止引进的也是他。从拍板引进到决定停止,这一百八十度的大转变,是由于沙俄一次又一次地背信弃义和节外生枝引起了奕䜣的反感。

俄使签完《北京条约》,并与奕䜣议妥馈赠武器之后,就返回俄国了。转过年,二月二十日,奕䜣接到经俄国修士固理转送来的俄使的三封照会,一封是直接给恭亲王奕䜣的;两封是给军机处的。因北京无精通俄文之人,只好请固理讲解。据固理说,这批武器于四月可到恰克图,但须至中国张家口一带教练中国兵丁;此外,五十尊大炮拟于数月内送往天津海口交纳于中国;又称,该国所派的教演兵丁以及运送武器的匠役均能查看金银矿苗。奕䜣顾虑俄国会乘机多派兵丁进入中国,奏请要谨慎行事,先从火器营挑选熟悉火器的兵丁数十名前往,如果鸟枪果然迅利,则留数十杆以操练用,其余由中国兵丁运往北京。至于探矿一事,请坚决拒绝,防止俄人乘机刺探中国矿产情况。最后请示是否允许俄方将大炮运至天津。㉖

三月初三日,奕䜣向咸丰帝奏报已经从圆明园、健锐营、外火器营中共挑选兵丁六十名,章京六员,派往蒙古库伦,并前往恰克图学习。

同日,弄清了俄使原照会中并未言及大炮事,也没有要求到张家口一带教演,这都是教士固理从中擅自添加的。㉗奕䜣大为不满,斥责俄国修士固理不当妄言,该教士无"别词"可说。

四月,俄国通知说已将第一批鸟枪送至恰克图。随后俄方提出,鸟枪容易锈损,必须于京师附近有河多水之处设立工厂,随时修理,否则不出一年即恐不堪使用。奕䜣看出俄国仍有在京师附近开矿设厂的想法,立即表示"万难允准",当即拒绝。俄使又言及:如中国购买英国火药,英国会趁中国急需而居奇,俄国才是真正出于友谊的。奕䜣仍不为所动,恐"堕其奸计",坚持全部火器必须运至恰克图。事后即饬令已经挑派好的章京及兵丁起程赴恰克图学习这批西式鸟枪的使用方法。这时他虽然已经察觉俄方的险恶用心,仍没有放弃学习西方先进武器的愿望。

半年后,奕䜣当上了议政王。他指示将已到枪炮起解京师,而对未到枪炮"勿庸再向询问",从此对俄表示冷淡。十二月二十一日,到达恰克图的章京锡龄和阿昌阿等禀呈:俄国不但其余枪炮"续交无期",而且不肯教练中国使用方法。至此,奕䜣才完全断绝了向俄国学习军事技术的念头,他以廷寄谕旨明确指示:"是该国自行反复。"以后不必再去"索取"和"询问"。㉘

实际上,沙俄馈赠的武器,在当时就已经不是先进型式的了,它是企图以此为诱饵,扩大在中国的侵略权益。奕䜣及时地觉察出这个阴谋,避免了上当受骗。此后,他把目光转向英、法、美等国,努力引进和学习先进的军事装备及技术。

七、第一份近代化练兵计划的实施与推广

当俄国鸟枪运到京师的时候,奕䜣正在实施中国第一份近代化练兵计划。所谓近代化练兵计划,包括两点:第一,使用西式火器;第二,学习西式操法。

从兵器史上说,古代战争主要是冷武器的战争,近代战争主要是热武器的战争。这是就主要形式而言的。清军中原来就有火器营等使用热武器的部队,这是新兴兵种,在全部清军中所占的比例很小。火器营所使用的轻武器主要是鸟枪。清代的鸟枪,据《清会典》和《皇朝礼器图式》记载,有图式可查的共四十九种,只有一种是用来武装部队的,其他多为皇帝和王公贵族行猎或自卫专用。部队中也有重武器,即所谓抬枪和抬炮,抬枪重二十多斤,抬炮重三十多斤,实际上都是一种重型鸟枪。这些武器全部属于前膛炮、枪。清朝统治者思想保守,对于元明以来中国所发明的

各项武器没有给予应有的重视,以致停滞了二百余年。而欧洲自从中国传去火药以后,火器却有了长足的发展。十九世纪中叶,开始向中国输入的枪炮虽然也是前膛的,但较之于中国的旧式鸟枪已经不可同日而语了。㉙

咸丰十年十二月十四日(1861年1月24日),奕䜣把两个折片递到热河,建议在清军的精锐部队中加强抬枪的装备和训练。

与此同时,奕䜣咨令曾国藩和薛焕,要他们酌量雇用洋人,教导铸造西式枪炮。请洋匠教导铸造枪炮的技术,这是林则徐所采用过的向西方学习的老方法。

现在奕䜣自己全权在握了,他要从装备到训练全面学习西法,这就超越了林则徐,也走在了曾国藩等人的前边,成为发起军事近代化的第一人。其办法是先在天津搞练兵试点。

他指示三口通商大臣崇厚在天津制定一个练兵计划(即训练章程)。按照这份计划,奕䜣奏请从京营八旗中抽调官兵一百二十六名赴津,接受英国教官训练。受训士兵按西方军队编制,以十二人为一队(即一个班),每天操演两次。

随后,崇厚又在天津镇和大沽协内挑选官兵六百多名同亲兵一起学习。

四月十四日,奕䜣接到英国公使一封照会,内称天津有英国四品官员柬某"实为干员",可以代中国管理火器,并可代中国设计于各口岸如何安设炮营部署;五月十四日,文祥又接到英国参赞威妥玛一函,内称英国提督何伯建议在上海为中国练兵六千,每年需饷约百万两白银,总兵斯得弗力请自行招募中国士兵,兵饷由中国政府发给。

奕䜣从这种"友谊"的建议中嗅到了危险的气味。六月初二日,他具折指出:柬某"系属外国之人"。为了不给外国人攘夺兵权以借口,他命令江苏和福建两省赶紧仿照天津练兵办法,由中国官方主持,聘请外国军官练兵,从而把天津练兵的试点向重点省区推广。同时照复英使,以"饷项难支"的理由谢绝了英人的建议。㉚

半年多来,英法两国对于中国军事的格外关心,使奕䜣产生了新的认识:春天,英国在天津热心教练兵丁;夏天,又请求在沪闽为中国练兵;八月,法国又要求派副将勒伯勒东带兵代守宁波。奕䜣感到,聘请洋人教练清军,确可收维持地方治安并笼络洋人双重之功,但也须防洋人攘夺兵权。他致函正在上海请洋人练兵的李鸿章和薛焕,要坚持以洋法练兵。在对士兵进行近代化训练的同时,必须重视军官的近代化训练。

重视军官近代化训练的动机在于防止外国教官"把持"所练部队。应该说,在清军近代化的过程中,始终没有为外人把持兵权,这与奕䜣及早地制定了这一条原则是有关系的。[31]

九月二十六日(11月17日),奕䜣把"练兵必先练将"的思想作为上谕发往苏、闽、粤等省。在对太平军作战的主力部队湘淮军中,部队的装备西化和训练西化比较受重视,到同治四年(1865),五万名淮军内已有三四万杆洋枪和四大炮兵营。[32]同期,陆续从天津训练而归的京兵组成了神机营,士兵达六千名,由皇室直接掌握。[33]

八、第一支近代化海军舰队的购置与遣散

同治元年(1862),清军在两湖、江苏、安徽一带虽然得手,而在浙沪则节节败退,杭州、宁波相继失守,上海也受到威胁。

奕䜣担心太平军取得沿海大城市后,可能乘舰直捣京畿。他指示要加速购买舰只,而且购到后,不但要入内江剿贼,还要"乘驾出洋,以资攻剿",或"酌分数只,驶赴天津,以备北洋防守之用"。[34]

奕䜣关于购买西方舰只的建议,已于咸丰十年十二月十四日(1861年1月24日)提出过,曾国藩虽然同意了,但未及时办理。咸丰十一年五月下旬(1861年7月上旬),军机处在研究前方军情时,文祥忽然想起,曾国藩曾经有攻取苏、常及金陵非有三支水师不能得力的奏陈。曾国藩原议于长江北设厂造船,那还是需要时间的,而且不如火轮船更为有力。

于是奕䜣就产生了由中央来直接购买一支西式舰队的设想。遂向英国人总税务司赫德磋商细节,赫德说只要筹出几十万两白银即可办成此事。

奕䜣、桂良及文祥遂把上述拟议奏报给热河的咸丰帝,折内先称轮船

为新式武器,十分得力;次述由自己制造缓不济急,非购办不可;最后从内战与外交两方面强调了采用世界先进军事技术的必要性,很有说服力。咸丰帝阅折后指示曾国藩、官文、胡林翼等妥筹复议。

曾国藩迅速复议,极力称赞此办法为当前第一要务。他补充说:要想把这支舰队抓在中国手里,必须坚持中国官兵统带,俟轮船驶至安庆、汉口时,每船只留三四名外国人,令其专司舵、司火,其余则派令中国官兵司炮,管驾驶,而整个舰队要由清军水师镇将中遴选的大员统带。㉟

于是,总理衙门指令赫德将全套舰队及雇用外国官兵的数目和所需经费制定一个明细方案。赫德拟得烦琐,连鸟枪、手枪、小刀等非必需物件也开在内,总共需用一百五六十万两白银,大大超过他原来鼓吹时所说的几十万两之数。总理衙门认为这个方案有三个缺点:需费过巨;聘洋员过多;用项过繁。总理衙门指令他另作一个用费减至八十万两的新方案。

赫德这时准备赴南方各口视察海关税务,回称将到上海与江苏巡抚薛焕商谈。

赫德到达上海后,来函说薛焕已表示如果只用八十万两白银,筹措尚且不难。

为见确凿,奕䜣向薛连续函问意见。随后得到的薛焕复函,竟是反对购船。信内说,咸丰十年间,中国购雇外国轮船,正需用时,英国领事突然撤回舰上外国官兵,使之不为中国所用。他担心此次重蹈覆辙。

但是奕䜣分析,中英两国关系已与前年不同。前年中英两国处于交战状态,当然要撤走他们的援兵了;现在中英两国已经议和,"不致再有掣肘之事"。如果担心英国掣肘,则雇用现在上海参与对太平军作战的菲律宾(时称吕宋)等国雇佣兵,万无一失。

当然,奕䜣也有担心的事,那就是对于舰只的性能问题。他叮嘱薛焕,舰队要购买,但外国轮船有军舰、运输舰、通讯舰之分,"此次购买,必须查看明确,系兵船方可购买"。

三月初一日,奕䜣见到两广总督劳崇光关于舰队雇员问题的奏折。劳崇光反对雇用吕宋国的兵勇,因为中英现为和好国家,应该"诚信相孚",当饬令赫德于英国就地雇募海军兵官,"以免纷更窒碍"。㊱

这就坚定了奕䜣原来的意图。总理衙门便通过赫德委托李泰国在英国购买舰船一切用具并雇募海军官兵。

这个李泰国,如前所述,原是英国无业游民,作为冒险家来到中国上海后,当上了英国领事馆译员,上海海关税务司,参加了咸丰八年英法联军北上逼签条约的活动,表现很嚣张。咸丰十年总理衙门成立以后,他被聘为首任总税务司,按照新定通商税则替清政府管理各开放口岸的关税事宜。后来,他在上海参与抗拒太平军的进攻,受了重伤,由此告假回国养病。

李泰国于同治元年二月十四日(1862年3月14日)收到赫德寄来的札文,向英国外交部去游说为中国代购舰队的意义,以取得方便;同时,使用清政府不断寄去的经费购买船支、大炮、弹药、煤以及舰上其他用品并招募官兵。九月初二日(10月24日),奕䜣以恭亲王身份将对李泰国的委任正式通知英国公使卜鲁斯。英国政府看出李泰国购买舰队可能成为控制中国海军的机缘,特授予他三等男爵勋章,[37]以支持他的购舰活动。

李泰国所购买的全部船舰包括三只中号军舰,四只小号军舰以及一艘运输船,均属英国新制船只,合火炮在内各项用费共六十五万两,不超过总理衙门原定价款。但后来李泰国又通过赫德加价十五万两,仍向总理衙门索取八十万两的船价。

按照西方惯例,这些军舰要悬挂国旗。但中国自古以来只有属国或自己的方面军才用得上旗帜徽号,而中国本身并没有国旗,因为它自认为是"天朝大国",没有必要与别的什么国家相区别。现在李泰国为这些军舰设计了一种国旗,图案是绿地上面有两条相交叉的黄色对角线,然后提请恭亲王考虑。两年来,奕䜣已经增长了不少近代外交知识,他感到有制定一面国旗的必要。但是他不同意李泰国的设计,提出一个新的设计图案:一面黄色三角形的旗帜中绘着一条龙,龙头昂扬于旗帜的上方。这个新的图案有很好的寓意,第一,它象征着中华民族是龙的传人,表现中华民族对龙的图腾崇拜。第二,它象征中华民族腾飞于世界。奕䜣把这个图案通知给各国公使以及李泰国本人,李泰国接受了这个基本构图,但认为,作为国旗,三角形旗给人以气魄狭小、不够庄严的感觉。于是把这两个图案糅合在一块,定为绿地的长方形旗面上,交叉两条黄色带,当中是绘有蓝色龙的黄三角形。[38]

至于舰队人员,李泰国聘任了英国海军大佐阿思本(Captain Sheard Doharn)做舰队管带,而舰队所用全部舵工、炮手、水手及司火人员均由阿思本自行招募,但具体聘用情况并未明确请示总理衙门。

奕䜣对这支舰队寄予了很大希望。八月,赫德刚由外地回京,奕䜣便与他预筹舰队内的官兵配备办法,并饬令曾国藩做好接收舰队的准备工作。

同治二年四月(5、6月间),李泰国先行回华,他与赫德一同来到北京见恭亲王奕䜣,禀称已经购妥大小轮船八只,雇聘英国海军官兵六百人,以海军大佐阿思本为舰队(司令),并不提及应派若干中国官兵上舰学习与使用的事,与从前赫德所说完全不同。而且,在经费上也大有出入,李泰国说,已经缴足的八十万两还只是购办舰船和大炮的,至于购买船上零星用具等又加借了二十七万两白银。李泰国又称舰上人员六百人,需支付薪金一千万两白银。

尤其荒谬的是,李泰国与阿思本擅自订立了"李阿合同十三条"。根据这个合同,阿思本只接受通过李泰国签署的皇帝谕令,对其他人传达的谕旨可"置之不理",而李泰国对于皇帝谕令不满意时,又可"拒绝居间传达"。

真是岂有此理!这样一来,不仅使中国浪掷大量金银,而且得到的竟是一支不能直接控制和指挥的舰队,中国的主权何在?奕䜣怒火中烧。他指示总理衙门与之往复驳诘,相持了一个月。掀起了近代史上有名的"阿思本舰队之争"。

这时英国公使卜鲁斯是支持李泰国的。五月初一日(6月16日),他向总理衙门建议:(一)清政府应继续通过李泰国等人来掌握关税;(二)戈登率领的常胜军应不受中国省抚控制作战。奕䜣对他的要求给予断然拒绝。这个公使便丢开舰队事件,自己到蒙古去观光旅游了。㊴

针对李阿合同,总理衙门以恭亲王领衔,具奏说明该合同不合法的理由。折内说:"臣等查置办轮船及军器等项一百零七万两及每月经费十万两,虽较之赫德前年在臣衙门原递申陈内银数有减无增,但每月经费十万两,为数终觉浮多。其请借银一千万两之说,中国亦断无此办法,所立合同十三条,事事欲由阿思本专主,不肯听命于中国,尤为不谙体制,难以照办。"李泰国理屈词穷,同意另订五条章程,由中国派武职大员为军队汉总统,阿思本作帮总统,以四年为期,在用兵地方要听中国督抚调遣;中国可以随时挑选中国人上舰学习;轮船、军火、粮饷、煤炭、犒赏等用款,总共每个月统一给银七万五千两,交由李泰国经理。整个舰队交由曾国藩、李鸿章节制。⑩将"李阿十三条合同"废置不用。同时,奕䜣将五条章程抄寄给湖广总督官文、两江总督曾国藩、江苏巡抚李鸿章。

至此,阿思本舰队之争的第一个回合结束,奕䜣战胜了李泰国,夺回了舰队的管带权、调配权。

八月(9月),阿思本舰队驶至中国上海。八月十三日(9月25日),阿思本接到由李泰国转交给他的恭亲王的札委,札委说任命阿思本为副管带,他又觉得这与李泰国与他议定的合同不符,于是他率舰队北上到达芝罘。然后他本人亲自跑到北京寻到了李泰国,并要求李泰国要争取将那份合同完全兑现。⑪

由此李泰国又翻悔了,将已经与总理衙门议定的五条章程废弃不用,重提已被总理衙门驳斥的"李阿十三条合同",力图使舰队仍由阿思本一手控制。总理衙门乃再与李泰国据理力争,同时他们要认真调查一下前敌将帅们对此事的反应。

——正在南京城外督率湘军围城的曾国荃奏道:他对阿思本舰队不感兴趣,因为南京城外太平军的九洑洲要塞已经被攻克,无须舰队在江面助战,他担心"各船皆洋人为政,未必肯受华官之约束",但同时他也称赞轮船军舰在利货运,探兵事,攻坚折冲诸方面"洵海中第一利器也",建议将该舰队拨至沿海一带捕盗。⑫

——曾国藩复函说:与其舰队不能由中国自主控制,不如竟将船只分赏各国,不索原价。曾函中的警句是:"若彼意气凌厉,视轮船为奇货可居,视汉总统为堂下之厮役,倚门之贱客,则不特蔡国祥断不甘心,即水陆将士皆将引为大耻。"⑬

——李鸿章来函直接把奉命接收舰队的汉总统蔡国祥的苦衷报告上来,蔡国祥述苦说,阿思本不让他有实权,他"虚拥会带之名,毫无下手之处"。⑭

总计为这支舰队问题,奕䜣至少接到曾国藩三折两函、李鸿章两函、曾国荃一件奏折,前敌将帅不欲让外国船舰分功的意思很明确了。奕䜣遂把谈判升级,抛开李泰国去找英国公使卜鲁斯会商。

恰好阿思本在北京等待了三个星期,不见清政府有批准合同的动向,急了,自动提议解散舰队。

卜鲁斯带着偏袒李泰国和阿思本的心情,照会奕䜣说:由于恭亲王对"李阿合同"不满,"该总兵(指阿思本——笔者)欲将所募兵弁遣散"……

奕䜣立即将此语作为口实。他商请美国公使蒲安臣出面斡旋,提出可以将舰队遣散。

开始,卜鲁斯虽无法再拒绝遣散舰队,但又要将舰船一并撤回英国。奕䜣坚持此船是中国购买之物,"自应由我留用"。这是欲纵故擒之计。

于是卜鲁斯说这些船炮是英国国家军用物品,非寻常商品可比,既然拒绝使用英国海军官兵,则英国的军舰也不能出售给中国。

奕䜣随即强调,既然英国不再出售此项船炮,则应归还中国购买经费。卜鲁斯只好表示同意。

奕䜣乃以恭亲王名义正式发表致英使照会,声明"李阿十三条合同"不能批准,理由如下:

(一)该合同第四条,阿思本只听经由李泰国转达的中国朝廷谕令,若别人转谕不能遵行。照会郑重声明,本爵原札委李泰国时,并未给他此权,"若照此办理,则中国为其束缚"。

(二)该合同规定,阿思本不与中国大员对话。照会说,此条约"必致贻误大事,自然不能允准"。

(三)该合同第十条,李泰国先领取海军官兵四年薪俸。照会说,这显然是不信任中国。但既然李泰国不信任本衙门各大臣,本爵又岂能相信李泰国一人,付以重金?

(四)结论:"览该合同十三条,多与中国买船本意不符。"

这是第二个回合的斗争。奕䜣接受前敌将帅的意见,促成退船,有理有据。

事后,奕䜣与总理衙门其他大臣进一步研讨,担心英国官兵为贪欲所激不肯尽快撤回而生后患。因此,奕䜣又照会卜鲁斯,以好言相劝,并许给遣散经费。

卜鲁斯看到中国决定给遣散官兵每人多发九个月薪金,另赏阿思本大佐一万两银,总计为三十七点五万两的遣散费,他也无话可说了。

对于李泰国,奕䜣则坚决将他免职,将总税务司一职正式交由赫德接任,限李于四个月内将工作交割清楚。

但为了防备李泰国恼羞成怒,奕䜣一方面决定在金钱方面慷慨地满足他的愿望,给予特别津贴和提高年薪,另一方面,奕䜣将这次事件原委遍告各国公使。各国公使都认为中国总理衙门做得有理有利,连英国公使卜鲁斯也向国内发函,说明李泰国的错误,并向总理衙门保证英国国内亦万不能任李泰国"播弄"是非。

为了保险起见,奕䜣还考虑到要向另外一个中国通、前驻华参赞威妥玛阐述此事原委。但是有些话由自己说不方便,所以就由文祥以个人名义向威妥玛寄函,备述了李泰国的"种种狂妄情形"。

风波过去了。奕䜣带着胜利的喜悦致书曾国藩,言及已采纳他的高见。先是,曾国藩担心:购买外国舰队乃"恭邸数年苦心经营之事",二曾一李出面称其有弊,恐致"触其怒"。㊺及见奕䜣此书,深为自己"妄为揣疑"而惭愧,给九弟写信说:"朝廷已成之局,从谏如流,令人感极生愧。"㊻同时他立即复书奕䜣,盛赞了奕䜣外交手腕的高明。

九、第一所近代学校的开办与推广

同治元年六月十五日,在总理衙门后院由原来的铁钱局炉房改造的教室里,有十名八旗子弟在他们的老师、碧眼金发的英国教士包尔腾带领下学习。包尔腾是由英国公使馆秘书威妥玛向奕䜣推荐来的。事前,奕䜣已经会同其他总理衙门大臣与其谈话,发现他还兼通汉文。今天的教学是试教,这些八旗子弟对于这个外国人虽然很眼生,但因有总理衙门的纪律约束,再加上想到他们将成为对外开放以后,政府所培养的第一批外语人才,还将跨入首批外交家的行列,不得不格外认真起来。所以,试教的结果还不错。㊼

面向世界,第一关是外语。所以,奕䜣创办近代教育的第一件事便是兴办外国语学校。

从前,中国所接受的各国公文一般都用汉文或满文书写,所以,没有感到有培养外语人才的必要。自从《北京条约》规定今后各国公文只用本国文字以后,中国就必须培养自己的外语人才了。因此,决定办"同文馆"。

奕䜣先通过总理衙门致函两广总督和江苏巡抚,要他们在广州和上海寻找能教授外语的中国人。同时,行文京师八旗,令挑选旗人子弟入馆学习。所谓"馆",是明清两代都已设置的"四夷馆",是教授蒙古、西藏、印度、缅甸、泰国等语言,培养翻译人员的地方,学员很少,到两次鸦片战争时已名存实亡了。

京师的八旗子弟很快选好,共十名学员。

可是老师却没有聘到。广东方面说,没有可以做外语教师的人;上海方面说有,但"艺不甚精",而且讨价"过巨"。这两处对于培养京师八旗子弟为外交官显然因事不关己而有意冷漠。

奕䜣只好放弃使用中国人任教的打算,转而谋求聘请外籍教师。

六月十五日的试教,使奕䜣相信这条路是可行的。七月二十五日,他从总理衙门递上章程六条,正式奏请建立京师同文馆。他申述开办外语学校的必要性说,与各国交往,"必先谙其言语文字,方不受人欺蒙",因此必须尽快培养外语人才;外国能以重金聘用中国人任教,中国也应同样办理。

主张聘请外籍教师,表现了奕䜣的开明。同时他又在聘用合同上声明,不准外籍教师借讲课之机传教,表现了他反对西方精神侵略的基本立场。为了监督洋人,也为了增强学生的抵御能力,另外委派了汉文教师徐树琳教授儒家经典。

给外籍教师高薪待遇,是从奕䜣开始的。同文馆中,中国教师年薪仅一百两左右,外国教师年薪却高达一千两。

同文馆学生的课程考核较勤,而待遇也比较丰厚。有关考核的规定有"月课""季考""岁试"等名目。月课和季考都在班内进行,岁试则在每年的岁末,于总理衙门当庭进行,由总理衙门的主管堂官监考,以示重视。月课及格者赏予银三十二两,季考及格者赏银四十八两,岁试及格者赏银七十二两。三年一次大考,成绩优异者保升官阶,次则记优留馆学习,劣者除名淘汰。除以上奖学办法外,平时一般供应也充足,膳食、书籍、纸笔全由馆内供给,另给每人月薪十两,全部住校学习。

同文馆办起来以后,奕䜣看到舆情平静,没人反对,第二年又添设了法文科,并将原来官办的俄罗斯文馆也并入同文馆中。

这时期奕䜣的思想相当活跃,属于进取型。

同治二年春,他在总理衙门看到一件条陈,是拣选知县桂文灿所上的。拣选知县的地位很低,但奕䜣对他的条陈内容很重视。桂文灿介绍说:日本已经派幼童分赴俄、美两国留学,"学习制造船炮、铅药及一切军器之法,期以十年而回。此事如确,日本必强,有明倭患,可为预虑,学习制造船炮等法,我国家亦宜行之。纵不必遣人远到外国,亦可在内地学习讲求"。

奕䜣阅后,真想也像日本那样,派出中国自己的留学生。但是,环顾宇内,他看不到有能当以重任的人,只好批示道:

> 伏思购买外国船炮,由外国派员前来教习,若各省督抚处置不当,流弊原多,诚不若派员分往外国学习之便,惟此项人员,急切实难其选。[48]

留学教育问题因条件尚未成熟,暂时搁置起来。他把开办近代教育的目光仍然盯在国内。

不久,李鸿章在江苏巡抚任上奏请仿京师同文馆办法,在上海设"广方言馆"(又称上海同文馆)。这时奕䜣的思想又前进了一步,他不但不再坚持只有满族子弟有学习外事的特权,批准了上海同文馆可从汉族世家子弟中招生的计划,而且允许开设自然科学课程。

为了新式人才培养得更多,奕䜣指示广州也要办同文馆。

广州同文馆于同治三年五月二十日(1864年6月23日)开办。开学时有驻广州的满汉子弟共二十名学生。聘请美国人谭顺为外语教师,以江西省南丰县人翰林院编修吴嘉善为汉文教师。有关开办情形及广州同文馆章程由新任广东督臣毛鸿宾咨送总理衙门。

奕䜣阅后,发现这些做法是把原来朝廷的指示打了折扣。原说广州应开设英、法、俄三馆,而此奏只说雇用美国人一名,是何道理?另外,原议说学成后调京考试授官,而此奏亦未提及。奕䜣遂指示总理衙门重申前议。

这就是说,奕䜣所倡导并率先开办的近代教育,在上海被积极效法,并且有所发展,其表现是不但开设外语课,而且还开设了自然科学课,这在教育史上是具有划时代意义的。而在广州,虽然也仿照京师同文馆开办了学校,但是做法比较保守,令奕䜣不满。

十、"借师助剿"的实施与停止

咸丰十一年十二月下旬,奕䜣见到江苏巡抚薛焕转递的江浙绅士要求借用英法兵力剿杀太平军的呈折。"借师助剿",这在上年仅仅议定了五项原则,而没有具体实施。这一次,奕䜣没有肃顺等人的牵制了,他同意薛焕要求,让他酌情处理。

同治元年正月,太平军进攻吴淞口和上海县城的部队遭到英、法水师的炮击,伤亡惨重。奕䜣拟定上谕,指示薛焕:以后有洋兵助剿之事,当"随时迅速驰奏,不得没其劳绩,以彰中外和好、同心协助之意"。[49]

为了争得英法的军事支援,奕䜣把本来按条约应于平定地方之后才对外开放的长江沿岸各通商口岸提前开放。而在咸丰十一年的时候,他还坚持外国船只不得在通商口岸以外的任何地点停泊,以免太平军得到武器和物资的补给。同时,按照《中法北京条约》的精神,申明新形势下的宗教政策,要求各地方官对于信奉外国宗教之人,要一视同仁。

奕䜣作出的姿态,使英、法公使感到满意。不久前,西方各国官方还是一致反对华尔洋枪队的,英国海军提督何伯还曾经逮捕过华尔本人,并向美国领事控诉他的"罪行"。现在当太平军出现在上海周围的时候,何伯竟和法国水师提督卜罗德、华尔的洋枪队联合起来作战,共同打败了太平军。这使奕䜣十分惬意,另一封上谕流露出他的得意之情,上谕说:此次英法助剿事出于洋人与太平军"仇隙已深",因此是"情愿助剿",故其出兵与中国所请不同,中国方面乐得顺水推舟"姑允所请"。同时谨慎地

指示曾国藩、都兴阿等当洋人进入长江时要“妥为驾驭”，因势利导，毋令再为太平军所勾结。(50)

华尔的洋枪队是以外国军官为骨干，以中国流氓为士兵的一支接受近代化训练、装备有精良的连发快枪的武装部队。华尔本人是美国人，他接受上海大绅商杨坊的邀请，使用杨坊提供的资金招募并训练士兵。这支军队越战越强，奕䜣谕示薛焕可用华尔洋枪队以挡大敌，同时，他又告诫薛焕不要依赖洋人。

随后清政府赏予洋枪队总领队华尔及副总领队白齐文以四品顶戴花翎。但是后来听说，华尔和白齐文并不服用，原因是清军参将李恒嵩冒功请赏，他们表示抗议。(51)

奕䜣对这件事很重视，他认为冒功尚是小事，如果因借师助剿而造成清军的袖手旁观，第一是被外国人所取笑，第二是将使自己失去振作的力量。因此，在廷寄中申斥薛焕为属员冒功，指示以后既请英法助战，总须清军自己出力。

同样是出于依靠自己力量的考虑，奕䜣一方面同意划上海周围一百里（三十英里）半径为洋兵保护区，并调天津洋兵来上海；另一方面又批准曾国藩所保荐的李鸿章从安庆带六千五百名新募淮军乘七艘英国轮船去往上海。李鸿章从一开始就决定，他的部队使用洋枪，但不与洋兵相混，要自强，不作附庸。(52)

英国公使卜鲁斯曾接到水师提督何伯发自上海的一封信，报告上海方面中外反革命武装联合剿杀太平军的情况；卜鲁斯据此促请恭亲王在各主要通商口岸创设华尔洋枪队那样的中国政府军，聘请西方军官进行训练。奕䜣征询了李鸿章及曾国藩的意见，可能是因曾李反对而未能试行。(53)

这年夏天，苏州一名地主士绅代表潘曾玮从海路来到京师，径自到总理各国事务衙门请愿，力述苏常一带被太平军攻陷，请求朝廷明令借英法军队助剿，规复苏常。

总理衙门对他反复剖析：即使借洋兵助剿，也必须以中国军队为主，而于路途之上，很难令其服从中国军队指挥；又且英国公使曾经议及外兵攻克城池，则占据城池，“主客易位，后患必多”。总之，上海与苏常不同，上海已经是华洋共处之地,而苏常尚须防止外人深入,顾及后患,不能大规模普遍实行借师助剿。至于已经建立的华尔洋枪队那样的中外合组部队,也要予以裁抑。四月初七日(5月5日),经由奕䜣廷寄的谕旨,就以薛焕报告华尔"隐然以常胜军为己所部,进止自为主持,每战必求重赏,是其屡胜之后,渐行骄恣"为理由,撤回二月时准其添募士兵的决定,不让其发展,"以杜后患"。㊾

上海周围的战斗几乎都是在洋兵参与下进行的。四月初三日(5月1日),清军又依靠洋兵会攻嘉定县城,并占领了它。在后来的一次战斗中,法国水师提督卜罗德被太平军打死。

对于助剿的洋兵和洋将,奕䜣是不吝惜酬金的,不过,他认为要奖得适当。四月二十三日廷寄薛焕说,洋兵助攻嘉定县城,前次已由薛焕代为请奖了,如此次再奖,是为过分,过分则会启其骄恣之心,应令其助攻青浦之后,再予奖励。同时,重申在未来的战斗中一定要派官军前往,不得"事事借力于人"。看来薛焕已经在他的头脑中留下了过分依赖外人的印象了。同谕做出的指示也与御侮有关:其一,李鸿章所部到沪已历两旬,应即攻克太仓,这不单是为使太平军"畏我军威",也是为使英法之兵"为之震慑";其二,上海的中外会防局,已经专为洋人把持,着薛焕、李鸿章"逐款查明,严为裁汰,不准其妄作妄为"。㊿

在浙江宁波,四月十二日(5月10日),数艘英法军舰炮轰守城的太平军,战胜后将该城交清军占领。英军大佐丢乐德克还为清军训练一支一千五百人的近代化部队,号称"常安军"(俗称"绿头勇")。另一支由法国军官指挥,由二三千名中国人充当士兵的法华联军,号称"常捷军"(俗称"花头勇")。

"常安军""常捷军"曾会合"常胜军"攻取宁波以西的余姚县城。

常捷军在法国海军参将勒伯勒东、宁波海关税务司日意格指挥下攻陷上虞县。十一月该军进攻绍兴,勒伯勒东被太平军击毙,他的继任人达尔第福不久也被击毙,同治二年正月二十九日(1863年3月18日)这支军队才占领绍兴城。

华尔的军队被命名为常胜军,其实也没少打败仗。同治元年八月二十八日(1862年9月21日),华尔被太平军击毙。

对于华尔的死,清政府要比对其他洋将的战死更为重视。奕䜣作为议政王,提示军机处向赫德询问应如何表示哀悼和褒扬为宜。赫德建议按照中国的习惯,为他刻石立碑,而告将来。但是,后来有一个美国代办访问总理各国事务衙门时,又说:外国人对于立祠祭祀死者不认为是一种荣誉。于是为华尔刻石立祠的事情一直拖到光绪三年(1877 年 3 月 10 日)。㊝

华尔之死,给了奕䜣和李鸿章一个好机会。

同治元年九月(1862 年 11 月),美国公使蒲安臣致函恭亲王,并得到英国海军提督何伯的支持,提议以原副总领队长白齐文接替华尔的总领队一职。奕䜣表示同意,同时授意李鸿章乘机控制这支军队。㊝

常胜军在白齐文领导下,配合淮军又打了几个胜仗。但是,李鸿章从一开始就与白齐文不睦。十月末(1862 年 12 月底),当常胜军六千人奉命去南京外围援助曾国藩时,白齐文因欠饷而拒绝开拔,并且去上海会防局打了会防局绅董杨坊的耳光,还擅自携走室内一笔四万两的巨款。李鸿章立即宣布解除白齐文的职务,并悬赏五万两要把他捉拿归案。

同治二年初,白齐文离开上海到北京去活动。他向英国公使卜鲁斯、美国公使蒲安臣陈情。卜鲁斯和蒲安臣遂替他向奕䜣辩解。奕䜣此时正放权于前敌将帅,所以,尽管有英、俄、美三国公使为之说项,他还是把问题推给李鸿章去处理。而此时李鸿章已经任命奥伦大佐为新的总领队,接着,李鸿章对常胜军进行了严格的整顿,并决定把兵额由现存的六千人减至三千人,以符原议。随后,又以常胜军在奥伦管带下连吃败仗于太仓,用英国军官戈登取代了他。

这项任命得到了恭亲王和英国公使卜鲁斯的双重批准。

戈登带领常胜军后,接连打了几个胜仗。获胜的原因之一是他的部队使用了新式步枪——来复枪,杀伤力远过太平军手中的鸟枪。最后,戈登成功地诱降了苏州城内的太平军守城各将领,然后,李鸿章同意自己的部下杀降,戈登对此表示愤怒和抗议。

同治三年正月初三日(1864 年 2 月 10 日),英国公使卜鲁斯出面写信给恭亲王说,戈登少校不能再与李鸿章共事。但是不待奕䜣答复,卜鲁斯却又寄信给戈登,指示他不要放弃总领队一职,以便控制军队。于是戈登放下了不满的表示,重新指挥常胜军配合李鸿章的淮军攻克宜兴、溧阳,并于华墅大败太平军;四月初六日(5月11日)配合淮军攻下常州城。

攻克苏、常二州,南京城内的太平军的失败就只是朝夕之间的事了。四月十四日(5月19日)的上谕,把戈登从原来清军的总兵官阶提升为提督,并在随后的上谕里赏给他黄马褂和翎顶,与此同时解散了他的"常胜军"。

在浙江方面,法华联军(常捷军)配合浙江巡抚左宗棠的部队于二月二十四日(3月31日)攻克杭州。然后,又援助清军攻克了湖州。这时是七月二十七日(8月28日)。这支常捷军的管带德克碑也受赐为提督衔,并得到黄马褂,副管带日意格受赐为总兵衔。随后,常捷军的官兵也被解散。㊽

奕䜣对于胜利是欣慰的。因为,这次借师助剿没有带来主权的剥损,没有让外国人的军队占据城池土地,至于中外合组军队如常胜军和常捷军在完成使命以后都顺利地解散了。可以说,借师助剿政策大大地加速了对起义者进行镇压围剿的进程。还有一点也是值得心安理得的,即洋兵只是他所借重的偏师,用以平定大乱的还主要是中国自己的力量。

十一、江南底定与战略转移

六月二十日(7月23日),奕䜣接到江宁捷报,说十六日(19日)正午,曾国荃部湘军于江宁城下掘成隧道,炸塌城墙二十余丈,湘军沿缺口一拥而上,当夜占领全城,随后俘获太平军忠王李秀成。

攻占南京,标志着彻底战胜太平天国政权,恢复了爱新觉罗皇朝的完整的统治,这是十四年来最辉煌的平反业绩。有人估计:太平天国起义直接杀死了两千万人。㊾近来又有人说太平天国使中国人口由原来的四亿减到了二亿四千万人。这是把捻军等其他各地起义战乱的结果都算在一起了。这些说法都是错误的。正确的说法应是在咸丰朝前后多年内忧外患的动乱中,全国共有数千万人死于战乱和饥饿。

就是说,数千万人的生命换取了爱新觉罗家族统治的重新稳定。奕䜣认为这是天经地义的事,是两宫太后垂帘和他议政最能告慰列祖列宗,也最应告慰咸丰帝亡灵的一件大事。

七月初一日,七弟奕譞奉派到隆福寺行宫,向咸丰帝灵牌祷告克复江宁。

同时,奕䜣与全班军机大臣讨论如何论功行赏,然后请示两宫皇太后定夺。

奕䜣及全体军机大臣们有充分的理由认为扑灭太平天国起义,主要与依靠清军自己的力量,由枢府居中调度和调合有关系。

当初,胜保与僧格林沁大战捻首张乐行,削弱太平天国北翼军。胜保招降苗沛霖部,深入颍郡,后路为太平军所陷,如果不是奕䜣等人寄谕僧格林沁等人,要求他们迅速驰援,胜保将因孤悬而覆没。后来,又是奕䜣等寄谕僧格林沁要迅速乘虚攻取亳东捻首老巢,斩获捻首张乐行,然后由荆州将军多隆阿率部攻克江北重镇庐州,使太平军在北线战场无立足之地;在西线战场,是依靠四川总督骆秉章将太平军翼王石达开部逼入绝境。在东线战场,更是全体枢庭赞襄的得意之笔——批准了曾国藩成立淮军的建议,第一是表示对曾国藩的信任;第二是造成对太平军的东西夹击之势;第三是又在湘军之外,别树一帜。同样,在东南战场,任命湘系人物左宗棠为浙抚、沈葆桢为赣抚,在战略上与曾国藩和曾国荃的湘军本部及李鸿章淮军构成对太平军的环形包围,当左部或沈部与曾氏兄弟利益冲突时,又有意扶植左、沈,使之构成对曾氏兄弟的制约力量。当然,奕䜣也知道,曾国藩已经苦战十年,立功心切,不可让他失望,因此,也没有过分催令李鸿章进入南京,而是让曾氏兄弟去收底定大功。

要论功行赏,首功自然是曾国藩的,但他是汉人。自从清初扫平吴三桂等"三藩"以后,就不再封汉人为王,这一点虽无明文,但心照不宣,奕䜣心里十分明白。于是以本朝从无文臣封王公的先例为借口,首封指挥全局的曾国藩为毅勇侯,世袭罔替;以下分别封前敌指挥曾国藩的九弟曾国荃为威毅伯,李臣典为一等子爵,萧孚泗为一等男爵;其他各路统兵大员如李鸿章为伯爵,官文为伯爵;至于浙江巡抚左宗棠和江西巡抚沈葆桢拟于他们敉平浙赣两省之后再行封赏,以为鞭策。

七月初三日(8月4日),上谕大赏功臣。奕䜣以议政王身份主持枢庭居首功,赏加三级军功;加赏一个贝勒衔,令其子奉恩辅国公载澂承袭;又加封另一子载濬为入八分辅国公,载滢为不入八分镇国公。

同时受赏的还有军机大臣文祥、宝鋆和前敌将帅僧格林沁、曾国藩、曾国荃等人。

接着奕䜣督催南方的左宗棠、沈葆桢、李鸿章勿稍松懈,一鼓作气歼灭太平军余部。

九月初四日(10月4日),两宫皇太后听取奕䜣的分析后,顺水推舟,接受曾国藩代其弟曾国荃所上辞折,准其辞官回籍。他们已经在考虑预防唐末藩镇割据的历史重演的问题了。

江西巡抚沈葆桢于九月九日(10月9日)获俘太平天国重要领导人干王洪仁玕;九月二十五日(10月25日)又俘获太平天国幼天王洪天贵福。奕䜣与两宫太后一致决定:就地处死。

对浙江和福建方面,奕䜣指示虽然要继续与外国人保持友好,但不要再借用洋兵将了。不久,中法混编的"常捷军"遣散。

随后,奕䜣照会各国公使,请转饬各驻闽领事,要约束外国在闽商人接济漳州太平军,以便清军顺利进兵。

不久,太平天国残余势力也彻底荡平了。剩下的问题是安边,要向边陲地区的反清起义、起事或割据势力进军,以恢复大清王朝的完整统治;是善后,要派得力官员坐镇新复地区,恢复生产,稳定社会秩序;是剿捻,扑灭燃烧于中原一带威胁畿辅安全的捻军起义烈火;是自强,使大清政权不但在国内民众面前,而且在国外侵略者面前,都是个强者……

这些问题日夜在奕䜣脑际萦回。

是呀,问题如山。而这些问题的解决,归根结底要靠"自强"。那么,怎样才能自强呢?

几个月来,他反复研究李鸿章在四月二十八日给他的一封函牍。那上面写道:

> 天下事穷则变,变则通。中国欲自强,莫若学外国利器。欲学外国利器,则莫如学制器之器。师其法而不必尽用其人,欲觅制器之器与制器之人,则或专设一科取士,士终身悬以为富贵功名之鹄,则业

可成,艺可精而才亦可集。⑩

分析起来,李鸿章提出了两个方面的近代化建议:"学外国利器",就是要引进外国机器工业,搞工业近代化;培养"制器之人",并设专科取士,鼓励士人学习科技,是搞教育近代化。很有见地,很精辟。这不仅符合奕䜣四年前提出的"自强"思想,而且丰富并发展了他的"自强"思想。奕䜣从这时起对李鸿章刮目相待,绝不再以曾国藩部属视之,而是引为洋务同调,深表期许。他支持他在江南办厂制械;同时,他准备就开展近代教育问题,写成一篇奏折,作为自强大计的长远之策请两宫皇太后批准实行。

不料就在这时,爆发了一件大事,犹如晴天里的霹雳。他暂时顾不上它了。

【注释】

① 何刚德:《客座偶谈》,清代历史资料丛刊本卷一,第9页。
② 何刚德:《春明梦录》,清代历史资料丛刊本卷上,第8页。
③ 吴语亭:《越缦堂国事日记》第一册,第561页。
④ 《穆宗实录》卷九,第6—9页。
⑤ 《穆宗实录》卷十七,第18页。
⑥ 钟琦:《皇朝琐屑录》卷十七,第4页。
⑦ 《穆宗实录》卷十七,第8页。
⑧ 《穆宗实录》卷十七,第12页。
⑨ 《穆宗实录》卷十九,第10—11页。
⑩ 吴语亭:《越缦堂国事日记》第一册,第713—714页。
⑫ 《穆宗实录》卷十七,第7页。
⑬ 吴语亭:《越缦堂国事日记》第一册,第452页。
⑭ 吴语亭:《越缦堂国事日记》第一册,第778页。
⑮ 吴语亭:《越缦堂国事日记》第一册,第520—521页。
⑯ 薛福成:《书两江总督何桂清之狱》,《庸庵文编·海外文编》卷四。
⑰ 《穆宗实录》,卷十九,第26、39页;卷二十一,第35页;卷二十二,第21页;卷二十五,第41页。
⑱ 吴语亭:《越缦堂国事日记》第一册,第722页;《清史稿》第三十九册,第

11878 页。

⑲ 赵烈文:《能静居日记》,同治七年二月十四日条。
⑳ 徐珂:《谏诤类》,《清稗类钞》第四册,第1509页。
㉑ 《穆宗实录》卷二十三,第37—38页。
㉒ 沈葆桢:《沈文肃公政书》卷一,第48—51页。
㉓ 马士:《中华帝国对外关系史》第二卷,第148页。
㉔ 马士:《中华帝国对外关系史》第二卷,第127页。
㉕ 马士:《中华帝国对外关系史》第二卷,第149页。
㉖ 《筹办夷务始末》(咸丰朝),第2793页。
㉗ 《筹办夷务始末》(咸丰朝),第2801页。
㉘ 《穆宗实录》卷十四,第5页。
㉙ 《中国军事史》第一卷,解放军出版社1983年版,第149页。
㉚ 《洋务运动》丛刊第三册,第452—455页。
㉛ 《洋务运动》丛刊第三册,第457页。
㉜ 《中国军事史》第一卷,第208页。
㉝ 费正清:《剑桥中国晚清史》,第464页。
㉞ 《洋务运动》丛刊第二册,第230页。
㉟ 《洋务运动》丛刊第二册,第225页。
㊱ 《洋务运动》丛刊第二册,第237页。
㊲ 马士:《中华帝国对外关系史》第二卷,第39页。
㊳ 马士:《中华帝国对外关系史》第二卷,第38页。何天爵撰,张雁深摘译:《中国的海陆军》,《洋务运动》丛刊第八册,第474页。
㊴ 魏尔特:《赫德与中国海关》,第243页。
㊵ 《洋务运动》丛刊第二册,第247—248页。
㊶ 马士:《中华帝国对外关系史》第二卷,第44页。
㊷ 《洋务运动》丛刊第二册,第250—251页。
㊸ 《洋务运动》丛刊第二册,第268页。
㊹ 《曾国藩未刊信稿》,第176—178页。
㊺ 《曾国藩全集·家书》第二册,第1026号。
㊻ 《曾国藩全集·家书》第二册,第1039号。
㊼ 《同治元年七月二十五日总理各国事务奕䜣等折》,《洋务运动》丛刊第二册,第7页,《中国近代出版史料》初编第3页作"五月十五日"试教,与此不同,但后者系奏疏节录,疑有误。

㊽ 《筹办夷务始末》(同治朝)卷十五,第 33 页;卷二十五,第 9 页。

㊾ 《穆宗实录》卷十五,第 56 页;卷十六,第 8—9 页。

㊿ 《穆宗实录》卷二十一,第 10—11 页。

㉛ 马士:《中华帝国对外关系史》第二卷,第 80 页。

㉜ 李鸿章:《李文忠公全集·朋僚函稿》卷一,第 16 页。关于第一批赴上海的准确人数,各书说法不一:马士书中称运送曾国藩部下的九千名士兵;《穆宗实录》卷二十二第 11 页袁甲三说:"李鸿章统淮扬水手六千人";卷二十五第 30 页上谕称:"李鸿章统带劲旅,已有四千余人。"据此可见马士的数字出入较大。——笔者。

㉝ 马士:《中华帝国对外关系史》第二卷,第 81 页。

㉞ 《穆宗实录》卷二十四,第 22—23 页。

㉟ 《穆宗实录》卷二十六,第 7 页。

㊱ 马士:《中华帝国对外关系史》第二卷,第 85—88 页。

㊲ 马士:《中华帝国对外关系史》第二卷,第 90 页。

㊳ 马士:《中华帝国对外关系史》第二卷,第 117—118 页。

㊴ 卫三畏:《中国总论》第二卷,第 624 页。

㊵ 窦宗仪:《李鸿章年(日)谱》,沈丛刊本,第 4819 页。

第七章 二 遭 严 谴

奕䜣临事果断敏捷,作风阔大不羁,奉行实用主义原则,有些事情触犯了传统,招致守旧人士的不满;有时忽略了礼仪,僭越了太后的大权。

慈禧太后对政务已渐熟练,决意集中大权,遂寻细故免去奕䜣的"议政王"名号。

一、"联合主政"破裂

同治四年三月初四日(1865年3月30日)上午,两宫皇太后召见军机大臣的时间破例地推迟了一个小时。待召见完毕时,军机大臣将要"跪安"退出,慈禧太后手上忽然拿出一个白折子对奕䜣说:"有人劾你!"

能是谁呢?奕䜣的脑子里迅速地翻腾起最近以来的几件事。正月十三日,是准备正月十五元宵节上灯的日子,河北、河南、山东等地,气象异常,打了滚雷,下了冰雹。这在"有神论"思想占统治地位的时代立即被作为"天象示警""因应政事"的象征。于是御史上奏,请朝廷修明政事,其中御史丁浩的折子中讽谏当政者要勿贪墨,勿骄盈,勿揽权,勿徇私。奕䜣不禁脱口问了一声:"是谁?是谁参我?""噢!是丁浩。"奕䜣似有所悟。慈禧本不想说出弹劾者:"不是他!"因为丁浩折中并未实指奕䜣,而是泛指。

"那么是谁?"这时气急了的奕䜣忘了是在殿堂之上,忘了应有的礼仪,就像寻常人家的叔嫂怄气一样,非追问清楚不可。

不拘小节,是奕䜣的性格,但在等级森严的王宫当中,这是他的缺点。

据说,奕䜣每日带领军机大臣觐见时,两宫太后看到他站在御案之旁,侃侃而言,历陈军政大计很辛苦,常在宫监进茶时,也嘱咐"给六爷茶",奕䜣都欣然领受。有一天,召对时间过久,奕䜣说得口渴,拿起御案上的茶就要喝,忽然发觉这是御茶,又放还原处。而他并不觉得失礼,面无愧色。因为每天宫监给他献茶也是放在那里的,而这一天没有献。

有时太后说话声音小,不清楚,他就高声问一下,让太后再重述一遍,以昭慎重,在与太后有不同意见时,他也曾高声抗辩。

这些习惯,在别人看来,大干礼制,是骄恣跋扈的表现。在奕䜣自己看来,根本不是什么错误,要办的是大事,怎么可以为了顾全小节而含混了事呢?

慈禧在奕䜣追问下说出了弹劾人:"蔡寿祺!"

"蔡寿祺非好人!"奕䜣失声喊道。谁都听得出来,奕䜣是说要是别人还可以研究,这个蔡寿祺的话可是不该听信。蔡寿祺新近以翰林院编修补上"日讲起居注官",是胜保故人,最近连上两封折子,就是为了沽名钓誉,扳倒恭亲王,其实他是交通了内监安德海,了解了慈禧太后最近的意向而希旨弹劾的。奕䜣不了解这些内幕,他抗声说道:

"这个人在四川招摇撞骗,他还有案未消。""应该拿问。"

慈安和慈禧两人对于奕䜣的态度均十分震怒,喝退军机大臣。

随后,慈安和慈禧召见大臣周祖培、瑞常、朱凤标等。慈禧太后一边哭着一边数说议政王奕䜣专擅跋扈,"渐不能堪,欲重治王罪"。

这是慈禧太后第一次在廷臣面前公开她与奕䜣的矛盾。诸臣聆听之下,十分惊愕,不能作答。慈禧太后反复鼓动诸臣要感念先帝咸丰,不要畏惧恭亲王,迅速议罪。

在这种场合下,位望最尊的大学士周祖培硬着头皮说:此事只能由两宫太后独断,非臣等所敢言。

慈禧太后听后,气急败坏,大骂起来,说道:"像这个样子,要你们这些人干什么?以后皇上长大成人,你们这些人能免获咎吗?"

周祖培沉着答道:"此事须有证据,不能凭蔡寿祺一封奏纸,就将恭王定罪,请容臣等会同大学士倭仁共同审查。然后明白复奏。"①

两宫太后只好准奏。

两天后,周祖培会同倭仁一同在内阁讯问蔡寿祺,令其指明他前后两封奏折内所参恭王的事实根据。蔡寿祺不能提供出确凿证据,说是风闻如此。他实际上是把御史丁浩在上月因"天象示警"而请修明政治的各条并非实指的说法转嫁到奕䜣身上,意在诬陷。但因他符合太后的懿旨,所以周祖培和倭仁不能将其定为诬陷罪。只好共同缮折,请两宫太后亲自考虑。

这成什么道理?就凭本来是没有根据的一件诬告,就可以减杀议政王的事权吗?还说这是"保全懿亲"?见鬼!

连日里,奕䜣告别了自从咸丰十一年十月以来每日议政的朝堂,闷坐府中,心中升起无限的不平和委屈。他知道,他和两宫太后之间,准确点说,他和慈禧太后之间的关系今非昔比了。现在,她正一步一步地走向绝对的独裁和专制。

二、破裂根源

同治初年,两宫太后将国家大事完全交由奕䜣办理,只是偶尔提出不同的意见,如处理胜保问题。一般情况下,她们把功夫下在如何笼络奕䜣,使其尽心辅国上。平日的小恩小惠不计其数,大的拉拢主要有以下几件。

第一件,在封奕䜣为议政王时,还授予他"世袭罔替亲王"的爵号。只是由于奕䜣"固辞",才改为赏予亲王双俸。"世袭罔替亲王"即俗称铁帽子亲王,按制可以世代相传。但在专制制度下,这并不是保险的,刚刚被杀头的怡亲王和郑亲王也是"世袭罔替",不是一样家败人亡吗?奕䜣不肯接受"世袭罔替"的奖赏,作出了不敢领受殊赏的姿态,却领受亲王双俸,得到的是更实惠的东西。

第二件,咸丰十一年十一月初九日,两宫太后表示极其喜欢奕䜣的长女,称赞她"聪慧逸群",命留养宫中,晋封为固伦公主。同治三年正月初二日,两宫皇太后又正式封她为固伦公主。

按照《大清会典》规定,只有皇帝的正宫所生嫡女才可称固伦公主,其他妃嫔所生之女只能称为和硕公主。如果是宗室女儿经由正宫皇后抚养的，在出嫁时也只能享受和硕公主的待遇。奕訢本人既非皇帝，其女儿即使由两宫太后抚养，也只能封和硕公主，却居然被封为固伦公主，实为有清一代空前绝后的一例。这完全是慈禧太后刻意笼络奕訢的一种表示。

第三件，在册封其长女的同一天，另赏予恭亲王奕訢可于紫禁城内乘用四人轿的特权，赏其长子载澂三眼花翎顶戴。

第四件，政变之初，两宫皇太后曾谕令内阁会议讨论为奕訢生母康慈皇后增上谥号和升附太庙的事情。这是咸丰帝在世时故意制造的问题，用以压制奕訢。为此，奕訢始终深感遗憾。内阁会议秉承两宫太后的懿旨，决定为已故的康慈皇后追加尊谥至十二个字，并正式以道光皇帝的皇后身份升附太庙。次年四月，两宫太后又派人去慕东陵上尊谥为"孝静康慈懿昭端惠弼天抚圣成皇后"，从而满足了奕訢多年的心愿。

与此同时，奕訢对于两宫太后也表示了应有的好意。

咸丰十一年十二月十七日，奕訢指示拟定的上谕是，援照乾隆四十三年成例，推封慈安、慈禧皇太后母家为承恩公爵，皆世袭罔替。次日发表的内阁明发上谕进一步明确为：将两宫皇太后的母家追封三代，慈安家的广科由原咸丰帝在世时已封的一等承恩侯晋封为三等承恩公；另谕，将慈禧太后母家由原属下五旗的镶蓝旗，抬入镶黄旗，进入满洲上三旗。② 从而满足了她们的虚荣心。

同治元年四月二十五日（1862年5月23日），在慈宁宫举行恭上徽号典礼，安排七岁的同治帝按照仪制恭尊母后皇太后为"慈安"太后，尊圣母皇太后那拉氏为"慈禧"太后。次日，诏告天下，实行大赦，意在使万民感戴圣德，树立两宫太后的政治威信。

既然双方都互相示好，那为什么又出现分歧了呢？现在，我们就来探讨联合政权出现裂痕的原因，也就是奕訢获咎的原因。

首先，是不是如蔡折所说，由于"揽权"和"骄盈"呢？

奕訢以先帝遗诏特封的恭亲王而兼议政王和领班军机大臣，地位烜赫一时。每天找他请示报告公事的人"环侍如堵"。很快，有些部院官员为了奏事能够迎合圣意就来找议政王先行摸底，弄得事无巨细都要奕訢指示方略,十分令人头疼。两宫太后于同治元年三月初八日发布上谕,要求各部院大臣要独自发挥职能,"独抒己见","岂可依唯画诺"? 这封旨在遏制揣摩之风的上谕,强调议政王的责任是"综其大纲"。发布这样的上谕,有助于奕䜣摆脱庶务干扰,专心机务;又可提高各衙门的行政效率,全面发挥政府职能;当然,也包含有防止奕䜣专断的作用。这最后一点,是对两宫太后有利的。但这件上谕可能是奕䜣为摆脱干扰而主动拟定并发出的。因为九天后的另一封上谕,又借批驳另一封《以端政本为先》的奏折而强调议政王有专断的权力,指出:国家政务繁殷,固然需要在廷王大臣以及军机大臣等"集思广益""群策群力",不过,议政王仍要以天下为己任。③这时两宫太后非但不说他揽权和骄盈,而且还真诚地希望他不避嫌怨,放手干事。

其次,是不是如同蔡折所说,以"贪墨"而获咎呢?

奕䜣早已打破了皇子不与外臣交接的祖制,他所交接的尽为王公重臣,动辄还要赏赐内廷办事太监。因此,恭王府开支不能不大。奕䜣任议政王没几个月就发觉仅靠食用亲王双俸是入不敷出的。他为此事所苦,岳父桂良便告诉他,现在各王公大臣府上的门人们都收来访者的"门包",每天到恭王府的客人这么多,如果把所收"门包"的数成提作府上公用,就是一笔可观的款项。奕䜣以为这是生财妙术,欣然采纳。这一来,恭王府收"门包"就公开化了,他落了一个唆使门上人索贿的恶名。过去,人称"贤王";如今,有人称其"贪墨"了。但两宫太后明白:哪一个王公是真正干净的?所以对所谓"贪墨"一事一直不闻不问。

那么,奕䜣与慈禧之间失和究竟是什么原因呢?关于这个问题,前人有三种说法。

其一,安德海挑拨说。此说见于清人王闿运《祺祥故事》一文。该文说,安德海恃慈禧太后之宠,经常狐假虎威去向奕䜣索要物件。奕䜣这时兼领内务府事,对其所取不予满足,曾正言告诫说:国家正值多难,宫中不宜多所求取。安德海不服,竟然反问道:"所取为何?"奕䜣于被追问之下,随便指眼前事说:比如这瓷器杯盘,按例每月供应一份,计所存已经不少,何必再要?安德海回去了,次日进膳时尽换用民间粗瓷器皿。慈禧惊问其故,安遂告状说,六爷责备宫中使用过于靡费。慈禧的侈欲受遏,大骂奕䜣说:"乃约束及我日食耶?"由此而生报复之意。

吴相湘先生后来考证说,内务府现行则例对宫用杯盘器皿的使用时限有明文规定,少则半年,多至十年,并无一月供应一份之例。而且恭王"明敏过人",肃顺曾以此类事得罪太后而致败,恭王怎能重蹈覆辙?从而否定此说。

我们认为这个记载虽可能有失实之处,但此事未必即无。因为奕䜣在政变之初虽可能注意满足慈禧的侈欲,但历时既久,就不能不时加限制,这就给居间传话的太监以挑拨是非的机会了。

其二,政见不同说。此说以吴相湘言之最详。他说,蔡寿祺是江西人,曾居胜保幕府,故与旗人官将颇多友好。正逢金陵大捷后,慈禧渐厌恭王之揽权,蔡又新进日讲起居注官,欲博敢言之誉,第一次上疏集中力量攻击曾国藩,然后观察风色,及奏折"留中不发",未受申斥,便又进上第二疏,矛头指向恭王,同时仍牵涉曾国藩,作一箭双雕之用。慈禧见此疏正合己意,遂用以打击恭王。

此说抓住了要害。同治初年,清廷重用汉官,是民族政策在官僚政治中的一大变化。这个变化的根据是奕䜣的实用主义。但对于这个变化,慈禧是不满的。据说争论是这样的:

慈禧太后责怪恭亲王议政尽用汉人,说:"这天下,咱们不要了,送给汉人吧!"

奕䜣不服。慈禧气愤地说:"汝事事与我为难,我革汝职!"

奕䜣也不示弱,说:"臣是先皇第六子,你能革我职,不能革我皇子!"因跪得过久,不耐烦,站了起来。

慈禧见状大呼恭王欲打她,太监忙将恭王趋出。④

这就是说,双方争吵的焦点是应否重用汉族官员。慈禧作为满洲贵族集团的最高政治代表,对奕䜣的重汉政策不满,是有根据的。清朝前期的政权民族构成是内重外轻,内满外汉。以封疆大吏为例,顺、康、雍、乾四朝汉人任总督者寥若晨星,任巡抚也不多;至道光末年,满汉总督数大体平衡,巡抚数汉人略多于满人;自太平天国起义以来,为镇压起义,满族中的有识之士如文庆、肃顺直至奕䜣都强调要重用汉人官僚,因此,总督和巡抚的满汉比例迅速变化,同治元年(1862)的满汉总督比例为6∶11,巡抚比例为6∶18;到同治三年(1864)即太平天国失败时的满汉总督比例为2∶10,巡抚比例居然是0∶17,没有满人了,难怪要引起满族贵族的不安。此外,在这众多的汉族督抚大员中又有许多人是曾国藩集团的。曾国藩集团先后出任或署理督抚的有胡林翼、左宗棠、李鸿章、江忠源、彭玉麟、杨载福、李续宜、刘长佑、曾国荃、李瀚章、郭嵩焘、沈葆桢、刘蓉、田兴恕、唐训方等人。⑤尤其是奕䜣还曾亲自提议由湘系大将杨载福为陕甘总督,这就破除了这一职位非满人不任的祖制。⑥所以曾氏集团引起满族贵族侧目是自然的,奕䜣由此而受到迁累也是可以理解的。多数朝臣理解这一点,所以在廷臣会议上,避重就轻,绝不涉及重用汉族官吏问题,实际是认为奕䜣的政策适合时宜,有意进行保护的。

其三,权力之争说。此说完全从心理和性格分析入手,《慈禧外纪》一书是其代表。该书说:"久之,慈禧于国故朝政,渐皆了然,本性专断,遂不欲他人之参预……昔之所赖,今则弃厌而疏远之矣。昔日冲抑之怀,今则专断而把持之矣。慈禧之性情如此,而恭王亦非甘于退让者。""恭王则于用人之权,黜陟之事,不商之于太后,或升或调,皆由己意。凡关于各省之事,亦独断而行。"

权力之争说基本合乎实际,缺点是没有强调政治分歧。

以上各种说法都有其合理性,是这次矛盾爆发的不可缺少的因素。其中,安德海的挑拨和蔡寿祺的弹劾是激化矛盾的媒介,政见不同是深层原因,权力之争是最直接的原因。

奕䜣没有料到慈禧这个女人有这么强烈的政治意识,他原以为用议政王的地位完全可以支配垂帘听政的两宫太后,至少可以作为决策人执政到皇帝亲政之年,他也不认为自己的政策有什么错误,况且难道不正是靠这个政策才扑灭了民间"反清"烈火的吗?

噢!他知道了,这正是"狡兔死,走狗烹;高鸟尽,良弓藏。天下已定,我固当烹"啊!一连十几天,他怀着愤愤不平的心情闷坐府中,品尝四年前亲手以拥戴垂帘的方法而酿成的苦酒。

三、"议政王"号被削

三月初七日(4月2日)，两宫皇太后召见倭仁、周祖培等人，并不追问蔡寿祺是否提供了恭王的罪证。慈禧太后直接拿出事先写好的一份懿旨。这是慈禧太后亲笔写的，字迹如同初学写字的儿童一样，但行文款式却正确无误，这是她这些年听政阅折得到的成绩。全文如下：

> 谕在廷王大臣等同看。朕奉两宫皇太后懿旨：本月初五日据蔡寿祺奏，恭亲王办事徇情、贪墨、骄盈、揽权，多招物议；种种情形等弊，嗣此重情，何以能办公事，查办虽无实据，是出有因，究属暧昧知事，难以悬揣。恭亲王从议政以来，妄自尊大，诸多狂敖，以仗爵高权重，目无君上，看朕冲龄，诸多挟致〔制〕，往往谙始〔暗使〕离间，不可细问，每日召见，趾高气扬，言语之间，许多取巧，满是胡谈乱道，嗣此情形，以后何以能办国事？若不即早宣示，朕归政之时，何以能用人行正？嗣此种种重大情形，姑免深究，方知朕宽大之恩，恭亲王着毋庸在军机处议政，革去一切差使，不准干预公事，方是朕保全之意。特谕。⑦

慈禧自知这封诏谕中有错字，有病句，指令倭仁、周祖培为之润色后再发表。周祖培阅后，觉得写得太刻薄了，请在原诏"恭亲王从议政以来，妄自尊

慈禧罢恭亲王手诏

大"处填入"议政之初尚属勤慎"八个字,其余略加润饰。然后,慈禧指示此诏由内阁明发而抛开军机处,因为军机处是奕䜣的班底。

同日,慈禧太后指示,原由奕䜣主持的总理各国事务衙门转由文祥管理;每日召见王大臣议事由惇亲王、醇郡王、钟郡王、孚郡王等四人轮流进行。

现在完全清楚了,慈禧太后不去追求传讯蔡寿祺的结果,就拿出手谕发表,完全是"欲加之罪,何患无辞"的压制手段。她不凭证据罢黜职权的做法,表明她正在破坏联合体制,向专制体制迈出了重要的一步。

初八日,惇亲王奕誴上疏,对两宫皇太后进行劝谏。惇亲王平日对政治很少注意,但在涉及皇室的重大问题上不能不表示态度。他认为此次奕䜣与慈禧的公开冲突完全是家族内部事务,是作为四嫂的慈禧太后对于作为六弟的恭亲王的吹毛求疵,故意挑剔。所以他要求将此事交王大臣会议讨论,不要因两宫太后的一己之恩怨定是非曲直。

慈禧见王公大臣大都反对罢黜奕䜣,觉得扳倒奕䜣的条件还不成熟,便与慈安商议,接受奕誴的奏议,指示内阁明日讨论恭亲王一事,同时将惇亲王此折连同蔡寿祺原参奏折一并发下,指定军机大臣文祥明日到内阁述旨,令王大臣各抒己见。

次日,慈禧太后又反复了。她先召见倭仁、周祖培、瑞常、朱凤标、万青藜、基溥、吴廷栋、王发桂等大臣,强调"恭亲王狂肆已甚,必不可复用",又召见枢臣令与外廷公开商议。

因此,在这天的内阁会议中,倭仁与文祥传述的懿旨就大异其趣。文祥传达的两宫太后懿旨是:两宫从谏如流,绝无成见——"恭亲王于召见时一切过失,恐误正事,因蔡寿祺折恭亲王骄盈多节,不能不降旨示惩,及惇亲王折不能不交议,均无成见,总以国事为重";"朝廷用舍,一秉大公,从谏如流,固所不吝,君等固谓国家非王不治,但与外廷共议之,合疏请复任王,我听许焉可也"。

而倭仁坚持说,慈禧太后今日旨意为"恭王狂肆已甚,必不可复用"。双方争持不下,只好定于十四日再议。⑧

恭亲王被罢黜为当时重大政潮,牵动中外人心。名士李慈铭推测慈禧前后两天的旨意自相矛盾的原因,认为这正表现了慈禧内心的矛盾。

他认为慈禧的本意是想借礼仪不周,彻底打倒恭亲王,完全由她自己掌握政权。但又存在两个顾虑,一因恭亲王尚深得人心,亲藩王公以及大小臣工多要求留用,如违众议,恐人心解体;二因恭亲王办理外交已取得国际信任,深恐赶走恭亲王,导致外国要挟,朝廷无可倚恃。

这时,醇郡王奕譞从东陵工程处赶回京师,立即上疏援助奕䜣。奕譞的奏疏十三日呈上,称奕䜣任职以来,事烦任重,"其勉图报效之心",为"臣民所共见",但也给慈禧太后留出转圜的台阶,遂替奕䜣承认"往往有失于检点之处",不过是"小节之亏",请两宫皇太后准"令其改过自新",以观后效。

此外,又有御史王拯、御史孙翼谋都奏请宽宥恭王。

十四日,两宫皇太后将奕譞、王拯、孙翼谋三封奏折一并发下,交内阁会议讨论。

倭仁这个"道学先生"其实是很注意观察风向的。他探悉慈禧的本意是严惩恭王,便抢先拿出自己拟好的疏稿,而将醇王奕譞等三人的奏疏置于可勿庸议的地位。这就得罪了奕譞。但他不顾这些,一意想巴结慈禧,而立意打击力主新政的奕䜣。

与会者多不赞同。有人说:这是人家内之事,外人岂可妄言;有人说恭王屡招物议,已难膺重任;有的说经追讯原告,并无实据,废弃无理;有人说成命已颁,无法朝令夕改;又有人说收回成令,从谏如流,更可见两宫圣明无私。

争持者自知无所为之争持,最后还是看王公拿出意见来。肃亲王华丰看看时机已到,拿出自己的底稿请大家阅视。华丰综合几天来惇王、醇王、王拯、孙翼谋等各方面意见,主张令恭王"改过自新,以观后效",至于如何"再为录用",全仰"天恩独断","以昭黜陟之权、实非臣下所敢妄拟"。奏折的意见表达得很明确,而语气十分委婉。

这个奏稿得到多数人的赞许。倭仁只得按照这个意思修改自己的原稿,四易其稿才获通过。

然后军机大臣列名于倭仁奏折;其余以礼亲王世铎为首的王公大臣七十余人列名于肃亲王奏折;另有都察院、宗人府另外具折,内阁殷兆镛、潘祖荫等单衔上疏,都请求收回成命、复用恭王。御史洗斌、内阁学士王维珍更提醒太后要注意国际影响，免外国人起猜疑之心。

这些人说情，没有不说恭王有失检点的，立论方式都让其"改过自新，以观后效"。这就明确地肯定了太后的最高权威，什么时候让恭王干他才能干，什么时候不让他干他就得下台，大家是承认大权操于太后之手的。这样一来，所谓"亲王夹辅"才不能再与"太后垂帘"相提并论，太后才真正处于"女主"的地位。这也就达到了慈禧的目的，何况这些人所提到的外国干涉也确实值得注意。于是，慈禧决定收场。

十六日（4月11日），两宫太后以同治帝名义发表上谕，说廷臣会议结果与朕意吻合。但鉴于给事中广诚折内有"庙堂之上先启猜嫌，根本之间未能和协"的话，把这次惩罚看作无原则的纠纷，有必要重申恭王的错误，上谕说："恭亲王谊属懿亲，职兼辅弼，在亲王中倚任最隆，恩眷极渥；特因其信任亲戚，不能破除情面，平日于内廷召对，多有不检之处。朝廷杜渐防微，若复隐忍含容，恐因小节之不慎，致误军国重事，所关实非浅鲜。"此次略示薄惩，使其知所"敛抑"，既然王大臣会议以为可以录用，着仍令恭王管理总理衙门事务。但同日的另一道上谕又责令总理衙门大臣薛焕及陕西巡抚刘蓉要分别说清他们的任职是否得自行贿或夤缘，矛头仍旧指向奕䜣。⑨

根据这封上谕，仅恢复了奕䜣总理各国事务衙门大臣的职务，而没有恢复其议政王和军机大臣职务。也就是说，奕䜣被逐出了枢庭。

奕䜣没有理睬这道上谕，难道让他出来复职仅仅是为了他可以同外国人打交道，办洋务吗？他要的是更大的权力，是要能推动整个帝国向前运转的军机处的大权，他虽然已绝无称帝的野心，但仍有振兴皇朝的政治抱负，而这一点，他深信，仅凭总理衙门的职权是万难实现的。

后来关于所谓薛焕行贿一事已经洗刷干净，随后关于刘蓉以后门加官一事也得到澄清。⑩

此时的奕䜣已经从被罢斥之初的震怒、愤懑中平静下来。他冷静地观察朝局，接待来访的王公大臣，暗中指授方略。

在近一个月的时间里，军机处因无奕䜣主持，明显地表现出呼应不灵。从咸丰年间奕䜣进入军机处以来，多年中已经形成了枢庭没有皇室重臣则行政难于推动的局面。

为奕䜣争取复出执政地位的除上面提到的肃亲王华丰、醇郡王奕譞、惇亲王奕誴、大学士周祖培等人以外,还有军机处各大臣如文祥、宝鋆、曹毓瑛等。

文祥、宝鋆想出了一个交换条件——辞职。他们分析慈禧太后一直就想把内务府控制在手,以便予取予求,任意享乐。而奕䜣为了裁抑慈禧的"需索"早把两个内务府大臣的职位安排在文祥和宝鋆手里。现在文祥和宝鋆主动要求辞去内务府大臣一职,果然换取了慈禧的欢心。然后,他们为奕䜣写好一份请安折,实际是表示悔罪。

奕䜣本来无意认错,但不认错就不能打破僵局。为了不辜负这些期望他重新执政的人的好意,也为了继续改革事业,他勉强同意以他的名义递上这份"悔罪书"。

"悔罪书"由军机大臣曹毓瑛起草,表示悔过,表示忠诚,满足了慈禧太后的虚荣心。

第二天,四月十四日(5月8日),两宫太后召见奕䜣。

召见之下,奕䜣失声痛哭。这一哭,恰到好处,好像是痛悔自己的过失,其实是在倾诉无可奈何的痛苦。这传统的礼仪竟然可以使人动辄得咎,这专制的淫威竟然可使他这个位极人臣的亲王也有苦难辩。想求得宽恕吗?那就得一股脑地把"错误"都承认下来,这是多么屈辱啊!如果他是皇帝,那么接受这种屈辱的就一定是别人。这种制度是多么不合理啊,但是他不一定能想到这,只是觉得自己既然没有福分当皇帝,那还有什么说的,只好接受这屈辱,并且,今后要切实按照为臣之道约束自己。

慈安和慈禧两宫太后对奕䜣这次的表现非常满意。她们指示拟定的上谕着意述明奕䜣认错态度很好,准其重新掌握军机处,但不恢复议政王称号。

经过这次事件,奕䜣与慈禧太后之间的关系发生了根本变化。这种变化被一位美国历史学家客观地表述如下:

> (政变之初)事实上,两个当权者,慈禧和恭亲王,在谨慎地互相监视着,因为母后皇太后慈安已绝不想主张她的权威的。慈禧有一种坚强的意志和清楚的头脑,行将展布伟大的执政才能;但是她是一个女人,而且还没有多大的经验,所以需要那只有她的夫弟才能够给

她的那种支助。恭亲王明知他能够统治这个帝国,并且领会到男子的一切优越性;不过他不是摄政者,最后的决定权不在他的手里。所以这两人在一起工作,最初是在准平等的基础之上的,到后来,当亲王认识了他在国家中的地位的时候,才像主妇和管家一样。"⑪

的确如此,免去了议政王号的奕䜣重新开始工作后,小心翼翼地趋奉两宫太后,与过去相比,判若两人。"近来事无巨细,愈加寅畏小心,深自敛抑"。

九月,咸丰帝的灵柩奉安于定陵,两宫太后宣布对所有出力有功人员进行奖赏。奕䜣因始终担任总司工程稽察之责,本来功居首位。但他这一次却"以盈满为惧,再四固辞"。他表示他得到的恩赏已经太多了,不敢再受。他还说,就是长女被封为固伦公主一事,也是"宠异逾分",不合祖制的,这使他"夙夜难安",他恳请太后收回成命。两宫太后体念他的诚意,将其长女撤去固伦公主封号,改为荣寿公主。

从此,他开始注意传统的礼制。他的文集中有不少是论述"礼"和"臣道"的文章,大约是这次打击之后的作品。

奕䜣所受的打击,对皇朝政局也发生了潜在影响。

曾国藩就是因见到三月初八日军机处寄谕中少了"议政王"三个字而深为不安。他赶紧给已经回籍的九弟国荃写信,示意他对朝廷最近的征召当以"身体未痊"为由辞谢。可以说,他是把奕䜣看作保护伞的,如果奕䜣不能复出,说不定连他自己也要寻求退路了。当奕䜣复出执政后,曾国藩才松了一口气,致九弟函写道:"朝廷择善而从,不肯坚执自用,即恭邸大波亦不久即平,是非究不颠倒。沅弟(国荃)自以再出为是。"⑫示意曾国荃可以出山为清王朝效力。

李鸿章见到奕䜣重回总署的消息,也高兴地给曾国藩写信说:"恭邸近事,轩然大波,倏忽转幻,朝廷听谗可畏,从谏亦可喜也。"可是,二十天后,李鸿章又致书曾国藩说:"昨得异书,附呈。恭邸似可渐复,惟与艮相嫌衅日深,仍恐波澜未已。"⑬艮相即倭仁,是奕䜣的反对派。他已经看出今后奕䜣办事不会很顺利了。

的确,在这个事件之前,一般人都以为太后听政,恭王议政,内外相维,共成中兴,很少有人敢于议论议政王的过失。现在,奕䜣失去了"议政王"的封号,太后与恭王间的裂痕便展示于中外了。因此,不满意恭王改革的人很快便集结成为反对派。

这不能不导致奕䜣在今后的施政中瞻前顾后,左右摇摆。

【注释】

① 吴语亭:《越缦堂国事日记》第二册,第156页。
② 《穆宗实录》卷十三,第38页。慈禧太后母家原来的旗籍,现有正黄旗、正蓝旗、镶白旗等多种说法。经俞炳坤先生考证应为镶蓝旗。见《故宫博物院院刊》,1985年第三期。
③ 《穆宗实录》卷二十一,第41—42页;卷二十二,第41页。
④ 窦宗仪:《李鸿章年(日)谱》,第4821页,按,此处说这次争执发生于三月初六日,与事实不符。应是三月初四日。——笔者。
⑤ 杨天宏:《咸同时期清朝权力结构的变化》,《四川师范大学学报》(社会科学版),1986年第四期。
⑥ 窦宗仪:《李鸿章年(日)谱》,沈丛刊本,第4819页。
⑦ 见吴相湘著:《晚清宫廷实纪》第一辑,封里慈禧手诏影印件。
⑧ 见吴相湘:《晚清宫廷实纪》,第104页;吴语亭:《越缦堂国事日记》第二册,第159—160页。
⑨ 《穆宗实录》卷一三三,第21—24页。
⑩ 吴语亭:《越缦堂国事日记》第二册,第167页。
⑪ 马士:《中华帝国对外关系史》第二卷,第67—68页。
⑫ 《曾国藩全集·家书》第三册,第1214、1263件。
⑬ 《李文忠公全书·朋僚函稿》卷六,第17—19页。

第八章　推出"自强"的第二目标

当世界工业浪潮冲击中国的时候,奕䜣开始强调"自强"纲领中的第二步,即"御外侮"。为此,他在军事、教育、外交、工业等领域推行近代化改革,使同治年间的中国内政外交,日有起色。

但是,由于过多地担心被外国侵夺利权,阻碍了学习外国先进科学技术的步伐;由于在中外交涉中把利害观置于荣辱观之上,又招致清廷顽固派的攻击。

一、廓清中原:运筹帷幄与依恃近代武器

在奕䜣被罢黜的日子里,蒙古科尔沁亲王僧格林沁正在剿捻战场上冒险急进。同治四年四月二十四日(1865年5月18日),僧军于山东曹州以西高楼寨进入捻军包围圈,全军覆没,僧格林沁率百余骑乘夜突围时战死。消息传来,清廷辍朝三日志哀。

这时奕䜣重新执政刚十几天,他对僧格林沁的战死很惋惜。这一方面因为僧格林沁是皇亲,另一方面也因为在胜保被诛、多隆阿重伤致死以后,僧格林沁是北方仅存的八旗统帅。

僧格林沁屡建战功,曾俘虏捻首张乐行,消灭了宋景诗部及苗沛霖部捻军。但他的思想极其顽固保守,他的部队主要依靠骑兵作战,很少使用西式武器;此外他拒绝与汉族地主武装合作。朝廷让曾国藩援助剿捻,他认为有辱威名,拨湘军刘连捷部和淮军刘铭传部会剿,他也认为是无能之军加以拒绝。这些都是与奕䜣的军事思想相抵触的。

现在,僧格林沁一死,无形中为奕䜣贯彻自己的军事思想扫除了障碍。奕䜣得以在部署剿捻军务中贯彻以下两点方针:(一)进一步倚重汉族地主武装;(二)充分发挥近代武器的战斗作用。

四月二十九日(5月23日),奕䜣奏准两宫皇太后,委任曾国藩为钦差大臣,节制山东、直隶、河南三省旗、绿各营,立即北上剿捻;令李鸿章署理两江总督,为曾国藩调兵集饷;又调淮军刘铭传部数千人北上与刘长佑配合防堵捻军北进;另派崇厚带洋枪队一千五百人赴畿南防剿,并筹办天津防务。

一直到五月初,军机处发出的寄谕都是急如星火地催令曾国藩统兵北上,绕至北面向南逼剿,其次是指令李鸿章调拨劲旅,携带开花大炮由海路乘轮船北驶,或在胶州登岸西趋济南,或在天津登岸南趋东省。总之,奕䜣的着眼点是解救燃眉之急,确保京津安全。与此同时,他和两宫太后确定由醇郡王奕譞筹办京城防范事宜,旗、绿各营均归其节制。①

但是,李鸿章和曾国藩对于军机处立足于"堵"的部署有不同意见。李鸿章于五月初六日提议直、东、豫各省实行"坚壁清野",稳扎稳打。军机处认为此法"非一时所能猝办",缓不济急,还是要求他从大局出发,立即派部队听曾国藩调遣。②随后,曾国藩两次上疏,分析僧格林沁失败的原因是"以骑制骑",被捻所疲,提出以静制动,"坚壁清野",配以近代装备的部队进击的新战略。具体做法是用火轮船把淮军潘鼎新部运到天津,另将刘铭传部运到济宁,都令其自北向南推进,扼住捻军北路;然后,他坐镇徐州向北步步进逼。奕䜣等人看到这个方案并不违背军机处原定的"堵"的策略,而且更稳妥了,也就批准了。

二十五日,曾国藩才挥师离开南京,闰五月二十九日兵抵临淮,出示要求各乡"修圩挖濠""坚壁清野",并甄别居民"良""莠",发予不同执照,以图切断群众对捻军的支援。捻军在山东是难以立足了。③

但捻军仍活跃于豫、皖、鄂等省。曾国藩筑运河长墙,防守颍河和贾鲁河,企图把捻军封锁在运河以西。但同治五年八月十六日(1866年9月24日),全部捻军突破防线再入山东。曾国藩的计划彻底失败。

八月二十三日,曾国藩密疏让李鸿章驻徐州,以激励淮军战斗,并建议让九弟国荃驻兵南阳,对付捻军西路。④

这时淮军刘铭传部和潘鼎新部靠着骑兵和大炮给捻军以不小的打击。九月,捻军为防止被清军的优势武器聚歼,决定分为东、西两路,以成掎角互援之势,东捻由河南进湖北;西捻由河南入陕西,去联络回民起义队伍。

同治五年十一月初一日(1866年12月7日),奕䜣请两宫太后批准曾国藩的辞呈,让他回南京两江总督原任养疾,让李鸿章接手剿捻。

曾国藩督师时,已用了许多淮军将士,李鸿章督师后用淮军更多。湘淮军的装备精良,新式洋枪、英制大炮均数量很多。每逢作战,仅装运军火物资就用数十大舰。⑤

可以认为,以李鸿章代替曾国藩督师进一步表明奕䜣等枢府人员对汉族地主武装的信任,也更加表现了对近代装备的依赖。客观上,又加深了湘淮两系的门户之见,因为这等于公开曾国藩统帅不了淮军的事实,湘淮两系各立门户,就便于中央操纵了。

不过,捻军仍然凭借其机动灵活的战术经常重创官军。同治六年正月十五日尹隆河一战,淮军刘铭传部虽然有优势装备,但因犯战术错误而被捻军打得"一败涂地",幸亏后来湘军鲍超部赶到,使用西式劈山大炮连续轰击才转败为胜。在西线战场,西捻军在张宗禹率领下包抄了三十营湘军,使之全军覆灭,然后进围西安。

军机处接到败报,赶紧檄令曾国藩和李鸿章派得力战将鲍超和刘松山兼程援陕。随后,又正式任命左宗棠为陕甘总督,委以西路剿捻军务。

左宗棠不仅重视部队近代化装备,而且还主张借洋债以平内乱。对于这两者,奕䜣看出内在的联系,他感到与其日久糜费,倒不如借款速平内乱,因此批准左宗棠向上海外国洋行借债银一百二十万两购置军火。

于是,左宗棠挥师西进,西捻军攻西安不下,向陕北运动;左宗棠再发兵三路尾追。奕䜣对西线暂时放心了。

这时东捻军势力仍然很盛,曾一度逼近济南,北进烟台。

李鸿章和山东巡抚丁宝桢、安徽巡抚英翰、直隶总督刘长佑奏请实行"长围战略",沿运河筑长墙,将东捻军封锁于黄河以南、运河以东地面。奕䜣立即接受这个建议,寄谕各省督抚及曾国藩,从山东到江苏几千里运河修筑长墙,分段防堵。李鸿章和丁宝桢把运河长墙视为外线,另在胶莱河与淮河间设立内层防线,企图把东捻困于海滨地带。但东捻于七月二十日(8月19日)又跳出包围圈,西走潍县。

军机处因此奏请将李鸿章、丁宝桢以及防守不力的潘鼎新议处。

胶莱防线被捻军突破之后,清廷许多人以为运河防线也不足恃。但奕訢对这个战略的支持没有改变。因为,"防河筑墙"之策虽在曾国藩督师即已采用,但当时行之无效是因湘军机动性差,马匹少,不能制捻军;现在行此法,与坚壁清野的政策及备有精良武器的机动部队相结合,就增大了胜利的可能性。这时淮军已有四千九百名强大的骑兵,可以牵制捻军行动了。

果然,东捻军始终未能突破运河防线,屡遭击杀。十月末,捻军首领任柱被叛徒杀害。奕訢闻报大喜,令立即按赏格给奖。

一个月后,东捻又与刘铭传部相遇,被铭军开花大炮及步枪击溃,战死二万人,被俘一万人,二万匹骡马被掳,首领赖文光仅率一千余人南遁。同治六年十二月十一日(1868年1月5日),东捻在扬州瓦窑铺战败,赖文光被俘,五天后被杀。

任柱和赖文光先后被杀,致东捻军彻底战败。奕訢十分兴奋,奏准两宫太后对参战有功人员分别予以重奖。

东捻军处于绝境的时候,西捻军星夜东来。同治七年正月十二日(1868年2月5日),进入保定境内,保定城戒严。保定是直隶省城,北距京师只有八十英里。因此,清廷出现了自太平军逼近京津、英法联军冲进北京的那种恐慌局面。军机处为两宫皇太后拟定严诏,切责各路统兵大员李鸿章、李鹤年、左宗棠以及官文等,给予夺职处分,嘉奖迅速率军拦挡捻军的丁宝桢。同时,谕令李鸿章淮军迅速赴京畿一带剿捻,左宗棠湘军迅赴保定以北督剿,官文带兵赴涿、易一带调度。正月十五日(2月8日),军机处奏准两宫太后,以醇郡王奕譞率领京城精锐部队神机营留守京师,其余神机营及五城团防部队进守涿、易二州;并以恭亲王奕訢亲自负责巡防事宜,以示高度重视。

军机处内对于处置西捻的方略意见不同。文祥认为,近年军务皆误于各省的本位主义,以驱逐出境为了事,即使有合力会剿之旨,也从未认真遵办,偶有一二越境相助,又碍于主客之势而无成功。现今捻势虽众,

"然赖逆就殄,贼胆已寒,各省督抚无不情切悍卫,且京师耳目甚近,带兵者不敢欺饰,必竭力办贼。若能就直隶合力剿捕,易于蒇事"。⑥但是多数人认为,如不驱逐出境,京师将冒太大风险。最后奕䜣采纳多数人意见,仍用"逼贼出境,然后合剿"战略。二十六日,寄谕左宗棠以钦差大臣身份总统直隶境内各路清军,防堵西捻北进,并令其陈述战略意见。

左宗棠复奏,对清捻双方进行了客观分析,指出捻军所长在于,(一)灵活性强,惯于奇袭;(二)机动性强,行动便捷,行军时不论步、骑兵一律乘马,临战时步兵下马格斗,骑兵分路包抄官军之后;(三)战法多变,"遇官军坚不可撼,则望风远引,瞬息数十里,俟官军追及,则又盘折回旋,以疲我"。但清军也有自己的长处,主要是武器的近代化,但这又造成辎重多而不便行动的弊病。因此他建议放弃"追剿"战略,改用"重点防御,各军夹击"战略。具体方案是在涿州、固安各设一战略据点,一是尽力逼捻过滹沱河,然后与山东、河南各省军夹击;二是如不能施行第一目标,则是捻军已跃入涿、固以北,那时再以涿、固与河间、保定、天津间各路清军夹击。⑦

奕䜣与军机处其他大臣认为这个意见与军机处原定逼捻出境,然后合剿是一致的,不得已而实行的第二目标与文祥的主张一致,但比文祥的意见更具体也更周密一些,遂采纳。同时,谕令原僧格林沁部将陈国瑞另募一军为特别部队,明令以恭亲王奕䜣节制左、李及各省督抚,统一调度,协调行动。

这样一番部署之后,清军增强了战斗力,而捻军开始在直隶省接连失败。二月二十四日,奕䜣通过上谕嘉奖了左、李各军。

三月,西捻军离直入鲁。十四日,军机处命令李鸿章总统山东各路清军防堵捻军。

四月初,西捻军再次自山东北进至天津附近的静海稍直口,京津再次震动。军机处紧急寄谕左宗棠严防直晋交界,李鸿章严防直鲁交界。这时文祥重申他的"就地剿灭"主张。⑧但奕䜣担心清军腐败无用,而且"纵勇扰民",会使更多的农民揭竿而起,或因夏日青纱帐起更便于捻军隐藏。所以他修正文祥的意见为:限期一月,三面围蹙,就地歼除。所谓三面,是北、西、南,因东面为大海。

他的意见再次作为上谕颁行,同时他寄谕曾国藩派上海捕盗轮船来津备用。这时他多么盼望能有自己的轮船水师呵! 可惜没有。曾国藩把停泊于上海的福州船政局的华福宝号轮船匆忙装配六门开花大炮,配以洋枪一百杆,水兵五十名,调往天津交给崇厚堵捻。⑨另一项部署是采纳鸿胪寺少卿朱学勤建议,重新起用淮军大将刘铭传。刘铭传自消灭东捻后就告病回籍了,现在军机处频催他速归本军,率队出战,因为他的部队是淮军中装备最好、战斗力最强的。

这一番部署后,西捻军扑天津未能得手,重返山东。

四月二十四日,鲁抚丁宝桢与皖抚英翰议定两省军分守运河。二十九日两省军会合淮军武装抢筑运河堤墙。同日,左宗棠、李鸿章在山东德州会商剿捻大计,按"三面围蹙,就地歼除"的战略指示,定"长围"方针。

闰四月二十四日,奕䜣以期限已到,捻军未平为由,请将左、李议处。其实这只是一种姿态,对左、李的依赖仍然不减。同日授满人都兴阿为钦差大臣,列名于左、李之上;委任崇厚为副大臣,管理神机营事务,统张曜诸军。捻军虽然未平,但败局已定,奕䜣急忙指示将轮船调给崇厚,又指示都兴阿、崇厚等投入战斗,正是让这些满人在未来的胜利中分得一些战功。他也许是接受了教训,两年前被罢黜时不是就有人指责他信用汉人吗?

直隶部分的长墙于闰四月上旬筑完,山东部分的长墙于五月上旬完成,捻军被封锁于山东北部的包围圈里了。偏偏天气又与捻军作对,六月(7月),西捻军游弋于临邑、博平一带,时值大雨,徒骇河水盛涨。捻军因以骑兵为主,而在泥泞中难于运动了。

这时,淮军却极大地发挥了近代武器的优势。郭松林部堵截于前,潘鼎新部抄袭于后,"枪子如雨",捻军彻底溃败。主要领导人张仲禹中弹而逃。六月二十八日(8月16日),最后一股捻军被歼灭,张仲禹跳水不知所终。

捻军被剿灭,清皇朝十余年来的心腹大患平复了。这一次,奕䜣在忙于庆功嘉奖的时候,格外注意到安抚满洲贵族的情绪。

七月初十日(8月27日),发表由奕䜣等人拟定的上谕:赏还李鸿章双眼花翎,骑都尉世职及黄马褂,解除以前处分,另加赏太子太保衔,以湖广总督兼任协办大学士;解除以往对左宗棠的处分,加赏太子太保衔,按一等军功议叙;赏山东巡抚丁宝桢和安徽巡抚英翰(满)太子少保衔,按一等军功议叙;赏河南巡抚李鹤年戴花翎,按一等军功议叙;赏三口通商大臣崇厚(满)太子少保衔,戴双眼花翎。同时加恩赏还直隶总督官文(满)的太子太保衔及双眼花翎,取消一切处分;令曾国藩署理直隶总督兼任大学士。

二、第一次派遣考察团了解西方

在指挥剿捻战争的时候,奕䜣就在竭力探索:能够制造坚船利炮的西方世界到底是什么样? 有哪些值得中国学习和借鉴的地方?

同治五年(1866)春,总税务司赫德要回英国结婚,来向总理衙门告六个月长假,顺便建议中国派人到西方去看看。他说,中国政府可以派遣一个代表团随他同行,考察西方政情民俗,回国后向清政府提供考察报告。奕䜣大喜望外,当即表示"嘉纳"。

这一年同文馆首批外语毕业生已有几名考取了八品见习外交官,这就需要有人带领他们出国增加阅历。但是,总理衙门在物色人选时,一提到派往泰西去考察,人们多有畏惧之心,只有六十三岁的斌椿"慨然愿往"。斌椿在总理衙门任职,做了几年赫德的中文教师兼办文案,对西方事物逐渐产生了兴趣,很想饱览异国风情。总理衙门正求之不得,很快便确定由斌椿带领同文馆三名学生,外加斌椿的儿子广英,让他负责照顾其父,一同出国。

正月初六日(2月20日),奕䜣把这番用意和安排正式缮成奏折,呈报两宫太后。奏折申诉派遣政府官员出国考察的理由说:

> 查自各国换约以来,洋人往来中国,于各省一切情形日臻熟悉;而外国情形,中国未能周知,于办理交涉事件,终虞隔膜。臣等久拟奏请派员前往各国探其利弊,以期稍识端倪,借资筹计……

接着述及派遣斌椿领队的原因,理由有两点:(一)斌椿是汉军旗人;(二)斌椿年纪六十三岁,老成可靠。

两宫太后当日准奏。

斌椿考察团于正月二十日(3月6日)从北京出发,二月初十日(3月26日)在上海换轮出国,三月十八日(5月2日)到达法国马赛港,在欧洲游历共一百一十多天,访问十多个国家。⑩本年九月十八日(1866年10月26日),考察团回到北京,当日到总理衙门复命述职。

然后他们整理出考察记录。斌椿写作的称为《乘槎笔记》,及《诗集》;考察团员张德彝写作了《航海述奇》。

根据这些第一手材料,可知这个代表团在国外考察了火车、轮船、电报、电梯、活字印刷、铁路隧道及铁路工务系统、蒸汽机的工作程序、传真照片及一般摄影、纸币印刷法、地下铁道、起重机、扬水机、化学镀金法、显微镜及幻灯、电气医疗技术,以及大纺织厂和兵工厂的复杂生产情况。

这是中国政府官员第一次系统地全面地领略近代科学技术和西方物质文明;他们还参观了埃及大金字塔和古太阳神庙,欧洲博览会、芭蕾舞剧、英国的白金汉宫、大英博物馆、国家议院、监狱、报社、高等学院、植物园,法国的凡尔赛宫、拿破仑大帝的凯旋大门等。通过这次考察,中国政府人士第一次直接看到在光辉的中华文化圈外确实存在着灿烂的西方古代文明和近代文明。

三、冲击波:推出"自强"第二目标

斌椿考察团离京前一天,即同治五年正月十九日(1866年3月5日),英国公使阿礼国向总理衙门递交一份照会,内附参赞威妥玛的说帖一件和《新议论略》一件。

奕䜣由此事一下联想到上年九月十八日(11月6日)赫德也呈递了一份名为《局外旁观论》的建议。赫德以一个善意的旁观者立场指出:中国的内情与外情都表明中国已不应再因循守旧下去了。他举例说:官僚选拔回避制度,军队营伍废弛问题,地丁、盐课和税饷等财政事务都必须认真整顿,近代造船、电报、火车都应迅速创办,否则中国将要被动;外交方面,皇帝召见外国使节和派遣中国使臣常驻外国二事也应尽快考虑,因为这将是"外国必请之事";涉外事件如潮州入城问题和田兴恕革职拿问问题也不能再延宕下去了,因为这关系到中国是否真正信守条约的问题。

当时奕䜣觉得赫德确实是以中国雇员身份替中国划策的,况且"于中外情形,尚能留心体察",尤为难能可贵,只是所论并非急务,所以搁置未提,"未敢上渎宸聪"。⑪

赫德究竟出于什么动机为中国划策,这是另外的问题。而奕䜣对赫德的建议所抱的态度倒是值得分析的。第一,赫德所论虽系根本大计,但也有告诫中国应立即办理的,而奕䜣居然未办。这说明,奕䜣虽然信任赫德,但还未到言听计从的地步;第二,既然这个人谈到大计方针问题,为什么不上报两宫太后,是企图蒙蔽宸聪吗?这倒不是,很可能是由于上半年受到削爵打击而心有余悸,联系到九月奉安大典后他力辞封赏,又要求撤下女儿"固伦"公主称号一事,可见他这时所关心的主要是如何保持自己的地位和在统治阶级中的声誉。如果转呈赫德的议论并表示需要照办,不但不会达到这一目的,反而会引起物议。

这次威妥玛站在英国官方立场上,批评中国进步太慢,"缓不济急";要求中国"借法自强",以便"内改政治,外笃友谊"。威妥玛所论内容虽与赫德大致相同,但是措辞十分激烈,甚至说到中国如果拒绝改革,难免要遭到外国干预,"且一国干预,诸国从之,试问将来中华天下,仍能一统自主,抑或不免分属诸邦?此不待言而可知"。⑫

这下可引起了奕䜣的戒心。改革本来是中国的事,英国为什么如此"热心",并示以威胁?它是否企图通过中国的改革来达到自己的目的?它一定是在为自己的目的划策的。奕䜣强烈地感受到被威逼的滋味。

但是,能不能够顶住这次威逼呢?客观地分析清王朝经过内外战争的打击和消耗,至今仍"军务未平""帑项未裕""地方多故",是所谓积贫积弱状态,无法再与外国公开对抗,只有表示友好。

能不能利用这次威逼呢?威逼在本质上是英国高度发达的资本主义工业的外化,它表现为坚船利炮无往不胜的物质力量,表现为无孔不入的殖民政策,表现为对一切非资本主义工业化地区的巨大冲击。但是,按照中国的辩证法传统,可以以子之矛攻子之盾;按照魏源的说法,可以"师夷长技以制夷"。

奕䜣显然是准备顺应工业浪潮,开展工业化运动,加强国家实力,以便从根本上抵制资本主义国家的威逼并预防可能发生的新的侵略。他说:"外国之生事与否,总视中国之能否自强为定准。"

他用近乎外交辞令的策略性语言奏请借用西法进行改革,说:"该使臣等所论,如中国文治、武备、财用等事之利弊,并借用外国铸钱、造船、军火、兵法各条,亦间有谈言微中之时";"至所论外交各情,如中国遣使分驻各国,亦系应办之事"。[13]字里行间表明他的赞同态度,但是他对外国人说对了的事情尽量避免正面称赞,例如,他估计说,就是最容易引起中国人反感的铁路和电报,也难有效抵制,因为,在通商口岸会由洋商首先兴办。

当工业浪潮扣击中国大门的时候,奕䜣看到了潮流的力量,他明白顺之者昌、逆之者亡的历史大趋势,他不再沉醉于封建的田园诗般静谧的自然经济生活,倡言向西方学习搞近代工业化,让中国大地机器轰鸣,轮船畅通,火车奔驰,电线高架……

这是一束灿烂夺目的思想火花。因其灿烂夺目,不仅众多的顽固守旧分子难以仰视,而且难以立即被地方洋务大员完全欣赏和接受。

二月二十四日(4月9日),奕䜣经由军机处廷寄给沿江沿海督抚大员官文、曾国藩、左宗棠、瑞麟、李鸿章、刘坤一、马新贻、郑敦谨、郭松焘和崇厚等人,附寄赫德和威妥玛等人的议论以及以"恭亲王"领衔的总理衙门的办理意见,启发他们立即筹划近代化建设和各项改革。他强调各督抚在筹划此事时要继续贯彻"外敦信睦,隐示羁縻"的外交路线,对于各该省份"应如何设法自强使中国日后有备无患,并如何设法预防俾各国目前不致生疑之处""悉心妥议"。他要求把"自强"提到"保国保民"的高度来认识,这就使"自强"由于第一阶段的"平内乱"而具有的反动性转变为"御外侮"而具有的爱国性质了。他还鼓励各督抚要"勿泥成见",破除传统,以开拓精神规划自强大计。看得出,他自己已经满怀激越,豪情万丈了。

随后,各督抚陆续复奏,申明观点,既有支持的,也有反对的。

在这场讨论中主要出现两种意见,一种是官文、蒋益澧的,认为对洋人的"援助"要求不必疑其"挟诈怀私",应视为"求媚于中国"而因势利导,乘机兴建近代工业,学习技术;一种是曾国藩、刘坤一和左宗棠等人的逆反心理,彼愈求而我愈应拒,以免堕其奸计。

面对两种对立的意见,奕䜣模棱两可,内心则是迷惘和孤独。他的迎接工业浪潮的思想火花没有被普遍赏识,自己也失去了自信。他不再要求引进世界最先进的科学技术,只在人们的意见中筛选最急需和最易为接受的方案加以扶植和支持。在这场讨论中,他的关于今后"自强"大业的目标将转移到御侮方面则得到了人们的一致赞同。

四、第一次开展教育大辩论

赫德六个月的婚假结束后,除了带回一个美丽的西方女郎,还受奕䜣之托聘来五名西方教授。[14] 奕䜣就要对同文馆进行重大改革了。

同治五年十一月初五日(1866年12月11日),奕䜣代表总理衙门奏请在同文馆开设"天文""算学"馆,其内涵就是今天所说的自然科学。奕䜣奏道:曾国藩、李鸿章、左宗棠、崇厚等人已在京外办起了第一批军工工厂,仿造近代枪炮轮船,这诚然是必要的。但是仅仅如此,还是"习学皮毛",若不学其根本,"仍无裨于实用"。他请求把同文馆由单纯的外语学校变成兼学西方科学的综合性高等学府。关于招生范围,他主张从原来仅限于八旗子弟扩大到举凡满汉举人,恩、拔、岁、副、优等五贡生员以及五品以下的京外官,只要年龄在二十岁以上者都可以报考,以便择优录取。

两宫皇太后像对待一般事务一样,当即"照准"了。

同治五年十二月二十三日(1867年1月28日),奕䜣再上一折,系统地论述新的时代需要培育新的人才的道理。他说:数学是科学之母,"盖以西人制造之法,无不由度数而生";为了防止盲目摸索,需要聘请外国教师,因"师心自用,徒费钱粮,仍无裨于实际"。为了使人们接受这项改革,他策略地声称:西学是从中国传去的,而且本朝的康熙大帝就十分热心西学,所以学习西学,制造西器并非违背祖制,而是发扬传统。最后他强调:真正关心国家前途的人应该赞成"采西学""制洋器",一扫"因循积习,不思振作"的颓风。

这份奏折可能出自总理衙门某主笔之手,把奕䜣的革新教育的思想和紧迫感表述得相当深刻,相当精彩。

而且,折中进一步建议让翰林院的编修、检讨、庶吉士们也入馆研习,而这些人在当时是被视为"高级"知识分子的。他以此表示了对西方自然科学的重视。

这下可更触动了传统士人的神经,他们认为这是污辱"斯文"。经过新年内一正月的酝酿和鼓动,正月二十九日(3月5日),由山东道监察御史张盛藻率先上疏,反对这项教育改革。认为科学是不值一学的"机巧",反对让科举正途出身的知识分子去学习西学,更反对拜洋人为师。他的谬论是:朝廷追求自强,只要实行贤明政治,练兵筹饷就可以了,臣民只要有"气节"也就可以了。⑮

奕䜣在两宫皇太后面前指出张盛藻的意见是可笑的,难道只要有气节而没有科学知识就可以使国家富强吗?轻易地否决了张折。

但是,张盛藻的意见代表了大多数士大夫的认识水平。千百万人的习惯势力是可怕的。

二月十三日,京城里出现了直接攻击奕䜣的联语:"鬼计本多端,使小朝廷设同文馆;军机无远略,诱佳弟子拜异类为师。"把教育改革这项长远大计诋毁为适应洋人的需要,是中了洋人的奸计。大约就在这个时期,奕䜣得了"鬼子六"的绰号。⑯二十四日,前门一带又有人粘纸签,上写"未同而言,斯文将丧",上下两句分别嵌着"同文"二字,意思说:同文馆立,敲响了传统儒学的丧钟。这倒是从反对者之口说出了教育改革的深远社会意义。

正月以来,奕䜣与他的智囊团成员文祥、宝鋆、董恂等绞尽脑汁寻找对付这些"正统"派君子的办法。同文馆开办时,因招生全是满族子弟,所以加派了汉文教师,现在开设科学馆,招收科甲正途人员入学,本没有再设汉文教师的必要了,但为了标榜同文馆并不是专拜异类为师的,他们特意推荐有声望的学者太仆寺卿徐继畬为总管同文馆事务大臣,以加强号召力。

但这是徒劳的。守旧派不仅反对拜洋人为师,而且从根本反对在传统教育的圣殿里引进自然科学。所以,张盛藻奏折被驳斥后,倭仁又花费十五天时间,推出一份有分量的奏折,于二月十五日(3月20日)呈进。

倭仁立足于传统的治国思想,说:"立国之道,尚礼仪不尚权谋;根本之图,在人心不在技艺。"他把科学与中国古代的神秘诡谲的"术数"画等号,否定科学技术对社会发展的推动作用,也否定科学的无国界性。他退一步说,即使科学是值得学的,又何必向外国学?以中国之大,"必有精其术者",泯灭了中国古代科学与西方近代科学的质的差异性。他喋喋不休地说,让中国知识分子向外国人学习是耻辱,将使整个中国"变而从夷"。

倭仁是咸、同之际中国数一数二的理学大师,又是同治帝的师傅而兼内阁大学士。对于他的意见,就不能像对待张盛藻那样简单地否定了。

两宫皇太后特旨召见倭仁、徐桐和翁同龢这三位帝师,专议同文馆事。但是倭仁拙于言辞,"所对未能悉畅"。于是,两宫太后又将倭仁奏折交总理衙门评议。

奕䜣授意总理衙门痛驳。三月初三日,奕䜣领衔呈递奏折,全面批驳倭仁的精神万能论。

先是批评倭仁的话是不通时务的高谈阔论。接着说,改革是大势所迫,如不改革,则和平不可能持久,外国侵略亦将无法防范。他援引外间洋务重臣们的话说:坚船利炮都是由自然科学中推演出来的,中国不但要学其末,而且要学其本。他解释招收优秀知识分子的目的,正是因为他们"读书明理""存心正大",能够抵制洋人的精神影响。然后,他质问倭仁,究竟你所谓的不忘国耻,"卧薪尝胆",究竟是求其名呢?还是求其实呢?如果仅追求名义上的"卧薪尝胆",可以空谈"气节";如果是追求真正的"卧薪尝胆",就应该赞助实事,支持改革。

该折已经预料到倭仁的态度可能造成很坏的影响,表示为了国家的久安和自强,"虽冒天下之大不韪,亦所不辞"。反映出对于资本主义各国可能提出进一步的侵略要求的警惕和对于顽固派阻挠进步事业的愤慨,字里行间跃动着奋发图强的激情。

最后,以揶揄的口气说,如果倭仁另外有强国妙策,我们愿追随其后,"悉心商办";如果没有,"仅以忠信为甲胄,礼义为干橹等词,谓可折冲樽俎,足以制敌之命,臣等实未敢信"。

第二天,军机大臣文祥和汪元方到懋勤殿传旨,把这个折子连同曾国藩、李鸿章等人的有关折件信函一并交倭仁阅看,要求他从自强大业的角度认真了解教育改革的必要性。

初八日,倭仁复奏,不再反对设馆讲自然科学了,但是仍反对聘请洋人任教,说是"上亏国体,下失人心"。

早在张盛藻上疏时,还有人向总署报名投考,后经过倭仁这一搅,弄得人心惶惑。那些对同文馆的新学科感兴趣的而且报了名的人开始受人嘲笑;没有报名的人就再也不敢报了。

这次改革计划大有流产的可能。奕䜣赶紧向两宫太后面述实情,定下两种制度并行,一是责令总理衙门按原定办法进行考选,然后聘外籍教师授课,但不再坚持让高级知识分子入馆学习了;二是责令倭仁另行举人讲授自然科学课程,来一个两种教育制度并行。这无疑是将了倭仁一军。

二十日,倭仁上折,老实承认他原说以中国之大,不患无才,"必有精其术者",只是凭想象而说的,实无可保举之人。

二十一日,两宫太后发布上谕说:倭仁既无堪保之人,就着随时留心咨访,这是给他台阶下;同时又谕令倭仁在总署行走。后一项谕令很可能是奕䜣的主意。奕䜣这时可能希望这个冬烘老人通过接触洋务,换换脑筋,也许是有意要开他的玩笑。

倭仁见到这份谕旨,忧心忡忡,邀集与他气味相投的徐桐和翁同龢商议对策。徐、翁都主张他辞去这份"不光彩"的差事。第二天,倭仁递了辞折。

一连三天,都未获准。

二十四日,倭仁见到奕䜣,又谈辞差事。奕䜣很不耐烦,"几至拂衣而起"。

二十五日,倭仁请见两宫太后。在带领入见的路上,奕䜣又教训他几句,倭仁讷讷不能作答。到了两宫面前,是说明辞差理由的时候了,他却"潸焉出涕",哭起来了。结果,不但没能申诉理由,反而领命而出。

二十六日,倭仁在卜卦之后,才"去志决矣",决定辞官归里,以示不与奕䜣等共事。

二十九日，倭仁从朝房散直回府，路上突然昏迷，几乎从马上掉下来，经人扶回府上就一直昏厥不语。于是，谕旨只好准其病假了，但仍令病愈后要赴总署之任。

倭仁气病，使京城内外士大夫更加同情他，更尊敬他了。招生工作因而陷入停滞状态。

三月二十七日，通政使司于凌辰奏请停止招生。四月十三日，满族官员崇实上疏，同意讲授科学，但建议除聘请外籍教师外，另由沿海各省保举精通科学的中国人也来教，使中外教师切磋研讨，避免"尽师西士"之嫌。

奕䜣摒弃了于凌辰畏难停止的意见，采纳了崇实稍为灵活变通的意见。咨令上海和广东调派中国著名科学家李善兰和邹伯奇来同文馆任教。

此时的反对派并未停止阻挠。恰好这一年华北气候反常，从春到夏大旱不止，京师已见疫情。五月初十日，白日大风持续地刮了三四个小时，刮得天昏地暗。这本是自然现象，不足为怪，反对派却趁机做起了文章。

五月十七日，御史钟佩贤奏说："天时亢旱，宜令廷臣直言极谏。"要求朝廷允许人们放言攻击改革。奕䜣协助两宫太后发布谕旨，告诫他不得将天象比附人事，同文馆招考要按原计划进行；但如果朝政确有过失，也允许臣工直言。

于是，候选直隶知州杨廷熙呈递了条陈，从其事、其理、其心、其言等各方面论证同文馆的改革是大错特错的事情，一口咬定气候的反常是上天不满的表示。

这件条陈对洋务派与顽固派之间的原则分歧进行了全面的总结，从中可以看出当世界工业浪潮袭入中国的时候，清廷统治阶级受到了怎样的震动，发生了怎样的分化，奕䜣的认识达到了怎样的程度。现按条陈内容整理如下：

（一）什么是耻辱？奕䜣说，最大的耻辱是我中国不能自强于世界。

杨廷熙说，大耻为西洋流毒入中国。

（二）西方科学的价值。奕䜣说,西学源于中国,但高于中国,当今世界"深明天文数学无过西人"。

杨说,不对,"言天文者中国为精,言数学者中国为最,言方技艺术(指各项制造工程技术——笔者)者以中国为备"。

（三）发展科学的途径。奕䜣说,应虚心学习外国,"师夷长技",利用外国成功的经验和技术。

杨说,不必向外国学,"轮船机器不足恃也,况中国数千年来未尝用轮船机器,而一朝恢一朝之土宇,一代拓一代之版章"。

（四）当今的急务。奕䜣说,急需讲求实学,增强国力,"用轮船以敌轮船,机器以御机器"。

杨说,"不在天文而在人事,不在算术而在政治修明"。

（五）对于开放政策。奕䜣说,谋自强就应对外开放市场,对内引进技术,学造轮船器械。

杨说,"今者西洋以数千魑魅魍魉横恣中原,朝廷犹因循含忍,不筹控驭之奇策,慴服之宏规;而宰辅不闻挞伐之书;台谏竟无驱除之疏"……主张回到闭关锁国的时代。又反对引进科学技术,说:"夫自强之道,岂在天文算数轮船机器哉?"

（六）开展科学教育。奕䜣说,优秀知识分子应该去学习"西学",即科学。

杨说,"此尤大伤风教",向洋教师学习,洋人正可乘机"蛊毒","饮以迷药",从而"忠义之气自此消矣,廉耻之道自此丧矣,机械变诈之行自此起矣"。

（七）教育为人才之本。奕䜣说,对外国先进技术,雇买当然方便,但更重要的是培养自己的科技人才,探索科学的本源,掌握制造的方法。

杨说,外国人"断不肯以精微奥妙指示于人",请注意,他无意中已经承认西学精微奥妙了;但又说,即使洋人能尽心教学,也不过培养"依样画葫芦"的本领,何能破敌?干脆不要学。

（八）大力普及西学。奕䜣说,全国上下都要讲求西学,这是中国自强的关键。

杨折说,"臣思此事,疆臣行之则可,皇上行之则不可;兵弁少年子弟学之犹可,科甲官员学之断不可"。他还混淆"西学"与"西教"的界限,断言"恐西学未成,而中原多故也。是西教本不行于中国,而总理衙门请皇上导之行也"。

(九)鼓励学习西学。奕䜣说,事属创始,必须优给廪饩,区别等级,奖勤罚惰。

杨折胡说,前方"披坚执锐"之将士未见奖赏,而给"循行数墨"之学生以厚赏,"将何以励戎行而伸士气也"?

(十)改革应否到底。奕䜣说,改革必须不为"浮议"所动,"外人之物议虽多,当局之权衡宜定"。

杨说,"此言尤属偏执己见,专擅把持,启皇上以拒谏饰非之渐",毁谤奕䜣倡导改革是"必欲溃夷夏之防,为乱阶之倡"。他甚至影射奕䜣是乱臣贼子,说奕䜣所创建的"同文馆"取名不好,此三字乃宋代奸臣蔡京残害忠良的大狱之名,如今袭用此名而令翰林、进士等入馆学习,"非嘉予士林之盛举矣"!⑰

奕䜣和全体总署大臣极力反对杨廷熙的意见,尤其不能容忍的是把改革大业影射为乱臣贼子的作乱。他们决定以去留相争,被杨折所涉及的宝鋆与奕䜣同时提出辞职。

二十九日(6月30日),两宫皇太后传旨申饬杨廷熙,批评他所言荒谬,同时怀疑在杨廷熙的背后可能有倭仁等人指使发纵,因此严厉批评党同伐异之风,并告诫倭仁等人。最后安抚奕䜣和宝鋆,不准他们辞职,令其今后仍须"不避嫌怨,力任其难"。

这一封上谕的态度是明朗的,顽固守旧者不敢再公开阻挠了。但是上谕也不再坚持让翰林、进士等高级知识分子入馆学习了,这又部分地满足了守旧派的要求。

奕䜣在这场大辩论中取胜了。

他的理论已经与顽固派的精神万能论分道扬镳了,具有了机械唯物主义性质,尽管还不是辩证唯物主义的,但比精神万能论者的唯心主义是进步得多了。他像历史上的所有改革家一样,掌握了当世的进步思想武器。

不过,他的这些进步的思想并未被多数士大夫所理解和接受。他像历史上的许多改革家一样尝到了先进者的孤独和寂寞。这次事件之后,他在士大夫心目中的影响和地位反而下降了,所办之事常常不能顺手。

就如同文馆,原来已报名者共有正、杂两项人员九十八名,但五月二十日考试时只到场七十二名,其余二十六名显然是不愿来或不敢来了。这样,就没能收到足够的优秀的知识分子,只收了三十名在科举中没有希望而希图同文馆的优厚奖学金("廪饩")的学员,半年之后,就只剩下十名学员尚能勉强跟上学业的,不得不与原来在馆的八旗子弟合在一起学习。

但是,奕䜣认定这个办学方向没有错,他咬着牙坚持下去。两年后,他聘请美国人丁韪良(W. A. P. Martin)为同文馆总教习,委以全面教学工作。同文馆在以后的几年里又继续聘请外籍教授,开出化学、数学、天文、物理、国际法、外国史地、医学、生理学和政治经济学等新学科,并把学制延长为八年。同文馆真正成了中国第一所近代综合性高等学府了,由它又带动了一系列近代学校的兴办。

丁韪良

所以,说奕䜣是中国近代教育的主要开创者,毫不夸张。

这次教育大辩论的深远意义还在于,它也推动了其他领域的近代化进程。

五、第一次派遣巡回大使团

同治六年十二月初十日(1868年1月4日),总理衙门派赴西方的第一个巡回使团主要官员志刚(满人)和孙家谷(汉人)在御前大臣带领下,进养心殿正门,转入东暖阁叩见两宫皇太后。

慈禧太后在黄纱屏后问:"何时起身?"

答:"明日由衙门起身。"

太后:"随从人员务须约束,不可被外国人笑话。"

答:"谨当严加管束,不准在外滋事。"

……

太后又说:"办理外国事务,外间颇有闲言。"

答:"恭亲王尚且不敢回护,奴才等更当竭力办事。"⑱

太后与使者的这一段生动对话,说明他们对于奕䜣办理中外交涉事务不避嫌怨的精神是理解的,这是对奕䜣的最大安慰。

派遣使臣常驻外国一事,在讨论赫德《局外旁观论》与威妥玛《新议论略》的时候,就没有得出一致结论。但是,奕䜣通过几年的外交实践,深深感到:"中国之虚实,外国无不洞悉;外国之情伪,中国一概茫然。其中隔阂之由,总因彼有使来,我无使往。"⑲纵然一时不能派遣常驻使节,也应派遣一个巡回使团。

在本年九月的一份奏折中已经提到要派使臣到西方各国去。只是由于没有物色到人选,一直拖延着。

总理衙门最初想再派赫德带领使团走一趟。赫德这时刚刚从欧洲回到北京。有一次,赫德到总理衙门去,谭廷襄大臣告诉他,在一两个星期内中国政府即将按照你的遣使建议行事。文祥则更明确地说,假如你能抽暇离开北京,就考虑派你偕同中国官员同去。但赫德离不开,他需要全面检查海关税务问题。

十月下旬(11月末),在总理衙门为即将卸任的美国公使蒲安臣举行的饯行宴会上,当与会各国外交官谈到中国直接向海外宣传自己观点的困难时,文祥对蒲安臣问道:

"君为何不能正式地代表我们?"

这次宴会奕䜣也在座,是美国人丁韪良为他担任翻译。文祥在这种场合下所做的试探,实际是奕䜣蓄谋已久的打算。

事后蒲安臣去向赫德征询意见,赫德劝他接受这个委托。赫德还亲自去总理衙门表示赞同。

委派蒲安臣为首席出使大臣,带领中国使团访问西方各国,旋即成为爆炸性新闻。

外国人办的《北华捷报》报道:"这一决定……当时使我们不能相信。中国人的头脑不能于宴会后的一念之间而有突然的奋发和即时的行动,特别是像委任一个代表前往海外的曾被一度蔑视的那些政府的这样重大事件。我们可以肯定地说,无论发表的如何突然,蒲安臣的任命是经过长期的和缜密的考虑的。"

英国公使阿礼国也向本国政府报告说:"没有一个人知道中国已临到一种变革的前夕,这种变革将使局面有实质的改变。"[20]

的确,任命蒲安臣为首席使臣绝非一时心血来潮,而是经过冷静思考的。奕䜣在解释理由时说,本应以中国人为正使,但因"一时乏人堪膺此选",而且又于"中外交际不无为难之处",总之,中国还没有近代"使才";而聘用外国人"则概不为难",何况,外国也有聘用客卿出使的先例:"向来西洋各国,互相遣使驻扎,不尽本国之人。"至于为什么聘蒲安臣,奕䜣说他"处事和平,能知中外大体",从前李泰国欺骗中国时,蒲安臣曾经"协助中国,悉力屏逐",是一个"极肯排难解忧"的人。[21]总之,根据蒲安臣驻华期间的全部表现,总理衙门认为他是肯于为中国办事,也值得信任的人。

奕䜣连日派人到美国使馆,晤谈组团细节,以及使团工作原则。

关于使团组建,奕䜣考虑到外交上的平衡,又聘用了英国翻译官柏卓安、法国职员德善分别担任使团一秘和二秘。此外,派定中国副使二名和随员约三十人。

关于使团的职权范围及工作原则,充分地体现了"外敦信睦,隐示羁縻"的外交策略思想。信任归信任,约束归约束。十一月初一日,总理衙门交给蒲安臣一份条款,共八条,详细地规定了使团活动的基本原则,其宗旨是不得有损于中国的主权。内容如下:

(一)"凡有交涉事件,必使中外均有益无损,彼此不得丝毫勉强"。中国副使志刚和孙家谷都与蒲安臣以及各国大臣平等;

(二)"无论何项大小事件,务望贵大臣逐细告知,俾该员一切了然,以便寄知总理衙门核定",防止欺蒙;

(三)"此次中国所派之员,将来到各国时,似可暂勿庸相见。或偶而相遇,亦望贵大臣转达,彼此概免行礼。俟将来彼此议定礼节,再行照

办",这条外交礼节的规定有点滑稽,主要是因为中国尚未允准公使觐见皇帝,所以主动提出自己的使臣也不觐见外国首脑;

(四)外交豁免权,中英条约第四款规定,英国外交人员"皆可任便往来,收发文件,行装囊箱,不得擅自启拆",因此,"此次中国派员,应即照英约办理,各国不可稍行薄待";

(五)职权范围,"中国钦命之员,会同贵大臣前赴各国,遇有彼此有益无损事宜,可准者,应即由贵大臣与钦命之员酌夺妥当,咨商中国总理衙门办理。设有重大情事,亦须贵大臣与钦命之员开具情节,咨明中国总理衙门候议,再定准否"。总之,蒲安臣在重大问题上没有单独决定权;

(六)颁给木质关防,即出使大臣印鉴;

(七)中国两名钦命之员"系属试办,并非驻扎各国大臣,其归期以一年为满"。

(八)中国钦命大臣所带的通事(翻译)、书手、弁兵等随员,"各国应一体保护"。[22]

这八项条款,体现了三项基本原则:第一,一切外交场合下都要坚持中外平等;第二,蒲安臣须与中国钦命大臣"和衷商酌",不得单独决定重大问题;第三,重大问题决定权在国内的总理衙门。

同日,奕䜣奏请派遣志刚和孙家谷会同蒲安臣出使。次日,奕䜣又详细奏明以蒲安臣权充使臣的理由。两宫皇太后批准。

十二月十一日,中国近代外交史上的第一个正式使团从北京出发,同治七年二月初三日(1868年2月25日)离上海出洋。

派遣第一个巡回使团的目的有两个:远期目标是为日后派遣常驻使节做些准备;近期目的是在即将到来的"修约"期前,向各订约国家说明中国政府的立场。

六、"修约":要近代化,更要独立自主

派遣巡回使团时,文祥曾声明:"我们给我们的使节的唯一训令,是不让西洋强迫我们建设铁路和电报,我们只希望这些事情由我们自己来

提倡。"㉓

这也是奕䜣领导下的总理衙门处理同治八年(1869)"修约"活动的指导思想。

《中英天津条约》中曾规定十年后对本条约进行适当的修正和补充。按约,到了同治七年(1868)应当"修约"。

鉴于咸丰四年的"修约"引起第二次鸦片战争,这次奕䜣很早就开始进行准备了。

几年来办理外交的结果,使奕䜣懂得了一些近代外交的诀窍,他对"修约"也就不大恐惧了。他认为,"修约"中,订约双方各自争利,外国当然要利用机会竭力扩大权益,中国也未尝不可以趁此时机收回一些权益。

为了避免"疏漏",从同治五年末开始,就进行"修约"的筹划工作。十二月,奕䜣致函曾国藩和李鸿章。曾没有及时复函,李复函同意奕䜣的推测,说当修约之时,英国"必厚集其势,以求大遂所欲"。

同治六年(1867)四月,英国公使阿礼国出京视察南北各通商口岸。奕䜣敏感地想道:"该使此举,自亦为来岁换约而设。"随即饬令总理衙门章京按各股分工,"详查细核,于条约内分别应增应删各项,条分缕析,开造成册,以备临时查考辩难"。㉔

五月十五日(6月16日),奕䜣正式奏告,英国条约载明十年后"修约",法国条约载明二十年后"修约",其他如俄、美等国条约虽未言明修期,但根据利益均沾条款,"修约"也不可避免。他请求以上谕通饬南北洋通商大臣各选派两名熟悉洋务人员送到总署,以便总署能详细咨询各开放口岸办理中外交涉事务的详细情形。

九月十五日(10月12日),奕䜣以廷寄通告各省督抚将军等,绝不能寄希望于通过"修约"倒退回闭关的老路上去,因为在各国依恃近代武器、铁路、轮船等交通工具的新时代里,在已经开放十余年的形势下,已无法拒绝与洋人打交道了,开放的大方向必须不变。他预计"修约"时,英国可能提出的要求是请觐、遣使、电线、铁路、内地设行栈、内河通轮船、运盐、挖煤、扩大传教等。

他示意说,此次"修约"关系极重。当未修约时,"各国驶驶乎于条约外多方要索,臣衙门但可据理辩驳,无论如何晓渎,总不轻易允许";而当修约之时,"彼必互相要约,群起交争,甚至各带兵船,希冀胁制,务满所欲。若不允准,无难立启衅端"。㉕绝不可掉以轻心。

随同廷寄,他一并寄去总理衙门密函和条说,要求以上各督抚大员为预筹修约问题"各抒所见",于十一月底将意见报到中央。

这个时候,他对于未来的谈判已经立定了挽回利权和避免决裂的宗旨。但是,利权挽回哪些,对外国所要求的近代化接受到何程度,尚不明确。

曾国藩复奏说,赞成遣使,传教问题应当调和,引进外国技术方面他只赞成用洋挖煤机开煤矿。

李鸿章则主张进一步面向世界,对外开放,对内引进技术,只要"权自我操"就行。

沈葆桢的复奏很具体,说可以购买外国采煤机,聘外国专家并给以高薪,先在湖北大军山官办煤矿,以后各地仿行。他强调说,要"权操诸我"。

官文复奏,反对对外开放。

左宗棠也反对扩大开放领域。

其他人的复奏同样议论纷歧,而一致反对的是外国人贩运中国食盐、在内地设立行栈、于内河行驶轮船及建设铁路电线诸事。

根据这些人的意见,奕䜣与其他总理大臣在讨论"修约"宗旨时,更倾向于挽回利权,而对于近代技术只在能对中国直接有用的最低限度内加以引进。确定的宗旨是:"于窒碍最甚者,应行拒绝,其可权宜俯允者,仍与羁縻相安。"㉖

看到中国方面对于来自列强方面的要求十分反感,英使阿礼国曾给各国驻华公使一份备忘录,劝告各国均延缓修约,对中国政府要用"说服和诱导",而不能用"威逼和战争"来达到自己的目的。

同治六年十二月初八日(1868年1月2日),英国使馆翻译官柏卓安向总理衙门递了阿礼国的《修约节略》,中英修约谈判正式开始。

这份"节略"只开列了五条要求,而没有提到电报和铁路等事。这说明,阿礼国一开始就谨守自己的"诱导"原则,没有提出最令中国不安的问题。

同治七年四月十二日(1868年5月4日),阿礼国又送来修约《应办事情清单》共二十九款,仍主要集中于中英贸易中的纳税问题。

双方的节略和照复是谈判的主要方式。谈判在旷日持久的辩驳中进行,长达一年之久。

这时期,派往西方的巡回使团不断地向各国政府直接说明中国政府的原则立场。结果,美国国务卿西华德指示新任驻华公使劳文罗斯说,要求中国政府允许举办铁路、电报以及内河航行都必须用"劝告和诱导",而不能使用"紧张手段"。英国政府提议将全部修约要求延缓到同治帝亲政的时候再提出。[27]

英国政府的这项提议得到美、法、德、西、比、荷等国的一致认可。

可是,奕䜣有另外的想法。他看到中英之间的谈判已经取得了一些协议,而且这些协议对于中英双方基本上是互利的,便想把这个成果肯定下来。

奕䜣同时也担心将来与法、德等国以及英国同时修约,会造成各国联合要挟的局面而失去现在取得的成果,坚持要与英国先行修约。这回的"修约",奕䜣倒成了主动者。

英方的谈判者是公使馆秘书傅磊斯(Hugh Fraser)、公使代表雅妥玛(Thomas Adkins)和赫德;中方的谈判者是总理衙门的两个老资格官员。奕䜣要求中方代表要力争把已达成的协议落实在纸面上,并且拒绝阿礼国提出的觐见、招工等后来附加的条件。

九月十九日(10月23日),双方正式签署《中英新修条约》十六款及《新修条约善后章程》十款。主要内容如下:

(一)中国开放温州和芜湖为商埠;英方不再要求开放琼州;

(二)英商在开放的十省范围内,进口棉、麻、毛织品一次完纳母口税和子口半税后,免纳其他内地税;从内地购买土货出口时,须出示沿途缴纳税厘的证明,超过子口半税的部分退还英商;

(三)中国海关将鸦片进口税由原来每担纳银三十两增至五十两;出口生丝由每担纳银十两增至二十两;

(四)英商可以雇用中国式沙船(木)在非通商口岸贸易,并建立保税仓库;在鄱阳湖为中国式的外商船只设拖船一艘;

（五）中国在南部省区句容、乐平和基隆采用西法采煤，但矿权自主；

（六）英国可由香港转运中国产品，但不得把由香港进口的中国产品当作外国进口货物，这就等于把香港视为中国的通商口岸之一。

新约签订之日，奕䜣以十分快慰的心情向两宫皇太后报告说，新约是平等互利的。因为，按约，中国在许多领域增加了缉拿走私的权利，而且大大地提高了海关税收。至于英国，虽然争取了两个通商口岸，但因放弃了一个，所以总数只是增加一个口岸。他特别解释允许采煤问题，说这是为中国自己的轮船及其他厂局需用，"非专为洋人开采"，又特别声明允许的范围不包括北方省份。这种解释具有迎合的味道。

他没有谈到条约规定对外商实行一次性征税制度，不再征收内地厘金，这就造成中外商人的不平等。因为华商仍旧需要过一关纳一关之税，承受多重关卡的束缚。这种不平等必然导致洋货压制土货，限制本国工商业的发展，不利于民族资本主义经济的兴起。

他颇为得意的是抵制了洋人欲在中国推行各种近代技术的要求，以为由此也就限制了资本主义国家对华经济侵略的手段。他没想到实际上这是在捍卫落后的自然经济而抗拒着工业浪潮。他已经从三年前的思想高度上退坡了，他的思想失去了当日的光彩。

他为新约的签订沾沾自喜，以为成功地抵制了英国的侵略要求而又避免了一次战争。事实上他失去了一次利用国际环境加速近代化历程的良机，他没有找到一条既能加速近代化又能确保主权的有效途径。

当然，按照他自己的修约宗旨来衡量，他的确是达到了目的，挽回了一些已失的利权，捍卫了国家主权。这就不符合英国资产阶级的利益要求。正因如此，次年，英国政府宣布不批准新约，两国贸易关系仍以《天津条约》为准。

七、幕后操纵：诛杀宠监安德海

同治八年七月初六日（1869年8月13日），总管太监安德海出京，携带二十多辆大车，带领前站官、标兵、僧人、女乐、妻妾等三十多人，顺大运河南下,一路招摇过市。

这时奕䜣开始部署一项惊人的活动。

安德海是直隶省南皮县人。少年安德海羡慕同县那些因当太监而成暴发户的人,于是自己也主动入宫当了太监。靠着他的"狡黠多智",居然很快得到慈禧太后的宠信,当上了总管太监。在诛除肃顺等人以及后来撤掉奕䜣"议政王"称号的事件中,都有他参与活动的影子。他和慈禧的亲近关系,当时便有人以张易之之于武则天作比。这个舆论反映了人们对他的厌恶。

奕䜣自从失去"议政王"地位后,经常感到办事不顺手,十分恼火。但是,从为臣之道来说,他不能怨恨慈禧,因为慈禧握君权,自己只能服从。事过之后,他听说慈禧太后之所以对自己不满,是因为安德海屡次挑拨中伤。对于安德海,他绝不能容忍。奕䜣与其他王公不同,他从来没有谄事太监的习惯,始终抱定太监是所有皇族的奴才的观念。

《慈禧外纪》记载说,有一天,恭王请见,慈禧因正与安德海谈话,竟不见。"恭王极怒,而安之生命,即危于此时。"奕䜣决心要除掉安德海了。

按清朝祖制,鉴于明代太监祸国的教训,顺治时期就明令太监不准干预政事。安德海以太监身份与太后谈话,使管理国政的恭亲王不能及时奏报军国大事,这就不仅使恭王受辱,而且也干犯禁令了。如果在这个时候奕䜣提出批评,慈禧太后也会无言以对的,但她可以设法保护安德海,使之不受重惩。奕䜣隐忍了。

他在寻找机会,联合力量,彻底拔掉这根恶刺。

安德海造谣中伤、挑拨是非已成恶习。一次,年少的同治帝对安德海的骄横不满,厉声训斥。安随即到慈禧太后面前去报复,挑拨太后与皇帝的母子关系,慈禧立即将皇帝传去教训一顿。同治帝明白这全是安德海使坏的结果,决心杀安德海。同治帝是十几岁的孩子,时常玩泥人,并常用刀子斩去泥人的脑袋。身旁的太监对小皇帝的一举一动都很注意,窥探其意,同治帝也不掩饰,十分解恨地告诉说:"杀小安子。"宫里太监和宫女们很快都传开了。后来,慈安太后和奕䜣也听说了。

慈安太后也恨安德海。因为安德海依恃慈禧的宠信,根本不把慈安放在眼里。慈安恪守祖训,不愿以后宫过问朝政,被慈禧劝说参与垂帘后,日见慈禧集权专擅,很不以为然,又说服不了她,所以也想除去安德海以打击慈禧的气焰。

安德海以慈禧为靠山,培植羽翼,交接朝臣,门庭若市,势焰熏天。这就引起不少有正义感并重祖训的王公大臣的痛恨。

这样一来,拔除安德海的计划就有了广泛的支持者。

一次,山东巡抚丁宝桢进京入觐。奕䜣向同治帝和慈安太后推荐说,丁宝桢为官清刚,胆大心细,可以借助。奕䜣并设法使皇帝和慈安秘密召见了丁。随后,"帝遣人与之密谋诛安德海"㉘,所遣的这个人如果不是奕䜣,也必然是奕䜣和同治帝一派的心腹。这就是说,在奕䜣的幕后操纵下,丁宝桢领得了一项特殊任务。

现在安德海已经出京了。他也知道按制度太监不得擅离京都,所以没敢告诉慈安,也背着奕䜣。其实奕䜣早已从宫内得到了消息。据说安德海出京,还有同治帝怂恿的"功劳"。安德海在京城里玩腻烦了,想找个借口出京去玩一玩,就用去南方给慈禧采办龙衣的理由向慈禧请示,同治帝从旁提议说最好是去广东。这样就对安德海的一举一动操纵自如了。慈禧不知是计,欣然派安德海前往。

奕䜣立即派人去山东通知丁宝桢,要他速作准备,张网捕"鱼",并告以这是同治帝的指示。

八月初三日(9月8日),丁宝桢奏折到京。次日,正逢慈禧太后生病,由慈安太后单独召见大臣。另一说,言慈禧太后正观剧取乐,恭王遂立时请见慈安太后。㉙总之,慈禧偶然不能临朝,真是天赐良机。

议处这件大事时,奕䜣说话很少,但很关键。最后,军机大臣文祥、宝鋆、沈桂芬和李鸿藻一一表态,支持诛杀安德海,由宝鋆拟写谕旨,命令丁宝桢将安德海就地正法,以防夜长梦多,不必解京;又为防止安德海逃脱,密寄山东、河南、江苏三省巡抚及直隶、漕运总督,不论安德海窜到何地,一经捕获,立即正法。

但是这道谕旨并未立即发下,可能是还需要得到慈禧太后的钤印,因此被留中两日。㉚

《慈禧外纪》一书说,慈安太后亦知此举必然得罪慈禧太后,但迫于恭王的坚持,不得已而作出捕杀的决定。但是仍然恐惧地对奕䜣说,西太后必要杀我。这是在慈安盖印于谕旨时所说的话。

当慈禧得知这件事后,立即去质问慈安,为什么不与自己商量就作出这个决定?慈安十分害怕,将此事全推在奕䜣的身上。慈禧当然要恼怒奕䜣,但并不因此而轻饶慈安。可是鉴于王公大臣坚持要按祖制处治,连她的妹夫"奕譞亦力争之",也就只好勉强签署上谕。这可能正是"留中两日"的原因。否则就很难解释,既然慈禧并不知情,为什么要"留中两日",又为什么要奕譞等"力争"之。

这封谕旨传到山东时,安德海已经被正法五天了。丁宝桢充分表现了刚猛的性格。而奕䜣在这个事件中,居于幕后进行策划,造成了安德海伏诛、慈禧太后无法保护的局面,表现了谋事的周密和为国除奸的勇气。并且,这种为国除奸的行动与他打击政敌的私心是完全统一的,所以,得到了普遍的拥护和支持。

八、教案问题:有限的让步

同治八年(1869),英国公使阿礼国离京回国,恭亲王奕䜣向他进行话别时说:"把你们的鸦片烟和你们的传教士带走,你们就受欢迎了。"[31] 把传教士与鸦片烟相提并论,充分表现了奕䜣的根本立场。

近年来,外国传教士依恃条约特权,不断扩大传教范围,勾引地痞无赖入教,欺压安善良民,干扰地方行政,引起层出不穷的纠纷。几乎每一次教案都是沿着这样的三部曲进行的:第一,群众为反对教会的不法行为而闹事,打毁教堂或袭击传教士和教民;第二,地方官拖延处理,外国使馆抗议或使用炮舰威胁;第三,中国被迫处分肇事地方官员和群众,并赔偿教会损失。从而,大清帝国的统治权威被外国传教士弄得扫地已尽。

这不能不使奕䜣对外国传教士极为恼火,又十分惧怕教案的发生。他认为,最好的办法是没有这些传教士。

号称"中国通"的赫德说奕䜣及其智囊团成员们虽然可以称为"亲外杰出之士",但仍是排外运动的同情者。他说:

……恭亲王和十几个官吏,其中有一半人存在着从前挨受鞭挞的生动记忆,他们希望保持和平,是因为唯恐再受鞭挞;另一半人则承认外洋的某些器械——枪、炮和蒸汽机——的优越性,他们一心要学习使用那些东西,以便能够拿它们转来反对外国人。现在,从两国间兄弟般的友爱,相互斡旋、共同利益和国际责任的观点的深刻意义来看,这些所谓亲外杰出之士,没有一个希望同外国人继续往来;相反的,他们都一致认为中国最好没有我们,并且他们为了国家的目的和希望,全体一致的同情于排外的精神,而这些目的和希望就是迟早之间尽量设法把一切外国人一律驱逐出去。因此,他们不作让步。㉜

按赫德的说法,奕䜣牢记了落后挨打的历史教训,并且实践着"师夷长技以制夷"的政治路线,但归根到底仍是笼统的排外主义者。

但是,当十九世纪六十年代末反洋教运动发展到顶峰的时候,他再次在"理"与"势"之间,选择了"势"作为考虑政策的出发点。这是实用主义又一次在其政治活动中的体现。

同治九年五月二十三日(1870年6月21日),数千名天津群众聚集在法国天主教堂前,他们听说天主堂的育婴堂剜眼剖心、残害婴儿,齐集这里表示抗议。法国领事丰大业认为天津地方官对这种势态不予认真弹压,带着书记官西门去找三口通商大臣崇厚严重"交涉",实际是咆哮威逼,西门并且手持利刃,砸碎崇厚衙署。随后,丰大业又来到教堂前,向正在处理聚众滋事的天津知县刘杰开枪,打伤了刘杰的仆人。群众更加激怒了,发生了长达三小时的骚乱。激于义愤的人群砸毁了育婴堂,焚烧了教堂以及多处教会房屋,打劫了法国领事馆,打死了领事丰大业、书记官西门及一些教会人士。这就是震动中外的天津教案。

天津发生大教案的消息传到北京时,奕䜣正在休病假。他于四月间患了痧症,没有及时治好,至五月十二日又由两宫皇太后续假一个月,应至六月十二日期满。而这时文祥又正在原籍沈阳为母守孝。因此,军机处是由大学士宝鋆主政,总理衙门里是董恂主持工作。重要的事情由他们亲自到恭王府去与奕䜣面商,然后请旨。

二十四日,即教案发生第二天,即给正在保定的直督曾国藩发去廷寄,要求他迅赴天津办理教案。

五月二十六日(6月24日),驻京各国公使联合向总理衙门致送《致恭亲王及各大臣函》,这封公函措辞强硬,要求中国政府必须答应为他们伸张"正义",并重新保证在华外国公民的生命安全,还着重指出这次事件是有组织有预谋的排外事件,说:"有人鸣锣鼓号令,提督陈国瑞指挥会党发纵。"㉝

奕䜣在府内与宝鋆、董恂等商讨对策。对案件的初步分析是,丰大业咆哮公堂,开枪射击中国官员并打伤中国仆人,是严重侵犯中国主权和法律的行为,但当骚乱发生后,捣毁了领事馆、教堂、育婴堂,并打死那么多外国人,事情就变得对中国不利了。因此,认定的总方针是要惩凶赔罪。具体的计划除派曾国藩去查办案情外,另内定将派崇厚出使法国谢罪道歉,同时请各国公使出面斡旋,使法国不致动武。

可是,这个方针在军机处内部就引起了激烈的争吵。

六月十九日,两宫太后召见军机大臣时,李鸿藻就近日御史安详和贾瑚要求重办迷拐者一事,请求明确下诏查拿。而宝鋆和沈桂芬则认为:"津民无端杀法国人,直是借端抢掠。"要求保护外人生命财产安全。而慈禧太后仲裁说:"民心不可失,李某言非无见也。"㉞支持了李鸿藻,但没有下诏督责查拿。

六月二十五日(7月23日),曾国藩和崇厚将联合调查报告报到北京。内称:民间哄传教堂"挖眼剖心",多属虚诬,"不能指实";但骚扰的直接原因是见法领"丰大业向官放枪",遂致齐心报复。请求降下明诏辟除谣言,消弭群众对于教会的愤怒,并建议将天津道、府、县三级长官撤职查办,并缉拿肇事凶手。

两宫太后当日召集御前会议,共有诸王、御前、军机、总署及师傅等十九人参加。奕䜣也扶病出席。会上,惇王、醇王等"持论侃侃",主张硬抗到底,但对可能出现的后果拿不出应付办法;宝鋆、董恂等人与他们抗辩,力言不可开战。最后,终于以"恭邸持之坚",而批准曾国藩、崇厚的方案。奕䜣的意见又一次起了关键性的作用。

奕䜣为什么坚决支持曾、崇的意见,除了这与他自己原定的方针相一致外,还由于外交上的压力。两天前,法国公使罗淑亚强硬要求要用天津知府张光藻、知县刘杰以及记名提督陈国瑞三人为死去的外国人偿命。他说,经调查,陈国瑞是这场群众骚乱的主使人。他最后声称,如果清政府不能照办,他就要从北京撤退使馆和法侨,让法国海军司令来保护法国的"光荣"。言外之意,将诉诸武力。罗淑亚这次要求被视为最后通牒。这是不能不慎重的。

但七弟奕谭坚决反对妥协,这也是必然的。因为他不负责全局,对外交准则也不甚了了。而且更主要的是法国人指为骚乱主使者的陈国瑞过去是僧格林沁的悍将,现在已经成了他自己的爱将。奕谭特地上奏,说教案发生时,陈国瑞虽然正在天津,但未临现场,为陈开脱。二十七日(25日),上谕宣布"不能允法使要胁",就是指要保护陈国瑞的。

奕䜣虽然坚决主张对法让步,但是,只准备作有限的让步。因为,中国固然违背了国际法,法国也有违背。奕䜣把罗淑亚的这封最后通牒分发给各国驻华使节,以图各公使能了解法使要求的过分。奕䜣声明说:中国当局已将负有责任的张光藻、刘杰等官员革职查办,一经发现确有罪证,当然惩处,但是除此之外,中国不能再答应什么,如果法国一定要开战,中国可以奉陪,"在战场上同法国相会"。

法国公使罗淑亚到总理衙门谈判,碰了一鼻子灰,中方官员按奕䜣定下的调子,严辞拒绝他关于立即正法中国有关官员的要求。罗淑亚愤怒离京,以示决裂。他逗留于天津。

七月初八日(8月4日),法使罗淑亚接到伦敦电报,知道他本国已经与普鲁士(德国)开战。他知道,本国暂时是无力东顾了。于是,他否认自己曾经提出过最后通牒,说:"至于所传我曾经向中国政府提出了几项最后通牒,坚决要求什么云云,是完全不确实的。是的,我曾经坚持于某些点,但是我从来就没有作过什么绝对的要求。"㉟罗淑亚已经色厉内荏了。

中国由于没有及时地得到普法开战的消息,还在努力争取各国的同情,但各国驻华使节全部支持法国。美国政府给法国和普鲁士德国的驻华武装部队进行调停,使其不发生危及"一切外人的利益"的冲突。到二十六日(8月22日)止,天津口外和芝罘港分别集结了数艘外国军舰,构成了对中国的军事威胁。奕䜣向各国驻华使节说明了罗淑亚要求的无理,但是他没有赢得各国的同情。这是奕䜣不能不坚持让步的国外原因。

此外,还有一个为我们国内的研究者所忽略的国内因素,那就是天津教案所引起的连锁反应。十年来连绵不断的反洋教斗争经过天津教案一下子推向了高潮。天津砸毁洋教案的消息不胫而走，几个月内，全国陆续发生许多类似的骚动和不安，在山东的芝罘（今烟台）、登州；在江苏的南京、上海和镇江；在江西的吴城、抚州以及广东的省城广州，都出现了危及外国人生命财产安全的事态，在华外国人已经纷纷叫嚷要报复了。在这种情况下，如果不及时表明朝廷弹压的决心，很可能进一步激化中外矛盾，发生更严重的事件。

从国内和国际两个方面来看，只有严办天津教案，才能稳定局势，保持十年来中外相安的和平局面。后来成为著名近代外交家的曾纪泽说过："其实当时事势除了臣父（曾国藩）之所办，更无办法。"郭意诚说过："天津教案曾文正办理此案明知必遭时人指斥，而考之事实，准之事理，势不得不出于此。事外论人原多任意高下，及至中外交涉则是非曲直尤难得其平。"㊱都是很精到的见解，是知己知彼的论断。以醇王奕譞为首的主战派论"理"不论"势"，知己不知彼，只论是非不顾力量对比的一味强硬，只能造成中外关系完全破裂。用赫德的判断说就是："七爷是一个粗暴而倔强的人，如果他得到机会，将使战争成为不可避免的。"那样一来，"八国联军"打进中国的事件就将提前三十年出现。

从这个意义上考虑，奕䜣坚决支持曾国藩办案，不给奕譞以破裂大局的机会，使外国得不到称兵犯境的借口，是明智的。

另外，两宫太后的态度也使奕䜣产生一种不容回避的责任感。据说，两宫皇太后在御前会议痛哭流涕，恳求诸王替他们孤儿寡母着想，他们只求平静无事。为此，也只有早日了结此案才能让太后安心。在这关键大事上，他——皇帝的六叔——现任首席军机大臣的奕䜣，坚持定见是责无旁贷的。

但这时曾国藩的身体垮下来了。曾国藩虽说从保定动身时已把自己的荣辱置之度外，但到底是理学家出身的人，因办案过重，首当其冲，受到士大夫的攻击，深感"外惭清议，内疚神明"，急火攻心，目疾增重，眩晕时发。为了迅速缉凶定案，早日平息国际舆情，奕䜣奏请加派工部尚书毛昶熙、江苏巡抚丁日昌，后来又加派李鸿章去天津襄办此案，然后把曾国藩调回南京。

为了与各国陈兵渤海相抗衡,防止法国因未满足要求而称兵进犯,奕䜣还以廷寄要求李鸿章带所部淮军布置于津沽。

全部部署已定,才决定宣布处理决定。

七月二十六日(8月22日),奕䜣通知各国驻京使节:中国政府依法将天津知府张光藻、知县刘杰终生贬谪至边疆,将天津群众十五人正法,二十五人处以流刑,后来又声明正法者增至二十人。这个决定距离法方的要求相去甚远。

二十八日(24日),各国驻华使节联合照会恭亲王说:"(中国)拖延了三个月以后所采的这项决定,无法令人满意。"㊲

管你满意不满意,就这么决定了。此时,奕䜣已经知道法国在远东暂时不可能有什么动作,而其余各国使节的"不满"不过是"道义"上的表示而已。

九月二十四日(10月18日),奕䜣致函法使罗淑亚,正式通告他中国向法方提出二十五万两赔偿费,其中十二万两作为对被杀的非教会人员的赔偿,十三万两作为对教会的赔偿,并将派大臣崇厚为专使去法国谢罪。㊳

法使罗淑亚接受了这项解决办法,他是在法国海军已不能在远东进入战斗状态的情况下不得已而同意的。

对于中国的这个决定,《中华帝国对外关系史》记录了各国的反应。法国评论家说:"强权即公理那个悲痛的格言,必须严厉地在中国予以实施;不然的话,我们只好无条件的投降而撤走。"

英国评论家说:"(中国)侥幸地逃脱了一种显著的报应。"

美国评论家说:"1870年,如果法国代办(指罗淑亚——笔者)谢绝款项和人头,能等到他有一支炮船舰队进入白河的时候,如果当时发生暴动的全部城郊被轰炸得成为灰烬,而土地则没收为法国的租界的话,那么中国政府就会注意到不让第二次的暴动再发生了。"

一片抱怨之声,认为中国所受到的惩罚太轻了。

九、七弟密折:来自手足的政治攻击

奕䜣对天津教案的处理,使国内传统派更加不满。为首的就是奕䜣的七弟——奕譞。

十月(11月),奕譞以"在事诸臣,汲汲以曲徇夷心为务",深感格格不入,提出辞职。理由是"因燥致疾",头腿受伤,请免去一切差事。实际是表示不与奕䜣合作。

两宫太后没有接受他的辞职要求,但给他病假令其好好休养。

奕譞自从辛酉政变以来,在宫廷中的地位逐步上升。他的思想比较保守,重视传统和祖训。因此,常常对其六兄奕䜣实用主义的施政方针不满。平心而论,在经常发生的教案中,除了传教士的不法行为造成的以外,也有一些是地方官绅打着"保卫圣道"的旗帜鼓动出来的排外事件。对于教案,不论其发生原因如何,奕譞总是曲佑保守的士大夫的。一次,洋人在北京天主堂北堂原址上重建教堂,教堂的尖顶太高了,一个御史上奏说,新教堂如同一座高高的炮台,"俯瞰宸园大内,狂悖莫甚于此"。奕䜣认为,洋教堂的尖顶上并不住人,超过皇宫的高度也没有什么妨碍,此奏应勿庸议。而奕譞"大不谓然",对六兄的意见十分反感。在筹议修约的讨论中,三口通商大臣崇厚复奏说,"天主教无异释道",应把它当作一般的宗教正常对待。奕譞知道后,奏称对崇厚这种人应该"没齿鄙之"。而崇厚是洋务派官员,是奕䜣搞近代化的满族贵族中少有的支持者,这也必然就影响到兄弟二人的感情。这次天津教案发生后,法国公使之所以指陈国瑞为骚动的指挥者,据说陈国瑞确实在天津组织了青帮群众参与行动。最后结案,尽管考虑到陈是奕譞必保的爱将而没有将其议罪,但奕譞仍旧引为奇耻大辱,他认为中国根本就没有必要向法国赔偿、道歉和抵命。他确实"因燥致疾",并且病得不轻。

转过年,是同治十年正月二十六日(1871年3月16日),奕譞病愈销假,向皇太后递上一份密折,狠狠地中伤了奕䜣。

他首先说明与奕䜣的矛盾是政治分歧。他说自己与两宫太后之间是君臣关系,与恭亲王奕䜣之间是兄弟关系,因此,"欲尽君臣大义,每伤兄弟私情;欲徇兄弟私情,又昧君臣大义"。这种立论堂而皇之,很合乎慈禧太后扶植恭王反对派的政治需要。

奕𫍽密折陈述了四条"不可使外人知"的意见。

第一,"办夷之臣,即秉政之臣,诸事有可无否","将来皇上之前,忠谏不闻,闻而不行,甚可畏也"。这是攻击奕䜣身兼军机处领袖及总理衙门大臣双重大权。

第二,"我朝制度,事无大小,皆禀命而行,立法尽善","今夷务内常有万不可行之事,诸臣先向夷人商妥,然后请旨集议,迫朝廷以不能不允之势,杜极谏力净之口,如此要挟,可谓奇绝"。攻击奕䜣办事通常是胸有成竹,胁迫朝廷同意。如果奕䜣真是诸事先向外国商妥,再请旨集议,这倒是原则问题。不过总理衙门在一些具体问题上总应该有一定的主意才能提高工作效率。"事无大小,皆禀命而行"是中国历来中央集权主义的表现,这个祖制应该破一破了,不应该视为"立法尽善"。认为中国制度"立法尽善",这是典型的顽固派言论。

第三,"自来中外交涉,彼若馈物,非奉旨不得收受",而总理衙门各官"公然与受礼物,彼此拜会,恬不为怪";"且此次崇厚出使,大购财货,备送外夷,是以德报怨,不一思及国家仇耻"。这种事情不能一概而论,在当时的官场风气下,总理衙门也难保没有收贿行贿的事情,这是值得批评的;但是,不可避免地也要有些馈赠礼物的事情以沟通感情,只要不超过限度,就无可厚非,如果不论多少都要奉旨收受,中外关系就会很紧张。看来,奕䜣视为外交需要的馈赠礼品问题,奕𫍽一律认作媚外的证据。

第四,"上年天津之案,民心皆有义愤,天下皆引领以望,乃诸臣不趁势推之民以喝夷,但杀民以谢夷,且以恐震惊宫阙一语,以阻众志"。奕𫍽以为利用群众的义愤就可以将外国人驱逐出中国,说明他对世界大势懵然无知。

慈禧太后毕竟是精明的。她知道奕𫍽的折子充满了"爱国"的义愤,但是没有可行性,所以不能表示赞成。她又看到奕䜣和奕𫍽唱对台戏的做法,构成六爷与七爷不和的局面,正好便于自己从中操纵,建立自己的权威,所以她又不批评此折,将折子留中不发。

醇王奕譞反对洋务的态度以及慈禧太后对他的容忍,鼓舞了朝官们的顽固守旧思想。他们对奕䜣所倡导的近代化发起了新的鼓噪。

十、第一次组织工业化大辩论

在同治十年十二月十四日(1872年1月23日)发下的一大批奏折中,有一件特别引人注目,就是内阁学士宋晋奏请停止自造轮船。宋折认为制造轮船费用太高,奢靡太重,"名为远谋,实同虚耗"。

看到这个折片,奕䜣很难过。近两年,由于种种原因,近代化项目不但没有增加,现在居然连这已成之局也有人要取消了。如果倒退几年,他一定要一马当先出面力争,就像当年进行同文馆之争那样。

可是,现在他的年龄增加了,受的挫折多了,变得深沉了一些。他决定暂时不置可否,交京外大吏去讨论,相信他们必有可以维持的议论。

两宫皇太后听说船政局浪费很大,就想要停止造船。按照这层旨意,奕䜣指示章京草拟寄谕:

……制造轮船原为绸缪未雨,力图自强之策。如果制造合宜,可以御侮,自应不惜小费而堕远谋。若如宋晋所奏,是徒费帑金,未操胜算,即应迅速变通。[39]

当时中国只有两处造船基地,一是福州船厂,二是江南制造局。所以这封寄谕在发往福建大吏文煜和王凯泰的同时,也发给管理江南军务和漕务的曾国藩、张之万和何璟,要求他们"妥筹熟计,据实奏闻"。

文煜和王凯泰的复奏倾向于停造,但指出如果停造,那么按合同中国应承担经济损失,至少还需白搭七十余万两白银给法方人员,同时指出宋晋的处理方案也不妥,以造成之军舰租给殷商,"殊属可惜";沿海靠老式师船巡逻又不如"轮船之灵捷"。综合来看,这篇复奏的态度就是含糊其词了。

而曾国藩的复奏即是斩钉截铁的,坚决反对停造。

奕䜣没有急于做出决定,他坐下来进行冷静的思考。感到宋晋所提的造船问题如果不辩论清楚,那么中国独立自主的工业化道路就很容易被否定,刚刚开始的大机器生产就会夭折,中国就依然会落后挨打。

奕䜣对新式大机器工业生产有深厚的感情。正是他,在咸丰末年就建议在南方雇洋匠仿造枪炮。也是由于他的维持调护,曾国藩的安庆内军械所,金陵机器局;李鸿章的上海洋炮局、苏州洋炮局和江南制造总局;崇厚的天津机器局和左宗棠的福州船政局才得以批准开办。他已经尝到了甜头,靠着这些工厂生产的源源不断的枪、炮和弹药剿杀了风起云涌的"反清"起义。他还自信走工业化的道路能够实现"自强"的目标。诚然,国产品至今未能臻于完善,难道不可以通过逐步提高技术使之日臻完美吗?

确信造船问题事关工业化的大方向,他决定在更大范围内组织封疆大吏进行讨论,特别是让那些洋务大员来驳斥宋晋的顽固主张。

同治十一年二月三十日(1872年4月7日),军机处发给直督李鸿章、陕甘总督左宗棠、闽浙总督文煜、闽抚王凯泰和船政大臣沈葆桢寄谕,要求讨论轮船、洋枪、洋炮、弹药的制造的必要性问题。

这封廷寄与二月十四日不同,前次完全表示朝廷并无成见,这次与其说是征询意见,还不如说是启发他们来捍卫工业化方向。倾向性是十分明显的。

最先复到的是左宗棠的奏折。

左宗棠在上次讨论赫德和威妥玛建议中国进行改革的说帖时,议论曾失之偏颇。但他并非反对近代化,当时就主张由中国自造轮船,并聘请法国技术人员传授技术。

这次他出全力保护造船厂。他首先强调自造轮船的意义重大,"实中国自强要着"。

他说,从技术上看,如果停止制造轮船,则中国只有依赖外国进口船只,将使外国继续以其所有,傲我所无,国家将永远失去自强之望。从经济上看,中法合作已有合同,如果停造则损失必将由中国负担,诸如设备用款,外国技术人员的工薪及其他各项经费皆需全部付给,是欲节省反成更大的浪费。

他强调对船政局的成效应全面评论。他说,原计划自铁厂开工起五年内造成十六只大小轮船,此时才三年,已造出九只,效率不算不高;而且技术水平不断提高,"船式愈造愈精",配炮愈来愈新,马力愈来愈大;更可喜的是,培养了我国第一批舰队指挥人员和造船工程技术人员。这不是成绩很大吗?

沈葆桢是船政局的经办人,自然也要据理力争。指出,"自强之道与好大喜功不同",中国自造轮船是为了"自强",不是为了侵略。他斥责宋晋所谓"早经和议,不必为此猜嫌之举"的说法,是非但不以国防为重,反欲"尽撤藩篱"的愚蠢议论,这种议论能说是爱国吗?

他驳斥宋晋所谓轮船用以捕盗不如师船,用以运粮不如沙船的说法。

他解释说,目前船局所用经费虽然不少,但这是基本建设,由此已形成了近代化造船工业中心,培养了第一批海军指挥和造舰人才,其功绩远不止于造成十几只轮船。

他断言,船政局不但现在不能停,五年后也不能停,而且应当永远办下去,"所当与我国家亿万年有道之长永垂不朽者也"。

为了把船政局办得更好,他提出两项建议。第一,派留学生去国外学习,以便提高制造技术;第二,今后除继续造军舰外,再"间造商船"。这是军转民,在非营利性生产之外实行部分的营利性生产,以便解决造船经费不足的问题。

沈折是四月初一日看到的,这时奕䜣已经拿定主意了,但到四月二十日还没见到李鸿章的奏折,所以还不能做总结。他实在担心这一番争论使船政局寒心,指示军机章京先拟一份廷寄,饬令该局"照常办理,勿稍玩忽"。

终于在五月十五日盼到了李鸿章的奏折。

李折首先高屋建瓴地辨析时代。他说,中国已面临"三千余年一大变局",工业浪潮已由欧洲而印度,而南洋,而今已袭入中国。在这个时代里,中国一向所用的弓矛、小枪、土炮敌不过西洋的后膛来复枪炮;一向所用的帆船、艇船、炮划船敌不过西洋的轮机军舰,这是必然的。为了保卫国防,就只有虚心学习西方强国,"师其所能"才能"夺其所恃"。他认为,即使如宋晋所说,搞近代化生产是"争奇斗智",也没有什么不好,因为今后竞争是不可避免的,"彼方日出其技与我争雄竞胜""则我岂可一日无之哉？"

他指出日本就是中国的竞争对手。他说,日本近年来与西洋通商,大炼钢铁,多造轮船,制造军火,是为了进图西洋各国吗？不是,其第一步是"自保",第二步必是"逼视我中国"。

因此他说,"国家诸费皆可省,惟养兵设防、练习枪炮、制造兵轮船之费万不可省"。

他也提出一些建议。例如：今后要生产小型铁甲舰,以便与口岸炮台相依护,进行防御中的攻击战;沿海各省可以逐步领用国产兵船,取代旧式红单船和拖缯艇船;造船厂可以建造商轮以便创造利润;可以允许华商购买国产船只,自立公司,与洋商争利;可以允许用官督商办形式开展大机器采煤和炼铁,以便造成大机器生产的雄厚基础。

奕䜣将李鸿章奏折连同左、沈诸人的奏议一并交总理衙门深入研究。

一个半月后,奕䜣以总理衙门的角度对这次大辩论做总结。

奕䜣指出,自强问题固然首先在于"行政用人",进行政治改革;但"武备亦不可不讲,制于人而不思制人之法与御寇之方,尤非谋国之道";充分肯定了曾、左、李、沈等人关于继续进行大机器军工生产的意见,并要"精益求精,以冀渐有进境,不可惑于浮言浅尝则止"。

浮言诚属可恶,辩论却是有益的。经过这次辩论,大机器生产在中国站稳了脚跟,并造成了新的观念：爱国,则赞成工业化;反对工业化,就不是爱国;明确了一个指导思想：搞工业化,可以引进洋器、聘用洋人,但不准洋人主持,要自操主权;探索出两个发展途径：（一）拓宽生产领域,兴办民用工业,以民用养军工,以"富国"而致"强兵",（二）改革经营方式,在官办之外,还可以"官督商办",甚至"商办"（"华商雇领"）。

近代化向纵深方向发展了。

半年以后,中国第一个轮船公司——"轮船招商局"在奕䜣的关心下开办了。还在同治七年,丁日昌任苏抚进京入觐时,奕䜣在接见他的时候就提出以轮船招募华商运送漕粮进京的问题。这次办局之前,奕䜣又多次过问,指示要遴选干员,妥议章程,领国产轮船创办。轮船招商局是第一个官督商办企业。

【注释】

① 《穆宗实录》卷一三七、一三八,第12、59页。
② 《李文忠公全书·奏稿》卷八,第35页。
③ 王定安:《求阙斋弟子记》,《捻军》丛刊第一册,第16—20页。
④ 王定安:《求阙斋弟子记》,《捻军》丛刊第一册,第47页。
⑤ 《李文臣公书·奏稿》卷八,第35页;周世澄:《淮军平捻记》卷一;《捻军》丛刊第一册,第115页,第122—123页。
⑥ 《文文忠公自订年谱》,第163页。
⑦ 王定安:《求阙斋弟子记》,《捻军》丛刊第一册,第70页。
⑧ 文祥:《文文忠公自订年谱》,第166页。
⑨ 王定安:《求阙斋弟子记》,《捻军》丛刊第一册,第73页。
⑩ 出发日期,张德彝《航海述奇》卷一,述出发于"二十日",与斌椿《乘槎笔记》所述二十一日,有一天之差。——笔者。
⑪ 《筹办夷务始末》(同治朝)卷四十,第10—11页。
⑫ 《筹办夷务始末》(同治朝)卷四十,第23—26页。
⑬ 《筹办夷务始末》(同治朝)卷四十一,第30—35页。
⑭ 据丁韪良《同文馆记》载,第一个教授刚到中国就死了;第二个人还没就职就患病离京了;第三个和第四个是在就职后不久病死的;第五个是个幸运者,他担任了化学教授,成为第一个把西方化学传入中国的人。见《中国出版史料补编》,第23页。
⑮ 《洋务运动》丛刊第二册,第23—29页。
⑯ 徐一士:《一士谈荟》,第384页。
⑰ 《洋务运动》丛刊第二册,第43—50页。
⑱ 志刚:《初使泰西记》,《走向世界》合订本,第250页。
⑲ 《恭亲王等奏请派蒲安臣权充办理中外交涉事务使臣折》,《走向世界》合订本,第384页。
⑳ 马士:《中华帝国对外关系史》第二卷,第207页。
㉑ 志刚:《初使泰西记》,《走向世界》合订本,第385页。
㉒ 《总理衙门给蒲安臣阅看条款》,同治六年十一月初一日,《走向世界》合订本,第389—391页。
㉓ 丁韪良:《中国春秋》,第376页。
㉔ 《筹办夷务始末》(同治朝)卷四十九,第6—7页。

㉕ 《筹办夷务始末》(同治朝)卷五十,第24—29页。

㉖ 《筹办夷务始末》(同治朝)卷六十三,第1页。

㉗ 马士:《中华帝国对外关系史》第二卷,第234页。

㉘ 吴语亭:《越缦堂国事日记》第二册,第655—656页。

㉙ 陈冷汰译:《慈禧外纪》,第63—64页。

㉚ 《清宫遗闻》说,丁折入京,"慈禧后聆而惶骇,莫知所为"。似慈禧已知此事,但不知挽救办法。而其他各书多言此时正逢慈禧害病,未临朝。且以慈禧性格,如知此事,绝不会坐视不救。是此说不足信。——笔者。

㉛ 马士:《中华帝国对外关系史》第二卷,第249页。

㉜ 马士:《中华帝国对外关系史》第二卷,第260页。

㉝ 法使报告:《法国黄皮书》,马士:《中华帝国对外关系史》第二卷,第277页。

㉞ 《翁文恭公日记》第十册,第52页。

㉟ 马士:《中华帝国对外关系史》第二卷,第280页注4。

㊱ 吴语亭:《越缦堂国事日记》第二册,第756页。

㊲ 马士:《中华帝国对外关系史》第二卷,第281页。

㊳ 《中华帝国对外关系史》第二卷,第282—283页。胡绳《从鸦片战争到五四运动》第364页作给法使46万两,给俄国3万两。

㊴ 《同治十年十二月十四日军机大臣字寄》,《洋务运动》丛刊第五册,第106—107页。

第九章　三遭严谴与再佐新皇

随着同治帝的亲政，两宫太后暂时告别政治，给了奕訢进一步操纵政权的机会。

他认为国家百废待举，而库款支绌，还不是皇家大兴土木的时候，因此带领重臣激烈地反对修复圆明园，由此招致同治帝严谴。

不料同治帝早亡，两宫重新垂帘，奕訢重新处于辅政地位。

一、同治帝大婚亲政，恭亲王三遭严谴

同治十一年（1872），奕訢在政务方面忙于组织工业化问题大讨论，在宫廷事务方面忙于筹办同治帝大婚典礼。

二月初三日（3月11日），两宫皇太后主持册封典礼，决定于本年九月举行皇帝大婚典礼，指定恭亲王奕訢和户部尚书宝鋆办理所有筹办事宜。

奕訢经过与皇室诸王、内务府及户部协商，二月十六日上奏，请定大婚典礼日期为九月十五日，在此之前，于七月二十六日行纳采礼，八月十七日行大征礼；在婚礼之后，加上两宫太后徽号。这个方案当即被批准。

皇帝大婚，马虎不得。奕訢明知国家财政困难，库款竭蹶，还是多方挪补，并默许许多地方大吏搜刮罗掘。

同治帝所纳为一后三妃。但是在确定人选时，慈安与慈禧意见不一，而同治帝与慈安倒是一致的。因此，慈禧对这个选定结果不快，她心情懊恼，一入三月就病了，以致有月余时间未能视朝。

这样，大、小事件便都落到奕訢身上。

九月，奕訢全力以赴地指挥皇帝大婚典礼事宜。奕訢的嫡福晋为了担任迎娶皇后的任务，花了一个月的时间学习骑马，教练就是儿子载澂。九月十四日，恭亲王福晋率命妇八人，按照帝王迎亲仪制前往皇后府第，即翰林院侍讲、状元出身的蒙古族学者崇绮家恭迎皇后阿鲁特氏。第二天完成大婚典礼。

九月十九日（10月20日），两宫皇太后对办理大婚人员进行叙奖。加恩惇亲王奕誴可于紫禁城内乘坐四人轿；晋封醇郡王奕譞为亲王；对奕訢则赐"世袭罔替"亲王称号，是为最高奖赏。这项奖赏他曾在辛酉政变成功时拒绝过一次，这次两宫太后不准他再辞，以践十一年前的诺言。

转过年，同治十二年正月二十六日（1873年2月23日），同治帝举行亲政大典。当然，这个举国大典的筹备也是由奕訢全面指挥的。三天前，由两宫太后主持的京察中，对奕訢照例以"首赞枢廷，历久不懈，尽心辅政，巨细靡遗，懋著勤劳，深资倚任，著交宗人府从优议叙"。①

同治帝亲政，对于奕訢主持政务没有大的影响，只是不再居辅政之名，实际仍是大计方针的制定者。但对于慈安和慈禧两太后来说，影响甚大，现在

同治皇帝

同治孝哲皇后

第九章 三遭严谴与再佐新皇

231

就必须撤帘归政,让皇帝和朝臣们去管理国事,这才符合祖宗礼制。

这样,在新的政治格局中,原来存在于慈禧太后与恭亲王之间的矛盾就隐蔽在亲政的同治帝与继续领袖军机的恭亲王的矛盾之后了。

同治帝是好动的,又很聪明。他很快就感觉到自从两太后撤帘以后,慈安乐得轻松自在;而慈禧却产生了失落感,她空虚、怅惘……她还经常要臣工的奏折看,而这是违背祖制的。

为了能够转移太后的注意力,让她们颐养天年,同治帝准备大修圆明园。这倒很合慈禧心意,严格地说,她从来都不拒绝充分地享乐。

于是,慈禧太后努力搜索记忆,亲自绘制重修圆明园图样,并召见权威的宫苑艺术家"样式雷"。

于是,内务府官员上下其手,中饱私囊,鸠工兴建,造成不可中止之势。

于是,同治帝根据内务府估勘,谕令户部拨款。

重修圆明园,与奕䜣的节用思想相冲突。但是奕䜣没有立即表示反对,反而首先报效工程银二万两,以便张扬此事,引起朝臣警觉。②

十月初一日,御史沈淮上疏,请求暂缓修理圆明园,理由是国家财政困难。同治帝答复说,接受劝谏,目前仅修安佑宫,作为两宫太后和皇帝宴居之处,而且仅是"略加修葺","余概毋庸兴修,以昭节省"。这完全是障眼法,目的还是先干起来。

初七日,御史游百川上疏,请停园工。

初八日,同治帝召见恭、醇二亲王以及游百川。据说,醇亲王也上了密折。同治帝大训游百川,以便让恭、醇二王也听到。然后,同治帝将游百川革职,这时恭、醇二王苦苦劝谏同治帝收回成命。③

革职的谕旨是收回了,停工的谕旨却没有下达。圆明园工程就这样被同治帝坚持下来,并由此而出现李光昭特大诈骗案。

同治十三年五月二十一日,四川总督吴棠揭露说,已对所谓李光昭愿将所购香楠、梓柏等价值十数万金的栋梁之材运京报效一事进行调查,结果是在川省根本没有这批木材,也没有李光昭购办木材之事。七月初七日,直隶总督李鸿章又奏,李光昭以内务府名义购买法国商人一船木材,声称价银为三十万两之多,实际仅与洋商议价五点四万洋元,其余均为李光昭谎报,妄图私吞。后来还听说李光昭打着钦差办理园工名义行骗到广东香港,成了国际诈骗犯了。

同治帝这才知道上了大当。谕令李鸿章立即逮捕李光昭,"严行审究",但仍未停止园工。

同治帝不仅准备大修园庭,而且经常以视察工程的名义跑出皇宫,游戏于茶楼、酒肆和娼寮。不久,皇帝微服冶游的事情就闹得满城风雨。

对于皇帝的荒唐,奕䜣早有耳闻,但因事情与自己的儿子载澂有牵连,不便直言,所以他鼓动别人上疏劝谏。先后对同治帝旁敲侧击的有李鸿藻、李文田、李宗义、袁保恒、谢麐伯、李瀚章、王家璧、邓铁香、宝廷等多人,此外还有文祥于六月十四日上请停圆明园工程的折片。同治帝一概不理,更因文祥等与奕䜣关系密切而怀疑奕䜣在幕后唆使。

奕䜣看到皇帝对这么多朝臣的谏言置之不理,无动于衷,十分着急,只好直接出面了。

七月十六日,奕䜣和奕譞等亲贵重臣听说同治帝拟于二十日阅视园工,更觉得非要皇帝接受意见不可了,再不能任其胡闹了。他们联合了御前大臣和军机大臣,以十重臣名义共同上疏,全面进谏,共谈八件事:停园工、戒微行、远宦寺、绝小人、警宴朝、开言路、惩夷患、去玩好。拟稿由奕䜣,润色由李鸿藻,然后再由奕䜣缮正。很郑重地呈进奏事处,希望这封"辞极危切"的奏疏能打动同治帝,使他迷途知返。④

但奏疏呈进三天,同治帝根本没有拆视。

十八日,奕䜣合同十重臣强烈要求皇帝召见。这次召见,空气十分紧张。同治帝问诸臣何事请见,惇王说十人联名奏折请皇上俯纳。皇帝当场拆看,但没有读上几行,就已经动气了,说:"我停工何如,尔等尚有何饶舌?"

奕䜣接过来答道:"某所奏尚多,不止一事,容臣宣诵。"

然后将折中所述逐条读出,边读边讲。讲到后来,同治帝再也听不进去了,他不能忍受这些教训,虽然恭王等都是他的皇叔,但毕竟是臣子呀!他大喝一声:

"我这个位子让给你怎么样?"⑤

十重臣人人惊愕,文祥伏地大恸,喘息不已,昏迷不醒。只好由人先扶出殿外。

恭王受了这顿抢白,不便再言。醇王奕譞又接过去痛陈"泣谏"。讲到请皇上戒微行一节,同治帝以为醇王并无证据,遂坚持要他拿出实据来。醇王不得已而一一指出实事。同治帝大窘,"怫然语塞"。最后退步说,对其他各条尚可"深纳,惟园工事未能遽止",原因是修园是为承欢太后而用,不能自擅,需要转奏太后才能定下是否停修。⑥

当日,又有御史陈彝上奏,说李光昭诈骗案中,总管内务府大臣崇纶、明善和春佑等都犯失察溺职罪,请交部议处。

二十四日,又有御史孙凤翔弹劾署理内务府大臣的堂郎中贵宝与李光昭勾结舞弊,请交部议处。

吏部由宝鋆任尚书,按照奕䜣意旨决定将这些人全部革职。

二十七日,同治帝召见醇王奕譞,正值奕譞到南苑去验炮,于是召见军机。奕䜣要求同治帝批准吏部关于全部革职的拟议。开始,同治帝认为过重,奕䜣解释说李光昭一案影响极坏,如不处分帮同欺蒙作弊的有关政府官员,将为中外耻笑。同治帝只好批准将崇纶、明善、春佑一律革职,原任户部左侍郎魁龄因告假免予处分,另文亦将贵宝革职。此谕次日发表。

同治帝又单独召见恭王,追问"微行一事,闻自何人"?

奕䜣如果不说出根据就有欺君之罪,因为日前在廷争中奕䜣曾代表十重臣宣诵帝德之亏,此时不说证据,就是诬君。奕䜣只好说是自己的儿子载澂所言。

这可是证据确凿了,因为许多次活动都是载澂领着同治帝去的。同治帝无法赖账了,但也由此而"迁怒恭邸,并罪载澂"。⑦他决定重重地惩罚恭王父子。

七月二十九日(9月9日),天气晴热。同治帝召见军机大臣,对前日批准的将崇纶等三人的革职处分表示反悔,并收回对魁龄的升调谕令。这是对于近日来恭王等人在人事调动方面的全面否定,也是替为自己修园工而获咎的官员进行开脱。

奕䜣再次与他争执。他立即召见全体御前大臣及军机大臣,宣布"恭亲王无人臣礼,当重处",亲笔书写了诏书,取消恭亲王世袭罔替称号,降为不入八分辅国公,撤去军机,开除一切差使,交宗人府严议,准备将恭王所余各项差使分别委派于其他诸王大臣。同谕还免去恭王之子载澂的贝勒郡王衔,免其在御前大臣上行走。

后来还是惇王、醇王等人以"闽工急奏",即台湾交涉正需要恭王周旋为词,说服同治帝,恢复了奕䜣的军机大臣职务。但仍未明令停止圆明园工程。

午初三刻,同治帝再次召见军机和御前大臣等十重臣,并添入师傅翁同龢。翁同龢向皇帝述说江南民间对于重修圆明园议论纷纷,长此以往,恐怕"人心涣散"。同治帝颔首应之。但对于言官和恭、醇二王仍不能放过。同治帝责难这些人对停园工一事早不进谏,弄到现在才来说话。甚至把恭、醇等人向慈禧反映情况说成"离间母子,把持政事"。由此引起恭、醇二王为一方,同治帝为另一方的激烈辩论。最后还是翁同龢提议请皇帝"圣意先定"。同治帝无可奈何地问:"待十年或二十年,四海平定,库款充裕时,园工可许再举乎?"

恭王等马上应道:"如天之福,彼时必当兴修。"于是议定园工停止,暂修三海。

停止圆明园工程,改修北、中、南三海,这是双方让步的结果。众人从大殿回到军机处后,一面吃午饭,一面将这项结果撰成旨稿。然后递进宫去。

但这份谕稿并未即时批发。内廷却送出一份朱谕,抛开恭王,专交文祥等其余四军机拆封。这是同治帝为泄心头之愤将前封严谴恭王的谕旨收回后,重新写的一份,内中虽然不再说降爵为公以及开去一切差使,仍然坚持降爵为郡王。

所以文祥请求面见皇帝,打算当面奏还诏谕,同治帝又不许;又递奏片请皇帝更改成命,仍不允许。

这时已是午后申正二刻。皇帝借口时间已晚,不再议事,挡了诸臣为恭王求情的要求,但终于把大家公拟的那道停止园工的谕旨签发了。可是,对崇纶、明善、春佑三人的革职处分也以新的谕旨改为革职留任了。

三十日,发表了经同治帝更改后的朱谕,上写:

> 传谕在廷诸王大臣等,朕自去岁正月二十六日亲政以来,每逢召

对恭亲王时,语言之间,诸多失仪。着加恩改为革去亲王世袭罔替,降为郡王,仍在军机大臣上行走,并载澂革去贝勒郡王衔,以示惩儆。⑧

这道谕旨本应是昨日发下,今天又拖到很晚才发。同治帝认为十重臣是勾结在一起共同对抗自己的,于是以"朋比为奸,谋为不轨"的罪名草拟另一道朱谕,准备在第二天一早宣布将恭王、惇王、醇王、伯王、景寿、奕劻、文祥、宝鋆、沈桂芬、李鸿藻等十重臣尽皆革职。

八月初一日(9月11日),同治帝本拟召见六部堂官及左都御史和内阁学士,还未来得及宣布朱谕。两宫皇太后便驾御弘德殿,见同治帝及十重臣。两宫太后对皇帝闹成这个局面很痛心,"垂泪于上",同治帝则"长跪于下"。慈禧说:

十年已来,无恭邸何以有今日,皇上少未更事,昨谕着即撤销。⑨

有了太后这句公平话,恭王和其他大臣谁还能不满呢?有了太后这个指示,同治帝敢不收回成命吗?这场谏园风波就这样由于太后的干预而平息下来,奕䜣及其子载澂的爵秩依旧如初。

根据太后的懿旨,同治帝重新发表谕旨说:

朕奉两宫懿旨,皇帝昨经谕旨,将恭亲王革去世袭罔替,降为郡王……在恭亲王于召对时言语失仪,原属咎有应得,惟念该亲王自辅政以来,不无劳绩足录,着加恩赏还亲王世袭罔替,载澂贝勒郡王衔一并赏还。

同日发布的另一道谕旨说,前些日谕令修理三海为两宫太后休息之所,现值时事艰难,该管工程大臣"务当核实勘估,力杜浮冒,以昭撙节,而恤民艰"。⑩

前面说过,修园之争是由为太后修游乐场所引起的,中间由于群臣反对,同治帝曾表示停工必须请示太后定夺,最后定下修理三海仍是明言为太后休息驻跸之用。所以,争论的双方虽是同治帝与恭王为首的十重臣,老根却是慈禧太后与恭王等人的矛盾。矛盾的性质是国家利益与皇家享乐思想的冲突,是节用与奢靡之争。

在这个问题上,奕訢站在传统治国思想一边,与慈禧太后和同治帝进行了坚决斗争,赢得了宗室亲贵、天子西席、清议言官、军机大臣甚至所有京内外正直官员的支持和同情,慈禧太后也不便把他怎样。她毕竟比儿子老练精明得多。

就是说,由于奕訢及其他元老重臣的抵制,慈禧太后和同治帝都还不敢放肆地享乐。正如《春明梦录》所言:

> 孝钦系宫中册立,本不能以常礼待恭邸。且自热河还京,患难与共,渐底承平,故对恭邸不能无畏惮意。即宝师(指宝鋆,该书作者系宝鋆门生,故如此称——笔者)与文文忠诸老臣,亦不能颐指而气使之。时颐和园大兴土木,舆论嚣然,宝师曾对余叹曰:太后当时尚想巡幸五台山,赖我们诸人劝谏而止,否则南巡之役,未必不见于今日。⑪

二、草率议结台湾问题

文祥在大殿上因同治帝对恭王出言不逊,长号一声昏倒,一半是因为他知道国事不可无恭王,过于激动;另一半也因为他身体虚弱。

他是刚刚被奕訢催回京的。六月十二日(7月25日),文祥从沈阳递折以"病仍未痊,恳请开缺"。这是他回原籍养病后第九次申请辞职,奕訢一见奏折就急了,这时正值中日台湾交涉的紧要关头,不能让他辞职。奕訢先请同治帝给文祥赏假两个月,同时谕令他不必拘定假期,随时可前往总理衙门办理台事交涉。另外,奕訢又亲笔写信敦促他回京协助大局。这样,文祥就只好带病回京了。

中日台事交涉从同治十二年(1873)开始。四月,日本特使副岛种臣来到天津与李鸿章办理中日天津专条。事毕,人都到总理衙门,提起同治中琉球商船遇飓风漂至台湾,被当地高山族居民杀害五十四人一事,因同时被杀害的人还有四名日本商民,特提出要求中国赔恤。当时恭王不常到衙署,文祥又告了病假,总署由兼任吏部尚书的毛昶熙接待。毛昶熙以道义文章得"朝列清望",头脑中华夷之辨的观念较深。毛昶熙不欲管台湾是非,反而袖手旁观。柳原说:"敝国本拟发兵问罪生番,徒以两国盟好,故不得不要求中国自行惩办,若中国竟舍而不治,则敝国将自行发兵矣。"毛以为日本不过恫吓,遂答:"出师与否,惟贵国自裁之。"⑫毛昶熙这样说的用意不过是想摆脱政府的责任。

台湾自古以来就是中国领土,琉球自明代起一直臣服中国。如果毛昶熙精通外交术,正面与日本开议,赔恤其四名被害商民的损失,并承担教育台湾居民的义务,此事就可结束。

而毛昶熙对日本报以听之任之的态度,给日本出兵造成了借口。

同治十三年(1874),日本擅自出兵台湾"问罪"。

对于日本的侵略行径,奕䜣立即作出反应。三月二十六日(5月11日),总署正式致函日本外务大臣,抗议日本出兵侵台。接着,奕䜣请同治帝谕令沈葆桢为办理台湾事务钦差大臣,渡台筹划台湾的防务。当接到闽浙总督李鹤年关于高山族居民已抵抗日兵侵略的奏报后,奕䜣又协助同治帝发布保卫高山族人民免为倭寇杀害的寄谕,指示说:"生番既居中国土地,即当一视同仁,不得谓为化外游民,恝然不顾,任其惨遭荼毒。"⑬这是对毛昶熙所犯错误的纠正。对少数民族一视同仁加以保护的做法是符合包括高山族在内的中华民族的共同利益的。

五月初一日(6月14日),奕䜣用军机处寄谕指示福州将军文煜、闽浙总督李鹤年、钦差大臣沈葆桢等,同意沈葆桢关于向国际公布中日间迭次照会的内容以求国际"公评曲直";购买铁甲舰、水雷及其他各项军火器械;借洋款以应急需;闽台间"设电线以通消息"等项奏请,要求他们迅速办理。十天之后,奕䜣又鉴于日兵已分三路进攻高山族居民村,并攻占牡丹社地方,指示沈葆桢派兵出击;同时,调李鸿章淮军六千五百人援台。

这些都是在文祥尚未返回之前的事情。

经过这样一番部署之后,中日双方处于麻秆打狼,两头害怕的状态了。日本的驻华公使柳原前光向其政府报告说:"北京因循苟且,惟文祥尚知事,然太老。主战而能战者,仅鸿章一人,可乘机一决,中国军舰不足虑。"⑭而日本政府的主政者岩仓看到中国调兵遣将,积极备战,吓住了,认为开战是冒险的,改派大久保利通偕同伊藤博文和美国顾问李仙得到中国来谈判。中国方面对日本的海军实力又不甚清楚,沈葆桢、李鸿章及其他海防大员都误以为日本已拥有铁甲舰,并出现在中国海口,大感紧张;奕䜣也说,如果正面开仗,"自问殊无把握"。文祥是在这种形势下回京主持谈判的。

奕䜣明白,外交谈判是以军事实力为后盾的。在中日开议之前,他继续加强对台部署。八月初二日(9月12日),奕䜣协助同治帝以上谕指示沈葆桢等对日本在台湾盖造兵房、挖掘堑濠、恫吓村民等侵略行径进行针锋相对的斗争,要求他们除迅速操练到台淮军外,尚须修筑安平炮台、倒塌千余丈的台城并认购铁甲军舰;附带指示福州船政局以后也应自造铁甲舰并继续研制新型军舰。十九日(29日),接到沈葆桢关于日兵在台情形及清军在台布防并开辟道路情形的奏报,并确切得知铁甲军舰尚未购成。奕䜣请发廷寄,指示沈葆桢等对铁甲舰不得放弃努力,应继续购买;同时另指示文煜、李鹤年、王凯泰等闽浙将军、督抚筹措安抚台湾高山族人以及办理防务的经费。这些指示除具有积极防御的意义外,也有推动福州船政局近代化军工生产的作用。

九月二日(10月11日),中日在北京谈判。日本代表大久保利通向恭亲王索要五百万元洋银,无耻地声称"应令日本兵不致空手而回",并要求中国承认日本侵台行为为"正当"。奕䜣看出这是日本在台湾占不到便宜而施展的无赖伎俩,与文祥共同表示断然拒绝,一个钱也不给。

以后的谈判主要是谈钱。大久保利通的要价变为二百六十万两,其后减至一百五十万两。文祥说,台湾是我中国领土,琉球亦中国属国,两外生番相杀,与日本无关。

九月十五日(24日),大久保利通宣布谈判破裂,即将回国,随员已先出京。奕䜣和文祥依然不予理睬。

十七日(26日),英国公使威妥玛出面调停,说日本索要二百万两,并不算多,不答应便不能了局。奕䜣仍不允。威妥玛辞出,奕䜣心里想,若使威妥玛丢了面子,反而会使威妥玛偏向日本,对日有利。于是勉强允给五十万两。

二十二日(31日),中日台湾事件专约在北京签字。中国政府"承认日本行为之正当,日军退出台湾";中国给日本赔款五十万两,其中以四十万两购下日军营房,以十万两抚恤伤亡日兵。

这个专约中,中国承担的款项并不多,但是约前的一段文字中写道:"兹以台湾生番,曾将日本国属民妄为加害,日本国本意惟该番是问,遂遣兵往彼,向该生番等诘责。"这一来,就把日本兴兵侵台说成了正当问罪之师;并且由于没有把受害的琉球人与日本人相区别,似乎就把中国的藩属国民也说成日本国属民了。[15]

对这样一个严重的疏忽,奕䜣和文祥都没有觉察出来,可见草率至极。

奕䜣草率地缔结了这个专约,主要有三个原因。第一,听说日本新购的铁甲大舰已于九月初驶过苏伊士运河东来,即将进入日本海军舰队,而中国却还没有能与之匹敌的铁甲大舰;第二,沈葆桢虽然多次报告日军在台湾已经进退维谷了;但李鸿章认为日军使用后膛枪炮,华军使用劣旧武器,且多前膛枪,应当和平了结;第三,不久前结束的修园之争中,奕䜣和其他朝臣抵制了慈禧太后和同治帝的要求,现在他要尽快结束中日间这项令人烦恼的交涉,以便给即将到来的慈禧四十大寿造成普天同庆的气氛。

三、同治帝纵欲驾崩,恭亲王再佐新皇

同治帝很烦恼。本想要修个园子玩玩,竟会有那么多言官和老前辈推三阻四,弄得大煞风景;想要效法祖宗康熙帝诛除权臣鳌拜那样,罢掉六皇叔奕䜣的大权,却又是大臣不奉诏,太后不允许,以致九重天子威令不行。这还像个皇帝吗?

他没有认真地想想国家各项事业需款正急,而圆明园一经动工,就不是几年所能完工的,没有一二千万两银子是修不好的,而这一二千万两银子是可以买十几艘大军舰,上百艘小炮舰的。他像许多刚成年的青年人一样在老谋深算的政治家面前,感到无力和愤懑,而不认为自己荒唐和幼稚。

因为愤懑,他首先要出一口气。

八月十二日(9月22日),他谕令李鸿章在天津迅速办结李光昭特大

诈骗案。

十八日(28日),李鸿章复奏全案审理情形。同治帝览奏后,批示:将李光昭定为斩监候,秋后处决;将擅自出京帮同诈骗的内务府笔帖式成麟即行革职。⑯

这件大事(在他看来是件大事)处理过后,他觉得胸口一股恶气已出,他想玩个痛快,至于国家大事么!就让那些爱管国家大事的人去管好了。

从八月中旬开始,同治帝进行郊游准备,内容安排得还颇充实,有些时代气息,而且表示出天子对武事的注意。

八月二十七日(10月7日),同治帝一行从大内的皇宫出发,去南苑。次日于黄幄前校阅御前大臣,乾清门侍卫等马射。这都是传统的弓马之技,可重温八旗古风。

二十九日(9日),同治帝行围。他的身体素来衰弱,春天他去西山扫墓的时候,竟至于不能在马背上直立,在路旁数以万计的跪迎官民面前表现出了龙体不康。这一次他得到署理伊犁将军荣全进献的一匹西域良驹,还想走两圈,只一天就累得难以支持。第二天便于晾鹰台宣布撤围,颁赏南苑苑丞、苑副等官员缎匹,赏苑户人等一个月钱粮及海户银。

九月初二日(10月11日),同治帝在晾鹰台检阅神机营操练,观看近代枪炮射击。次日,检阅御前五大臣和乾清门侍卫的射击技艺。

初四日、初五日犒赏此次行围及校阅有功人员。初四日以神机营队伍整齐,赏总管神机营的醇亲王奕譞以及大学士文祥、尚书崇纶、都统明庆、副都统熙拉布、侍郎荣禄、恩承以及侍卫章京等,直至兵丁。同时犒赏南苑围场章京人等。初五日再犒赏备办行营事务的御前大臣景寿。

初六日,同治帝经正阳门,回到大内宫中。他对此行感觉非常快意,尤其对荣全所进献的黑花马更觉满意,谕令内阁,将此马命名为铁龙驹,赏荣全大卷江绸二卷,小刀一把,大荷包一对,小荷包一对。

而此时,奕䜣考虑的国事有三件。

第一件是奉天省"马贼为患",当地人造反威胁皇朝勃兴之地的兴京安全。奕䜣迭次以寄谕指示盛京将军派兵剿办,对造反者格杀勿论。但仍未能根绝净尽。

第二件是台事。在进行中日谈判的同时,他又一面命令沈葆桢在台湾增加防务,致力开发,"加意招徕"土著高山族居民;一面命令总理衙门通筹防务,拟定练兵、简器、造船、筹饷、用人、持久等条款,这些条款涉及进一步的军事、财政、人事制度改革以及进一步发展大机器军事工业等项内容。他力图以台事为契机,把全国的,至少是沿海地区近代化向前推进一步。为此他请同治帝饬令李鸿章、李宗羲、沈葆桢、都兴阿、刘坤一、英翰等沿海沿江省份督抚大员详细讨论,于一个月内逐条提出意见及办法来。

第三件是西征。左宗棠统率大军西征,与负责粮饷转运事宜的袁保恒意见相左。袁保恒要求回京陛见。奕䜣通知他不要回京,仍当遵旨前往肃州,同时饬令分担协饷省份于十一月内,将积欠甘饷六十万两全数解赴陕西,以支持西征战事。明春所统带的满八旗健锐营已由实际战斗证明腐败难支,必须撤回。奕䜣由寄谕指示健锐营骑兵队撤回关后,由左宗棠择地安插,毋令士兵滋事,如果不能恪守营规,即由文麟"相机处理,毋稍姑息"。

同治帝除行围外,他的劳累还体现在另一个场合下。他除每天按例召见军机大臣,以示"亲理"大政外,要用大量时间和精力在两宫太后面前尽"孝"道。

每天早晨分别到钟粹宫向慈安问安,到长春宫问慈禧安。

午间经常侍奉两宫皇太后进午膳。

十月初二日至初五日,他在紫光阁亲阅武会试考中的武举人马步箭射;初五日,亲御太和殿,主持武会试排定名次典礼。拔取张凤鸣等三人为武科一甲,黄兆晋等十七人为二甲,此外三甲一百一十五人。

此后,他一直忙于筹备并参加慈禧太后万寿圣典的一系列烦琐活动。

很快,同治帝就病倒了。据说,他的病是梅毒。

处于慈禧太后的淫威之下,同治帝的爱情生活是不幸的。同治帝自选的皇后是侍郎崇绮的女儿,"雍容端雅","美而有德"。婚后,宫中无事时,相与谈论唐诗,皇后能背诵如流,同治帝很敬重她,"故伉俪极笃"。

但慈禧太后中意并要求同治帝亲近凤秀的女儿慧妃,疏远皇后。同治帝在爱情上不能自由,索性独宿乾清宫。这样一来,百无聊赖,便在小太监的引导下,微服出宫寻欢作乐。同治十二年十一月十一日(1873年12月30日),同治帝授翰林院检讨王庆祺在弘德殿行走,担任自己的授读师傅。不久,即有人传闻,说王庆祺偕同皇帝夜出浪游(《清宫外史》),这种传说并非无稽之谈。同治帝除茶楼酒肆等处外,常去宿娼。北京外城有高级妓寮,但又不敢去,恐怕被臣下发现,遂专觅内城的私娼处取乐,致染梅毒。

十月三十日(12月8日),上谕第一次正式宣布皇帝健康情况不好,但强调"仍治事如常",命令军机大臣李鸿藻代行批答奏章。实际上他已病得无法握笔写字,不得不让老师代笔,他是信任自己的老师的。但李鸿藻并不擅越,他只批阅"知道了","交该部议"等字样。实际仍是恭亲王奕訢在处理大事。

十一月初五日,由惇亲王奕誴领衔的王公大臣会奏,请除汉文批件交由李鸿藻代笔外,清文(即满文)折件暂由奕訢代笔。这样一来,奕訢的权力似乎空前高了起来。

几天内,奕訢做了一些重要的批示。例如,指示李鸿章、李宗羲继续谋求购买铁甲舰和水炮台,以增强海防;批准户部与总理衙门所拟在四成洋税项下拨一百万两白银作西征军费;批准左宗棠另外借三百万两洋债充实西征军费。

慈禧太后对于权力暂时地落在奕訢手里颇为不快。十一月初八日(12月16日),两宫太后召见了军机大臣和御前大臣。在养心殿东暖阁,太后命秉烛让诸臣看视同治帝的病情。然后,太后在中间正室的宝座向南而坐,说了极其重要而又耐人寻味的话。

慈禧太后表示数日以来,十分"焦虑",各项奏折的披览、事务的裁决,皇帝都不能躬亲进行,"尔等当思办法,当有公论"。她根本不提皇帝已令奕訢和李鸿藻代笔的事情,她想把阅折权重新拿过去的意思已经很明显了。

接着说到同治帝的病情,她问道:"上体向安,必寻娱乐,若何以丝竹陶写?诸臣谅无论议……"于是诸王跪向前,"有语宫闱琐事,惇亲王奏对失礼,颇蒙诘责,诸臣伏地叩头而已,反复数百言"。从这段话来看,这是一次率直得不能再率直的对话了。皇太后也已把皇帝的病与追寻娱乐相联系了,却又不愿正视现实,憨直的大臣指出宫闱琐事为皇上致病之由,惇王肯定是说得最露骨的,以致"颇蒙诘责"。皇上的疾病绝非正常的天花,于此已很显然。而这段记述又是千真万确的,它出自在场的同治帝的师傅翁同龢之手。当然,出于为尊者讳的需要,在对外宣布时仍称皇帝逢"天花之喜",《清实录》是如此记载的,其实,殊不足信。

这次召见,共一小时。未退时,奕䜣等已与诸王大臣议定,请两宫皇太后于皇帝病重期间权宜训政。这就满足了慈禧的要求。慈禧遂命令把这项要求落实到奏折文字上。

可能是考虑到仍然不妥,因为同治帝并未宣布解除亲政,所以正当枢臣们拟折稿时,太后又于西暖阁召见王大臣,命令说:"此事体大,尔等当先奏明皇帝,不可径请。"⑰

初九日,同治帝在病榻前召见奕䜣等,对他们说:"天下事不可一日稍懈,拟求太后代阅折报,一切折件,俟百日之喜,余即照常好生办事。"并特别告诫奕䜣说:"当敬事如一,不得蹈去年故习。"语气生冷,"语简而厉。"在这种场合下,奕䜣不能争辩说去年谏劝帝德并非不敬。初十日,由明发上谕宣告接受惇亲王等请求,今后由太后阅折和裁定,使臣下有所禀承。总计奕䜣阅折代笔批答奏折只五天时间。

从慈禧和同治帝的语言中都可以看出,他们对于阅折和裁决大权落在奕䜣手中都是不放心的。对此,奕䜣是理解的。所谓惇亲王等公折,就是奕䜣在听清楚这个深意之后联合王大臣公拟,而推惇王领衔的。这是奕䜣在涉及君上大权问题时,顺从慈禧,"自动"退让的表示,实际是在慈禧的暗示下不得不如此的。

当日,慈禧太后命令兵部尚书宝鋆由原来的协办大学士晋升为大学士,作为对奕䜣集团恭顺地请她重出训政的报偿。

十二日以后,慈禧太后搞了一系列的所谓"冲喜"的举动。例如,决定两宫皇太后及各太妃分别晋徽号;赏赐朝中王大臣,其中奕䜣在原来食亲王双俸外,又加一俸,惇亲王奕誴和醇亲王奕譞都得双俸,他们的弟弟孚郡王奕譓与惠郡王奕详得亲王俸,奕䜣的两个儿子以贝勒而赏食郡王俸,同时宣布全国实行大赦;升授李鸿章为文华殿大学士,文祥为武英殿大学士,宝鋆为体仁阁大学士。此外,据翁同龢记载说:"连日皆以祈祷为事","内务府云,已行文礼部,诸天众圣皆加封讳,乾清门上陈设龙船九副,大清门外砌洗池,方径十丈许也"。⑱

奕䜣对这些迷信活动不便表示反对,否则会引起众怒。不过,他对治疗更关心,曾一再指示太医院要把同治帝的病治好。由于太医的开方要经过审查并予以公布,这就只好按天花下药,结果,药不对症,医治毫无效验。后来美国公使在给本国政府的报告中说"同治病若以西医及科学方法诊治,决无不可医之理,决非不治之症"。奕䜣显然对于聘请西医的念头也没有产生过。

同治十三年十二月初五日(1875年1月2日)日暮时,同治帝病死。

同治帝的死,产生了帝位继承问题。

历史上有两种宫廷秘闻。其一说,同治帝死前,召师傅李鸿藻到御榻前,命他代草遗诏几千余言,诏令传位给皇族载字辈年龄最大的载澍,此诏"以防慈禧后者至密",可能主要是防止慈禧重新掌权的。但李鸿藻慑于慈禧威力,接诏后"战栗无人色",赶紧"驰至慈禧后宫"将遗诏由袖中呈进,从而毁掉同治帝对后事的安排。这种做法被后人指责为是对同治帝的背叛。慈禧见诏后,"怒不可遏,立碎其纸,掷于地",她恨这亲生子对自己如此防范,"命尽断医药饮膳"。不多时,同治帝"崩耗闻于外矣"。⑲

其二说,同治帝与奕䜣长子载澂是好朋友,同治帝临危时有意将帝位传之于载澂。故此,同治帝驾崩时,诸王大臣进宫议皇嗣问题,而奕䜣突然冒出一句"我要回避,不能上去"的话。⑳

以上两说,均属宫闱秘事,可能是太监们传出来的,并无文字为凭。但是可以想象的是,已经成年的同治帝,当自知将一病不起的时候,他是会按照惯例指定帝位继承人的,这是一个皇帝在履行自己的权利。我们还可以进一步说,同治帝的安排肯定是对慈禧的重新掌权不利的。但是对奕䜣却不同,如果载澍为帝,奕䜣可照例领袖军机;如果载澂为帝,奕䜣则以本生父而需要回避,退出军机,就可能放弃政治权力了。当然,他未必因此而懊恼,可能想到自己虽然未能称帝,到底由骨肉亲子得以实现而自我宽慰。

根据比较可靠的记载,可知在帝位继承问题上,慈禧与慈安及奕䜣之间曾有过争论。《翁同龢日记》说,诸王大臣闻同治帝驾崩的消息后,先入养心殿朝见慈禧太后,然后去哭临同治帝遗体,最后回至养心殿西暖阁。慈禧太后谕云:"此后垂帘如何?"

枢臣中有人说:"宗社为重,请择贤而立,然后恳乞垂帘。"

谕曰:"文宗无次子,今遭此变,若承嗣年长者,实不愿,须年幼者,乃可教育。现在一语即定,永无更移,我二人(指与慈安太后)同此一心,汝等敬听,则即宣曰醇亲王之子载湉。"[21]

这段记载肯定是大节准确的,但是略去了重要的细节。所谓大节准确,是翁同龢作为在场人的当日日记,一开始就说太后首先要求垂帘,完全符合慈禧急于重新把握政柄的心情,最后又力排众议,以年幼者可以教育为理由宣布载湉为帝,合乎慈禧性格坚毅成竹在胸的特点。所谓细节过略,是指当场有枢臣对太后的做法持异议,那么,这个枢臣是谁?怎样辩论的?慈禧说"须年幼者乃可教育",这是针对谁的说法?对于这些问题,《慈禧外纪》提供了比较详尽的补充说明,情节如下:

议立新帝之事是在屏除同治皇后的情况下进行的。慈禧首先发言说:"皇后虽已有孕,不知何日诞生,皇位不能久悬,宜即议立嗣君。"

恭王抗言说:"皇后诞生之期已不久,应暂秘不发表,如生皇子,自当嗣立;如所生为女,再议立新帝不迟也。"

其余王公大臣似乎也都同意奕䜣的说法。

慈禧说:"现在南方尚未平定,如知朝廷无主,其事极险,恐致动摇国本。"

这时慈安太后发言说:"据我之意,恭王之子(载澂)可以承袭大统。"

奕䜣连忙叩头逊谢,说不敢。

慈安又说:在下一辈里按序当立者为载治之子溥伦。

溥伦之父载治也叩头说不敢。

慈禧以载治是"过承子"而否定之,提出立奕譞之子载湉,并说:"宜即决定,不可耽延时候。"

奕䜣闻听,"怒谓其弟曰:立长一层,可以全然弃置不顾吗?"

最后由投名法表决,七人赞成溥伦,三人赞成载澂,十五人赞成载湉。㉒遂决定由载湉继位为帝。

这一记述表明,当时确实有一场争论,争论主要在慈禧、慈安和恭王奕䜣之间。争论的表面问题是立长还是立幼,奕䜣"怒谓其弟"的那一番话实际是说给慈禧听的,是反对她立幼的主张的。争论的实质问题是让不让慈禧听政。为什么呢?如果立年长者如载澂,已经十七八岁,听政就仅是二三年的事,且奕䜣成了"太上皇"则后事难言;如果立溥字辈人如溥伦,则听政者将不可能是慈禧自己。在这场斗争中,奕䜣失败了,慈禧胜利了。

奕䜣只好服从,当即退殿与军机拟旨,并连夜迎接嗣皇帝载湉入宫。

第二天,初六日(13日),两宫皇太后宣布委任奕䜣等人为治丧大典主持人。

奕䜣以国家遭逢天子大丧,臣不应受赏的道理,推五兄奕誴领衔,联合奏请撤销十一月十五日的恩赏。次日由谕旨批准。

初七日(14日),礼亲王世铎领衔,朝臣上公折请两宫皇太后再度垂帘听政。两宫皇太后当即"俯允所请"。

十四日(21日),两宫太后批准奕譞于初七日请开去各种差使以与皇帝回避的要求,指示在今后各项宫中大礼时"毋庸随班行礼",同时赏给他亲王世袭罔替的特权。这样奕譞就与奕䜣完全平级了。奕譞知道,奕䜣的世袭罔替以功劳得,而自己则父以子贵而得,所以提出辞谢。两宫不准,这是慈禧太后有意使他的地位足以与奕䜣相符。

同一天,御史陈彝弹劾翰林院侍讲、弘德殿师傅王庆祺"素非立品自爱之人""微服冶游",当即谕旨批准。㉓这又进一步证实同治帝之死与微服冶游有关,他被问罪是咎由自取的。有人说,这个弹劾折子是奕䜣示意写的。

十五日(22日),决定以来年为光绪元年;谕令奕䜣在新朝中除朝会大典应照例行礼外,平时召对及内廷宴赉均不必叩拜,谕旨及奏章内凡提及奕䜣之处,只写王号,不书名字以示皇帝尊敬长辈之意。

从此,慈禧太后开始了名副其实的第二次垂帘听政,奕䜣开始了不居辅政之名的第二次辅政。

【注释】

① 吴语亭:《越缦堂国事日记》,第三册,第 978 页。

② 吴相湘:《晚清宫廷实纪》第一辑,第 208 页。

③ 吴语亭:《越缦堂国事日记》第三册第 1140 页:"闻修园御,出西朝之意,李傅苦谏不可,违。今日宫门钞:召见御史游百川及恭醇两邸。盖游昨日有疏,二王当亦有言也。"另,《李鸿章年(日)谱》载,"慈禧时年四十,亲绘重修圆明园图样"。按,慈禧应于次年十月满四十岁——笔者。

④ 吴语亭:《越缦堂国事日记》第三册,第 1155 页。吴相湘《晚清宫廷实纪》第一辑 221—224 页载"故宫藏恭王原折",说此折为恭王折,题为"敬陈先烈请皇上及时定志用济艰危折",内言畏天命、遵祖制、慎言动、纳谏章、勤学问、重库款六事。与此略同。

⑤ 《花随人圣庵摭忆》第 504 页引时人吴挚父日记述此事颇详,其中同治帝语:"此位让尔,何如?"本书译为口语。——笔者。

⑥ 同前书。另,《翁文恭公日记》第十三册第 64 页载请示太后;而前书同治帝即时传旨停工。二说不同。翁系直接听参与廷争的李鸿藻(兰荪)所述,故比得自传闻的吴挚父所记更可信。——笔者。

⑦ 黄濬:《花随人圣庵摭忆》,第 504 页。

⑧ 《穆宗实录》卷三六九,第 18 页。

⑨ 《翁文恭公日记》第十三册,第 68 页。又见《花随人圣庵摭忆》第 504 页引吴挚父日记。

⑩ 《穆宗实录》卷三七○,第 2 页。关于这场修园之争,稗家野史所述颇多。《清史纲要》说同治帝与恭王子载澂嬉戏,因故失欢,由此严惩恭王及载澂;又说恭王管教其子载澂,不令入宫,致同治帝不满,传饬恭王,都由金梁《清帝外纪清后外传》一书批驳。另如《花随人圣庵摭忆》内说恭王叩宫门谏修园工,同治帝卧榻上穿黑色衣,恭王由此劝诫勿着黑衣勿微行,随后同治帝下杀恭王手诏等,已由作者黄濬指出不可靠。金、黄考辨值得注意。本书所述事实根据翁同龢、吴挚父和李慈铭诸时人所记,并参对实录,似较有把握。另,金、黄所记因时间不清,情节有混淆不确之处。——笔者。

⑪ 何刚德:《春明梦录》上卷,第 17 页。

⑫ 徐珂:《清稗类钞·外交类》一,第 471 页。

⑬ 《穆宗实录》卷三六五,第 30 页。

⑭ 窦宗仪:《李鸿章年(日)谱》,第 4853 页。

⑮ 《筹办夷务始末》(同治朝)卷九十八,第 16 页。

⑯ 《穆宗实录》卷三七〇,第 20 页,定斩监候,秋后处决。另,高阳《玉座珠帘》说,同治帝虑逢本年慈禧太后四旬万寿,停止勾决,故当即批"着即正法",此说未见实录。

⑰ 《翁文恭公日记》第十三册,第 88 页。

⑱ 《翁文恭公日记》第十三册,第 92 页。

⑲ 《清宫遗闻》卷一,第 82—83 页。

⑳ 陈夔龙:《梦蕉亭杂记》卷一,第 54 页。

㉑ 《翁文恭公日记》第十三册,第 104 页。

㉒ 陈冷汰译:《慈禧外纪》,第 85—86 页。其中载治写作载祺,可能是笔误。但该书的议嗣记述与马士的回忆是一致的,马士是美国人,当时是赫德的秘书,正在中国。

㉓ 《光绪朝东华录》第一册,第 6 页;《翁文恭公日记》第十三册,第 108 页。

第十章　决策内政外交的大计

奕䜣惊呼中国已处于列强环伺、险象环生的国际形势中,应竭力避免与外国开战,维护并争取和平建设的时间;同时他怀着强烈的紧迫感,加速近代化,积极筹划国防,拓宽工业化生产领域。

他努力捍卫主权,收复失地;但也放弃了一些主权,乃至对属国应尽的责任。

他的暮气日增,锐意兴革的热情开始冷却。

一、近代化道路的总体设想

同治十三年十二月二十二日(1875 年 1 月 29 日)至二十六日(2 月 2 日),李鸿章从保定的总督驻地赴北京奔同治帝大丧。军机处原来寄谕各地方将军督抚务令各扎原处,维持地方,不必吁请叩谒梓宫。而李鸿章以直隶总督的特殊地位,声称:"备位京畿,国有大事,不得不吁准奔赴。"①他的真实用意是借机陈述关于近代化的总体设想。

进京后,他首先晤见奕䜣。他们在原则上达成一致,认为中华民族已到了盛衰存亡的历史关头,面临数千年未有之大变局。对这个大变局的性质,奕䜣虽然在几年前就已经意识到这是工业浪潮对农业国的巨大冲击,并由此产生了想要顺应浪潮、借法自强的思想火花,但是由于未被别人理解和重视,一闪即逝了。现在,经过与李鸿章的晤谈,再次感受到工业浪潮的强烈震撼,要么,中国就"幡然变计",搞改革,走近代化道路,中华民族振兴有望;要么,墨守成规,因循守旧,"自强"大业将永无实现之日。

但是,奕䜣久在朝中,他对慈禧太后,对朝臣的了解是深刻的。他知道先进而激切的论点是不易被接受的。李鸿章建议修筑清江至北京线铁路。奕䜣说,铁路诚然该修,可惜没人能敢于支持。李鸿章请奕䜣向两宫太后言之,奕䜣回答:"两宫亦不能定此大计。"② 不过,他还是设法让李鸿章陛见了太后三次。

李鸿章抓住机会,系统地陈请开采煤矿、铁矿;架设电线、铁路;在沿海城市设立自然科学学校;推荐懂世界大势的郭嵩焘办理外交;赞同开发台湾;要求停止西征,以西征军饷建设近代海军,巩固海防。③

这实际上是要求在军事、经济、外交、教育等方面全面开展近代化改革。

慈禧太后的知识有限,无法确定上述改革要求的合理性和必要性,特别对于西征应否停止,"欲罢不能,究亦毫无主见"。④

人们的胆与识有时并不统一。当他勇气十足的时候,其认识未必全面深刻;而当他认识已经深化全面之时,勇气又可能不足了。奕䜣此时正是如此。他不愿再如进行教育大辩论那样使自己成为众矢之的;也不愿再如同治年间那样为皇太后逐细剖断,因为他已深知慈禧太后最痛恨他把持朝政。既然事关国家根本方针,那就不作定论,交朝内外有关大员去讨论吧。

二、国防建设:"海防"与"塞防"兼顾

停止西征,以西征军饷建设海防的论点引起了"海防"与"塞防"之争。

李鸿章的观点早就系统论述过。他说,"历代备边,多在西北",如今形势变异,东南万里海疆,列强麋集,一国生事,各国构煽,防不胜防,应该集中力量加强海防。至于西北,只应"力保和局",不应进兵新疆。他从英国人美查办的《申报》上看到盘踞喀什噶尔七城的阿古柏政权已依附土耳其,与英、俄通款贸易,断定说,中国如果进兵阿古柏,可能开罪英、俄,对中国不利。结论是:"新疆不复,于肢体之元气无伤;海疆不防,则

心腹之大患愈棘。"⑤

湖南巡抚王文韶反对李鸿章的"海防"论，提出"塞防"论。他说："海疆之患，不能无因而至，其视成败以为动静者，则惟西陲军务。"他认为，如能全力注重西征，收复新疆，"但使俄人不能逞志于西北"，则各国"必不致构衅于东南"。⑥

左宗棠正在作规复新疆准备，当然更不能缄默。三月初七日他发出一封长折，指出新疆安危绝非等闲，它关系到蒙古、陕西、山西、甘肃，甚至京师的安危，必须收复；乌鲁木齐总扼全疆，而收乌桓是收乌鲁木齐的第一步；就目前形势而论，西方列强断不至于在沿海挑起战争，而收复新疆有燃眉之急，即使论饷项，海防本有经常之费，再加沿海船厂加紧造船，可省购船之费，则所缺海防经费不多；而塞防经费不足，连年欠饷至八百余万两，每年只发一个月满饷，即使停兵撤饷，于海防也无大益。他预言，盘踞乌鲁木齐的叛国匪帮白彦虎所部"能战之贼，至多不过数千而止"，不难一举歼灭，至于阿古柏政权盘踞南疆，与英俄通商，是中国后患。他的意见是"塞防"与"海防"并重，不应厚此薄彼，但是否停兵撤饷，请朝廷定夺。

奕訢和他的智囊人物本来是重视海防的。中日台事交涉结束后，文祥就上疏说："台事虽权宜办结，而后患在在堪虞。"应迅速议购铁甲舰、水炮台和各项应用军械。⑦奕訢曾与文祥共筹海防大事，拟定了练兵、简器、造船、筹饷、用人、持久六项方针。然后于光绪元年正月二十九日，奏请饬令沿海督抚筹议海防事宜。

奕訢一向尊重总税务司英国人赫德，把他当作外国顾问。在购买船炮问题上奕訢经过与赫德详细讨论后，认为与其让沿海督抚分别购买，不如交赫德统一办理。于是赫德三月由京至津与李鸿章具体接洽。但据赫德说，购大型铁甲舰每只均需银一二百余万两。这样一来，李鸿章就不再坚持买购铁甲舰，他抱怨说："农部最善游词。"因为户部所拨海防经费多无实际着落，半年以来南洋分文未收，北洋也"仅收到二十万"。四月初二日(5月6日)，奕訢奏请拨款四十五万两白银交赫德先订购四艘英国炮舰。

军机处中的沈桂芬和总理衙门中的董恂是另一种意见。他们以为日

清海军衙门大臣:庆善(左)、醇亲王奕譞(中)、李鸿章(右)

本的"进退疾徐视华俄之往来疏密,不可不留意也"。⑧料定中国与俄国之间如有争端,日本会乘机吞灭琉球。倾向于避免与俄国破裂以防为日本所乘。与王文韶观点接近。

京内外大员对于事关国家版图和防务大计的"海防"与"塞防"之争,莫衷一是。因此,奕訢主持军机处会议慎重讨论。

据李应麟(字雨苍)《西陲述略》记载,文祥在这次会议上力排众议,主张进剿新疆叛匪,规复版图。他说:"若西寇数年不剿,养成强大,无论坏关而入,陕甘内地皆震,即驶入北路,蒙古诸部落皆将叩关内徙,则京师之肩背坏,彼时海防益急,两面受敌,何以御之?"而此时如并力攻复乌鲁木齐,"将南八城及北路二地酌量分封,众建而少其力,以乌垣为重镇,南钤回部,北抚蒙古,以备御英、俄,实为边疆久远之计。"⑨文祥的意见是支持左宗棠的,主张"海防"与"塞防"并重论。

在奕訢看来,"海防"论与"塞防"论各执一端,不是卖国与爱国之争,而是将有限的军饷优先用于何处之争。如能在开源和节流两个方面下功夫,是可以做到"海防"与"塞防"兼顾的。遂成定论。

四月二十一日(5月25日),奕訢向法国公使抗议侵略越南,并拒绝开放云南边境一处为商埠以通航越南红河的要求,声明越南是中国的属国,对于越南被侵,中国不能坐视。

四月二十六日(5月30日),奕䜣指示总理衙门奏进遵议筹办海防等事宜各折片,指出云南、四川、广东、广西、福建各边境均有洋人窥伺,请谕令各督抚整顿吏治军政,留意外交,以固边防,不得轻启衅端。

同时通过军机大臣寄谕指示李鸿章在天津机器局内迅速为奉天省洋枪队筹拨军火;当日又以廷寄谕旨,谕令李鸿章督办北洋海防,沈葆桢督办南洋海防,并令李鸿章先购铁甲舰一只;批准磁州、台湾试办机器方法开采煤铁矿,以利国用;强调聘用外国技术人员,一定要"权自我操,毋任彼方搀越"。同时谕令左宗棠统筹西征和防范俄人事务,"以固塞防"。⑩

三、信息手段近代化初议

同治十三年(1874)的日本侵台事件把中国信息手段近代化问题提上了议程。

四月二十九日(6月13日),台事钦差大臣沈葆桢奏称:"台洋之险甲诸海疆,欲消息常通,断不可无电线。"

中国古老的信息传送手段是驿递,至清代可谓发展到顶,传递速度视公文紧要程度分别定为日行四百里、五百里、六百里加急,最快为八百里特急。而外国人自从六十年代以来就开始在东南沿海敷设海底电缆并引至上海,可使中国情形瞬间传至万里之外的本国去。所以奕䜣早就想采用这项新技术了。

还在同治八年(1869),他就曾经派四名汉族官员到同文馆新任总教习丁韪良家里去参观电报。丁韪良是美国人,来中国前自费购买了一套小型实验用电报机,专为教学用。这四个官员看过演示后,没有发现这些玩意对国计民生能有什么意义。其中一个翰林还用鄙夷的口吻说:中国四千年没有过电报,照样是一个"泱泱大国"。⑪

奕䜣不赞成他们的态度,专门拨了一间房子给丁韪良装设电报机器,并且让总理衙门大臣和章京们再去参观。这些人看见随着电路的开闭,电花在飞跃,报锤翻动,就传送了信号,"狂笑不已",像孩子一样开心。

兼任户部尚书的总署大臣董恂不但学会了发报方法,而且帮助丁韪良拼制了密码,大学士文祥也多次去参观电报,认为很有实用价值。

董恂和文祥对电报的兴趣和赞许使奕䜣早就对它有了好感。

现在,奕䜣遂能够详细地向两宫太后讲解电报的功用,并且说明实现信息手段近代化的必要性。

次日,即五月初一日(6月14日),两宫皇太后接受奕䜣意见,谕令沈葆桢等迅速办理闽台电报。

不久,福州将军文煜报告,美、英两国领事听说中国筹建福州经厦门至台湾的电报,企图攫取敷设权。奕䜣指示总理衙门答复如下:

> 向来洋人设立电线,只准水内安设,不引上岸。此次闽省奏准设立电线为省城至台郡信息便捷起见,系中国自行经理,水陆皆可不论。所有福建设立电线,均归中国自办,一切费用,官为筹给。⑫

在这里,奕䜣首次使用了"信息"一词,强调这条电报要由"中国自办"。而英、美、德、法四国领事已经抢先一步,在中国政府招工之前就已诱使福州通商局与其草签了承建合同,而且不待上级衙门批准就擅自上陆安桩,兴工了二百余里。

为了捍卫电报主权,奕䜣通过总理衙门函告福建省要"设法买回自办,庶免后患"。

这时电线杆已被当地群众毁掉十余里,连电线器材也被偷窃许多。⑬

光绪元年正月,丹麦公使拉斯勒福向总理衙门述说闽台电报事件真相。据他说,是福建省高级官员发现下级官员与丹麦电报公司签约后,一面命令撕毁合同,一面鼓动民众损坏电线设施。拉斯勒福表示,鉴于中国官民反对,同意将尚未被毁地段的所有电线设施卖给中国经理。这倒也符合总理衙门之意。奕䜣指示沈葆桢会同闽浙总督李鹤年"及早买回","妥筹办理"。

但李鹤年没有照办。他复称丹麦公司"索价过高",而且民间颇多阻挠,即使买回也难以举办。

奕䜣再次指示总理衙门开导他:所谓自办,只在争政治上的自主地位,"不在价值之多寡"。

李鹤年又说,经办官员丁嘉玮已经冒昧与洋商订立买回合同,约定买回后要定期动工,还要以每年三万元的高薪聘请丹麦技师教学三年,是有损主权,请求买回不办。

总理衙门据此向丹麦公使指明该合同内有碍中国主权之处。同时函告李鹤年,仍令妥为办理。

七月,李鹤年将丁嘉玮查办,改派洋务高手郭嵩焘经办电线,将丁嘉玮所允三万元高薪免除,接续造成电线数十里。后来郭嵩焘奉命进京接受新委任,李鹤年再次以"各处绅民以为不便"为理由,要求完全停办。

九月,工科给事中陈彝代表福建省守旧士绅入奏,根本反对信息手段的电报化。折内有如下一段妙论:

> 铜线之害不可枚举,臣谨就其最大者言之。夫华洋风俗不同,天为之也。洋人知有天主、耶稣,不知有祖先,故凡入其教者,必先自毁其家木主。中国事死如生,千万年未有之改,而体魄所藏为尤重。电线之设,深入地底,横冲直贯,四通八达,地脉既绝,风侵水灌,势所必至,为子孙者心何以安?传曰:"求忠臣必于孝子之门",藉使中国之民肯不顾祖宗丘墓,听其设立铜线,尚安望尊君亲上乎?⑭

对于这套以"忠""孝"为护符的迷信论调,奕䜣就毫无办法了。十月初六日(11月3日),他议复陈彝奏折时只是强调此次闽台电报线"系中国自造,与前此设自洋人者不同",应请地方官,"晓喻民间",做好说服工作,完成工程。但同时又附加一句:"民情能否安帖,仍应由该督等体察,妥筹办理。"⑮这就又给守旧官僚抵制改革留下了借口。

果然,闽台电报线继续拖延不办。而奕䜣也无暇过问,因为正在进行的中英马嘉里案交涉比这更紧要。

四、棘手的"马嘉里案"交涉

英国早就企图开拓中国的西南市场。曾在同治七年(1868)组织过一次探险队进入云南省。同治十三年(1874),英国使馆翻译马嘉里从总理衙门领取了旅行护照,经云南到缅甸境内迎接另一支由二百名英兵组成的探路队,行至我国云南边境的蛮允地方,与边民冲突。光绪元年一月十六日(1875年2月21日),马嘉里和五名随行中国人被杀死,英兵探路队被迫退回缅甸。这就是"马嘉里事件"。

二月十二日(3月19日),英国公使威妥玛向总理衙门送交一份备忘录,提出马嘉里案交涉,共有要求赔偿、实现公使觐见、改善税务(交纳正税和子口半税后免纳一切内地税的特权)等六项内容。

奕䜣对此案的处理方针是既要平息英国人的不满,又要避免被诡诈。

二十一日(28日),总理衙门答复威妥玛说,原则上可以接受赔偿要求,但是拒绝把此案与其他不相干问题如公使觐见、修改中英条约等相联系。稍后,由两宫皇太后谕令湖广总督李瀚章去云南审理此案,总理衙门同意英国使馆派人前往观审。

一个月后,奕䜣把总理衙门听到的消息报告给两宫太后,说英国已陈兵滇界五千人,而且与俄使密商:英兵由云南进,俄兵由伊犁进,使中国首尾不能相顾。他建议要重视此案可能带来的严重后果,主张彻底查清马嘉里为何人所杀,由中国自行处理,以免造成英人行动的借口。按照这个宗旨,由两宫太后发布了谕旨,指示滇省说:"滇省野人虽居铁壁关外,其地尚属中国,不得谓非中国管理。设马嘉里非野人所戕而诿之野人,或实系野人所戕而谓野人非王法所能及,势必如上年台湾番社之事,彼族即可派兵自办,遂其奸计。大局所关,实非浅鲜。"⑯吃一堑长一智。这次一开始就不回避对边民的管理责任,从而杜绝了英国出兵的借口。

但是奕䜣对于肇事省份的官员还是不忍惩处的。五月十七日(6月20日)经他发出的一份廷寄说:参将李珍国于马嘉里"失事时究在何处?"杀死马嘉里"是否野人冒名嫁祸,抑系李珍国旧勇所为?"这番话可以理解为要求认真查处,但也可以理解为指示开脱说法。果然不久云贵总督岑毓英奏告说"查系野人杀害"。⑰

对于奕䜣和总理衙门的拖延,英使威妥玛十分不耐烦,愤而出京。他到天津后,对李鸿章说,总署官员非撤换不可,后来又抱怨说:

> 总署诸人如同小孩子,说来说去,总是空谈。一味说从容商办,定是一件不办……一向使臣到总署,必定吃饭,总署大臣陪座,一若

饮食为交涉要务,使臣发言,大臣一个看一个,新大臣看老大臣,老大臣看恭亲王,恭王一发言,大臣便轰然响应。[18]

他所描述的这种情形倒很合乎清廷官场的实际。问题在于奕䜣本人就对英方的要求有抵触情形,不能不表现出消极态度。七月二十一日(8月21日),威妥玛致函奕䜣,蛮横地写道:

> 谁是这个阴谋中的指使者,是署理总督岑毓英或者是缅甸国王,那是无关重要的;女王陛下的公使,以自己认定的理由——虽然只是根据自己的证据,足够把这个教唆的罪名扣在总督岑毓英的身上。[19]

他要求惩办岑毓英。两天后,他又亲口对李鸿章说:英国舰队已集结在烟台,如果中国再游移,即绝交。李鸿章赶紧函告总署,并主张接受英国六条要求进行谈判。

在这种情况下,奕䜣决定接受条件。七月二十八日(8月28日),廷寄授权李鸿章在津与威妥玛谈判。

威妥玛的性格极其暴躁,他常常为一点小事而发火,甚至为了能到国际电报线的终端上海去与伦敦联系,竟滥用最后通牒和下旗回国这种绝交姿态。这使人无法认真对付他。崇厚曾以轻蔑的口吻说:"威妥玛的话是不能当真的——一会这个,一会那个——今天说是,明天又说否。……暴怒、愤恨、咆哮,任性而发,使我们只好不理。"[20]可见谈判迟迟不能成功,责任并不全在中方。

八月十五日(9月14日),威妥玛又进京了,再次以"最好战的意图"对总理衙门进行诡诈。奕䜣派文祥出面与他谈判。双方"议不合",他又以离京相要挟。这时正逢李鸿章在京,遂加以调和。九月初八日(10月6日),给了他比较满意的答复。但十三日(10月11日),他又启程前往上海了。

八月(9月)内,奕䜣所考虑的主要是如何从根本上改善中外通商关系问题。他再次依重税务专家赫德。他们常常整天在总理衙门里研究整顿税则问题。赫德滔滔不绝的资本主义商务税务知识常常使奕䜣等总署王大臣感到费解,而且也难以向其他朝臣转述。总理衙门于八月二十三日(9月22日)以口头方式,又于九月初八日(10月6日)以书面方式训令赫德把他的意见整理为"关于改善商务关系的建议"的长篇节略,于年底(1876年1月23日)呈递。这份节略系统地陈述了赫德对中国商务、司法、行政三方面的改革意见。尽管奕䜣没有准备完全采纳,但还是受了他的影响,觉得其中颇有合理之处,所以对赫德没有因发生中英交涉而戒备,反而更信任了。

与此同时,还趁李鸿章在九月初来京祭奠同治帝的机会与他一起就调整中外关系和中央地方关系问题坦率地进行了交谈。

在中外关系方面,他们认识到中国已经不能也不应该再按传统观念办理对外事务了,西方的国际关系准则也没有什么不可接受的。

在中央地方关系方面,他们感到中央政府各衙门中只有总理衙门是比较了解世界形势的,奉行和平外交政策,而其余各部衙门大都讨厌与外国进行交往。在地方官吏中这种情形就更加严重,许多官员无视中央的外交政策,抵制已成条约。这种情况常常给帝国主义造成新的侵略借口。就是说,局部冲突足以牵动大局。

九月十一日(10月9日),奕䜣以总理衙门名义要求各督抚:"细核条约本意,遇有各国执护照之人入境,必须照约妥为分别办理,以安中外而杜衅端。"依据这份报告,当日谕旨说,对于持有执照之外国人,"经过地方,随时呈验放行";倘遇外国人有不法行为,须"就近交领事官办理,沿途只可拘禁,不可凌虐"。㉑亡羊补牢,犹未晚也,对于今后少发生类似事件还是有意义的。

这期间威妥玛跑到上海去,一直住到次年春。

法国和日本则趁火打劫。法国在派兵侵占了越南南方之外,又公开要求中国开放云南蛮允,遭到了奕䜣的拒绝。

八月十五日(9月14日),日本派军舰炮击朝鲜江华岛。朝鲜当时是中国属国,因而形成了中日冲突。

九月二十八日(10月23日),英国驻日公使巴夏礼发表了"此地无银三百两"式的声明,说日本的行动并非为英国所策划。实际上英国内阁在五十天前就已决定请日本参加英国的对华作战。此次日本的行动就是对英国的有力配合,确实给清政府造成了麻烦。

十二月初一日(12月28日),日本外务大臣森有礼到北京会见奕䜣,交涉江华岛事件。总理衙门答复说,朝鲜虽为中国属邦,但中国不干预其内政。㉒目的是避免与日本发生纠葛。

日本政府断章取义地利用这一答复,于光绪元年十二月十四日(1876年1月10日)森有礼照会总理衙门说,既然中国不干预朝鲜内政,那么,"日本自行向朝鲜交涉"。一周之后,更进一步宣称"朝鲜为一独立国",公然否认中国对朝鲜的宗主权。奕䜣对日本的这种行径十分愤怒,依据历史沿革进行驳斥。

李鸿章希望早日结束中日纠纷,两次函告总理衙门要求由礼部咨令朝鲜王廷接待日本使者,以便收场。但奕䜣仍照会日本:"朝鲜为中国属邦,日本应遵守中日友好条约。"㉓他希望既维持中日间的和平状态又制止日本向朝鲜渗透。这时为光绪二年正月初二日(1876年1月29日)。

但是,经过二十八天的交涉和实力权衡,奕䜣还是接受了李鸿章的建议,由礼部咨文给朝鲜,令其自行接待日使。二月初二日(2月26日),朝鲜被迫签订《江华条约》,中日交涉暂时收场了。

这时,西征军的统帅左宗棠又频催军饷,请示批准借用一千万两的洋债。奕䜣毫不迟疑,通过上谕饬令沈葆桢在上海向洋行妥速筹借。

但沈葆桢却对此事进行阻拦。他复奏说,举债以开矿、修路、挖河,是以轻利博重利,国家可由此而富强;如果举债而无利可兴,是使国家岁入尽付漏卮,"将以债倾国"。

沈葆桢说的对不对？奕䜣也弄不明白。他把沈折转给左宗棠阅看。左宗棠复议说沈葆桢所言"尚非探源之论"。他说:"平心而言,借用洋款实于中国有益无损。泰西各国兴废存亡,并非因借债与不借债之故。"他分析说,借款而使战事早日结束,比起悬军待饷师久无功要合算得多。最后用了"以子之矛攻子之盾"的方法说,即使沈葆桢自己也曾为办理台湾防务借洋债六百万两,后因中日冲突迅速结束而停借四百万两,因此:"今倭事息而西事起,重理旧说,似非不可。"㉔

左宗棠的议论使奕䜣对外债的利弊有了比较全面的认识。这时上海洋人办的西报也说中国不宜举借洋款,奕䜣竟能不为所动。三月初一日(3月26日),他通过上谕指示说,左宗棠前请借一千万两以实军饷,后改请借四百万两,现当大举西进之时,"何惜筹备巨款,俾敷应用,以竟全功",着于户部库存四成洋税项下拨给二百万两,左宗棠可自己借用洋款五百万两,各省西征协饷应提前拨解三百万两,以满足左宗棠所需一千万两之数。

左宗棠有了这笔巨款,遂加强了兰州机器局的生产,仿造枪炮,购办粮草,选将出师,迅速逼近乌鲁木齐。

春天,威妥玛自上海重返北京进行谈判。

由于稳住了日本,加强了西征军的军饷供应,奕䜣感觉对马嘉里案可以据理力争了。因此在承担马嘉里案直接责任的同时,他继续抵制了一些额外的要挟。五月二十四日(6月15日),威妥玛见讹诈不成,下旗离京,以示决裂。奕䜣函告李鸿章设法于天津挽留威妥玛进行谈判。威妥玛蛮横地提出提讯署理云贵总督岑毓英的条件,然后离津赴沪。㉕

威妥玛能不能铤而走险,奕䜣没有把握,他一面奏请整顿海防,一面请赫德奔走斡旋。赫德向各国驻华公使建议:应准许中国商人有与外商同等经营外贸之权,购买洋货者可以比照外商纳税;又向总理衙门详细阐述了修改税务规则以及开设官信局(邮局)、官银号(银行)的必要性。然后,赫德先到天津向李鸿章说,中国应该直接派使赴英交涉,免被威妥玛所误。他这样做并非完全出于虚伪,因为他本人与威妥玛关系并不密切,对于说服威妥玛重新谈判的把握也就不太大。之后,赫德到上海说服了威妥玛,确定下一次谈判地点在烟台(芝罘),谈判对象为李鸿章。

谈判对象由总理衙门变成了李鸿章,是由于总理衙门几次与威妥玛谈判都谈僵了,不得不换。

李鸿章的主和思想是中外皆知的。他曾经挖苦主战的奕譞说:"醇邸好大喜功",并不以为然地说:"雪耻一战,则大黄芒硝一剂立毙,弟手握疆符,心忧国计,所不敢出此也。"㉖这种避战求和,反对孤注一掷的思想与奕䜣是彼此相通的。

但奕䜣所领导的总理衙门曾经考虑要利用英国卷入欧洲俄土战争的机会,拖延一下中英谈判,以图对英讨价还价时更有利一些。可是,赫德通过李鸿章转告总理衙门说,英国之力制欧洲不足而制中国有余,应该响应威妥玛的谈判要求。美国公使也劝告不要错过此次谈判机会。这就是说,拖延不仅没有好处,反而会失去国际同情。奕䜣只好请两宫太后委李鸿章为全权大臣赴烟台谈判了。

但这时,又出现了新困难使李鸿章不便离津。六月,天津和上海谣言纷传,有的说中英之间将爆发战争,因此天津绅民纷纷上书李鸿章,劝阻烟台之行,怕他会如二十年前的粤督叶名琛那样被英人所俘虏;还有的说李鸿章将依靠英人自立为帝;也有的扬言李鸿章离津将引起暴动。在这种情况下,李鸿章致函奕䜣说:"深恐违众即行,不免谣诼讹传,致生事故,先派道员许钤身等前赴烟台,邀其来津会议。"㉗

奕䜣坚决反对。好不容易请赫德斡旋,威妥玛才同意重开谈判的,怎么能因流言而再生枝节呢?他当面请两宫皇太后发布上谕,由李鸿章向天津市民摘要宣示,声称李鸿章"系奉旨派往之员,必须前往会商",㉘为李鸿章解除后顾之忧。

这样宣布之后,天津市民的疑虑打消了,李鸿章才去烟台谈判。七月二十四日(9月11日),《中英烟台条约》定议,李鸿章拒绝了英方关于将岑毓英等云南官吏进行惩办的要求,满足了其他方面的要求。

在谈判过程中,赫德几乎天天与李鸿章会面。在紧张阶段,他们每夜十时要碰一次头,有时密谈至深夜以至翌晨。可见赫德在会谈中居于幕后地位,提供了许多意见。而这些意见是过去与总理衙门反复讨论过的,是奕䜣等所同意的。

由于赫德以中国雇员身份出现,担任海关总税务司,他的献计不能不有维护海关收入的意图。所以条约内容公布以后,遭到俄、法、美、德及西班牙等五国公使的联合抗议,理由是各国一再要求内地免厘,而该约仅免除租界内厘金,这对各国的经济侵略仍有很大限制。㉙此外,该约虽然允许英国可于云南通商,但不是立即执行,而是许其先行调查五年,实际推迟于五年之后;关于开放长江口岸宜昌、芜湖以及派员驻扎重庆等,也由于长江入川一段湍急难行,一时难见利益;关于派遣使者赴英赔礼道歉,却正好实现总理衙门立意已久的遣使计划,更没有什么不好;关于"优待来往"的规定,使中外官员在往来礼节方面的规定更接近国际通行的外交准则,清统治者"天朝上邦"的虚文仪节被进一步破除了。

对于这份《中英烟台条约》,中国方面一般地把它看作一次新的主权和利权的损失,而外国方面则褒贬不一。英国外相表示,从英"帝国的观点看来"该约是"很令人满意的"㉚;而商人们则由于这个条约没有完全满足他们的眼前利益而气愤地宣称:"自从'烟台条约'公布以来将近两年的经验已经证明了这个文件既不明智又无用处。用公正态度来审查,并以通常的理由来判断,它在事实上是毫无意义,不过是一大堆无意义的冗言赘语而已。"㉛似乎中国这样的弱国,在戕害了外国人员之后签订一个基本上满足外国要求而能在局部问题上稍有抵制的条约是值得惊诧的。外国报刊评论说:李鸿章一跃而成为世界外交能手,今后女人主政之中国,依赖于彼者更多。

后来历史的发展倒颇有点像。不过,应稍作补充的是:在李鸿章之外还应加上赫德;在女主慈禧之外还应注意到奕䜣。

五、支持左宗棠收复新疆

《中英烟台条约》定议后不多天,八月初三日(9月20日),是奕䜣兴奋不已的日子。因为,这一天收到西征军攻克新疆乌鲁木齐的奏报。奏折是西路军统帅左宗棠所上,其中特别提到军机处及户部筹措军饷为胜利的主要原因,文称:"枢垣计部诸臣详为筹措,俾行间将士,得一意前驱,旬日之间,连下坚城,肃伸天讨。"㉜向奕䜣表示了真诚的感谢。

不久,李鸿章来函称,盘踞新疆南八城及吐鲁番的阿古柏政权在西征军面前惊恐不安,英国公使威妥玛代阿古柏政权乞降。函内说:

> 能否准喀酋投诚作为属国,只隶版图,不必朝贡,免致劳师糜饷,兵连祸结。喀酋深畏俄国之逼,已与印度订约通商,该使愿为居间调停。如可准行,当令喀酋派使来京妥议。……该酋不敢深信左帅,欲向朝廷乞命,嘱为密致钧处。㉝

阿古柏原是中亚浩罕王国的军官。同治四年(1865),他带兵入据中国喀什噶尔地区,两年后建立"哲德沙尔汗国",然后将势力深入天山北路的乌鲁木齐、玛纳斯等地。现在,西征军节节胜利,阿古柏惊慌自是意中之事。只是在执掌军国大计的军机处面前又展开了一个新问题,究竟是一鼓作气解放全疆呢?还是接受乞降以节兵费呢?固然,前者要比后者彻底、干脆、痛快,但是这要看前敌有没有必胜的信心和把握。奕䜣函询左宗棠的意见;同时答复英使威妥玛说,阿古柏是窃踞我新疆南路的外来入侵者,"本非属国","即言乞降,亦当缚送逆回,缴还南八城,与前敌主兵之人定议"。㉞这番话,义正辞严。

左宗棠的复函也很快就到了。他说:英、俄两大国争印度,英代阿古柏乞降以阻止我收复南疆,目的在于以阿古柏政权为屏障,使印度不入俄国之手。他指出确有讹传,说官兵进规南疆,则俄人将坐收渔人之利,其实尚不致如此。最后他信心百倍地表示武力规复尚"不至久滞戎机","无须英人代为过虑也"。㉟

奕䜣见到前敌统帅的这番透辟论证以及由此而生的必胜信念,心里有了底数。于是,他正式对威妥玛的要求表示拒绝,放手让左宗棠进兵南疆。

左宗棠的西征军在攻克重镇玛纳斯以后,进行冬季休整,于光绪三年暮春(1877年4月),用不到半个月的时间以摧枯拉朽之势连克达坂、吐鲁番、托克逊等地,歼灭阿古柏匪军主力。阿古柏在绝望中自杀了。

这时阿古柏政权驻伦敦使臣赛尔德运动英国政府出面阻止清军的西进。英国政府即一面请中国驻英公使郭嵩焘劝说国内接受英国调处,允许阿古柏政权的残余势力奉中国正朔以自立;一面又饬令其驻北京代办直接要求总理衙门允许阿古柏政权"立国"。这个阴谋如果得逞,南疆的肥美土地将从中国肢解出去。

奕䜣把这个问题再次交给左宗棠议复。在西部问题上,奕䜣对左宗棠是给予充分信任的。

左宗棠揭露说,英国当阿古柏窃踞南疆时,连一句话都不说,我大军西进时忽然出来调停,代为"乞降",而又于交还我之土地城池及缚献叛国逆匪白彦虎等事只字不提,况且名为阿古柏余孽要求别立一国,"实则侵占中国为蚕食之计"。他断然主张,对英国之求情"万不可许"。最后,他又说:此时阿古柏已服毒自毙,正宜乘胜直进,否则"何以固边圉而示强邻?异时追穷贻误之人,老臣不能任也"。㊱

他又给总理衙门一封专函,分析国际形势有利于中国,英俄"交讧",

都无暇东顾,况且我出兵"义在除侵犯之贼,以复旧有疆域,俄、英固无能难我也"。

左宗棠的分析说服了奕䜣,其爱国的激情更感染了奕䜣。奕䜣指示总理衙门回绝英国要求。他"日盼捷音,协饷如星火",大力支持左宗棠底定全疆。

光绪三年十一月十四日(1877年12月18日),沦陷十二年的喀什噶尔城重新回到祖国怀抱。随后,叶尔羌、英吉沙尔、和阗等南疆各城全部收复。

六、二批智囊团的构成及内部关系

光绪二年(1876)五月初四日,军机大臣兼总理衙门大臣文祥逝世。奕䜣在次日,即传统的端午节亲临哭祭,并沉痛赋诗一首予以悼念。

文祥这个人城府很深,又很忠诚;很开明,又善于照顾传统,是一个易被各方面人们都接受的人物。他的死,使奕䜣失去了一个忠实的和优秀的助手。从此,奕䜣的智囊团不再那么得力了。

奕䜣被撤去"议政王"号那一年的年末,慈禧太后指定同治帝的老师李鸿藻进入军机处,作为打进奕䜣智囊团里的一颗钉子,以便扭转奕䜣一手控制军机处的局面。但李鸿藻于第二年因丁母忧而回籍,没有发生作用。同治六年十月十五日,奕䜣援引曾任山西巡抚的礼部右侍郎沈桂芬入军机处。一年后,李鸿藻服丧期满重回军机处。沈桂芬以"洋务长才"自任,李鸿藻以传统"正学"自居,军机处内就不是和衷共济的了。

沈桂芬(1818—1881),直隶顺天府宛平县人,祖籍江苏,死后谥"文定公",所以人称吴江沈文定。沈是道光二十七年进士,同治三年任山西巡抚,上《筹费迁屯疏》,鉴于京师旗民生齿日繁,不农不商仰食钱粮,他建上中二策,上策为将多余八旗人口移居边地,派屯田大臣管理,以便减轻国家负担并充实边疆;中策为听任无业八旗人口往外省自谋职业增强生活能力。还曾鉴于鸦片弛禁,山西省种植罂粟太多,侵占农田,刊发了章程,严禁所属毁田种植罂粟。他在山西还积极举行练兵,整顿营伍,是一个以富国强兵为政治抱负的官员。但他锐气逼人,锋芒外露,易为时人所诟。

李鸿藻(1820—1897),直隶高阳人,号兰荪,咸丰二年进士,死后谥为"文正公",人称高阳李文正。他于咸丰十一年任同治帝师傅,同治帝对他的教育很能推服,因此得到两宫太后的器重。李鸿藻思想属于传统主义,同文馆之争时,他正值丁忧期,但仍在京为皇帝授读,当时他是明确支持倭仁的顽固派谬论的。他重回军机处后,尽管沈桂芬比他科名略早,但并不把沈放在眼里,甚至因沈奉行奕䜣的洋务路线而更增恶感。

到同治末期,文祥多病,宝鋆"但持大端",军机处大主笔的任务落在沈桂芬身上,李鸿藻益加"不肯附合"。㊲

但是在一般情况下,他是不露声色的。特别是当慈禧太后有明显地违制侈欲的时候,例如在谏净停修园工时,他也大胆地劝谏,并积极支持奕䜣等人的行动,从而博得了"清议"之名。他在军机处的主要作用是作为"反对派"的象征而存在的,是反对并阻挠某些改革措施的实行。因此,清人陈夔龙评论这时的军机处说:恭亲王奕䜣的这个班底,虽皆"一时贤辅",但是"和而不同"。就是说,表面的和气掩盖着内部深刻的政治分歧。

文祥死后,沈桂芬正式成为军机处大主笔,积极追随奕䜣,推行洋务。

同年,满人景廉入军机处及总理衙门,李鸿藻兼入总理衙门。景廉无所作为,而李鸿藻的地位则益加显赫了。他因为是帝师,又常柄衡文大权,那些追求仕进、政治保守的翰林、言官甚至一般士子便纷纷集合在他的门下,开始形成一个政治倾向保守的"清流派",或称"清流党"。光绪三年,李鸿藻本生母去世,他已经有一次"丁母忧"了(丁嫡母之忧),这次慈眷正隆,本可不告假而免离中枢,但他坚持着要再次守制尽孝,直至光绪六年。实际上,他以退为进,进一步赢得了士大夫们的尊敬。

沈桂芬感受到"势孤",于是在次年"急召门人"王文韶入军机,作为自己的支柱。

王文韶(1830—1908),浙江仁和(今杭州)人,咸丰二年进士。曾任湖南巡抚,在"海防与塞防之争"中,主张塞防为重,也是一个有政治见解的人。但是他入军机后,特别是当李鸿藻二次重回军机后,不敢公开站在沈桂芬一边,"赋性圆通",政客作风很浓,所以对沈桂芬和奕䜣的实际支持极为有限。

沈桂芬于光绪六年死去,王文韶两年后仍被李鸿藻排挤出军机处。

沈死后,李鸿藻继为主笔,权力更大了。《梦蕉亭杂记》记载他进一步"延纳清流,以树羽翼"。清议派言官陈宝琛、吴大澂、黄体芳、宝廷、邓承修、盛昱、王仁堪等都受李鸿藻影响或指使,纠弹时政,最重要的支持者是张之洞和张佩纶。所以时人李慈铭抨击他们这种结党干政现象说:"二张一李内外唱和,张则挟李以为重,李则饵张以为用,窥探朝旨,广结党援。"㊳

李鸿藻既为慈禧太后安插的亲信,又成为清流派的领袖和依托,奕䜣便不能不对他另眼相看。奕䜣曾说过"李公爱我"㊴,作出"交谊甚笃"的假象。实际上,奕䜣对李鸿藻及其清流派是既利用又提防的。在纠弹时弊,整饬官场风气以及抵制宫廷违制活动方面,奕䜣是利用他们的;在推行改革新政方面又是提防他们的,不敢公然置他们的"清议"于不顾。这一来,改革的步伐明显放慢了,许多近代化开明措施碍于守旧舆论而不能推行。

至于总理衙门方面,除军机大臣全部兼任总署大臣以外,光绪六年以后经常在署办公的还有毛昶熙、董恂、夏家镐、丁日昌、周家楣、宗室人员麟书和汉军八旗崇礼等人。这些人中董恂和毛昶熙前面已谈及,他们常受人攻击,丁日昌主要在南方筹划海防,其余人均不太得力,伴食而已。

奕䜣经常为孤立无援而苦恼,他不再追求大刀阔斧的效果和轰轰烈烈的声势,有时甚至企图在主张改革的"洋务派"与主张维护传统的"清议派"之间保持超然态度,旗帜不再是鲜明的了。

从此,近代化方向备受怀疑和否定,近代化道路荆棘丛生。

七、坚持主权,拓宽大机器生产领域

一般说来,后进国家致力于工业近代化的时候,都是由军工近代化入手,再向民用工业近代化扩展的。中国也不例外。

对于这个由"军工"转向"民用",由"强兵"转向"富国"的必要性,奕䜣意识得较早,遇到的阻碍很大,效果很不理想。

还在同治七年(1868)时,山东平度出现一起私挖金矿案。据报,在平度、宁海和福山等县有洋人和广东人一起持枪械、架帐棚、私设旗帜挖金。这是擅自盗窃国家资源的不法行为。奕䜣指示崇厚立即派遣天津炮队一营前去驻扎弹压,并令山东巡抚丁宝桢借此机会抽兵丁五六百人参与操练;同时照会各国驻京公使,请转饬各该领事严禁各国人参与私挖活动,以免财源外流。

光绪元年正月初十日(1875年2月15日),沈葆桢奏请改革台湾旧例。旧例禁止内地人民渡海去台并贩卖竹铁等器具,现在沈葆桢建议由官府主持开发台湾,奕䜣认为很有必要,当即以上谕批准说"一切规制自宜因时变通","以广招徕"。㊵在此前后他还批准沈葆桢在台兴建恒春城的报告。这些破除祖制的改革有利于开发台湾和加强防务。

本年机器采煤问题提上了议事日程,李鸿章在直隶磁州聘请外国技术人员探矿并筹备使用机器采煤,沈葆桢也奏请在台湾同样办理。二者都是将大机器生产引向民用生产领域的新事物。在台湾,没有遇到反对;在直隶却引起"民心积怨,群情汹汹"。二月二十七日,通政使于凌辰上疏反映"民意",说:"外夷轮船非煤不行,现闻该国煤将用竭,故设为诡计诱我以开挖煤窑机器,无非欲得我煤窑为行船久远计耳。兹闻直隶磁州地方用洋人机器并杂用洋人,以致民心积怨,群情汹汹。""并闻西山一带煤窑,民间有租与夷人刨挖一事,此皆和约中所无者。异日严办海防,禁煤入洋,是第一要事。今反假手夷人,是煤厂之利彼与我共之。"他要求停止所用洋人和机器。㊶

于凌辰说外国人出于本国煤将用竭而鼓动中国采煤,是无知的表现;把严办海防与聘用外国技术人员对立起来,这是不懂得科学的世界性和政策的针对性;至于要求洋人、机器"全行一律停止",则是明显地保护土法小生产的,是对新技术潮流的抵制。

使用大机器采矿,是中国前所未有的大事。奕䜣经过两个月的斟酌仍不敢批准,他被所谓"民情不顺"吓住了,何况对于洋人的意图也的确应该警惕。此事不可贸然,只能试办,按照这个思想,四月二十六日上谕

指示说:

> 开采煤铁事宜,着照李鸿章、沈葆桢所请,先在磁州、台湾试办,派员妥为办理,即有需用外国人之处,亦当权自我操,勿任彼族挽越。㊷

关于煤炭出口税,奕䜣原来着眼于保护能源,避免大量外流,一直拒绝降低出口税的要求。后来沈葆桢就台煤生产情况论述说:"垦田之利微,不若煤矿之利巨,垦田之利缓,不若煤矿之利速;全台之利以煤矿为始基,而煤矿之利又以畅销为出路。"他认为,降低国产煤的出口税,有利于国煤打入世界市场,"分东洋之利"。奕䜣终于接受了沈葆桢关于以低关税促进煤炭出口参加国际竞争的建议,批准台煤出口税由原来每吨纳银六钱七分二厘降为一钱。同时明确指示,听凭通商大臣雇用洋人帮工及租买机器。他只强调矿权要"由中国做主,洋人不得干预"㊸。

但是,出口税降低又使外国由此而廉价地使用中国能源,也是关税上的一项新漏卮。奕䜣指示以增加湖丝、土丝等项商品出口税作为补偿。

基隆和磁州机器采煤批准试办后,陆续在全国各地铺开,出现了近代第一批采矿业。这些企业一般都聘用外国技术人员,购置外国机器,并严定中国主权。其中磁州煤矿聘用英国矿师海德逊(J. Henderson),购英国开采煤铁机器;台湾基隆煤矿聘英国矿师翟萨(D. Tyzack),购英国机器;湖北兴国煤矿聘曾在日本鹿儿岛开矿的英国矿师马立师(Morris)及郭师敦(Crookston)等,据说所得兴国煤质远胜日本煤,可与美国白煤媲美,同时还勘得铁、铅、铜、锑等矿。此外,台湾曾聘请两名美国石油技师钻探石油,热河平泉铜矿聘用了五名德国矿师,云南铜矿聘日本技师购日本机器。规模最大的直隶开平煤矿先由在南美洲从事多年采矿的柏爱特任总工程师,购置了英国先进矿机,后来改聘英人金达为总工程师。

光绪二年十月二十四日(1876年12月9日),军机处见到太常寺卿陈兰彬论"自强必先求富"的奏折,引起了重视。

陈折以轮船招商局为例说:招商局设立以前,外国轮船每年在中国获利七百八十七万七千余两白银;招商局成立以后,外国轮船三年内总共获利八百一十三万六千余两。可见三年内由于招商局之设使中国白银少流入外洋约一千三百余万两,已达到"稍塞漏卮"的初步目标,这是经济之利。前年中日台湾交涉时,淮军远在扬州,依靠轮船招商局轮船不数月而渡赴台湾,是轮船已尽调兵运饷的军事之利。轮船平时运输,遇有"匪情"可以调用剿捕,这是治安之利。招商局轮船还可供船政学堂毕业生实习及研究航海科学,是储才之利。如果进一步开拓国外航线,不但可以收回部分远洋利权,而且有利于中国引进外国新设备,跟踪世界新技术及洞悉各国情形,这是中外交流之利。

陈折透露说,外国在华轮船公司中的大家——美国旗昌洋行因中国招商局的排挤,"亏折太甚,欲减价出售"。这是一个重要信息。

陈兰彬奏折使奕䜣等人十分兴奋,因为中国自办的轮船公司在竞争中取胜了。当天奕䜣即批转直督李鸿章和江督沈葆桢,让他们会商办理。

李鸿章和沈葆桢接到廷寄后加紧部署对外国轮船公司的竞争。招商局这时主要归江督管辖,但因李鸿章为创办之人,所以一直与闻其事。

美国旗昌公司虽然想要出售,但还在犹豫不决,因为考虑到招商局为了竞争也随之降低运价,所以是"共其亏折",勉强支撑。就是说,谁能支撑到底,谁就能取胜。

中国政府支持招商局竞争,加拨江浙漕米的运输量,又添置了"江宽"和"江永"两条专走长江航线的轮船。这下彻底使美国旗昌洋行绝望了。

十一月二十七日,沈葆桢报告,美国旗昌轮船公司"甘心归并",开价二百五十余万两白银,招商局准备还价二百二十二万两,全部收买其二十七艘轮船及码头、栈房、船坞、铁厂等设备。沈葆桢特意声明,洋人按公历办事,即于光绪二年十一月十七日之前须拍板成交,否则次年洋公司另易新主就难办了,所以只能先行定议,请朝廷给予全力支持,以不失此"转弱为强"之机。

这就是说,他已经是"先斩后奏"了。这给奕䜣及全体军机大臣都出了一个难题,因为国库空虚,而西北尚在用兵,江南"罗掘殆尽","岂有余力以挽利权"?但是沈葆桢所办又是符合一个月前的廷寄精神的,一定要给予支持。

七天以后,即光绪二年十二月初五日(1877年1月18日),奕䜣批准此事,廷寄李鸿章、沈葆桢、李翰章、翁同爵、刘秉璋、杨昌濬等,指明除已由商股认定一百二十二万两外,另须由两江认筹五十万两,浙江认筹二十万两,江西认筹二十万两,湖北认筹十万两,同时作为官本交招商局作为经费,购回旗昌公司。廷寄声明,此次拨款不是无偿调用,是作为官本投资,同商本一样按本生利。

这个办法很有效,既然可以因此款而生息,是直接获利的,所以都很踊跃地筹给了款项,使归并旗昌之事顺利成功。

轮船招商局的生意日有起色。但是经营中也出现了新的问题,比如摊子大,成本重,为了对抗英国怡和公司和太古公司的倾轧,尚需政府继续给予财政扶植,每月亏空至五六万两之多。光绪三年九月十八日,山西道监察御史董儁翰上疏批评招商局:第一,置船太多;第二,安插私人;第三,开支太滥。要求政府出面整顿局务。

看到这个折子,奕䜣很自然地联想到去年沈葆桢归并旗昌时说过的一句话,——"归并洋行,为千百年来创见之事,必有起而议其后者",真是被他不幸而言中了。奕䜣感到自己有一种保护责任,但又考虑到应不露痕迹,于是把这个折子抄交李鸿章,示意他自己进行辩解。因为这时沈葆桢已死,这个任务只好交给他了。

李鸿章见到总理衙门的来函及抄寄的原折,又是气愤又是感激。他气愤的是清议派人物对新生事物不懂又不学习,却攒鸡毛做掸子,对新事物求全责备;感激的是奕䜣等王大臣格外关照和爱护,在复信中他写道:

> 惟华人少见多怪,凡创办一事必有议其后者,多端指责,若非钧处洞见症结,悉心保护,难保善举无中辍之时。㊹

十一月二十五日(12月25日),李鸿章在奏折中对董儁翰的指责进行全面辩解。他说,招商局固然"置船过多",但如果单纯追求节省养船经费而将轮船出售,则前此之归并旗昌之功尽弃,中外流氓将乘势孤立招商局;至于说"用人太滥",那是由招商局的商业性质决定的,该局的经营由商董们主持,官府不能约束,他否认有"隔省官员挂名应差支领薪水"

的事情;说到"开支太滥",他答应此事将与商总朱其昂、唐廷枢等严加约束,其账目将责成江海关道及津海关道在每年结账时就近清查。

为了把招商局办好,他又提出两条维持并发展其营业状况的建议:第一,明确招商局的性质是"官督商办",即"商为承办""官为维持"。当此商人却步,商股不足之际,请将原官股拨本期限展缓三年,变为八年后偿清。第二,建议今后"沿江沿海各省,遇有海运官物,应需轮船装运者,统归局船照章承运,若须在不通商地方起卸,由局移请海关缮给专照,以便阅卡查验,而免洋商影射"。⑮

李鸿章能够把董儁翰的指责分辩清楚,奕䜣也高兴,因为招商局是在他一手扶植下办起来的。至于请饬令将官本拨还期限展缓三年,也毫无问题地同意了。他只对第二点建议做了点调查。

原来,南方省份粮局办事人员为了勒索中饱,有时故意不使局船载满。看来是很应该满足李鸿章要求的。但是在不通商口岸起卸货物为什么要避免洋商援例而行呢?他指示总理章京细核条约原文。

十二月二十一日(1878年1月23日),总理衙门批复说,根据条约,洋商船只只准在通商开放各口贸易,如到不开放地方做买卖,则"船货一并入官",而招商局"以中国船只往来中国地方,原毋须拘守条约"。⑯

处理完这件事情,奕䜣有些得意了,因为,条约虽然是外国人强加的,但只要稍稍动动脑筋,也可以利用它限制外国侵略而保护民族事业么!

八、改革遇到了阻力

光绪二年(1876)南方五省水灾严重,北方九省遭遇旱灾,有的省份叠加蝗灾;三年(1877)北方九省继续大旱,并持续到次年,最严重的省份是陕西、山西和河南。

自然经济受不住严重天灾的打击。据估计,第一年受灾人数达一亿;随后两年的灾民又达一亿六千万至二亿。其中山西省人口丧失过半,陕西省和河南省死亡数百万。天灾所带来的饥荒和瘟疫(斑疹伤寒)至少使一千万人丧生,两千万人逃亡。⑰

清政府因此财源枯竭,除须减免灾区的农业税外,尚需放赈救灾。但国库存储在支付几笔重大开支——镇压西南李文学、杜文秀等起义军,扑灭奉天热河一带民间起事(诬称"马贼"),同治帝大婚及为皇太后归政而大修宫殿、为同治帝和皇后修陵寝、为左宗棠西征支付浩大兵饷——之后,国库遂完全告罄。近代化改革遇到了巨大的财政困难。

在这个艰苦年月,奕䜣虽然没有放弃近代化目标,但由于对资本主义治国术持过多的保留态度,除了处理台事纠纷和支持西征时批准过小额外债外,他拒绝举借任何形式的外债和内债。这样,渡过难关的唯一办法就是紧缩开支,放慢近代化的步伐。因此,这个时期国家近代化措施寥寥可数:

(一)如前所述,光绪二年底(1877年初)合并美国旗昌轮船公司,增强中国轮船招商局实力。

(二)光绪四年(1878),直隶开平煤矿正式投产,给中国开一利源。

(三)同年,总理衙门采纳李鸿章和赫德建议,创办邮务处,改革古老的驿递制。

(四)派遣第一批驻外使节,如郭嵩焘驻英、法(1877年),一年后由曾国藩长子曾纪泽接任;陈兰彬驻美、秘、西班牙(1878年);刘锡鸿驻德、奥、荷(1877年);何如璋驻日(1878年);崇厚去俄国递交国书(1879年1月到)。

灾害频仍又进一步恶化了社会风气。

还在光绪二年,两江总督沈葆桢就下令戒鸦片,他是已故的禁烟英雄林则徐的女婿,办事也很认真,像林则徐一样;福建巡抚丁日昌曾以下属哨官向兵丁售卖鸦片而处以死刑。但个别人物的整饬无济于事。灾害所造成的人民流离失所与官吏麻木不仁,几乎成为双胞胎。美国公使向本国报告中国官场情形说:"人人吸鸦片以消遣,官吏以贪污为得意。"㊽

有些官吏一面高唱禁烟论调一面参与贩毒吸毒。据载,李鸿章就向郭嵩焘写信要求向英国交涉禁运鸦片,同时又每年向友人赠送鸦片达千两之多;湘军老帅刘坤一每天食烟二两,他的妻妾数人也都吸食鸦片。

奕䜣对于毒化社会风气的鸦片烟深恶痛绝。光绪三年四月初二日(1877年5月14日),他向英国记者发表谈话说:"中国若能解除鸦片与传教士两大害,中英关系自能改善。"㊾类似的要求他曾不止一次地提出,这代表了自林则徐以来的中华民族反对毒品贸易的正义呼声。但是,既然鸦片已作为洋药纳入正常贸易,这种要求便是无力的。

灾害频仍又给清议造成了攻击改革的口实。攻击大体上根据三个传统思想。

第一,用"灾异说"攻击国家政治。根据"天人感应"的唯心主义哲学思想,自然灾害被视为"天象示警"的表示。因此,在遭灾期内,奕䜣一遍又一遍地代表天子去各大寺殿祈神求福,这几年内见于《实录》的记载大大超过正常年份,同时,他协助两宫太后和幼帝光绪发表了罪己诏。清议派说灾异的出现是由于国家用人失宜。翰林院侍讲张佩纶请杀四川提督李有恒、吏部主事赵林请杀乌鲁木齐提督成禄,当然这两个人都确是纵兵殃民的劣吏,死有余辜。内阁学士黄体芳参劾户部尚书兼总理衙门大臣董恂,说他是"奸邪",董恂不够廉洁,但被劾以"奸邪"主要因为其在处理涉外事件时,他让对外国人有无礼行为者去赔礼道歉了。司经洗马廖寿恒参劾李鸿章"侈泰因循","左右无一正人",李鸿章的确有因循的一面,但在当日官场中却算得上最有开拓精神的大吏,至于被影射为"无一正人"的主要是帮助李鸿章进行改革的马建忠、徐润、郑观应等人,这些人当然有他们各自的缺点,但他们被斥为不正却是由于鼓动李鸿章改革旧制、创办新事业并推进了中外交流的发展。另外,根据"臣当代君受过"的理论,侍讲张佩纶、司业宝廷和编修何金寿都指责以恭亲王奕䜣为首的全体枢臣应对灾害负有责任。其中何金寿的奏折很有代表性,他认为:"枢臣曰可,则旨以为可,枢臣曰否,则旨以为否。"

说朝政实际上由恭亲王为首的枢臣一手主持,倒也颇有点像,但是他们忽略了此时的慈禧太后已绝非同治初年的无为而治了。接着他说,灾害出现应痛责枢臣:

> 去年晋豫固属巨灾,其余水旱风蝗,被灾者将近十省,总由官无善政,以致天降奇灾。及成灾以后,疆吏讳灾而养祸,部臣屯膏而殃民。试问内外诸臣之进退,枢臣岂得无援引保护于其间,能尽诿之于皇太后乎?考之往代,遇大灾则策免三公,三公亦自请罢斥。今新疆平则枢臣受赏,腹省灾而枢臣独不受罚,且坐视宫廷下诏罪己,尚不

引咎自陈，请予处分。又不于拟旨时恳请切责，灾诿诸天，过诿诸上，于心忍乎？

接着指出包括枢府在内的整个官僚机器的腐朽泄沓：

窃谓枢臣亦非必有心误国也，但外虽勤职，中少血诚，各省之年谷丰则听其丰，荒则听其荒；各省之人民生则听其生，死则听其死；各省之疆吏贤则听其贤，否则听其否；行下之诏令奉则听其奉，违则听其违；部臣之议奏准则听其准，驳则听其驳。不知痛痒，委诸自然，时局之坏，实由于此。

然后说，饥民相食，流民遍地，万一造反，于国不利，请两宫皇太后“训谕枢臣，责以忘私忘家，认真改过，庶可上格天心。不然，虽宫廷万分焦劳刻责，而臣下泄沓如故，则感格仍恐无期也”。(50)

言官的笔都很厉害，把责任从太后的身上移加在枢臣的身上，既见忠君的厚意又见忧国忧民之情。而这时的奕䜣等枢府大员也的确没有更多的救济措施，只好承认清议派的批评为有理。

第二，以“华夏优越论”反对近代化。企图“借法自强”的洋务派大员们，从来也不敢承认西方政治的优越，但是心里不见得没有这种认识。奕䜣的得力助手文祥在病危的日子里写密折就说：

说者谓各国性近犬羊，未知政治，然国中偶有动作，必由其国主付上议院议之，所谓谋及卿士也；付下议院议之，所谓谋及庶人也。议之可行则行，否则止，事事必合乎民情而后决然行之。

写到这里，政治改革的要求好像呼之欲出了。但接下去却写道：“中国天泽分严，外国上议院、下议院之设，势有难行，而义可采取。”(51)只要求在用人行政时能充分考虑“民情”。文祥对中国的君主专制制度是太熟悉了，既知它的弊端，又知它的根深蒂固。奕䜣二十年来与他朝夕相处，未必没有同样的见解，但因是皇族中人，又曾有人说他要谋朝篡位，所以对于敏感的皇权问题，从来不敢去碰，比文祥更加保守。对“华夏优越论”也从来不做斗争，经常是妥协的。

郭嵩焘被奕䜣等人派去英国做公使，郭的朋友苦劝无效后，竟因此与郭绝交。湖南名士王闿运讽刺说："出乎其类,拔乎其萃,不容于尧舜之世;未能事人,焉能事鬼,何必去父母之邦?"认为出类拔萃的人物是不应该出国任使者的。这副联语不胫而走,在士大夫阶层中争相传诵。郭嵩焘很有一些勇气和见识,他的《使西纪程》称赞了英国议会制选举,说这是"三代禅让之治见于英夷",日记在上海发表,企图鼓吹政治改革,立即引得"朝议大哗"。奕䜣对郭书并未表示惊诧,而李鸿藻却视郭书为洪水猛兽,掀起了反郭嵩焘的政潮。最后,奕䜣不得不同意总理衙门下令销毁该书书版,政潮才得以平息。而郭由此而为士林所不齿,骂作汉奸,只好去职还乡。曾纪泽也因为称誉西方文化而被湖南知识分子视为"媚外",毁掉老宅。在第一批走出中国、驻节西方的公使中,差不多只有刘锡鸿没有受到清议派攻击,因为他引证自己的观察说,中外国情不同,中国无须学习外国,连铁路都不必建设,迎合了保守人士的心理。

第三,以"道德"和"清议"压改革。文祥临终遗折里发了一顿感慨,说:"数十年来,遇有重大事端,安危呼吸之际,事外诸臣以袖手为得计;事甫就绪,异议复生……不问事之难易情形若何,一归咎于任事之人。"这里所谴责的事变来临袖手旁观,事变过后论议横生的人就是清议派。清议派君子们永远是"正确"的,他们习惯于手握"道德"戒律去批判别人,"往往陈义甚高",自视为"清"流,而把干实事的人视为"浊"流,"鄙洋务为不足言"。正因为这样,才使"自强"运动阻力重重,"每兴一议而阻之者多",事成则求全责备,事不成却不去追究那些阻挠破坏者的责任,只追究改革者的过失,甚至往往把为国家"自强""自立"而经营的新事业污蔑为适应洋人的需要,为洋人服务,"敷衍洋人"。[52]郭嵩焘对"公论"身受其苦,理解最深。他说,所谓"公论",在守旧社会里就是守旧的"舆论",最是改革的大敌,公论可以"挟持朝廷",可以"鼓动游民","宋之弱,明之亡,皆此嚣张无识者为之也"。他又说,汉唐以至三代"经国怀远之略"与今日不同,那时完全是以"利国利民"的实际作用为政治出发点;但是,"南宋以来,此义绝于天下者七百余年",变成了抽象的"道德""尊严"重于实际的利益和成效了。奕䜣、李鸿章也都有这个意思,认为把"和战"问题简单地视为卖国与爱国的分水岭和试金石,是南宋以来形而上学思想猖獗的表现。至于其他如"重本抑末""崇旧非新"等传统观念也都是妨碍人们实行近代化的。

由于清议派以"正统"纲纪为护符,有慈禧太后的扶植,显得理直气壮,声势浩大。而改革派的呼声则十分微弱,奕訢为了保持自己的超然地位,竟不敢完全站在改革派一边。这就更使改革派人数少,呼声小。气得郭嵩焘向宝鋆品评洋务人物时说,改革家寥寥可数,李鸿章"能见其大",丁日昌"能致其精",沈葆桢"次之,亦稍能尽其实","其余在位诸公,竟无知者",㊼这"其余在位诸公",似乎就是包括奕訢在内的枢府大员了。李鸿章在给郭嵩焘的私函中也是牢骚满腹地说:"果真倾国考求西法,未必遂无转机,但考求者仅丁日昌、鸿章及执事(指郭——笔者),庸有济乎?"㊾他在给沈葆桢的私函中更尖锐地指责奕訢等人在困难面前畏难苟安:"枢垣无主持大计之人,欲朝廷减不急之务,无敢言亦无能行者。三陵岁需二三百万,与京饷并重矣。"㊿

的确,自从遭受几次打击之后,奕訢产生了明哲保身的思想。但是,作为政府的实际主持者,他又无法真正保持"超然"态度。

九、版图交涉与筹建海防

光绪五年三月八日(1879年3月30日),日本政府不顾中国驻日公使何如璋抗议,悍然吞并琉球,立为冲绳县。

琉球地处太平洋中的一群岛屿之上。若干世纪以来既向中国又向日本纳贡。明朝永乐年间(1403—1424)正式接受中国封号,万历三十七年(1609)又接受了日本封号,成为一个两面政权。

琉球隶属问题已于上年提出,当时公使何如璋曾建议遣兵责问日本,李鸿章致函奕訢说,这是"小题大做,转涉张皇"。㊽后来一直拖下来。本年正月左宗棠有一函是专论琉球问题的,指出琉球于经济上贫弱,"土产亦远逊日本";政治上不敢开罪日本,因为与日本"岛屿相连,地势相迫",已结成甥舅之国。他说,日本兼并琉球"亦在意中",琉球归附中国与改隶日本"似无足轻重","可置之不论";又说:"来不拒而往不追,未尝非息事宁人之一道。"㊿

奕䜣对于藩属国却不愿弃置不问,但又不愿为此失和。

三月下旬,当李鸿章进京参加同治帝和孝哲皇后盛大葬礼时,他们当面谈定对日方针,即仍令何如璋留日交涉而不表示决裂。

大葬期间的天气不好,加以葬礼本身就使人心情抑郁,奕䜣病倒了。葬礼结束,对恭理葬礼有功人员进行叙奖时,他正病着。两天后,他才入直谢恩。这时,又得到京中侧福晋去世的噩耗,就匆匆地请假先回城去了。对日交涉问题就委托李鸿章去办理。

李鸿章回天津后,给总理衙门来函,主张让琉球"自主免贡",同时乘日本县令尚未到琉球任上,联合各国"公评",而把中国的主要力量放在加强台湾防务上。

奕䜣指示总理衙门对日进行交涉。日本政府同意交涉,但反对在北京进行谈判。四月三日(5月23日),日本政府正式拒绝何如璋关于日方应撤回琉球县令的要求,声称必要时将不惜动用武力。一周后又宣布:"日本将坚持它在群岛上的完全管辖权利。"从而完全关闭了中日之间直接对话的大门。

现在,奕䜣只能盼望国际"公评"了。

四月初,美国总统格兰特(Grant)作世界性旅行,来到中国,先在天津晤见李鸿章,然后进京晤见奕䜣。奕䜣请他出面调解琉球归属问题,格兰特接受了这个要求。

与此同时,李鸿章还谋求英国出面调停,被英公使威妥玛婉言谢绝。

五月十六日(7月5日),格兰特一行抵日本,建议中日成立一个联合委员会解决琉球问题。日本政府一意孤行,表示不愿接受第三国过问。格兰特的随员向李鸿章函告:英国"驻日公使巴夏礼拨弄其间,因此调停成功的希望甚小"。[58]李鸿章立即报告奕䜣。

奕䜣与他的"智囊人物"分析,日本之所以不顾格兰特调停,一则有英国暗中鼓动;二则已购得西洋铁甲舰。因此,在继续寻求谈判途径的同时,重新提起海防之议。

奕䜣执政以来,已经历了一件件交涉,一次次谈判。他已经看出在资本主义横行的时代,虽然有所谓的国际公法,但那是为弱国而设的,谁有实力,谁就可以不顾国际公法。归根到底,国际问题的解决要靠实力。闰

三月二十二日(5月12日),奕䜣怀着沉痛的心情阐发这个观点,他说:

泰西各国,昔日惟英以求水师称雄,今则德、俄皆练水师与英抗衡。日本之船炮军械师法西人,亦骎骎有争霸海上之意。中国理有余而力不足,自来办理交涉事务,如津案、滇案诸大事,率以将就了结,盖因我国之防务未修,而恐猝无以应也。威妥玛、巴兰德等诇我虚实,遇事以恫喝为长技。日本密迩东隅,前明倭寇屡为边患,近虽修好通商,而性情反复,又多叵测,前次台湾之役未受惩创,现又阻梗琉球入贡,废为郡县。

在这竞争的时代,谁不参与竞争就要为竞争所灭。然而检查一下中国的海防力量如何呢?自光绪元年通令筹建海军以来,确定先设北洋一军,然后由一化三。至今北洋虽略有端绪,而中国海岸线如此之长,仅一军何足防守?奕䜣拟请派丁日昌专任南洋海防大臣,使"所有南洋沿海水师兵弁统归节制,以专责成而收实效",给予总督衔官阶。(59)经过这些年举办洋务,奕䜣对丁日昌的胆识能力越来越赏识了。

此折经两宫太后裁可,寄往丁日昌。不料丁日昌与南洋通商大臣兼两江总督的沈葆桢意见不合,不能共事,以"双足痿痹"为借口,坚辞不就。这又使奕䜣大失所望。

中国呀,中国,你的官僚机器上的每一个齿轮之间都在摩擦,缺少润滑,这要自我消耗多少能量?就在这无意义的延宕中,"水师久无成效",而又"外侮日迫",如何是好?

急迫之中,奕䜣再次转向洋朋友赫德。赫德很"热心",草拟了《海防章程》,建议建立南、北洋水师各一支,添购西洋巡洋舰、炮艇、水雷等,分驻大连湾和南关两处,由南北洋各派监司大员会同赫德所选聘的外国教官一起操练,而由隶属于总理衙门及南北洋大臣的总海防司负全责,他并且自告奋勇地担任这个"总海防司"。

奕䜣对赫德的能力并不怀疑。自赫德担任中国海关总税务司以来,海关收入成倍,甚至十数倍地增长。那么,他如果做了总海防司,中国海军的筹建速度岂不也可以大大加快吗?奕䜣把赫德的章程转发有关督抚核议,本心已经"意在必行"了。

可是,这个方案立即遭到沈葆桢的反对。不过,奕䜣还希望李鸿章能支持。李鸿章虽有些不甘心,但是鉴于奕䜣与赫德已有成议,不愿公开持异议,经旬日踌躇,复信奕䜣建议要求赫德在总税务司与总海防司二职中,只任一职。李鸿章为奕䜣回拒赫德的要求提供了一个说辞——"谓其既有利权,又执兵柄,钧处及南北洋必为所牵制。"[60]而提议赫德任一职这个计策就是坚决反对由赫德控制中国海军的幕僚薛福成提出的。

奕䜣见到这封信后,猛然醒悟。尽管他不相信赫德会有什么阴谋,也开始觉得在事关主权的问题上还是稳妥一些好。于是,他指示总理衙门按李鸿章之计行事,对赫德说:海防之事非可以遥制,必须亲自赴海滨指挥部署,因此,如担任总海防司,必须将总税司一职辞交别人代之。不出所料,赫德贪恋已经到手的总税务司大权,于是,"遂罢此议"。[61]

从这以后就继续谋求在沿海督抚领导下筹建海军了。

五月十八日(7月7日),奕䜣通过军机处寄谕李鸿章和沈葆桢,寄谕要点为:

(一)由沈葆桢传知福建水师提督李成谋赴福建、厦门、台湾一带总统水师,操练轮船军舰,练成一军;

(二)水军中由沈葆桢斟酌应否聘请西方海军教官进行操练问题;

(三)由闽浙总督何璟迅速筹款,将福建船政局所造木质军舰添足兵员,并将商轮也添über兵勇、枪炮,认真操练,加强战备;

(四)由李鸿章与沈葆桢在招商局轮船中选择"结实便捷"的,配备枪炮水勇,并派中国人驾驶,以备战争;

(五)长江水师应考虑于现有"长龙"舢板等旧式舰艇外,是否需要配备新式浅水轮船和水雷等物;

(六)由李鸿章、沈葆桢妥速购买西方铁甲舰、水雷及一切有用军火。

部署是比较周密的,字里行间都跳动着加强海防的迫切心情。

可是,九月二十二日接到了丁日昌奏折,他说,海将宜选船政学堂高才生和海军留学生担任,而李成谋、彭楚汉皆陆战或江战"宿将","用之于海战是谓用其所短",他荐举的第一批海将是张成、吕翰、刘步蟾、林泰曾、蒋超英。奕䜣等人这才发现原来的部署对于新式海军指挥系统的科学性和专业性认识不足,马上接受了丁日昌的荐举。[62]

十月,李鸿章奏折到京。这时,他正与赫德反复筹议定购外洋船只事情,同时他奏报选将布防问题。

就在这一年,驻日公使何如璋给总理衙门拍来密电说:"彼国宣传中国有添船练兵之议,民心亦甚惶惶。"⑥³

看来日本的竞争意识大大超过中国了。我们还仅仅是"议论",他们便人心"惶惶"了。可见这场竞争是欲罢不能了,竞争的胜负又直接关系到两国在东方,甚至在世界的地位和作用。这是一场求生存,谋发展,争富强的大竞赛。在这竞赛中,中国要么奋勇争先,重振国威,要么自甘沉沦,落于日本之后。

这个时期以奕訢的名义发出的大量奏议,通过军机处发出的许多廷寄谕旨都充满了这种紧迫感。他听说德国兵工厂里现有土耳其订造的八角台式铁甲舰,该国不用,准备出售,便接受李鸿章建议,通过总理衙门电示驻德公使李凤苞,指示洽购。同时饬令南洋大臣迅速"填置战舰,借资策应"。⑥⁴

十一月十三日(12月25日),他奏请将购买西方巡洋舰及冲角巡洋舰(称"快碰船")的事情交给李鸿章和赫德办理,并嘱广东、福建、浙江、山东各省如果订购也交由赫德经办。他对这个洋朋友仍然是信任的。

中枢机构态度的积极,一时又掀起了一个"海防热"。十二月初二日(1880年1月13日),通政使司参议胡家玉奏请创设北洋水师、南洋水师、长江水师,而令福州船政局专门制造铁甲军舰。胡家玉的建议是沈葆桢的主张,这年夏季沈进京时,他们曾一起详谈,沈当时就认为应该在福州依靠中国自己的技术力量进行生产,"造铁甲船为今日当务之急"。⑥⁵这是与李鸿章的购船主张有所不同的"造船论"。

接着,两广总督刘坤一奏说,同意大办海防,但因"度支拮据",打算在广东用中国工程师温子绍制造木壳炮舰,安装后膛大炮以击铁甲舰。

闽浙总督何璟表示要订购两艘外洋炮舰。

山东巡抚周恒祺表示也要订购外洋炮舰,并声明将来舰上管驾员、舵工、水手等"断不宜参用西人"。⑥⁶

各省终于对创办海军有了积极的表示,值得庆幸。不过,上述各省的计划还是缺少气魄。有什么法子呢?建海军本是中央的事,但中央拿不出钱,想让地方自筹;地方又闹独立性,却不肯花巨款购置巨舰,只想买几条小船敷衍中央的要求。奕䜣深以"家穷难为主"而苦恼。

这年七月六日(8月23日),格兰特曾亲致奕䜣一函,内劝中国要撤回何如璋照会,促成中日直接谈判,避免正面冲突。八月五日(9月20日),奕䜣接受建议,通知日本政府撤销何如璋照会,邀日本政府派员谈判琉球问题。

这时国内出现了以翰林院侍读王先谦为代表的"东征论"。王先谦在条陈上说中国应该派大军东征日本,责其不义之举。

从维护中国的势力范围,保卫皇朝的基业说,奕䜣也赞成与日本争持到底;从保护藩属国的义务说,奕䜣觉得不能帮助琉球人复国,就对不起琉球人;但是从中国的实力说,他认为"东征论"是痴人说梦,中国凭什么去征讨日本呢?日本从明治维新以来国势蒸蒸日上,海军发展很快,中日发生"台事交涉"时就已经购得西方铁甲大舰了。中国呢?几年来虽然几乎天天喊"海防",但至今铁甲舰尚未购到,一般军舰只有福州船政局和江南制造局制造的二十几只木壳或铁皮木壳的兵船,比较有战斗力的炮舰只有从西方购到的八只;至于海军组建更一直议而未决。这样的军队能跨海东征吗?

九月三十日(11月13日),奕䜣当面向两宫皇太后请示把王先谦的高论交由李鸿章和沈葆桢讨论。

李鸿章首先复议说,中国海军未成,饷需也不充足,"仍以按约理论为稳著",反对东征。⑥⑦沈葆桢这时已病危,留下临终遗折反对冒险出战,说:"日本君臣,早作夜思,其意安在?若我海军,全无能力,冒昧一战,后悔方长。"⑥⑧

清议派手无兵权,只是发发高论,并不负责;海疆大吏举动干系全局,就不能轻发议论了。他们一言既出,清议派便不再轻发议论了。

这时,中俄伊犁问题又爆发出来,把中日琉球问题暂时挤到一边去了。

左宗棠收复南疆之后,没有挥师收复伊犁,这是出于外交考虑。当时,伊犁在沙俄占据之下,它曾屡次向清政府表示:一俟中国西路肃清,即当奉还伊犁。所以,两宫太后和奕䜣派崇厚去俄交涉收回伊犁事宜。

光绪五年八月十五日(1879年9月30日),崇厚在《伊犁条约》(《里瓦几亚条约》)上画押铃印,并拍电至上海,然后以轮船转达至总理衙门和军机处。

崇约要点为:割伊犁以南中国土地给俄国,对俄增开新的通商地点,交给俄国守城费五百万卢布;中国收回伊犁城。

其中割地一条,已出奕䜣训令之外。事关疆界版图,军机章京为王大臣们展开西部疆域图来看。奕䜣、宝鋆、沈桂芬、王文韶和景廉等无不关注,逐条将条约与地图对照。条约第七款规定,喇尔果斯河以西及伊犁南境的帖克斯河划归俄国;第八款规定,塔城中俄界址按同治三年(1864年)划界稍做修改,使西南边境又划失不少。这一来,伊犁虽然收回,岂不成了孤悬俄境的弹丸之地?而且,划失的土地中还包括通往南疆八城的交通要道,所以如果崇约成立,南疆将难保。

奕䜣马上以总理衙门名义复电崇厚不同意此约。但崇厚已经启程回国了。

奕䜣把这些情形向两宫太后报告后,太后也认为崇厚荒唐,但还没想到要治罪,只想将此事于暗中补救一下,特别是奕䜣以及他的智囊人物认为此事如果张扬出去必成为清议派一大进攻题目,所以尽量保密。

八月二十三日(10月8日),两宫太后与奕䜣发出廷寄,指出崇约于"偿费一节,尚不过多;通商则事多纠葛;分界则弊难枚举",急需设法补救。此谕发给左宗棠、李鸿章和沈葆桢等。希望他们各抒高见。[69]

沈葆桢的复奏是在九月九日(10月19日),他已卧病在床,仍称崇约丧权辱国,"万不可行"。

十月五日(11月15日),李鸿章奏折到,说崇约虽然损失不少,但如果翻悔"恐为各国所讪笑",主张批准。[70]

二十一日(12月4日),左宗棠奏折到,说"伊犁事,先主之以议论,委婉而用机;次决之以战阵,坚忍而求胜"。[71]是以战备为后盾通过外交途径修约的主张,或者说是"先礼而后兵"。

这时崇厚误国的事情已经传播出去了。清议派人士王仁堪、盛昱

(满人)首先发难。奕䜣为了免于被动,主动请求召开廷臣会议讨论崇约并希望处办崇厚。十一月二十四日(1880年1月5日),廷臣会议按期召开,按奕䜣的意图将崇厚革职候审。

李鸿藻还在服丧期内,但仍居京中。清议派奉他为领袖,频繁接触,纷纷上书指责崇厚,兼及枢廷。据李鸿章告诉外国人说,有四十个人要求斩崇厚以谢天下,通常情况下有十五到二十个折子就可以要命了。所以枢廷人员很着急,特别是沈桂芬,他是崇厚使俄的推荐人,如果崇厚获斩罪,他也连带有罪,因而急得头发都白了。他散布说,不能悔约,因为"先允后翻其曲仍在我"。⑫

李鸿章也害怕奕䜣被主战派议论所动摇,给奕䜣密信说:

> 军心不固,外强中干,设与俄议决裂,深为可虑。尚祈钧处主持大计,勿为浮言所摇惑,斯全局之幸也。⑬

在主战派的奏折中,黄体芳弹劾恭王奕䜣;宝廷批评说"改崇厚之新约易,改枢臣之成见难";⑭张之洞请废俄约,联英战俄,攻击沈桂芬"昏谬私曲","必欲使大局败坏而后已"。⑮

奕䜣和沈桂芬等做了一些说服工作,说明开战的困难。于是翁同龢曾在十二月十六日召开于总署的会议上主张缓索伊犁,裁全国的绿营,整顿海关贪污中饱等,等于说现有的兵力、财力不足以战。奕䜣"唯唯",表示赞成。二十六日的会议决定派使臣赴俄改约,大家无异议,比较顺利地通过了奕䜣的主张。会后确定派遣曾国藩长子曾纪泽担任这个使命。

这个结果既不同于李鸿章迁就崇约的主张,又不同于张之洞等对俄一战的主张,而是倾向于左宗棠的"先主之以议论""次决之以战阵"的策略的。

光绪六年正月初三日(2月16日),是新年内第一次议事,就召开王大臣六部九卿廷臣会议,正式宣布派曾纪泽使俄改约,并宣布崇厚的罪名为"违训越权",两天后,总理衙门将这两项决定正式通知俄国。

奕䜣以为这样做可以使清议派满意了。但是,京内外官员,不仅是言官,还包括许多督抚将军都认为崇厚误国当诛,舆论十分高涨。这使奕䜣不得不重视起来,二十三日(3月3日),他协助两宫太后发表上谕,定崇厚为斩监候。

但新的困难又出现了。曾纪泽接到正月初三日电报后,十分为难。二十四日(3月4日),他回电总理衙门说,改约如"障川流而挽既逝之波,探虎口而索已投之食,事之难成,已可逆睹"。后来,他建议请一个西洋小国出面调停,⑯而对成败仍无把握。

已经画押了的条约,又想毁掉重订。世界各国哗然。最敏感的是俄国,沙俄政府声称水陆并进:水路,增派舰队至大沽口外;陆路,由海参崴向中俄边界调兵一万二千人,向伊犁增加防兵一万人;并拒绝曾纪泽赴俄谈判。

中俄之间战云密布了。

战事呈一触即发之势,海防之议又被重新提起。

二十八日(3月8日),奕䜣就加强防务问题奏说:

> 前次王大臣等会议筹备边防一折,亦以南北洋海防应分别预为布置水陆各军,以期有恃无恐。臣查陆军可辅水师之不足,而水师购买铁甲经费既属不敷,只可先行置备蚊船分布要口以联声势而资调遣。就大局而论,拟于北洋各口分拨蚊船四只,碰船两只,南洋各口亦须照北洋蚊船、碰船两只,以壮声威。其余山东、广东、浙江等省,自行筹购各船,不在此列。

至于各舰上应否聘用洋人,总理衙门不作统一要求,只令各省把应订购船只的数量、型式等迅速与李鸿章和赫德商妥,由电报转寄外国定造,折内还顺便对清议人士张之洞所说的"教练海战实是西人所长,赫德愿觅西士助我教练海防,其说未尝不可酌采,但须权自我操"一语表示赞许。⑰

二月上中旬,奕䜣与李鸿章往返函商购买铁甲舰问题。德国为土耳其所造的两只八角台铁甲舰,俄国欲买,而被英国闻讯先购,但英自己并不需要,现肯转售,售价约合中国白银二百余万两。奕䜣与李鸿章意见相同,准备将原定由闽省订购两只碰船(巡洋舰)和四只蚊船(炮舰)的经费共一百三十万两,再另筹其他款子首先购成一只,另一只一年之后即可交付。他们觉得这样购买成品"较之定造须三年久者,缓急悬殊,尚觉合算"。二月十九日,由李鸿章正式提出奏报。[78]

慈禧太后自从二月初就开始生病不朝了,日常事务均由慈安太后裁定。而慈安不谙政事,实际上完全是奕䜣作决策,只在不得已时才请慈禧出来。所以光绪六年主要是奕䜣主政。

三月二十七日,奕䜣通过谕旨召潘鼎新、刘秉璋、阎敬铭、安定、程文炳、曹克忠、王德榜等十余人,加强陆防,防俄开衅。其中刘秉璋以养亲,阎敬铭以患病而辞诏不至。

四月十九日,正当福建将购买铁甲舰经费筹妥到款之时,驻德公使李凤苞忽然来电说,英国海军部已经换人,新部臣翻悔前言,不肯将铁甲舰售于中国了。中国办事效率的缓慢使购买铁甲舰又失去一次机会。

四月末五月初,刘坤一奉诏入京陛见时,奕䜣及总理衙门其他诸人与他详谈防务问题。刘坤一汇报福建船政局生产情形,并说主持造船的船政大臣必须"久于其任,方可振顿讲求"。奕䜣等人对于致力于国产轮船事业的黎兆棠(召民)深表满意。此外,刘坤一认为购买铁甲舰仅一二只就需二三百万两白银,而又"于时无补",不如先以这笔巨款由本国制造木壳军舰。他的"造船论",在政府诸公中也很有市场,明显赞成者是沈桂芬(经笙)和王文韶(夔石)。奕䜣的态度不是很积极的,因为当刘坤一转述黎兆棠意见拟设立船政分局时,他虽表赞同,但以"目前无款造船,分局亦属无益"[79]的理由拒绝批准。

当"买船"与"造船"两条海防路线发生矛盾时,奕䜣是倾向于"买船"论的。

无论是买船还是造船,都还是拟议中的事情,在中国漫长的海岸线上还没有一只能够对抗俄国舰队的铁甲大舰。奕䜣不得不寻求中俄对话的途径。

这就必须迫使俄国答应接待新使曾纪泽,重开谈判。为达到这一目标,对外要力争国际助力,孤立俄国。在此期间,他指示总理衙门续订了中德新约及善后章程,商订了中美修约问题,订立了中国巴西通商条约,并正式邀请英国公使威妥玛出面调停中俄关系,由英国驻俄公使协助曾纪泽打开局面。

对内就要说服慈禧,压服清议。对此,他从四方面入手。

第一,他函示李鸿章,要他将英公使威妥玛关于中国应宽减崇厚罪名使俄国不感羞辱方可接待曾纪泽的说法,如实上报给皇太后。奕䜣敦促说"事关大局"需迅速具奏。

第二,他安排在京的刘坤一于四月三十日(6月7日)陛见皇上和皇太后,由刘坤一具体陈述中国兵力不足以敌俄,应和平解决伊犁问题。[80]刘坤一陛见的主要原因是由粤督而荣任江督兼南洋大臣,防务及外交也是应考虑之事。他在京接触了政府要人,阐述了对伊犁交涉问题的看法,认为听从英、法等公使的劝说则可"结欢于两国,俄夷换约之事可因之以求缓颊";[81]对于中国积弱的状况沉痛言之,"至于挥涕"。他的话产生了一定的影响。翁同龢称赞说:"此人具深识远见。"翁以及另一位帝师徐桐都同意对俄"转圜"了。[82]

第三,英国公使曾希望恭亲王出面主和,而不使"鸿章单独牺牲"。[83]但奕䜣吸取了天津教案时的教训,避免自己单独出面。他同宝鋆一起去托醇王奕譞,利用他与慈禧的双重亲属关系进宫详细分析目前局势,转述各国公使意见。这一招很有效,既说服了慈禧,又把奕譞拉到主和派一边。

第四,由总理衙门于五月初八(6月15日)和十三日(20日)两次奏报英、法、德等国公使请求宽减崇厚罪名的要求。

经过这些疏通工作,清议派主战的呼声低沉了。不过有人仍上疏反对妥协,例如清流的中坚分子宝廷和黄体芳;又如赞善于荫霖疏劾李鸿章、沈桂芬、董恂和王文韶四人为"媚夷误国"。[84]

慈禧太后于初十日出御养心殿,与奕䜣等军机谈和战大计,次日决定召开廷议。

五月十四日(21日),醇王与诸王大臣、大学士、六部、九卿、翰詹科道会议。会上,醇王奕譞主张缓处崇厚之死,惇王奕誴主张速诛崇厚,少数人仍持异议,多数人参与内阁所拟的公疏,赞同军机处和总署意见。奕䜣等人经过多方努力勉强压倒了清议派。

五月十九日(26日),总理衙门指示曾纪泽照会俄国,中国已将崇厚暂免斩罪,要求重新谈判俄约。在发表这项决定的同时,奕䜣以廷寄向各省督抚申诉说,此次朝廷将崇厚免罪,实系因海防不足恃,今后必须认真加强南北洋防务。

六月(7月),英国人戈登应李鸿章邀请来华。这是奕䜣示意李鸿章走出的另一步棋。戈登一到中国,就宣布他的使命是劝中国和,而不是为中国练军的。戈登在北京会晤了奕䜣,然后又会晤了醇王奕譞。他对奕䜣说:如果中俄开战,"俄军可能在两个月内占北京。"回到天津,他向李鸿章建议:应迅速建立近代化的陆军,迁都作持久游击战,而不要与俄军正面作战。中国军队中吃空饷、克军饷的腐败恶习必须革除。⑧⑤

曾纪泽没有立即赴俄,他受到俄方抵制,五月十八日自伦敦发来电报说"俄人日派兵船东行",请总署转嘱边庭大帅"严戒士卒,毋许挑生衅端",一旦开火,"彼必将所用诸款,尽欲取偿于我","一石一矢,可生出无穷之患"。⑧⑥

自五月以来,俄国军舰陆续绕过旧金山的消息不断见于《申报》。六月底,中国驻俄邵友濂电告说俄国远东舰队二十三只已首途中国,原驻华公使布策将于七月启行来华,以施加压力。

为了对抗俄国的压力,七月六日(8月11日),奕䜣以军机大臣字寄做出三项安排:第一,急调左宗棠来京以备顾问,理由是他对新疆事务熟悉,新疆军务着令交刘锦棠督办。第二,调曾国荃负责山海关防务,以防俄人自陆路进攻;调鲍超在山海关与天津之间择要驻扎,往来策应。刘、曾、鲍三人都是久经战阵,威望素著的将领。但这并不是接受清议派对俄开战的主张,只是以备战迫和谈。第三,指示伊犁将军要约束士兵,"勿越界生事"。

初六日这天接到曾纪泽三封电报,其一报告他于六月廿四日到俄都,其二和其三报告会见俄国外交部以及呈递国书情形。曾纪泽要求将崇厚"真赦",而不是像现在这样的"暂免斩罪",作为"转圜"的第一步,使俄方同意坐下来重新谈判。这个要求十分恳切,甚至于称"虽干清议不能辞"。

初七日(8月12日),奕䜣代表军机处及总署将这些文件及信息入告慈安太后,并请出慈禧太后决定大计。慈禧完全接受奕䜣及曾纪泽的要求,谕令将崇厚"即行开释"。

慈禧为什么能如此爽快地接受奕䜣和曾纪泽的要求呢？主要是听到了俄国舰队已由香港到了长崎的消息。据说，为此而"两宫忧甚"。

不仅两宫，据载，听到这个消息后，"举朝失色"，这里面当然也包括清议派君子们。

随着开释崇厚谕旨的宣布，京师立即又"举朝相庆，以为从此可以无事，下至冗散士夫，亦欣欣相告，如获更生，人心如此，尚何言哉"。[87]应该说这是清议派并无群众基础的最好注解。

七年前，奕䜣曾批准创办陆路电报，后来因遇阻挠而中辍，自从中俄伊犁交涉以来，信息传递手段的近代化问题再次迫切起来了。从俄都彼得堡到中国上海，其间几万里之遥，经过几个转向台的转传，也只消一天时间；而从上海至北京间虽只有二千里，"消息反迟十倍"，相比之下，电报的优越性是不言自明的。

八月十二日，李鸿章奏报说，上年在天津与北塘炮台之间试架电线四十里，今已成功，"号令各营顷刻响应"，而且将外文电码改为汉文电码，不借翻译便可直接由中国人收发，此为明码，另编有密码，"断无漏泄之虑"。李折还奏请设立电报学堂，聘外国人教学，使这项改革"持久不敝"，建议将电报正式由天津架至上海，并声明办电报要"权自我操"。

奕䜣看到这个做法正是自己在七年前所主张的，遂极力支持。两天后，即八月十四日（9月18日），他以上谕说："现在筹办防务，南北洋必须消息灵通，以期无误事机。"着令李鸿章"妥速筹办"津沪陆路电报。[88]

国内第一条电报的批准兴办

李鸿章

是中俄交涉的副产物。奕䜣的主要注意力仍在对俄和对日的交涉上。对日的琉球交涉是日本有意利用中俄交涉进入胶着状态而重新提起的，从而使中俄交涉复杂化。

七月二十三日（8月28日），李鸿章函告奕䜣说，美国远东舰队司令肖佛尔（Shuffeldt）透露俄国在原东海舰队之外，又调来两艘铁甲舰，十三艘巡洋舰，在日本长崎订购五十万日元的煤炭，准备战争。同时又报告说日本派使臣宍户玑提出琉球归属问题的新方案，即划琉球群岛为两部分，北部归日本，南部归中国。李鸿章表明自己的意见说，在这种情况下，应由总理衙门饬令曾纪泽在俄议约时"略加活笔"，"稍与通融""免开兵衅"；对日交涉应接受日本方案，如此可仍旧扶助琉球国王在南部为君，"藉存宗祀"。[89]

八月初，曾纪泽自俄都来电也说俄方仍很强硬，拒绝接受中国改约条款，在通商与归还伊犁全境问题上不让步，扬言坚持要派布策到北京谈判。

综合上述情形，奕䜣感到还是应该不使布策到京为妙。因为布策必定以俄国舰队为后盾，那时中国在武力挟制下订约，所失必然更多。为此，他指示曾纪泽谈判中灵活处理，在朝中他还要继续顶住清议派的主战要求。

八月十四日，主事夏震川递折子论俄事，说以中国状况"可战者十，不可战者一耳"，主张对俄应不惜一战。再次提出战和问题。十八日，慈禧太后召见军机大臣及重臣和清议中坚人物集议俄事。会上，王大臣吵得一塌糊涂。惇王说条约以十年为修约之期，"断非良法"；醇王说"和则所索无已，战则兵未齐"，不如拖延三个月；奕䜣表示"战事无可恃"，力言不能以国事作孤注一掷。清议派骨干宝廷则当面指责"枢臣办事迟延"，由此引起争执。翁同龢则另倡速弃伊犁之说。众说纷纭，最后两宫决定二十日交付廷臣会议。但到了二十日，奕䜣却宣布，因接曾纪泽电报，布策来华，故现在情形与前不同，懿旨令"将前事勿庸置议"。对于这个新消息应持何对策，宝廷、张之洞及刘锡鸿等人与枢府诸人又进行辩论，但他们的人数已经不多了，以惇王为首的多数与会者在公折上签了名。公折内容说：原冀曾纪泽到彼细商，乃俄国对中国条件拒而不纳，另遣布策来京,实则别寻衅端,其情甚为可恶,惟敌国外患总须审度彼我情形,今若开衅,吉林、黑龙江地壤相接,不无冲突之虞,必须迅速筹防,倘该国侵凌,即开炮抵御;倘布策到后,尚可商议,应由总理衙门商酌。这就符合奕訢之意了。

自八月以来,奕訢尽管仍受到不断的批评和指责,态度却明朗并坚决起来。他对翁同龢"沉痛"谈论"中原不可战情形",对待人们的责备表示"一力担当"。他之所以如此,是因为慈禧太后有信任的表示。九月初六日慈禧召见重臣,"议及俄事,言实无主意,惟军机及尔三王两大臣是任,必始终其事";又说"条约万不可许者勿许,其余斟酌行之",⑨⓪这就给予了可以斟酌让步的权力。

八九月之交,奕訢从外国在华报纸上以及李鸿章处得到许多新消息,最严重的是说俄军参谋部建议向中国索赔一千二百万卢布,或割取朝鲜为交还伊犁的条件;此外说明春俄军将有两万名步兵沿吉奉路至牛庄,俄海军军舰"异常坚利",其舰上新式火炮、鱼雷和水雷等都是英、法、德各国在华军舰所没有的……鉴于这些情况,奕訢指示曾纪泽谈判要刚柔相济,以保版图为重,以通商赔款为轻,不使俄使布策来华要挟。九月二十六日总署致曾纪泽的复电说"若伊犁全境见还",并且松花江及汉口西安一带通商均"如我约",则索兵费一千二百万也可以允行。⑨①可见是急于求成了。

这是再次受到琉球交涉刺激的缘故。十六日(10月19日),李鸿章来函说,如果中日平分琉球,南岛归中国所属,则不数年必仍被日本所占据,而目前许日本与西方各国同沾内地通商实惠就是白白奉送了。

奕訢发现,李鸿章的主张与七月二十三日不同了,很不以为然。奕訢仍尽力维护属国的存在。抱着保一分是一分的愿望,于二十五日(28日)与日使达成一致意见,日方答应中日平分琉球,中方答应日本可与其他各国一体均沾通商权益。

对此,清议人物表示反对。陈宝琛主张对日本灭琉球之举"宜兴师伐之",尤其反对让日本"与各国同沾利益一条"。宝廷主张对日方的要求"正可延宕",不应遽允。张之洞认为通商并无大损失,可以允许,而取得南岛仍不足以确保琉球,不如俟俄约定议后再谈判。这些人意见并不一致。十月初二日,公决征询李鸿章意见。

十二日(11月14日),奕䜣看到李鸿章九日的复奏,李鸿章反对平分,说内地通商"有三不可",把对日方针"仍归到延宕一法",㉒这就与宝廷、张之洞的主张相接近了。奕䜣决定接受他们的意见,争取俄约早成,而把日约暂时放下。

十月、十一月、十二月,一系列宫廷不愉快事件使奕䜣心情烦躁。不过,这也分散了清议派对改约问题的关注。

光绪七年元旦(1881年1月30日),奕䜣在举朝恭贺新年之际,披露改约已近成功的消息,给节日增添了喜庆气氛。他把年前二十九日(28日)收到的曾纪泽发于十九日(18日)的电报内容公布出来,并且正式写奏片呈报两宫太后。这个电报说俄国已经同意废除崇约,另立新约。十一日(2月9日),召开廷臣会议正式审议新约。新约与旧约相比,在版图上,收回了伊犁全境和帖克斯河上游两岸领土,大大好于旧约使伊犁成孤悬弹丸之地的状态;在通商方面,新约规定俄商于新疆贸易免税,并通商至嘉峪关,比起旧约规定俄商可于蒙古新疆免税,可通商至天津、西安、汉口,让予的权益少了一些;在赔偿问题上,新约规定中国偿费九百万卢布,而旧约规定为五百万,不如旧约。综合起来看,比旧约改善之处是主要的。但是,有些朝臣仍持保留态度,主张等待左宗棠到京定议。奕䜣不以为然,他坚决反对拖延,主张见好即收,免得再生枝节,遂成定议。随后即电令曾纪泽签约。

日本使臣宍户玑在京与总理衙门议好条件后,却发现总理衙门态度冷淡,拒绝在协议上签字并且一拖再拖,知道已经无法利用伊犁改约问题占到便宜,遂于年前二十一日(1月20日)怀着尴尬的心情离开北京。㉓

伊犁改约,要旨在于挽回已经失去的若干利权,这是弱国的一次成功外交。论者一般都归功于曾纪泽舌敝唇焦往复辩论的结果,或者认为是清议派爱国呼声声援的结果。这都有一定道理。但是,也应该承认,奕䜣实事求是地分析和考究彼我实力,坚持定见,不为清议派不切实际的议论所动摇,并做出若干加强海陆防的决定是改约成功的先决条件。奕䜣有理由为改约的成功而感到欣慰。

使奕䜣感到欣慰的另一件事是海防建设也略有端绪了。在北洋、南洋以及福建、广东海面都正在筹建着中国自己的近代海军。

光绪六年十一月初二日(1880年12月3日),内阁学士梅启照上一个奏折,请筹办海防并献海军方案,他建议指令江南机器制造局和福建船政局仿造外国铁甲舰,购买外洋铁甲舰,开辟招商局远洋航线,裁撤沿海各种旧式师船、设立海军提督,长江水师也要增添中号轮船军舰以及添设海运总督等等。

奕䜣读后,分外高兴。内阁学士属于清要职务,一般容易依附清议派。梅启照能如此关心海防建设,实属难能可贵。他当即以廷寄将该折发给李鸿章和刘坤一阅看。

李鸿章和刘坤一先后复奏,表示基本赞成。李鸿章还就具体问题阐述了一些意见并进行一些解释。他说,轮船招商局的确应开拓东西洋航线,以与洋商争利,这正是"创设招商局之初意",近来已派"和众"和"美富"号驶往美国旧金山和檀香山等处,来春拟派"海琛"号载运弁兵去英国验收碰快船(冲角巡洋舰)并驾驶回国,以此作为开辟商轮远航英国的先导;至于日本航线,因日本抬高关税,坚决抵制华船,所以无法开辟东洋航线;关于添设海运总督则没有必要,且多设一个衙门"即多一重胥吏丁役需索之繁";关于设海军提督,北洋拟于所购二艘铁甲舰到华编入舰队后再设北洋水师提督(舰队司令),南洋将来也可以松江提督改为苏浙外洋水师提督。

奕䜣筹建海军的重点是北洋。这不仅在于国家需要北洋拱卫畿辅,而且也在于需要由北洋摸索建军经验。因此他对北洋的关照也较其他海军更多。

光绪七年夏天,清议派人物张佩纶从北京到天津。他此行可能是受总理衙门委托"衔命而来"的。他晤见李鸿章的幕僚薛福成后,具体商谈了北洋尽先成军的问题。于是,薛福成在一个通宵草成了《北洋水师章程》。北洋水师的建军速度加快了。

不久,驻德公使李凤苞电告已订妥德国伏耳铿厂所造铁甲大舰。这是自光绪元年议办铁甲舰以来,奕䜣第一次如愿以偿。

十、铁路与留学:平生豪气消磨尽

光绪六年三月二十五日(1880年5月3日),奕䜣对来访的英国前公使阿礼国谈话说:

> 中国人非不知电报铁路轮船开矿之利,惟华人不能自主,则与华人无益,故与其有不若无也。⑭

这些话可以看作他热爱近代化,但更重视独立自主的表示。不过,也可以说是一种遁词,因为他在屡次遭到严谴,特别是近年来经常受到清议派攻击的情况下,他开始注意明哲保身之道,昔日那些面向世界开拓进取的英豪之气逐渐消磨掉了。

同治四年夏(1865年7月),英国企业家杜兰德在北京宣武门外修建一条小铁路。因为是外国人擅自修建的,清廷勒令拆除。光绪二年(1876),英商在上海修淞沪短程铁路,上海道借口火车轧人而命令停办,后来也被拆除。

如果说上述两条铁路因系外国人擅自筑路侵犯主权,勒令停办有理的话;那么,中国人要求自办,奕䜣仍不能大力支持,就只能说明锐气不足了。

铁路问题,在同治六年预筹"修约"的讨论中,奕䜣就曾经提出过,后来因督抚大员一致认为不可,就不再提起。直到同治帝大丧,李鸿章借奔丧之名入京时再次提起。这次是李鸿章建议,奕䜣称"是",而不敢支持和批准,并说"两宫亦不能定此大计"。此事前已叙及。

他怕什么呢?怕清议派的攻击,因为自己连遭挫折:"议政王"号被削掉了,同治帝曾废其亲王爵号,七弟奕譞曾攻击他崇洋媚外。所以他不敢再以此事去冒犯顽固派。

光绪六年十月(1880年11月),前任直隶提督刘铭传进京陛见,呈递了幕僚陈宝琛代拟的一份奏议,建议清政府建筑两条铁路,一由清江浦经山东达北京;一由汉口北上经河南达北京。然后由北京东通盛京沈阳,西至甘肃省。因"工费浩繁"难以并举,他建议先修清江浦至北京线。

这次是慈禧太后生病不朝,无精力过问琐事的时候,况且这是由中国人倡议,要用中国政府公款自行修筑,理由是堂堂正正的。十一月初二日(12月3日),奕䜣以上谕批示说:"所奏系为自强起见。"着令李鸿章与刘坤一悉心筹商。⑮因为这条线路所经地区分别是他们二人的辖区。

不料,消息传出,马上遭到反对。翰林院侍读学士张家骧具奏,诋毁倡议者为"张皇喜事",这是攻击刘铭传;批评支持者,"恐参议者附和随声,即以为是谋足用,一言偾事,关系匪轻",这就是影射奕䜣了。他认为筑铁路有三弊:其一,致工商繁荣更引洋人前来;其二,民不乐从,徒滋骚扰;其三,虚縻帑项,赔累无穷。

奕䜣立即把此折交李鸿章阅看,让他反驳。

李鸿章把撰写驳议的任务交给薛福成。十天之后,奏呈朝内,极言建铁路有活跃工商,流通信息,利于国防,与轮船相辅相成等九大利。根据当时他对工业浪潮的理解,该折针对张家骧的谬论指出:

(一)铁路修于中国内地,而沿江沿海有兵扼守,可使铁路不致资敌入侵,只会方便本国。并且,因自筑铁路而可杜绝外人攘夺路权的借口。

(二)铁路占地不过丈余宽,不比传统官道多,而且修路时可以绕避大户坟墓,无碍民情。

(三)路款不足,可以如刘铭传所议借用洋债,只要规定洋人不得以借款挟制路权,不得附股,不得以路抵押,只准以铁路赢利偿债,则无碍主权。

为了说服奕䜣等朝中主政者能够力排浮议支持此事,李鸿章在奏折中夹了一个附片,希望"朝廷决计创办","破除积习而为之"。⑯

奕䜣对李鸿章的意见深有同感。这些年办洋务,搞近代化,屡为保守派所阻挠,一提"自强"必先"求富",就有人搬出"重义轻利"的传统观念来反对;一提要改革,就有人斥之为"喜事"贪功;一提应面向世界,就有人鄙薄洋务,攻击为"用夷变夏"。这些腐朽观念不破除,怎么能实现近代化呢?

然而,奕䜣已不是十几年前的奕䜣了,他变得圆滑了,他了解遇事模棱的妙处。尤其是这时又发生了午门护军殴打太监一案,慈禧太后正在火头上,他更怕因请款筑路而碰钉子,因此,由原来明确支持筑路变得模棱两可了。

光绪六年十二月十八日(1881年1月17日),降调顺天府府丞王家璧呈折,怀疑刘铭传奏折是李鸿章幕僚范某所撰,并断定"李鸿章先已与知";然后说李刘之所以倡办铁路,"似为外国谋非为我朝廷谋也","人臣从政,一旦欲变历代帝王及本朝列圣体国经野之法制,岂可轻易纵诞若此"。⑨

弦外之音是倡办铁路就是为外国人效力的汉奸行为,简直是血口喷人。奕䜣对于这种不负责任的批评,也没有进行反批评,他只寄希望于刘坤一。

转年正月初八日(2月6日),刘坤一奏折到京。刘折虽然认为铁路有利于调兵运饷,但又承认张家骧所言有理,指出建铁路在短期内确实可能引起一系列社会问题。这种折中论调起了帮着张家骧阻挠办路的作用,奕䜣愈加困惑了。

初十日(8日),翰林院侍读周德润又奏称对建铁路有"十不可解",中心是说筑路将造成小农及手工业者大量破产,大机器生产必将破坏伦常法制,"以乱天下也"。

更恶劣也更有煽动力的是曾经出使西方的刘锡鸿。他以亲身经历说明中国的国情不适合修铁路,筑路有八不可行,八无利,九害,一共胪列了二十五条反对的理由。其中有从民族心理文化言之者,有从经济形态言之者。从心理文化言者如:中国人是多神论者,修铁路而凿石穿山,百姓必视为不祥;中国人分散自私,"物值一钱即不可道上须臾置",损公肥私,偷工减料,已为习俗,难以保护铁路;中国人不尚旅游,铁路难以获利;偶有旅行,则"行李笥箧,担负累累",铁路难以计票收费等等。从经济状况言之者如:中国幅员辽阔,在西洋是因筑路而赢他国之利,在中国是彼省之货易此省之财,不是增加国家财富;中国工商业本不发达,货物运输量少,铁路无大利可图;关卡林立,无法保证行车时间;而货物畅通又使物价昂贵,民生受困,民风由俭入奢……

这番似是而非的理由虽然触及了所谓"国情",但实际是立足于保护传统农业生产关系而反对资本主义先进生产力的,是立足于保护旧事物而反对新事物的。

人类从手工业生产转向大机器生产,由自然经济转向商品经济时,社会所发生的阵痛不能不是巨大的。这的确会使小生产者恐惧和敌视,但是,难道不可以依靠教育的力量去克服这种社会心理,利用法制以及兵弁去保护新事物吗?铁路、轮船、电报这类新事业的兴办的确会导致产业结构变化,使一些人失去世代相传的谋生手段,但不是又可以引导他们去开发新产业吗?民风由俭入奢,这难道只是坏事?消费不是也可以促进生产吗?

奕䜣从"富国强兵"的目标着想,欣赏并赞成修筑铁路;但是站在维护清廷统治的立场听说铁路会造成社会动荡,四民不安,他又本能地迟疑了。他对于自然经济的相对静止平衡是习惯的,而对于商品经济的动态发展则陌生并因此而恐惧,这是自然的。他向清议派投降了,不再提筑路之事。

光绪七年二月初六日(1881年3月5日),驻美公使陈兰彬有折到京,内据中国留美学生监督吴嘉善(子登)的意见说,"外洋风俗,流弊多端,各学生腹少儒书,德性未坚,尚未究彼技能,实易沾染其恶习",请求将留美学生全部撤回。[98]

这个吴嘉善,奕䜣对他有印象,是翰林院编修出身,曾在广州同文馆任汉文教师,同治七年粤督瑞麟为他请过奖励,可能教授中文课程是比较出力的。以后经过上海的出洋肄业局到美国留学事务所,做了留学监督。

现在陈兰彬公使、吴嘉善监督一起说留学生受到洋人沾染,奕䜣不能不重视。这批留美学生是经曾国藩与李鸿章联名奏请派出的,曾国藩已死,奕䜣遂函询李鸿章意见。

稍后,李鸿章复函说,留学生少年出国"沾染洋习或所难免",没有什么大不了的,吴嘉善"绳之过严",要求全部撤回留学生,亦属过于"拘执"。[99]

不久,美国驻华公使安吉立转给总理衙门一封美国各大学校长的联名信,恳请中国不要撤退留学生,指出,中国派留学生的目的是学习西方科学,却又用"抛荒中学"的理由来苛责他们,岂非"缘木而求鱼"?这个批评十分中肯。

当初,正是奕䜣在同治二年(1863)就看出了中国有派遣留学的必要性,这在全国也是很早了;又是奕䜣在同治十年(1871)批准向美国派遣首批留学生一百二十名,当时他把留学称为"中华创始之举";又是他奕䜣批准向欧洲派遣海军、造船以及其他各类留学生。那时他是何等开明的呀!当然,现在奕䜣也不反对对外进行文化交流。但是,本年正月初二日,他在军机处里的主要智囊人物沈桂芬死去,保守分子李鸿藻的势力大增;三月初十,慈安太后暴卒,慈禧重新出御大政。政治格局的新变化使他更加谨慎了,何况奕䜣本人是皇族的重要成员之一,当学习外国与保持传统发生冲突时,他是会倾向于维护传统的。

李鸿章倒是力保留学的。他写信给奕䜣说,如果全部撤回留美学生,美国政府"必致疑骇",影响两国关系;而且十年来中国所用数十万两留学经费也将成为"浪掷"。他建议,将已经升入大学读书的人留下令其学至毕业,另选若干聪明可堪深造的人留下学习各种专业技术,只将其余的人撤回来。这是半裁半留的方案。信内他表示对陈兰彬不满,说他"年老多病""素性拘谨畏事""求退甚切",丧失进取精神了;他建议今后有关留学事务"可交副使兼管"。这个驻美副使就是中国第一个留美大学毕业生容闳,这个人坚决要求中国向西方学习,并且从一开始就带领留学生,为留学事业做出了大量的工作,却受到陈、吴二人的排挤。李鸿章建议将留学事务交他管理,正是为了保护留学。

李鸿章还想利用美国政府的影响来劝阻奕䜣,但没有奏效。

奕䜣仍然坚持他的与其受到外洋沾染不如不学的原则,于五月二十日(6月16日),奏请全部撤回留美学生。

最后,由总理衙门通知驻美使馆,将留美学生分三批撤回国来。

这件事在国内外有识之士中,均被视为清政府在通往近代化的道路上所做的一件令人啼笑皆非的事情。可悲的是,这样一件由守旧派人物发难的倒行逆施,居然实现于原来积极提倡并支持留学的奕䜣之手。

十一、越南和朝鲜：中华文化圈上的重要环节

几千年来，在中国周围形成了一个中华文化圈。圈内的国家和地区程度不等地接受中华文化的影响，在政治上接受中国历代中央政府的领导、保护与支持，表现方式为平时向中国皇帝称臣纳贡，取得皇帝册封，并获得中国的大方的赏赐，在特殊情况下可以向中央请求援助。中国与这些国家间的封建宗藩关系至清代而进一步完善，其中有关朝贡的规定为：琉球每三年入贡两次；暹罗（泰国）三年一贡，朝鲜与越南均四年一贡，尼泊尔与苏禄（菲律宾）均五年一贡，缅甸与老挝都是十年一贡。在这个文化圈上，越南和朝鲜是重要的两环。

奕䜣对这两个环节的安危一直密切地注视着。

道光末年，法国不断派遣传教士和远征军侵略越南。咸丰八年，法国参与英法联军侵华活动后，又单独以武力占领了越南南方的昆仑岛、西贡以及下交趾三省，并于同治元年（1862）缔结法越《西贡条约》。这时奕䜣已经当政，但因需要换取英法对新政权的支持，故对此事暂未置问。

同治十二年（1873）末，法国侵略军向越南北方河内地区推进。结果，被越军与中国起义部队黑旗军的联合作战所打败，其侵略军司令安邺战死。随后，奕䜣照会法国驻华公使热福里（M. de Geofroy）说，中国不同意开放云南省。

越南国王在战败安邺之后，害怕法军报复，在威逼利诱之下，于同治十三年（1874）与法国缔结了《媾和同盟条约》（西贡）。法国通过这个条约宣称越南是完全独立的国家，从而否定了中国的宗主权。奕䜣闻讯后，声明越南自古以来就是中国的藩属，在越境以内的黑旗军是应越南国王之邀前去维持秩序的。几个月以后，他又重申这一立场。

光绪六年（1880）奕䜣通过总理衙门指示驻法公使曾纪泽直接在法都巴黎对法国的侵越行为提出质问。公历1月，法国外长费丝内（M de Frèyenet）不敢承认侵略，声明法国对越南并无野心；11月，法国总统格利维（Grèvy）也重申这项保证。但在11月27日的另一次询问中，新外长巴

特勒密(M. Barthèlemy Saint Hilaire)却撕下了假面具,公开说根据《法越构和同盟条约》,法国已经认为越南是独立的。曾纪泽把法国政府态度的变化立即电告本国。然后,他按着新的训令,于光绪七年八月初二日(1881年9月24日)照会法国,否认法越条约的正当性,奉劝法军不要向北继续推进,以免与中国军队冲突。

十月二十日(12月11日),法国驻华公使宝海向李鸿章表示:法国无吞并越南之意。十一月十二日(1882年1月1日),法国新外长刚必达(Gambetta)却又对曾纪泽声称:法国对越南事务有完全自由行动权。这个消息五天后经由李鸿章函告奕䜣。

法国以外交上的出尔反尔,掩饰其军事部署,于光绪八年二月初七日(1882年3月25日)派遣新的侵越军占领了越南都城河内。

奕䜣和慈禧太后立即作出反应。三月二十四日(5月11日)和四月十四日(30日),先后采纳李鸿章和张树声意见,派云贵总督岑毓英负责越南局面,并允许他以军火接济刘永福的黑旗军;另行指示广东水师派军舰巡阅越北海面,以壮声势。

在外交上,指示总理衙门和曾纪泽分别照会法国,表示中国对法国的侵越行动不能坐视。

六月九日(7月23日),朝鲜发生"壬午兵变"。奕䜣的注意力由越事转移至朝事上来。

日本自从逼迫朝鲜签订了《江华条约》后,迅速在朝扩张政治经济势力。当时朝鲜王庭存在国王之父李昰应(称大院君)与王妃闵氏两个政治集团。闵妃集团借助日本力量打击大院君派,实行军制改革,致使许多被裁士兵无以为生,留营士兵也不堪忍受贪官污吏盘剥,因而起义。起义者焚毁权贵宅第,包围王宫,袭击日本使馆,处决了日本教官堀本礼造。闵妃逃出王宫,大院君乘机掌权。

日本利用这次兵变,立即向朝鲜派兵,企图以保护日侨为名进一步控制朝鲜。中国驻日公使黎庶昌把日本出兵的消息迅速电告国内。这时李鸿章因丁母忧而暂时辞去直隶总督职,这一职务由他的部将张树声署理。

奕䜣经与军机处、总理衙门及张树声磋商,认为朝鲜比起越南更加重要,绝不应丧失。慈禧太后也有同感。遂于六月十五日(7月29日)谕令张树声派出六营士兵,由吴长庆率领,乘三艘军舰赴朝,北洋水师提督丁汝昌及水师营务处道员马建忠随同相机办理。

这一次由于利用了电报和军舰,两千人的部队迅抵朝鲜,大乱立平,粉碎了日本乘机控制朝鲜的阴谋。

兵变平息之后,清政府留袁世凯帮助朝鲜王庭编练新建亲军营,以后又镇压了朝鲜"甲申之变",委任袁为驻朝交涉通商大臣,强化了中朝宗藩关系。

朝事的顺利解决使清议派又兴奋起来,他们认为中国武力已超过日本。给事中邓承修、侍读张佩纶等奏请乘此声威东征日本,讨伐其擅灭琉球之罪。奕訢认为中国兵力未可"深恃",仍不宜对外用兵。

光绪八年时的奕訢,健康状况迅速下降。处理过"壬午兵变"之后,他就经常感觉倦怠。不过,他仍坚持处理军国大事。

七月中旬,吏部候补主事唐景崧在京积极活动,并把他对越南边防问题的见解写成说帖,交给他的老师宝鋆和李鸿藻。通过他们,奕訢赏识了唐景崧的爱国热情与才干。唐的方案主旨是暗中联络刘永福军抵抗法军,又不明与法开战。奕訢称赞说:"善!"让李鸿藻传话给唐景崧,将此说帖写成奏折呈进去。八月初五日(9月16日),奕訢、李鸿藻、宝鋆等军机大臣一致同意唐景崧秘密潜往越南,并拟定了上谕。第二天,奕訢又亲自接见唐景崧,表示寄予厚望。

中国的两个最密切的藩属国,朝鲜问题迅速解决、暂时遏止了日本的野心;越南问题仍没有头绪,派唐景崧赴越,是希望发挥黑旗军的护边作用,正面的工作仍是对法交涉。

但是,八九月以来,奕訢的身体越发不支,有时一连几天不能入直。重要的事情,是他的助手们到他的府上去研讨方案,再向慈禧奏陈或直接作出指令。十月,军机大臣王文韶因受云南报销案牵连,被开缺。奕訢觉得军机大臣如此不光彩,连自己也不光彩,心情因此更坏。由此,病情加剧,经常便血,已无法入直,只好请长假养疾。

光绪八年十二月初一日(1883年1月9日),慈禧太后鉴于奕訢不可能在短期内复原,正式谕令总理衙门有关外交大事要听由李鸿章决定。

十二、电报和铜政:防止利权外流

朝鲜兵变的迅速平定证明电报确实是先进而实用的信息传送手段;越事的紧张又把扩大电报敷设范围之事提上了议程。

在奕䜣病休期间,英、法、美、德等国公使要求在上海设立"万国电报公司",英国公使格维纳要求由英国添设上海至宁波、温州、厦门、汕头各口的海线。总理衙门审核以后,决定从光绪九年(1883)起由中国自行招商集股,并自行敷设苏闽浙粤陆线电报,北接津沪电报线,南与两广总督张树声所设的广(州)九(龙)陆线相接,全长达五千六百多里。从而抵制了各国将海线牵引上岸的要求。

奕䜣于光绪九年二月(1883年3月)曾出视事。这时,英国大东电报公司又想出新花招,他们要援丹麦大北电报公司设立吴淞至上海旱线(陆线)的成例,另设旱线。奕䜣坚持同治九年关于外国商人只准设立海线,不准牵引上岸的规定,责令总理衙门拒绝英国人的要求,并乘机连丹麦大北公司的旱线也限令拆除。在上海主持大局的左宗棠根据这个决定,派出邵友濂、盛宣怀和王之春向大北公司往返交涉,终于以三千两规银将这段旱线收归国有。这一来,英国大东公司自然无例可援了。

外国商人看沿海各省都已因中国自行建设陆路电报而无利可图了,转而要求修建长江沿岸各开放城市的水线。左宗棠又连忙派盛宣怀和王之春前往阻止,同时奏请由中国自行设立上海至汉口的陆线,以便抵制洋商设水线的企图。奕䜣看到这封奏折说,此线仍计划由华商自行筹集,不用官款,遂欣然批准。此线于次年竣工。

苏闽浙粤电报的设立主要是为了迅速传送关于越事的信息;长江沿岸陆线的敷设主要是为商业的目的。而这些电报之所以在短短的二三年内自行敷设,目的是抵制外人的设线要求,防止利权外流。

六月(7月),奕䜣要实现更高的目标,把电报线的终端接至北京,以改变过去电报通至天津,再由驿递传至北京的状况,以便更迅速地更有效地运用近代信息手段实施对全国的统治。他由总理衙门发给滞留于上海的李鸿章一封公函,强调"展电线近京师一节,应斟酌妥善办理"。

按照这个指示,李鸿章经与盛宣怀研究,决定第一步先将电线由天津架至通州。施工前又作了充分考虑和规划,"所有坟茔、树林、民房均经让出,沿途舆情毫无惊扰"。这说明社会风气已经开通了,过去人们深闭固拒的事情现在不那么反对了,只要不危害群众利益,让开坟茔、房屋等就可以架设。

看到"舆情毫无惊扰",奕䜣放心了。第二年实行第二步,把电线引进北京。在北京设立了两个电报局,一为官局,设于内城的总理衙门;一为商局,设于外城,供一般官民私用。

从光绪十年(1884)起,首都北京的官民开始享用十九世纪人类最高的通讯技术所带来的福祉。

光绪九年七月初五日(1883年8月7日),御史张佩纶署理了都察院左副都御史。他上了一个折子,批判阻挠机器开矿的守旧论调,要求国家允准采用西方方法开采云南矿藏。折中有一句警语,说:"今日而议矿务,岂可狃古说之迂,安土工之拙哉?"⑩

这真令奕䜣有"士隔三日,当刮目相待"之感。张佩纶是清流"四谏"之一,现在也谈论变革旧俗,采用近代技术了,的确是值得高兴的。

云南铜矿长期以来一直是清政府的制钱来源。然而自从西南各族人民起义以来不得不停办。同治十三年(1874),各族起义先后被镇压下去之后,云南候补知府徐承勋请求重办云南铜政,但是,他没有提到采用新技术。

光绪三年(1877),刘长佑担任云贵总督时奏请借用洋债,购买西方机器开矿铸钱,这是要采用新技术了,但是又议而未行。光绪八年(1882),岑毓英重任云贵总督,接受布政使唐炯建议,提出整顿铜政章程五条,请清政府户部拨款四万两作官本,购买抽水机和采矿机。这个计划是比较可行的,但因户部不予拨款而作罢。

这一次奕䜣想借张佩纶的清流口,把举办铜政问题推进一步。他指示军机章京拟旨,强调自行开矿有利于防杜列强的经济侵略,有利于国计民生,旨称:

> 云南素产五金,……此外金、银、铅、铁各矿亦复不少,均为外人觊觎,自宜早筹开采,以广中土之利源,即以杜他族之窥伺,实为裕国筹边至计。

谕旨内推广内地近年出现的经营管理经验说:

> 惟经费较巨,筹款维艰,近来各处开采煤矿,皆系招商集股,举办较易,若仿照办理,广招各省殷实商民,按股出资,与官本相辅而行,则众擎易举,事乃克成。

最后谕令云贵总督岑毓英、新任云南巡抚唐炯以及布政使龚易图"将筹款招商等事妥为经理,总期事在必行,毋得视为不急之务,日久办无成效,坐失事机"。此谕于七月初七日由军机处寄出,并特谕可以筹议"购买外洋机器以利开采"。⑩

以前几次关于恢复铜政的动议,都是发自地方的,这一次却是发自中央,表现了奕䜣等人对于开拓财源的迫切心情。此外,这份寄谕强调指出自行举办是为防止利权外流,这是奕䜣的一贯的独立自主经济思想的体现。关于"招商集股"的指示,是这个时期国内经营近代企业比较普遍的一种方式,该寄谕所说"招商筹款"与"官本相辅而行",还不是官商平等的"官商合办"制,而是商为集资,官本辅助,官府监督的"官督商办"制。奕䜣提倡和推广这种新型经营制度,主观是为解决清政府建设资金不足的困难,客观上有利于促进民族资本主义的壮大和发展。

岑毓英和唐炯接到寄谕后,在云南设立了矿务招商局。又因云南巨商不多,另在上海设立招商局,以吸收沪、闽、粤富商的闲余资本,同时议购引进外洋先进机器,聘请工程技术人员(称"匠人")。在此同时,岑、唐向中央报告贯彻寄谕精神的情况,并归纳其办矿方针为:经营上,实行官督商办,设招商局集合民间资本,以节库款;技术上,土洋并举,采用西方新式机器以补人力不足。看来这一次是脚踏实地,势在必行了。

然而,又因中法战争而中止。

【注释】

① 《李文忠公全书·朋僚函稿》卷十五,第2页。

② 《李鸿章年(日)谱》,第4858页。
③ 《李鸿章年(日)谱》,第4857页。
④ 《李文忠公全书·朋僚函稿》卷十五,第2页。
⑤ 《筹办夷务始末》(同治朝)卷九十九,第12—13页;《李文忠公全书·奏稿》卷二十四,第10页。
⑥ 《筹办夷务始末》(同治朝)卷九十九,第61页。
⑦ 沈葆桢:《遵旨筹商折》,《洋务运动》丛刊第二册,第331页。
⑧ 董恂:《还读我书室老人手订年谱》,第205页。
⑨ 罗正钧:《左文襄公年谱》,新版第297—298页。
⑩ 《光绪朝东华录》,总第74页;《德宗实录》卷八,第8页。
⑪ 丁韪良:《同文馆记》,《中国出版史料补编》,第19页。
⑫ 《光绪元年正月二十三日总理衙门奕䜣等奏》,《洋务运动》丛刊第六册,第325页。
⑬ 一说六十余里——笔者。《洋务运动》丛刊第六册,第326页。
⑭ 《光绪元年九月初二日工科给事中陈彝片》,《洋务运动》丛刊第六册,第330—331页。
⑮ 《光绪元年十月初六日总理各国事务衙门奕䜣等奏》,《洋务运动》丛刊第六册,第332—334页。
⑯ 《光绪朝东华录》,总第51页。
⑰ 《德宗实录》卷十,第2页;卷十一,第14页。
⑱ 英使臣报告,蓝皮书,《李鸿章年(日)谱》,1875年8月10日条。第4860页。
⑲ 1875年8月21日威妥玛致恭亲王函,马士《中华帝国对外关系史》第二卷,第319页。
⑳ 高第:《中国对外关系史》第二卷,第50页。
㉑ 《德宗实录》卷十七,第9页。
㉒ 《日本欲与朝鲜修好折》,《光绪朝中日交涉史料》卷一,第1页。
㉓ 《李鸿章年(日)谱》,第4863页。
㉔ 罗正钧:《左宗棠年谱》,第310页。
㉕ 《李文忠公全书·译署函稿》卷五,第12页;《奏稿》卷二十七,第25页。
㉖ 《李鸿章年(日)谱》,第4866页。
㉗ 《德宗实录》卷三十五,第1页。
㉘ 《德宗实录》卷三十五,第1—2页。
㉙ 《字林报》,第299页,1876年9月23日。

㉚ 英国议会文件,中国部分,1877年第3号,转引自丁名楠等《帝国主义侵华史》第一卷,第257页。

㉛ 《北华捷报》,1878年7月6日。

㉜ 罗正钧:《左文襄公年谱》,第319页。

㉝ 《李文忠公全书·译署函稿》卷六,第27—28页。

㉞ 罗正钧:《左宗棠年谱》,第323页。

㉟ 《左文襄公全集·书牍》卷十七,第30页。

㊱ 《左宗棠奏英人以保护安集延为词图占边疆万不可许折》,王彦威:《清季外交史料》卷十一,第20—21页。

㊲ 陈夔龙:《梦蕉亭杂记》卷一,第60页。

㊳ 李慈铭:《越缦堂詹詹录》下册,第32页。

㊴ 徐世昌:《李鸿藻传》,《碑传集补》卷一。

㊵ 《光绪朝东华录》,总第21页。

㊶ 《光绪元年二月二十七日通政使于凌辰奏折附片》,《洋务运动》丛刊,第七册,第404页。

㊷ 《户部档案抄本》,见孙毓棠编《中国近代工业史资料》第一辑,第567—568页。

㊸ 《同治十三年八月二十六日总理各国事务奕䜣等折》,《洋务运动》丛刊第七册,第68页。

㊹ 《李文忠公全书·译署函稿》卷十,第21页。

㊺ 《光绪三年十一月二十五日直隶总督李鸿章等奏》,《洋务运动》丛刊第六册,第23—26页。

㊻ 《光绪三年十二月二十一日总理衙门奕䜣等折》,《洋务运动》丛刊第六册,第27页。

㊼ 马士:《中华帝国对外关系史》第二卷,第338—341页。

㊽ 《李鸿章年(日)谱》,第4658页。

㊾ 《字林报》,第489页,1877年5月19日。

㊿ 朱克敬:《暝庵二识》,岳麓书社1983年版,第106页。

(51) 《文祥传》,《清史稿》第三十八册,第11689页。

(52) 《文祥传》,《清史稿》第三十八册,第11696页。

(53) 朱克敬:《暝庵二识》,第106页。

(54) 《李鸿章年(日)谱》1878年2月27日条。

(55) 《李鸿章年(日)谱》,第4862页。

(56) 《李鸿章年(日)谱》,第 4878 页。

(57) 《左文襄公书牍》卷二二,载罗正钧著《左宗棠年谱》,岳麓书社 1983 年版,第 356 页。

(58) 《李文忠公全书·译署函稿》卷九,第 11 页。

(59) 《光绪五年闰三月二十二日总理各国事务衙门奕䜣等奏折》,《洋务运动》丛刊第二册,第 387—389 页。

(60) 李鸿章:《海防论》,《李文忠公全书·译署函稿》卷十,第 5 页。

(61) 《上李伯相论赫德不宜总司海防书》,《庸庵内外编·文编》卷二,第 31 页。

(62) 《光绪五年九月二十二日前福建巡抚丁日昌奏折》,《洋务运动》丛刊第二册,第 412—414 页。

(63) 《光绪五年十一月初一日总理各国事务衙门奕䜣等奏折》,《洋务运动》丛刊第二册,第 425 页。

(64) 《光绪五年十一月初一日总理各国事务衙门奕䜣等奏折》,《洋务运动》丛刊,第二册,第 426 页。

(65) 《光绪五年十二月初二日通政使司参议胡家玉奏折》,《洋务运动》丛刊,第二册,第 431 页。

(66) 《光绪五年十二月初十日山东巡抚周恒祺奏折附片》,《洋务运动》丛刊,第二册,第 437 页。

(67) 《李文忠公全集·奏稿》卷三十五,第 45 页。《李鸿章年(日)谱》第 4882 页作九月初三日。

(68) 《李鸿章年(日)谱》,第 4883 页。

(69) 《光绪朝东华录》,总第 797—798 页。

(70) 《李文忠公全书·奏稿》卷三五,第 15 页。

(71) 《德宗实录》卷一〇三,第 5 页。

(72) 徐世昌:《李鸿藻传》,《大清畿辅先哲传》,第 26 页。

(73) 《李文忠公全书·译署函稿》卷十,第 17 页。

(74) 《翁文恭公日记》第十八册,第 84 页。

(75) 王彦威:《清季外交史料》第十八卷,第 18—20 页;李宗侗、刘凤翰:《李鸿藻先生年谱》上册,第 313 页。

(76) 曾纪泽:《巴黎致总署总办》《巴黎致总署总办再启》,《曾纪泽遗集》,岳麓书社 1983 年版,第 170、173 页。

(77) 《光绪六年正月二十八日总理各国事务衙门奕䜣等奏》,《洋务运动》丛刊第二册,第 438—439 页。

⑦⑧ 《光绪六年二月十九日直隶总督李鸿章奏》,《洋务运动》丛刊第二册,第441页。
⑦⑨ 《刘忠诚公遗集·书牍》卷七,第34页。
⑧⓪ 《德宗实录》卷一〇七,第15页。这次陛见,慈禧太后是否在座,不清。
⑧① 吴语亭:《越缦堂国事日记》第三册,第2480页。
⑧② 《翁文恭公日记》第十九册,第2628页。
⑧③ 威妥玛报告,《李鸿章年(日)谱》,第4886页。
⑧④ 吴语亭:《越缦堂国事日记》第三册,第2481页。
⑧⑤ 《戈登日记》,《李鸿章年(日)谱》,第4889页。
⑧⑥ 曾纪泽:《伦敦致总署总办》,《曾纪泽遗集》,第180页。
⑧⑦ 吴语亭:《越缦堂国事日记》第三册,第2482页。
⑧⑧ 见《光绪八年八月十六日署理北洋通商大臣李鸿章折》,《洋务运动》丛刊第六册,第336—337页。
⑧⑨ 《李文忠公全书·译署函稿》卷十一,第28页。
⑨⓪ 《翁文恭公日记》第十九册,第56、59、61页。
⑨① 《翁文恭公日记》第十九册,第70页,原文为"索兵费十二万",疑为笔误。
⑨② 详见《翁文恭公日记》第十九册,第70—75页。
⑨③ 关于琉球争端的结果,中国史学著作一般说是不了了之。而外国人如马士《中华帝国对外关系史》说:一八八〇年中国就承认琉球群岛是处于日本宗主权之下,见该书第二卷,第354页。
⑨④ 《李鸿章年(日)谱》,第4885页。
⑨⑤ 《光绪朝东华录》,总第1001页。
⑨⑥ 《光绪六年十二月初一日直隶总督李鸿章奏》,《洋务运动》丛刊第六册,第141—149页。
⑨⑦ 《光绪六年十二月十八日降调顺天府府丞王家璧奏》,《洋务运动》丛刊第六册,第149—150页。
⑨⑧ 《光绪七年二月初六日出使美日秘国大臣陈兰彬折》,《洋务运动》丛刊第二册,第164页。
⑨⑨ 李鸿章:《论出洋肄业学生分别撤留》,《李文忠公全书·译署函稿》卷十二,第7页。
⑩⓪ 《光绪九年七月初五日都察院御史张佩纶奏折附片》,《洋务运动》丛刊第七册,第19页。
⑩① 《光绪九年七月初十日军机大臣字寄》,《洋务运动》丛刊第七册,第20页。

第十一章 四遭罢黜与十年赋闲

奕訢的执政,使慈禧太后不能为所欲为,成了她实现独裁统治的最大障碍。中法战争爆发,清军失利,她乘机把奕訢作为战败的替罪羊抛出。从此奕訢度过十年的赋闲生活。

一、被迫言战

奕訢于光绪九年二月二十二日(1883年3月30日)病愈之后,仍然精神委顿。二十四日(4月1日),慈禧太后于召见中发现他仍难任繁巨,又赏假一个月,令其"安心调理"。①事实上,他于六月(7月)才重新入直军机。

从上年八九月至本年六月间,奕訢不能主持或不能连续主持工作,给李鸿藻扩张权力提供了机会。李鸿藻受慈禧之命主持机密大事。翁同龢进入军机处,经常与李鸿藻因意见不合而争论。在越事问题上,李鸿章与法国公使宝海(F. A. Bouree)订立了"越事办法"三条,主要内容为法国应允不侵占越南的任何土地,不作有损越南主权的行动;中国应允从越南北方撤军,共保越南独立,同意法国通过越南红河向中国云南省通商。这项解决办法遭到中法两国政府的反对,因为,它既不能满足法国殖民主义者的欲望,也不能符合中国爱国士绅反抗侵略和保护越南的要求。于是,法国方面重新增兵拨款;中国方面,慈禧太后命令李鸿章迅往广东督办越南事宜,命左宗棠去督办江南防务。但是,李鸿章反对对法开战,坚辞不就这项使命,并散布说,"赴广东督师之命,乃鸿章在北京之敌人,借以毁灭鸿章者"。②又说"若以鄙人素尚知兵,则白头戍边,未免以珠弹雀。枢府调度如此轻率,殊为寒心"。③认为这项调度是错误的。而这时掌握调度大权的是李鸿藻,他是主战派的领袖。虽然决定大计之前,他有时也去征求奕䜣意见,但奕䜣鉴于他的慈眷正盛,不愿多所阻拦。

即使在重新入直后,一方面因久病体弱,不能坚持每日办事,也不得不继续让李鸿藻主事;另一方面此时清议派在李鸿藻为奥援的情况下气势正高,稍不注意即会遭受攻击,所以奕䜣仍继续按已成格局部署军事和外交。

六月十日(7月13日),慈禧谕令李鸿章仍回本任,张树声仍回两广总督任。之所以做出这项决定,就是照顾到李鸿章的意见,也是考虑到张树声有主战的表示。

八月十七日(9月17日),奕䜣到军机处会见奕譞。事先,他接到七弟的信函,说要商议大计。奕譞在军机处里主张应向法国新公使脱利古言明:"彼若开衅,偿款即由彼认。"奕譞的主战议论"其言甚壮",但是,从奕䜣到每一位军机大臣均"无赞成者,并从而疵议之"。在奕譞,是兴冲冲前来献策的,无奈人们以为毫无可采,只得"略坐而去"。④

二十一日(21日),曾纪泽从法国来电说,已请得英国居中调停;李鸿章自天津来电说,在刘永福战死法军司令李威利(Henri L. Rivière)、取得纸桥大捷后,越南忽又对法妥协,签订《顺化条约》。曾电给奕䜣以可以通过调停途径进行外交解决的希望;李电意在说明越南王国已不足以扶持。奕䜣仍无意开战。

九月十九日(10月19日),军机处会议对越事的方针,决定坚持不明白开战,但暗中添兵添饷的办法。奕䜣尚有些犹豫。当日,由总理衙门照会法国公使说:"法军如侵我军驻地,当不能坐视。"⑤次日,以廷寄严促云贵总督岑毓英、云南巡抚唐炯援助刘永福。二十五日(25日),军机处接到原广西巡抚倪文蔚来信,极言刘永福的黑旗军"之不可恃",军机大臣们感到前线空虚,"若不急调兵,恐益坏也",但因奕䜣未入直,没人作主,"仅空论一番而退"。⑥同日,总理衙门函告李鸿章,让他把中法越事之争公之于世界,宣布由于法军已先进攻,中国只好应战。

奕䜣对战事一直抱消极态度,不愿言战,又不敢言和,尽量少开口,以图减轻自己的责任。

九月(10日)底,慈禧太后一意主战。在一次召见军机大臣时,她明确表示不能再退让了,"语意甚决",责成李鸿章部署津防,以固京畿;责成左宗棠部署江防,以备自长江入犯;命令王德榜率已募新军出关抗法,将前不久作战失利的云南巡抚唐炯摘去顶戴以示惩处。十月初,加派广西巡抚徐延旭率桂军出镇南关协助刘永福,并命唐景崧激励刘永福攻取河内。此外,决定由广西藩库发十万两白银,每月支给刘永福五千两作军饷,为"团结刘团,进规河内"之用。这样,清政府就由于决意对法作战,而公开支持黑旗军了。

至此,由于慈禧太后明确主战了,奕䜣也只好"言战"了。

十月中旬,法国内阁决定以武力夺取越南北圻;清廷也谕令前线如果法军进犯即准竭力堵御。

十月十七日(11月16日),奕䜣答复法国政府说:两百多年来,越南一直是大清帝国的藩属,而在过去的十年内,中国军队一直在越南境内维持治安;很多世纪以来,越南王一向接受中国皇帝的诰册,并向中国纳贡。如果法国拒绝承认这个国家是中国的藩属,是绝对错误的,是不顾信义的,中国抱着一切愿望与法国保持和平,要求法军退出越南北方,以避免两国军队的冲突。⑦表明了中国的严正立场。当然这种劝告是无效的。

十月二十六日(11月25日),奕䜣收到七弟奕譞的一封言战书信,内陈海防三策:第一,炮台用土法造以求避开花大炮;第二,由政府购沿海地带一条,挖坑设伏以与入犯之敌进行陆战;第三,在天津组织乡团。奕䜣把此意转寄至北洋李鸿章处,使其相机"赶办",但未说明此策是醇王所献,可能是不欲以亲王名义强行使之照办。

这时,中法双方武装力量集结于越南山西和北宁地区,而以山西为必先争夺之地。在山西,中国方面是刘永福的黑旗军和唐景崧所带的部分滇军。法国方面士兵不及中国多,但因有军舰重炮掩护而攻势猛烈。滇军首先溃退,致使黑旗军势孤,遂失守山西。十一月十七日(12月16日),中国军队退守兴化。

十八日(17日),因听说越南主战派已杀死降法的新王,慈禧决定乘势重振越南局面。奕䜣按着慈禧旨意,寄谕两广总督张树声带兵赴越,帮助越南择贤者另立新君,坚持抗法;令号称知兵的吴大澂赴广东帮办军务;令北洋水师提督丁汝昌率舰队赴粤洋控制北部湾制海权。但这些部署差不多都落空了,张树声这个主战的总督以在越中国诸军不和为理由,请李鸿章改派潘鼎新赴越,丁汝昌也未能率舰队赴粤洋。军机处只好奏请改派云贵总督岑毓英率滇军四千人入越,驻守保胜,为黑旗军后援。

光绪十年正月(1884年2月),中法双方部队对峙于越南北宁。中国方面包括黑旗军、政府军以及越南爱国军民计三万人;法国方面有一万五千名官兵。为了支持战争,清廷已于上年十月底向英国汇丰银行贷款一千四百万法郎作军费,李鸿章又于本年正月向德、美两国购买一百二十门钢炮,一万支快枪,分发于沿海要塞,以防备法国对中国本土的进犯。看来,中国为对抗法国侵略而投入的人力与财力均不算少,是决心一战了。

正月十九日(2月15日),奕䜣收到李鸿章致总理衙门的一封公函,却足以动摇其决心。函内分析说:

> 法军在越者万数千人,中越军合三万人,若在陆路交战,似足相敌,惟法军作战,水陆相辅;华军仅凭营垒。法军使用后膛枪炮及海军火炮;中国则无,炮位既少,又无训练。是三省会攻实有未妥。华军应多方扰之,乘虚袭之,以分敌势即可。⑧

应该说这封信的分析是有道理的,战争的胜负不只由人数多寡决定,还决定于士气、战术、装备、训练等各方面状况。在法军战术配合、装备及训练等方面均优越于我军的情况下,奕䜣面临两个选择,要么就决心避战求和,要么就下令前线避免阵地战,展开丛林战、游击战。然而,奕䜣计不出此。这是因为他有不得已的苦衷,当时国内主战呼声甚高,其中相当一部分人不考虑力量对比而要求对法大张挞伐;慈禧太后也为西山之败而激怒,决心雪耻。所以,这两个选择都会被当成怯懦的表示而招致攻击。奕䜣没有按照李鸿章的分析做出相应的调度或指示。

二十八日(24日),法军总攻北宁了。果然如李鸿章所料,法军依恃海军的机动作战能力,切断了中国军队后路,陆军则兵分两路迫攻北宁城。二月十五日(3月12日),中国滇、桂两军抵御不住,仓皇弃城逃跑,多亏刘永福组织了掩护性反攻,才使政府军免于全歼。

十八日(15日),北宁失守的电报到京。这天奕䜣入直迟到,太后召见时间已过。又无其他奏折,而电文本身简约,难见详情,军机大臣决定暂不入奏,俟明日见到详细报告再说。但由此联想到昨天接见法国公使巴德诺时,法方虽没有提出什么要挟,却已经多有"微词"了,大约是他们已经得到法军取胜的消息,只是也知之不详罢了。⑨

二十九日(3月26日),越北重镇太原失守的电报又传到京。法使也在同一天气势汹汹地提出索赔兵费六万镑的要求。慈禧太后一听立即震怒,决定将此次败军之将徐延旭连同上次擅自撤兵回关的唐炯一并革职拿问。

失败,是奕䜣早已料到的。自从上年十月以来,奕䜣入直军机经常是迟到的,有时干脆不到,总理衙门那边就更经常不露面了。过去那种勤于治事,夙兴夜寐的精神已不复存在。其原因固然可以推之于健康状况不佳,但更主要是由于对战争胜利缺乏信心。而一向主战的李鸿藻和态度不大明朗的翁同龢却都因失败而震惊,深感"海防之不足恃","时局之难",而"恐从此棘手矣",不再敢侈言战事了。⑩

失败又使另一些人激怒起来。醇王奕𫍯深"以未能大举为恨",向慈禧太后要求再与法人一决雌雄。⑪御史们纷纷追究战败责任,按律则最先逃跑的前敌将领当处死,统兵大员当拿问。这样层层追究下来,则保荐统兵大员的荐主也应坐罪。那么,最高的责任者是谁呢?没有人去指责决定开战大计的慈禧太后,因为,在专制制度下,一切功劳归于上,一切错误归于下,代人受过的责任当然就应该落在运筹帷幄的军机身上。

恭亲王奕䜣的第三次政治厄运便降临了。

二、替罪羔羊

光绪十年三月初八日(1884年4月3日),军机大臣全班入见慈禧太后。慈禧当面说:"边防不靖,疆臣因循,国用空虚,海防粉饰,不可以对祖宗。"这番话似在自责,又似在责人。军机大臣们十分"惭惧",为之"沾汗不已"。⑫但奕䜣不在场,他被慈禧派往东陵去祭祀。

初九日(4日),是清明节,奕䜣在东陵普祥峪主持慈安皇太后三周年祭典。此事通常是闲散亲王的差使,这次让奕䜣去作,政治嗅觉敏锐的人"即疑其有异"。⑬

此时,慈禧太后在北京城内正部署倒恭大计。

初九日这天,慈禧让光绪帝到景山寿皇殿行礼,以便避开本生父奕譞。她自己则以祭奠九公主为名,到了九公主府并于此用膳。九公主称寿庄公主,是奕譞的同母妹,行九,一个月前逝世时,慈禧已经赐奠一次。这次来此祭奠,专为借机单独召见奕譞。后来得知,这天他们研究的是近日左庶子盛昱的奏折,而盛折是弹劾军机的。初十日在宫内,慈禧照例召见军机,匆匆应付过去,便再次召见醇王,密谈三刻钟,前两日的四封奏折都没有发交军机处处理,许多人预感到要有大风大浪了。十一日,慈禧将何崇光、刘恩溥密折发下,大家看折内并无要紧言论,就猜想真正有关大局的可能是没有发下的盛昱奏折。十二日,慈禧召见军机大臣,作泛泛谈;然后密召孙毓汶;然后密召醇王奕譞。十三日,奕䜣从东陵回来,本应召见,但太后只召见御前大臣、大学士、六部满汉尚书,却不召见军机大臣,奕䜣只得坐于军机处等待。军机处其他大臣有的兼任大学士、协办大学士,或尚书之职,也不得参与前项人等的召见,这使他们愈加感到事情"必非寻常"。⑭这就是说,从初九日至十三日,慈禧虽然召见过军机,但只是应景而已,而在背着军机的情况下,她正秘密地紧张地策划着。对这些,军机们是有感觉的,但不知详情;而奕䜣则因被支到东陵而完全不知。

这天未正一刻,领班军机章京沈源深传出太后懿旨,揭示了太后的决定,人们大吃一惊。懿旨写道:

> 慈禧端佑康颐昭豫庄诚皇太后懿旨:现值国家元气未充,时艰犹巨,政虞丛脞,民未敉安,内外事务,必须得人而理。而军机处实为内外用人行政之枢纽,恭亲王奕䜣等,始尚小心匡弼,继则委蛇保荣,近年爵禄日崇,因循日甚,每于朝廷振作求治之意,谬执成见,不肯实力奉行,屡经言者论列,或目为壅蔽,或劾其委靡,或谓篡篡不饬,或谓昧于知人。

这是借言官的攻击罗列奕䜣的过失,接下去叙述必须给予惩处的理由：

> 本朝家法极严,若谓其如前代之窃权乱政,不惟居心所不敢,亦实法律所不容,只以上数端,贻误已非浅鲜,若不改图,专务姑息,何以仰副列圣之伟烈贻谋?将来皇帝亲政,又安能诸臻上理?若竟照弹章一一宣示,即不能复议亲贵,亦不能曲全耆旧,是岂朝廷宽大之政所忍为哉?言念及此,良用恻然。

以下宣布处分决定,将奕䜣为首的军机处全班尽撤,但是处分有轻重之别。对奕䜣是"开去一切差使,并撤去恩加双俸,家居养疾",是最重的;对跟随奕䜣二十多年的宝鋆是开去一切差使,以原品休致;对李鸿藻和景廉是降二级调用;对翁同龢是革职留用,退出军机,仍在毓庆宫行走,继续为光绪帝授读,算是处分最轻的。⑮

懿旨中说:"若竟照弹章一一宣示,即不能复议亲贵,亦不能曲全耆旧",给人一种错觉,似乎言官弹章中有许多难以明言的地方,叙述出来将对奕䜣很不体面,不叙述出来是对他的保护。这是颇为毒辣的一笔。这份懿旨据说是醇王亲信孙毓汶拟稿的。⑯孙毓汶与翁同龢是同科进士,咸丰年间在山东原籍办团练时抗捐经费,为僧格林沁亲王所劾,因而革职充军,为此恭王对他很讨厌,他在恭王手下也就一直不得志,此时便积极推动倒恭密谋。

按,盛昱的奏章主题本是"为疆事败坏,责有攸归,请将军机大臣交部严加议处,责令戴罪图功,以振纲纪而图补救事",是请求给予处罚,而不是要求撤职的。此外,从题目上说是全面评论军机处,而实际锋芒主要是指向李鸿藻的,批评李听信张佩纶的话而保荐唐炯和徐延旭,致"使越事败坏至此,即非阿好徇私,律以失人偾事,何说之辞?"涉及奕䜣的只有两处:一为李鸿藻保荐唐、徐,奕䜣未能纠正;二为战败之后,不能另简贤员,而"就地取材",用湖南的潘鼎新和贵州的张凯嵩这样的"粗庸""畏葸"之员。最后要求将拿问唐、徐及调动有关省份巡抚的决定以明谕颁发,宣告天下,有敢言及弃地赔款者立置重典。

盛昱,字伯熙,是清初肃亲王豪格之后,官日讲起居注左庶子,也是清流派人士。平心而论,他的奏折虽不能把战败的责任归之于下令开战的慈禧,但把矛头对准了李鸿藻,这还是正确的,至于批评奕䜣"俯仰徘徊,坐观成败"等,也还合乎实际,他是希望通过鞭策使奕䜣振作精神的。

现在盛昱看到慈禧利用自己的奏折,将军机大臣全班尽撤,并撤去恭亲王奕䜣的一切职事,大非自己的本意。十四日,他又得知新班底由礼亲王世铎为领袖,其余军机大臣为户部尚书额勒和布、阎敬铭,刑部尚书张之万,工部侍郎孙毓汶在军机大臣上学习行走。他将新旧对比,认为新军机人选远不如原军机。于是又上一封奏折,专为恭亲王奕䜣开脱,请慈禧格外开恩予以录用,但作为陪衬,也拉上了李鸿藻。他分析说,宝鋆"年老志衰",景廉和翁同龢谨小慎微,均"不能振作有为";然而:"恭亲王才力聪明,举朝无出其右,只以沾染习气,不能自振,李鸿藻昧于知人,暗于料事,惟其愚忠不无可取,国步阽危,人才难得,若廷臣中尚有胜于该二臣者,奴才断不敢妄行渎奏,惟是以礼亲王世铎与恭亲王较,以张之万与李鸿藻较则弗如远甚,奴才前日劾章请严责成,而不敢轻言罢斥,实此之故,可否请旨饬令恭亲王与李鸿藻仍在军机处行走,责令戴罪图功,洗心涤虑,将从前过举认真改悔,如再不能振作,即当立予诛戮,不止罢斥。"⑰

慈禧太后对他的要求不予理睬,也不公开此折。

十天后,御史丁振铎又上疏历陈往事,企图说动慈禧回心转意。他说,同治初年,皇太后垂帘听政,国内外形势极其险恶,外有西洋各国从海上入侵,强迫通商,进驻北京,内有太平军及捻军大起义,又有以回民起事为代表的内部斗争,全国十八行省尽被兵燹,然终能"戡定大乱",转危为安;改元光绪以来扑救山西河南等省奇灾,改定损失过重的俄约,这些政绩已足使皇太后对得起列祖列宗,并足以垂示后人。而这些政绩的取得与恭亲王的辛勤赞佐不无关系,所以,请皇太后"特沛纶音",仍令恭亲王当差效力。他说,如此才能"使群疑尽释,元气不伤"。⑱

同日还有庆郡王奕劻的上疏。奕䜣被罢黜后,他的职权分别由世铎和奕劻担任。奕劻自认无论在才力和资望各方面都无法与奕䜣相比,同时也认为礼亲王世铎也无法与奕䜣相比。因此他以六条理由说明枢臣不兼总署的不便,强调说:

> 总之,时艰之亟,实以洋务为大端,枢密之繁,当以洋务为要政,朝廷重洋务,则必重视总理各国事务之衙门,臣等可罢斥,而衙门之

权必不可轻,衙门亦可裁并而军机兼理之法必不可改,夫将帅不明洋务,必溃其师,疆吏不明洋务,必偾其事,部院大臣,不明洋务,不足以预大政,言路诸臣不明洋务,不足以赞秘谋,况以枢臣秉国之钧,佐天而理,顾不明洋务可乎?故臣等以枢臣不兼理洋务,不成其为军机大臣,而总署不责成枢臣,亦不成其为总理衙门,断断然也。[19]

这个折子是总理衙门的其他大臣如张佩纶、陈兰彬、周德润等人共同商定的,代表他们的共同意见,他们从国家体制上指出枢府必须兼理外交,这是很有见地的。在国际事务频繁的近现代社会里,政府首脑不能回避外交事务,这是明显的道理。那么,谁是既能总理中枢机关又能胜任外交并为外人所重的人呢?只有奕訢。这是本折命意所在。

慈禧当然明白这一点,在召见奕𫍽时她提到了这个折子。这个折子里还说拟此折曾与他商量过。可是奕𫍽在同治十年就反对"秉政之臣,即办夷之臣",所以他并未向太后力谏此事。慈禧遂坚持原来的决定,"切责总署以为非恭王不能办,传旨申饬"。[20]

据翁同龢日记所载,近日上疏言越事的有盛昱、赵尔巽、陈锦、延茂等五封,其中只有盛昱是直接痛斥枢庭的。从上面的叙述可知,盛昱也不是要赶奕訢下台,现在张佩纶、周德润这些昔日的清流人物也请恭王再管总署,这说明清流派人物虽然批评,甚至攻击过奕訢,但从来没有要求他下台的意思,只是想推动他把事情办得更好些。所以,慈禧命令奕訢等全班人马退出军机,实属歪曲清流派的原意。

清流派人士看到十四日懿旨宣布:今后"军机处遇有紧

养心殿东暖阁垂帘听政处

要事件会同醇亲王商办",意识到这就等于在军机处之上又多出一个太上军机,于体制大不符合。因此,盛昱首先奏请收回成命,接着左庶子锡钧(蒙古族)、御史赵尔巽(汉军旗人)都上疏直谏,请慈禧让醇亲王退出机务。表现了清流派在纲常问题上的"风骨"。

慈禧却不顾清议派人士的反对,强词夺理地答复说:"垂帘以来,揆度时势,不能不用亲藩,进参机务。此不得已之深衷,当为在廷诸臣所共谅。"[21]意思是,过去用恭亲王进参机务能为廷臣所谅解,现在用醇亲王进参机务也应该为廷臣谅解。她回避了这样一个事实,恭亲王与醇亲王不同,他不是皇帝的本生父,不会造成皇统上的问题。

奕䜣在这次被罢黜中,表现得异常的平静。他没有如被八大臣排挤时那样进行密谋活动,没有如免除议政王时那样进行争吵,也没有如被同治帝暂时地免去一切差使并撤去亲王爵号时那样强项不屈。这一次,他完全是一副无所谓的态度。他知道,太后对他已经十分讨厌了,前敌战败不过为罢黜自己提供了借口。

三月底(4月底),慈禧太后频繁地催促李鸿章"迅速与法国议和,不可迁延观望,致干咎厉",[22]并且批准了《李福条约》。奕䜣对此是不能服气的,因为太后并不比自己英雄多少!

接着发生的事情却令奕䜣惊诧。太后在欲和不能的情况下,居然批准新枢府的建议,以张佩纶、陈宝琛、吴大澂这些响当当的清流中坚去会办福建、南洋及北洋的军务,这不是让书生典兵,用违其才吗?结果,真的就出现了福建马尾的惨败,清流派从此"气衰"。奕䜣明白了,这叫作"美珠箝口",好毒辣的一招呵!

三、太后宿怨

恭亲王奕䜣与慈禧太后之间近年来屡次出现不睦,是这次奕䜣被罢黜的真正原因。

光绪六年八月十二日(1880年9月16日),正在病中的慈禧命令太监李三顺给自己的胞妹醇亲王福晋送去八盒宫内上等食品。李三顺找两名小太监挑着食盒,大摇大摆地行经午门。守门护军坚持要查验出门证,说没有敬事房的知照,任何人不得携物出宫。李三顺自恃是太后所命,非出门不可,护军坚决不许出,争扭起来。最后,李三顺使出泼赖手段,毁弃食盒,回宫向慈禧告恶状,诬陷护军。慈禧偏听偏信,大发脾气,向慈安哭诉,说被人欺侮,不杀这些护军则妹无法再活。性情忠厚的慈安答应替她出这口气。次日,慈安发布上谕将此案交总管内务府及刑部审讯。当时刑部尚书潘祖荫正在内廷兼充南书房行走,当面领到处以斩决的面谕。潘回到刑署,将此案交秋审处审理。秋审处司官为四坐办,四提调,号称八大圣人,均精于大清律。他们说根据刑律,护军是执行任务,无罪,既交刑部,则应当按律办案,如果太后必欲杀之,则请太后自己杀之。潘为官亦刚直,遂以此言入对,慈安转告慈禧。慈禧益怒,力疾召见潘祖荫,"斥其无良心,泼辣哭叫,搥床村骂"。潘被逼无奈,回刑署对司官痛哭,拟曲法改判。

这期间又发生了九月初三日长春宫天棚中搜出火药及无数引火用的火柴,以及十一月初八日疯人刘振生混入宫禁等怪事。结果,长春宫火药案只将有关太监交慎刑司"严诘",而没有追讯到底,更未用明发谕旨宣示;刘振生闯入禁地一案,却将该日值班护军统领载鹤及另外十名侍卫、内务府护军参领一人照部议革职。这就越发显得懿旨治护军罪重,治太监罪轻了。㉓

这两件事情说明,第一,宫内太监相当复杂;第二,门卫因前次护军被治重罪而不敢严格执行任务。归根结底是上次案件中太后对太监袒护的结果。

奕䜣反对慈禧太后的做法,支持刑部按律办案。但刑部审理护军案已再三定案入奏,都因未能达到慈禧太后满意而未获批准。直至十一月底,太后仍坚持将护军置诸"重辟"。奕䜣遂带领全班枢臣"力争,不奉诏",而且反复劝谏,"语特繁"。㉔结果仅是允许将死罪免除,但仍从重定罪。

十二月初,清流派骨干张之洞和陈宝琛同日上疏。奕䜣大为赞赏,手里拿着这两份折子对同人们说:"若此真可谓奏疏矣!"㉕他之所以称赞张、陈奏疏,是因他们犯颜直谏,敢于要求太后裁抑太监和维护宫禁制度。

初七日，太后终于在枢府、刑部及言官的共同抵制下，重新颁布懿旨，除守门护军官兵皆从轻改判外，另将太监李三顺交慎行司责打三十板，将首领太监刘玉祥罚去月银六个月。

金梁的《清帝外纪清后外传》里详细地叙述这次午门护军案的争吵，强调奕䜣由此事而激怒慈禧的过程。大意如下：

……太后以太监一面之词，怒令将护军统领岳林处斩。恭亲王说：岳林失察，罪至交部议处，护军有错，立予斥革即可。太后说：不行，应施行廷杖。恭亲王说：廷杖是前明虐政，不可效法。太后恼怒说：你事事与我对抗，你算什么人？恭亲王也不示弱，说：臣是宣宗第六子。太后说，我革了你！恭亲王说：革了臣的王爵，革不了臣的皇子。慈禧也没有办法了。

《一士谈荟》的作者认为，奕䜣未必敢于对慈禧太后这样针锋相对地斗争。但是，我们如果结合以往在关键时刻的表现，会觉得这次的"冒犯"也不是偶然的。

第一件是同治帝大婚之后，亲政之前，有一次慈禧对军机大臣说：现在大难已平，我们姊妹辛苦已久，不久即将归政了，我们想择日遍召大学士、御前大臣、六部、九卿，谕以"宏济艰难之道"，只是养心殿太狭窄了。说到这，奕䜣立刻就明白她的意思，她是想要御临乾清宫呀！乾清宫是皇帝举行国家大典的地方，太后到那里去训谕群臣岂不成了女皇？奕䜣立即说，"慈宁宫是太后地方"，一下子堵住了太后的嘴，慈禧遂不便再往下说，后来也没有再遍谕群臣。奕䜣这样做是为了防止出现第二个武则天。

第二件是同治十三年慈禧怂恿同治帝大修圆明园，又是奕䜣与他们进行了坚决斗争，使之被迫同意停止圆明园工程，改修三海，后又因同治帝死，三海也没有修复。此事已在第九章叙及。

第三件是光绪初年，奕䜣"当国，事无大小，皆谨守绳尺"。他严格按规定和制度办事，经常对慈禧的奢侈欲望进行限制。据载：每当慈安慈禧率领帝后等人游幸三海时，奕䜣常随侍左右。慈禧常常试探说，这儿应该修一修了，奕䜣则正色厉声回答：喳。绝无下文。慈禧见话不投机，不便再开口；这时慈安颇能体会奕䜣主持国事而不得不节约开支的苦衷，从中解释说:修是该修,只是没有钱,奈何。

可见,尽管奕䜣经历多次挫折和打击之后,越来越失去锐气了,但在关键时刻还是能够利用传统对慈禧太后的奢侈欲望进行抑制的。在皇族中也只有他有资格做到这一点。

也正因为如此,慈禧太后必定要换掉他。

随便提一下,《慈禧外纪》一书说:慈安死后,"慈禧可以唯已独尊,以专执国政矣。然尚有一人足为微梗者,则恭王是也。盖此时恭王犹在军机,慈安既薨,而恭王亦遂不能安于位。"这一段话的基本精神是对的,即慈禧在慈安死后,把奕䜣看成为实现独裁权力的最后障碍,早就在寻找时机拔除之了。

四、闲散亲王

奕䜣虽是"天潢贵胄",却也是一个热爱自由的人,离开了喧嚣的政治生活,他感到超脱和解放。作为一个闲散亲王,他今后要自由地抒发胸中块垒,纵情地游览古刹名山,真情地爱恋妻室儿女,热诚地交接友朋昆弟。

恭亲王手书

闰五月端午的前二日,上距被罢黜已有两个半月,奕䜣去游览普济寺。七弟奕譞到府,兄弟未能晤面,随后奕譞写来七绝二首再表致意。奕䜣捉摸他可能是要对自己表示安慰,或者是解释其在政治上取代自己的不得已的苦衷。奕䜣翻阅书房里的白居易《长庆集》,作七绝集句诗二首为答。诗中,他没有艾怨,反而声称乐于从此与"云泉结缘境"。诗云:

试将衫袖拂尘埃,君手封题我手开。两幅彩笺挥逸翰,高阳兴助洛阳才。

幽芳净绿绝纤埃,白藕新花照水开。且共云泉结缘境,甘从人道是粗才。㉖

十几天以后,七弟再次登门造访,奕䜣赋诗说:"……公退只应别无事,闲披烟雾访微才。纷纷扰扰起红埃,长夏居闲门不开;心似蒙庄游物外,璚簪珠履愧非才。"这里,他恭维七弟奕譞诗才如"谪仙"李白,表白自己长夏闲居不出户外,心情恬淡如庄子超脱凡俗。不难想见,他对奕譞怀着戒意,因为奕譞是慈禧太后的人,安知他不肩负着为太后侦伺动静的使命?

唐诗,是我国古代诗歌发展的高峰,自宋代以后为广大文人所推崇和研习,甚至不少人以熟读和活用唐诗为雅趣。宋代大改革家王安石在晚年也曾手制集唐诗以消闲。奕䜣从首席军机大臣的职位上被罢黜,与王安石被罢相遭际相同,心情相似。奕䜣也放弃了早年专务自创的诗路,"取唐诗置诸案头,信手掇吟,以消永日",开始了集句闲咏的岁月。

奕䜣的创作主张是进步的,他反对泥守诗词格律,说:诗言志,歌咏言,在心为言,发言为诗,情动于中,言形于外,故"工拙所不计及",读者也不应"以声律绳之"。

他不止一次地高呼要自由地抒发感情,反对矫饰。这年冬季,他以诅咒牙痛为名,愤懑地写道"情尽口长箝","诗冷语多尖",表示向往创作自由。在另一首律诗中进一步写道:"世缘从此遣,真境愈难抛。"为了写"真",又不满足于诗冷语尖,而要"狂吟"了。

当然,他吐露真相是看对象的。他给宝鋆的诗就往往是真情的流露。其中一首道:

纸窗灯焰照残更,半砚冷云吟未成。往事岂堪容易想,光阴催老苦无情。风含远思翛翛晚,月挂虚弓霭霭明。千古是非输蝶梦,到头难与运相争。

对于刚刚过去的那场历史是非他并不低头认错,他不认为慈禧太后的制裁是正确的,只承认这是命运,难与"相争"。在转过年写作的《朗润园感怀》中,他写道:"实事渐消虚事在,他生未卜此生休。"哀叹自己的政治抱负的破灭,感情充满了凄凉。这些诗绝非如送给奕谖的诗那样造作。

光绪十一年春,他的爱子载潢夭折。这使他"悒郁于怀,致触旧患,肝疾复作,医药未能速效"。抑郁所致的疾病,最好是用排遣法治疗。奕䜣带上家人侍卫,小车肩舆,手携着数卷唐诗,进行了四十余日的西山之游。

他由昆明湖泛舟至玉泉山,由文昌阁过绣绮桥至万寿寺、龙泉庵、香界寺、宝珠洞等胜境,然后来到普觉寺。普觉寺俗称卧佛寺,他曾于咸丰二年随同咸丰帝一同下榻于寺中,至今已历三十余年,此番旧地重游,特意留宿并赋诗。诗云:

寥落悲前事,回头总是情。僻居人不到,今夜月分明。地古烟尘暗,身微俗虑并。水深鱼极乐,照胆玉泉清。

他就这样边游边吟,写下了《大觉寺竹径听泉》《憩云轩即景观瀑布池鱼》《有清音阁咏怀》《四宜堂晚坐有感》《碧云寺试泉悦性山房小憩登塔远眺》《微雨游消债寺》《登石景山空寺渡芦沟河至梨园庄奉福寺》《由奉福寺度罗喉岭至潭柘山岫云寺宿延清阁喜而有作》等等。当他来到"松竹清幽"禅房与慈云方丈作一夕"净话"之谈的时候,烦虑已经洗涤净尽。来到药王殿时,他向药王祈求健康,诗中已有诙谐之声了:

洞壑仙人馆,侵窗竹影孤。病身惟辗转,灌顶遇醍醐。世事空名束,诗魔未肯徂。囊中有灵药,能乞一丸无?

这首诗用了刘禹锡、韩偓、卢纶等八个人的句子,零金碎玉,联缀成篇,竟浑然一体,恰切地表现了奕䜣本人的病状及愿望。

告别岫云寺,又游极乐峰、太古观音洞,在西域云居寺对雨吟诗,到石经塔院作春晚闲步,过华严洞望高耸入云的天柱峰,到退居庵与八十六岁高龄的瑞云禅师请教健身法。然后至上方山走上回程。

这次旅游使他的健康大大地恢复了。回到恭王府,他又抖擞精神把赋闲以来的所有集唐诗加以整理,于五月编定为《萃锦吟》卷一。集人诗句而为诗,艺术价值并不高。但是因这些诗记录了奕䜣的思想情绪及交游行踪,而具有一定的史料价值。奕䜣把写作集句诗当作陶冶性情的方法,他说:"每于花晨月夕,体物缘情,偶开一卷,即有所得。如与诗人相对,借以陶冶性灵,胜于牧猪奴戏多多矣。"

这年夏季,他的长子载澂病死。这使他刚刚复原的身体又病倒了。北京多蝉的秋夜使他难以入睡,他"悲愤交集",写作了《秋夜咏怀》。不久,他带着悲凉的心情再游西山,但时间短暂。

奕䜣已经五十四岁了,体弱多病,又兼近年来连续丧亡四妻妾,三子女,精神受到颇大刺激。从西山回来后,心情仍未平复,又作了一组悼亡诗以寄托哀思。在悼妻词中有一首为集唐五代诗词之作:

> 眼应穿,人不见。花残菊破丛,酒思临风乱。无言独上西楼,愁却等闲分散。黄昏微雨画帘垂,话别情多声欲战。

悼念儿女的词亦为集唐五代诗词之作云:

> 花淡薄,雨菲菲。伤心小儿女,相见也依依。绿倒红飘欲尽,晚窗斜界残晖。无由并写春风恨,不觉汍澜又湿衣。

面对频年公事和私事的不顺,他悲怆地问冥冥中的神灵:"呜呼!人事固有未尽耶?抑天事预有定数耶?系乎人,系乎天,其当皆归于命耶?"他在锐意革新的时候,曾经是极力反对把天象与人事相联系的,曾几何时,他对一连串的个人不幸发生了恐惧,以为这些都是命中注定的!

这一年的最后几个月,他在城内自己的花园——鉴园里排遣时光。鉴园是他在执政期间筑于恭王府外的一处园亭。这里有山有水,风景秀美。他经常居住这里,所以也称此为恭王府。年内,他写了《鉴园遣兴三十首》。

赋闲,使他这个世袭罔替的"铁帽子亲王"感受到了世态炎凉。

光绪十二年(1886)春节,正是立春。两"春"重叠是"大吉日",竟没有几个贺客上门。往年,恭王府前一向是车水马龙,府中一向高朋满座的呀!因为自己是亲王,体制关系,别人不来拜他,他也不便去拜别人。他以自我解嘲的心情叙述这次过年:"都中每值新年,无论公卿士庶,来往拜贺,毂击肩摩,日日驱驰,扰攘于十丈红尘之内。余因养疴,未能趋俗,闲居习静,读画看书,别有一番滋味。"在《丙戌年元旦立春》中,他写道:

"富贵祝来何所遂,世间难得自由身。"这可能是他这次受挫的一个收获,也可能是他几十年来第一次感到自由比富贵更可贵。光绪十四年正月,他再次赞美这种冷清的生活,"惟日坐书斋",每日集成一诗,按月编次,构思着意灵活,"句虽集唐,而用典不拘古今时代,亦如画家有烘托之法也"。对于这些诗,素擅诗词的宝鋆曾给予很高评价,说:"月满无亏,花生有笔,文章假我,天地皆春。"

奕䜣这个时期的生活主要内容就是与朋友诗歌唱和。他自述说:"年来闲居无事,惟以集句自娱,日与佩蘅相国及朴庵弟往来唱和,几无暇晷。每忆昔人有文战、笔战、酒战、茗战、棋战等名,今戏以诗战命题。只取兴到笔随,不尚勾心斗角。"佩蘅即宝鋆,朴庵是奕谟的号,这两个人是他的主要诗友。当然,也不只是作诗,他曾在朗润园为宝鋆和董恂置酒庆贺八十大寿,为侍读志锐(字伯愚,满人),编修志钧(字仲鲁,满人)题《同听秋声图》,为观察方濬师(字子严,汉人)题《端江饯别图》、《岭退七友图》以及《退一步斋诗集》。他为李鸿章写《赠李少荃相国十二韵》,赞许李鸿章"多才兼将相,旌节屡西东","钧衡持国柄,豪杰自牢笼"。清议派人骂李鸿章无他能事,惟能议和耳,又说李的左右无一正人!奕䜣却始终认为李为国家建立了功勋,善于笼络人才。

总的说来,奕䜣此时交游面甚小。如果交游面大,他就要受到疑忌了。他把大量的时间消磨在对故园"朗润园"的修复与欣赏上,消磨于西山的山水之间。

他的心态已老。当他第五次住宿岫云寺时,他称道文殊殿内一副旧式镜屏说:"制造古朴,迥非今时踵尚华丽者可比。"有颂古非今之意。他礼佛诵经,捐资修葺寺院,使之"悉复旧观",并亲自参加"开光"典礼,为之"讽经礼忏"。

他遵照旧制,在昌平县翠华山为自己营造了陵墓。墓旁的茔庐横额就取"乐道堂"三字。这三个字是道光帝留给他的墨宝,他要带到他归葬的地方。

但他仍然保持着一些对外洋事物的兴趣。可以说他是中国人中很早接受西洋法照相的人,在皇族人士中他可能是最早的。咸丰十年,他就摄下了冠顶珠服的标准像。光绪十三年的诗作中又有《自题友松啸竹图小照一律》、《再题歌唐集句图小照二律》以及《将友松啸竹图小照分寄潭柘岫云、戒台万寿二寺各留一幅,以致香火因缘并纪一律》等诗,我们参照《萃锦吟》卷七中,曾把同一幅照片既称为"照像",又称为"小照",可以断定这里所说的小照也是西法摄影的照片。这说明在他五十七岁那年,不但拍摄了有景物,有生活内容的生活照,而且用它作为赠品送人。

两年后,七弟奕𬤇把一个广东人梁时太找到恭王府,给他们照相。第二天照片冲洗完毕,有合影,有单照。奕䜣兴致勃勃,赋诗二首酬赠七弟,在题注中他欢呼西法摄影术"流传日广","中土之人肄此业者甚夥,其精巧殆有过焉"。再次流露了师夷之技,转而上之的思想。单人照是奕䜣坐在自己的"秋水山房"书斋前,他对这幅照片十分喜欢,特集唐诗赋《题照像山房闲坐图》:

半潭秋水一房山,顿隔埃尘物象间。自笑微躯长碌碌,消遥心地得关关。　陶庐僻陋那堪比,谢守清高不可攀。忽喜叩门传语至,殷勤为我照衰颜。

光绪十三年末,奕䜣的身体好转,精神愉快。赠给宝鋆的一首述怀诗说:"平生志气今犹在,四载安居复有群。"竟有些意气风发了。

从这一年始,七弟奕𬤇却一直患病。用奕䜣的话说是:看人挑担不知累,自己挑上吃不消。不过,奕䜣多次到奕𬤇府上看望。十四年谷日,他到奕𬤇府上去贺年、品茗、谈诗。哥哥给小弟贺年,这无论如何对奕𬤇是个安慰;而在奕䜣,则是不计前嫌的大方表示。

光绪十五年,皇帝大婚。正月二十八日,慈禧太后以普施恩泽,为奕䜣赏添头等和二等侍卫各一名,三等侍卫二名,并赏如意、蟒袍及朝服补挂等物。奕䜣除照例进谢恩折外,作纪恩律诗一首。其实,奕䜣与太后关系并未改善。

但他与奕𬤇之间却感情融洽了。这主要是情绪因素起作用。因为,从体制上说,皇帝大婚就应该亲政,而慈禧太后却不愿归政。兄弟二人于是产生了心理共鸣。花朝日,[27]奕𬤇邀请六兄奕䜣、十弟心泉及宝鋆到自己的邸园玉照亭赏梅,即席赋诗,尽一日之欢。不久,奕𬤇致奕䜣《排闷一律》,同时赠春笋。奕䜣集唐诗句作答:"扰扰人间是与非,醉乡不去欲何归。漫夸列鼎鸣钟贵,还得山家药笋肥。"劝七弟不念人间是非,一醉方休。在慈禧的专制统治下,兄弟间有许多话不便明言,这一束小诗使彼此的心靠得更近了。这一年兄弟之间的过从比以往任何一年都密切,唱和诗文也极多。

奕䜣知道,请慈禧继续训政,这是奕𫍽顺从慈禧的意图而"主动"请求的,所以尽管兄弟关系密切了,他也还是绝口不谈政治。在这年年末所作的《冬至闲咏》里,他集唐诗句道:

> 自怜终乏马卿才,苦吟须惊白发催。从听世人忙似火,此心因病亦成灰。前程渐觉风光好,清气应归笔底来。官给俸钱天与寿,帝尧城里日衔杯。

这首诗的格调同年内给宝鋆看的绝对不同,是韬光养晦之笔,意在使太后及七弟对他放心。

慈禧太后毕竟是归政了。这一来就形成了皇帝本生父奕𫍽有权而太后无权的局面。而太后是权力欲极强的人,她对奕𫍽由此加深了猜忌。奕𫍽因此惊悸万分,旧疾复发,只一年多的时间便病死了。

与奕𫍽同年而卒的还有宝鋆。对宝鋆之死,奕䜣则更为重视。这是他几十年来共事的挚友,宝鋆的神主入祠典礼那一天,奕䜣亲自去祠内看视祭器祭品,一丝不苟,相信一切均已妥帖时,才退出祠堂,让人举行典礼。他这种做法是既重视友谊又顾全礼制的表示,因为按交情他应该参与祭奠;但按礼制,亲王或皇子不能对廷臣行跪拜礼,所以他不能同大家一起祭奠。

奕𫍽和宝鋆之死,使他的闲散生活变得更索然无味,《萃锦吟》也就无法再吟下去了。这年秋,他又大病一场。七个月后,他溺血症复发,这使他明显地衰老了,胡须开始斑白。

光绪十七年十一月,他在府邸庆祝自己的六十大寿。

恭王过生日,一般是演戏三天,请京中著名京剧演员如谭鑫培、王瑶卿、杨小楼等到府献艺。这一年照例如此,可是除了本府人员以外,正日子这天外来的贺客只有李鸿藻(兰荪)、荣禄(仲华)、崇礼(受之)、敬信(子斋)、翁同龢(叔平)和孙燮兄六位而已。这与当年他声势煊赫

恭王府内戏台

的时候贺客盈门,甚至太后也常过府看戏的热闹气氛形成鲜明对照。因此,尽管翁同龢等人都向他面递了吉祥如意,可是他看到那三卷勾连搭式建筑的闳敞而温暖的大戏楼下只稀疏地坐着这么几个客人,久在名利场中的他又怎么能不油然而生一种失落感呢?因为这反差未免太强烈了呀!

他就在这不如意中打发着时光。到光绪二十年正月,翁同龢再次见到他时,惊异地发现他已须发皆白了。

【注释】

① 吴语亭:《越缦堂国事日记》第二册,第2873页。
② 格维纳对外部报告,见《李鸿章年(日)谱》,第4905页。
③ 《李文忠公全书·朋僚函稿》卷二十,第43页。
④ 《翁文恭公日记》第二十二册,第87页。
⑤ 《李鸿章年(日)谱》,第4910页。
⑥ 《翁文恭公日记》第二十二册,第98页。
⑦ 《一八八三年十一月十六日恭亲王致谢满禄函》,见高第《法兰西与中国的冲突》第二卷,第413页。
⑧ 《李文忠公全书·电稿》卷二,第2页。
⑨ 《翁文恭公日记》第二十三册,第16页,言:"昨巴、杨两使见邸与李相,无甚要挟,而多微词,李相甚怒。"
⑩ 《翁文恭公日记》第二十三册,第17、14页。

⑪ 《李鸿章年(日)谱》,第 4914 页。

⑫ 《翁文恭公日记》第二十三册,第 19 页。

⑬ 何刚德:《春明梦录》卷上,第 9 页。扫墓地点为东陵,《李鸿章年(日)谱》作"西山扫陵",疑误。——笔者。

⑭ 以上皆见《翁文恭公日记》第二十三册。

⑮ 吴相湘:《晚清宫廷实纪》第一辑,第 134—135 页。

⑯ 何刚德:《春明梦录》卷上,第九页。

⑰ 故宫藏密折原件,见吴相湘《晚清宫廷实纪》第一辑,第 136—137 页。

⑱ 吴相湘《晚清宫廷实纪》第一辑,第 137 页。

⑲ 吴相湘《晚清宫廷实纪》第一辑,第 141—144 页。

⑳ 《翁文恭公日记》第二十三册,第 25 页。

㉑ 罗惇曧:《中法兵事本末》,见《中法战争》丛刊第一册,第 8—9 页。

㉒ 《李文忠公全书·电稿》卷二,第 7 页。

㉓ 以上见徐一士《一士谈荟》,书目文献出版社 1986 年版,第 418、409、420 页。

㉔ 《翁文恭公日记》第十九册,第 88 页。

㉕ 《抱冰堂弟子记》与胡钧重编《张文襄公年谱》都有此记载。见《一士谈荟》,第 413 页。

㉖ 奕䜣:《萃锦吟》,见沈云龙《中国近代史》丛刊本,第 5 页。以下引诗均见《萃锦吟》。

㉗ 花朝日,一般指农历二月十五日,但也有说是十二日或初二日的。

第十二章　重返政治舞台

中日甲午战争爆发,他东山再起,力主不惜割地赔款以求结束战争。战后,他萎靡不振,无所建树,顽固抵制光绪帝变法维新。但因他与慈禧太后之间已完全融洽,死后谥号为"忠"。

一、甲午战争之际

经过十年的赋闲,奕䜣更加老态龙钟,身体衰弱,精神萎靡,好像对什么事情都不感兴趣,对国家前途更缺乏信心了。

这种情绪的产生,一方面是由于频年的丧妻亡子,友朋凋零,使他愈觉孤独;另一方面也由于他与最高统治者慈禧太后之间的关系总无改善的迹象。光绪十年十月,是慈禧太后五十大寿,那时,七弟奕譞曾为他代请随班贺寿,这本来是合乎情理的,结果竟遭到太后传旨申饬。光绪十八年末,慈禧太后按例分赏王公大臣福寿字的时候,竟命令把他的福字撤而不赏,公开地羞辱他。今年,即光绪二十年(1894)三月,庆亲王奕劻替他吁请参加定于十月举行的慈禧太后六十大寿庆典,慈禧又不准,对人说:"予闻其名且头痛。"[①]当然公开发表时被换上了委婉的语气说:"奕劻代奏,恭亲王吁恳祝嘏,现在病尚未痊,毋庸进内,以示体恤。"[②]奕䜣心里明白:自己被太后拒绝了。

在国事方面,奕䜣更感不满。虽然建了海军修了铁路,却正好为慈禧太后化公为私大筑颐和园做财源。而年轻的光绪帝又好胜心切,在连续几年未填购新式船炮、军备落后的情况下,逼着李鸿章对日本开战。这样下去,怎么得了?

但是,他没想到就像三十五年前清军的一败涂地给他造成了重返政治舞台的机会一样,这次对日作战的惨败又给他造成了东山再起的机会。

光绪二十年八月二十八日(1894年9月27日),在中南海颐年殿东暖阁,慈禧破例地和光绪帝一同召见大臣。第一起是召见庆亲王奕劻和军机大臣等;第二起是召见师傅翁同龢与李鸿藻,他们虽与奕䜣同时被罢斥,但后来分别都恢复了工作,翁为现任户部尚书,李为现任礼部尚书,并同时于本年六月受光绪帝谕旨入参枢机。今天所议主要有三件大事,第一件是翁同龢建议皇太后和皇上批准湖南巡抚吴大澂统率湘军出山海关对日作战,允准他募集二十个营的兵力;第二件就是关于恭亲王奕䜣的起用问题,这是先由南书房师傅兼署工部右侍郎的李文田等人联衔奏议的,现在由翁同龢及李鸿藻当面向慈禧太后及光绪帝请求批准;第三件是慈禧太后自己提出的,她派翁同龢去天津传话李鸿章,谋求俄国公使喀希尼出面调停,翁同龢本不愿去,恐"为举世非",但因慈禧勒令前往,只好服从。

这样,第一、三件事都当廷议妥了,只有第二件事未成。据翁同龢日记说,他和李鸿藻谈到战局可忧,恭亲王"勋望夙隆",又是"懿亲重臣""岂可置身事外",应该适当起用的时候,慈禧太后"所述数十言",虽然不是愤怒,但"词气决绝",没有捐弃前嫌的打算。

九月一日(9月29日),慈禧太后和光绪帝正式召见了恭亲王奕䜣,然后发表懿旨说恭亲王"病体虽未痊愈,精神尚未见衰",着令管理总理各国衙门事务、添派总理海军、会同办理军务,并给予内廷行走的特权。这样,她就以"精神尚未见衰"的说法为自己由拒绝起用转到同意起用找到了台阶儿。第二天,她又明令,允许奕䜣不必每日当班入直,不必参与朝内祭祀典礼,作出关心奕䜣身体健康的姿态。实际上她给予奕䜣的权力不大,都是"会同"办事,这说明她对奕䜣的嫌恶没有完全消除。据说,光绪帝对奕䜣复出也"不快",他担心这样一来自己更加不能放手干事了。

在朝大臣们认为当此国家多事之秋,宫廷内部应该团结一心,尤其对恭亲王这样的老资格政治家,数十年来多次解救国家危机,现在应付以统筹全局之大权,不应只令居于"会办"地位。初七日(10月5日),檀玑奏请派恭亲王总理枢务,主持军机处,也就是要求恢复其十年前的原职,未获准。初十日(8日),陈其璋奏请派恭亲王为统帅,总揽军事,也未获准。

也有些人直接给奕䜣打气,催促他奋发有为。例如,有一个翰林院编检呈上一份由名士曾廉代拟的长笺给奕䜣,开头写道:"乃者欣闻殿下蒙圣恩复用,敬读《邸报》,狂喜累日,以为殿下懿亲元功,与国休戚,苟当此而不言,则更无立言之日,"接着便大谈主战,反对求和,献策说,此时宜出正兵与奇兵。所谓正兵是在直隶以京师为根本,以宁远陆军为大营;水师以天津为根本,以大沽为大营;山东水师以济南为根本,威海为大营;盛京以奉天为根本,凤凰城为大营;水师以牛庄为根本,旅顺为大营。各路会攻朝鲜牙山、仁川,最后合取朝鲜王京汉城。所谓奇兵,是以江南水军直捣日本长崎,以闽广水军直捣日本横滨。③

奕䜣对于这样的纸上谈兵,一笑置之,不予考虑。实际上也的确没有这么多兵力实施这个"宏伟"的方案。淮军主力已部署于鸭绿江右岸九连城一带,北洋舰队主力舰被打沉四艘,其余各舰均入旅顺大修,南洋舰队实力又远逊北洋,军机处曾电令南洋速派三舰北援,回电竟称南洋只有五艘军舰,调出三舰,则长江五省门户难保。以这样的实力而谈远征,真是痴人说梦,没有科学依据的主战言论受到鄙视也是自然的。

奕䜣明白太后让他重新出来是利用他的影响进行外交上的联络工作。虽然没有必成的把握,但觉得原该如此,遂打点精神去办。

翁同龢很快从天津回来复命说,依靠俄国调停已无希望,并声称今后有关议和之事他本人概不与闻。翁的态度其实是自私的,他为了保护自己的清誉而置国家利益于不顾。

奕䜣一向不赞成这种态度。他认为一般士大夫可以讲求气节,而执政大臣则应以实际的利益为重。他听说有些官员一面在叫嚷主战,一面却在暗暗地输送家眷出京,认为这是明知不能战胜而仍鼓吹之的不负责任的做法。他深以为忧。初八日(6日),奕䜣以总理衙门名义正式向各国驻华使节呼吁,请出面干涉中日争端。初九日(7日),奕䜣在总理衙门询问总税务司赫德,按照前一天珍、瑾二妃的堂兄志锐的意见,探询以二三千万两白银的报酬联英伐日的可能性,赫德回答说"不能"。④次日,奕诉把赫德的答复当面报告给光绪帝,光绪帝的联英伐日幻想破灭了,但这一天奕䜣在总理衙门收到欧洲电报,说法国政府愿意"助华讲和"。⑤十五日(14日),奕䜣在总理衙门与英国驻华公使欧格纳讨论请各国出面调停,欧格纳提出的条件是中国须放弃朝鲜,并向日本赔款。对这个条件,军机大臣孙毓汶和徐用仪准备接受,认为不如此就难保陪都盛京和祖陵;参与枢机的翁同龢和李鸿藻则认为英使的条件不公允,是偏袒日本,"要挟催逼",不能接受。奕䜣于次日据实入告慈禧太后,翁同龢陈述了关于急催各路援兵,悬赏激励九连城前敌将士并加紧赶修六艘受伤军舰准备决战的要求。最后,慈禧太后"天意已定",让奕䜣接受英国条件去办。

九月二十一日至二十六日(19—24日),王公大臣们忙着为慈禧太后的六十大寿进献贡物,庆寿活动成了政府要员们高于一切重于一切的"工作"。二十八日(26日),清军在鸭绿江防线五万多人全线溃败的消息电达北京,奕䜣顾不得什么忌讳了,向光绪帝奏陈前线情形,并报告辽东的部署情况;而同时被召见的军机首揆礼亲王世铎在这局势异常严重之时,"犹商量庆典,几及一时始下"。⑥相比之下,奕䜣所关注的是国家命运,世铎所关注的是太后的欢心。二十九日(27日)与三十日(28日),奕䜣入宫见太后,研究京师成立巡防处问题,出宫又与翁同龢、李鸿藻及总理衙门大臣等接见洋员德人汉纳根和德璀琳。汉纳根为清政府献出"三策":第一,撤退宋庆部队;第二,从速购买智利快速巡洋舰七只,并携"人械同来";第三,另募新兵十万,完全实行近代化训练。究竟应不应该采纳,还不能马上统一意见。十月初三日(31日),奕䜣以恭亲王名义明确恳请美国调停。

初四日(11月1日),慈禧太后接受庆亲王奕劻的请示,委派恭亲王奕䜣督办军务处,以庆亲王奕劻为帮办,以翁同龢、李鸿藻、荣禄、长麟为会办,同时决定成立巡防处。次日以上谕公布这项决定。

至此,奕䜣得到了军事及外交的最高指挥权力,但还不是决策权。初六日(3日),上谕宣布授翁同龢与李鸿藻为军机大臣,而奕䜣尚不是,所以还不算最高决策人物。

即使如此,奕䜣仍然认为自己应该对国家负责了,必须及早地把国家从战争状态下解脱出来。用一个外国通讯社的话说,恭亲王认为自己的复职,负有"将现任枢臣们粉碎了的杯子修补完整"的责任。

现任的枢臣是礼亲王世铎、额勒和布、张之万、孙毓汶、徐用仪,其中除徐用仪是新近由学习行走转为正式大臣之外,其余都是十年前由醇亲王奕譞一手选定的。当时还有一个阎敬铭,主管户部,因对慈禧的奢侈用度招架不住而告病还乡。这个枢廷的领班是世铎;灵魂是孙毓汶;特点是迎合性强,顺应并助长了慈禧太后的权势欲、享乐欲;缺点是目光短浅,不明外情。十年之内,这个枢廷集团粉饰太平,贪污腐化,贿赂公行,失去了奕䜣为政时的兢兢惕惕、居安思危的政风,致使日本终于认为时机已到,悍然挑起了甲午中日战争。

现在如何将这只"粉碎"了的"杯子""修补完整"呢?要么是破釜沉舟,全面抗战,争取最后胜利;要么是及早求和,输诚纳币,保守"大清王朝"的苟安。

从客观条件来看,打下去是有可行性的。这时已与咸丰十年英法联军之役不同,国内没有人民起义;又与伊犁事件及中法战争时不同,国外没有蠢蠢欲动的第三国,具有持久战的国内外条件。但如果打下去,必须改变目前这种正面冲突和阵地战的战略,实行运动战和游击战的战略,将入侵的优势之敌拖垮。这种战法就要求战争指挥当局不以一城一地的得失为胜负标志,而以消灭敌人有生力量定军功。这种战法在当时已有成功的典型,提督衔总兵聂士成在奉天大高岭(又称摩天岭)一带就用游击战术保卫了要隘,并进逼凤凰城;奉天省有些地区也出现了人民的自发的抗日斗争活动。

但是在主观上说,奕䜣是不敢这样做的。首先,因为这样做就等于实行焦土抗战,奉天省是清皇朝的龙兴之地,自太宗皇太极以上列祖的陵寝以及沈阳的故宫是清政府必保之处,怎么能忍心以列祖安葬之处做两军厮杀的战场?其次,如果这样下去,日本势必要摆脱相持状态,采取单刀直入,蹂躏京师,逼签城下之盟的办法,那损失可就太大了。当然,那时也可以如后来有些主战派要求的那样,放弃北京,迁都再战,不过到时人民能不能支持到底?会不会利用时机揭竿而起?野心家会不会乘时自立?大清皇朝能不能完整地存在就很难说了。爱国对于奕䜣来说,首先是爱清皇朝,他不愿拿皇朝命运去冒险。

所以,奕䜣几乎以全部精力寻求外交解决的途径,即使割地赔款也在所不惜。

初六日(11月3日),奕䜣邀请英、德、法、俄、美公使到总署晤谈。首先由孙毓汶讲述中日交涉的历史状况,然后由奕䜣讲现状,最后向每位公使提出了内容相同的照会,以皇帝和皇太后名义要求各国公使向各自的政府提议出面调停。同一天,奕䜣电令清政府驻外使节龚照瑗、杨儒、许景澄:速向英、俄、法、德、意大利和美国外交部商洽调停。

初七日(4日),旅顺告急了,奕䜣继续要求各国公使出面调停,开示的条件是允许朝鲜自主,对日本赔偿战费。但是各国对中国的呼声并不急于反应,英国不愿居首倡联合调停地位,俄法两国愿意调停,德国不愿参与,美国则准备单独行动。这样一来,联合干涉就无法实现了。

初九日至十一日(6—8日),宫内为庆贺慈禧太后六十万寿,演戏三天,停止办公。可是旅顺、大连告急电报却频频发来,奕䜣只好以督办军务处名义电令李鸿章迅速派兵增援。十二日,奕䜣参加王公近臣向慈禧太后行礼祝寿大典及盛大宴会。十四日,奕䜣参与光绪帝召集的关于向各国祝寿公使颁发宝星(纪念章)的会议,并讨论各国公使的贺寿仪典。十五日,举行外国公使贺寿仪典,由恭亲王和庆亲王带领美、俄、英、德、法、比、瑞典、西班牙等国公使觐见光绪帝,在文华殿递贺寿国书。

十六日(13日)以后,奕䜣累病了,外感风寒,遂不能经常到军务处。军务处内关于募集十万新兵交汉纳根训练的方案却争吵得不可开交。翁同龢认为得此新兵,战局大有希望;荣禄力言不可。翁同龢利用上书房授读之机向光绪帝进言,光绪帝即于次日谕令必须交汉纳根练兵十万,不许有人"阻拦"和"掣肘"。后来汉纳根自己说,十万不能练,可以先练三万。于是军务处向天津发电,令胡燏棻募兵三万,最多不过五万。但汉纳根计划太铺张,练三万兵须聘外国教官八百员,先发聘金四百万两,另需训练经费一千万两。翁同龢是掌管户部的,知道中国财力办不起,从此不再提起。荣禄把翁同龢骂作"伪君子",⑦彼此一直不能和衷共事。奕䜣对这个练兵计划本来就不感兴趣,也就不再追问。

同一天,奕䜣收到李鸿章的亲笔信。信内说,连日与总理衙门大臣张荫桓斟酌,目前正是日本在战场上得胜之时,如果直接派大员去求和,恐为所轻,不如先派天津海关税务司德国人德璀琳前往,向首相伊藤试探和谈。奕䜣采纳李鸿章的意见,二十二日(19日),请光绪帝正式谕令李鸿章派遣德璀琳赴日。

这时奕䜣又得到了美国公使田贝的通知,说日本政府同意由美国驻北京公使及驻日公使接洽,与中国进行直接谈判。这对奕䜣来说,是连日奔走而得到的差强人意的好消息。二十六日(23日),他电召德璀琳回华,正好日本也以德璀琳未奉全权而拒绝接待,遂专待美使田贝的进一步答复。

对于刚刚出现的和谈前景,朝内有几种不同反应。第一种反应是怀疑,代表人物是光绪帝。他在二十五日讨论美国调处的可行性时说:"冬三月倭人畏寒,正我兵可进之时,而云停战,得毋以计误我耶?"他担心这是日人的缓兵之计,是有见识的。第二种反应是反对,代表人物是翁同龢与志锐。翁同龢自从天津回来后,绝口不谈"和"字,十分偏激。志锐推荐科学家徐建寅(字仲虎)带领铁甲舰"定远""镇远"二舰直捣日本军舰,理由是据徐自称这两舰都是其所监造,于是志锐便认定能造舰者便能驾驶并夺取胜利,这是很可笑的理论。第三种意见是孙毓汶和徐用仪,他们否认日本有实行缓兵之计的可能,认为"万无此事"。

奕䜣是积极争取和谈的,但他不否认日本有借此缓兵的可能。所以,他对新近出现的以"五千人为率"的四个月练兵计划"颇属意"。⑧据说,几天前光绪帝曾向他和翁同龢、李鸿藻赏赐上方剑,命令对言和者可先斩后奏。⑨如果真有此事,不妨把它看作对奕䜣求和的变相警告。但奕䜣不在乎这个,他的求和符合慈禧太后的意旨。他复出以后,对宫廷事务绝不干涉,对国家事务谨慎处理,慈禧太后对他的信任日见恢复。

二十七日(24日),日军攻占旅顺的消息到京,证明光绪帝的担心是正确的。但是,包括主战派在内,人们"相对无一策"。

慈禧认为国事如此,是光绪帝受主战派包围所致。二十九日(26日),慈禧亲自召见枢臣,宣布将光绪帝爱妃珍妃及其姐瑾妃一并降为贵人,她疑心她们对光绪有种种干预劣迹。三天后,她勒令光绪帝将她们的堂兄志锐撤职,并令各地停止招募团练。初七日(12月3日),慈禧召见奕䜣,奕䜣报告美使田贝的信息,说日本不愿美国居间调停了,如果中国有意谈和"仍须派员"。这说明日本还想继续折磨中国,但是也为谈判留下一条门缝,而且有了可以直接谈判的表示。

初八日(4日),慈禧太后在仪鸾殿侵越皇帝权力,作出一系列决策。第一件就是指令奕䜣进入军机处,位列礼亲王之上,这样,奕䜣就真正地恢复了十年前的全部权力;第二件是撤销满汉书房,满汉书房的师傅们都是主战派;第三件是把志锐贬谪为乌里雅苏台参赞大臣,使其远离光绪帝;第四件是决定派员去日本正式求和。

奕䜣受命之后,贯彻他的能战而后能和的一贯主张,采纳军务处关于调刘坤一北来主持战事,以湘军代替淮军作战的建议,催促刘坤一北来。十四日(10日),奕䜣接受翁同龢、李鸿藻建议,调湘军魏光焘和陈湜两军出山海关援助宋庆,拨十二万两白银给魏、陈二军支付两个月兵饷。十八日(14日),有人到军务处"陈秘计",奕䜣不相信还能有什么真正切实可行的妙计,他不愿看也不愿听,"厌之",令其直接向即将到京的刘坤一谈去。

刘坤一于十二月初一日(27日)到京,第二天,光绪帝即迫不及待地授予他钦差大臣之职,令其节制关内外抗敌各军,取代李鸿章指挥战局。但刘坤一年老志衰,料无胜利把握,坚决请朝廷收回成命。

为了说服刘坤一,奕䜣差不多用了二十多天的时间。答应他只坐镇山海关,前敌指挥责令吴大澂,另调云贵总督王文韶为他帮办军务,好歹总算把他推到了山海关。

在这岁末年初的二十多天内,奕䜣忙碌的另一大事是催促谈判代表速行。首先是人选问题,论自愿是谁也不愿去当这个吃力不讨好的代表的,最后只能以"君命不可违"的强迫方式任命总理衙门大臣之一的张荫桓和署理湖南巡抚的邵友濂为全权代表。其次是权限问题,十二月初十日的陛见中,光绪帝当面谕诫张荫桓:日方条件如有"割地及力不逮者","万勿擅许",⑩张荫桓知道没有这个权力,谈判是绝不会成功的,但他不敢像刘坤一那样公然请收成命,而采取逡巡不进的方针,到了上海就以人民反对为名迟迟不肯出国。十九日,在养性殿的一次召见中,奕䜣述旨:"电谕张荫桓等即赴广岛,毋庸再候谕旨",又因慈禧太后以光绪帝没有向他报告而予以撤销。⑪奕䜣只好再事推动,张、邵拖延至次年正月初六日(1895年1月31日)才抵达日本广岛。

日本政府认为他们还没有击垮清军的海陆军实力,所以并不诚心谈判,挑剔张、邵的全权证书,拒绝并驱逐张、邵,在私下里却对中国随员伍廷芳说,如果是李鸿章或恭亲王为代表,"当能接待"。⑫

初九日(2月3日),日军攻占山东威海卫;十四日(2月8日),北洋海军覆灭的消息到京。次日,光绪帝向诸臣询问御敌良策,诸臣汗流沾衣而均不能献一策,光绪帝十分恼火。这天奕䜣入宫迟到。

十六日(10日),美国代办田贝通知奕䜣说,日方暗示中国须派"位望最尊,素有声望者"如李鸿章前去谈判。

十八日(12日),光绪帝因病未能临朝。慈禧太后在养心殿召见奕䜣为首的枢臣以及庆亲王奕劻。慈禧亲自提出派李鸿章赴日,传令李即日来京请训。奕䜣故意说,早些时候光绪帝曾谕令李鸿章不得来京,慈禧不解其意,冷言道:"我自去与皇帝说,既然向我请旨,我就可以作得一半主张。"奕䜣正是要太后直接更正光绪帝原在愤怒的情况下所做出的不理智的决定。⑬次日,以光绪帝名义发布这项决定,赏还李鸿章因辽东战败而褫夺的花翎及黄马褂,任命为头等钦差全权大臣,着令迅速进京请训。

二十八日(22日),李鸿章到京,当日光绪帝郑重地在乾清宫召见,在场的有军机处全体大臣,所议问题即是在谈判中中国所能让予的条件。李鸿章提及外界舆论有中国须割地之说,他声明对"割地之说不敢承担",但恐怕日本占驻我中国土地索取巨额赔款。翁同龢说:"但得办到不割地,则多偿当努力"为之筹款,因为他是管财政的。孙毓汶和徐用仪率直地说,不割地便不能议和。恭亲王奕䜣没有表示态度。

连续几天,李鸿章到各国使馆活动,请各国给予外交援助,所得到的仅是道义上的同情,"然无切实相助语"。这样,在二月初一日(2月25日)的召见中便只好声明割地很难避免了,奕䜣也表示有同感,以此支持李鸿章。当光绪帝将奕䜣及李鸿章意见向慈禧太后报告时,慈禧竟然气恼地说:"任汝为之,毋以启予也。"⑭好像是光绪帝愿意割地赔款,而她倒是反对如此求和似的。看来,她原来力主议和,可能是把事情看得太简单了,现在看到损失巨大而想要推卸历史责任了。

光绪帝与奕䜣都不再犹豫了。奕䜣向李鸿章传达皇帝口谕:给予他割地赔款的权力。初七日(3月3日),奕䜣又率领军机处进行公奏,说"中国之败,全由不西化之故,非鸿章之过,请给鸿章以商让土地之权"。⑮然后,又指示拟定寄谕:地虽可割,"惟当权衡于利害之轻重,情势之缓急"。⑯这样,奕䜣就为李鸿章开脱一切罪责,并争得了可以斟酌情况进行割地赔款的谈判全权。

日军在继续扩大侵略战果。二月中旬,占领辽阳、牛庄、营口、田庄台等辽南地区,并打通了进军山海关的路线;下旬,又派海军攻占澎湖列岛。

这一来军机处的意见就完全一致了。他们首先为光绪帝拟定严旨:"吴大澂身为统帅,徒托空言,疏于调度",⑰将其撤职,调京听候议处;至于刘坤一,因他原来就对战事不愿承担,暂置不问。其次是共同请求慈禧太后颁发懿旨,限令李鸿章以国事为重迅速成行。

李鸿章于二十三日(3月19日)到达日本马关。第二天开议,中间因日本暴徒行刺受伤,日本政府怕引起国际谴责而停止了军事行动,缩减了对奉天省割地的面积,削减索取赔款的三分之一。三月二十三日(4月17日),《中日马关条约》正式订立。

马关谈判会场

二、归还辽东前后

《马关条约》使中国蒙受巨大损失,对此,朝野上下纷纷表示难以接受。奕䜣认为中国无力再战,遂竭力排除障碍,力促批准条约;利用国际矛盾,争取挽回部分领土主权。他再次于重大历史关头发挥了决定性作用。

三月初九日(4月3日),条约还在谈判中,奕䜣主持下的总理衙门就向各国使馆密告日方所提出的领土要求,希望引起国际干涉。

对日本在远东的强大,西方列强,尤其是俄国深感不安。俄国对中国东三省早有野心。利用这一点,李鸿章赴日之前曾经特别访问过俄、法两国公使,达成一定的默契。三月间,俄国地中海舰队奉调至太平洋执行任务。二十四日(18日),李鸿章返回天津,俄国公使喀希尼正式通知中国总理衙门,请勿批准《马关条约》。这意味着俄国要干涉了,奕䜣及总理衙门大臣们都轻松地透了一口气。

五天以后,俄、法、德三国驻日公使共同向日本外务省致送照会,"劝告"日本放弃中国辽东半岛。同日,总理衙门大臣奉光绪帝谕令专程到俄国使馆感谢首倡干涉之举。

又过两天,日本政府御前会议决定接受三国干涉,但没有立即公开发表。所以国内并不了解。

国内这时反对条约的呼声甚高。署理两江总督的张之洞主张联英抗日;在战争期间表现消极的湘军老帅刘坤一也变得好斗起来,电请军务处代他奏称"兵尚可用,和可暂缓",要求拒约。

下层士大夫阶级中反对议和的人就更多了。这时正值三年一次的会试大考,康有为倡率一千二三百名举人掀起声势浩大的"公车上书",冲破了清代二百年来禁止士人干政的旧制,要求政府迁都、变法、拒日,成为近代史上第一次爱国学生政治运动。

在需要奕䜣拿大主意的时候,他却又病倒了,"夜不眠,语多即汗",多日没有入直。三月三十日(24日),光绪帝不得不命令军机大臣们把近两天有关和战问题的十一封奏件都拿给奕䜣府上去阅看,以便"面商"对策。奕䜣用不着多看,他的方针是早就明确的,对军机大臣们简单地说了"廷议徒扰,邦交宜联"的原则,主张避开廷臣会议批准条约。⑱

四月初二日懿旨说:"和战重大,两者皆有弊,不能断",令枢臣妥商一策。而枢臣中现在意见又不一致了,订约期间沉默了的翁同龢现在看到朝内外主战议论高涨起来,又倾向于拒绝批准条约了。四月初六日(30日),光绪帝只好命令军机大臣们去恭王府找奕䜣定夺和战大计。奕訢针对军机处拟定的宣示稿说,所谓宣示者,应俟批准后告群臣之词也,暗示应该首先批准条约,然后向群臣宣示,使之接受既成事实。

初八日(5月2日),奕訢力疾销假,直接入见光绪帝,当面分析形势,讲明不可再战的道理。他说,湘军老帅刘坤一虽然电复可战,而其中颇有"一二活字","非真有把握也";[19]张之洞言联英抗日,是幻想,连英国始终隐为日本之助都不清楚;至于举人们的"公车上书"更是书生意气。当前最现实的办法应是批准条约,争取国际同情以求稍事补救。

最后,光绪帝克制悲愤,接受劝告,"幡然有批准之谕"。[20]

说服了光绪帝,奕訢还不放心。他又写信给李鸿章,要求李进京,以防和局被人破坏。李鸿章回国后害怕受责而不敢进京,奕訢认为这样不利于说明利害关系。

从初九日(3日)至十四日(8日),最高统治集团内部的争吵已不再是条约的批准与否,而是如期换约与否的问题。

初九日(3日),李鸿章奏报日本首相伊藤博文不答应展期换约,应速派换约大臣。这次,光绪帝当机立断了,派汉员伍廷芳与满员联芳共同前往烟台换约。同时寄希望于三国干涉。

十一日(5日),日本政府正式公开宣布接受三国干涉,原则上同意放弃对中国辽东半岛的领土要求。这项声明是日本对三国干涉的让步,而不是对中国的让步。

两天后,军机处内又在换约问题上争吵。翁同龢更加孤立了,他要求电告日本展期换约,其他人讥笑他太没有政治家风度,出尔反尔,近于儿戏。相互争论激烈,"声彻户外","又争于上前",经光绪帝坚持原议,才各自散去。次日,是换约日期,军机处里仍在争论。徐用仪手持德使绅珂来函说,德国表示如不换约,德即不能相帮;驻俄使臣许景澄来电说,只要如期换约,日本所占之旅顺亦恳归还。于是,各大臣"轰然,谓各国均劝换约,若不换约则兵祸立至";兵部尚书敬信且"特见恭邸,絮语刻馀"。其实,不待他们说,奕訢早已抱定如期换约以联邦交的宗旨了。这天军机大臣集体入见光绪帝后,光绪帝"催令即刻电伍廷芳如期换约"。中日两国遂于当日在烟台交换条约批准书。

烟台换约这一天,在督办军务处里,翁同龢对奕䜣述说了另一项"隐忧":日本虽然答应全部归还辽东半岛,但这是向俄、法、德三国所作的答复,并未向中国直接接洽,设或换约之后,三国把归还之地擅自瓜分,那可怎么办?应即将此节通知伍廷芳,筹备对日照会。

初闻之下,奕䜣觉得翁同龢是多虑了。可是转念一想,又觉得不无可能,这些列强分子是什么事都干得出来的呀!与其被别人包办代替何如自己出面参与?他急忙指示总理衙门给伍廷芳电示。

次日获悉,伍廷芳向日方递交三份照会,日方代表伊东祐亨先不肯接受,后经"辩论良久",才勉强接受。看来真让翁同龢料着了,日本在归还辽东问题上的确曾想回避中国。奕䜣为得免一着漏棋而暗自庆幸。

《马关条约》关于另一项领土割让是台湾和澎湖。总理衙门也希望能索取回来,曾向俄、法、德三国探询干涉还台的可能性。

奕䜣对此是知其不可为而为之,信心不大。这几天又经常称病不朝了。

果然,驻俄使臣许景澄来电报告:俄、德都不愿过问台湾事;驻法参赞庆常也来电报告:"法外部拒议台湾事。"[21]既然"三国皆复绝",就只好按约割台了,至于人选,军机处议定由李经方去承担。台事筹商是在恭王府进行的。

李鸿章在天津坚决不同意,因李经方是他的儿子。他签订《马关条约》已遭举国痛骂,怎肯再让儿子也陷进来呢?他指使李经方称病不出。

不仅无人肯去交台,而且包括台湾在内的全国人民一致反对割台。总理衙门只得再作一次努力,争取保全。二十八日(22日),总署电令驻俄使臣许景澄鼓动俄国对日施加压力,使之归还台湾,并许诺:"俄真用兵力,中国愿与俄立密约相酬。"[22]事后证明,这项要求不仅多余,而且失策,台湾没有索回,反而引出了丧失新的主权的《中俄密约》。

俄国对还台不表示兴趣,台湾仍须交割,李经方须仍完成使命。五月十日(6月2日),他在一艘日本军舰上签署了割台证书。从此台湾沦为日本殖民地达五十年之久。

接下来,是继续推动"还辽"。闰五月十五日(7月7日),奕䜣曾通过总理衙门以订立同盟并让予铁路修筑权为条件向日本争取"无偿还辽"，但是日本不为所动。十几天后，外相西园寺照会俄、法、德三国驻日公使，要求中国交纳五千万两赎辽费。

后经中日双方讨价还价，于九月十九日（10月7日），西园寺再次向三国宣布将赎辽费减至三千万两，并不以缔结商约为撤兵条件，而于赎辽费付清后三个月内撤兵。三国立即将这个方案转达给中国。

具体的对日谈判，奕䜣还是依靠李鸿章。五月十日，李鸿章受命与王文韶同为全权大臣，与日使林董商订"商约"。这并不是光绪帝的本意，他此时对李鸿章的感情相当坏。六月初九日（7月30日），李鸿章到京请安的时候，光绪帝当面斥责他条约订得不力，说："身为重臣，两万万之款从何筹措？台湾一省送予外人，失民心，伤国体。"光绪帝义愤填膺，声色俱厉。李鸿章"引咎唯唯"。㉓这一天恰好又有翰林院六十八人联衔弹劾李鸿章的奏折，光绪帝于是乘势令李鸿章入阁办事，不使其出京再任封疆大吏，免去他的北洋重任。但这项谕令迟至七月初九日（8月28日）才发表。

奕䜣认为光绪帝的看法多少是欠公允的。在战败求和的情况下，谁去签约也难免蒙受损失，问题在于一开始就不应该接受挑衅，致入陷阱。所以有一次奕䜣询问李鸿章："人说此次中日起衅，悉由袁世凯鼓荡而生，你的意见如何？"李鸿章回答说："事已过去，不必追究。横竖都是鸿章的错。"㉔奕䜣又由李鸿章的敢于任事想到翁同龢的处世哲学。翁同龢一向以正色立朝，而有人批评他为伪君子。不是吗？前些天，光绪帝派翁入总理衙门，翁立即推辞，军机大臣照例都兼充总理衙门大臣，有什么好辞的？李鸿章奉命与日使谈判商约的时候，请求总理衙门大臣与会，这本是符合制度的，而翁同龢却拒绝参加，分明是怕挨骂。一个人顾惜自己的声名到了超过顾惜国家大局的地步，还能说是爱国的吗？这样一想，奕䜣觉得如果说翁同龢和李鸿章都是人才的话，中国还是更需要李鸿章这样敢于负责、敢拼却个人声名而保全国家的人。他对李鸿章更加倚重了。

事实上，光绪帝虽然憎恨李鸿章，可也离不开他。八月二十六日（10月14日），光绪帝授予李鸿章与日本公使林董谈判归辽问题的全权。李鸿章即于当日电请中国驻俄、德、法使臣，要求他们向驻在国交涉削减赎辽费事宜。但未能发生作用。九月二十二日（11月8日），中日双方在北京签署《交还奉天省南边地方中日条约》七条，中国所付赎辽费仍为三千万两。于十月十三日(11月29日)开始实施。

三、戊戌变法之前

光绪二十一年九月十四日(1895年10月31日),奕䜣与总理衙门各位大臣集体接见英国公使欧格纳。欧格纳是准备回国前特来辞行的。

欧格纳任职期间,英国对华影响招招落后,看到俄、法、德三国通过干涉还辽,不断从中国索取"报偿",非常嫉妒。出于这种心情,他的告别谈话显得相当激动,相当尖锐,直接指向恭亲王的执政。谈话记录如下:

> 恭王爷为中国第一执政,又国家之尊行也,此今日之事,舍王孰能重振哉?自中倭讲和六阅月,而无变更,致西国人群相訾议。昨一电曰德欲占舟山,今一电曰俄欲借旅顺,由是推之,明日法欲占广西,又明日俄欲占三省,许之乎?抑拒之也?且中国非不振也,欲振作亦非至难能也。前六个月吾告贵署曰:急收南北洋残破之船聚于一处,以为重立海军根本,而贵署不省。又曰练西北一支劲兵以防外患,而贵署不省。今中国危亡已见端矣,各国聚谋,而中国至今熟睡未醒何也?且王果善病,精力不继,则宜选忠廉有才略之大臣图新政,期于必成,何必事事推诿,一无成就乎?吾英商贸易于中者,皆愿中国富强无危险;吾英之不来华者,藉贸易以活者,亦愿中国富强无危险;故吾抒真心说真话,不知王爷肯信否?即信所虑仍如耳边之风一过即忘耳?此吾临别之言,譬如遗折,言尽于此。[25]

欧格纳看到中国在战争结束六个月后仍没有明显的改革,已经有些替中国着急了。其实,在一个不讲效率的国度里,六个月算得了什么?他声言中国已现危亡之端,作为政府首脑的恭亲王应迅速做出抉择,要么大力推进改革,要么退位让贤。

次日,欧格纳又到文华殿向光绪帝辞行。临别,再次叮嘱翁同龢:"毋忘昨言。"他知道,翁现在是光绪帝最亲信的重臣。

奕䜣现在无论在体力上,还是在意志上都真正衰朽了。他丧失了往昔的进取精神,只是力求保持现状,不再出现大乱子而已。

他倒是考虑过退休的问题,但是,翁同龢反对他退下来,劝告他"宜权衡大势,毋作进退之词"。

这个"大势"指的什么?翁同龢没有明言,我们理解,应当包括国际与国内两方面的形势。

甲午战后国内外形势发展很快。国际资本主义已完成向帝国主义的转变,加紧了对中国的侵略。国内民族资产阶级蓬勃兴起,迫切要求变法维新。但清廷统治阶级内部却依然分裂为对立的两派,南派与北派。北派以李鸿藻、徐桐为首,再加后入军机的刚毅等人,这派人很保守,反对一切外来事物。南派以翁同龢、潘祖荫为首,潘祖荫退休后,由翁同龢独力支撑,这一派过去也是保守的,甲午战后为振兴国势,逐渐援引维新力量。南派与北派互相水火。光绪帝明显地倾向南派,已经宣布归政的慈禧太后却暗中支持着北派。在皇族亲郡王中,现在以奕䜣行辈最尊,威望最高,又有儒雅文人之风,所以真正能够团结两派并为两派人士都接受的,只有奕䜣了。这就是翁同龢不赞成奕䜣退休的原因。

对于这些,英使欧格纳并未深悉,简单地以为能干则干,不能干则应退休,他对中国家天下的统治还不甚了了。

甲午战后,奕䜣虽然名义上是军机处、总理衙门以及督办军务处的总管,实际上他并不很繁忙,他用了大量时间陪着慈禧太后消遣。这一方面是由于他充分地汲取了以往的教训,有意造成与慈禧的融洽关系,一方面也由于他本人确实身体多病,需要休养和闲逸。他只是过问一些"大事",具体事务常常是荣禄、翁同龢、张荫桓、李鸿章等人办理,而以他奕䜣的名义领衔具奏的。

在外交路线方面,他虽然主张联俄,但是又担心受俄国控制。八月二十六日(10月14日),俄国公使喀西尼照会说,俄国政府希望将来能在中国满洲地方兴建铁路,接通俄国西伯利亚铁道,使之直达海参崴。奕䜣反对,一针见血地指出:"如此将置满洲发祥地奉天于俄人控制之下。"[26]他指示驻俄使臣许景澄照会俄国外交部,指出中国将自建东三省铁路,以与俄路接轨。

但是俄国料定中国无力自建,所以声明同意中国照会内容,而附带要求如果中国不能自建,还请由俄国资助。这样,奕䜣的反抗又由于没有财力后盾而被压倒了。

因此,当光绪二十二年正月十日(1896年1月22日)李鸿章与总署诸王大臣商议赴俄谈判的基本方针时,还是确定了让俄筑路过东三省并且让予一个不冻港来作为与俄结好的条件。

即使如此,奕䜣对与俄订约仍然不放心。三月十六日(4月28日),翁同龢亲自把俄使喀西尼关于修铁路开道胜银行的说帖抄写给他,请他研究时,他再次主张要由中国自修。十几天以后,总署诸大臣再次商讨俄事,均无主意,奕䜣仍然表示"坚决反对"。

令人注意的是,他与光绪皇帝对待中俄订约的态度总是不同。当李鸿章出国时,光绪帝对与俄订约的态度是很勉强的,而奕䜣与慈禧是促他下定决心的。但当李鸿章把《中俄密约》要点电告本国,光绪帝召重臣商酌去取大计时,他却去看剧而不到场,有意躲开了。密约签成,光绪帝很兴奋,称赞李鸿章为"最有能力"的大臣,而称王文韶只可做阁员,非封疆之才,在场大臣都不附和,这里面当然也有奕䜣。而当《中俄密约》底本由李鸿章随员秘密携归北京后,奕䜣竟然命令门上人"拒不收视",并不许来人进府。最后是由翁同龢收藏,庆亲王奕劻携至懋勤殿加盖宝印的。㉗可以说,他已经看出《中俄密约》的严重性,深恐传扬出去会引起无穷的麻烦,而且深恐为天下后世唾骂,因此才有这样避之唯恐不及的表现。从他与光绪帝在此事的对照中,不难看出光绪帝政治上毕竟是年轻的,而他则是一个老谋深算的狡猾政客。他早年那种只计利害不计荣辱的精神不见了,成了一个顾惜自己的声名而置身事外的"局外人"。

法国借口参与"还辽"有功,要求取得广西龙州铁路的修筑权,而且要任命法人为路局总管,包办该路。奕䜣不情愿,驳斥法使的包办要求,并想改期画押,但是至期却又不再坚持了。日本使臣林董来总理衙门勒索兑现《马关条约》中关于行船、租界和制造工业品等项,他表示不耐烦,因此"先行"退场了,与日使不欢而散,可是过了两天,他仍旧指示"日本事只得允准"。法国使臣施阿兰来总署要求均沾英国筑百色铁路之利益,请中国允许法国有开云南矿山之权,他拍案而起,愤怒拒绝,而最后仍是以让予这项权力而结束。又如,在讨论对英德借款时,一听说是九四回扣,明知不借这笔款子,第二期对日赔款就不能如期交付,交不足中国则要受罚,他也不敢做主,而让翁同龢与李鸿章做主。甚至为修筑芦汉铁路而举借比利时债款一事,他也犹豫"徘徊",而由翁同龢力赞批准。

这些做法与其说是为防止利权外流,还不如说怕担历史责任更符合实际。因为他尽管对这种勒索权益的要求表示了义愤,却又不拿出任何抵制的办法,也不做任何必要的努力。

当然,这样说似乎有些太刻薄了。事实上他也有反抗的意识,而且也有一些行动。比如,光绪二十三年正月(1897年2月),奕訢就已预感瓜分狂潮的到来,曾经奏请在山东胶州设坞驻兵,加强防务。早些时候,他曾亲手把一份北洋舰队军官们拟定的重建海军计划呈递给光绪帝,使光绪帝"颇为动心"。㉘他还同意法国公使要求,准备聘法国技术力量恢复福州造船厂的造船事业。津芦铁路借用外资修筑也是他直接同意的。他也曾经建议裁撤东三省"练兵",一律改用洋式兵操进行训练,并批准袁世凯和张之洞训练新式陆军。所有这些,都表明他仍然企图建设近代化的国防和工业。

但是,皇朝的败亡之象已经出现。以俄、法、德三个帝国主义国家要求报答"还辽"大功而引起了各个帝国主义国家诛求不已的瓜分狂潮。对于这个局面,奕訢实在无力回天。对每次要索,中国方面总是始则力拒,终则曲从。尽管他奕訢并未具体经办这些"合同""条约"……,但是作为政府首脑的恭亲王,怎能摆脱历史的责任?

更令人大伤脑筋的还有胶州湾事件。

德国早就觊觎优良的海军要塞胶州湾了,恰好山东又发生了杀死德国传教士的巨野教案,于是,德军乘机占胶州湾。奕訢闻讯,一面命令直隶的聂士成和袁世凯两军进入戒备状态,一面直接向德国公使海靖表示谴责,并且声称德国如不退兵胶州,即不能处理教案问题,态度是严肃的,"语峻而圆转直截"。㉙这时是十月二十五六日。

但是,直到十一月初六日再商议德事时,仍然一无善策,他心里越发痛切时局之坏。

初八日(12月1日),总理衙门接待德使。德使海靖"语极滑而横",在巨野教案之外,又添出曹县及兖州单县等处教士被杀被侮案件,要求将兖州道以及七州县官员严惩,甚至要求重办山东巡抚李秉衡,指责李秉衡在背后纵容打教。奕䜣只好承认有教育弹压之责。

十一日(4日),在总理衙门看定翁同龢拟出的照会,照会内说:德对华有帮助归还辽东之谊,但教案问题应另案办理,暗示德国如需海军加煤站可另指一岛,而应交出胶州湾。经奕䜣同意后,翁同龢即携张荫桓去德使馆宣读。

但是奕䜣心里委实对德国的欺压不能释怀,第二天在朝见光绪帝时,他认为中国如果软弱,太难堪,"颇欲用兵"。这可能是太激动了,他多年来一直以稳健派著称,从来没有过这样轻易言战的时候。过了一会,他又建议用照会去诘问德使。翁同龢反驳说,昨日所送照会六条,正在将成而未成之际,不宜节外生枝,把他的建议否定了。第三天,他还想发照会诘问,再次被翁同龢劝阻。

不料李鸿章又径自请托俄国公使代索胶州湾,奕䜣听说后更加惊诧,他担心事情会更糟。果然,俄国以与德军抗衡为名把军舰开进旅顺。奕䜣的反抗意识再次崩溃了,他感到大势已去,争持无用了,因此又多日托病不朝。

十二月初五日(1898年1月7日),翁同龢拿来德使海靖所拟的照会请恭、庆两王同看。庆王说有事不能来,"但云以为可行",表示同意;恭王奕䜣也懒得再驳诘了,只是说关于允筑胶济路一事应叙明由"中德合办",定议之后便去请旨了。实际上处理胶州湾事件主要是翁同龢张荫桓等人,奕䜣真正成了局外人。唯其成为局外人,他才站在旁观者的立场上对于国是日非痛心疾首;同时也对于正在光绪帝面前红得发紫的翁同龢倍加恼怒怨恨。据《申报》后来报道说,奕䜣病危的时候,曾经对光绪帝愤然论及翁同龢,说"聚九州之铁,不能铸此错者,甲午之役,当轴者力主和议",并有三策,一为收朝鲜改藩属为行省;二为派遣重兵代其守国;三为使朝鲜对各国开放以抵制日本的阴谋。那时主管财政的翁同龢已入军机,对此三策"均格不得行,惟一味夸张,力主开战,以致十数年之教育,数千万之海军,覆于旦夕,不得已割地求和,外洋乘此机会,德踞胶澳,俄租旅大,英索威海、九龙,法贯广州湾,此后相率效尤,不知何所底止?此皆大司农(指翁——笔者)阶之厉也"。[30]他认为就是这个翁同龢的盲目主战葬送了他辛苦开创的近代化事业,使国家走到了今天被列强瓜分的地步。

他像一般的年迈者那样固执己见。当德国和俄国抢占中国海防要塞的时候,许多人要求中国改变外交路线。日本参谋部派人游说湖广总督张之洞,表示愿助中国联英拒德,奕䜣深恐日本人包藏祸心,因而拒绝日本之请,更主依俄。事实上,张之洞早在战争刚结束时即曾上疏联英,并不始自此时。英国建议中国将旅顺和大连同时向各国开放,国内的维新派领袖康有为主张"尽开沿边口岸,以众国敌俄"㉛,都被奕䜣否定。光绪帝当面责备奕䜣和李鸿章说:"今约期未半,不独不能阻人之来,乃自渝盟索地,密约之谓何?"因为李鸿章签完《中俄密约》后,在天津向人吹嘘可得今后二十年无事,进京又声称可保今后五年无事,现在还没到两年半,俄国便背盟索地,所以光绪帝这样峻切地指问。而奕䜣却固执地支持李鸿章,答道:"若以旅大与之,密约如故。"㉜

在这亡国危机面前,他没有任何新的救国方案,也没有任何能够振奋人心的思想和口号。

他确实衰朽了。

这当头,维新派的领袖康有为代表新兴士人,不失时机地拿出了崭新的救国方案。他在《上清帝第五书》里,提出全面改良政治,实行变法维新的响亮要求。

首先,他批评奕䜣所领导的这个政府的迂腐性。他说:"顷闻中朝诸臣,狃承平台阁之习,袭簿书期会之常;犹复以尊王攘夷施之敌国,拘文牵例以应外人。"他指出,这种封闭的传统统治方式和外交思想没有任何益处,只能是"屡开笑资,为人口实"。虽然奕䜣本人还不是如此守旧的,但充斥于朝廷的广大官僚队伍却的确多数如此。

康有为不从一时一事上评论清政府施政的得失,而从根本上指责这个政府与人民隔绝,这个政府成员的知识偏狭和老化。他说:"皇上堂陛尊崇,既与臣民隔绝;恭亲王以藩邸议政,亦与士夫不亲。吾有四万万人民,而执政行权能通于上者,不过公卿台谏督抚百人而已。自余百僚万数,无由上达,等于无有。而公卿台谏督抚,皆循资格而致,既已裹足未出外国游历,又以贵倨未近通人讲求。至西政新书,多出近岁,诸臣类皆咸同旧学,当时未有,年耄精衰。政事丛杂,未暇更事考求。或竟不知万国情状。其蔽于耳目,狃于旧说,以同自证,以习自安,故贤者心思智虑,无非一统之旧说;愚者骄倨自喜,实便其尸位之私图。"

康有为所说的政府机构的官僚主义、效率极低、知识老化、不明外情、尸位素餐等现存问题,奕䜣是可以承认的,但是康有为主张尽革旧俗,抛弃列祖列宗制定的传统治国方略,让多数人参政等,奕䜣很难接受。

康有为

康有为的主张代表了时代的潮流,赢得了部分进步官僚的赞同。御史高燮曾上折要求派康有为出洋考察各国政治经济;御史杨深秀也专折要求授康有为以重要职务;军机大臣翁同龢在光绪帝前称赞康有为才能远在自己之上。在这种情况下,光绪帝谕令总理衙门研究派遣康有为出洋考察问题。

大约十二月十九日(1898年1月11日),奕䜣主持总理衙门会议。工部尚书许应骙一开始就认定康有为是不逞之徒,是千百年来中华道统的叛徒,坚决反对派他出洋;翁同龢则坚决保荐康有为,说他是当世不可多得的有识之士。奕䜣最后作出折中的决定:由总理衙门大臣先集体向康有为进行一次对话。这实际是奕䜣使出的拖延伎俩,光绪帝只好同意。

光绪二十四年正月初三日(24日),是新年内第一天办公。上午,奕䜣按旧例陪同光绪帝到寿皇殿行礼,然后到总理衙门先后接见俄使巴百罗福和英使窦纳乐,两使为争夺债权肆意咆哮,把这两起外使打发走后,奕䜣便精疲力竭了,他没有再参与午后三时许的集体问话。

次日,光绪帝召见总理衙门王大臣们,听取汇报后,迫不及待地想要召见康有为。这时,奕䜣马上以祖制皇帝不能召见小臣为理由进行阻挡,力言应先令康有为写出书面条陈,并将其所著俄、日两国变法之书一并交所属堂官代为呈进。奕䜣的主张符合传统的制度,光绪帝只好同意。当下,光绪帝给康有为以专折奏事权,并谕令总理衙门今后如有康有为的条陈,须即刻呈进,不得扣压。

梁启超后来在《戊戌政变记》一书中说："恭王屡谏,谓祖宗之法不可变。"一般地说,这符合实际。但是,具体地说,奕訢受到潮流的推动,他自己又始终是近代改革的倡导者,对于维新变法就不是笼统地反对,甚至在某些方面他也同意变革旧有制度。例如,正月初六日(27日),奕訢在议复贵州学政严修关于请设特科以广收人才一折时,他表示支持严修的建议,但是指出所谓"特科"原指为国家选拔人才,不拘年限而举行的科考。如按严修议定年限举行定期考试,即不成其为"特科"。奕訢另议以十年至二十年举行一次特科,不定期进行,考试分为内政、外交、理财、经武、格物、考工等科目,由京内官三品以上及外官督抚学政保荐具有近代知识的"俊才"到总理衙门参加特别考试;同时,随每届乡会试调取各省书院学堂的高等生考试近代知识,录取者称为"经济正科举人",是为岁举。如此,"特科"与"正科"相辅而行,不拘一格选拔人才。这些修正意见是可取的。二月初一日(2月21日),在议复荣禄关于奏请广练兵团以资防守折时,奕訢鉴于"现在各国窥我空虚,动以兵船挟制,事机日迫",建议除应令聂士成练兵一万外,另令袁世凯在原来七千士兵外,加募三千,凑足一万人,与聂军联络,"以扼北洋门户";至于荣禄建议将董福祥甘军二十营之外,再募十营的说法,他修正说,添募十营不利训练,应添五营"以符一军之制"。㉝第二天,他又会同奕劻、荣禄等商议练兵事宜,发电询问各省现有正规军实数,以备彻底整顿。二十六日(3月23日),在议复荣禄和高燮曾关于设立武试特科奏折时,奕訢说:中国人"人情狃于守旧,难与图新",如若设立特科,仍意味着系属"试办",不如明定武科考试章程今后完全考试现代枪炮,他强调说:"惟是变法之始,贵乎耳目一新,使天下晓然知上意之所在,无不踊跃奔赴。……马步箭地毯刀弓石等项,相沿虽久,在今日则为无用;枪炮两项,原属武人分内应行学习之事,不得谓之特科。"他要求通令各省武乡会试于光绪二十六年庚子科,武会试于光绪二十七年辛丑科一律改试枪炮;同时建议各省根据条件筹办武备学堂,培养新式军官。闰三月初五日总理衙门又根据奕訢的意见,议复御史李盛铎奏折,同意他关于令各省大员会同地方绅士建立各省新式学堂的建议,限六个月内告成,并敦促武备学堂也要次第筹办。

奕訢自新年以来健康状况每况愈下,二月末,"旧疾举发",但仍"力疾视事"。尽管有些奏疏只是根据他的基本意见由他人代拟的,他甚至没有精力亲自过目,然而他对关系国家前途的重大问题仍然思考着。他甚至也谈论"变法",希望把某些方面制度的改革做得更彻底些。但是,他所办的显然只是他几十年来所倡导和推行的军事和教育改革的继续,对于"变法"的核心问题——政治体制的改革,他并未涉及;对于给小人物以参政权的问题,他也极力阻挠。所以我们可以说,他也谈"变法",实质仍是坚持着以外国科学技术求中央集权统治稳固的旧方向;他也谈"振兴",实质是力图重振爱新觉罗氏家天下的皇朝,而不是四万万人民的民族大业。新时代的潮流要求把考虑问题的出发点置于中华民族的兴衰存亡上,而不要置于一家一姓的皇权得失上。奕䜣在这个问题上,没有跳出"皇族"的窠臼,成了时代的落伍者。

光绪帝和慈禧太后在他病重期间,曾三次亲自到恭王府视疾。十二日探视时,奕䜣已不能进粥,日前一再昏迷;十三日又去探视,略有好转,能喝少许稀粥;十八日再去探视,病势更有起色。㉞探视是光绪帝陪同慈禧太后一起进行的,但《光绪朝东华录》这类官书却只记录光绪帝视疾而未著慈禧,盖为礼制所格。实际上,对于奕䜣这样重要的几乎是大半生的政治伙伴的病危,慈禧太后是难以释怀的。

四月十日(5月29日),恭亲王奕䜣结束了其惨淡经营的一生。

据说,在弥留之际,光绪帝去看视他。奕䜣睁开了双眼,用充满忧虑的眼神盯着光绪帝,谆谆告诫说:对广东主张变法之人,"当慎重,不可轻信小人言也",㉟在他看来,代表新兴资产阶级利益要求扩大参政权,实行变法维新的康有为等人就是小人。光绪帝颔首接受。

他还在遗折中郑重叮嘱光绪帝道:

> 伏愿我皇上敬天法祖,保泰持盈,首重尊养慈闱,以隆圣治,况值强邻环伺,诸切隐忧,尤宜经武整军,力图自强之策。至于用人行政,伏望恪遵成宪,维系人心,与二三大臣,维怀永图。㊱

文字间透露出对朝局变更的预见和忧虑。他留给皇上的忠言是要与太后搞好关系,要与二三大臣共同妥善地处理好用人行政诸大端,他至死仍认为"经武整军",是对付列强环伺的自强之策。他希望国家能够强盛,但反对任何彻底的改革。他已经感觉到了危机,承认了皇朝统治的腐朽,担心任何比较强烈的摩擦和震动会加速这个统治的崩溃。

奕䜣的丧礼及谥法都十分隆重,慈禧太后与光绪帝都亲至王府奠酹。慈禧太后追念他数十年与自己合作的大节、赐谥号为"忠",以后就称为"恭忠亲王";另以其有功于社稷,令配享太庙,并入京师贤良祠,接受后世纪念。光绪帝赏给陀罗经被,谕令为他的逝世辍朝五天,素服十五日。

对于恭亲王的死,维新派非常称心,因为无形中去掉一大障碍。据说康有为曾专为此事致信翁同龢,请他趁守旧派失去首领之时,促请光绪帝下变法决心。四月十八日(6月6日),康有为直接上书,请明定国是,大誓群臣,变法维新。此外,请求迅速变法的还有御史杨深秀、侍读徐致靖等。

四月二十三日(11日),即奕䜣死后第十三天,光绪帝正式昭告天下,宣布变法。又过一百零三天,变法失败,光绪帝被慈禧太后幽禁于中南海瀛台,慈禧太后重新直接统治中国。再过两年,全国爆发大规模义和团运动并引起八国联军之役,此后签订的《辛丑条约》使中国完全沦为半殖民地半封建社会,清政府成了"洋人的朝廷"。再过十年,辛亥革命爆发,资产阶级革命派领导的中国民主革命运动推翻了爱新觉罗氏皇朝的腐朽统治,也结束了近两千年来的封建帝制,共和国的旗帜代替了大清龙旗。

奕䜣生前所极力回避的历史命运无可挽回地降临了。

【注释】

① 《召南笔记》,引自金梁《清宫外传》,第224页。
② 吴相湘:《晚清宫廷实纪》第一辑,第145页。
③ 曾廉:《代人上恭亲王笺》,《瓻庵集》。
④ 《翁文恭公日记》第三十三册,第9495页。
⑤ 《翁文恭公日记》第三十三册,第95页。
⑥ 《翁文恭公日记》第三十三册,第103页。
⑦ 荣禄致鹿传霖便条,见《中日战争》丛刊第四册,第576页。
⑧ 《翁文恭公日记》第三十三册,第115、116页。
⑨ 《字林报》,1894年11月23日条,见《李鸿章年(日)谱》,第5049页。
⑩ 《翁文恭公日记》第三十三册,第134页。

⑪《翁文恭公日记》第三十三册,第137页。
⑫《李鸿章年(日)谱》,第5059页;另见姚锡光《东方兵事纪略》,《中日战争》丛刊第一册,第82页。
⑬《翁文恭公日记》第三十四册,第8页:"谕云:我自面商,既请旨;我可作一半主张也。"
⑭《翁文恭公日记》第三十四册,第13页。
⑮《李鸿章年(日)谱》,第5064页。
⑯《光绪朝东华录》,总第3552页。
⑰《光绪朝东华录》,总第3554页。
⑱《翁文恭公日记》第三十四册,第34页。
⑲《翁文恭公日记》第三十四册,第35页。
⑳《翁文恭公日记》第三十四册,第36页。
㉑《李鸿章年(日)谱》,第5078、5079页。
㉒《李鸿章年(日)谱》,第5079页。
㉓《翁文恭公日记》第三十四册,第72页。
㉔ 王伯恭:《蜷庐随笔》。
㉕《翁文恭公日记》第三十四册,第92、93页。
㉖ Contemporary Review, feB, P, 128, 1896;见窦宗仪《李鸿章年(日)谱》,第5087页。
㉗《翁文恭公日记》第三十五册,第64—65页。
㉘《申报》,1895年7月15日。
㉙《翁文恭公日记》第三十六册,第106页。
㉚《申报》1898年6月27日。
㉛ 赵丰田:《康长素先生年谱稿引》,《燕京大学史学年报》第二卷第一期。
㉜《康有为自编年谱》,《戊戌变法》丛刊第四册,第141页。
㉝《总理各国事务奕䜣等折》,光绪二十四年二月初一日,国家档案局明清档案馆编:《戊戌变法档案史料》,中华书局1958年版,第328—329页。
㉞《光绪朝东华录》,总第4076页;关于视疾时间翁记都比东华录早一天,应以翁记为是。
㉟ 胡思敬:《戊戌履霜录》卷一"政变月纪"。
㊱ 故宫博物院藏:恭亲王奕䜣遗折。

第十三章 总　结

他已经具有新时代的头脑了,但他的一举一动还表现着皇氏亲王的风范;他以深厚的旧学为根底,但形成自己的社会政治思想时却常常推陈出新,具有唯物倾向和实用主义色彩;他是新时代的开拓者,却又是旧时代的捍卫者。

这一切是如此奇妙地结合在他一人之身。

一、亲王风范

曾国藩初次见到奕䜣的照片时,印象不算太好,似乎嫌其面目不够开阔。可是曾经直接拜见并与之晤谈的何刚德却据亲眼所见说:"恭邸仪表甚伟,颇有隆准之意",[①]与奕䜣共事多年的宝鋆也说恭王"甚漂亮",[②]写作《近代名人小传》的费行简则描述得更具体,说奕䜣"广颡,细眉目",[③]根据这些记述,再参以奕䜣本人的照片,我们可以有把握地说:奕䜣前额宽阔,眉目清秀,鼻梁挺拔。这与其五兄的"粗拙"和七弟的"俊伟"都不同,使人一望而知是一个"精细型"的人。

见过面的与没见过面的,几乎众口一词地承认奕䜣"聪颖",而且"冠于诸昆弟",这大约是事实。聪颖来自好学。据说奕䜣幼时读书,"就傅日授千言,少读即成诵",[④]在讲究记诵之学的时代,他的记忆力是被人称道的。奕䜣的学习注意知识的更新。少时,在上书房内的学习是传统的经史文章,尤重《资治通鉴》,据说,曾通读三遍。这是严格地学习历代政治历史知识和治国术的过程。青年时期在两次鸦片战争刺激下,开始转向对外国知识的学习,魏源的《海国图志》等书,"胥能成诵"。《海国图志》卷帙浩繁,初版五十卷,末版一百卷,无论哪一种,能够背诵下来都可见其用功非凡。到同治二三年时,他对《海国图志》这类书籍已经不能满意了,有人建议以《海国图志》《坤舆图说》等书为课本,考试通商衙门官员,他批驳说:这些书大抵为中国人所撰,"究非目睹,离奇荒谬,疑信参半",以此考选,"于实用毫无裨益"。⑤他这时经常阅读的是南北洋通商衙门的情况汇报以及外国人在华所发行的报纸。所以,奕䜣始终是统治阶级中最了解世界情况的人。

奕䜣重视统治经验和历史经验的积累与借鉴。道光年间梁章钜编撰《枢垣记略》十六卷,辑录了雍正以来的典章制度,奕䜣公余常加披览,从中熟悉并掌握历朝用人行政情况。后来他又嘱令得力章京朱智依梁书体例,利用档案资料,加以所闻所见,详细补述梁书以来五十余年军机处的沿革变化、人员迁调、奖惩事故、职员生平事迹等,并且收集军机大臣们的诗、文、笔记、丛书等资料共十二卷,合原书共成二十八卷。这部书现已成为研究清代政治及军机处性质、作用及组织成员情况的重要史料。⑥此外,奕䜣总裁方略馆,前后用了近四年时间撰成《剿平粤匪方略表》与《剿平捻匪方略表》这两部大型历史文献,全面地总结剿杀太平天国和捻军起义的经验教训,不讳言起义者的英勇顽强以及八旗、绿营等清军的混乱和腐败。这两部历史文献站在统治者立场,对清末人民起义与统治阶级之间所作的大搏斗记录"尚为详悉赅备",为研究晚清战争史及中国近代史提供了宝贵的资料。奕䜣在序文中声明,自己只是因职务关系而领衔呈进,实际撰述工作是方略馆人员作的,这诚然是事实,但这个班子是受他领导,按照他的指导思想撰写的,撰写过程中,虽因"卷帙繁多"而陆续缮呈,奕䜣仍不厌烦剧,"随时披览",可见他对编纂成书是颇为卖力的。

奕䜣的书法很漂亮,写得黑大光圆,据说是率更体。"率更"是指唐代大书法家欧阳询,因其曾作"率更令"而得名。奕䜣师承率更,然更趋圆润,对率更体有所突破,但尚不足以自成一家。

奕䜣是诗人,在上书房里养成的诗癖一直保持到赋闲年月。许多达官贵人以得到恭亲王诗为幸事。他的公余时间大部分在诗的海洋里徜徉。他还擅长经史杂论,以此人称他"勤学能文"。

他的诗文后来都收集在《乐道堂文集》里,又称《恭亲王集》。内容包括:

《广四时读书乐诗试帖》一卷,咸丰六年,丙辰,仲冬(十一月)整理;
《豳风咏》,一卷,咸丰七年,丁巳,仲秋(八月)整理;
《赓献集》一卷,同治元年,壬戌,仲秋(八月)整理;
《岵屺怀音》一卷,同治元年,壬戌,孟冬(十月)整理;
《正谊书屋试帖诗存》二卷,同治六年,丁卯,小春(十月)整理;
《乐道堂古近体诗》二卷,同治六年,丁卯,孟冬(十月)整理;
《春帖子词》一卷,光绪三年,丁丑,冬月(十一月)整理;
《乐道堂古近体诗续钞》一卷,光绪三年,丁丑,嘉平(十二月)整理;
《乐道堂文钞》五卷,同治六年,丁卯,孟冬(十月)整理;
《乐道堂文续钞》一卷,光绪三年,丁丑,嘉平(十二月)整理;
《萃锦吟》集唐诗八卷,光绪十六年,庚寅,闰二月整理。

出于他的统治者立场,他经常在诗作中美化统治者,强加民意。例如,同治十二年他扈从光绪帝谒同治陵时,以所过州县俱蠲免钱粮十分之三,于是他在《三河晓行》一诗中说:"东作勤劬悯稼夫,数行恩诏特蠲租。丁男处处欢声聚,子妇村村笑语呼。""分明我已身如画,却羡人家似画图。"⑦好一幅统治者与被统治者调和融洽的情景,但是与其说这是他的臆造,不如说是他的追求。在经历了大规模的急风暴雨般的起义斗争之后,他注意到了农民疾苦,并努力改善阶级关系。在次年春天,一场大风过后,他作《大风吟》道:"行幄撼摇惧倾圮,飞沙扬砾排帘栊。人声马声声嘈杂,旌旆迷离飏半空。信道春风狂似虎,飞帘肆虐专其雄",由此他想到农民的心愿:"去冬无雪春无雨,苍生翘首望昊穹。昊穹应悯民疾苦,沛然膏泽仰天工。"⑧诗中颇有杜甫《兵车行》的韵味。但总的说来,奕䜣诗作对民生疾苦的反映是较少而浅薄的。

奕䜣自称:"余也赋性鲁钝,素不工诗,即偶有所作,亦不过敷衍成篇,语多浮浅,于诗人之比兴声律,涵泳风骚,未能得其体要。"⑨实际上他反对以声律限制诗意,正是晚清兴起的诗界革命的一项进步主张,与黄遵宪"我手写我口"的呼声同样值得肯定。

除了一些应制纪恩的诗写得刻板艰涩外,奕䜣在其他的诗作中追求清新的风格。费行简评论说,奕䜣"诗学晚唐",罢政时的感事诗有"手拍阑干思往事,只愁春去不分明"之句;《滦阳道中》有"觚稜回望知何许? 秋山秋水路万重"。这类诗句在其诗集中比比皆是,费行简赞扬他"不愧风人",⑩是允当的。

奕䜣还是文物收藏家和鉴赏家。他自幼生活于皇宫大内,对王羲之、米芾等历代著名书画大家的真迹经常观摩考较,分府以后仍不断与咸丰帝等人互相馈赠珍品,在上书房与师傅们欣赏御笔书画。可以说他充分地利用"皇子"出身的有利条件,培养了自己的高水平的鉴赏能力。奕䜣光是收藏文物的房子就有十五间之多,乐古斋专藏古董,尔尔斋藏一般碑帖,收藏西晋大文豪陆机的墨迹《平复帖》的是锡晋斋。嗜好端砚是那个时代文人墨客的共同心理,奕䜣不仅嗜好,而且所藏"尤富"。他对于石材能否为砚,一望便知,这种本领超过专门经营文房四宝的肆商,可见其精于此道,堪称专家了。

闲来无事,他还会操琴演奏,通声律。

高雅的兴趣与爱好使他与那些专以声色狗马为事的王公不同,颇能博得士大夫阶层的尊敬和喜欢,使人觉得这个满族亲王是中华民族传统文化的积极接受者,从而对于他背叛古制面向世界的倾向能够保持一定程度的谅解和容忍。

奕䜣的性格是孤独和高傲的。这首先由于他的皇子身份造成,其次又由于长期执掌军机,平时不论在皇帝或太后面前,还是在朝臣面前都不能任性言论,更由于几次受到打击而变得愈来愈寅畏小心了。这样,少年时代活泼开朗甚至有些轻率的天性到中壮年时期差不多完全改变了。他时时不忘记自己的高贵血统,几次与慈禧太后冲突时,他都强调自己是道光帝第六子,这恭亲王是锦匣御封的。这确实是别人不可企及的政治资本,慈禧太后也真的不敢把他怎么样。这便造就了他外似平和,内实高傲的个性。所谓"举止安详","对人无多语,而辄中窍要",⑪正是一个亲王应有的风度。这方面,不执政的五兄奕誴与他完全不同,奕誴在京城中人称为"老五爷",是最不摆亲王架子的人,"仪节甚简",夏天常常穿着粗衣葛衫,手拿大蒲扇,箕踞于什刹海纳凉,还喜欢招小贩商人闲唠。奕䜣绝无这种情形。

奕䜣的作风,在严肃之中透出平易的一面,这使他的属员能有一种亲和感。当时因奕䜣手握用人行政权,一般官员外放时,除陛见两宫太后外,还要去拜谒恭亲王。这种场合下,他虽然按亲王体制不予还礼,却命人送茶,请坐炕,请升朝珠,"甚为客气,叙谈良久",只是送客不出门而已。这比后来摄政王载沣初入军机"见客便独坐",给人的感觉亲切得多。

他在接见外国人的时候,常常有意地摆一摆亲王的尊严。但是,在彼此熟悉的情况下也能不拘形迹地轻松交谈。有一次,他甚至揭开赫德的上衣,仔细观看西服的结构,称赞西服的衣袋设计得"确实方便"。⑫

在他的影响下,他的助手们也都对西方文化抱欣赏态度。文祥对西法印刷的方便,印品的精美很赞扬,他得到了一批汉字铅字后就积极筹备同文馆印刷所,中国第一批近代科技及社会学、国际法方面的用书就这样产生了,后来宫内的专印殿本书籍的印刷处被火烧毁,又用同文馆印刷所承印官书。宝鋆和沈桂芬等也都有意改革科举考试,把科学引进考场,作为选拔官吏的一项考核条件,并在各省设立教授科学知识的学校。

奕䜣希望文化交流是相互的,希望中华文化能为世界所欣赏。同文馆总教习丁韪良是美国学者,他对中国古代文化的了解超过其他西人,奕䜣便赠他一个别号"冠西",每次见面时都按满族规矩亲热地握手。

奕䜣也有幽默感。一天,他与宝鋆一起从太庙出来,突然手指庙碑下的赑屃说:"汝看这个宝贝!"宝鋆的号是"佩蘅"。"宝"与"佩"连读的音就接近"宝贝"。因此奕䜣的意思就是说你这宝贝就是那驮碑的赑屃,赑屃俗称为王八,自然就取笑宝鋆了。宝鋆则回敬说,这也是龙生九子之一呀!表面说赑屃是传说中龙的九子之一,似乎是解答奕䜣的话,却暗示说这驮碑的王八不是我而是龙子你呀。因为奕䜣为皇子,恰属龙子之一。又有一次将散值时,宝鋆去厕所,奕䜣等的时间久了,待宝鋆回来时,奕䜣故意问:"往何处撒宝去了?"宝鋆不慌不忙地答道:"哪里!是出恭。"针锋相对,彼此会心一笑。他们之间这样戏谑,可正是为了遵守保密制度,免得一涉正事泄露机要呢!⑬

奕䜣比较关心下属的辛苦、愿望和要求,所以,尽管工作繁巨,官员们"亦感激驰驱",⑭乐为所用。军机处事务比各部院繁重辛苦,奕䜣则用物质刺激和封官许愿的办法鼓励章京们的工作热情。例如,咸丰十一年底,是他担任议政王的第一年,他奏请赏予军机章京们两千两白银,以酬劳他们为打开局面所作的大量工作。章京许庚身按规定轮到一次简放福建乡试副考官的美差,心中高兴。因为京官薪俸微薄,作一次外省考官可得许多外快收入。然而奕䜣因公事需要将他留京,这在许庚身也是无可奈何的。奕䜣却能特作解释说:"只因江南军务得手,金陵省城即日可望克复,论功行赏,枢府必有许多应办之事,非君莫属,故特奏留君襄赞一切,典试学差,下科再行倚重。"一席话说得许庚身心里暖乎乎的,当差更勤谨了。他为奕䜣绘制了一幅金陵省城详细地图,凭着这张地图,奕䜣得以在南京克复捷报到京之日在两宫太后面前从容讲解攻战形势。事后,奕䜣又对许大加称赞说:"今日召见,全仗君先有预备,敏练之才非某等所及",随手指军机处正堂说:"将来此坐,定属君矣。"⑮

但是如果属员确实有错误甚至罪恶,他也绝不轻饶。有一次突然发觉保存于军机处的太平天国天王洪秀全的金印被窃。这金印重达一百多两,上刻"太平天国万岁金玺",是宝贵的历史文物,又有政治价值,如果流落到外,就可能有人利用它重新号召造反,天下可能平而复乱。奕䜣对此案非常重视,亲自组织破案,严刑拷打许多宫中奴仆杂役,均无结果。后来又派人到市面去侦查,才查出盗窃者为军机章京满人萨隆阿,金印已被售于首饰铺熔为金条,失去文物意义。奕䜣立即将萨隆阿判为死刑。⑯晚清笔记家在论及先后执政的几个王邸时,都认为奕䜣办事合理,"人甚明亮"。

奕䜣曾有"好货"之名,前面已述及,这主要是由于同治初年曾听信岳父桂良献计提用府上门包造成的。此事经过慈禧训诫,并撤去议政王号以后,就不能再收了。

但奕䜣的生活仍然比五兄、七弟等其他亲郡王都富裕。其原因主要是一直食用亲王俸禄,而五兄时有降贬,咸丰后期才重新晋为亲王,食亲王俸;七弟更迟至同治十一年才晋为亲王,食亲王俸,此其一。

其二,奕䜣于政变后长期食亲王双俸,中间只有光绪十年被罢黜时免去双俸,过两年又赏还了。清制,亲王年俸一万两白银,双俸就是两万两,这收入远比其他人高。

其三,他的儿子们一生下来就是有爵位的,而且相应地高于五兄及其余几个弟弟们的儿子的爵位。

其四,他长期担任首席军机,自然有许多进款,因其操纵官员进退大权:"缘简放官缺,虽由军机大臣公同进单,而拟放何人,须由领衔之亲王开口,他人不能预也。"⑰按照当时官场惯例,督抚夏送"冰敬",冬有"炭敬",平日官员离京有"别敬",均不以为非。据了解情况的人说,奕䜣对这些馈赠并不一概收受,他"界限极为分明","必满员之得优缺,及汉员由军机章京外放者馈送,始有收受"。⑱

这样看来,他的收入绝大部分是合法的,但是偶尔也收受馈赠,只是没有像后来的礼、庆等亲王那样公然索贿和细大不捐而已。此外,据说李鸿章办轮船招商局和开平矿务局时,曾以空股赠送要津,奕䜣也染指了,所以史家赞美醇王奕譞"操行为诸王冠",这就等于说恭王奕䜣并不是清廉的。

其五,他是大贵族兼大地主,因为"清室王公富有庄田",所以他必然又有许多农业收入。这不是他个人逾格的聚敛,而是制度决定的。有人统计号称"操行为诸王冠"的醇王有土地为关内外共六点八万多亩,⑲恭王府的占地可能也与此相差不多。

奕䜣在世时,恭亲王府依靠上述诸项收入维持着王府庞大的开支,造成诸王大臣中首屈一指的煊赫气象。

根据亲王府人员编制,恭王府有长史一名,头等护卫六名,二等护卫六名,三等护卫八名,四、五、六品典仪各两名,牧长两名,典膳一名,管领四名,司库两名,司匠六名,司牧六名。在这些定数之外,还于光绪十五年和二十年例外增加头等护卫两名,二等护卫两名,三等护卫四名。⑳上述这些管领人员都是有翎顶的各品官员。在他们之下是为数众多的护军、蓝甲、红甲、太监、丫鬟、嬷嬷、厨子、裁缝、苏拉、轿夫、更夫等各色使役人员。王府内设有回事处、随侍处、佐领处、置办处、司房(账房)、祠堂、厨房、茶房及庄园处等,总计有数百人之多。恭王奕䜣在府内奴仆成群,出门前呼后拥。

奕䜣有于紫禁城内乘坐四人轿的特权。在宫外他乘坐八人抬的银顶轿,从轿子的级别一望而知为恭亲王。他的轿夫仰仗他的势力狐假虎威,一贯威风张扬,平素行走时见到前面有轿子就要超过,习以为常。有一次,惇王奕誴的轿子在前,恭王的轿夫又要超轿。奕䜣在轿内大声制止,轿夫不听,反而加劲跑,奕䜣急得直跺脚,喊道:"超不得,超不得,前面是我哥哥!"轿夫正赶得兴起,不肯止步,答说:"是你的哥哥,不是我的哥哥!"遂超过去。回府之后,奕䜣分别将轿夫责打几十大板,然后交给五兄奕誴发落。奕誴命他们抬起放入许多银两的轿子遍游四城,累得疲惫不堪。自此以后轿夫对惇王稍知退让,但在其他人面前依然如故。

奕䜣也大修园庭。他府邸北部原有一所花园,山亭水榭,回廊曲槛,景致已佳。奕䜣仍不满意,同治年间将邸园重修。据他的次子载滢在《云林书屋诗集》中所写的《补题邸园二十景》看,修缮后的邸内各处题名与小说《红楼梦》中的大观园四十景极其相似,有些竟完全一致,只是规模有别。由此引起现代红学家们热烈地争论,有的说:这里原是大观园旧址,"即恭王一家,也知道他们的住所与《红楼梦》有关,这才有意地又作了若干模仿和牵合";[21] 有的则说:这只是后人按着大观园的意境,"作过精心的设计和安排"。[22] 孰是孰非,不是本书要解决的问题,我们只消指出,奕䜣此次重修邸园并使之酷似大观园,表现了浓厚的文学情趣。这座园子本是无名的,只称为邸园,或府园,但后来又有了萃锦园和朗润园的雅号。[23] 奕䜣在此之外,在大翔凤胡同另外购置一处僻静地方筑成鉴园。有人不审,把这个鉴园与恭王府花园混为一谈了,例如《清稗类钞》引震钧《天咫偶闻》卷四说:"邸北有鉴园,则恭所自筑也。"[24] 周汝昌于所著《恭王府考》一书已指出鉴园与府园无涉。

应该指出的是,奕䜣起造园林不能认定是特殊的腐化,因为清代王府建园已相率成风。即使号称操行好的奕譞也建花园,园内也有戏台,在城外也有别墅。翁同龢在日记中记载过,光绪十一年夏,一次夜半疾雷将恭王府正堂银銮殿的匾额及天花板皆震动坠落,还震死一条狐狸。这也许能说明王府的主体建筑已经多年失修了。

奕䜣的家庭生活并不特别美满。

他像许多亲郡王公一样过着多妻的生活,载入清代皇室谱牒《星源集庆》的计有嫡侧福晋八人,但这些妻子能够享受永年的不多。

嫡福晋瓜尔佳氏,在第一章中已有叙述,是大学士桂良之女。她比奕䜣小一岁,善于治家,"家人无不敬畏"。大概由于出身高贵,敢于颐指气使,人们颇畏之。奕䜣说有她治家,得以三十年无内顾之忧。她平时喜欢莳兰养竹,居室题为"听竹斋",自号为"友兰女士",可见性情是高雅的。她生育长子载澂、三子载濬,长女荣寿公主和次女某。光绪六年五月二十二日(1880年6月29日)卒,享年四十七岁。

侧福晋薛佳氏,是文汇之女,年岁不详,生育了次子载滢,她死于奕䜣之后。

侧福晋王佳氏,福庆之女,十岁时随瓜尔佳氏陪嫁而来,比奕䜣小六岁,咸丰十年收为妾。王氏可能因出身微贱,颇谦和,"事上以礼,驭下以宽",故得府中人心,看来是个聪明贤惠的妻子。同治十一年经两宫皇太后晋为侧福晋。她虽没有为奕䜣生儿育女,但夫妻感情很深。光绪五年奕䜣随扈东陵参加同治帝大葬的时候,她"谆谆以归期相问",葬礼还没全部结束,她就病故了。奕䜣听到噩耗匆匆赶回向遗体告别,寄托爱恋不舍的哀思。

侧福晋张佳氏,双喜之女,幼年入府,比奕䜣小二十五岁,由妾晋为侧室,生有一女。张氏"素患肝疾",于光绪九年九月初七日(1883年10月7日)病故,年仅二十六岁。

侧福晋刘佳氏,庆春之女,年岁不详。她生育了两女一子。

此外已知的还有寿佳氏、崔佳氏和刘佳氏,都没有生育。

在这些妻妾之外,可能还有。咸丰三年所修《星源集庆》中尚有庶福晋"石佳氏",而次年所修时,石佳氏列于薛佳氏之后,却又经笔圈掉。据此分析,石佳氏也是奕䜣庶妻,之所以圈掉且后来又永不再见记载,不可能是病卒,很可能是因过休弃或自行逃亡。因当时皇宫以至各王府的太监或侍妾人等不堪忍受压迫而逃亡的现象时有发生,恭王府当然也不例外。

奕䜣的骄傲是长女荣寿公主,聪明而知礼。同治元年被慈禧太后收养宫中,作为笼络奕䜣的一种表示。奕䜣无法拒绝,但等于被夺去心头肉。后来又经太后指婚给额驸景寿的多病的儿子志端,婚后"踰年而寡",成为孀妇。奕䜣眼见爱女不得幸福,毫无办法。所幸慈禧太后对此女宠爱不衰,以天子嫡亲女儿"固伦"公主待之。㉕

奕䜣最操心的是长子载澂。载澂是世子,将来是应该继承亲王爵位的人。但在锦衣玉食的皇家生活中,载澂自幼即顽皮,成了典型的纨绔子弟。他在上书房读书时就经常与同治帝恶作剧,师傅们奈何不得。长成以后,常勾引同治帝到宫外浪游。他依靠父亲的荫庇受封为贝勒,屡承恩赏,又得到郡王衔三眼花翎,内大臣及正红旗蒙古都统等高官显爵。实际上他对国家、对民族,甚至对统治阶级的大业都没有任何功劳,也根本不关心。奕䜣曾经风闻长子行为不轨,进行过严厉的教育,但是因又牵连到同治皇帝,引起反感,越发难以奏效,又兼自己公务繁忙,最后竟只好听之任之了。光绪十一年六月初十日(1885年10月17日),载澂病死,年二十八岁。奕䜣说载澂"体质素强",只是"本年陡患肝脾之疾,医药无效,遂至不起"。㉖但当时人都说他是由于欺男霸女,行为放荡,自戕身亡。

第二子载滢,薛佳氏生。同治七年奉两宫皇太后旨意过继给奕䜣的八弟钟郡王奕詥为嗣,承袭贝勒。义和团运动之后,以"纵庇拳匪"的罪名被慈禧太后抛出,交宗人府圈禁。

在讲究裙带关系的社会状况下,奕䜣不能完全摒绝这种关系,但不算过分。大学士桂良是他的岳父,是他的一个政治支柱。满洲正黄旗人庆春是他侧福晋刘佳氏之父,也是他的岳父,原是地位不甚高的协领,几年之内由副将升为都统,又任驻防将军,除了本人能力外,很可能是得力于奕䜣的提携。文煜是满族贵族中的巨富,可能是长袖善舞的人,同治元年被从直督的职位上革职遣戍,后来又起复升迁,可能是得力于与奕䜣的儿女亲家关系,他的女儿是载澂的嫡福晋。但是没有发现其他亲属取得显赫地位,这可能与奕䜣毕竟是更重视人的能力和资历有关。

恭亲王的身后是可以用"萧条"一词来概括的。到他逝世的时候,已经没有可以承袭王爵的儿子了,慈禧太后遂指示已经过继出去的载滢以其长子溥伟回归本支,承袭亲王爵位,俗称为"小恭王"。

二、实用主义典型

实用主义,本来是现代资产阶级的主观唯心主义思潮之一,主要特征是认为真理是主观的,而不是客观的,没有什么确定的标准,能够满足自己需要的就是真理。

但是历史学家们研究古代社会问题时,也使用"实用的"一词。恩格斯在剖析旧唯物主义者的历史观时,也曾说他们"在本质上也是实用主义的"。

对恭亲王奕䜣的社会政治思想,我们同样可以说在本质上也是实用主义的。

在有神与无神这个哲学基本问题上,奕䜣的态度是外有神而内无神。

长期在同文馆任教的美国人丁韪良曾对奕䜣这样当日中国的开明人士主持求雨的迷信活动大惑不解,说这"真是命中注定的奇缘"。[27]综观咸丰、同治、光绪三朝《实录》,恭亲王代天子祀天、致祭、祈雨雪一类的记载不胜枚举。这是因为咸丰帝即位后,一直以患"足疾"为理由委托奕䜣代行祭礼。后来的同治帝和光绪帝又都是幼年即位,只好仍旧以皇叔代行祭礼。所以,奕䜣的这类活动是政治需要,不能作为他信奉"有神"论思想的证据。

但是他又经常谈论神鬼。为了教育长子载澂弃恶从善,他特意仿旧本阴骘文图另绘成新图,指示载澂抄写说明文字,希望他从轮回报应的说教中引起戒惧,"拯迷途于觉路",悔过自新。他在为儿女们撰写《墓志铭》的时候,写出了"灵魂不死"和"托身转世"的思想。这里,与其说他迷信鬼神,不如说他是在利用神鬼:前者是利用鬼神进行教育;后者是利用灵魂不灭的说法寄托哀思。

在《子玉不勤民论》这篇文章里,他直接表示了对于鬼神的这种"利用"而非"笃敬"的态度。他通过春秋时楚相子玉吝惜财宝而不敬神,致使军民惊疑而致败的故事,批评子玉不善于利用人们的迷信心理,说:"且夫琼弁玉缨非有用之宝也,而可以济师,将何爱焉?其败也,非必河神之灵使之也,然楚人尚鬼习俗使然。故以琼玉畀神,自足以系属民心。今子玉惜无用之物而卒以败绩,人将谓其丧师辱国而身死者,皆弗致琼玉之故。"把"敬鬼神"的活动只当作一种手段,这层意思已经说得再明白不过了。他又进一步指出:"抑吾又有说焉:子玉而平日恤民也,虽不以弁缨与神,谁能败之;子玉而平日不恤民也,虽以弁缨与神谁其佑之?"[28]这就是说,如果爱民,不敬神也不能败;如果不爱民,敬神也没有用。这是"恤民"重于"敬神"的进步主张。

说他外有神而内无神,还由于他对神道、梦示之类的无稽之谈持大胆怀疑态度。例如,他对《尚书》中关于殷高宗武丁梦得良弼傅说的故事进行了辛辣的讽刺。他说:如果高宗真正求贤,可令群臣各荐所知,傅说这样的贤才自然会从民间发现出来,"何待梦之感格",再去画影图形地找寻呢?国君为天下择贤,须经过审慎地考核,"考以言,试以功",岂能仅凭梦寐之间渺冥不可知之意而求之?接下去说得更挖苦了:"若武丁果以梦而得良弼,则后世之君亦可晏然高拱而得天之赉耶?向其武丁有其梦,而无其人以肖其形,则将无可为相耶?且便肖其形者非如傅说而为佥壬不可用之人,则亦将立而为相耶?"[29]对于经典的怀疑,对神道的批判都是相当深刻的。

他对"相术"的解释合乎唯物主义的"反映论"。他说:"术有以相名者,即人之容貌颜色以决人之吉凶夭寿,似未可信。然其说往往能验,何也?相因乎心由微之显,自有其理。非尽任乎术也";"然则人皆可以相人也,岂独叔服以能相传也哉?"[30]揭开相术的神秘外衣,认为只要掌握被相者的实际情况,人人都可以做出接近正确的判断,这已经是唯物主义的见解了。我们不妨说,奕䜣哲学思想的内核正是朴素的唯物主义。

奕䜣常谈祸与福,这是那个时代人们共同关心的问题。奕䜣说:"祸福之说,自古有之,国家将兴,必有祯祥,国家将亡,必有妖孽。"但他强调说:"然自阴阳卜筮家竞起,人皆以趋吉避凶为能,遂为祸福之说所动,而惑于鬼神之不可知。何也?不知有道也。"这"道"就是"礼"与"义",而非"鬼"和"神"。可见他的祸福观是与有神论相对立的。他指出"夫德为福之基,不德为祸之阶",而"自人之不明乎礼与义,一闻降祥降殃之说,则辣于幽冥之故,迷于恍惚之谈,昵于祷祈之术"。[31]

既然用祈求鬼神的办法趋福避祸是愚蠢的,那么,应该怎样办呢?他的回答是:"吾所谓福者,不必卜之于天,而实验之民。"[32]这种认识使他在执政中常常不为言官们的"天变""灾异"之说所吓倒,敢于坚持改革。

奕䜣在清王朝国力衰微、帝国主义列强环伺的形势下,着力研究和平的学问。

奕䜣的和平思想包括三个层次:和平的价值;和平的手段;和平的保证。

他认为和平是实现自强目标、开展近代化建设的必要条件。他说,当列强从海外纷纷袭来的时候,中国必须改变传统的战守观念。在英法联军之役结束不久,他奏称:"历代夷患为前车之鉴,专意用剿,自古御夷之策,固未有外于此者。"但那是对付古之夷狄的传统策略,对待资本主义西方强国则不可:"窃谓大沽未败以前,其时可剿而亦可抚,大沽既败以后,其时能抚而不能剿。至夷兵入城,战守一无足恃,则剿亦害抚亦害,就两者轻重论之,不得不权宜办理,以救目前之急。"[33]揆时度势,当时求和比抗战更有利于国家。他在同治初年所撰写的《魏绛和戎论》中,通过春秋晋楚之争,楚强晋弱的形势分析说,实行"和戎"政策是有利的;反之,"构怨诸戎以启寇仇",则使"彼则间而协以谋我",况且晋伐戎患,则"楚人闲晋师之悉起也,而以师临之,诸侯或狡焉思启封疆者,又得间而侵伐之,岂其亡利耶?而为害不可胜言,诚如魏绛之谋,诸侯见诸戎之睦于晋,而愈归附矣!楚即与晋相为敌仇,而势已孤矣。楚不敢争,诸侯皆不敢携贰,则诸戎亦何恶之能乎?魏绛之谋可谓忠于国矣"![34]这是说由于对戎狄的和解使强楚不敢肆虐,诸侯各国无隙可乘,则戎狄也不能为害。不难看出,他把"和"作为一种手段,力图在各种压力之间造成一种均势以求自己的生存。这是稳健型策略而绝非进攻型策略。

值得指出的是,"和戎"思想并不是奕䜣的独创。比奕䜣还早七八个月,乔松年就提出"和戎"建议,说:"昔晋用魏绛之谋,汉帝赐赵佗之诏,史乘以为美谈,不为失体。"[35]比奕䜣稍晚,李鸿章、郭嵩焘、曾纪泽,甚至左宗棠和沈葆桢等都认为南宋以来对战争与和平的价值作僵化的估计是错误的,是士大夫阶级不顾国家大局只务虚名的表现。其中,曾纪泽说:"观近来时势,见得中外交涉事件……有时须看得性命尚在第二层,竟须拼得将声名看得不要紧,方能替国家保全大局"㊱,他的意思是,把荣辱作为考虑问题的出发点是追求虚名,只有把利害作为考虑问题的出发点才是真正为国家尽忠的。李鸿章也说,"进退战守,唯利是视","和无定形,战无定势"。㊲奕訢的观点与他们都是相通的,他们公开向南宋以来形成的传统和战观提出了异议和挑战,认为:主和未必是卖国,主战未必是爱国,一切应揆度时势,从国家全局着想。这样,关于和平的评价就由南宋以来人们心目中的"苟且偷安"的色彩赋予了春秋时代"以屈求伸""卧薪尝胆"的意义。正是从这个意义上,奕訢赞扬说,主张"和戎"的魏绛之谋"可谓忠于国矣"!

关于和平的手段,奕訢主张在错综复杂、争端屡见的近代国际关系中要慎于言战,不能把中国动辄置于开战边缘与外国决裂的紧张境地。

"慎战"思想的主旨是审慎地对待战争,反对冒险主义和侥幸行动。奕訢批评春秋时鲁国的曹刿手持利刃劫持齐桓公"使悉反侵地",分析说:假设没有齐相管仲劝阻,齐桓公必然报复,而"以齐取鲁如反掌耳",由此将产生更严重的后果:"逞匹夫之勇,不惟无以自保,而且祸延及国,其罪何可逭哉?"㊳他认为曹刿开了恐怖主义之风,荆轲刺秦王就是曹"刿启之也",并且把决定刺秦的燕太子丹和执行刺秦的荆轲通统否定:"荆轲匹夫勇,愚哉燕太子""生劫殊失计,贻笑千古史",㊴这与他早年曾同情荆轲相比,是一百八十度的大转弯。

奕訢认为当国者必须稳健持重:"君子务知大者远者,自古良臣之谋国也深维其本,急功喜事之为,所不取也。"他认为,晋楚之间著名的鄢陵大战,晋国之所以大败是由于"晋大夫皆欲战","挟小智而贪近功",不采纳范文子关于应修明内政的劝告所致。㊵

"慎战"并非不战,所以"慎战"论不等于投降论。奕訢称赞宋代苏洵论六国书,说:"如老泉(按:老泉本为苏轼自号,后人误以为苏洵)所言,以赂秦之地,封天下之谋臣,以事秦之心,礼天下之奇才,秦势虽强,岂能为害耶?宋之于契丹亦然。真宗不听寇准画策,乃遽许其和,为积威所劫,宋之坐弊以此。南渡以后,则又甚矣。老泉远识固有大过人者。其言以天下之大,从六国破亡之故事,情词危切,抚时之感跃如,与辨奸论皆有先见之明,岂徒文辞也哉?"㊶是赞扬抵抗侵略的。

与"慎战"思想相联系的是"备战"思想。"备战"思想产生于对于和约不可深恃的正确认识。在同治七年(1868)修约前后,以及批判宋晋反对学造轮船时,他都一再提醒督抚大员"不能以一和而遂谓可长治久安也",㊷要抓紧国防建设。

关于和平的保证,奕䜣认为备战是维持和平的根本保证,只有讲求战守才能保持和局,不讲求战守则和局也不能长久保持。他说:"古之为国者,常以不虞为戒,况外虞之既至,而乃不知备乎?"又说:"军旅之事,慎之又慎,犹恐不能必胜,况不设备者乎?"结论是:"无备,虽众不可恃也。"

他进一步指出"备战"与"慎战"的关系应是一致的:"当于未事防之","又当于临事慎之",绝不可轻率开战。

那么,在什么情况下可以开战而不为轻率呢?他认为:

其一,得民心时。春秋鲁庄公十年,齐师伐鲁,鲁欲迎战,曹刿请见鲁庄公问凭什么条件开战,庄公回答衣食能分与小民,玉帛能献于诸神,曹刿均称还不够,最后说到讼狱能尽情尽理时,曹刿才断言说,能如此,可以战。奕䜣对曹刿的识见大为欣赏,说:"有国者以得民心为本。上思利民,忠也。能利民然后能使民。夫狱者,天下之大命也……听狱者,必尽其心也。不尽其心则不公不明,亦无以服民心矣。民既不服,平日且不乐事劝功,况危难之时,岂肯为所用耶?"㊸

据说当时轰动朝野的"杨乃武与小白菜"一案最后得以昭雪,就是有恭亲王给刑部"隐为之助"的。因为,此案涉及封疆大吏,他认为如不予昭雪,将导致大臣"欺君藐法",人心为之解体,朝廷"不无孤立之忧"。㊹

其二,国富民和时。他说:"夫众之不和,财之不丰,固不可以为国也。然军旅之事,虽以制胜者行之,不能不害民而伤财。以任耕锄供租税之百姓,而驱之效命疆场,民人愁痛,不知所庇,辛苦垫隘,无所底告。夫且荡析流离之不惶恤,将何以和众乎?赋重役烦舍我穑事,荒札频仍,蠲贷无济,虽欲丰财又安得乎?武王不若是也,武王除暴以安天下,应乎人而顺乎天,百姓悦服,百谷用成,故勿谓兵民之残也,财用之蠹也。武之武,以召和也,以致丰也。"这里面有对于人民疾苦的考虑,因为战争将使百姓"暴骨如莽";但是主要是担心战争将破坏国家的赋税来源,所以他大声疾呼:"先王不敢穷兵于武,以其害民而伤财也。"㊺

真正具备民心与财用两方面的充分条件是很不容易的,所以他在一般情况下不轻于言战,而致力于图强求富的近代化改革。在《宋襄公论》这篇文章中,他认为宋与楚争霸,是"度德不量力",当"楚师之来,不战固上策也",当然,他也退一步说:"既与之战矣,则当乘其未济未成列而薄之",宋襄公不听司马子鱼献议,等待楚师渡河完毕方战,结果大败,是"自取亡也"。㊻表现了他的反对受"礼"拘束的灵活性。

奕䜣的"和平"思想是贯彻"自强"主张的前提。沈葆桢的一段话是对这种和平思想的透彻说明,他说:"为今之计,谓一徇其所欲,可日久相安者妄也;谓不必顾己之可恃与否,愤与之角,以成败听之天者,犹之妄也。二者俱不可行,而欲策出万全,则自强而已矣。"在同、光之际,顽固派平时反对练兵筹饷,造船制械,说已经与外国议和,不应再有使外国生疑之举,是可笑的;在中外冲突激化之时,又不顾敌我力量对比,主张一决雌雄,以胜负听诸天意,更是危险的。

奕䜣等人的主张虽然相形之下稳妥一些,但由于他们实际是与人民脱离甚至敌视的,所以并未得到"民心"的支持,而他们的"自强"又流于追求西方国家的军事长技,只重视武器和军事改革,不重视人民也不敢全面改革,仍然是无法保卫祖国振兴中华的。

对于传统礼教统治的思想武器,奕䜣早年曾有某种蔑视倾向,那是自发的。但自从执政以后,他也成了"礼"的热心维护者。

他说"礼"是国家的纲纪、大法,认为实现了"礼治"国家才能大治,"治国而无礼,则上下之分何由而定?纲纪之立何由而振?举措之施何由而明?黎庶之情何由而孚?"㊼

他虽然已经接触了一些新思想,但仍旧是坚持等级制度的。他说:"礼为上下之纪,所以昭轨物而辨等威也。辨乎上者,以尊驭卑,示民之不得以卑踰尊也;辨乎下者,以贱奉贵,示民之不敢以贱陵贵也。"㊽

他强调"礼"在统治阶级内部的调节作用:"守国之道则在于行政而得民。国之安危视乎政之得失。若君弱臣强,国柄下移,欲政令之行胡可得也。"㊾

他更强调"礼"对人民的束缚作风,盛称这种等级思想的渗透和教化比法制更加有效而无形:“礼之教化也微,其止邪也于未形,使民日迁善远罪,而不知也。”(50)又说,“礼”是维系人际关系和谐的最好方式:“教之仁以致其恩爱,教之义以辨其等威,教之礼以饬其彝伦,教之乐以平其血气。”他以探讨统治术而颇有所得的心情说道:“仁以育之,义以正之,礼以齐之,乐以和之”;“渐摩日久,陶淑日深,熙熙乎,蔼蔼乎,莫不尊亲,民之戴德于君,以为小民之性情而忘其为天之训迪也”;“德教洽而民气乐,所谓杀之而不怨,利之而不庸,民日迁善而不知为之者,亦思乎政治之本而已”。(51)等于公开承认“礼”是统治人民的软刀子了。

当然,他不否定法制的必要性,因为这是维护王权统治的硬刀子:“致治者,固不可不宽;而又不可一于宽也”;“虽尧舜之时,有教不能无刑,有赏不能无罚,为政者可以知所法矣。”(52)

他的以法治民思想主要包括两个思想:其一,按法来选贤任人。其二,用法约束刁民。

但是,由于他过分强调“礼”的作用,就削弱了他对“法治”的重视,沿袭了清代前几代统治者对“人治”高度重视的衣钵。春秋时郑国子产为相,将范宣子所撰刑书铸于鼎,公之于众,这要比起由统治者随意解释的所谓先王之法进步得多,可是奕䜣却用质问的口气讽刺道:“噫!以唐叔向所受周先王之法度,曾不若宣子所用之法也哉?”他站在特权阶级立场上,讴歌“人治”比“法治”更能尽情尽理,说:“古者五刑之用,听其时事以议其重轻,或轻而罪无可宽,或重而情有可恕。法未可以预定也。今乃铸之于鼎,以为定法,其轻而难宽者违法以治其罪,不得也;其重而可恕者,曲法以谅其情,不敢也。且鼎之所铸,必不能举科条而备载之,民之所犯不必与铸之鼎者相同,在上者或涉偏私,在下者各思遁饰,而纷争巧诈之端起矣。”(53)

“法治”,是民主社会的统治方式。奕䜣主张“人治”反对“法治”,这是他的社会思想中最保守的部分。他毕竟是一个封建亲王。

在消费与生产问题上,奕䜣也是维护传统观念的。

他看到了小农经济下生产力低下,消费与生产的矛盾十分尖锐:“处富之民日趋于华,恃其衣食之不匮而渐以侈靡相竞,一岁之费或以耗数年之藏;一身之奉或以罄数世之蓄。百人作之不能衣一人;百人耕之不能养一人,欲无饥寒不可得也。夫雕文刻镂伤农事者也;锦绣纂组害女工者也。生之者甚难,而靡之者无度。小民财产何得不蹶? 如是欲使民财用之恒足也,非节俭不可。"⑭

这就是说,他认为解决这一对矛盾的办法仍是古老的节用原则,而不是扩大再生产,兴办新产业。当然,在实践中,他迈开了兴办新产业的步伐。

他承认人的欲望的合理性,说:"人有七情欲,其要终,人非圣人,孰能无欲?"⑮"凡人之情无不厌质而趋文,衣好鲜丽,食求甘美。"⑯从这些认识出发,他热心提倡洋务,号召实行大机器生产,欢迎工业浪潮进入中国。如果他再前进一步,将会承认人人有消费的权利,有追求自由平等的权利。

但是他不敢走得太远。在《以道制欲论》中,他声称应以"道心"制服人们自己的"物欲";在《养心莫善于寡欲论》里主张清心寡欲;在《节以制度论中》号召人们崇俭去奢以足国用。

在承认人的物欲合理性的前提下,他主张人们要按"礼"制进行消费。他说:"推而言之,等威有制以定尊卑之分,则僭越之端自弭也,冠婚有制以明内外之别,则淫僻之行自消也;财用有制以酌出入之宜,则奢靡之习自化也。"⑰在他看来,人人遵照"礼"制消费才能维持社会的秩序。

按"礼"制消费的原则诚然对统治阶级自身有某种约束作用:"人君代天而治,量入为出,本撙节之意,以为制度。既无妄费,即无苛敛,不伤财,不害民。使在下者皆有所矜式,国用以裕,民财以阜,与天下相安于丰,亨豫大之规也,岂不盛欤?"这是他在皇室大兴土木危及国用时能犯颜谏争;当地方灾害频仍时能赈灾减赋的思想基础。

然而按"礼"制消费的原则主要是维护特权阶级利益的。他说:"奢则必骄,侈则必汰,不顾尊卑之体,上下之分。……而僭滥之端因以起。"⑱只有养成按自己的等级身份去消费的自觉性,才能防止"僭滥"的事端,防止犯上作乱。

这就等于说在社会生产力低下,社会产品不丰富的情况下,上层人物多消费是合"礼"的,下层人民少消费才是合"礼"的。奕䜣执政前后近四十年,提倡近代化,却多属军事技术方面,民用工业方面的产业兴办不太多,除客观形势限制外,恐怕也与本人的主观认识上轻视民用有关。

关于人才问题。

奕䜣认为"人治"重于"法治"虽然是错误的,但他由此而高度重视人才。他说:"不有治人,何以有治法乎?"是说如果没有好官吏去执法,又怎么能有天下的大治呢?[59]他强调说:"夫国以一人兴,以一人亡,有治法必有治人。然而知人不易,用人斯不易矣。故曰为天下得人难。"[60]

重视人才的思想有两个层次,第一个层次是选才自辅。他说:"夫政者,纪纲法度之所由布也,一人统之,一人不能理之。故有主治者以综其要,必有辅治者以分其司,使主政而不得其人,材智之不逮,措置之失宜,必致礼乐不兴,刑罚不中,而民亦无所措手足。"[61]第二个层次是勤于咨询。他说:"吾观乎古帝之官人也,敷奏以言,又必明试以功。以濬哲文明之圣,犹且询于四岳,咨于十二牧,其故何也?……盖古帝王之用人如此慎也夫。"[62]

奕䜣长期主持军机处,直接握有用人行政大权,他努力做到审慎择人。例如,同治末年两广总督瑞麟出缺了,他函询李鸿章继任人选;早些时候,左宗棠开办福州船政局,后调去西征,他听取左宗棠意见任命沈葆桢继任船政;光绪七年,他想任命李鸿章部将宋庆为河南巡抚,因李鸿章函称此人不适合作封疆大员而作罢。博采周咨,力避主观,是奕䜣的施政作风。

在人才的"德"与"才"两项标准中,奕䜣更强调"德",认为道德标准是第一位的。他说:"才者德之用也。"他以千里马为例,说一日可行千里,是谓马的脚力;能发挥出这样的力来,是谓马的品格。"如使其有力而无德也,则虽以强健之姿,奋迅之足,超轶乎牝牡骊黄之群,然其气不降,其性不驯,……而伯乐、九方皋之所不屑顾。噫!是马也,且欲与常马等,不可得,何骥之称?"以此理推之于人,他说:"人之以俊杰称,犹马之以骥称也。若有才而无德,必将恃其聪明而误用之。其在于身则务求高远,有以异端坏士习者矣!其在朝廷,则妄事纷更有以经术误国家者矣。"[63]关于"德""才"关系的这番论述是颇精彩的。

重视人才,必然重视知识和知识分子。在《尚志论》一文中,他开宗明义地说:"四民以士为首,所以明乎士之贵也。"他借用孟子与王子垫互相辩难的内容,否定那种认为知识分子是无职业、无所事事的人的说法;指出知识分子虽不一定处高位,不一定有一技之长,但有理想,有大志,有道德,有能力,有知识与学术,决定着社会的意识形态,左右着政教风俗,所以当之无愧地应居四民之首。他嘲笑王子垫把"穷不失义,达不离道"的士人看作无所事事之人,是世俗的眼光,发出了慨叹。

他对荐主的重视又超过人才本身,所以他盛赞伯乐式的人物。一般人提起春秋时齐桓霸业都是称颂管仲的,而他则更称誉让位于管仲的鲍叔牙。反过来,他批评管仲说,仲虽佐齐桓公成就了霸业,但终其死,"不能荐贤以自代"。由此他得出结论:"仲之为图谋也,不逮鲍叔远甚矣。吾故曰:桓公之霸业,不在管仲而在鲍叔。"[64]

但是全局之才总是少数的。所以奕䜣又主张:"观人之道,有于一节之难能而知其人为有德之人,可以有用于国家也。"从而得出不能求全责备的契合实际的主张。他还称赞晋国的胥臣破格荐举罪人之子郤缺,使之为国立功,[65]表现了用人思想方面的灵活性。光绪九年春,河南巡抚李鹤年出缺,军机处内李鸿藻荐鹿传霖、宝鋆荐觉罗成孚,慈禧太后征求奕䜣意见,奕䜣陈述说,二人俱好,但满族官员不谙知民间利病,用成不如用鹿,遂定议。大体上奕䜣用人不存满汉界限,注意用人以长。有人称说"务贤王之立贤,无方如此",就是称赞他用人不抱成见,而能从实际出发的。

三、身后评价

奕䜣死后,慈禧太后发表懿旨说:"溯当咸丰十年,文宗显皇帝秋狝木兰,恭亲王奕䜣留京办事,中外乂安。迨同治初元垂帘听政,恭亲王首膺重寄,入赞枢机;荐举贤才,肃清区宇……"又说:"恭亲王翊赞谟猷,削平大难。"[66]光绪帝发表的上谕说:"朕叔恭亲王,天赋聪明,宅心公正……凡军国重事,无一不尽心规画,上协圣谟。"称奕䜣之死为"失兹柱石"。⑥⑦这都是从维持皇朝的统治角度所作的高度评价。

新旧世纪之交在华的外国人一般都认为如果恭亲王不死,可能会挽救国家的许多不幸,由于他的死,"错综复杂的政府机器中失去了一个重要的轮摆";⑥⑧"苟王在世,则庚子年拳匪之乱,必不至于发生矣",又说:"若就国事而言,则彼辈(指满族亲贵——笔者)昏昧无知,排汉排外之政策,唯恭王能以其威望权力,阻遏而压服之。"⑥⑨这里除含有一些帝国主义者的偏见外,还含有对奕䜣维持中外正常的国家关系一贯方针的赞扬,从当时情况看,慈禧太后操纵手持原始武器的义和团同时向八个帝国主义国家开战的确是不明智的,稳健的恭亲王如果活着,不会出此下策。

台湾学者吴相湘对奕䜣的评价要算是比较全面的了。他说:"综观恭王一生,以过人之敏知,处中外流言庞杂之际,坚持定见,忠诚谋国,推腹心于将帅,示信义于欧美,同治改元,内政外交日有起色,满清国祚得以延长,实利赖焉。只以女主当朝,集权纵欲,视相王如眼中钉,一进退间,安危兴亡之迹判然显现,六十七年固如落花一梦,然实已不愧为爱新觉罗氏之好子孙矣。"⑦⓪这番评论是中肯的。

令人惊异的是,奕䜣这样一个在清末政坛执政很久,对晚清历史发生过深刻影响的人物,从清末到民国这个漫长的历史时期,除个别学者在众多人物的合传中为他写过短篇传略外,迄今还没有人对他进行综合的全面的研究。其原因可能在于奕䜣主要负责军机处工作,而军机处是隐没在皇帝的巨大影子中的,它的许多足以说明问题的材料还没有披露,人们一时还无法断定哪些上谕、寄谕、奏议体现着奕䜣的意志和思想,所以研究尚难以着手。

解放以后,二十世纪六十年代,史学家戴逸先生在《光明日报》发表了连载文章《第一个洋务集团(奕䜣集团)的兴衰》,⑦①第一次把奕䜣及其政治活动作为严肃的史学课题进行研究,尽管由于当时的政治历史条件,对奕䜣这样的大清统治阶级的核心人物不能不是基本否定的,但仍在字里行间流露出对他向顽固派进行斗争的勇气和开明精神的某种赞许。

此后的若干年内,奕䜣研究仍无人涉足,不过,由于洋务运动问题的研究方兴未艾,恭亲王奕䜣的名字经常在各项著述中被提及,但也仅此而已。

事实上有关恭亲王奕䜣的史料不是缺乏,而是很丰富。有他个人的诗集、文集;有他同时代与他经常接触的人的笔记、年谱、日记;还有宫廷的一些档案材料,这就基本上勾画出了他的生平。

他是隐没在皇权的巨大影子之中的幕后人物,但是我们又可以把他从阴影中拉出来。他前后主持总理各国事务衙门达二十八年,直接以他的名义发出的奏折、札谕、咨文已被研究者确信无疑地利用着,这的确是直接反映恭亲王奕䜣的思想和业绩的宝库。但是,还应该注意到,奕䜣从咸丰三年开始到光绪二十四年,即1853年至1898年间,断断续续执政三十一年,他主要的工作是主持军机处,几乎所有的谕旨、廷寄都经过他手,只要弄清他在不同时期所处的地位,就可以比较合理地使用这些材料。

咸丰三年至五年,他任军机大臣期间,因咸丰帝是成年天子,有实权,所以奕䜣只是按传统的职责承拟谕旨,这些文件主要是体现咸丰帝的思想的。

咸丰十一年秋,他任议政王,至同治四年三月初四日,此时两宫太后名为垂帘,实际把各种大权完全交给他,让他放手办事。所以,这个时期的谕旨、廷寄,甚至懿旨主要是反映奕䜣的思想主张以及意志的。

三月初四日至四月十四日,是他被慈禧太后首次罢黜,这一个半月内的谕旨、懿旨主要是慈禧太后意志的体现。

此后,直至光绪初年,慈禧太后开始逐渐熟悉政事,越来越多地决定政务。这是奕䜣寅畏小心,不敢大胆用权的时期。但是应该看到,慈禧的揽权主要是在人事权及宫廷事务方面;奕䜣对国家军政大计的决策还是得到慈禧认可的。此外,在时间上应注意的是同治九年四月至六月奕䜣告了病假;十三年七月二十九日至八月初一日遭到同治帝的罢斥;光绪八年九月至九年六月奕䜣居家养病。在注意这两个因素的前提下,发自军机处的文件仍可审慎地用于说明奕䜣的思想和事业。

光绪二十年他复出以后,光绪帝已经亲政,慈禧太后虽然归政但隐操政权。军机处草拟并发出的文件就不全体现奕䜣自己的意志了。

基于上述认识,笔者爬梳并有选择地利用丰富的史料,对恭亲王奕䜣的生平事迹及思想进行较为翔实的描述和阐发。

本书认为:宫廷政变纯属统治阶级内部的权力之争,无正义性可言。

但是,政变后胜利的一方如果更有时代眼光也更有统治魄力,是有利于维持统治秩序和社会秩序的。奕䜣集团正是如此,它挽救清王朝于土崩瓦解之中,在民间起义者的尸骨之上营造了同治中兴的金色殿堂。在这个意义上,奕䜣不愧为爱新觉罗氏统治集团的好子孙,却是千百万起义群众的不折不扣的死对头。

本书还认为:应该把历史人物放在宏观背景下考察。奕䜣在世界工业化潮流袭入中国的时候,迅速放弃闭关锁国的保守思想,张开双臂,大声疾呼地提倡近代化运动,制定了以"自强"为目标的一系列治国纲领、方针和政策。

他在列强环伺的险恶国际环境中,着力研究和平学,努力用较小的损失换取"自强"大业所需要的和平环境。表现出冷静和稳健,使中国在十九世纪七八十年代避免了几次较大的侵略危机。

但他是一个血统的封建亲王,他脱离人民群众,敌视人民运动,在固守传统的氛围中,他孤独,知音极少,他屡受专制制度及舆论的攻击、压抑,最后只好投降,并与守旧势力同流合污,在历史前进的巨轮下负隅顽抗。

他的一生推行封建主义近代化,给后人留下深刻的思考。

【注释】

① 何刚德:《春明梦录》卷上,第8页。
② 何刚德:《客座偶谈》卷上,第9页。
③ 费行简:《近代名人小传》,载《清代传记丛刊》第202种,第385页。
④ 费行简:《近代名人小传》,载《清代传记丛刊》第202种,第385、383页。
⑤ 《筹办夷务始末》卷十五,第33页。
⑥ 梁章钜编、朱智补:《枢垣记略》,恭亲王序。
⑦ 梁章钜编、朱智补:《枢垣记略》卷二十四,第4页。
⑧ 梁章钜编、朱智补:《枢垣记略》,第10页。
⑨ 奕䜣:《萃锦吟》自序。
⑩ 费行简:《近代名人小传》,第385页。
⑪ 费行简:《近代名人小传》,第385页。
⑫ 芮尼:《北京与北京人》第一卷,第260页,引自卢汉超《赫德传》,第44页。

⑬ 何刚德:《春明梦录》卷上,第 7 页。

⑭ 陈夔龙:《梦蕉亭杂记》卷一,第 67 页。

⑮ 陈夔龙:《梦蕉亭杂记》卷一,第 68 页。

⑯ 成城:《洪秀全金印的毁灭》,1984 年 6 月 3 日《中国青年报》第六版。

⑰ 何刚德:《春明梦录》卷上,第 28 页。

⑱ 何刚德:《春明梦录》卷上,第 8 页。

⑲ 杨学琛、周远廉:《清代八旗王公贵族兴衰史》,辽宁人民出版社 1986 年版,第 282 页。

⑳ 中国第一历史档案馆藏:《星源集庆》第 008 号,道光皇帝后裔生男生女册。

㉑ 周汝昌:《恭王府考》,第 84 页。

㉒ 吕英凡:《邸园精华恭王府》,载《近代京华史迹》,中国人民大学出版社 1985 年版,第 91 页。

㉓ 奕䜣有诗集名"萃锦吟",不知是诗因园名,抑或园因诗名,二者肯定有关。另外此园称"朗润园"则见于奕䜣在"萃锦吟"卷三的一处诗题:"因于邸中朗润置酒为贺",奕䜣还把西郊海淀那个朗润园别墅的咸丰帝题匾摹了副本悬挂在这座园内,这种一名两处或多处的现象在清代园庭建筑上是常见的,易成错觉。——笔者。

㉔ 《清稗类钞》第一册第 188 页所引系据满洲震钧《天咫偶闻》,见《恭王府考》第 59 页。

㉕ 以上见中国第一历史档案馆藏《星源集庆》第 008 号之光绪三十年修"道光皇帝后裔生男生女册";光绪三十年修"玉牒直档"之"列祖子孙"第四本以及《萃锦吟》,沈丛刊本第 110—112 页。

㉖ 奕䜣:《萃锦吟》,沈丛刊本,第 112 页。

㉗ 丁韪良在《同文馆记》中写道:"皇上率领臣民求雨,毫无效力,于是有一位聪明的人献议,说虎管风,龙管云,虎剋了龙,所以天旱,他说:'假如皇上命以虎掷圣池,则龙占上风,我们便可得霖雨。'皇帝果然令人把一副虎骨掷入池中,因虎骨较生虎易得,而且也较安全。虎骨在平时不甚需要时买来不贵……恭亲王与文祥是进步的领袖,被命为皇上执行这宗可悯可怜的欺人活剧,真是命中注定的奇缘。"——《中国出版史料补编》第 29 页。

㉘ 奕䜣:《子玉不勤民论》,《乐道堂文钞》沈丛刊本,第 232 页。

㉙ 奕䜣:《高宗梦得傅说辨》,《乐道堂文钞》沈丛刊本,第 311—312 页。

㉚ 奕䜣:《周叔服能相人说》,《乐道堂文钞》沈丛刊本,第 313—315 页。

㉛ 奕䜣:《楚昭王知大道论》,《乐道堂文钞》沈丛刊本,第 165—168 页。

㉜ 奕䜣:《国之兴也以福论》,《乐道堂文钞》沈丛刊本,第 146 页。

㉝ 《钦差大臣奕䜣等奏通筹洋务全局酌拟章程六条折》,《洋务运动》丛刊第五册,第340页。

㉞ 奕䜣:《魏绛和戎论》,《乐道堂文钞》沈丛刊本,第9页。

㉟ 《乔松年奏军情益急请照天津原议换约折》,《筹办夷务始末》(咸丰朝)第六册,总第1932页。

㊱ 曾纪泽日记,光绪四年八月,《曾纪泽遗集》,岳麓书社1983年版,第334页。

㊲ 窦宗仪:《李鸿章年(日)谱》,第4921页。

㊳ 奕䜣:《曹刿要盟论》,《乐道堂文钞》沈丛刊本,第207页。

㊴ 奕䜣:《乐道堂诗续钞》沈丛刊本,第999页。

㊵ 奕䜣:《士燮论》,《乐道堂文钞》沈丛刊本,第285—287页。

㊶ 奕䜣:《读苏老泉六国书后》,《乐道堂文钞》沈丛刊本,总第316—317页。

㊷ 《同治六年三月初二日总理各国事务奕䜣等折》,《洋务运动》丛刊第二册,第31—32页。

㊸ 奕䜣:《曹刿论兵论》,《乐道堂文钞》沈丛刊本,第123—125页。

㊹ 吴语亭:《越缦堂国事日记》第三册,总第1397页。

㊺ 奕䜣:《和众财丰论》,《乐道堂文钞》沈丛刊本,第12页。

㊻ 奕䜣:《宋襄公论》,《乐道堂文钞》,沈丛刊本,第293页。

㊼ 奕䜣:《女叔齐知礼论》,《乐道堂文钞》沈丛刊本,第212页。

㊽ 奕䜣:《君子以辨上下定民志论》,《乐道堂文钞》沈丛刊本,第130页。

㊾ 奕䜣:《女叔齐知礼论》,《乐道堂文钞》沈丛刊本,第212页。

㊿ 奕䜣:《君子以辨上下定民志论》,《乐道堂文钞》沈丛刊本,第131页。

(51) 奕䜣:《善教得民心论》,《乐道堂文钞》沈丛刊本,第250—252页。

(52) 奕䜣:《宽而有制论》,《乐道堂文钞》沈丛刊本,第301—303页。

(53) 奕䜣:《晋铸刑鼎论》,《乐道堂文钞》沈丛刊本,第47—50页。

(54) 奕䜣:《教民节俭则财用足论》,《乐道堂文钞》沈丛刊本,第171页。

(55) 奕䜣:《以道制欲论》,《乐道堂文钞》沈丛刊本,第271页。

(56) 奕䜣:《节以制度论》,《乐道堂文钞》沈丛刊本,第217页。

(57) 奕䜣:《宽而有制论》,《乐道堂文钞》沈丛刊本,第304页。

(58) 奕䜣:《节以制度论》,《乐道堂文钞》沈丛刊本,第217页。

(59) 奕䜣:《为政以人才为先论》,《乐道堂文钞》沈丛刊本,第116页。

(60) 奕䜣:《进贤如不得已论》,《乐道堂文钞》沈丛刊本,第145页。

(61) 奕䜣:《为政以人才为先论》,《乐道堂文钞》沈丛刊本,第116页。

(62) 奕䜣:《进贤如不得已论》,《乐道堂文钞》沈丛刊本,第143页。

(63) 奕䜣:《骥虽有力其称在德论》,《乐道堂文钞》沈丛刊本,第 149—152 页。

(64) 奕䜣:《鲍叔牙荐管仲论》,《乐道堂文钞》沈丛刊本,第 19 页。

(65) 奕䜣:《晋胥臣举冀缺论》,《乐道堂文钞》沈丛刊本,第 13 页。

(66) 《光绪朝东华录》,总第 4082、4086 页。

(67) 《光绪朝东华录》,总第 4086 页。

(68) 明思溥:《中国在激变中》,见马士《中华帝国对外关系史》第三卷,第 143 页注③。

(69) 濮兰德、白克好司著,陈冷汰译:《慈禧外纪》,第 127—128 页。

(70) 吴相湘:《晚清宫庭实纪》第一辑,第 150 页。

(71) 《光明日报》1962 年 8 月 21、22、23、27 日。

附　恭亲王奕訢生平大事年表

（本表年龄按中国习惯法计算）

道光十二年　壬辰　一岁

十一月二十一日（1833年1月11日）丑时生，为道光帝第六子，生母为静妃博尔济吉特氏。

道光十七年　丁酉　（1837年）　六岁

是年，入上书房读书，与皇四兄奕詝同往来，关系密切。功课为满蒙汉三种语言文字，儒家经典，诗文，武功骑射。

道光二十八年　戊申　（1848年）　十七岁

是年，奉道光帝命，迎娶热河都统桂良之女为嫡福晋。

同年春，道光帝率诸皇子行猎于京师南苑。行前，皇四兄奕詝的师傅杜受田向奕詝密授"示仁"之策。行围中，奕訢猎获最多；奕詝一无所获，对道光帝说："时值春和，不忍伤生。"道光帝赞为"帝王之言"。奕訢此次行猎有《南苑小猎》一诗以纪其盛。

道光二十九年　己酉　（1849年）　十八岁

是年，争储位公开化。一日，道光帝召皇四子与皇六子同时进见，是时道光帝病体缠绵，年近七旬。众人皆以储位为念。奕詝师傅杜受田授计说："阿哥如条陈时政，知识万不敌六爷。唯有一策，皇上若自言老病，将不久于此位。阿哥惟伏地流涕，以表孺慕之诚而已。"奕訢师傅卓秉恬授计说："上如有所垂询，当知无不言，言无不尽。"结果，道光帝被奕詝打动，储位之议遂定。

道光三十年　庚戌　（1850年）　十九岁

正月十四日（2月25日）卯刻，道光帝召十重臣公启锦匣，内有御笔两谕,一为"皇四子奕詝立为皇太子",一为"皇六子奕䜣封为亲王"。一匣两谕,为清代锦匣封名制度以来绝无仅有之事,表现了道光帝虽传位于四子,仍对六子奕䜣深切眷顾。当日,道光帝崩,奕詝即位,加恩恭亲王奕䜣可戴用红绒结顶冠,朝服蟒袍俱准用金黄色。

咸丰元年　辛亥（1851年）　二十岁

四月(5月),咸丰帝授为十五善射大臣。

咸丰二年　壬子（1852年）　二十一岁

四月(5—6月),咸丰帝将其分府出宫,指原庆郡王府给奕䜣为府邸。此府原为乾隆年间大学士和珅的府邸。

八月十五日(9月28日),咸丰帝驾幸奕䜣别墅"朗润园",为之题园名,山、水、亭、轩之名,并赐诗一首,极示关切之意。奕䜣有答诗一首。

是月,奉旨管理正蓝旗觉罗学事务。

咸丰三年　癸丑（1853年）　二十二岁

正月初一日(2月8日),奕䜣答咸丰帝诗有"南疆不日兵戎弭,喜看红旗报捷先"句。

本月,奉旨管理中正殿、武英殿事务。二月二十日(3月19日),太平天国起义领袖天王洪秀全入南京,改称"天京",定为都城,与清王朝分庭抗礼。

九月(10月),太平军北伐部队进入直隶省,清廷大惊。

四日(6日),咸丰帝授桂良为直隶总督,办理防剿事宜。

九日(11日),咸丰帝拜惠亲王绵愉为大将军,科尔沁郡王僧格林沁为参赞大臣,守卫畿辅。同日,命奕䜣署理领侍卫内大臣,参与京城巡防事宜。

十月初七日(11月7日),奉旨在军机处行走,从此打破清代皇子不得干预政务的祖制。

十一月十二日(12月6日),奉旨廷寄曾国藩赶办水师船只炮位,准备统带六千楚勇赶赴安徽会攻安庆。

咸丰四年　甲寅（1854年）　二十三岁

二月初二日(2月28日)巳时,长女生,嫡福晋瓜尔佳氏所出。

二月二十五日(3月23日),参与钱钞改革,决定铸当百,当五百,当千大钱以解决军饷困难。

是月,奉旨添派管理三库事务,并补授镶红旗蒙古都统。

四月(4—5月),奉旨补授宗人府右宗正。

六月(6—7月),奉旨调补镶黄旗汉军都统。

八月二十四日(10月15日),英、美公使驶抵大沽,要求修约。咸丰帝派长芦盐政文谦、前任盐政崇纶、天津镇总兵双锐等出面交涉。经军机处廷寄的方针是断然拒绝修约,如有具体要求须返回上海或广州办理。

九月(10—11月),奉旨升授宗人府宗令。又授为阅兵大臣,调补为正黄旗满洲都统。

咸丰五年　乙卯　(1855年)　二十四岁

正月十九日(3月7日),僧格林沁部攻克连镇,太平军北伐领导人林凤祥被俘,二十七日(15日)于北京凌迟。清廷褒奖僧军将士,加封僧格林沁为亲王。

×日(×日),奉旨总理行营事务。

二月(3—4月),奉旨赏穿黄马褂。

四月十六日(5月31日),僧军引运河水灌冯官屯,俘太平军北伐领导人李开芳,彻底粉碎太平军北伐计划。

五月初十日(6月23日),咸丰帝率王公大臣于乾清宫举行凯撒典礼,颁赏参与粉碎北伐的有关人员,并撤销京城巡防局。奕訢以军机运筹之功叙奖,同时撤销巡防之职。

七月初一日(8月13日),生母康慈太妃(静太妃)病重,奕訢为之请求咸丰帝晋封皇太后,咸丰帝含混答应,奕訢即传旨册封,咸丰帝不满。

二十一日(9月2日),即葬生母康慈太后之次日,奉旨罢免一切职务,回上书房读书,仍令内廷行走,管理中正殿等处事务。

咸丰七年　丁巳　(1857年)　二十六岁

五月(5—6月),奉旨补授镶红旗蒙古都统;又命管理镶红旗新旧营房事务。

十一月十四日（12月29日），英法联军攻陷广州。

咸丰八年　戊午　（1858年）　二十七岁

三月十一日（4月24日），英、法、美、俄四国公使要求清政府派全权大臣会议于天津或北京。

四月二十一日（6月2日），与惠亲王绵愉、惇郡王奕誴联名复奏，主张对英、美、俄、法四国要求不屈，加强御敌兵力，统归僧格林沁调遣；赞同泄京津间运河水防止英法进犯北京；反对于京师多设粥厂以保治安；建议密谕新任广督黄宗汉在粤督练兵勇，配以绅民，相机驱逐英法联军于广州。

二十五日（6日），单衔具折反对咸丰帝派耆英去天津参与议和；主张天津谈判不要一味示弱，联军如敢登岸，应令"兵勇合击"；建议密令粤绅罗惇衍激励乡兵攻广州，廉兆纶捣香港。

五月初五日（6月15日），奉旨与惠亲王、惇郡王及军机大臣等处理擅自回京的耆英。

十三日（23日），单衔具折，反对钦差大臣桂良和花沙纳与英法所议条约中关于开放长江口岸诸埠的条款；重申以战迫和之议。

二十日（30日），咸丰帝批准中英、中法、中俄、中美《天津条约》。

是月，奉旨管理雍和宫事务，又奉旨补授阅兵大臣。

八月初四日（9月10日），得长子，咸丰帝赐名载澂。

咸丰九年　己未　（1859年）　二十八岁

四月（5月），奉旨补授为内大臣。

五月二十五日（6月25日），清军大沽口抗战大捷。

十二月×日（×月×日），奉旨补授为管宴大臣。

咸丰十年　庚申　（1860年）　二十九岁

二月二十三日（3月15日），辰时，次女生，嫡福晋瓜尔佳氏所出。

七月初六日（8月22日），清军僧格林沁部战英法联军，自大沽口败至天津，旋又败至通州张家湾。

初八日（24日），咸丰帝派大学士桂良、直隶总督恒福为钦差大臣赴津议和。

二十三日(9月8日),咸丰帝改派怡亲王载垣、兵部尚书穆荫为钦差大臣赴津议和。

八月初四日(18日),根据上谕,钦差大臣载垣命僧格林沁部将英法谈判代表巴夏礼等扣押。英法联军进犯,僧军败,通州失守。

初七日(9月21日),僧格林沁军及胜保军再战联军于八里桥,大败。咸丰帝改派奕䜣为钦差大臣,给予便宜行事全权,实际是以之为缓兵之计。

初八日(22日),咸丰帝带肃顺等近臣及嫔妃逃离北京。奕䜣以"钦差便宜行事全权大臣和硕恭亲王"名义向英法联军发出首次停战照会。

初十日(24日),照复英法使臣额尔金和葛罗,提出释放巴夏礼的条件,甚强硬。同日密奏:巴夏礼是敌中画策之人,"岂可遽令生还"。但又指示改善巴夏礼等俘虏待遇。

十四日(9月28日),密奏请放还巴夏礼。

十六日(30日),咸丰帝批答:不为遥制,总期抚局速成。

二十一日(10月5日)夜,英法联军冲进圆明园,接着连日在园狂欢。

二十四日(8日),命人送还巴夏礼等俘虏于联军,求免攻城。

九月十一日(10月24日),与英使额尔金会谈,在续增条约(《北京条约》)上签字,并交换《天津条约》批准书。

十二日(25日),与法使葛罗会谈,签订《中法北京条约》,交换《中法天津条约》批准书。

二十六日(11月8日),与文祥、胜保联名奏请咸丰帝早定回銮日期。

三十日(12日),单衔奏请咸丰帝回銮,保证来春英法公使驻京时不致再启争端。

十月初二日(11月14日),与俄使伊格纳提业幅签订《中俄北京条约》,放弃乌苏里江以东四十万平方公里土地。

初七日(23日),俄使伊格纳提业幅来辞行,表示愿向清政府赠送鸟枪一万杆、火炮五十尊。会见后,奕䜣与桂良、文祥商议,共觉不仅武器可以接受,即借师助剿亦属合算,当下缮折请咸丰帝密饬南方正在与太平军作战的各省将帅商酌。

十二月初一日(1861年1月11日),会同桂良、文祥上《通筹夷务全局酌拟章程六条》,提出新时期外交总方针,要求调整中外关系,创造和平的国际环境,集中力量镇压人民起义;请求建立总理各国事务衙门,具体处理涉外事务,成为近代中国第一个外交总机关;同时建议设立三口(后称北洋)通商大臣及五口(后称南洋)通商大臣分别处理南北方对外通商事务。

初十日(20日),咸丰帝批准所议,派令管理总理各国事务衙门。

十一日(21日),鉴于多数督抚将帅反对借师助剿,提议聘用洋人训练洋枪队,并筹购西方枪炮船只。

十四日(24日),上《奏请八旗禁军训练枪炮片》,首次提出"自强"口号,并把它定为新时期的治国纲领,实际是主张通过军事近代化来恢复并维持清廷的统治力量。

咸丰十一年　辛酉　(1861年)　三十岁

二月初一日(3月11日),亥时,次子载滢生,侧福晋薛佳氏所出。

十八日(28日),法国公使布尔布隆拜谒。

二十三日(4月2日),英国公使卜鲁斯拜谒。

三月十七日(27日),法使布尔布隆正式照会将提前撤退广州驻兵。同日,英国公使卜鲁斯送来同样照会。

四月二十一日(5月30日),为九江人民阻挠英国设领事件,照复英使,表示将咨照江西省地方官弹压,决不宽贷。

五月初八日(6月15日),下午,初次会见赫德,就通商、海关、财政等问题进行交谈,对赫德表示满意。赫德呈出章程七件,禀呈二件。

三十日(7月7日),会同桂良、文祥奏请购买一支小型舰队。

七月十八日(8月23日),得到咸丰帝病危的确讯,见到关于派定八大臣赞襄政务的上谕,知被排斥于外。

二十一、二十二日(26、27日),热河密使到京,遂正式奏请"奔谒梓宫"。

八月初一日(9月5日),早,到达热河行在,哭奠后,单独见两宫皇太后,密商政变问题,保证外国人方面将无问题。

初六日(11日),面见两宫太后,劝告早定回京日期,以便下手。

初十日(14日),回至北京,秘密部署政变。

九月二十九日(11月1日),率留京王大臣出城迎接同治帝及两宫皇太后,回至宫内,向两宫皇太后密陈政变准备就绪。

三十日(2日),政变一举成功,八大臣落网。

十月初一日(3日),两宫皇太后懿旨授其为议政王,在军机处行走,任领袖,补授宗人府宗令。

初二日(4日),奉旨补授总管内务府事务大臣,管理宗人府银库事务。

是月,奉旨赏食亲王双俸;奉旨除朝会大典外,其余谕旨及奏折毋庸书名;奉旨管理火器营事务;奉旨管理祫祭太庙及近支婚嫁事务。

初六日(8日),处决肃顺集团,首要人物肃顺、载垣、端华处死。

十八日(20日),协助两宫皇太后委派曾国藩统辖苏浙皖赣四省军务。

十一月初一日(12月2日),举行垂帘听政仪式,率内廷诸臣及王大臣、六部、九卿在养心殿前行礼,至养心殿内御案前接递奏章。太后垂帘与亲王辅政的新时期开始。

十二月初九日(1862年1月8日),两宫皇太后宣布将奕䜣长女抚养于宫中,晋为固伦公主。

二十一日(20日),廷寄库伦办事大臣色克通额,因俄国推诿续交枪炮,并不肯教演试放,着不再追索并撤回试演官兵。

二十四日(23日),通过上谕同时将豫、鄂、皖、湘、川、赣、浙等省行政及军事指挥权委于汉族官员,表示对汉族地主武装的倚重。

是月,奉旨管理神机营事务。

同治元年　壬戌　(1862年)　三十一岁

正月十二日(2月10日),廷寄前敌将帅说,两宫皇太后日与议政王军机大臣等筹商军务,表示新的统治中枢对前敌军务的关切,要求各将帅将有关军务的"胜算老谋"及时奏闻。

二十一日(19日),奏请从京营八旗中抽调官兵一百二十六名赴天津,随后崇厚(三口通商大臣)又抽调津兵六百二十名,一同接受英国教官训练。

是月,懿旨加恩赏在紫禁城内坐四人轿,以示优异。

二月十三日(4月11日),廷寄曾国藩查参江苏巡抚薛焕,催促李鸿章迅速雇用外轮运兵至指定战区。这是中国首次使用外轮运兵。

四月(5月),奉旨管理造办处事务。

六月(6—7月),奉上谕管理钦天监及算学事务。

十五日(7月11日),第一所近代学校同文馆在奕䜣积极筹划下开始试教,该校初期是单纯外国语言文字学校。

七月二十五日(8月20日),正式奏请开办同文馆,呈进章程六条。

同治二年　癸亥　(1863年)　三十二岁

十月初五日(11月15日),以英国人李泰国办理购买小型舰队欲侵夺海军主权事,遣散舰队,将李泰国原任总税务司职免去,委任英国人赫德接替。

同治三年　甲子　(1864年)　三十三岁

正月初二日(2月9日),两宫皇太后正式册封奕䜣长女为固伦公主。

二月二十一日(3月28日)巳时,次女夭亡,时年五岁。

四月十四日(5月19日),以上谕晋升对太平军作战有功的常胜军管带戈登(英人)为提督衔。

五月十一日(6月14日),赏戈登黄马褂及翎顶,同时解散戈登控制的"常胜军"。

六月二十日(7月23日),接到南京克复捷报。

二十八日(31日)丑时,三子载濬生,嫡福晋瓜尔佳氏所出。

七月初三日(8月4日),因攻克太平天国都城"天京",上谕大赏功臣,奕䜣以主持军机处居首功,赏加三级军功,加赏长子载澂贝勒衔,封其子载濬为入八分辅国公,载滢为不入八分镇国公。

是月,奉旨调补正黄旗满洲都统;奉旨管理左右两翼宗学事务;自请停亲王双俸,懿旨着令仍食双俸,不准固辞。

同治四年　乙丑　(1865年)　三十四岁

三月初七日(4月2日),慈禧太后发下手谕,革去其议政王及军机大臣等一切爵职。

十六日(11日),因王大臣纷纷反对罢斥奕䜣,懿旨加恩其仍在内廷行走,并仍管理总理各国事务衙门。

四月十四日(5月8日),懿旨着令仍在军机大臣上行走,而不复议政王名号。

是月,奉上谕仍令总司定陵(咸丰帝)工程处稽查;奉旨补授正白旗满洲都统。

二十九日(23日),请两宫皇太后委任曾国藩为钦差大臣,北上剿捻。

六月(7—8月),奉旨补授总理行营大臣。

九月(10—11月),固请撤去长女"固伦"名号,两宫皇太后准奏,改封为荣寿公主。

同治五年　丙寅　(1866年)　三十五岁

正月初六日(2月20日),奏派政府官员出国考察。

初十日(24日),接见考察团负责人斌椿,寄予厚望。

二月二十四日(4月9日),廷寄给沿江沿海督抚官文、曾国藩、左宗棠、瑞麟、李鸿章、刘坤一、马新贻、郑敦谨、郭嵩焘和崇厚等人,责令讨论赫德《局外旁观论》及英参赞威妥玛《新议论略》,并发恭亲王领衔的总理衙门意见,启发他们顺应世界工业化潮流,筹谋推进近代化建设和各项改革以"保国保民",从而把"自强"大业由"平内乱"阶段转移到"御外侮"阶段。是为其治国纲领的战略重点转移。

四月二十四日(6月6日),寅时,三子载濬夭亡,时年三岁。

八月二十八日(10月6日),奏请设天津军火制造局,奉旨令崇厚筹办。

九月初六日(10月14日),长女荣寿公主由慈禧太后指婚于固伦额驸景寿之子治端(又作志端)。

十一月初一日(12月7日),以曾国藩剿捻失败,批准其辞呈,让他仍回两江总督原任,以李鸿章接替剿捻。

初五日(11日),奏请在同文馆加设自然科学课程(时称"天文""算学"),并建议扩大招生范围于满汉举人、贡生以及五品以下京外官,由此引起近代史上第一次教育大辩论,即同文馆之争。

十二月(1867年1—2月),奉旨管理右翼近支第三族族长事务。

同治六年　丁卯　(1867年)　三十六岁

五月十五日(6月16日),奏告各国条约已届"修约"之期,为防止再起冲突,请预先调南、北洋洋务人员到总理衙门以备咨询。

九月十五日(10月12日),廷寄各省督抚,示意不应寄希望于通过"修约"倒退于闭关时代,开放方向将保持不变,但对西方近代科技采用到何种程度以及怎样抵制各国的下一步侵略要求?着令各督抚预筹应付方针。

十月下旬(11月末),连日派人到美国使馆与即将卸任的美国公使蒲安臣晤谈组建巡回使团诸细节问题,是为中国政府第一次派遣使团访问欧美各国。

十一月初二日(11月27日),奏报聘蒲安臣带领出使的理由,该使团副使为满人志刚与汉人孙家谷。

十二月初八日(1868年1月2日),总理衙门与英使谈判"修约"始,长达一年之久。

十一日(5日),东捻军在扬州瓦窑铺战败,首领赖文光被俘,后就义。

同治七年　戊辰　(1868年)　三十七岁

正月十五日(2月8日),亲自负责京师巡防事宜,以醇王奕譞率京师精锐部队神机营留守京师,其余神机营及五城团防部队进守涿、易二州防堵西捻军北进。

二十六日(19日),以上谕诏令左宗棠总前敌战事,遣陈国瑞另募一军为特别部队,以恭亲王节制左、李各督抚。

闰四月(5—6月),奉上谕补授宗人府左宗正。

六月二十八日(8月16日),最后一股西捻军被包围于黄河与徒骇河之间,全军覆没,首领张仲禹不知下落。

七月初十日(27日),以平捻大功告成,协助两宫皇太后大赏功臣。

十一月十四日(12月27日),奉旨将次子载滢过继于八弟钟郡王奕
诒为嗣,承袭贝勒。

本年,曾与入觐的江苏巡抚丁日昌当面研究招华商购轮船运漕粮进
京问题。

同治八年　己巳　(1869年)　三十八岁

八月初三日(9月8日),偕军机各大臣进见慈安太后,以山东巡抚丁
宝桢密报太监安德海一行入山东招摇,请以违制罪就地正法。安
德海为慈禧太后的亲信太监。

九月十九日(10月23日),中英订立新修条约十六款,善后章程十款
及税则十条,对英国资产阶级侵华意图有所抵制。

是月,奉旨补授阅兵大臣。不久,英使阿礼国回国,话别中奕䜣
讲:"把你们的鸦片烟和你们的传教士带走,你们就会受欢迎了。"

同治九年　庚午　(1870年)　三十九岁

四月十二日(5月12日),以痧症请病假。

五月二十三日(6月21日),天津发生大规模教案。

二十六日(24日),驻华各国公使联合发出"致恭亲王及各大臣
函",对清政府提出强烈抗议,指责此次事件为有预谋有组织的排
外事件。此时奕䜣尚在病假中。

六月二十五日(7月23日),在讨论天津教案的御前会议上,力排众
议,支持曾国藩的严办方案,遂成定议。

十月十日(11月2日),英使威妥玛照会总理衙门:英国政府未批准
前议新约。

同治十年　辛未　(1871年)　四十岁

正月二十六日(3月16日),七弟醇王奕譞以天津教案事不满于奕
䜣,上密折攻击奕䜣身兼内政外交双重大权为"甚可畏也",两宫
太后未采纳,亦未批评。

七月十九日(9月3日),曾国藩、李鸿章奏派陈兰彬、容闳带领学生
留学美国,奕䜣积极支持。

十二月十四日(1872年1月23日),内阁学士宋晋上折反对中国自
造轮船,奕䜣将此折寄往福建及两江,要求复议。

同治十一年　壬申　（1872年）　四十一岁

二月初三日（3月11日），奉懿旨与户部尚书宝鋆办理同治帝大婚筹备事宜。

二月三十日（4月7日），廷寄李鸿章、左宗棠、文煜、王凯泰、沈葆桢进一步讨论宋晋关于停造轮船的意见，同时要求讨论洋枪炮，弹药等是否尚须制造？

六月二十八日（8月2日），总结此次关于工业化道路问题的辩论，指出学造轮船枪炮等事应"精益求精"，而"不可惑于浮言，浅尝则止"；提出发展近代工业可以引进设备，聘用洋人技术员，但要"自操主权"；探索性地提出两条发展途径：一、以民用养军工，解决经费不足问题，二、改革经营方式，在官办之外，可搞"官督商办"或"商办"企业，以提高经营效益。

九月十九日（10月20日），以同治帝大婚礼成，奉懿旨加恩亲王世袭罔替。

同治十二年　癸酉　（1873年）　四十二岁

正月二十三日（2月20日），京察，从优议叙。

二十六日（23日），举行同治帝亲政大典。

十月初八日（11月27日），同治帝将谏修圆明园的御史游百川革职，奕䜣与七弟醇王奕譞苦劝，同治帝勉强收回成命。

同治十三年　甲戌　（1874年）　四十三岁

三月二十六日（5月11日），总理衙门正式抗议日本出兵侵略台湾。

五月初一日（6月14日），廷寄沈葆桢等人，同意他们关于公布中日间迭次照会内容以求国际公评、购买铁甲舰、水雷及其他军火器械、借用洋债、设置闽台电报线等项要求，命迅速办理。

十一日（24日），调淮军六千五百人援台。

七月十六日（8月27日），奕䜣等十重臣联衔上疏，劝谏八事，以停园工为首。

十八日（29日），奕䜣等十重臣当面劝谏，同治帝大怒，斥奕䜣："此位让尔，何如？"

二十九日（9月9日），再次力谏同治帝，同治帝发朱谕革其亲王世袭罔替,降为郡王,仍在军机大臣上行走,次日发表。

八月初一日(11日),两宫皇太后出面干预,赏还亲王世袭罔替;同日上谕宣布停修圆明园,改修北、中、南三海。

九月初二日(10月11日),中日谈判在北京开始,日本代表大久保利通开口索要洋银五百万元,奕䜣与文祥断然拒绝,表示一个钱也不给,以后的谈判中,日方要价一再降低。

二十二日(31日),中日台事专条在北京签字,中国允出收买日兵营房费及抚恤费共五十万两白银,日本退兵台湾。

二十七日(11月5日),与文祥等筹海防,拟定练兵、简器、造船、筹饷、用人、持久六项办法,要求各疆臣讨论。

十一月初五日(12月13日),因同治帝病重,除汉文折件批答已由李鸿藻代笔外,其清文折件批答由奕䜣代笔。

十二月初五日(1875年1月2日),同治帝病死,当夜,按慈禧太后意旨,迎立七弟奕𫍽之子载湉入宫即位。

二十二日(2月2日),李鸿章入京奔同治帝丧,与谈近代化建设问题,建议修筑铁路,奕䜣认为有必要,但不敢主持,且说:"两宫亦不能定此大计。"

光绪元年　乙亥　(1875年)　四十四岁

正月二十九日(3月6日),奏请饬令沿海督抚筹议海防。

二月十二日(19日),英国公使威妥玛向总理衙门送交备忘录,提出马嘉里案交涉,内有要求赔偿、公使觐见、改善税务等六项。

四月初七日(5月11日)奉懿旨,惠陵(同治帝陵)择吉兴工所有一切事宜着其总司稽查。

初二日(5月6日),奏请拨四十五万两白银交赫德先订购四艘英国炮舰。

二十一日(25日),向法国公使抗议法国侵略越南,拒绝法方关于开放云南边境一处为商埠以通航越南红河的要求。

二十六日(30日),由总理衙门进遵议筹办海防等事宜各折片,请各督抚整顿军政、留意外交,不得轻启衅端,以固边防。寄谕李鸿章督办北洋海防,沈葆桢督办南洋海防;令李鸿章先购铁甲舰一只;批准于磁州、台湾试办机器采煤;着令左宗棠统筹西征及防范俄人事务。

八月初七日(9月6日),正式拒绝法国关于开放云南蛮允地方的要求。

十五日(14日),英使威妥玛以"最好战的意图"进行讹诈,奕䜣派文祥出面谈判,"议不合",威妥玛愤而离京。

本月(9月),经常在总理衙门与赫德研究商务税务问题。

十二月(1875年12月—1876年1月),奉上谕署理宗人府宗令。

光绪二年　丙子　(1876年)　四十五岁

二月(2—3月),奉上谕暂署宗人府银库印钥。

五月初五日(5月27日),哭祭文祥,文祥于初四日病卒。

七月二十六日(9月13日),《中英烟台条约》签订,经李鸿章之手。

九月(10—11月),奉旨派充玉牒馆总裁。

十二月初五日(1877年1月18日),廷寄两江认筹五十万两、浙江认筹二十万两、江西认筹二十万两、湖北认筹十万两,同时作为官本交招商局,支持购并美国旗昌轮船公司。

光绪三年　丁丑　(1877年)　四十六岁

四月初二日(5月14日),向英国记者发表谈话说:"中国若能解除鸦片与传教士两大害,中英关系自能改善。"

光绪四年　戊寅　(1878年)　四十七岁

五月二十二日(6月22日),派崇厚接收伊犁。

光绪五年　己卯　(1879年)　四十八岁

二月十四日(3月6日)亥时,三女生,侧福晋刘佳氏所出。

四月初(5月下旬),晤见美国总统格兰特,请出面调解中日琉球争端,格兰特接受邀请,至日本后来函:日本拒绝第三国调停。

夏×月,总理衙门拟委英人总税务司赫德为总海防司,负责建设近代海军。后以李鸿章、沈葆桢以及薛福成等反对,总理衙门要求赫德于总海防司与总税务司中辞去一职,赫德作罢。

九月(10—11月),奉旨管理正白旗满洲新旧营房并城内官房事务。

十二月十六日(1880年1月27日),为崇厚所订俄约丧权辱国,主持在总理衙门召开的王大臣会议,主张不与俄决裂,派曾纪泽去俄改订条约,会议通过。

是月,奉旨管理值年旗大臣。

光绪六年　庚辰　(1880年)　四十九岁

三月二十五日(5月3日),对来访的前英国公使阿礼国说:中国人非不知电报、铁路、轮船、开矿之利,然主权不能自操,与中国无益,虽有不若无也。

四五月间(6月),与入京陛见的新任两江总督刘坤一详谈防务。

五月初五日(6月12日)未时,三女夭亡,时年二岁。

七月初七日(8月12日),请出病中的慈禧太后,告以须开释崇厚,俄方才能同意改约,懿旨准其"即行开释"。

十月初十日(11月12日)戌时,四子载潢生,侧福晋刘佳氏所出。

十一月初二日(12月3日),通过所拟上谕称赞刘铭传建议修两条铁路说"所奏系为自强起见",令李鸿章与刘坤一筹商。后因顽固派群起反对作罢。

月底(12月底),慈禧太后坚持将因执行任务而与违制出宫的太监李三顺殴斗之守门护军处死,奕訢率全体军机力争,不奉诏。

十二月初(×日),张之洞、陈宝琛同日上疏,犯颜直谏,请从轻发落护军,奕訢十分欣赏,手持两折说:"若此可谓真奏疏矣。"

光绪七年　辛巳　(1881年)　五十岁

正月十一日(2月9日),廷臣会议审议曾纪泽所改订的新约,新约比旧约有较大改善,有些人仍持保留态度,建议俟左宗棠入京再定议,奕訢坚决反对拖延,主张适时收场,遂定议,电令曾签约。

本月,奉旨管理祫祭太庙及近支婚嫁事务。

五月二十日(6月16日),据奏报说留美学生尽受外洋熏染,令将其全部撤回。

闰七月十七日(9月10日)寅时,四女生,侧福晋张佳氏所出。

十月(11—12月),慈禧太后重新晋封其长女荣寿公主为"固伦"公主。

十二月(1882年1—2月),奉旨管理值年旗大臣。

光绪八年　壬午　（1882年）　五十一岁

六月十五日（7月29日），协助慈禧太后谕令署直督张树声派六营士兵由吴长庆率领，乘北洋三艘军舰赴朝平息"壬午兵变"，粉碎日本乘机控制朝鲜的阴谋。

七月七日（8月20日），以廷寄批准云贵总督岑毓英开矿申请，称赞为"以杜他族之窥伺"而为"裕国筹边"之计，准令购买外洋机器开采，可用招商集股方式经营。

二十六日（9月8日）丑时，四女夭亡，时年两岁。

九月（10月）以后病休。

十二月初一日（1883年1月9日），慈禧鉴于其不能迅速复原，令总理衙门有关外交大事听由李鸿章决定。

光绪九年　癸未　（1883年）　五十二岁

二月二十二日（3月30日），入直。

二十四日（4月1日），慈禧太后见其仍未痊愈，再赏假一月。

六月（7月），病复入直。

九月十九日（10月19日），军机处会议越事方针，决定对法军不明白开战，暗中添兵添饷。廷寄云贵总督岑毓英、云南巡抚唐炯援助刘永福。照会法使："法军如侵我阵地，当不能坐视。"

十月十七日（11月16日），致法国署使谢满禄说：越南一直是大清帝国的藩属，十年来中国军队一直在越南维持治安，法军须退出越南北方，以避免中法冲突。

十一月十七日（12月16日），中国军队失守越南山西，退守兴化。

光绪十年　甲申　（1884年）　五十三岁

二月十五日（3月12日），中国军队弃越南北宁。

二十九日（26日），中国军队失守越南太原的电报到京。法使索要赔款六万镑。

三月初八日（4月3日），奉慈禧命去东陵祭祀。

初九日（4日）—十三日（8日），慈禧太后连日布置倒恭大计。

十三日（8日），慈禧太后开去其一切差使，令居家养疾，保留世袭罔替亲王，撤去亲王双俸，给予全俸。同时宣布的还有全体军机大臣一律撤换，代之以礼亲王世铎为首的新军机。

十四日(9日),慈禧命军机处遇重要事,会同醇亲王奕𫍣商榷办理。

十七日(12日),慈禧命奕劻管理总理衙门。

四月初三日(4月27日)未时,五女生,侧福晋刘佳氏所出。

光绪十一年　乙酉　(1885年)　五十四岁

正月十七日(3月3日),午时,四子载潢夭亡,时年六岁。

六月初十日(7月21日)午时,长子载澂死,时年二十八岁,谥"果敏"。

光绪十二年　丙戌　(1886年)　五十五岁

十月(10—11月),奉懿旨赏还亲王双俸。

光绪十五年　己丑　(1889年)　五十八岁

正月(2月),奉慈禧太后旨,赏添头等、二等护卫各一员,三等护卫二员。

光绪十六年　庚寅　(1890年)　五十九岁

正月(1—2月),奉上谕,以光绪帝本年二旬庆辰,赏添护军十五分,蓝甲二十分,红甲三十分。

光绪十七年　辛卯　(1891年)　六十岁

十一月(12月),在恭王府庆祝六十寿辰,请京中著名戏班演戏,外来贺客六人而已。

光绪二十年　甲午　(1894年)　六十三岁

正月(2—3月),奉懿旨,以本年慈禧届六旬庆辰,赏给御书匾额一方,添头等护卫、二等护卫各一员,三等护卫两员。

六月二十七日(7月29日),日军攻击在朝清军于成欢驿,清军败退。

七月初一日(8月1日),中日两国同时宣战。

九月初一日(9月29日),懿旨重新令其于内廷行走;令管理总理衙门,并添派总理海军事务,会同办理军务。

初八日(10月6日),正式呼吁各国干涉中日争端。

十月初四日(11月1日),畿辅大兵云集,奉旨督办军务。

初六日(3日),邀各国公使来总理衙门晤谈,请调停;电令驻各国使臣速向各该驻在国外部洽谈调停。

十一月初七日(12月3日),向慈禧面告:美国公使田贝说,日本不愿美国居间调停,如愿和,须派代表直接谈判。

初八日(4日),奉慈禧懿旨,补授军机大臣。

是月,懿旨加恩其可在西苑内乘二人肩舆;奉上谕充为方略馆总裁。

十四日(10日),调湘军魏光焘、陈湜两军出山海关援淮军宋庆部。

光绪二十一年　乙未　(1894年)　六十四岁

正月初九日(2月3日),日军攻克威海卫。

二月初七日(3月3日),率军机处公奏:"中国之败,全由不西化之故,非鸿章之过,请给鸿章以商让土地之权。"

二月中旬(3月中旬),辽东大败。

三月初九日(4月3日),总理衙门向各国使馆密告谈判中日本代表所提领土要求,意在唤起国际干涉。

二十三日(17日),《中日马关条约》签订。

二十九日(23日),俄、法、德三国驻日公使提出干涉,要求日本放弃中国辽东半岛。总理衙门为此到俄驻北京使馆感谢俄国首倡干涉之举。

四月初八日(5月2日),见光绪帝,分析形势,指出湘军老将刘坤一虽电复可战,并非真有把握,光绪帝"幡然有批准之谕"。

闰五月初九日(7月1日),以督办军务处名义奏准东三省练兵裁撤,改为全新洋式兵操训练之奉军。

十四日(6日),总理衙门与俄使订立《中俄四厘借款合同》,款额四亿法郎。

二十三日(15日),提出重建北洋海军计划,光绪帝"颇为动心"。

八月二十六日(10月14日),俄国公使喀西尼照会总理衙门:希望将来在中国满洲地方兴建铁路直达海参崴。奕䜣坚决反对,说"如此将置满洲发祥地奉天于俄人控制之下",指示中国驻俄使臣许景澄向俄国声明:东三省铁路将由中国自建。

光绪二十二年　丙申　（1896年）　六十五岁

正月初十日（2月22日），议定派李鸿章出使俄、英、法、德、美五国。

二月初七日（3月20日），设立邮政司，聘赫德兼任总邮政司。为中国邮政之始。

　　十日（23日），总理衙门与英德订立《五厘利息借款合同》，款额为一千六百万英镑。

四月初九日（5月21日），俄国索占汉口租界。

　　二十二日（6月3日），李鸿章在俄都订立《中俄密约》。

六月二十三日（8月2日），总理衙门与法国订立续订商务界约及割让猛乌、乌得归法专条。

九月十四日（10月20日），清政府设立铁路总公司，命盛宣怀为督办。

光绪二十三年　丁酉　（1897年）　六十六岁

正月初三日（2月4日），中英订立西江通商专约及滇缅重定界约专条。

二月十三日（3月15日），总理衙门被迫承认海南岛及对面广东海岸不割让于法国以外的国家。

五月十三日（6月12日），总理衙门给法国以滇桂两省铁路敷设权及开矿雇用法人等特权。

十月二十日（11月14日），德国军舰强占胶州湾。

　　是月，奉懿旨，此次恭亲王承办庆辰典礼"妥慎周详"，赏给御书"锡福宣猷"匾额一方，御书长寿字一张，通玉如意一柄，带嗉貂褂一件，金寿字缎四匹。

十一月二十二日（12月15日），俄国军舰驶入旅大，占据之。

十二月二十九日（1898年1月11日），主持总理衙门会议，研究光绪帝交办的派遣康有为出洋考察问题，会上赞同者与反对者相持不下，奕䜣提议：先由总署大臣集体"问话"一次，再定。光绪帝被迫同意。

光绪二十四年　戊戌　（1898年）　六十七岁

正月初三日（1月24日），先后接见俄、英两使，谈借债问题。谈毕，疲甚，回府，没有出席定于午后三时的集体问话。

初四日(25日),阻拦光绪帝召见康有为,说以祖制皇帝不得召见四品以下小臣,可令康条陈所见。

二十一日(2月11日),总理衙门被英使所迫,声明不把长江沿岸诸省割让给他国。

二月初十日(3月2日),总理衙门订立《英德四厘五利息借款合同》,款额为一千六百万英镑。

十四日(6日),总理衙门与德国订立《中德胶澳租界条约》。

下旬始,旧疾举发。

四月初十日(5月29日)戌时,病逝,时年六十七岁。

十一日(5月30日),懿旨赐谥为"忠"字,加恩进贤良祠,并入皇家太庙。

后　记

拙著《恭亲王奕䜣》出版二十年后，如今又以崭新的姿态面向广大读者了，这让我兴奋不已。

《恭亲王奕䜣》（原名《恭亲王奕䜣大传》）出版于1989年。该书从1984年动笔，1987年交稿。初版的封面加了"中国第一次近代化运动的倡导者"的副题。显而易见，我是在用自己的研究和写作为我们的改革开放大业而呐喊。那时，中国的改革开放已经进行了十年，农村早已进行了联产承包，国营企业也正在转产改制，学术界也经历了拨乱反正。拙著就是在那个形势下应运而生的，是时代的产儿。它的出版，还着实引起了一个不算太小的震动。全国先后有十几家媒体做了报道，其中有的标题写道《昔日投降派，今有新评价》，好像当时圈内的人没有几个是不知道的。但也很快就引起了一些权威的注意和反感，认为这是对已往结论的颠覆，甚至有离经叛道的嫌疑。对投降派也能翻案吗？晚清皇族的核心人物能成为近代化运动的倡导者吗？诸多责难，接踵而至。甚至某重点大学历史系研究生的毕业论文就因为采用了我的观点，而被答辩委员会责令改写，否则不予毕业。当时我感受到的压力，是不言而喻的。又过了三四年，那是1994年在沈阳召开清史学术讨论会期间，明清史的老专家李洵先生对我说："守义，现在看来，对奕䜣的评价，你是前沿的，是先觉的，我们还没认识到。"老先生的恳挚，令我倍感温暖。之后的十几年中，奕䜣作为热点人物，受到众多学者的关注，他的形象随着相关文献的披露而日渐丰富，学界对他的评价也更加客观。

弹指二十年，改革开放的道路，在我们的国家已不再有人怀疑。奕䜣作为近代改革家的事实，也基本得到了学界的认可。奕䜣的府邸"恭王府"也修缮一新，全面对外开放。

人民文学出版社此次决定重新出版我的这部小书，让我在基本保持原貌的前提下修正已知的错误，删去烦冗的注释和语句，以便更好地面向市场。责任编辑杨华女士更是热心，看我年事已高，几乎是为我代劳这一切，令我不胜感谢，也令我感慨万端。二十年前，我是一个中年人，在学界还是一个初出茅庐的新手；二十年后，我已步入老龄队伍。可是，作为作者，当年我在作品杀青之际，是为我笔下改革家的孤独和失意而扼腕叹息；如今在该书付梓的时候，却要为新时期改革开放的长足进步而欢呼雀跃了。

深谢人民文学出版社和责编杨华女士的出色工作。敬请专家学者和广大读者批评指正。

董守义
2010年3月18日

再 版 后 记

2025年3月中旬,人民文学出版社的编辑李昭同志邀约我再版《恭亲王奕䜣》一书,我欣然应允了。

该书初版于2010年,是我的原作《恭亲王奕䜣大传》的节选本。节选工作主要是当时的编辑杨华女士操作的。她把原本是学术性的著作节选为通俗读本,做到了雅俗共赏,功不可没。

到2025年,这本书出版已历十五年。其间,我国的学术界和思想界都有很大发展。4月初,李昭同志将《恭亲王奕䜣》再版的清样寄给我。我看到她在原版基础上又做了一些修改,对此,我十分感谢,充分尊重,她的意见我大多数都采纳了。还有我自己发现的错误,也一并改正了。

再版后的《恭亲王奕䜣》将以崭新的面貌呈现于读者面前,希望读者喜欢,并指出其中的不足。

致敬为祖国的繁荣昌盛而不懈改革的先驱们。

祝愿祖国在不断地深入改革中取得长足的发展和进步。

董守义

2025年4月10日

二　遭严谴
目标自强
再佐新皇
决策大计
十年赋闲
重返政坛